BAINIAN GUANGXI DUOMINZU WENXUE DAXI

百年广西多民族文学大系

（1919—2019）

短篇小说卷

（1949—2019）

（上）

总主编 ◎ 黄伟林　刘铁群

本卷主编 ◎ 黄伟林　曾攀

⑦

GUANGXI NORMAL UNIVERSITY PRESS

广西师范大学出版社

·桂林·

出版统筹：罗财勇
项目总监：余慧敏
责任编辑：花　昀
助理编辑：朱筱婷
责任技编：李春林
整体设计：智悦文化

图书在版编目（CIP）数据

　　百年广西多民族文学大系：1919—2019：全 18 册 / 黄伟林，
刘铁群总主编 . —桂林：广西师范大学出版社，2019.12
　　ISBN 978-7-5598-2282-6

　　Ⅰ . ①百… Ⅱ . ①黄…②刘… Ⅲ . ①中国文学－当代文
学－作品综合集－广西②中国文学－现代文学－作品综合集－
广西 Ⅳ . ①I218.67

　　中国版本图书馆 CIP 数据核字（2019）第 217639 号

广西师范大学出版社出版发行

（广西桂林市五里店路 9 号　邮政编码：541004）

网址：http://www.bbtpress.com

出版人：张艺兵

全国新华书店经销

广西广大印务有限责任公司印刷

（桂林市临桂区秧塘工业园西城大道北侧广西师范大学出版社

集团有限公司创意产业园内　邮政编码：541199）

开本：720 mm × 970 mm　1/16

印张：591.5　　字数：9420 千字

2019 年 12 月第 1 版　　2019 年 12 月第 1 次印刷

定价：2800.00 元（全 18 册）

目 录

导　言

　　2019 年恰逢中华人民共和国成立 70 周年，也是广西壮族自治区成立一个甲子之后的新的开端，广西文学由此进入一个新的历史时期，文学桂军也开始了新的征程。从"60 年"到"70 年"，标志着广西文学从多民族的地域属性走向全国乃至世界的现代轨道与创作形态，这既是广西文学发展史与艺术流变史的一个表征，同时也意味着当下广西文学新的价值趋向和艺术探索。对于 70 年来的广西文学而言，首先是筚路蓝缕的广西文艺先驱，他们延续着古典和近现代的文学传统，构筑了广西当代文学的最初状貌；其次是 70 年代末 80 年代初以来登上文坛的知名作家，他们率先在全国范围内成就了自己的影响力；再则是如今一直活跃在广西以至全国文坛的中青年作家，他们以多样化的叙事尝试和美学探索，为广西文学的百草园播种耕耘。可以说，几代广西作家艰苦卓绝的努力，建构了 70 年广西恢宏磅礴的文艺版图。

　　70 年来的广西文学，有赖于风格鲜明、层次多样的作家队伍，究其构成，其一是生于斯长于斯的本土作家，他们始终扎根于这片西南热土，稳扎稳打，厚积薄发；其二是具有广西籍身份，但成长发展于其他省市区，却始终对故乡广西念兹在兹的作者，他们有的出于历史原因离乡背井，有的移居海外，有的是个人原因在他处发展，但都创造出了辐射久远的文学影响；其三则是工作和生活在广西，虽然不具有桂籍身份，但其具有影响力的重要作品是在广西期间发表的作家。

　　从这些作者中影响较大的短篇小说所表现的题材来看，既有呈现广西本土风物人情的地方书写，区域特色和民族意识；也有越乎其外，着眼他处，标举世情与人文，探索人性和生存的现实关怀；还有世界视野下的海外与全球的跨域写作，寄寓异域感怀和家国情思，也探索历史隐微，叙写现实关切。如此海纳百川的广西文艺，也迎来了百花齐放的文学佳绩。

一、国家意志、民族意识与文学传统

广西文学的民族意识，固然是中华人民共和国成立之初民族政策逐步形成并发挥作用的一个重要体现。这里的"民族"，是国家一统之后地区和地域管理的产物，其间生成的民族意识，既代表着全局和整体视野下的地区认知与民族观点，也意味着少数民族地区的身份意识和自我认同。在这种情况下，广西壮族地区的观念意识、情感结构与思想品格开始酝酿并得以建构。《广西文艺》创刊于1951年6月1日，这是当时广西唯一专门刊发文艺作品的省级刊物，因而它的编辑方针和发表的作品很大程度上反映出了广西文学发展的脉络，至少在"文革"结束前是这样。《广西文艺》在创刊号《编者的话》中有这样一段："在最初，在拟定本刊的编辑方针时，我们就已确定了这是一个地方性的、群众性的、通俗性的文艺刊物。直到最近，我们更明确地规定，本刊的读者对象不能是包罗各阶层群众兼而有之的一般群众，而应该是工农兵群众，最低限度通过工农兵干部而能为工农兵群众所接受；因此在作品内容上不能像过去一般文艺杂志那样以占大量篇幅的小说、剧本、诗歌为主要内容，而应该是以短小精悍的易为工农兵接受的通俗的民间形式的作品为主。"[①]《广西文艺》刊发的作品多为山歌、民歌、短剧等，纯粹意义上的短篇小说几乎不见出现。潘荣才的处女作《板雅坡上》发表在1958年4月号的《红水河》上，"板雅坡"事实上就是作者曾经就读的田东中学后面的山坡。小说以壮族歌圩贯穿始终，围绕青年之间的爱情矛盾，反映壮族青年的美好品格，其

---

① 《广西文艺》1951年第1卷第1期。

中蕴含着对人们爱情、生活和工作层面的美好劝诫。小说质朴认真，又妙趣横生，潘荣才不仅写出了居于乡间的壮族青年的情感经历，于焉展示壮族人民的精神面貌，在这个过程中，少数民族的自觉意识率先得以发抒，更重要的是，民族的风俗特色乃至自身的抒情方式，也得到了集中的呈现。

陆地出生于 1918 年，壮族人，来自广西扶绥县，早年投身抗战，并在延安鲁艺文学系学习，曾任广西作协主席、文联主席，中国作家协会第四届理事、第五届顾问，是当代广西文学的开拓者和奠基人。著有长篇小说《美丽的南方》《瀑布》等，并有短篇小说集《好样的人》《故人》等面世，他的短篇小说代表作《故人》，见于《广西文艺》1962 年第 11 期。小说讲述了 1950 年代，陈强调回广西工作，在码头与黎尊民重逢，忆起往事：他们是要好的中学同学，陈投身于共产主义革命，黎虽同情革命，却陶醉于个人的爱情与事业中。陈在当合作社辅导员期间，写了揭露农村黑幕的散文，成了亡命之客。逃亡路上得到黎尊民和李冰如(黎的爱人)的帮助，躲过一劫。抗日战争期间，黎家破产，李母逼迫李冰如离开黎，但最后两人于重庆团圆生活。李冰如被招聘入伪国防部做英语翻译工作，黎尊民在轮船公司当办事员。年轻夫妇因为工作，相聚的时间越来越少。最终，黎遭受国民党反动派的迫害，家破零落。黎尊民将 12 年来的事情讲给陈强听，情绪从幸福转而到悲愤、忧伤。最后，陈强让黎写份自传，把他大学所学用在社会主义建设上。作者通过刻画黎尊民、李冰如等人独特的人物个性，在情节结构上巧妙设计三次码头相遇，并以倾听回忆的方式来展现时代特征。"读陆地的小说，不管是第一人称叙述还是第三人称叙述，我们似乎都可以感觉到一个抒情主人公的存在，他平静地叙述故事，但你可以感觉到他心律和气息的变化，并由此受到感染，这种情感的表达是很独特的，即'陆地式'的，正因如此，他的小说才一次次在读者心中引起共鸣，产生强大的轰动效应。"[①] 小说从生活原型出发叙述故事，面对过往的严酷，陆地始终保持温和与关切，返乡遇故人，人性与情感最终达成了和解，

---

① 温存超：《执着的追求与真情的书写——论陆地的小说创作》，《南方文坛》2010 年第 2 期。

为国家的社会主义建设展开新的历史想象。

除了陆地的小说，此时期表现地方风情和民族色彩，并且从中传达出朴质纯粹的人性的，还有秦似的《太白岭下》(《收获》1960 年第 1 期)、李英敏的《椰风蕉雨》(《广西文艺》1962 年第 12 期)、秦兆阳《一封拾到的信》(《广西文艺》1962 年第 5 期)。秦兆阳同时以革命现实主义理论与突出的文学创作素养，在全国文坛创造了较大的影响力，他的小说《一封拾到的信》，以在广西期间深入乡下厂矿为主线，表现了广西农村的人情世故，以一封信为文本核心，叙写了程医生与列车员之间的情感，在社会主义建设热潮中，烘托出人物主体的工作热情与人性光辉。

《彩云归》作者李栋是广西电影制片厂编剧，曾在南宁市《红豆》杂志编辑部任副主任，其间和王云高合作写就了这部短篇，原载《邕江》1979 年第 1 期，同年《人民文学》第 5 期转载。小说荣膺全国第二届优秀短篇小说奖，这也是广西首次获得全国性的小说奖项；1988 年，《彩云归》拿下首届广西区人民政府最高文艺创作奖——广西文艺创作铜鼓奖。小说讲述了黄埔军校的三位国民党将领风云际会中的曲折人生，从他们的痛楚和困惑中，表露出对祖国统一的渴求和期待。文本中的"统一"主题，恰恰投射出新中国成立以来两岸人民的共同希望，以及台港回归和国家统一之意志。不仅如此，乡情与故土的情怀，也成为国家意志之外的地方情结。值得注意的是，作者王云高曾提到："按照批评家们通常的分类，《彩云归》被看作纯文学或曰严肃文学作品，但就其风格而言，无论是其讲究悬念与情节的章法，其诗词歌赋乐曲酒令……与文学语言的结合的格调，处处可以看到我国传统通俗文学的胎息，从发表之后，广泛流传(国内有 57 个剧团改编上演)、雅俗共赏的社会效果而言，至少可肯定它与通俗文学的血缘关系。"① 传统通俗文学的元素充分地体现在小说《彩云归》中，文化底蕴含纳其间，令小说人物充满怀旧色彩的同时，更传达出了对家国和故土的执念。

因而，除了国家意志及其统摄下的民族意识，这一时期的广西文学，值得注

---

① 王先霈等主编《80 年代中国通俗文学》，湖北教育出版社，1995，第 141 页。

意的还在于文学传统的承续与发挥，文学传统主要包含两个方面，一个是纵深处的古典传统，另一个则是时间毗邻的近现代文学的传统。这两者在白先勇的身上体现得尤为明显。"《金大奶奶》是位矮胖'老太婆'，在金大先生把'上海唱戏的女人'带回家办喜事的那个晚上，服'来沙尔'药水自杀。写这两段情节的对照，作者可能借用《红楼梦》九十八回'苦绛珠魂归离恨天'的写法，正因为金大奶奶一点也不像林黛玉，显得她被人欺虐无告身世的可怜。"[①] 对传统文学的化用，在"写法"，也即叙事手法上，向《红楼梦》致敬，实则代表着传统悲剧的现代发抒，人性与精神的困境缠绕其间，悲剧主体的自我意识也由此得以昭彰。可以说，白先勇这个时期的小说创作，已然呈现出了化传统为现代，融历史于现实的意图，这无疑代表着他的历史底蕴、文化襟怀与现代意识。

如前所述，这一时期的文学，追溯了古典与近现代的两大传统，后者在共和国的历史中，又体现为"人民"意志与"群众"意识至上的传统，这一传统酝酿于社会主义观念进入中国之后，而更为直接的影响，则来自40年代的延安。无论是为革命出生入死且始终与人民群众打成一片的"壮嫂"，还是《故人》中为了人民福祉奋不顾己投身革命的陈强等，都标志着革命文学与人民文学在50—70年代中国的延续，而广西文学以其独特的地方书写和人物塑造，承继了这些难能可贵的传统，并且创造出了新的形态和面貌。

二、时代转型、地方文化与乡土精神

20世纪70到80年代的中国，最为显著的特征便是历史的转型与时代的切换，尤其是改革开放以来，广西无论是在政治经济，还是文化教育等方面，都实现了全方位的质的飞跃。反映到文学上，则表现在广西作家以文艺映射和呈现历史的变动，并在与之充分互动的过程中，表征出新时期的广西所具备的新的品质和

---

① 夏志清：《文学的前途》，生活·读书·新知三联书店，2002，第141页。

面貌。

　　具体而言，这一时期的广西文学，从宏观的国族观念与革命历史，返归现实而贴切的日常生活；从政治的意识形态的框囿，回到个体的观念和情感；从历史的创伤和荒芜中，寻向广西本土的文化之根。

　　陈建功 1949 年生于广西，童年一直生活在西南美丽的海滨小城北海，7 岁随父母到了北京，1977 年高考恢复，28 岁的陈建功参加高考，并于次年进入北京大学中文系学习。随后，他开始集中创作文学作品，1979 年起，以《谈天说地》为总题，陆续发表了一组中短篇小说，确立了在文坛的地位。其中，短篇小说《盖棺》被《小说选刊》选为创刊号的头题；《丹凤眼》(《北京文学》1980 年第 8 期) 获 1980年《北京文学》奖；《飘逝的花头巾》(《北京文学》1981 年第 6 期) 获得 1981 年全国优秀短篇小说奖，接着出版了小说集《迷乱的星空》《陈建功小说选》《卷毛》《前科》等。陈建功是新时期的中国文坛，同时也是广西籍作家中最引人瞩目的一位代表人物。小说《飘逝的花头巾》叙述了高干子弟秦江，一度在莫斯科餐厅中迷失了自我，却偶然遇到沈萍，并受其点化，开始重新思考和追逐自己的人生，然而却在进入 S 大学后，感受到了无法纾解的生命困惑：作为精神导师的沈萍的沉沦与蒙蔽，浮躁与庸俗，令人陷入精神旋涡，不能自已。政治意识形态的松绑，势必迎来个人意志的解放。对人生的"干预"，即尊重人的主体性，为个体存在创造真的自由，从而获致更多的选择与更大的可能，以构设新的想象。而文学的意义，便在于对生活语言与生存空间的开掘，以及精神自由与价值系统的重建。陈建功的小说，关注人的生存方式，在意个体的"活法"，展示出了深层次的人文关怀，意图将人物引向更为自由而广阔的人生。当代中国的传统与现代始终纠缠，并且展示处于冲突状态的生活方式。陈建功试图将日常的个体及其自我选择的生活方式召唤出来，重新寻找人的主体意识，从中凸显平等观念、自由意志与人性价值，尽管在这个过程中无不充满着无助、痛苦和困惑。

　　如果说陈建功切中肯綮地把握住时代之痛与历史之思，那么李英敏、韦一凡、李逊、蓝怀昌等作家的出现，则更多地将关注的重点放在广西本土，开启了新时期的广西叙事。

来自广西合浦的女作家李英敏，更多地聚焦女性尤其是本民族革命女性与劳动妇女的命运。她1936年开始发表文学作品，在从事电影剧本创作的同时，也写出了诸多脍炙人口的小说作品，出版有短篇小说集《椰风蕉雨》《海里的月亮》等。李英敏这一时期小说，与60年代的小说风格有所不同，文风更为润朗，人物也更加鲜活和开放，刻画人物性格深入细致且生动有趣。小说《壮嫂》采用顺叙与插叙相结合的方式，回到抗日战争的语境中，壮嫂是部队的护士，为人热情开朗、亲切和蔼，富于同情心，且爱憎分明，将黄豹、黄虎两个罪大恶极的土匪头子置于死地，成为了中国革命的突出典型。"这位壮嫂，新中国成立前并不知道她是什么民族，新中国成立后才弄清她属壮族。但人们一直称她为壮嫂，却只因为她身强力壮，又会武功，她原来的名字，反而淡忘了。"[①] 小说有意突出她的民族身份，并以她的革命事迹为中心进行叙述，代表着革命时代的典型主体形态，而从壮嫂身上，更可以见出壮族人民的英勇气概与大无畏精神。

韦一凡出版有长篇小说《风起云涌的时候》《劫波》，并用壮文创作了《侬智高》，他还著有中短篇小说集《隔壁官司》，中篇小说集《被出卖的活观音》，另有长篇报告文学和长篇传记文学问世。短篇小说《姆姥韦黄氏》发表于《民族文学》1982年第1期，随后获中国作家协会和国家民委颁发的全国少数民族文学评奖优秀作品一等奖，又获广西文艺创作铜鼓奖荣誉奖。小说塑造了一位壮族劳动妇女韦黄氏，她经历情感坎坷和家庭悲欢，却依旧保持积极和乐观，坚忍不拔的精神态度，始终支撑着她的生命。整个文本的壮族民间气息非常浓郁，生活的酸甜苦辣，人物的喜乐忧愁，都跃然纸上。在姆姥和她的乡亲们身上，充满着质朴善良的性格色彩，即便在极端的历史时期，仍然对曾经伤害过自己的前夫韦木山保持善意，没有加害于他，反而想方设法营救。不仅如此，韦黄氏始终留恋金鸡寨，

---

① 李英敏：《壮嫂》，《人民文学》1984年第12期。

"故土难离，穷家难舍"①，一生守候着生己养己的故乡。

与韦黄氏隐忍包容的书写不同的是，张宗栻的《山鬼》塑造了一个复杂的农民形象山鬼，因其几近病态的劳作，被病榻上的妻子和黑婆子诟骂，"山鬼满心委屈地猫在灶头。今天竟然一家伙受到两个女人的训斥，这真是太不像话啦。但奇怪的是，他发不起怒。他只有委屈"②。在这里，顽固的男性意识，出现了削弱和反思，山鬼对重病妻子的愧疚，令他完成了内在的精神转圜。而另一方面，"《山鬼》中的冲突较为含蓄和多向度，究其核心应该理解为土地对中国农民所造成的巨大压抑：一方面是农民得不到土地的悲惨凄凉，另一方面是农民得到土地后所受的重负"③。作者将笔触探入幽微的民俗深处，透过复杂隐秘的乡民心理，揭示出农民的生存困境和精神两难。

80 年代中后期，李逊在《上海文学》发表了一系列小说，其中有《河妖》、《蓝蚂蚁》、《伏羲怪猫》和《冷梦》等。李逊的小说，善于探索人物内心隐秘的情感，《河妖》通过周顺、小崴等人的生活经历和心绪冥想，探究人自身以及人与人之间的关联，并将其延及更为深层的生命体验，从中窥见人的渴望和恐惧。《冷梦》则通过妻子的出轨与情感的危机，深入到家庭伦理与人物情绪的内部，揭示主体的欲望及其中难以摆脱的精神困境，由此创造出了新的叙事向度。不仅如此，这一时期的蓝怀昌、聂震宁、张宗栻等人的小说，都试图通过地方文化书写与个人的内心体验相结合，传达出后革命时代的个体心绪，探索新时期的主体意识与人文精神。

总体而言，因广西特殊的地理环境，及其所属的少数民族地区，尤其是 80 年代仍处于欠发达时期，文学的精神寻根一方面在呼应全国的寻根浪潮，另一方面也是自我的和地域的因素使然。这一时期的广西文学，回到民族区域的内部，回

---

① 韦一凡：《姆姥韦黄氏》，《民族文学》1982 年第 1 期。

② 张宗栻：《山鬼》，《人民文学》1986 年第 9 期。

③ 黄伟林：《两个世界的冲突——张宗栻近期的小说》，《南方文坛》1988 年第 6 期。

到当地民众的俗情与生活，探询广西的文化之根，构筑自我的文化立足点。可以说，80 年代的广西文学书写，不仅在全国范围内产生了影响，开始出现极具影响力的作家作品，并且在全国性的文艺舞台上愈加活跃，标志着文学桂军在后革命时代的新的实绩。尤其在此过程中凸显出来的广西民众的质朴、勤劳与深情，塑成了极具地方色彩的乡土精神，体现出改革开放之初广西的文艺形态。不仅如此，广西文学对地方风俗的展现也进入了新的阶段，发掘出更为丰富的壮族人情人性，甚至对人物主体的深层次的精神体验进行了探究，其中涉及的浓郁的地方色彩、饱满的民俗风情以及人物主体的苦难叙事、生命意志和深层心理，成为接下来 90 年代的广西文学更为丰富也更为多元的美学意识与叙事形态的先声。

三、世界意识、现代经验与形式自觉

90 年代以至进入新世纪，全球化的时代与商业主义浪潮席卷而来，广西的发展，进入了加速起飞的阶段。广西利用后发优势，在全国乃至世界经济中，开始确立自身地位。经济腾飞，民族昌盛，精神的需求与艺术的表达也走向了丰富多元。应该注意的是，不仅是历史的发展和时代的转圜形成了文学书写的新样态，更重要的是文学自身发展的规律使然。广西当代文学经过数十年的积累，无论是语言实验、文体意识，还是审美观念、精神底蕴等方面，都登上了一个新的层次，在这种情况下，文学进一步回归自身，大则以世界为视阈形构广阔的艺术空间，开拓新的叙事形态；小则关注人们最基本的生存状态和生活质量，为主体的人性意识和个人意志声张。

这个时期的全球化视阈下的文学书写，已然不同于白先勇此前的迁徙和离散式的经验，而指示的是国家与国家/地区之间交互，在民族主义与全球化浪潮夹层中，生成了独特的历史体验与现代意识。沈东子的《美国》首载于《上海文学》1993 年第 5 期，后由《人民文学》1993 年第 10 期转载，并于次年获得《上海文学》小说奖。沈东子来自广西桂林，出生于 1960 年，精通英语，曾有一段涉外旅游工作经历。在小说《美国》中，这个大洋彼岸的国度以其巨大的象征性和符号性意义，影响着一代的国人。美国很大程度上成就了"我"的爱情与婚姻，但其同时也成为"我"生活的悲剧。90年代的中国，处处呈现出对他者的误认与趋同，而处于这种时代装置中的个体，也时常遭遇内心的困惑与现实的悲剧。作为发达国家和地区的美国与欧洲，一度成为国族巨大的憧憬，但也投下了难以摆脱的阴影。

这种跨域写作及其中的精神乱淆，在长期旅居美国的桂籍作家陈谦的小说中，体现得更为突出。但有所不同的是，陈谦将人物置于新的境域之中，美国－广西作为两个从各方面而言均不对等的界域，投身其间的个体，同时面临现实与历史的双重搅扰，由此产生了撕裂和创伤，也传达出新的渴望与困惑。陈谦的《下楼》发表于《上海文学》2011年第4期，是她的短篇小说代表作。小说以留学美国的丹桂为叙述中心，并讲述了另一位也曾留学美国的康妮的家庭悲剧，以此揭示人物主体的历史记忆和精神创伤。"下楼"与荣格精神分析学说中的集体无意识相关联，在小说中，康妮因己之创伤，在丈夫离世后不再下楼，她所遭受的实际上也昭示着"文革"历史所造成的集体创痛。饶有兴味的是，围绕着康妮和丹桂所遭受的夫/父的殇痛，戴比事实上通过讲故事的方式，为丹桂疗伤，而陈谦则试图以套中套的故事框架，以康妮的悲怆和心理分析大师杰里的体悟，发现人的普遍性的创伤并将之疗愈。小说通过杰里·彼得森的话说道："你抽象地想，他们每一个人其实都是从唐惨死的时代里熬过来的啊，那里面有多少的苦难，有多少的康妮？各种各样的康妮，会影响到身后几代人的人生。他们需要救治。"① 我们无不生活在历史的阴影下，受传统与过去的支配，在时间的流河中漂浮，一半没于水中，一半露乎其上，心灵创伤是每个个体不得不面临的存在与不得不背负的现实，而我们唯有心怀创痛而不沉溺于斯，怀抱历史完成当下之建构。

在90年代开始的重新发掘历史意义和个体价值的过程中，革命和战争的大历史也逐渐进入广西文学的视野，其中，潘莹宇《光荣属于谁》（《上海文学》2004年

---

① 陈谦：《下楼》，《上海文学》2011年第4期。

第 6 期)和《1967 年的像章》(《上海文学》2005 年第 7 期)、林白的《某年的枪声》(《作家》2013 年第 2 期)、潘红日《回来》(《花城》2016 年第 3 期)、吴虹飞《鱼玄机的一生及柳上惠的一晚》(《作品》2012 年第 4 期)等，是其中的代表作品。这些小说再现历史的起伏跌宕，并在其中注入血肉和人性，以新的美学观念和价值观察对其进行叙说，个中人物在大开大合的历史境况中，以其幽微的心理触角和内在体验，感知其中的情感冲击与灵魂重压。

然而，现实历史所传达出来的个体与集体经验，在新世纪之交，需要更有现代感的文学来进行传达。从这个意义上而言，作家东西的小说颇值得注意。在东西的《反义词大楼》(《山花》1997 年第 9 期)中，便凸显了明晰的现代感，"东西作品也让人欲哭无泪，但他用一种喜剧的荒诞手法，他写的《反义词大楼》，凡是进入这个楼的人，都要倒立着走，说话要反着说，这在现实生活中是不可能的，但是我们追问各自的灵魂，追问人性，他在精神上进行的追问。都知道人有虚伪的一面，我们常常把应该表述的东西，不说出来，正话反说，反话正说，也就是习惯了不说真话，所以，我说他有一种在同情他笔下人物中的疼痛感，深深地体恤他们的难处，体察他们的苦难。他这种体恤是用幽默，无穷无尽的幽默和荒诞，以及他对人物反讽和含泪的叙事，所以体现出东西的自信而敏锐、独特而成熟的艺术才能"①。东西在小说中重新建造一个与现实历史形态相对的空间——反义词大楼，架构出诸多不可或缺的要素和逻辑，而荒诞和虚无却始终笼罩其间。而到了东西后来的《双份老赵》(《作家》2011 年第 1 期)《请勿谈论庄天海》(《收获》2013 年第 1 期)《私了》(《作家》2016 年第 2 期)等短篇，则更可以见出广西文学开始走向自身的形式探索和美学自觉的历程，语言的实验与结构的架设，令小说的文体特征愈加凸显。

田耳的小说，以乡土题材及人性探询居多，《金刚四拿》是其中的代表。小说

---

① 张燕玲：《文学桂军与当下中国文学》，载广西壮族自治区图书馆编《八桂讲坛录：展开智慧的翅膀》，广西人民出版社，2007，第 28 页。

在循环往复的生老病死中，展现出了乡土世界的质朴憨厚，但小说更重要的是表现了年轻一代的保守与出格。罗四拿从小生活在自己的家乡，尔后外出闯荡无果，重新回归乡土，但他在传统与现代的纠葛中挣扎，始终想做一番事业。"四拿话讲得键锵，理也占得稳，我却忽然记起来，四拿很早的理想，就是成为村里八大金刚之一。每个村都必须挑出八条汉子，是为八大金刚，专管抬死人。年轻人都想加入其中，八大金刚，就是一个村庄的颜面。死了人，丧堂上，八大金刚挤满一张八仙桌，好酒好肉伺候。别村的人来吊唁，免不了往这边瞟一眼，心里想，这村的八大金刚比我们村威风，或者是，这个村要凑八个人，都紧巴。很小，四拿便羡慕八大金刚吃酒吃肉、顾盼自雄的样子。"① 出走与归来的叙事模式，自"五四"新文学以来，成为中国乡土叙事的重要模式，乡土成为一代代青年的怕与爱，但是罗四拿的出现，通过组织、斡旋和争夺，成功地成为自己始终执念的"金刚"，小说的伦理旨向和精神意图，已然发生了反转，主体价值在世纪之交的重新锚定，使得通往乡土的归途不再显得缥缈与虚无。

可以说，对人性的深入透析与开掘，对乡土世界的重新发现和表述，突破了广西当代文学早期浓郁却略显单一的壮乡风土和壮族人情，将叙事的触角伸向了更为深广的世界。朱山坡的小说，通过人性的叩问和伦理的重述，表达对生命的理解，构建出隐微的情感模式和精神结构，小说《爸爸，我们去哪里》《陪夜的女人》是其短篇小说代表作。《陪夜的女人》发表于《天涯》2008 年第 5 期，《小说选刊》《小说月报》《新华文摘》相继转载，入选当年的多种小说选本，登上 2008 年中国当代最新文学作品排行榜，并获首届郁达夫小说奖。小说讲述了一个陪夜的"女人"，她的工作是专门照顾临终的老人，照料行将就木的老病者的饮食起居，倾听他们的欢愉苦楚，"你知道陪夜吧，大多数病人都是在半夜里断气的，陪夜就是让他们断气的时候身边总算有个伴，不至于太寂寞"②。在小说中，"陪夜"事

---

① 田耳：《金刚四拿》，《回族文学》2015 年第 3 期。

② 朱山坡：《陪夜的女人》，《天涯》2008 年第 5 期。

实上是一种向死而生，同时又是一种向生而死，在生之枯萎时，得以停顿、注视并得到尊重，如此既关乎生存的最后时刻，更是对死亡的凝视，透过生存关注死亡。更重要之处在于，小说实际上是超乎生死之外的，关注的是生活本身，也即临终前的驻足，由此放大和聚焦，将死亡前夕的喜怒哀乐投射出来，一出埋怨、一顿诉骂、一声叹息，即便是重病中的呻吟，以及大限将至时的悲叹，都被还原成生存现场的每个时刻，那些悲欢离合的分分秒秒，也尽是生活之河中不可或缺并值取珍重之所在。朱山坡 2019 年出版的小说集《蛋镇电影院》，则提出了"新南方写作"的理念，在新的地方认同与地域书写方面，展开了新的可能性。

可以说，通过日常的生活经验与情感经验，切入历史的病疾，触碰时代的痛感，成为这一时期小说的主要特征。常弼宇的《搬家》(《青年文学》1998 年第 2期)，海力洪的《药片的精神》(《上海文学》1998 年第 8 期)，黄佩华《满脸是痘》(《青年文学》1998 年第 2 期)，李冯的《一周半》(《山花》1999 年第 1 期)与《在路上》(《作家》1999 年第 2 期)，纪尘的《不道德的人》(《作家》2003 年第 6 期)、《演员莫认真》(《花城》2004 年第 2 期)与《205 路无人售票车》(《上海文学》2004 年第 6期)，黄咏梅《草暖》(《人民文学》2004 年第 7 期)，映川的《宋响的玫瑰》(《作家》2004 年第 11 期)，黄土路的《谁在深夜戴着墨镜》(《上海文学》2008 年第 4 期)，光盘的《把他送回家》(《上海文学》2004 年第 6 期)，李约热的《李壮回家》(《上海文学》2004 年第 6 期)等，都体现出如是之特征，对生活实感与日常体验的表达，呈现出现实的苦难及其中的精神面向。黄佩华在壮族作家中有着鲜明的艺术特质，他不仅在地域与民族书写中独具一格，而且善于切入人物的生活现场与情感历程，传达主体内部表征出来的时代讯息。《满脸是痘》发表于 1998 年，写的是"一九九七年秋天的一个晚上"[①] 发生的事情，展现了现代都市中的一种世纪末的惶惑，"小说《满脸是痘》是黄佩华表现现代都市人精神困惑的代表之作。文平在城市中

---

① 黄佩华：《满脸是痘》，《青年文学》1998 年第 2 期。

过着衣食无忧的生活，但是精神极度空虚"①。文平在经历情感挫折之后，百无聊赖游荡街头，先后遇到了发疯的诗人蝎子与以前邻居家的保姆阿蓉，他们从记忆中走来，却陷溺于眼前的生活，小说为记忆的翻滚与情绪的流动所占据。无论是诗歌所代表的精神生活、阿蓉身上寄寓的物质与欲望，还是足球的娱乐与休闲功能，以及妻儿带来的生活安稳等，都没有能够在文平的内心得到回应和反响，世纪末的终局与未及打开的将来，成为笼罩人物心理的巨大阴影，更代表着时代与历史的精神困惑。

李约热的《李壮回家》曾入选《21世纪年度小说选：2004短篇小说》《中国当代乡土小说大系》《中国乡土小说名作大系》等选本。小说以叙事者"我"的视角，叙述弟弟李壮离乡/返乡的精神历程。"回家的李壮就真能在现实中找到自己的理想吗？小说并没有提供一个肯定的答案。这是对的，事实上，关于理想与现实的关系本来就应该具有多种可能性。问题在于，现实也在发生着变化，这种变化是拉拢我们与理想的距离还是疏远我们与理想的距离呢？也许很难预料。小说中的李壮，当他再次回家时，家园已经变成了废墟。这多像一个充满哲理的寓意：在回家的路上我们丢了家园。我以为这是李约热最为精彩的一笔。"②论者在这里提及李壮的出走与离家背后所映射出来的现实与理想的分裂，尤其指出李壮失去家园的痛楚，可谓鞭辟入里。但还需看到的，是小说的最后，当李壮中秋归来时，家乡已不复存在，只见他失魂落魄地朝杨家强家走去，嘴里念叨的，是他从前鄙夷和唾弃的杨美："杨美，我爱你！杨美，我爱你啊！"出走前与回来后的内心反差为何如此之大？耐人寻味。这似乎是小说更引人注意的问题。李壮当初进京，不为求学，只为追寻心中所爱王小菊，回来时却是衣衫褴褛，甚至精神失常。不难推断，应是拜王小菊乃至北京所赐，也就是城市及城里的姑娘，击垮了李壮，否则他不会如此模样归来，还如此强烈地念怀当初有着种种瑕疵的杨美。因而，

---

① 刘纪新：《论黄佩华小说的反现代性品格》，《理论月刊》2009年第6期。
② 白烨主编《中国文情报告(2004—2005)》，社会科学文献出版社，2005，第30—31页。

从"李壮回家"所透露出来的，是现代都市文明对传统精神个体的冲击，加之故乡的被迫迁移不复存在，事实上意味着纯粹而弱势的底层小镇青年李壮所面临的灵与肉的双重考验，以打鱼维生的传统主体，在面对现代境况时，灵魂防线备受摧残。从这个意义而言，李壮离家期间频频寄回的信件，涉及的仅仅是北京的风景名胜，便成为一种隐喻。现代城市及其现实隐疾所映射出来的，只有风景（且还是编造的风景），不见人文、情感和理想，最终，信件断绝，李壮失落，城市只是一个令其悲怆的背景，其中的冷酷、残忍与悲叹，可见一斑。此外，李约热出版于 2019 年的中短篇小说集《人间消息》，其中的《村庄、邵永和我》等篇目，同样标志着广西短篇小说的新收获，小说聚焦下乡与扶贫题材，然而在叙事语言上又保留着先锋的姿态，显示出广西小说在新世纪不断走向纵深和开阔的努力。

四、结语

广西 70 年来的短篇小说创作，首先在于特定的历史境况下投射出来的国家意志与民族意识，以及其中文学所坚守和开创的文学传统；其次则是在后革命时代的政治历史转型中始终聚焦的地方文化和区域特征，广西特殊的历史地理和人文风物，都由此得以发抒；再则 90 年代乃至新世纪以来，文学向更为广袤的天地开掘，叙事形态与美学自觉也于焉得以建构，与此同时，历史意绪与现代经验的交互，以不同的参照和坐标，结构成灵活多样的小说形态，映射出了 70 年广西发展中的文艺态度和文化繁荣。

短篇小说的书写，往往注重表现生活的一个断面，集中书写一个深刻的人物，描述一处鲜活的场景，构筑一出不可规避的命运，表达一种强烈的理念或概念。纵观当代广西 70 年的短篇小说书写，一方面能够由小见大，以一个小的断面和层次为基准，上升或推进到更为广阔的国家/民族与历史/现实意义；另一方面，从细微点切入到纵深处，聚焦人物个体/群体的人性特征、情感结构、观念意识等层面，进行切中肯綮的解构和剖析。灵活之中见恢宏，幽微之间得气概。

　　总体而言，70 年来广西文艺的历史之旅，既有呼应时代的美学表达，也有经由自身的文学探索；既有世界主义的艺术表现，也有地方色彩的经验书写；既有宏大历史的形式呈现，也有生活形态的人文探询。气象万千的当代广西文学，得益于不计其数的广西作家孜孜不倦的探索，形成了风格多样、成果斐然的文学队伍，在题材开拓和形式创新，以及在语言开拓和艺术自觉上，共同推动广西文学走向深远和多元。

曾　攀

1950 年代

·潘荣才《板雅坡上》

板雅坡上

潘荣才

一

　　暖和的春风温温地抚着大地，坐落在板雅坡两头的板勤村(上村)和板拉村(下村)长满了映山红花，鲜艳殷红的。浪花歌期又到了，近百里地的男女青年都汇集在板雅坡上开"歌圩"。

　　板勤村口出现三个人，他们都穿着一身蓝士林的衣服，显出白衬衫衣领。那两个强壮结实的小伙子，梳着平整的头发，那个瘦矮的壮年戴着歪斜的毡帽，腋下夹一把油纸伞。他们嘻嘻哈哈地交臂拥行，准备参加"歌圩"去。

　　"兰花爱黑头巾，她不爱那些绣花的，等一下到圩上就买黑色的吧！"中间那个强壮结实的小伙子说。他名叫牙田，团员，是板勤板拉两村组成的初级农业生产合作社的生产队长。

　　"对，应该买她心爱的东西！"那戴歪斜毡帽的瘦矮的壮年阿保说："'三妹'可是个厉害人，我们刘三姐还怕她呢！她一张嘴，唱得多少人哑

作者简介

　　潘荣才(1937—)，壮族，籍贯广西田东，中共党员，《广西文学》原副主编，编审，中国作家协会会员。1958年发表小说处女作《板雅坡上》，1960年毕业于广西师范学院(今广西师范大学)中文系，出版有短篇小说集《上梁大吉》、长篇小说《天眼》、长篇传记文学《现代儒家梁漱溟》《陆地传》等。曾获中国作家协会文学编辑荣誉证书、首届广西文艺创作铜鼓奖编辑奖。

作品信息

　　原载《红水河》1958年4月号，收入《短篇小说选》(广西人民出版社1959年9月出版)和短篇小说集《上梁大吉》(漓江出版社1987年7月出版)。

口凸眼，更不用说讲心里话了！"

兰花，是板勤、板拉两村中最漂亮的姑娘，平日，大家都叫她做"三妹"，这是因为兰花能说会道，唱得一口甜甜的山歌。远近几百里地，谁都知道，要说名歌手就算是板勤村的刘三姐和板拉村的兰花了。兰花和刘三姐唱的山歌都一样好，过去，她俩曾斗了七天七夜的歌，但未能分输赢，她俩讲和了，再不斗歌啦，见面时，一个亲昵地叫"三姐"，另一个就笑眯眯地唤"三妹"，可够亲热咧！就是这样，"三妹"这个名字传开出去了。兰花劳动也是很出色的，她曾受到县里的两次表扬，现在当团支书。

牙田和兰花平日在一起劳动，一起工作，他俩曾被选上参加县里的社会主义建设积极分子会议，接触多了，在牙田这年轻人的心里，就好像被点燃了的火苗，一晃一荡的，慢慢地炽旺起来。牙田的心灵里，燃起了爱情的火苗啦，他的心上深深地烙印着兰花的影子。他准备趁这"歌圩"的机会，对兰花表示他的爱情。

"牙田，你不要怕，还有我和东山在这里呢！"阿保又亲昵地拍拍牙田的肩头，哄勉着他说，"'三妹'是个漂亮能干的妹子，你一定要娶她过来，为我们板勤村争光！"

阿保是一个很有经验的人，他是混"歌圩"出名的，凡有"歌圩"他都参加，哪怕是赶着百里以外的"歌圩"。听到牙田要对兰花，便自告奋勇地要做牙田的参谋。

他们通过热闹的圩场。圩市上多是些年轻人忙着抢买送礼物品，人们侧身擦背地往来。牙田他们好容易才买到了礼物，刚一挤出这喧闹的圩场，就听得板雅坡上歌声一阵阵涌来，抬头望去，坡上树下出歌声，歌声出处不见人。

到了板雅坡，迎面只见些青年男女，男的和男的成群，女的和女的结伴，三三五五，踏着轻松的步子，遨游往来，物色歌唱对象。遇到熟识的人，便哄笑起来！

"愿你们找到一个称心如意的妹子！"

"保佑你们找到个漂亮能干的姑娘！嘿嘿……"

"……嘿嘿！"

他们走了一阵，对面路边树下站着三个姑娘，一看便有兰花。她那丰满的身材，穿着一身蓝士林的衣服，那对乌黑深情的大眼不停地眨着，红润的笑脸包隐在黑色的头巾里面。旁边两个姑娘蓄着平肩短发，头上插着鲜花。兰花指手画脚，在那里说着笑着。

"依呀！兰花打扮得真漂亮，好似天仙一样了，嘿嘿……"阿保打趣地说。

"当然啰……嘻嘻……"姑娘们也笑了起来。

他们互相取笑了一阵，从笑声里便冒出了歌声，双方同伴都把歌唱者拥围起来。牙田含羞地唱道：

摘片木叶吹得响，
见着阿妹唱歌难；
脸红好似火烧山，
心里有话开口难。

兰花清脆婉转的歌声马上飘过来：

山歌不唱心不开，
大路不走长青苔；
有那心思便开口，
莫要犹疑说过来。

牙田又唱：

映山红花艳艳开，
花上蝴蝶双飞来；

蜜糖易觅花难采，

阿哥有心口难开。

兰花对：

蝴蝶成双鸟成对，

双双黄莺声脆脆；

阿哥想找妹配对，

学好山歌不用媒。

…………

薄暮了，灰色暗淡的光芒笼罩了山野，天上几颗星星在调皮地对着他们眨眼睛，好像笑着对他们说："现在是该散的时候了。"

牙田和兰花的对唱有了眉目，他俩被拥在一起，给戏谑了一阵，同伴们辞别了，只剩下他俩。平日，在生产中或是在工作中相处，他们什么都谈得来，现在牙田只觉得心头在怦怦地跳动，两手不知所措。他找不出什么话来说，不自觉地低下头来，惘然定睛出神。兰花看见牙田这憨傻样子，笑了起来，她深情地看着他说："我们走吧！"牙田这才鼓起勇气，走过去和兰花并着肩，一道朝兰花家的路上慢慢走去。

"歌圩"并没有完全结束。听！坡的上空萦回着爱情的歌声。也许，这歌声要持续到天明啊！

途中，牙田不知找什么话来谈才好，便扯到社里的工作上，慢慢地才谈到将来美好的前途。未来的生活像蜜糖般地吸引着他们，他俩沉浸在幸福的未来中。

"到了社会主义社会建成的时候生活该多好啊！"兰花幻想地说。

"是的。那时候，农庄有收音机、广播站，还有汽车……那有多好啊！"牙田情不自禁，感慨地说，脑里浮现着美丽的幻影。

月亮银光映照，地上浮动着两个人影。前面就是板拉村口了。

"快到她的家啦！现在该说了吧?!"牙田鼓足勇气，别过脸去对着兰花，秘密地说："兰花……"在月亮的微光下，她那双含有深情的眼睛正注视着他的脸，他那已到喉头的话又咽下去了，支吾着："我……哎哟!"一块石头把他绊着，差点儿没摔倒。兰花娇痴地、咯咯地笑起来。

兰花的姐姐听到笑声，迎了出来，把他们接到屋里去。

二

秋天，天边一朵朵浮云飘过去了，高旷的蓝天显得更明朗。稻田里一片黄澄澄的谷穗，随风起伏，叫人看了多么欢乐。这是合作社成立以后又一次的大丰收啊!

秋收。铜鼓喧天，歌声悠然。板勤、板拉两村隔着板雅坡，坡这边一通铜鼓响咚咚，跟着刘三姐唱:

铜鼓响声飘天空，

僮民丰收乐融融;

将来走向集体化，

幸福生活乐无穷。

坡那边，铜鼓雷鸣，"三妹"唱:

阵阵铜鼓响咚咚，

社会主义放光芒;

歌唱伟大共产党，

歌唱领袖毛泽东。

僮族①人民一向富于互助性，农忙时邻友亲戚多来相帮，很多人在山间一起工作。为了庆祝丰收，也为了娱乐，使大家不易疲倦，间中击敲铜鼓，选上一些人讴歌作乐。这风俗习惯一直保留到现在。

坡这边由社长依方（党员）和牙田领导收割，坡那边由副社长黄光（团员）和兰花领导收割。

中午。吃完午饭，趁歇息的时间，牙田翻过坡去，想看看板拉村那边的收割情况。刚爬上坡顶，远远地看见兰花坐在一株树底下憩息，在她后面的树丛里，黄光蹑手蹑脚地向兰花走来，猛地一把将兰花的头巾抢去，兰花站将起来，追入树丛里去了……牙田只觉得心像铅块，直往下沉，一股酸气冲上喉头……

"抢头巾"也是僮族青年男子表示爱情的一种方式——男的抢去女的头巾，如果女方愿意和他建立爱情，便接受男子交换的头巾。

晚饭吃不下喉，手里拿的筷子顶心头，咽不下饭，睡不着觉。牙田的心乱得一团絮麻，总理不出个头来，也说不出是个什么样的滋味儿。

"……副社长黄光……兰花……她会不会答应？吓！真该死……'歌圩'那晚……那块石头绊去了兰花了……要不是，那晚和她肯定了关系，那该多好啊！唉，真倒霉……"牙田反反复复地想，"不，兰花平日已知道我的心事，她不会……"

牙田的心几乎要迸裂了，他无奈地拖着软塌塌的脚步，慢慢地踱向板雅坡。四周是恬静的，这更显得孤寂，天上星星闪着眼睛，好像在对他嘲笑。

不知不觉，前面就是兰花的家。这是一间按古老习俗建筑的"栏桑"（高屋），上楼住人，下楼养牲口。兰花住的是后进新盖的屋子。高楼透出灯光，还连续发出噼啪的响声，这是兰花的姐姐在楼上剁猪菜。牙田的突然出现，先是使兰花的姐姐很惊讶，但她慢慢像醒悟过来似的，打量一遍牙田，抿嘴"噗哧"地笑

---

① 僮族，即壮族。1965 年，僮改为壮。——编者

了，也不说话，点了点头，秘密地向后屋一指，表示兰花正在屋里呢！牙田犹豫了一下，才向前走去，只听得屋后有人在说话，牙田踏进门口一看，"哦——"他几乎惊叫出声来，是黄光和兰花在那里谈话。他一气之下转身掉头便向外走。兰花的姐姐惊讶地叫着他，他头也没回，跑着离开了那个地方。

<h1 style="text-align:center">三</h1>

社的粮食分红开始，但却发生了问题。

黄昏，牙田向板拉村走去，他默默地走着，心里想着社里发生的事情。

这个初级农业生产合作社是由板勤、板拉两村合起来组成的。板勤村村地依着石山，是山谷的一小片平原土地，地势比较低洼，水源丰富，土壤肥沃；板拉村地势较高，靠连板雅坡，是些半黄泥地，没有板勤村的地那样好；板拉村田地比较瘦瘠，需要多施肥，多耕作，平日出工就多一些，加上这年有一个时期需要抗旱，因此出的工就更多，得的工分也就必然多；板勤村粮食虽然比板拉村收得多，但由于工分较少，工分率价值一样，分得的粮食则少。社的分红方案初步拟定还未正式公布，板勤村的人可就有意见啦！大家都说这不合理！闹得特别凶的是阿保他们，对牙田吵吵嚷嚷地纠缠着说："你们不解决，拿我们做傻瓜吗？叫我吃亏我才不干哩！今后再不那样傻啦，谁再为社出力，那才是笨蛋！"牙田被他们缠得没法，便领着他们一起去板拉村找社长侬方去。半路上遇到了副社长黄光，不几句话，便争吵起来了……

他们一起去找社长侬方，于是，一场激烈的辩论开展了。一阵激烈过去，一阵沉默……

"这是群众的利益，并不是我个人的问题。"牙田坚持着自己的意见，撇着嘴喃喃地说。

"是的，这是社的利益，而不是你个人的问题，但你是社的生产队长，一个社干带着社员来争吵，这对吗？为什么你不对他们好好地解释？有意见可以提上来解决嘛!"黄光用严厉的口吻说道。

这当儿,兰花好像没有见过牙田似的,用惊奇的眼光从头到脚对牙田打量了一遍,然后嘲讽地、但是善意地笑着说道:"哎呀呀!我还未见过有这样一个团员,说了多少道理,还坚持自己的错误啊!……"

这使牙田稍微有些发窘了,他把视线转到别处,定睛望着窗棂出神。他沉思着:"'哎呀呀!'哼,一唱一和,你俩……我算真的倒霉了吧……"

侬方把水烟筒抽得咕咕微响,静静地听着他们争论,他是从来不发表未成熟意见的,所以每次争论问题,有他在场,他总能给你好好地解决。这时,他把拿着纸捻的手一挥,总结性地慢慢说道:"这问题要解决,不然,它就会影响社的巩固和大家的团结,就会影响社员的生产情绪!"他又别过脸来严肃地对牙田说:"牙田!你再慢慢地想,黄光他们说得对,作为一个生产队长,又是团员,能带着社员来吵吗?阿保他们闹,你就应该对他们进行解释,有意见可以提嘛!再说,我们是一定要想出办法解决这问题的……我们要一切服从社的利益,你是一个团员,应起模范作用!"

侬方停了停,吸了几口烟,沉思了一会才又慢慢地继续说道:

"我刚才想出了这样一个办法,我们就把社的分红方案马上修改,板勤村提高20%的所得率,即每一百斤多给他们20斤,再由他们分配。大家考虑一下,这办法好不好?但这只是暂时的解决办法。我们还要召开社干会议,计划修建水利来改良板拉村的田,提高产量,解决两村间的矛盾。"

……侬方到县里开会去了。召开了社干会议,大家围绕社长侬方提出的办法进行了讨论,最后会议通过执行。

在散会路经兰花家门时,牙田被兰花的姐姐叫住了,要他后天给她家修"水道"。牙田想想:"我自那天晚上跑走以后,已好几天没有来兰花家玩了,她这次叫我修'水道',只不过是'清明拜抬脚,意在食。'另有用意吧了!"

第三天牙田提了一把柴刀,爬上兰花家背后的石山。这石山是矮的,坡是斜的，山顶上长着很多树木和竹子，连着这矮石山的上面，重叠着一排高黑的石山，山上有一个潭洞，这潭洞经常溢出山水来，向背村的北面山流下去，形成一个小瀑布。他们就是用竹筒沿着石缝，弯弯曲曲地连接安架起来，从石山顶上的潭洞里把水引到家里使用的。

牙田爬到山顶，选好了要砍的竹子，便抡起柴刀，照竹根乱剁。但他心里却在想念着兰花。砍着砍着，竹嘣地断倒，牙田的心也像紧弓断弦一般松弛下来。

牙田把漏水的破竹筒除掉，又换上新的竹筒，纯净清甜的水，就咕咕咕地流下去了。他想："也许现在兰花正在家里舀水饮呢！要是我的爱情能融在水里，流到兰花的心该多好啊！可是……"水仍在咕咕地流，流，他环视着板拉村景出神。突然，板雅坡处的深洼地吸引住他的视线，他凝视了一下，眼前浮现出社长依方说要修水库的事；他沉思了一会，便像发现了天大的秘密一般，抑制不住内心的欢乐，忘却了爱情的忧郁苦闷，连蹦带跳地直往山下跑。

牙田旋风般地直跑进兰花家里，一见兰花，他便向前扑去，把她双手拉住转着兜圈子。兰花吃惊地，慌乱地叫了起来："发疯啦！"牙田惊醒过来，迅速把手松开，脸唰地直红到耳根，不知所措地站着；但马上他又欢欣起来了，神秘地把他的发现对兰花说：

"我们要是能在板雅坡洼地处开一个水库，把潭洞里的水引下来，这样，两村的矛盾不就可以解决了吗？"

兰花听了，不觉惊喜地拉着牙田说："走，我们找副社长黄光商量去！"

"黄光——"牙田像被闪雷吓着了，呆呆地仁立着，他想起阿保最近告诉他的一连串消息：黄光和兰花愈来愈亲密了，他们会一起跑到石灰窑去谈心。为了这件事，阿保气得要牙田和黄光斗歌……一想到黄光，他心里就一阵隐痛，但他耳里马上回响着依方那嘹亮的话："我们要一切服从社的利益，你是个团员，应起模范作用！"想到这里，牙田便身不由己地跟着兰花跑，找副社长黄光商量去……

四

社里详细地研究了牙田的建议，拟定了建筑水库的方案，交由牙田把方案拿到县里去。牙田到了县里，将方案给在县开会的社长依方，叫他看过同意后便就近向县委请示，争取早些动工；交代完后牙田就先回来了。

社长依方开完会，从县里回来以后，便把牙田叫来。将他从县里带回来的一本毛主席著的《"关于农业合作化问题"的报告》和一本《一九五六年到一九六七年全国农业发展纲要（草案）》递给牙田看，笑着说道：

"拿去好好看看，明年开春可能我们就要转高级社了！"

依方拿过水烟筒，咕咕咕地呷了几口，又对牙田笑着，说道：

"我们社的建筑水库计划已被批准，县委很关心我们，将来准备给我们派来干部。还给我们贷款，我们可以马上动工！"牙田一听，乐得跳了起来。依方给牙田布置了工作任务，便把他送出门口。

水库快开工了，但买回来爆炸岩石用的火药不够用。当前县城里没有卖，公司答应设法帮助解决。但因时间太长，远水救不了近火；屈指一算，时间是十分紧迫的，只有抓住两个多月内的农闲时间，来完成建筑水库的工程。

早在板拉村北头的石灰窑里，已烧好了石灰。一天，刚下过一场大雨，路上还是溜滑的。挑运石灰开始，人们分作两行，唱着山歌，有说有笑，人来人往，好不热闹。依方站在高处指挥鼓动着："加——油——呀！"他拿起扁担，在负责铲灰的黄光和牙田面前一边放一个箩，说道："铲多些！"

"哎呀！我们的社长也出动呀！"

"是呀！刘三姐，来，我们比赛！"

工地上立刻扬起了一片嬉笑声。

黄光跑去给兰花铲灰，牙田却在想他的心事。兰花箩里的石灰泼在地上，雨水浸着石灰吱吱作响，冒着白烟；黄光把灰一铲铲地兜起，铲着铲着，他突然停住了，凝视着爆碎的石灰出神，然后猛然抬起头来，惊喜地说：

"有办法！我们缺的火药解决啦！你们看，石灰在水里爆裂，那么，水库里凸出地面的岩石，用火烧热后，用水淋，不就能把它破裂了吗？买回来的炸药就可以用来炸石块作筑坝基用。"

"烧石灰是在窑里，烧岩石是露天，我看不成呀，真是小孩娃仔的想头！"阿保把手一甩，冷嘲地说。

大家你一言，我一语地讨论开来。有的人认为可以，有的人说不可能。

侬方细心地听着大家的争论，想了想，走过来拍拍黄光的肩，说话了：

"我看，这办法可以试试，明天你就和牙田一起去试试。"

第二天天刚亮，黄光和牙田就去进行试验碎裂岩石的办法。一路上，他们互不谈话，缄默地走着。黄光挑着水桶走在前头，牙田扛着"十字镐"跟在后面。牙田打量着黄光，心里想："真是冤家路窄……"

他们默默地工作着——把凸出地面的岩石旁边的泥土锄拨开来，架好了柴火，便点燃起来。又挑来了水。

火，在噼噼啪啪作响，他们两个分别坐着。牙田看着火出神，想他的心事：

"黄光……兰花……哼！还装聋卖傻呢！走着看吧！"

牙田瞥了黄光一眼，见他在拨弄着柴火。

"为了社的利益，我不能不和他蹲在这里……"

"噢！社长来啦！兰花也来啦！"黄光迎上去接过他们，围着火边坐。兰花一到谈笑风生，他们嘻嘻哈哈地笑着；只有牙田在发窘，他在兰花面前更觉难过；兰花笑着笑着还时常对他眨眼睛，挑逗他说话，他真窘极了，要不是为了工作，他将会跑掉的……

火烧了很久，他们也坐了很久。岩石已被烧成灰色了，他们便把火拨开，把水泼上；然而岩石并没有破裂，只发出沙沙沙的响声。像一盆冷水泼在他们的头上，大家都以为失败了……只有依方仍在冷静地看着，想着……蓦然，他从牙田手中拿过"十字镐"，高高地举起，用力向岩石锤打。啪！岩石被打碎了一个角，再一打……很快就把岩石锤打得碎成块。牙田忍不住内心的欢喜，一把扯过黄光呼着："有——办——法——啦！"兰花在旁边又高兴得咯咯地笑了起来。

五

工地上尘土飞扬，人们来来往往地挑泥运土，就像开歌圩一样的热闹。

火药爆炸声震天动地，岩石崩裂分离了，人们把它搬来筑坝。

工地上冒起了熊熊的火焰，像烧石灰一样，凸出的岩石被烧得几乎透红，人们把水泼上，然后用锤敲打。啪！啪！岩石碎裂了……。

工程将完成的一天，在工地上，依方从他的衣袋里拿出一本烫了"青春"金字、红皮面的日记簿来。递给牙田看。牙田莫名其妙地看看依方，坐下来漫不经心地翻看。这日记本是黄光的，上面有好几则扣动了牙田的心弦：

×月×日

今天，我抢兰花的头巾，但兰花又不答应，我很难过……她已有心上的人了吧，但是谁呢？她不爱我，算了吧……

×月×日

我到兰花家商量分配第二天的收割工作……牙田来了，他又跑了，兰花只是笑……我这才明白了……我心里很难过，但牙田又对我误会……

×月×日

牙田把社建筑水库的计划拿到县里，我和兰花到石灰窑去，计划烧石灰的工作和商量怎样发动人工的问题……

×月×日

我被牙田误会深了，听说阿保他们还准备要拉我去斗歌呢！……为了社的工作，我想，应该马上把这误会解除，于是，我跑去找兰花谈了。

看着看着，牙田的心翻腾着欢乐，同时又愧然地搔着头，心里赧然地说道：

"原来事情是这样的！……"

经过两个多月的艰辛劳动，水库工程竣工了！

排峰顶上留着紫红色的落日余晖，人们欢乐的歌唱，歌唱党的光辉！歌唱自己的劳动！人们踏着轻快的步子，一群群地沿着回家的路上拥行。

黄光一把拉着牙田的手，径直向前跑去，一面抬高嗓子喊："兰花！"他把牙田推到兰花的面前。兰花娇痴地、略略地笑了起来。

"牙田……你们？"背后传来阿保惊讶的疑问。

"阿保，他们都很好！"不知什么时候，社长侬方走到跟前插嘴说："你还是向前走吧！来，走！"

黄光向背后呆望着的阿保招手，喊着走过去，加入人群中去了。人们回过头来，给他俩送来祝福的微笑……

六

今天，是板勤、板拉两村初级农业生产合作社转为高级农业生产合作社可喜的一天！

今天，是庆祝水库工程竣工可喜的一天！

今天，是牙田和兰花约会的幸福的一天！

牙田站在山上树下，欣赏着美丽的风景。他的心啊，豁然开朗，是这景色使他欢欣，是映山红把他的心染红了！牙田眺望远方，憧憬着幸福的生活，期待着幸福的爱情……

牙田吹着木叶哨子，悠然地唱起山歌：

蜘蛛结网在屋檐，

狂风吹来破半边；

断了断了又接起，

丢了丢了又来连。

山下传来了兰花——"三妹"渐近的歌声：

风吹云动天不动，

水推船流岸不流；

刀切藕断丝不断，

我俩明丢暗不丢。

兰花拿着一束映山红花向牙田跑来。在僮族人民的古老传说里，映山红花是幸福和爱情的象征……

牙田迎了上去，接过鲜红艳艳的花。兰花扑倒在牙田怀里，娇痴地咯咯地笑……

| **文学史评论** |

潘荣才的小说，具有浓郁的民族色彩和鲜明的时代气息。他不仅是壮族人，而且长期生活在壮族地区，对自己民族的过去、现在都有较深的理解，有深厚的感情。基于此，他笔下展现的壮族人物、壮族风情，吞吐时代的风云，鲜明生动，具有迷人的魅力。但他并不满足于人物事物的外象描绘，而是千方百计地追求人物内心世界的深刻揭示，通过本民族各阶层的人物（基层干部、知识分子、农民……）的形象塑造，反映我们这个时代的精神，折射社会生活的深刻内涵。

——梁庭望、农学冠编著《壮族文学概要》，广西民族出版社，1991，第444—445页潘荣才的小说多方面地反映了壮乡现代化的进程。他往往能从颇具壮族特色的生活中选取题材，从"人"的观念变化中切入，反映出时代前进的步伐。在艺术表现方面，不懈地探索创新，为壮族小说的发展注入了活力，推动了壮族文学的现代性进程。虽然一些尝试未尽成功，但是也为后人积累了宝贵的经验。

——雷锐主编《壮族文学的现代化历程》，民族出版社，2008，第 178 页

| 创作评论 |

就其总的特点上看，我认为潘荣才属于那种技巧型的作家。在其前阶段的创作里，我们并不难看到这种特点。潘荣才很善于从日常生活里提取故事因素，并很善于用一个巧妙的构思把日常生活的一个个故事环扣交织于一个什么意蕴上，并层层剥笋，使人的性格特征活现于读者面前。

——彭洋：《技巧的轮子和技巧的包袱——潘荣才小说创作论》，《南方文坛》

1992 年第 6 期

| 作品点评 |

潘荣才的这篇《板雅坡上》，通过三个青年之间爱情上的矛盾，刻画了壮族人民耿直、朴实、勤劳的性格，显示出他们对待爱情和劳动，处理个人和集体的关系的时候，以劳动和集体为第一，从而使生产向前发展，得到真正的爱情和幸福。作品在表现壮族人民风习方面，跟人物性格紧紧结合而绘声绘色地给我们展示出一幅斑斓、优美的生活画面。

——苗延秀：《短篇小说选·序言》，载广西作家协会编《短篇小说选》，广西人民出版社，1959，第 2 页

1960 年代

玉卿嫂

白先勇

一

我和玉卿嫂真个有缘，难得我第一次看见她，就那么喜欢她。

那时我奶妈刚走，我又哭又闹，吵得我妈也没得办法。天天我都逼着她要把我奶妈找回来。有一天逼得她冒火了，打了我一顿屁股骂道：

"你这个娃仔怎么这样会扭？你奶妈的丈夫快断气了，她要回去，我怎么留得住她？这有什么大不了！我已经托矮子舅妈去找人来带你了，今天就到。你还不快点替我背起书包上学去，再要等我来抽你是不是？"

我给攥了出来，窝得一肚子闷气。吵是再也不敢去吵了，只好走到窗户底有意叽咕几声给我妈听：

"管你找什么人来，横竖我不要，我就是要我奶妈！"

作者简介

白先勇(1937—)，广西桂林人，回族，著名旅美华人作家。1958 年 9 月，白先勇在夏济安主编的《文学杂志》发表短篇小说《金大奶奶》，从此走上文坛。1960 年，白先勇创办了对台湾文学具有深远影响的杂志《现代文学》。随后，白先勇主要创作了长篇小说《孽子》和《寂寞的十七岁》《台北人》《纽约客》三个系列的短篇小说以及大量的散文随笔。

作品信息

原载《现代文学》1960 年第 1 期。1962 年由张兰熙女士译成英文，收入吴鲁芹编 *New Chinese Writing* (Taipei: Heritage Press，1962)，1986 年由舒巧改编为舞剧在香港上演。1997 年改编为电视剧上演。收入短篇小说集《寂寞的十七岁》(远景出版公司 1976 年出版)，《台北人》(《白先勇文集》)(广西师范大学出版社 2009 年出版)。

我妈在里面听得，笑着道：

"你们听听，这个小鬼脾气才犟呢，我就不相信他奶妈真个有宝不成？"

"太太，你不知道，容哥儿离了他奶妈连尿都屙不出来了呢！"胖子大娘的嘴巴顶刻薄，仗着她在我们家做了十几年的管家，就倚老卖老了。我妈讲话的时候，她总爱搭几句辞儿凑凑趣，说得我妈她们全打起哈哈来。当着一大堆人，这种话多难听！我气得跑到院子里，把胖子大娘晾在竹竿上的白竹布衣裳一把扯了下来，用力踩得像花脸猫一般，然后才气咻咻地去催车夫老曾拉人力车送我上学去。

就是那么一气，在学堂里连书也背不出来了。我和隔壁的唐道懿还有两个女生一起关在教室里留堂。唐道懿给老师留堂是家常便饭，可是我读到四年级来破题儿第一遭。不用说，鼻涕眼泪早涂得一脸了，大概写完大字，手上的墨还没有洗去，一搐一摸，不晓得成了一副什么样子，跑出来时，老曾一看见我就拍着手笑弯了腰，我狠命地踢了这个湖南骡子几下，踢得他直叫要回去告我妈。

回到屋里，我轻脚轻手，一溜烟跑到楼上躲进自己房中去了。我不敢声张，生怕他们晓得我挨老师留堂。哪晓得才过一下子，胖子大娘就扯起喉咙上楼来找我了，我赶快钻到帐子里去装睡觉，胖子大娘摇摇摆摆跑进来把我抓了起来，说是矮子舅妈带了一个叫玉卿嫂的女人来带我，在下面等着呢，我妈要我快点去见见。

矮子舅妈能带什么好人来？我心里想她老得已快缺牙了，可是看上去才和我十岁的人差不多高。我顶讨厌她，我才不要去见她呢，可是我妈的话不得不听啊！我问胖子大娘玉卿嫂到底是个什么样子的人，胖子大娘眯着眼睛笑道："有两个头，四只眼睛的！你自己去看吧，看了她你就不想你奶妈了。"

我下楼到客厅里时，一看见站在矮子舅妈旁边的玉卿嫂却不由得倒抽了一口气，好爽净，好标致，一身月白色的短衣长裤，脚底一双带绊的黑布鞋，一头乌油油的头发学那广东婆妈松松地绾了一个髻儿，一双杏仁大的白耳坠子却刚刚露在发脚子外面，净扮的鸭蛋脸，水秀的眼睛，看上去竟比我们桂林人喊作"天辣椒"如意珠那个戏子还俏几分。

我也说不出什么道理来，一看见玉卿嫂，就好想跟她亲近的。我妈问我请玉卿嫂来带我好不好时，我忙点了好几下头，也顾不得赌气了。矮子舅妈跑到我跟前跟我比高，说我差点冒过她了，又说我愈长愈体面。我也不爱理她，一径想找玉卿嫂说话。我妈说我的脸像个小叫花，叫小丫头立刻去舀洗脸水来，玉卿嫂忙过来说让她来帮我洗。我拉着她跟她胡诌了半天，我好喜欢她这一身打扮，尤其是她那对耳坠子，白得一闪一闪的，好逗人爱。可是我仔细瞧了她一阵子时，发觉原来她的额头竟有了几条皱纹，笑起来时，连眼角都拖上一抹鱼尾巴了。

"你好大了？"我洗好脸忍不住问她道。我心里一直在猜，我听胖子大娘说过，女人家额头打皱，就准有三十几岁了。她笑了起来答道：

"少爷看呢？"

"我看不出，有没有三十？"我竖起三个指头吞吞吐吐地说。

她忙摇头笑道：

"还有那么年轻？早就三十出头喽！"

我有点不信，还想追着问下去，我妈把我的话头打断了，说我是傻仔。她跟玉卿嫂讲道：

"难得这个娃仔和你投缘，你明天就搬来吧，省得他扭得我受不了。"

矮子舅妈和玉卿嫂走了以后，我听见我妈和胖子大娘聊天道：

"喏，就是花桥柳家他们的媳妇，丈夫抽鸦片的，死了几年，家道落了，婆婆容不下，才出来的。是个体面人家的少奶奶呢！可怜穷了有什么办法？矮子舅妈讲是我们这种人家她才肯来呢。我看她倒蛮讨人喜欢。"

"只是长得太好了些，只怕——"胖子大娘又在挑唆了，她自己丑就不愿人家长得好，我妈那些丫头，长得好些的，全给她挤走了。

二

我们中山小学的斜对面就是高升戏院，是唱桂戏的，算起来是我们桂林顶体面的一家了。角色好，行头新，十场戏倒有七八场是满的。我爸那时在外面打日本鬼，蛮有点名气，戏院里的那个刘老板最爱拍我们马屁，我进了戏院不但不要买票，刘老板还龇着一嘴银牙，赶在我后面问我妈好，拿了瓜子又倒茶，我白看了戏不算，还很有得嚼头。所以我放了学，天时早的话，常和老曾到戏院里逛逛，回去反正我们都不说出来，所以总没有吃过我妈的排头。有时我还叫唐道懿一起去，好像我做东一样，神气得了不得。我和他都爱看武戏，什么黄天霸啦，打得最起劲，文戏我们是不要看的，男人家女人家这么你扯我拉的，肉麻死了。

我跟唐道懿溜到后台去瞧那些戏子佬打扮，头上插起好长的野鸡毛，红的黑的颜料子直往脸上抹，好有意思。因为我从小就长得胖嘟嘟，像个粉团儿，那些戏子佬看见我就爱得要命，一窝蜂跑过来逗我玩。我最喜欢唱武生的云中翼，好神气的样子，一杆枪耍在手中，也不见分量似的，舞起来连人都看不见了。那个唱旦角的天辣椒如意珠也蛮逗人喜欢，眉眼长得好俏；我就是不爱看做小生那个露凝香，女人装男人，拿起那把扇子摇头摆尾的，在台上还专会揩油呢，怎么好意思！此外还有好多二流角色和几个新来的我都不太熟，可是脸谱儿和名字我倒还记得。

我见过玉卿嫂的第二天，一放了学，我就飞跑出来催老曾快点送我回去，唐道懿追着出来又要我带他去看戏，说是这天做《关公走麦城》呢，我上了车回答他道：

"明天我再带你去，今天我没空，我要回家去看玉卿嫂。"

"谁是玉卿嫂啊？"他大惊小怪地问。

"就是我的新奶妈哪。"我喊惯了奶妈一时改不过口来。

"哈哈，容容这么大个人还要请奶妈来喂奶呢！"唐道懿拍着手来羞我，两道鼻涕跑出来又缩了进去，邋遢死了！我涨红了脸骂了他几声打狗屁，连忙叫老曾拖车子走了。

我一进了屋就嚷着要找玉卿嫂，我妈说她早来了，在我房里收拾东西呢。我三步并作两步地跨到楼上房中去，看见玉卿嫂正低着头在铺她的床。她换了一身亮黑的点梅纱，两只手膀子显得好白净。我觉得她实在长得不错，不过她这种漂亮，一点也不像我们家刚嫁出去那个丫头金婵，一副妖娆娇俏的样子，她一举一动总是那么文文静静的，大概年纪到底比金婵大得多，不像金婵那么整天疯疯癫癫的了。我轻手轻脚地走到她后面，大声喝了一下，吓得玉卿嫂回过头来直拍着胸口笑道："我的少爷，你差点把我的魂都吓了走。"我笑得打跌，连忙猴向她身上跟她闹着玩，我跟她说她来带我，我好开心，那几天我奶妈不在，我一个人睡在楼上，怕得不得了，夜晚尿胀了也不敢爬起来屙，生怕有鬼揢脚似的，还落得胖子大娘取笑半天。我跟她在房里聊了好一会儿，我告诉她我们家里哪个人好，哪个人坏，哪个人顶招惹不得，玉卿嫂笑着说道：

"管他谁好谁坏，反正我不得罪人，别人也不会计算我的。"

我忙摇着手说道：

"你快别这么想！像胖子大娘，就坏透了，昨天她在讲你长得太好了，会生是非呢！"

<h1 style="text-align:center">三</h1>

大概玉卿嫂确实长得太好了些，来到我们家里不上几天就出了许多故事。自从她跨进了我家大门，我们屋里那群斋狠了的男光棍佣人们，竟如同苍蝇见了血，玉卿嫂一走过他们跟前，个个的眼睛瞪得牛那么大，张着嘴，口水都快流出了似的。胖子大娘骂他们像狗舔屎一样，好馋。这伙人一背过脸，就叽叽喳喳，不知在闹些什么鬼。我只是听不见罢咧，要是给我捉到了他们在嚼嘴混说我们玉卿嫂，我可就要他们好看！

有一晚吃了饭，我去找门房瞎子老袁，要爬到他肩上骑马嘟嘟，到我们花园去采玉兰。我们花园好大，绕一圈要走老半天，我最喜欢骑在老袁肩上爬到树上去摘花了。其实老袁这个人样样都好，就是太爱看女人，胖子大娘讲他害火眼准是瞧女人瞧出来的。我走到大门口，看见他房里挤了好些人在聊天，湖南骡子老曾，厨房里打杂的小王，还有菜园里浇粪的秦麻子，一群人交头接耳不知在编派谁，我心里很不受用，忙垫了脚走到窗户底下，竖起耳朵用力听。

"妈那巴子！老子今天早晨看见玉卿嫂在晾衣服，一双奶子鼓起那么高，把老子火都勾了上来了。呸！有这么俏的婊子，和她睡一夜，死都愿了。"讲话的是小王，这个人顶下作，上次把我们家里一个丫头睡起了肚子，我妈气得把他撵了出去，他老子跑来跪倒死求活求，我妈才算了。

"你呀，算了罢，舔人家的洗脚水还攀不上呢。"老曾和小王是死对头，一讲话就要顶火的。

"罢、罢、罢，"老袁摇手插嘴道，"这几天，你送小少爷回来，怎么一径赶着要替小少爷提书包上楼呢？还不是想去闻闻骚？"讲得他们都笑起来了，老曾气得咿呀唔呀的，塞得一嘴巴湖南话，说也说不清楚。

秦麻子忙指着老袁道："你莫在这里装好了，昨天玉卿嫂替太太买柿子回来，我明明瞧见你忙着狗颠屁股似的去接她的篮子，可不知又安着什么心！"

几个七嘴八舌，愈讲愈难听，我气得一脚踢开了门，又起腰恨恨地骂道：

"喂！你们再敢多说一句，我马上就去告诉玉卿嫂去，看她饶不饶得过你们。"

哪晓得小王却涎着脸笑嘻嘻地向我央道："我的好少爷，别的你千万莫跟她说，你只问她我小王要和她睡觉，她肯不肯。"

那几个鬼东西哄然笑了起来，我让他们笑呆了，迟疑了好一会儿，连忙回头跑到楼上找到玉卿嫂，气喘喘地跟她讲："他们都在说你坏话，小王讲他要和你睡觉呢！你还不快点去打他的嘴。"

玉卿嫂红了脸笑着说："这起混账男人哪有什么好话说，快别理他们，只装听不见算了。"

我不依，要逼着她去找他们算账，玉卿嫂说她是新来的，自然要落得他们嚼些牙巴，现在当作一件正经事闹开来，太太晓得不是要说她不识数了？

可是第二天就有事情来了。姑婆请我妈去看如意珠的《昭君和番》，屋里头的人乘机溜了一半，那晚我留在房中拼命背书，生怕又挨老师罚。

"滴答滴，

滴答滴，

钟摆往来不停息，

不停息，

不停息，

——"

我的头都背大了，还塞不进去，气得把书一丢，一回头，却看到玉卿嫂踉踉跄跄跑了进来，头发乱了，掉了一绺下来，把耳坠都遮住了，她喘得好厉害，胸脯一起一伏的。我忙问她怎么回事，她喘了半天说不出话来，我问她是不是小王欺负她了，她点了一点头，我气得忙道：

"你莫怕，我等我妈回来马上就讲出来，怕不撵他出去呢！"玉卿嫂忙抓住，再三求我不要告诉我妈，她说：

"这没有什么大不了，少爷千万别闹出来，反倒让别人讲我轻狂，那个死鬼吃了我的苦头，谅他下次再也不敢了。"

第二天，我看见小王眼皮肿得像核桃那么大，青青的一块，他说是屙尿跌青的，听得我直抿着嘴巴笑。

四

我们在桂林乡下还有些田，由我们一个远房叔叔代收田租，我们叫他满叔。他长得又矮又胖，连颈子也看不见，背底下我们都喊他做坛子叔叔。一年他才来我们家里两三次，只来给我妈田租钱罢了。胖子大娘说坛子叔叔本来穷得快当裤子了，帮我们管田以后，很攒了两个钱，房子有了一大幢，只少个老婆罢了。他和花桥柳家有点亲，所以玉卿嫂叫他做表哥的。不知怎么回事，自从玉卿嫂来了以后，满叔忽然和我们来往得勤了。巴巴结结今天送只鸡来，明天提个鸭来。有事没事，也在我们家里泡上半天。如果我妈不在家，他就干坐着，等到我放学回来，他就跟到我房间里和我亲热得了不得，问长道短的："容哥儿爱吃什么？要不要吃花桥的碗儿糕？满叔买来给你。"平常他一来只会跟我妈算钱，很不大理睬我的。现在突然跑来巴结我，反倒弄得我一头雾，摸不清门路了。我问胖子大娘为什么坛子叔叔近来这样热络，她笑着答道：

"傻哥子，这点你还不懂，你们坛子叔叔看上了你的玉卿嫂，要讨她做老婆啦。"

"不行啊，他讨了她去没人带我怎么办呢？"我急得叫了起来。

"我说你傻，你把你玉卿嫂收起来，不给满叔看见不就行了。"胖子大娘咯咯咯地笑着教我道。

以后坛子叔叔来我们家，我总要把玉卿嫂拖得远远的，不让他看见，哪晓得他一来就借个故儿缠着玉卿嫂跟她搭讪，我一看见他们两人讲话，就在外面顿着脚叫道：

"玉卿嫂，你来，我有事情要你做。"玉卿嫂常给满叔缠得脱不得身，直到我生了气喊起来："你聋了是不是？到底来不来的啦！"玉卿嫂才甩下坛子叔叔，急急忙忙一面应着跑过来，我埋怨她半天，直向她瞪白眼。她忙辩道：

"我的小祖宗，不是我不来，你们满叔老拖住我说话，我怎么好意思不理人家呢？"

我向她说，满叔那种人少惹些好，他心里不知打些什么主意呢。玉卿嫂说她也是百般不想理他的，只是碍着情面罢咧。

果然没有多久，坛子叔叔就来向我妈探口气想娶玉卿嫂做媳妇了，我妈对他说道："我说满叔，这种事我也不能做主，你和她还有点亲，何不你自己去问问她看？"

满叔得了这句话，喜得抓耳挠腮，赶忙挽起长衫，一爬一爬，喘呼呼地跑上楼去找玉卿嫂去，我也急着跟了上去，走到门口，只听到满叔对玉卿嫂说道：

"玉妹，你再想想看，我表哥总不会亏待你就是了，你下半辈子的吃、穿、一切包在我身上，你还愁什么？"

玉卿嫂背着脸说道：

"表哥，你不要提这些事好不好？"

"你嫌我老了？"坛子叔叔急得直搓手。

玉卿嫂没有出声。

"莫过我还配不上你不成？"坛子叔叔有点气了，打鼻子里哼了一下道，"我自己有几十亩田，又有一幢大房子，人家来做媒，我还不要呢。"

"表哥，这些话你不要来讲给我听，横直我不嫁给你就是了！"玉卿嫂转过身来说道，她的脸板得铁青，连我都吓了一跳。她平常对我总是和和气气的，我不晓得她发起脾气来那样唬人呢。

"你——你——"坛子叔叔气得指着玉卿嫂直发抖道："怎么这样不识抬举，我讨你，是看得起你，你在这里算什么？老妈子！一辈子当老妈子？"

玉卿嫂走过来将门帘"豁琅"一声捧开，坛子叔叔只得讪讪地跑了出来。我赶在他前面，跑到大门口学给老袁他们听，笑得老袁拍着大腿滚到床上去。等到坛子叔叔一爬一爬走出大门时，老袁笑嘻嘻地问他道："满老爷，明天你老人家送不送鸡来啦？送来的话，我等着来帮你老人家提进去。"

满叔装着没听见，连忙揩着汗溜走了。

五

自从玉卿嫂打回了满叔后，我们家里的人就不得不对她另眼相看了。有的说她现成放着个奶奶不会去做，要当老妈子；有的怪她眼睛长在额头上，忒过无情。

"我才不信！"胖子大娘很不以为然地议论道："有这么刁的女人？那么标致、那么漂亮的人物，就这样能守得住一辈子了？"

"我倒觉得她很有性气呢。"我妈说道，"大家出来的人到底不同些，可笑我们那位满叔，也不自量，怎么不抹得一鼻子灰？"

从此以后，老袁、小王那一伙人却对玉卿嫂存了几分敬畏，虽然个个痒得恨不得喉咙里伸出手来，可是到底不敢轻举妄动，只是远远地看着罢了。

不管怎么样，我倒觉得玉卿嫂这个人好亲近得很呢。看起来，她一径都是温温柔柔的，不多言不多语。有事情做，她就闷声闷气，低着头做事；晚上闲了，她就上楼来陪着我做功课，我写我的字，她织她的毛线，我从来没有看见她去找人扯是拉非，也没看过她去院子里伙着老曾他们听莲花落。她就爱坐在我旁边，小指头一挑一挑，戳了一针又一针地织着。她织得好快，沙沙沙只听得竹针的响声。有时我不禁抬头瞅她一眼，在跳动的烛光中，她的侧脸，真的蛮好看。雪白的面腮，水葱似的鼻子，蓬松松一绺溜黑的发脚子却刚好滑在耳根上，衬得那双耳坠子闪得白玉一般；可是不知怎的，也就是在烛光底下，她额头上那把皱纹子，却像那水波痕一样，一条一条全映了出来，一、二、三——我连数都能数得出几根了，我不喜欢她这些皱纹，我恨不得用手把她的额头用力磨一磨，将那几条皱纹秋平去。尤其是当她锁起眉心子，怔怔出神的当儿——她老爱放下毛线，这样发呆的——我连她眼角那条鱼尾巴都看得清清楚楚了。

"你在想什么鬼东西呀？"我有时忍不住推推她的膀子问她道。

她慌忙拿起毛线，连连答道没有想什么，我晓得她在扯谎，可是我也懒得盘问她了，反正玉卿嫂这个人是我们桂林人喊的默蚊子，不爱出声，肚里可有数呢。

我喜欢玉卿嫂还有一个缘故：她顺得我，平常经不起我三扭，什么事她都差不多答应我的。我妈不大喜欢我出去，不准我吃摊子，又不准上小馆，怕我得传染病。热天还在我襟上挂着一个樟脑囊儿，一径要掏出来闻闻，说是能消毒，我怕死那股气味了。玉卿嫂来了以后，我老撺掇她带我出去吃东西，她说她怕我妈讲话。

"怕什么？"我骂她道，"只有我们两人晓得，谁会去告诉妈妈，你不肯去，难道我不会叫老曾带我去？"她拿我是一点都没有办法。我们常常溜到十字街去吃哈盛强的马肉米粉，哈盛强对着高升戏院，专门做戏院子的生意，尤其到了夜晚，看完戏的人好多到这里来吃消夜的。哈盛强的马肉米粉最出名，我一口气可以吃五六碟，吃了回来，抹抹嘴，受用得很，也没见染上我妈说的什么霍乱啦，伤寒啦。

只有一件事我实在解不过来，任我说好说歹，玉卿嫂总不肯依我。原来不久玉卿嫂就要对我说她要回婆家一趟，我要她带我一起去，她总不肯，一味拿话哄着我道：

"远得很哪！花桥那边不好走，出水东门还要过浮桥，没的把你跌下水去呢！快别去，在屋里好好玩一会儿，回头我给你带几个又甜又嫩的大莲蓬回来噢！"

她一去就是老半天，有时我等得不耐烦了，忍不住去问胖子大娘：

"玉卿嫂为什么老要回婆家呢？"

"你莫信她，她哄你的，容哥儿，"胖子大娘瘪起嘴巴说道，"她回什么鬼婆家啊——我猜呀，她一定出去找野男人去了！"

"你不要瞎扯！你才去找野男人，我们玉卿嫂不是那种人。"我红了脸驳胖子大娘。

"傻哥子！她跟她婆婆吵架才出来的，这会子又巴巴结结跑回去？你们小娃子她才哄得倒，她哪能逃得过老娘这双眼睛。你看，她哪次说回婆家时，不是扮得妖妖精精的？哪，我教你一个巧法子：下次她去的时候，你悄悄地跟着她屁股后头捉她一次，你就知道我是不是瞎扯了。"胖子大娘的话讲得我半信半疑起来，我猛然想起玉卿嫂出门的时候，果然头上抿了好多生发油，香喷喷，油光水滑的，脸上还敷了些鸭蛋粉呢。

去花桥要出水东门，往水东门，由我们家后园子那道门出去最近——这是玉卿嫂说的，她每次回婆家总打后门去。礼拜天她又要去了，这次我没有出声，我赖在床上，暗暗地瞅着她，看她歪着头戴上耳坠子，对了镜子在钳眉毛。

"我去了，噢。"她临走时，跑来拧了一下我的腮帮子，问我想吃什么，她好带回来。

"上次那种大莲蓬就好。"我转过身去装着无所谓的样子说。她答应一定替我挑个最大的回来，说完，她匆匆地走了。我闻到一股幽香，那一定是从玉卿嫂身上发出来的。

当她一下了楼梯，我赶忙跳了起来，跟在她后面进了后园子。我们后园种了一大片苞谷，长得比我还高。我躲在里面，她回了几次头都没看见。我看她出了后门，并不往右手那条通水东门的大路去，却向左边手走，我知道，出左手那条小街就是一撮七拐八弯的小巷子，尽是些小户人家，一排一排的木板房子住着卖豆浆的也有，拖板车的也有，唱莲花落的瞎婆子、削脚剔指甲的，全挤在那里，我们风洞山这一带就算那几条巷子杂。那种地方我妈平常是踏脚都不准我踏的，只有老袁去喊莲花落的时候，我才偷着跟去过几次，邋遢死了，臭的！玉卿嫂不知跑去做什么鬼？她那么干净个人，不怕脏？我连忙蹑手蹑脚跟了过去，玉卿嫂转了几个弯，往一条死弄堂走了去，等我追上前，连个人影都看不见了，我打量了一下，这条死弄堂两边总共才住着六家人，房子都是矮塌塌的，窗户才到我下巴那么高，我踮起脚就瞧得里面了。我看这些人穿得很，连玻璃窗都装不起，尽是棉纸糊的，给火烟熏得又焦又黄。我在弄堂里走了几个来回，心里一直盘算，这六个大门可不知玉卿嫂在哪一扇里面，我踱到右手第三家门口时，忽然听到了玉卿嫂的声音，我连忙走过去把耳朵贴在门缝上，却听到她正和一个男人在讲话呢。

"庆生，莫怪我讲一句多心话，我在你身上用的心血也算够了。你吃的住的，哪一点我没替你想到？天冷一点，我就挂着你身上穿得单，主人赏一点好东西，我明明拿到嘴边，只是咽不下去，总想变个法儿留给你。为了找这间房子，急得我几个晚上都睡不着，好不容易换了些金器，七凑八凑，才买得下，虽然单薄些，却也费了我好多神呢。只是我这份心意不知——"玉卿嫂说着，忽然我听见她带着哭声了。

"玉姐，你莫讲了好不好——"那个叫庆生的男人止着她道，他的声音低低的，很带点嫩气呢。

"不，不，你让我说完，这是郁在我心里的话——你是晓得的，我这一生还有什么指望呢，我出来打工，帮人家做老妈子，又为的是哪一个？我也不敢望你对我怎么好法子，只要你明白我这份心意，无论你给什么嘴脸给我看，我咬紧牙根，总吞得下去。像那天吧，我不要你出去做事，你就跟我红脸，得！我的眼泪挂到了眼角我都有本事给咽了进去，我为什么不喜欢你出去呢？我怕你身子弱，劳累不得。庆弟，你听着，只要你不变，累死苦死，我都心甘情愿，熬过一两年我攒了钱，我们就到乡下去，你好好地去养病，我去守着你服侍你一辈子——要是你变了心的话——"玉卿嫂呜呜咽咽哭泣起来了，庆生却低声唧唧哝哝跟玉卿嫂说了好些话，玉卿嫂过了一会，叹了一口气又说道：

"我也不指望你报答我什么——只要你心里，有我这个人，我死也闭上眼睛了——喏，你看，这包是我们太太天天吃高丽参切剩下来的渣子，我一天攒一点，攒成这么一包，我想着你身子单弱，渐渐天凉起来，很该补一补，我们这种人哪能吃得起什么真的人参燕窝呢，能有这点已经算不错了。天天夜里，你拿个五更鸡罐子放上一抓，熬一熬，临睡前喝这么一碗，很能补点血气的，我看你近来有点虚浮呢，晚上还出汗不出？"

"这阵子好多了，只是天亮时还有一点。"

"你过来，让我仔细瞧瞧你的脸色——"

不知这庆生是什么样的人？我心想，玉卿嫂竟对他这么好，我倒要瞧一瞧了。我用力拍了几下门面，玉卿嫂出来开门时一看见是我，吓了一大跳，连忙让我进去急着问道：

"我的小祖宗爷，你怎么也会到这种地方来了，家里的人知不知道啦？"

我拍着手笑道：

"你放心吧，我也是跟着你屁股后头悄悄地溜出来的，我看你转了几个弯子，忽然不见了，害得我好惨，原来你躲在这里呢，你还哄我回婆家去了——这是你什么人啦？"我指着站在玉卿嫂旁边那个后生男人问她道。玉卿嫂忙答道："他是我干弟弟。喏，庆生，这就是我服侍的容容少爷，你快来见见。"

庆生忙笑着向我作了一个揖，玉卿嫂叫他去把她平常用的那个杯子洗了倒杯茶来，她自己又去装了一盘干龙眼来剥给我吃，我用力瞅了庆生几下，心想难怪玉卿嫂对他那么好，好体面的一个后生仔，年纪最多不过二十来岁，修长的身材，长得眉清目秀的，一头浓得如墨一样的头发，额头上面的发脚子却有点点卷，也是一杆直挺挺的水葱鼻，倒真像玉卿嫂的亲弟弟呢！只是我看他面皮有点发青，背佝佝的，太瘦弱了些。他端上茶杯笑着请我用茶时，我看见他竟长了一口齐垛垛雪白的牙齿，好好看，我敢说他一定还没有剃过胡子，他的嘴唇上留了一转淡青的须毛毛，看起来好细致，好柔软，一根一根，全是乖乖地倒向两旁，很逗人爱，嫩相得很。一点也不像我家老袁的络腮胡，一丛乱茅草，我骑在他肩上，扎得我的大腿痛死了。他对我讲，他是天天剃才剃出这个样子来的。

"好啊！"我含着一个龙眼核指着庆生向玉卿嫂羞道，"原来你收着这么一个体面的干弟弟也不叫我来见见。"说得庆生一脸通红，连耳根子都涨得血红的，我发觉他竟害羞得很呢，我进来没多一会儿，他红了好几次脸了，他一笑就脸红，一讲也爱脸红，嗳嗳嚅嚅，腼腼腆腆的，好有意思！我盯着他用力瞧时，他竟局促得好像坐也不是站也不是了，两只手一忽儿捋捋头发，一忽儿抓抓衣角，像没得地方放了似的。玉卿嫂忙解说道：

"少爷，不是我不带你来，这种地方这么邋遢哪是你能来的？"

"胡说！"我吐了龙眼核说道："外面巷子邋遢罢咧，你干弟弟这间房多干净，你看，桌子上连灰尘都没有的。"我在桌子上拿手指划了一划给她看。庆生这间房子虽然小，只放得下一铺床和一张桌子，可是却收拾得清清爽爽的，蚊帐被单一律雪白，和庆生那身衣服一样，虽然是粗布大裥，看起来却爽眼得很。

我着实喜欢上玉卿嫂这个干弟弟了，我觉得他蛮逗人爱，脸红起来的时候好有意思。我在他那里整整玩了一个下午，我拉着他下象棋，他老让我吃他的子，吃得我开心死了。玉卿嫂一径要催着我回去，"急什么？"我摔开她的手说道，"还早得很呢。"一直到快吃夜饭了，我才肯离开，临走时，我叫庆生明天等着，我放了学就要来找他玩。

走到路上玉卿嫂跟我说道：

"少爷，我有一件事情不知你能不能答应，要是能，以后我就让你去庆生那儿玩，要是不能，那你什么念头都别想打。"我向她说，只要让我和庆生耍，什么事都肯答应。

她停下来，板起脸对我说："回到家里以后，无论对谁你都不准提起庆生来，做得到不？"她的样子好认真，我连忙竖起拇指赌咒——哪个讲了嘴巴生疔！不过我告诉她胖子大娘这回可猜错了，我说：

"她讲你是出来找野男人呢，你说好不好笑？要是你准我讲的话，我恨不得一回去就告诉她，你原来有一个极体面的干弟弟——什么野男人！"

六

第二天，我连上着课都想到庆生，我们算术老师在黑板上画着好多根树干在讲什么鬼植树问题：十棵树，九个空，二十棵树，十九个空——讲得我的头直发昏，我懒得听，我一直想着昨天我和庆生下棋——实在有趣！他要吃我的车时，有意跟我说："留神啊，少爷，我要吃车啦。"我连忙把棋子抢在手中，笑着和他赖，他也红着脸笑了起来，露出一嘴齐垛垛的牙齿，我真奇怪他嘴上那须毛为什么那么细那么软呢？像竖不起来似的，我忽然起了一个怪念头：要是我能摸一摸庆生的软胡须，一定很舒服的——想着想着我忍不住发笑了，坐在我旁边的唐道懿掐了我大腿一把问道："疯啦？好好的怎么笑起来了？"我用肘子拐了他一下瞪着他道："嘘！莫吵，人家在想黑板上的题目呢！"

下午三点多钟就放了学，回到家门口，我连大门都不进就把书包撂给老曾催他回："去，去，去告诉太太听，我去姑婆那里去了，吃夜饭才回来。"只有去姑婆家，我妈才顶通融，反正姑婆记性又不好，我哪天去，她也记不得那么多，所以说去她那里，最妥当。我心里头老早打好主意了：先请庆生到高升去看日戏，然后再带他去哈盛强吃马肉米粉。我身上带了一块光洋，八个东毫，早上刚从扑满里拿出来的。光洋是去年的压岁钱，东毫是年三十夜和老袁他们掷骰子赢来的。

我走到庆生房子门口，大门是虚掩着的，我推了进去，看见他脸朝着外面，蜷在床上睡午觉，我轻脚轻手走到他头边，他睡得好甜，也不晓得我来了。我蹲了下来，仔细瞧了他一阵子，他睡着的样子好像比昨天还要好看似的。好光润的额头，一大绺头发弯弯地滑在上面，薄薄的嘴唇闭得紧紧的。我看到他鼻孔微微地翕动着，睡得好斯文，一点也不像我们家那批男用人，个个睡起来"呼啦呼啦"的，嘴巴歪得难看死了。真是不知怎么回事，我一看见他嘴唇上那转柔得发软的青胡须就喜得难耐，我忍不住伸出手去摸了一下他嘴上的软毛毛，一阵痒痒麻麻的感觉刺得我笑了起来，他一个翻身爬了起来，抓住了我的手，两只眼睛一直愣愣发呆，还不知道是怎么回事。"哈哈，我在耍你的软胡须呢!"我笑着告诉他，突地他的脸又开始红了起来——红、红、红，从颈脖一直到耳根子去了。

"哪，哪，哪，莫怕羞了，"我把他拉下床来一面催他道，"快点换衣服，我请你去看戏，然后我们去上小馆。"他迟疑了半天，吞吞吐吐，想说什么又不说了似的，后来终于说道："我想我们还是不要出去的好，少爷! ——"

"不行!"我急得顿脚嚷道，"人家特地把压岁钱带来请你的，喏，你看!"我把一块光洋掏出来亮给他看，一面拉着他就跑出门口了。

进了戏院我找到了刘老板，告诉他说我请一个朋友来看戏，要他给两个好位子给我们，我有意掏出四个东毫来给他，他连忙塞进我袋子里一迭声嚷着："这个使不得，容少爷，你来看戏哪还用买票，请还请不来呢!"说着他就带我们到第三排去了。

庆生坐了下来，一直睁着眼睛东张西望，好像乡巴佬进城看见了什么新鲜事儿一样。

"难道你以前从来没来过这里看戏?"我问他道，他咬着下唇笑着摇头，很不好意思的样子，我诧异得不得了，我到高升好多次，连我自己都数不清了呢。我连忙逞能地教起他戏经来——我告诉他哪出戏好，哪出戏坏，这戏院子有些什么角色，各人的形容又是怎么样的，讲得我津津有味。

这天的戏是《樊江关》，演樊梨花的是一个叫金燕飞的二流旦角，这个女孩儿我在后台看过几次，年纪不过十七八岁，画眉眼、瓜子脸，刁精刁怪的，是一个很叫人怜的女娃子。我听露凝香说因为她嗓子不太好，所以只能唱些刀马旦的戏。这天她穿了一身的武打装束，头上两管野鸡毛颤抖抖的，一双上挑的画眉眼左顾右盼，好俊俏的模样。

庆生看得入了神，一对眼睛盯着台上也没有转过。

"喂，你喜不喜欢台上这个姑娘？"我凑到他耳边向他打趣道。他倏地转过头来愕然望着我，像个受了惊的小兔儿似的，一双眸子溜溜转，过了一会儿，他干咳了几声，没有答话，突然转过头去，一脸憋得紫涨，我看见他脖子上的青筋都暴起来了。我吓了一大跳，连忙不敢出声了。

看完戏，我就请庆生到哈盛强去吃马肉米粉，我们各人吃了五碟，我要请客，他一定不肯，争了半天，到底还是他付了钱。我们走出来时看着天时还早，我就让他牵着手慢慢荡街荡回去。我和他一路上聊了好多话，原来他早没了爹娘，靠一个远房舅舅过活，后来他得了痨病，人家把他逼了出来，幸亏遇着他玉姐才接济了他。

"你怎么自己不打工呢？"我问他道。

他有点不好意思答道：

"玉姐说我体子虚，不让我做工。"

我问了他好多事情，他总说玉姐讲要他这样，玉姐讲要他那样，我觉得真奇怪，这么大个人了，怎么玉卿嫂一径要管着他像小孩儿似的呢。

走到我们后园门口我和他分手时，我又问他道：

"你喜不喜欢看戏？"他笑着点了点头。

"那以后你常常到学校门口来接我，我带你一同去。"

他嗫嗫嚅嚅地说：

"恐怕——恐怕玉姐不喜欢呢。"

唉！又是玉姐。

我一进到房中就跑到玉卿嫂面前嚷着说道：

"喂，你猜今天我跟庆生玩些什么？"

她放下毛线答说不知道。

"告诉你吧！我们今天去高升看戏来，金燕飞的——"我兴高采烈地正想说给她听，哪晓得她也没搭腔，竟低下头织她的毛线去了。我心里好不自在，用力踢了她的绒线球一下，嘟囔道：

"这算什么？人家兴兴头头的，你又来泼冷水了。"

她仍旧低着头淡淡地答道：

"戏院子那种地方不好，你以后不要和庆生去。"她的声音冷冰冰的——她从来没对我这样说过话呢。以前我去看戏，她知道了没说什么，为什么和她干弟弟去她就偏不高兴了呢？我不懂。

七

其实这两姐弟的事情我不懂的还多得很呢。不知怎的，我老觉得他们两人有点奇怪，跟别人很不一样，比如说吧，胖子大娘也还不是有一个干弟弟叫狗娃的，可是她对他一点也不热络，一径骂他做臭小子，狗娃向她讨些我们厨房的剩锅巴，费上好一番口舌，还要吃一顿臭骂，才捞到几包。可是玉卿嫂对她干弟弟却是相差得天远地远。

平日玉卿嫂是连一个毫子都舍不得用的。我妈的赏钱，她自己替人家织毛线、绣鞋面赚来的工钱，一个子一个子全放进柜子里一个小漆皮匣子中，每次到了月尾，我就看见她把匣子打开，将钱抖出来，数了又数，然后仔仔细细地用条小手巾包好揣到怀里，拿到庆生那儿去。

每次玉卿嫂带我到庆生那里，一进门她就拖着庆生到窗口端详半天，一径问着他这几天觉得怎么了？睡得好不好？晚上醒几次？出出虚汗没有？天亮咳得厉害不厉害？为什么还不拿棉袄出来，早晚着了凉可怎么是好？天凉了，吃些什么东西？怎么不买斤猪肝来炖炖？菠菜能补血，花生牛肺熬汤最润肺——这些话连我都听熟了。

玉卿嫂真是什么事都替庆生想得周周全全的，垫褥薄了，她就拿她自己的毡子来替他铺上；帐子破了洞，她就仔仔细细地替他补好；她帮他钉纽子、做鞋底、缝枕头囊——一切芝麻绿豆大的小事情，她总要亲自动手。要是庆生有点不舒服，她煎药熬汤的那份耐性才好呢，搅了又搅，试了又试。有一次庆生感了风寒，玉卿嫂盘坐在他床上，拿着酱油碟替庆生在背上刮痧时，我直听到她刮了多久就问了多久："痛不痛？我的手太重了吧？你难过就叫，噢。"忽儿她拿着汗巾子替他揩汗，忽儿她在他背上轻轻地帮他揉搓，体贴得不得了。

玉卿嫂对庆生这份好是再也没得说了，庆生呢，要是依顺起来，也算是百般的迁就了，玉卿嫂说一句他就应一句，像我们在学校里玩鸡毛乖乖一样，要他东歪就东歪，要他西歪就西歪。然而我老觉得他们两个人还是有点不对劲，不知怎么的，玉卿嫂一径想狠狠地管住庆生，好像恨不得拿条绳子把他拴在她裤腰带上，一举一动，她总要牢牢地盯着，要是庆生从房间这一头走到那一头，她的眼睛就随着他的脚慢慢地跟着过去，庆生的手动一下，她的眼珠子就转一下，我本来一向觉得玉卿嫂的眼睛很俏的，但是当她盯着庆生看时，闪光闪得好厉害，嘴巴闭得紧紧的，却有点怕人了。庆生常常给她看得发了慌，活像只吃了惊的小兔儿，一双眸子东窜西窜，似乎是在躲什么似的。我一个人来和庆生玩还好些，我们下着棋有谈有笑，他一径露着一嘴齐垛垛的牙齿，好好看。要是玉卿嫂坐在旁边，他不知怎么搞的，马上就紧张起来了，心老是安不下来，久不久就拿眼角去瞟玉卿嫂一下，要是发现她在盯着他，他就忙忙垂下眼皮，有时突地两只手握起拳头，我看到他手背的青筋都暴起来了。说起来也怪得很，庆生虽然万分依从玉卿嫂，可是偶尔他却会无缘无故为些小事跟玉卿嫂拗得不得了，两人僵着，默默地谁也不敢出声，我那时夹在中间最难过了，棋又下不成，闷得好像透不过气来似的，只听得他们呼吸得好重。

有一件事情玉卿嫂管庆生管得最紧了，除了买东西外，玉卿嫂顶不喜欢庆生到外面去。为了这件事，庆生也和玉卿嫂闹过好几次别扭。我最记得有一天晚上，我妈到姑婆那儿去了。玉卿嫂带了我往庆生那儿，庆生不在屋里，我们在他房里等了好一会儿他才回来，玉卿嫂一看见他马上站起来劈头劈脸冷冷地问道：

"到哪里去来？"

"往水东门外河边上荡了一下子。"庆生一面脱去外衣，低着头答道。

"去那里做什么？"玉卿嫂的眼睛盯得庆生好紧，庆生一直没有抬起头来。

"我说过去荡了一下子。"

"去那么久？"玉卿嫂走到庆生身边问着他，庆生没有出声。玉卿嫂接着又问：

"一个人——？"她的声音有点发抖了。

"这是什么意思？当然一个人！"庆生侧过脸去咳了几声躲开她的目光。

"我是说——呃——没有遇见什么人吧？"

"跟什么人讲过话没有？"

"真的没有？"

庆生突然转过脸来喊道：

"没有！没有！没有——"

庆生的脸涨得好红，玉卿嫂的脸却变得惨白惨白的，两个人嘴唇都抖——抖得好厉害，把我吓得不敢出声，心里直纳闷。他们两人怎么一下子变得一点也不斯文了呢？

八

桂林的冷天讲起来也怪得很，说它冷，从来也没见下过雪，可是那一股风吹到脸上活像剃刀刮着似的，寒进骨子里去，是干冷呢。我年年都要生冻疮，脚跟肿得像红萝卜头，痛死啦。好在天一转冷学校就放寒假了，一直放过元宵去。这下我可乐了，天天早上蜷在被窝里赖床，不肯起来，连洗脸水都要玉卿嫂端上床来。我妈总爱把我揪起来，她讲小娃子家不作兴睡懒觉，没的睡出毛病来。她叫玉卿嫂替我研好墨，催我到书房去写大字。讲老实话吧，我就是讨厌写字，我写起来好像鬼画符，一根根蚯蚓似的，在学校里总是吃大丙。我妈讲，看人看字，字不正就是心不正，所以要我多练。天又冷，抓起笔杆，手是僵的，真不是味道。我哪有这么大的耐烦心？鬼混一阵，瞅着我妈不防备，早一溜烟跑出去找唐道懿逍遥去了。我和他常到庆生那儿，带了一幅过年要的升官图，三个人赶着玩。

过阴历年在我们家里是件大事。就是蒸糕，就要蒸十几天才蒸得完，一直要闹到年三十夜。这几天，我们家里的人个个都忙昏了头，芋头糕、萝卜糕、千层糕、松糕，甜的咸的，要蒸几十笼来送人，厨房里堆成了山似的。我妈从湖南买了几十笼鸡鸭，全宰了，屋廊下的板鸭风鸡竟挂了五六竹篙。我反正是没事做，夹在他们里面搓糯米团子玩，捏一个鸡，搓一个狗，厌了，一股脑全抛到阴沟里去，惹得胖子大娘鸡猫鬼叫跑来数说我一番。我向她咧咧嘴，屁都不理她。

我妈叫玉卿嫂帮忙钳鸭毛，老曾小王那一干人连忙七手八脚抢着过去献殷勤儿，一忽儿提开水，一忽儿冲鸭血，忙得狗颠屁股似的。胖子大娘看着不大受用，平常没事她都要寻人晦气排揎一顿的，这时她看见这边蒸糕的人都拥了过去，连忙跑到玉卿嫂面前似笑非笑地说道：

"我的妹子，你就是块吸铁，怎么全把我那边的人勾过来了。好歹你放几个回去帮我煽煽火，回头太太问起来怎么糕还没有蒸好，我可就要怨你了！"

玉卿嫂听得红了脸，可是她咬着嘴唇一句也没有回。我听见老袁在我旁边点头赞道："真亏她有涵养！"

我们家只有初一到初三不禁赌，这几天个个赌得欢天喜地。三十晚那天年糕就蒸好了。老袁他们老早把地扫好，该做的通通做了。大年初一不做事，讨吉利。年三十那天下午，玉卿嫂赶忙替我洗好了脚；我们桂林人的规矩到了年三十夜要早点洗脚，好把霉气洗去。

我妈接了姑婆和淑英姨娘来吃团圆饭，好一同陪着守岁。那晚我们吃火锅，十几样菜胀得我直打嗝，吃完已经是八九点钟了。先由我起，跟我妈辞年，然后胖子大娘领着佣人们，陆陆续续一批批上来作揖领赏。我的压岁钱总是五块光洋，收在口袋里，沉甸甸的，跑起来叮当响。老袁他们辞过年马上一窝蜂拥了出去，商量着要在老袁房里开起摊子掷骰子了。我连忙跑上楼去，想将压岁钱拿一大半给玉卿嫂替我收起来，然后剩下两块钱去跟老袁他们掷骰子去。

我一进房的时候，发觉玉卿嫂一个人坐在灯底下，从头到脚全换上新的了。我呆了呆，半晌说不出话来。

"少爷，你发什么傻啊！"玉卿嫂站起来笑着问我道。

"喔！"我掩着嘴嚷道，走过去摸了一摸她的衣服，"你怎么穿得像个新媳妇娘了？好漂亮！"

玉卿嫂是寡婆子，平常只好穿些素净的，不是白就是黑，可是这晚她却换了一件枣红束腰的棉滚身，藏青裤子，一双松花绿的绣花鞋儿，显得她的脸儿愈加净扮，大概还搽了些香粉，额上的皱纹在灯底下都看不出来了。只见脑后乌油油地挽着一个髻儿，挀得光光的，发亮了呢。我忙问她想到哪儿去，穿得这一身，她说哪儿也不去，自己穿给自己看罢咧。我走近了，竟发觉她的腮上有点红晕，眼角也是润红的，我凑上去尖起鼻子闻了一闻，她连忙歪过头去笑着说道：

"刚才喝了一盅酒，大概还没退去。"我记得她从来不喝酒的，我问她是不是让人灌了。她说不是，是她刚才一个人坐着闷了，才喝的。我嚷道：

"可了不得！胖子大娘讲吃闷酒要伤肝伤肺的，来来来，快陪我去掷骰子，别郁在这里。"我拉了她要走，她连忙哄着我叫我先去，回头她就来，我将三块大洋揣到她怀里就一个人找老袁他们去了。

到了老袁房里时，里面已经挤满了人，我把他们推开爬到桌子上盘坐着，小王一看见我来就咧开嘴巴说道：

"小少爷，快点把你的压岁钱抓紧些，回头仔细全滚进我荷包里来。"

"放屁！"我骂他道，"看我来剿干你的！"

哪晓得我第一把掷下去就是么二三"甩辫子"，我气得一声不响，小王笑弯了腰，一把将我面前两个东毫扫了过去说道："怎么样，少爷，我说你这次保不住了。"

果然几轮下去，我已经输掉一块光洋了，第二次又轮到小王坐庄时，我狠狠地将另外一块一齐下了注，小王掷了个两点。

"哈哈，这下子你可死得成了吧？"我拍着手笑道，劈手将他的骰子夺过来。捞起袖子往碗里一掷，一转就是一对六，还有一只骰子骨碌直在碗里转，我喊破了喉咙大叫："三四五六、三四五六。"小王翘起小指头，直指着那骰子嘘道："嘘、嘘、嘘、幺点！"咣啷一声，偏偏只现出一个红圈圈来。我气得差不多想哭了，眼睁睁瞧着小王把我那块又白又亮的光洋塞进他荷包里去。我赶忙跳下来揪住小王道："你等着，可别溜了，我去跟玉卿嫂拿了钱，再来捞本！"他们都说晚了，劝我明天再来，我哪里肯依，急得直跺脚嚷道："晚什么？才十一点多钟，我要是捞不回本，还要你们掷通宵呢！"

九

我三脚两跳爬上楼，可是我捞开门帘时，里面却是阒黑的，玉卿嫂不晓得跑到哪里去了。我走下楼找了一轮也没见她，我妈她们在客厅里聊天，客厅门口坐着个倒茶水的小丫头春喜，晃着头在打瞌睡。我把她摇醒了，悄悄地问她看见玉卿嫂没有，她讲好一会儿以前恍惚瞧见玉卿嫂往后园子去，大概解溲去了。

外面好黑，风又大，晚上我一个人是不敢到后园子去的。有一次浇粪的秦麻子半夜里掉进了粪坑，胖子大娘说是挨鬼推的呢，吓得秦麻子烧了好多纸钱。可是我要急着找玉卿嫂拿钱来翻本呀！我得抓了那个小丫头陪着我一起到后园子去，壮壮胆。冬天我们园里的苞谷全剩了枯秆儿，给风吹得窸窸沙沙的，打到我脸上好痛，我们在园子里兜了一圈，我喉咙都喊哑了，连鬼都不见一个。急得我直跺脚嘟嚷道："玉卿嫂这个人真是，拿了人家的钱不晓得跑到哪儿去了！"当我们绕到园门那儿的时候，我突然发现木门的栓子是开了的，那扇门给风吹得吱呀吱呀地发响，我心里猛然一动，马上回头对春喜说道："你回去吧，我心里有数了。"春喜一转背，我就开了园门溜出去了。

外面巷子里冷冷清清的，大家都躲在屋子里守岁去了。我在老袁房里还热得额头直冒汗，这时吃这迎面吹来的风一逼，冷得牙齿打战了。巷子里总是滑叽叽的，一年四季都没干过，跑起来踩得叽喳叽喳，我怕得心都有点发寒，生怕背后有个什么东西跟着一样，吓得也不敢回头。我转过一条巷子口的时候，"呜——哇——"一声，大概墙头有一对猫子在打架，我汗毛都竖了起来，连忙拔腿飞跑，好不容易才跑进那条死弄堂里，我站在庆生的窗户外面，连气都喘不过来了。里面隐隐约约透出蜡烛光来，我踮起脚把窗上的棉纸舐湿了一块，戳一个小洞，想瞅瞅玉卿嫂到底背着我出来在这里闹什么鬼，然后好闯进去吓吓他们。可是当我眯着一只眼睛往小孔里一瞧时，一阵心跳比我刚才跑路还要急，捶得我的胸口都有些发疼了。我的脚像生了根似的，动也不会动了。

里面桌子上的蜡烛跳起一朵高高的火焰，一闪一闪的，桌子上横放着一个酒瓶和几碟剩菜，椅背上挂着玉卿嫂那件枣红滚身，她那双松花绿的绣花鞋儿却和庆生的黑布鞋齐垛垛地放在床前。玉卿嫂和庆生都卧在床头上，玉卿嫂只穿了一件小襟，她的发髻散开了，一大绺乌黑的头发跌到胸口上，她仰靠在床头，紧箍着庆生的颈子，庆生赤了上身，露出青白瘦瘠的背来，他的两只手臂好长好细，搭在玉卿嫂的肩上，头伏在玉卿嫂胸前，整个脸都埋进了她的浓发里。他们床头烧了一个熊熊的火盆，火光很暗，可是映得这个小房间的四壁昏红的，连帐子上都反出红光来。

玉卿嫂的样子好怕人，一脸醉红，两个颧骨上，油亮得快发火了，额头上尽是汗水，把头发浸湿了，一缕缕地贴在上面，她的眼睛半睁着，炯炯发光，嘴巴微微张开，喃喃讷讷说些模糊不清的话，忽然间，玉卿嫂好像发了疯一样，一口咬在庆生的肩膀上来回地撕扯着，一头的长发都跳动起来了。她的手活像两只鹰爪抠在庆生青白的背上，深深地陷了进去一样。过了一会儿，她忽然又仰起头，两只手扼住了庆生的头发，把庆生的头用力揿到她胸上，好像恨不得要将庆生的头塞进她心口里去似的，庆生两只细长的手臂不停地颤抖着，如同一只受了重伤的小兔子，瘫痪在地上，四条细腿直打战，显得十分柔弱无力。当玉卿嫂再次一口咬在他肩上的时候，他忽然拼命地挣扎了一下，用力一滚，趴到床中央，闷声着呻吟起来，玉卿嫂的嘴角上染上了一抹血痕，庆生的左肩上也流着一道殷血，一滴一滴淌在他青白的胁上。

突然间，玉卿嫂哭了出来。立刻变得无限温柔起来，她小心翼翼地爬到庆生身边，颤抖抖地一直问道："怎么了？怎么了——"她将面腮偎在他的背上，慢慢地来回熨帖着，柔得了不得。不久她就在他受了伤的肩膀上，很轻地亲一会儿，然后用一个指头在那伤口上微微地揉几下——好体贴的样子，生怕弄痛了他似的，她不停地呜咽着，泪珠子闪着烛光一串一串滚到他的背上。

也不晓得过了好久，我的脚都站麻了，头好昏，待了一会儿，我回头跑了回去，上楼蒙起被窝就睡觉，那晚老做怪梦——总梦到庆生的肩膀在淌血。

"到底干姐弟可不可以睡觉啦？"第二天我在厨房里吃煎年糕时，把胖子大娘拉到一边悄悄地问她。她指着我笑道：

"真正在讲傻话！那可不成了野鸳鸯了？"她看我怔着眼睛解不过来，又弯了腰在我耳边鬼鬼祟祟地说道：

"哪，比如说你们玉卿嫂出去和人家睡觉，那么她和她的野男人就是一对野鸳鸯，懂不懂？"说完她就呱呱呱呱笑了起来——笑得好难看的样子，讨厌！我就是不喜欢把玉卿嫂和庆生叫作"野鸳鸯"。可是——唉！为什么玉卿嫂要咬庆生的膀子，还咬得那么凶呢？我老想到庆生的手臂发抖的样子，抖得好可怜。这两姐弟真是怪极了，把我弄得好糊涂。

第二天玉卿嫂仍旧换上了黑夹衣，变得文文静静的，在客厅里帮忙照顾烟茶，讲起话来还是老样子——细声细气的，再也料不着她会咬人呢！可是自从那一晚以后，我就愈来愈觉得这两姐弟实在有点不妥了。他们两人在一起的时候，我竟觉得像我们桂林七八月的南涧天，燠得人的额头直想沁汗。空气重得很，压得人要喘气了，有时我看见他们两人相对坐着，默默地一句话也没有，玉卿嫂的眼光一直落在庆生的脸上，胸脯一起一伏的，里面好像胀了好多气呼不出来，庆生低着头，嘴巴闭得紧紧的，手不停地在抠桌子——咯吱咯吱地发着响声，好像随时随地两个人都会爆发起来似的。

直到元宵那一晚，我才看到他们两人真的冲突起来了。吓得我好久都不敢跟玉卿嫂到庆生那儿去。

那一晚玉卿嫂在庆生那里包汤圆给我吃消夜，我们吃完晚饭没有多久就去了。不知道怎么搞的，那晚他们两人的话特别少，玉卿嫂在搓米粉，庆生调馅子，我在捏小人儿玩。玉卿嫂的脸是苍白的，头发也没有拢好，有点凌乱，耳边那几缕松松地垂了下来。在烛光下，我看见玉卿嫂额头上的皱纹竟成了一条条的黑影，深深地嵌在上面。她的十个手指动得飞快，糯米团子搓在她手心中，滚得像个小圆球，庆生坐在她对面，拿着一双竹筷用力在盆子里搅拌着一堆糖泥。他的眼睑垂得低低的，青白的颧骨上映着两抹淡黑的睫毛影子，他紧紧地咬着下唇，露出一排白牙来，衬得他嘴唇上那转青嫩的髭毛愈加明显了。

两个人这样坐着半天都不讲一句话，有时外面噼里叭喇响起一阵爆仗声，两人才不约而同一齐抬起头往窗外看去。当他们收回眼光的时候，玉卿嫂的眼睛马上像老鹰一样罩了下来，庆生想避都避不及了，慌得左右乱窜，赶忙将脸扭过去，脖子上暴起青筋来。有一次当她的目光又扫过来的时候，庆生的手突然抖了起来，手中的一只筷子"叭"的一声竟折断了。他陡然站起将手里那半截往桌上用力一砸，匆匆地转身到厨房去，断筷子一下子跳了起来，落到玉卿嫂胸上，玉卿嫂的脸立刻转得铁青，手里的糯米团子一松，崩成了两半滚到地上去。她的目光马上也跟着庆生的背影追了过去，她没有讲话，可是嘴角一直牵动着。

庆生没有吃汤圆，他讲他吃不下去，玉卿嫂只叫了他一声，看他不吃，就和我吃起来了。庆生在房里踱来踱去，两手一直插在裤子的口袋里，我们吃完汤圆时，外面爆仗声愈来愈密，大概十字街那边的提灯会已经开始了。我听老曾讲，高升戏院那些戏子佬全体出动，扎了好些台阁，扮着一出一出的戏参加游行呢。如意珠扮蜘蛛精，金燕飞扮蚌壳精，热闹得了不得。

庆生踱到窗口，立在那儿，呆呆地看一会儿外面天上映着的红火。玉卿嫂一直凝视着他的背影，眨都不眨一下，也在出神。庆生突然转过身来，当他一接触到玉卿嫂的眼光,青白的脸上立刻慢慢地涌上血色来了,他的额头发出了汗光,嘴唇抖动了半天,最后用力迸出声音沙哑地说道:"我要出去一下子!"

玉卿嫂怔着眼睛望着他,好像没有听懂他的话似的,半晌才徐徐站起身来,低低地说道:"不要出去。"她的声音又冷又重,听起来好怕人。

"我要去!"庆生颤抖抖地喊道。

"不要——"玉卿嫂又缓缓地说道,声音更冷更重了。

庆生紧握着拳头,手背上的青筋都现了出来,他迟疑了好一会儿,额头上的汗珠都沁出来了。突地他走到墙壁将床壁上挂着的棉袄取下来,慌慌忙忙地穿上身去,玉卿嫂赶快走过去一把揪住庆生的袖子问道:"你要到哪儿去?"她的声音也开始抖起来了。

庆生扭过头去,嘴巴闭得紧紧的没有出声,她的耳根子涨得绯红。

"不、不——你今天晚上无论如何不要出去,听我的话,不要离开我,不要——"

玉卿嫂喘吁吁的还没有说完,庆生用力一挣,玉卿嫂打了一个踉跄,退后两步,松了手。庆生赶忙头也不回就跑了出去,玉卿嫂站在门边伸着手,嘴巴张开好大,一直喘着气,一张脸比纸还要惨白。隔了好一会儿,她才转过身来,走到桌子旁边呆呆地坐了下来,我站在旁边也让他们吓傻了,这时我才走过去推推玉卿嫂的肩膀问她道:"你怎么啦?"

玉卿嫂抬起头望着我勉强笑道:"我没有怎样,少爷,你乖,让我歇一歇,我就同你回家去。"

她的眼睛里滚着闪亮的泪珠子,我看见她托着头倚在桌子上的样子,憔悴得了不得,一下子好像老了许多似的。

十

一过了元宵,学堂就快上课了,我妈帮我一查,作业还少了好些,她骂了我一顿道："再出去野吧！开学的时候，吃了老师的板子，可别来哭给我听！"

我吐了一吐舌头，不敢张声，只得乖乖地天天一早爬起来就赶大小字，赶得手指头都磨起了老茧，到了开学那天，好不容易才算凑够了数。

这几天，我都被拘在家里，没敢出去耍。玉卿嫂又去过庆生那儿一次，我也没敢跟去，她回来时，脸色和那天夜晚一样又是那么惨白惨白的。

开了学，可就比不得平常了，不能任着性子爱去哪儿就去哪儿。偏偏这几天高升戏院庆祝开张两周年，从元宵以后开始，演晚大戏。老曾去看了两夜，头一夜是"五鼠闹东京"，第二夜是"八大锤"，他看了回来在老袁房里连滚带跳，讲得天花乱坠："老天，老天，我坐在前排真的吓得屁都不敢放，生怕台上的刀子飞到我颈脖子呢！"

他装得活灵活现的，说得我好心痒，学校上了课我妈绝对不准我去看夜戏的，她讲小娃子家不作兴半夜三更泡在戏院子里，第二天爬不起来上课还了得。唉，"五鼠闹东京"，云中翼耍起双刀不晓得多好看呢！我真恨不得我妈发点慈悲心让我去戏院瞅一瞅就好了。

可巧十七那天，住在南门外的淑英姨娘动了胎气，进医院去了，这是她头一胎，怕得要命。姨丈跑来我们家，死求活求，好歹要我妈去陪淑英姨娘几天，坐坐镇，压压她的胆儿。我妈辞不掉，只得带了丫头，拿了几件随身衣服跟姨丈去了。她临走时嘱咐又嘱咐，叫我老实点，乖乖听玉卿嫂的话。她又跟胖子大娘说，要是我作了怪，回来马上告诉她，一定不饶我。我抿着嘴巴笑，直点头儿应着。等我妈一跨出大门，我马上就在客厅蹦跳起来，大呼小叫，要称王了。胖子大娘很不受用。吆喝着我道："你妈才出门，你就狂得这般模样，回头闯了祸，看我不抖出来才怪！"

我妈不在家，我还怕谁来？我朝胖子大娘吐了一泡口水回她道："呸，关你屁事，这番话留着讲给你儿子孙子听，莫来训我，我爱怎么着就怎么着，与你屁相干！"说完我又翘起屁股朝她拍了两下，气得她两团胖腮帮子直打战儿，一迭声乱嚷起来。要不是玉卿嫂跑来把我拉开，我还要和她斗嘴斗下去呢，这个人，忒可恶!

当然,那晚第一件事就是上戏院了。我已经和唐道懿约好了,一吃完晚饭要他在他家门口等着,我坐老曾的黄包车去接他。玉卿嫂劝我不要去戏院子,她讲那种地方杂七杂八的。我不依,好不容易才候着我妈出门,这种机会哪里去找?

高升门口真是张灯结彩,红红绿绿,比平常越发体面了。

这晚的戏码是《拾玉镯》和《黄天霸》,戏票老早都卖完了,看戏的人挤出门口来。急得我直顿脚抱怨老曾车子不拉快些,后来幸亏找着了刘老板,才加了一张长板凳给我们三个人坐。

黄天霸已经出了场,锣鼓声响得叫人的耳朵都快震聋了。台上打得是紧张透顶,唐道懿嘴巴张得老大,两道鼻涕跑出来也忘记缩进去,我骂他是个鼻涕虫,他推着我嚷道:"看嘛、看嘛,莫在这里混吵混闹!"打手们在台上打一个筋斗,我们就拍着手,跟着别人发了疯一样喊好。可是武打戏实在不经看,也没多时,就打完了,接下去就是《拾玉镯》。

扮孙玉姣的是金燕飞,这晚换了一身崭新的花旦行头,越发像朵我们园子里刚开的芍药了。好新鲜好嫩的模样儿,细细的腰肢,头上簪一大串闪亮的珠花,手掌心的胭脂涂得鲜红,老曾一看见她出场,就笑得怪难看的,哼道:"嘿!这个小狐狸精我敢打赌,不晓得迷死了好多男人呢。"

我和唐道懿都骂他下作鬼。我们不爱看花旦戏,拿着一钏镯子在台上扭来扭去,不晓得搞些什么名堂。戏院子里好闷,我们都闹着要回去了,老曾连忙涎嘴涎脸央求我们耐点烦让他看完这出戏再走。我跟他说,他要看就一个人看,我们可要到后台去看戏子佬去了。老曾巴不得一声向我们作了好几个揖,撺掇着我们快点走。

我们爬到后台时,里面人来人往忙得不得了。如意珠看见我们,连忙把我们带到她的妆台那儿,抓一大把桂花软糖给我们吃。过了一会儿,做扇子生的露凝香也从前台退了进来,她摘下头巾,一面挥汗一面嘘气向如意珠嘟嚷道:"妈那巴子的!那个小婊子婆今夜晚演得也算骚了,我和她打情骂俏连没捞上半点便宜,老娘要真是个男人，多那一点的话，可就要治得她服服帖帖了。"

"你莫不要脸了，"如意珠笑道，"人家已经有了相好啦，哪里用着你去治！"

"你说的是谁！"露凝香鼓着大眼睛问道，"我怎么不知道？是不是前几天我们在哈盛强碰见和她坐在一起的那个后生仔？"

"可不是他还是谁？"如意珠剔着牙齿说道，"提起这件事来，才怪呢！那个小刁货平常一提到男人她就皱眉头，不晓得有好多阔佬儿金山银山堆在她面前要讨她做小，她连眼角都不扫一下，全给打了回去。可是她对这个小伙子，一见面，就着了迷，我敢打赌，她和他总共见过不过五六次罢咧，怎样就亲热得像小两口子似的了？尤其最近这几天那个小伙子竟是夜夜来接她呢，我在后门碰见他几次，他一看有人出来，就躲躲藏藏慌得什么似的，我死命盯过他几眼，长得蛮体面呢——我猜他今晚又来看戏了——"如意珠说着就拉开一点帘子缝探头出去张望了一会儿，忽然回头向露凝香招手嚷道："喏，我说得果然不错，真的来了，你快点来看。"

露凝香忙丢了粉扑跑过去，挤着头出去，看了半晌说道："唔，那个小婊子婆果然有几分眼力，是个很体面的后生仔，难怪她倒贴都愿了。"

我也挤在她们中间伸头出去瞧瞧，台底下尽是人头，左歪右晃的，看得眼睛都花了，我一直问着如意珠到底是哪一个。

她抱起我指给我看，说道："右边手第三排最末了那个后生男人，穿着棉袄子的。"我顺着她的手指看过去，不由得惊讶得喊了起来："哎呀，怎么会是庆生哪！"

露凝香和如意珠忙问我庆生是谁。

"是我们玉卿嫂的干弟弟！"我告诉她们道，她们笑了起来，又问谁是玉卿嫂呢，我告诉她们听玉卿嫂是带我的人。

"玉卿嫂是庆生的干姐姐，庆生就是她的干弟弟。"我急得指手画脚地向她们解说着，露凝香指着我呱呱呱笑了起来，说道："这有什么大不了呀，容容少爷，看你急得这个样子，真好玩！"

我真的急——急得额头都想冒汗了，一直追着如意珠问她庆生和金燕飞怎样好法，是只有一点点好呢，还是好得很，如意珠笑着答道："这可把我们问倒了，他们怎样好法，我实在说不上来，回头他到戏院子后门来接金燕飞的时候，你在那儿等着就看到了。"

"这有什么好急呀？"露凝香插嘴说道，"你回去告诉你们玉卿嫂好了，她得了一个又标致，又精巧——"她说到这里咕噜咕噜笑了起来，"——又风骚的小弟妇!"

唔，我回家一定告诉玉卿嫂，一定要告诉她听。

十一

《拾玉镯》可演得真长呢，台下喝彩喝得我心烦死了，屁股好像有针戳一般，连坐不住，唐道懿直打呵欠吵着要回去睡觉了，我喝住他道："等一下子! 耐不住，你就一个人走，我还有事呢。"

好不容易才挨到散场，我吩咐老曾在大门口等我，然后拉着唐道懿匆匆忙忙穿过人堆子绕到高升戏院的后门去，我们躲在一根电线杆后面，离着高升后门只有十几步路。

"你闹些什么鬼啊？"唐道懿耐不住了，想伸头出去。

"嘘，别出声!"我打了他头顶一下，把他揪了进来。

后门开了，戏子们接二连三地走了出来，先是如意珠和露凝香，两个人叽叽呱呱，疯疯癫癫地叫了黄包车走了。紧跟着就是云中翼和几个武生，再就是一批跑龙套的，过了好一会儿，等到人走空了，才有一个身材细小的姑娘披着坎肩子走出来，才走几步，就停了下来，迟迟疑疑地向左右张望了好一阵子。这时从黑暗里迎出了一个男人，一见面，两个人的影子就合拢在一起了。天上没有月亮，路灯的光又是迷迷蒙蒙的，可是我恍恍惚惚还是看得清楚他们两人靠得好近好近的，直到有人走过来的时候，他们两人才倏地分开，然后肩并肩走向大街去。我连忙拉了唐道懿悄悄地跟着他们后面追过去。他们转到戏院前面，走到十字街哈盛强里面去了。哈盛强点着好多盏气灯，亮得发白，我这才指着里面回头问唐道懿道："这下你该看清楚是谁了吧?"

"哦——原来是庆生。"他张着一把大嘴，鼓起眼睛说道，我觉得他的样子真傻!

十二

玉卿嫂在房里低着头织毛线，连我踏进房门她都没有觉得。她近来瘦了好些，两颊窝进去了，在灯底下，竟会显出凹凹的暗影了，我是跑上楼梯来的，喘得要命，气还没有透过来我就冲向她怀里，拉着她的袖子，一头往外跑，一头上气不接下气地嚷着说道："快、快，今天晚上我发现了一桩顶顶新鲜的事儿，你一定要去看看。"

"什么事啊!"玉卿嫂被我拖得趔趔趄趄的，一边走一边问道："半夜三更，怎么能出去——"

我打断她的话题摇着手说道："不行! 不行! 你一定要去一趟，这是你自己的事啊!"

我们坐在人力车上，任凭玉卿嫂怎么套我的话，我总不肯露出来，我老说："你自己去看了就晓得。"

我们在哈盛强对面街下了车，我一把将玉卿嫂拖到电线杆后面，压低声音对她说道："你等着瞧吧，就要有好戏看了。"

对面那排小馆子已经有好几家在收拾店面，准备打烊了。

只有哈盛强和另外一家大些的仍旧点着雪亮的煤气灯，里面还有不少人在消夜，蒸笼的水汽还不时从店里飘出来。

隔了一会儿，庆生和金燕飞从哈盛强走了出来，金燕飞走在前面，庆生挨着她紧跟在后面，金燕飞老歪过头来好像跟庆生说话似的。庆生也伏向前去，两个人的脸靠得好近——

快要碰在一起了似的。金燕飞穿着一件嫩红的短袄，腰杆束得好细，走起路来轻盈盈的，好看得紧呢。庆生替她提着坎肩儿，两个人好亲热的样子。

"喏，你可看到了吧？——"我一只手指着他们说道，另一只手往后去捞玉卿嫂的袖子，一抓，空的，我忙回头，吓得我蹲下去叫了起来："喔唷！你怎么了？"

玉卿嫂不晓得什么时候已经滑倒在地上去了，她的背软瘫瘫地靠在木杆上，两只手交叉着抓紧胸脯，浑身都在发抖。

我凑近时，看到她的脸变得好怕人，白得到了耳根了，眼圈和嘴角都是发灰的，一大堆白唾沫从嘴里淌了出来。她的眼睛闭得紧紧的，上排牙齿露了出来，拼命咬着下唇，咬得好用力，血都沁出来了，含着口沫从嘴角挂下来，她的胸脯一起一伏，抖得衣服都颤动起来。

我吓得想哭了，拼命摇着她肩膀喊着她，摇了半天她才张开眼睛，长长地叹了一口气，然后颤抖抖地用力支撑着爬了起来，我连忙搂着她的腰，仰着头问她到底怎么了，她瞪着我直摇头，眼珠子怔怔的，好像不认得我了似的，一忽儿咧咧嘴，一忽儿点点头，一脸抽动得好难看，喉咙管里老发着呼噜呼噜的怪声，又像哭又像笑，阴惨惨的好难听。

她呆立了一阵子，忽然将头发拢了一拢，喃喃地说道："走——走啊——去找他回来——去、去、去——"

她一边说着，一边脚不沾地似的跑了起来，摇摇晃晃，好像吃醉了酒一样，我飞跑着追在后面喊她，她没有理我，愈跑愈快，头发散在风里，飘得好高。

十三

外面打过了三更，巷子里几头野狗叫得人好心慌，风紧了，好像要从棉纸窗外灌进来似的。

玉卿嫂进了庆生屋里，坐在他床头一直呆呆的，一句话都没有讲过，她愣愣地瞪着桌子上爆着灯花的蜡烛，一脸雪白，绷得快要开坼了似的。一头长发被风吹乱了，绞在一起，垂到胸前来。她周身一直发着抖，我看见她苍白的手背不停地在打战，跳动得好怕人，我坐在她身边连不敢作声了，喉咙干得要命。

　　我们在庆生房里等了好一刻，庆生才从外面推门进来，他一看见玉卿嫂坐在里面时，顿时一呆，一阵血色涌上了脖子，站在屋中央半晌没有出声，他两手紧紧地握着拳头，扭过一边去。玉卿嫂幽幽地站了起来，慢慢一步一步颤巍巍地扶着桌子沿走过去，站在庆生面前，两道眼光正正地落在庆生脸上，两个人都没有说话，呼吸得好急促。

　　过了一会儿，玉卿嫂忽然跃上前，两只手一下箍住庆生的颈子，搂得紧紧的，头直往庆生怀里钻，进出声音，沙哑地喊着："庆生——庆弟——你不能这样——你不能这样对待我啊，我只有你这么一个人了，你要是这样，我还有什么意思呢？——庆弟——弟弟——"

　　庆生一面挣扎，一面不停地闷着声音喊着玉姐，他挣扎得愈厉害，玉卿嫂箍得愈紧，好像全身的力气都用出来了似的，两只手臂抖得更起了。

　　"不、不——不要这样——庆生，不要离开我，我什么都肯答应你——我为你累一辈子都愿意，庆弟，你耐点烦再等几年，我攒了钱，我们一块儿离开这里，玉姐一生一世都守着你，照着你，服侍你，疼你，玉姐替你买一幢好房子——这间房子太坏了你不喜欢——玉姐天天陪着你，只要你肯要我，庆弟，我为你死了都肯闭眼睛的，要是你不要我，庆弟——"

　　庆生挣扎得一脸紫涨，额头上的青筋暴起小指头那么粗，汗珠子一颗颗冒了出来，他用力将玉卿嫂的手慢慢掰开，揪住她的膀子，对她说道："玉姐，你听着，请你不要这样好不好，你要是真的疼我的话，你就不要来管我，你要管我我就想避开你，避得远远的，我才二十来岁呢，还有好长的半辈子，你让我舒舒服服地过一过，好不好，玉姐，我求求你，不要再来抓死我了，我受不了，你放了我吧，玉姐，我实在不能给你什么了啊，我——我已经跟别人——"

庆生放了玉卿嫂，垂头闷闷地咳了一声，喉咙颤抖得哑了嗓，他抱了头用力扎着自己的头发，烦恼得不得了似的。玉卿嫂僵僵地站着，两只手臂直板板地垂了下来，好像骨头脱了节一样，动都不晓得动了。她的脸扭曲得好难看，腮上的肌肉一凹一凸，一根根牵动着，死灰死灰的，连嘴唇上的血色都褪了。她呆立了好一阵子，忽然间两行眼泪迸了出来，流到她嘴角上去，她低了头，走向门口，轻轻地对我说道："走吧，少爷，我们该回去了。"

十四

淑英姨娘生了一个大胖娃仔，足足九磅重，是医生用钳子钳出来的，淑英姨娘昏了三天才醒过来，当然我妈又给拖住了。

这几天，我并不快活，我老觉得玉卿嫂自从那夜回来以后变得怪透了。她不哭，不笑，也不讲话，一脸惨白，直起两个眼睛。要不就是低着头忙忙地做事，要不就蜷在床上睡觉，我去逗她，也不理我，像是一根死木头，走了魂一样，蓬头散发，简直脱了形。

到了第四天晚上，玉卿嫂忽然妆扮起来。她又穿上了她那素素净净白白的衣裳，一头头发抿得光光的拢到后面，挽成了一个松松的髻儿，一对白玉的耳坠子闪闪发亮了。她这几天本来变得好消瘦好憔悴，可是这晚，搽了一点粉，妆饰一下，又变得有点说不出的漂亮了，而且她这晚的脾气也变好了似的，跟我有说有笑起来。

"少爷!"她帮我剥着糖炒栗子，问我道，"你到底喜不喜欢我呢?"

"我怎能不喜欢你?"我敲了她一下手背说道，"老实跟你讲吧，这一屋除了我妈，我心里头只有你一个人呢。"

她笑了起来说道："可是我不能老跟着你啊!"

"怎么不能? 要是你愿意的话，还可以在我们家待一辈子呢!"

她剥完了一堆糖炒栗子给我吃以后，突然站起来抓住我的手对我说道："少爷，要是你真的喜欢我的话，请你答应我一件事，行不行?"

"行啊。"我嚷道。

"我今天晚上要出去到庆生那儿有点事，很晏才能回来，你不要讲给别人听，乖乖地自己睡觉。你的制服我已经烫好了，放在你床头，一摸就摸得到，记住不要讲给别人听。"

她说完忽然间紧紧地搂了我一下，搂得我发痛了，她放了手，匆匆地转身就走了。

那一晚我睡得很不舒服，夜里好像特别长似的，风声、狗叫、树叶子扫过窗户的声音——平常没在意，这时通通来了。我把被窝蒙住头，用枕头堵起耳朵来，心里头怕得直发慌，一忽儿听到天花板上的耗子在抢东西吃，一忽儿听到屋檐上的猫子在打架，吵得好心烦，连耳根子都睡发烧了。也不晓得几更鼓我才朦朦胧胧合上眼睛睡去，可是不知怎么搞的，那晚偏偏接二连三做了许多怪梦——梦里头又看到了玉卿嫂在咬庆生的膀子，庆生的两只青白手臂却抖得好怕人。

十五

一早我就被尿胀醒了，天还是蒙蒙亮的，窗外一片暗灰色，雾气好大，我捞开帐子，发现对面玉卿嫂的床上竟是空的。我怔怔地想了一下，心里头吃了一惊——她大概去了整夜都没有回来呢，我恍恍惚惚记起了夜里的梦来，纳闷得很。我穿了一件小袄子，滑下床来，悄悄地下楼走进了后园子，后门栓子又是开的，我开了园门就溜出去了。

雾气沾到脸上湿腻腻的；太阳刚刚才升起来，透过灰色的雾，射出几片淡白的光亮，巷子地上沾沾湿湿，微微地反着污水光，踩在上面好滑。有几家人家的公鸡，一阵急似一阵地催叫起来，拖板车的已经架着车子咯吱咯吱走出巷子口来了，我看不清楚他们的脸，可是有一两个的嘴巴上叼着的烟屁股却在雾气里一闪一闪发着昏红的暗光。我冻得直流清鼻涕水，将颈子拼命缩到棉袄领子里去。

我走到庆生的屋子门口时，冻得两只手都快僵了，我呵了一口气，暖一暖，然后叫着拍拍他的门，里面一点声音都没有。我等了一会儿，不耐烦了，转过身去用屁股将门用力一顶，门没有拴牢，一下子撞开了，一个跟跄，跌了进去，坐在地上，当我一回头时，嘴巴里只喊了一声"哎呀"，趴在地上再也叫不出第二声了。

桌子上的蜡烛只烧剩了半寸长，桌面上流满了一饼饼暗黄的蜡泪，烛光已是奄奄一息发着淡蓝的火焰了。庆生和玉卿嫂都躺在地上，庆生仰卧着，喉咙管有一个杯口那么宽的窟窿，紫红色的，血凝成块子了，灰色的袄子上大大小小沁着好多血点，玉卿嫂伏在庆生的身上，胸口插着一把短刀，鲜血还不住地一滴一滴流到庆生的胸前，月白的衣裳染红了一大片。

庆生的脸是青白色的，嘴唇发乌，卷卷的发脚贴在额上，两道眉毛却皱在一起。他的嘴巴闭得好紧，嘴唇上那转淡青色的须毛还是那么齐齐地倒向两旁，显得好嫩相。玉卿嫂一只手紧紧地挽在庆生的颈子下，一边脸歪着贴在庆生的胸口上，连她那只白耳坠子也沾上了庆生喉咙管里流出来的血痕。她脸上的血色全褪尽了，嘴唇微微地带点淡紫色。她的眉毛是展平的，眼睛合得很拢，脸上非常平静，好像舒舒服服在睡觉似的。庆生的眼睛却微睁着，两只手握拳握得好紧，扭着头，一点也不像断了气的样子，他好像还是那么年轻，那么脆嫩，好像一径在跟什么东西挣扎着似的。

我倒在他们旁边，摸着了他们混合着流下来的红血，我也要睡下去了，觉得手上黏湿湿的，冷得很，恍恍惚惚，太阳好像又从门外温吞吞地爬了进来似的。

十六

我在床上病了足足一个月，好久好久脑子才清醒过来。不晓得有多少个夜晚我总做着那个怪梦——梦见玉卿嫂又箍着庆生的颈脖在咬他的膀子了，鲜红的血一滴一滴一滴流到庆生青白的胁上。

白先勇的小说，在处理"传统"与"现代"的关系、塑造独特的人物形象、追求"历史感"、语言的成熟方面，取得了卓越的成效。其作品在"传统"（有人物、有情节、有发展、有结局）的外壳下潜藏着"现代"（大胆叛逆的精神气质、对人的生存困境的终极思考、惊世骇俗题材的涉及、意识流手法的"中国化"运用）的内核，"传统"是其根基，"现代"是其神髓，"现代"被融入"传统"，"传统"表现着"现代"。

  ——董健、丁帆、王彬彬：《中国当代文学史新稿》，北京师范大学出版社，2011，第 188 页

白先勇的艺术实践和文化活动，前后有两个面向：一个面向是通过作品来表现的，其主题是"时间"及其所造成的各种悲剧。白先勇细腻描绘了时间变化与个人、家族、国家之间的关系。他观察到，所有美的东西都毁灭于时间，却也都借助艺术得到救赎。第二个面向是通过艺术实践来表现的，从八十年代以后至二十一世纪头十年，策划《游园惊梦》舞台剧和青春版《牡丹亭》，这是白先勇"文艺复兴"实践的重要例证。这些都指向对中国传统文化、文化哲学、美学的重新认识。白先勇的文学创作和文化实践，有两个相反的方向：文学中，他描绘了某种文化价值、美的必然衰亡；而在文化实践中，他试图走出这种悲剧，力振中国文化所曾有过的辉煌。在他对古典文化的重新诠释之中，暗示了现代创新的文化的可能。

  ——严家炎主编《二十世纪中国文学史》，下册，高等教育出版社，2010，第 157 页

《玉卿嫂》是白先勇早期的代表作，为了无法保全的爱欲不惜杀死自己的情人，以毁灭的方式去追求自己的爱的玉卿嫂，是作家从自身被压抑的同性情爱体

验升华而成的一个艺术形象。

——朱栋霖主编《中国现代文学史 1917—2010(精编版)》,北京大学出版社,

　2011,第 276 页

《玉卿嫂》是其早期代表作。小说写了一个叫玉卿嫂的年轻寡妇杀死情人后自戕的悲剧,表现了人物爱到极端的痛楚的变态心理,以缠绵悱恻的笔调传达出低回抑郁的感伤情调,具有浓重的浪漫色彩。

——朱栋霖、朱晓进、吴义勤主编《中国现代文学史 1917—2012》(第二版),

　下册,北京大学出版社,2014,第 78 页

欧阳子曾说:"白先勇写女人,远比写男人,更细腻,更生动。"如同《台北人》塑造了不朽的钱夫人、尹雪艳,《玉卿嫂》同样塑造了一个光彩照人的女性形象。玉卿嫂作为旧时代的一个寡妇,大胆追求自己的爱情,不为周围环境尤其是道德规范所容,必然陷入孤独的绝境。在孤绝中她把爱人庆生当作救命稻草死死抓住,疯狂地禁锢他,又必然造成庆生对她的离弃,她只有以极惨烈的方式走向了毁灭。这是一个环环相扣的悲剧。它的深度在于,这不仅是一个追求幸福的旧时代女性的悲剧,更是所有与环境相对立的"孤独者"的必然命运。玉卿嫂这个形象,不仅是旧时代有强烈自我意识的不幸女性的代表,其大胆执着,其孤绝与毁灭,更是所有追求光明而不见容于环境的悲剧人物的写照。

作家采用了一个独特的视角,以次要人物容哥的眼睛观察玉卿嫂,以容哥的语言评价玉卿嫂,读者读到的只是容哥的观感和评价。这种手法既便于作家以见证人的立场进行评说,又并未裸露人物的内心世界而保持了人物与读者的距离,在艺术效果上,这种"半透明"的人物,既有活灵活现的音容笑貌,又有内心世界的神秘性,吸引读者不断品味猜测。

这篇小说有着白先勇小说常见的戏剧化特征。大量的场景设置,等于将时间空间隔成不同的幕,将连续情节压挤成不同的段落,矛盾冲突不断升级,一幕一

幕向高潮逼近；以次要人物作为观察者几近于戏剧的观众，着意描绘他们的视觉感受，呈现出惊悸、震撼等诸多戏剧效果。

《玉卿嫂》充满了中国传统小说的神韵。它主要通过语言动作写人，着意于日常生活细节，对人物外貌衣饰精细描写，把这个现代意识观照下的悲剧故事根植于旧时代活灵活现的生活场景和世故人情中。作品刻意使用了大量广西方言，化用了古典文学中富有生命力的白话语言，地域风情跃然纸上，旧时代气息和中国味道扑面而来。

——魏建主编《中国文学》，齐鲁书社，2005，第 183—184 页

｜ 创作评论 ｜

白先勇是当代短篇小说家中少见的奇才。……我觉得在艺术成就上可和白先勇后期小说相比或超越他的成就的，从鲁迅到张爱玲也不过五六人。白先勇才三十岁，还没有写过长篇，凭他的才华和努力，将来应在中国文学史上占一个重要的地位。

——夏志清：《白先勇早期的短篇小说——〈寂寞的十七岁〉代序》，载白先勇
《寂寞的十七岁》，上海文艺出版社，1999

白先勇的《台北人》，是一本深具复杂性的作品。此书由十四个短篇小说构成，写作技巧各篇不同，长短也相异，每篇都能独立存在，而称得上是一流的短篇小说。但这十四篇聚合在一起，串联成一体，则效果遽然增加；不但小说之幅面变广，使我们看到社会之"众生相"，更重要的，由于主题命意之一再重复，与互相陪衬辅佐，使我们能更进一步深入了解作品之含义，并使我们得以一窥隐藏在作品内的作者之人生观与宇宙观。

——欧阳子：《王谢堂前的燕子——〈台北人〉的研析与索隐》，广西师范大学
出版社，2014，第 1 页

他的小说经验，或许是汉语小说最为独特的经验，因而也是最有传统延续展开可能性的经验，因为它与"没落"的历史相联，因为它专注于书写"没落"的历史，但也因为它只能书写没落的历史，它之没落乃属必然。实际上，如同《红楼梦》一样，它还没有开始就没落了。他只坐在窗前写作，看着年轻时的落日，黄昏一开始就降临。

原来姹紫嫣红开遍，似这般都付与断井残垣。此中深意，就是另一部隐约可见的中国小说史。

——陈晓明：《"没落"的不朽事业——白先勇小说的美学意味与现代性面向》，《文艺研究》2009 年第 2 期

白先勇是汉语文学特别是汉语新文学世界最典型的存在，它的文学创作也是这个文化世界最经典的存在。白先勇在汉语小说创作、汉语文学创作、汉语文化写作，以及相关的历史和人生批评方面建立了卓越的功勋，并注定造成巨大而深远的影响。他并不会仅仅作为一个作家存在于汉语文化界，而会作为一个重要的文学存在物，在汉语文学和文化的空域成为虽可以逾越却难以绕过的精神现象。

……

从 1960 年代开始，白先勇和他的文学同伴们走上了独立探寻汉语新文学发展的道路，白先勇在语言的锤炼方面作出了独特而稳健的贡献，他将自己创作的笔墨沉浸在源远流长的汉语文化之中，将自己的体验深深地植入时代转换的人生变幻之中，在远离任何政治话语的生活空旷处闲庭信步，又在远距离地审视政治历史和时代变迁之际遍察各种纤细的人生褶皱，并倾听其中的人生咏叹，那种不即不离、若即若离的叙事语言，那种泰然自若、悠然自得的叙事态度，加上他丰厚的人文涵养，他精美的艺术素养，他厚重的文学素质，使得他的文学语言充满着淡定自然的风度，精蓄凝练的简洁，丰富厚重的形象感，以及珠圆玉润的表现力，使得汉语的文学语言达到了罕见的精审、从容、形象、优美境地。

只有白先勇的小说创作让他所钟情的以及并不怎么钟情的人物都常处于痛苦与黑暗的恒持状态，得不到任何解脱的希望或者救赎的机会。如果说其中有一些人物还曾经拥有过人生的信念和未来的希冀，则小说所叙述的正是这种信念破灭、这种希冀落空的过程，破灭和落空之后，那些精神价值再也形不成救赎的力量，于是所有的人物都在既无信念也无希冀的黑暗环境中无休止地沉溺。让人物体验漫长的痛苦，体验无可希冀的空漠甚至绝望，这在汉语新文学世界并不鲜见，但拒绝给予他们解脱的借口与救赎的机会，让他们在痛苦与黑暗的体验中恒持既久，而且不施与进行绝望宣泄的权利，恒持痛苦与黑暗一如恒持平凡与俗常，这样的冷峻与透彻，似乎只属于白先勇，也似乎只是白先勇小说能够独步的境界。这样的境界就是直面无边的痛苦与无涯的黑暗而依然保持镇静，譬如泰山崩于前而色不改，这是一种大忍之心，或许确实带一些悲悯，不过更多的却是一种生命体验的无奈感，是一种生存认知的深切的疼痛感，是一种人生痛彻的绝望感，对这些感觉心存大忍，意蕴超越，是作家白先勇所能创造并抵达的人生至高之境。

——朱寿桐：《白先勇文学存在的文化意义》，《小说评论》2016 年第 3 期

白先勇小说的一个核心线索，是中国历史在 20 世纪中期的沧海桑田巨大变迁，给各种人带来的身份危机与悲剧命运。历史的洪流周折回旋，人的生存就出现了强力的扭曲。但是人的生存必须有一个人格的延续性，因此他必须找到一个挽救历史和自我线性延续的办法，那就是仪式。生活中有意无意采用的各种仪式，是特殊的行为符号，它们具有回归意义原点的能力：仪式是一种具有历史意义的重复，具有修复意义错位与畸变的功能。

……

白先勇小说最大的震撼力，是仪式的不再可能，更是知仪式之不可能而为之：仪式本身如落日一般，任何重复最后会走向不重复，因为任何重复本质上包含了变异的因素。由此，与主人公的命运一样，仪式也走向了黄昏。《国葬》是《台北人》的最后一篇，这篇描写小人物（副官）坚持仪式的简朴小说，意义深长。如果

说整部《台北人》是一首安魂仪式,《国葬》便是这首曲子的终曲。白先勇自己说,他写完《国葬》感到一种逼人的凄凉,传统文化可能到此就结束了。但是我们今天读来依然感动,正是因为他在接受无可奈何的结局,同时又在坚持。

或许重复仪式最惨痛的演述,是"西西弗斯神话"。人类历史上不乏没有结果的劳作,辛苦万状而似乎一切白费。加缪为这本书写的序中尖锐地指出:如果人生存在一个没有上帝、没有真相、没有价值的世界中,他的生存只是无益的重复努力。只有当重复形成"演进"时,重复才有意义。加缪坚持存的荒谬,在全书最后,他却给出一个高昂的乐观调子:"迈向高处的挣扎足够填充一个人的心灵。人们应当想象西西弗斯是快乐的。"

是的,坚持仪式,终将突破其有效性不可避免的流失,由此延续了人类的"文明"。中文称人类的这种集体意义为"文明","文"字并非中文用词错误,因为人类社群的进步必须靠仪式符号,借仪式符号之"明",意义的累积才是演进的。我们也像加缪想象西西弗斯一样,想象白先勇是幸福的,因为他明知其不可为还是在他的作品中,用仪式的写作坚持意义的延续。

——赵毅衡:《仪式的黄昏:以白先勇的怀旧小说为例》,《当代文坛》2016年第4期

如果只允许用一个词来概括白先勇在他的小说世界中所灌注的情怀特征,一定有许多人会不约而同地想到"悲悯"这个词。可能世界上不论古今中外,凡是伟大的作家都会无一例外地用一种博大而又沉郁的悲悯之心去看取社会,看取人生,看取人,但在白先勇那里,"悲悯"已不再只是一种看取的角度和立足的制高点——它已内化为一种精神品格和情怀气质,浇铸在他的作品中,并成为他的作品的内在核心部分。

——刘俊:《悲悯情怀:白先勇评传》,花城出版社,2000,第1页

白先勇在创造自己的小说世界的时候对外国文学经验的借鉴,是以中国文学

传统为基底的一种融入和渗透，这一在中国文学传统与外国文学经验两者之间的特有规定性，决定了白先勇小说世界中的绝大多数成员(作品)是以中国"传统"为显性呈现，而以西方"经验"为隐性内含，也即是说，在这些作品貌似"传统"的外壳下面，实际已融汇了外国现代文学的精神和技巧，在中国文学传统的底子上，西方文学的"现代""色素"因着烙印在底料纤维之上而共同参与了文学"图案"的构织。

——刘俊：《悲悯情怀：白先勇评传》，花城出版社，2000，第70页

| 作品点评 |

《玉卿嫂》是白先勇早期小说中最长也是最好的一篇。……在白先勇早期小说里，每个阿多尼斯都遭受了女人(维纳斯+野猪)的侮辱，但正因为玉卿嫂自己是个楚楚可怜的女人，她自己无法控制的行动更增加了她悲剧的深度。在她的故事里，作者用他独特的看法，写照出一个极真实而且和中国旧社会客观情形完全符合的世界。

——夏志清：《文学的前途》，生活·读书·新知三联书店，2002，第150页

《玉卿嫂》何尝不是在演绎一个没落的命运中的倔强反抗的故事呢？玉卿嫂本来也是体面人家的少奶奶，丈夫抽鸦片死去几年，家道中落，只好出来做奶妈。从一个少年的视角来看，她漂亮洁净，举手投足都有韵味。然而，玉卿嫂如此纯净俊秀的外表下，却隐藏着一个病态的情爱故事。玉卿嫂爱恋着一个小她许多的患着肺病的青年庆生，这是以一个少年偷窥的方式揭开的秘密，生活于没落的历史阴影中的玉卿嫂，本来可以亭亭玉立的姿态立足于荒凉的边界，回归普通人家，或是重塑贞女节妇的美好印象。然而，白先勇却要赋予她以秘密、畸恋、病态、痛楚的精神特质，最终以血腥的刺杀完成这个隐秘的情爱故事。这个故事或许可以精神分析的方法去读解叙述人"我"(有着严重恋母情结的容容少爷)的视角呈现的二元置换，例如，庆生的形象可以看成"我"的性意识萌动的自我投射。但

这里面透示出来的没落与个人选择冲突的现代性困境，却显示更深厚的中国意味。玉卿嫂本来可以按照传统给定的没落命运去顺应自己的命运，但她又试图寻求现代情爱的个人出路，她在重演着中国传统才子佳人的故事，但另一个佳人出现，那个戏子金燕飞替换了她的角色。她的现代想象既模糊，又没有现实条件，她并不能真正走进现代，她只有被她的没落命运支配，被她的没落的阶级属性控制。玉卿嫂的男人留给她的命运打上了地主阶级没落的特征。没落的历史本质上就是一种失败，就是一种命运的失败，它不可抗拒，也无从逃脱。玉卿嫂这样的弱女子，却要以如此颓废的方式反抗没落的命运，她只有以更为失败的形式来完成更为极端的没落，这就是血腥的死亡，用鲜血去染红她的没落，用自杀的行动跨越她的荒凉。她以这样的方式，告别她的没落的命运，去超越她的历史与阶级属性，她从历史给定的命运中逃脱出来。在最后的那一血腥时刻，现代的颓废使其具有了美学的现代意义。因为在那一时刻，她成就了自己，她杀死了要重演古典时代才子佳人故事的庆生，她阻止了传统的廉价复归。她没有默认，她的阻止本身就具有现代意义。

    ——陈晓明：《"没落"的不朽事业——白先勇小说的美学意味与现代性面向》，《文艺研究》2009 年第 2 期

太白岭下

秦似

这些日子，从远方来一个人，总是可喜的。他们是梳着孖发辫的姑娘，戴眼镜的教授，或者风度翩翩的记者，从北京，上海，武汉或别的地方来……总之，都一样，对这山窝里百峰人民公社临时的工业办公室来说，便添加了不少热闹。他们从一种很简单方便的交通工具——载人自行车——上把铺卷拿下来，交了介绍信，然后便在这儿住下；往往不到两天，便跟这办公室所有的人：乡党委书记，小余，直到厨房李七叔，熟得像一起工作很久的人似的。然后，每当夜深的时候，大家便在一块儿向火，谈着白天那些动人心魄的事情；又因为这些从不同岗位、不同地区来的客人，各有各的特色，所以常常总要加入些关于飞潜动植、天文气象、化学分析，以至地层的构造和形成等方面的新鲜话题，大家谈得兴致勃勃，把这四周山色中的小小的办公室，变成了大

作者简介

秦似（1917—1986），原名王辑和，广西博白人。1937 年考上广西大学化学系，担任广西大学学生会进步刊物《呼声》的主编；1939 年到贵县中学教书兼做《贵县日报》副刊编辑；1940 年与夏衍等人在桂林创办《野草》月刊，主编《野草丛书》；1947 年 4 月在香港加入中国共产党；1949 年 10 月在广州参加《南方日报》创建工作。历任广西文化局副局长兼广西桂剧团团长，广西文联、广西作协副主席。1959 年在桂林的广西师院任教；1973 年到广西大学中文系任教，先后任过系副主任、主任。1975 年出版《现代诗韵》一书。1976 年参加《辞源》修订工作。"文革"后任广西政协副主席、全国文联委员、广西文联副主席、广西作协副主席。有杂文集《感觉的音响》《时态集》《在岗位》《没羽集》《秦似杂文集》等，传记《居里夫人传》《巴士特传》，文学评论集《两间居诗词丛话》，语言文字学著作《汉语词族研究》，改编桂剧《秋江》《西厢记》等，翻译小说《人鼠之间》等。

作品信息

原载《收获》1960 年第 1 期。

学课室一般。更多的时候，则是把别的地方令人兴奋的消息带到这里来，叫大家好像读到了活的报纸。火堆旁边常常迸裂出瀑布倾泻一般的欢笑声，人们完全忘记了窗外严寒的夜。

可是最叫小余这个年轻小姑娘高兴的，还是二八七探矿队的小张的到来。

小张叫张学诗，顶多二十二三岁，头上剪一个短短的平头妆，一副长长的、时常想笑的脸，神态很是洒脱。说起话来，一听就知道是桂北口音，把"人"说成"迎"，整天"迎、迎、迎"的，煞是好笑。会唱花鼓戏调子，"正月正里看花灯呀，大街小巷闹腾腾呀，嗨呀吁子嘛……五月五里赛龙船呀，百条金鲤过江边呀，嗨呀吁子嘛……"唱得尽管别人都笑了，他还很有劲。不到两天，小余就给他起了个外号，叫"嗨呀吁子嘛"。

"嗨呀吁子嘛，你猜今晚我们吃什么菜？"

"小虾子炒鸭蛋。"

"你怎么知道的？"

他嘻嘻笑着："我回来的时候，路上见到七叔在买呢。"

"还有一样，你猜不着。"

"我吃过的？"

"我们自己种的菠菜，今天才头一回摘哩，吃新鲜。"

小余跳着笑着的，就这样跟他闹着玩。还有一件，最叫这年轻小姑娘欢喜极了的，就是小张带来的那个十分精巧的小匣子探矿机。它只有拳头般大，两根橡皮管子做的听筒，就像医生用的那一个似的，插到耳朵里去，听着听着，十分好玩。一天晚上，大家正在火堆旁边说着闲话，小余忽然叫起来：

"你听，唧悉唧悉的，这小匣子机器在响哩！"

小强取了过来，听了一会，果然。

"那么，我们这办公室里有那种贵重的稀有金属矿了！就在我们脚下！"

小余一边拍掌一边叫起来。屋里的人，顿时也都卷入一阵狂热里去了。

小张再听了听，沉着而富有经验地说：

"从这声音听来，只是很分散的矿石罢了，还不一定是具有开采价值的矿苗，不过，我会把这个资料记下来的。"

窗外，太白岭红了一边天，几十座小高炉正在吐出火龙一样的烈焰，像火山在爆发，又像万匹红绸在飞舞，那彩色一直映进小屋里来。

渐渐地人们都有事散去了，剩下他们还谈论着。

"从前有个诗人叫李太白，你听说么？"小张把小匣子机器放好了，看着窗外，问小余。

"怎么不知道？这时候平白想起李太白来做什么？怪不得，原来真是学诗，学诗！"

"不，"小张摸了摸平头妆说，"我这几天老在这岭上走着，心里便想，一定跟李太白有什么关系，不然为什么叫太白岭？"

小余听了，不觉轻声笑了起来。

"你可太聪明，猜得深了。哪有个李太白到我们这荒山来吟过诗呢。我听老人说，我们这儿从前旱得很，种不上地，山脚下有一条江，年年白流着，一滴水也引不上来。农民要筑坝拦它，可是这山里的河，水特别急，到处都是湍滩，筑来筑去，白费气力，总筑不成。后来这山上有个老人，走下来看了看，对大家说：'我来给你们帮个忙吧，'他从山上推了两块大石下来，说也奇怪，大家这一次就把坝筑起来了。从此就传说那老人是太白金星的化身，这山也就叫太白岭。"

小张呵呵笑起来说：

"你这个典故，还更难知道呢。原来你们这儿有神仙帮着的。"

小余拂了一下她的辫子，说：

"你可别说嘴，比神仙强的还多着呢。那个老坝，只灌三百来亩田，咱们去年几个农业社联合修起来的新坝，现在灌着一万七千多亩哩。"

"铃——铃——铃——"电话铃响起来，小余连忙走过去。只见她把听筒拿起，在桌边坐下，口里一面答应着，手里不停地往拍纸簿上记。隔着火堆，小张听到听筒里透出来的声音，知道那是廖书记从钢铁工地打回来的电话。小余这头放下听筒，那头立即又摇总机，交代明天一早开电话会议，各大队支书参加。支书未在工地的，副支书参加。"……要准备各项工业上马情况的材料，特别是农具、土药和食品加工三项……口头汇报，对的……六时半开始；今晚都要接通。听清了吧？"小张觉得，她把每一个字都说得那么响亮、清楚，了不起呀，这个十六七岁的姑娘，就像战场上一个指挥员似的。

小余名叫余秀娟，是当地的高小毕业生，她做社干才一年，最近又从原日的高级社调来工业办公室。初来的时候，还不懂得算百分比，是廖书记教会她的。这太白岭周围的十多处采矿点、洗矿场、才办起来的名目繁多的工厂，她都去过；这些单位的负责人，她都熟识；只要一拿起电话听筒，从声音上头她就知道那是谁，准叫得出名字来，不会有错。除此之外，十二个大队也得经常联系。她平常穿一件比身材稍为宽大一点的新蓝布棉袄，走来走去，像旋风一样地转着，十分敏捷。为了把日常工作做得井井有条，她的一本"工作日志"总是摆在桌上，靠近电话机的旁边。有一天小张翻了翻，看见上面有一段写着：

……立即上马的是酒，再过四天有酒出。大东织布厂缺乏筘，要找老筘工。明厚大队护理小猪突出，天气太冷，饲养员抱在怀里喂，怕把小猪冻坏。一有太阳出，就赶到地坪晒太阳。……劳动力紧张，有七百担菜头，已经熟了，无法运出。

在另外一处地方，小张发现记有 Fe_2O_3、Fe_3O_4 之类的符号，曾经指着这个问小余：

"你也在学化学么？"

"什么不想学呵，"小余回答说，"这是前些时北京大学一位女学生，到我们工地来当化验员，她教会我们一种简单的含铁量测定法，就随手记下来的。"想了想又补充说："我们上不了学堂，就这样东学一点，西学一点。"

小张心想，真了不起，多少人就是在工作中这样锻炼出来了。

"都一样。"小张说，"我父亲做了一辈子木匠，要不是新社会，我哪能进什么学堂？看你写的东西，初中毕业还不止了呢。工作就是学习，前两天廖书记跟我谈话，又是花岗岩、石灰岩，又是泥土风化，我几乎把他当作同行呢。"

"那是廖书记呵！"小余含着一朵微笑，拂一下她那只用两根橡皮带绾着的短辫。

又过几天，小余见着小张，不再叫"嗨呀吖子嘛"了。她像是想一件重大的事，一见小张总是问："我们这儿有希望做永久的钢铁基地么？"

"我还在勘探着，"小张笑嘻嘻地说，"勘完了，我们要给上面写一份报告。"

有一天，小余发现，吃晚饭时候还不见小张回来。她忙着跟廖书记上工地去，也就不作理会。天黑了，往宿舍一看，只见小张没精打采地躺在床铺上，眉头打皱地在发愁。

"怎么？病了？"她走近去。

没有回答。

"你到底有了什么事啦？"小余找火柴擦亮，点亮了桌上的竹笋灯。

"没什么，太累了，歇一歇。"小张支支吾吾地说。

"吃过饭了么？"

"唔……不打紧……我躺一会。"

小余有事，又出门去了。

小张也不起来，只觉得心头像一个转辘似的绞动着，又像一把火在烧。为什么竟这般粗心大意，造成了这么大错误呢？地图，勘察地图！连同一份资源分布情况的文件，一起失落了！这两件东西从来没有离开过他的皮包，而那黄色的小皮包，又从来不曾离开过他身边。可是，今天就在外面把它失落了！两样东西都是绝密的，连廖书记和小余，他都没有拿给他们看过。这是纪律守则。可是，偏偏出了事情，给丢了！

当他回到距离办公室还有半里地的时候，发觉丢失了皮包，立即扭转自行车，向原路找寻；那长满了鱼串草的小溪旁边，石桥底下，乡路两旁，矿井附近，都没有！他清楚地记得在太白岭下一个斜陡的山坡上，残冬褐色的草地铺满了灿烂的阳光，他一个人坐在那儿，眺望四近的迷人的景色；远近环列的静静的群山，向人们裸露着它那头一次被开掘的痕迹，好像刚拉开面纱的新娘似的，它们是多么的羞怯、静默，而又端庄呵。然而，这一来，人们对于它们，却感到亲近得多了。山脚下，许多常青的圆顶树，看去好像几百把张开的罗伞，遮掩着一座座分散的小村庄，多迷人的自然景色！多美好的冬日的阳光！他打开地图，依着山峦的起伏，村落的远近，细细看了好半晌，直到感到有点疲乏，才半躺下来，望着那无际的碧空，觉得自己开阔的心境，好像正在伸延，伸延，几乎要伸到天边，跟天空连成一片……然后，他决定了一个新的工作计划：尽快地把这一带山的秘密都揭示出来。他对着它们，几乎想要大笑，想要狂呼。他昂然地走下山来，就好像那些山已经贴伏地躺在他脚下……

不是么，不正是这样的情景么？他清楚记得，虽然当时兴奋得忘了一切，但他却是小心地把地图放回皮包里去了的，在皮包的右角，靠近着那本资源分布的文件。一点没有错。他记得他把皮包放上自行车的后座上，有弹簧夹压住的，然而，竟丢了！能怨得车子么？不，那是办公室借给他用的，几乎全新的飞鸽牌，弹簧夹也不是坏的；大概没有夹紧，匆匆忙忙地下坡来，车子又骑得太猛，不知什么时候，颠得厉害，摔掉了……有几段路不大理想，路面还突起着一些鸡胸形的、鹅卵形的硬石头。这是石灰岩！好不作怪的石灰岩，躲在地底下跟人捣蛋……

淡红的油灯光，照射在山土打成的赭色的泥墙上，映得满室通红。小张眼睁睁地躺在床上，用手摸着下巴。忽然想起，回去再寻一遍。爬起来，推门一看，却黑得伸手不见五指，只得又退回来，坐在床沿上，依然摸着下巴。他知道，这件事总得告诉小余，不但小余，还得告诉廖书记，但他又希望明天一早，会把皮包找回来，那就像什么事情也没有发生过，也免得他们替他着急。

他坐在那儿，仿佛看见了他第一天来到的情景，那时候，他也正坐在这个地方，廖书记隔着桌子跟他谈话。"搞技术的人，我看什么都有了，还要有一个群众路线。像探矿这件事，一开头，我们有什么探矿人员呢？没有！可是，我们就干起来了。都是群众报、群众采的矿。你这次来，预定上半个月做完的事，要走好群众路线的话，说不定十天也可以完了。不然，也许还得长些时间呢。"

现在，还有什么半月或十天的问题么？丢失了这样重要的东西，还能完成自己这个任务么？他倒不是首先想到会受处分，而是想到，他也许因此就再不能了解太白岭的没有揭开的秘密，再也无法回答小余那怀着满腔热望的问题……

第二天一早，小余拿着香喷喷的芋头糕，小飞燕似的摇着两条臂膀，走进宿舍来，可是，不见了小张。

"奇怪，这大清早就不见小张了。"

她跑进廖书记屋里去，气喘喘咳起来。廖书记正在写什么，把笔放下，抬起头来，说：

"别人赶工作去哩，有什么大惊小怪的。"

"不，"小余发急说，"昨天晚上就有了蹊跷了。你没看见，整个人像没了魂的时辰钟般的，不响声儿！一定是——出了什么事。"

廖书记两手搭在桌面上，沉思了一下。又猛地抬起头来，瞧着小余两只小米鼠般的眼睛。

"真的？"

"我看见的，晚饭也没吃。"

廖书记站起身，背着手来回地踱了几步。他看着小余手里的芋头糕，那热腾腾的白气，一直往上冒。

"你看会有什么事，小余？会有什么事么？不会的！什么事也出不了。我们这个地方，除了山上有多少根草，没经我们算过之外，什么不清清楚楚的？藏得起一件什么事？来，我们且吃芋头糕！……马上还得打个电话到县工业办公室去，请示耐火砖调拨问题，能不能给我们一千五，或者更多些。"

小余给县办公室打完了电话，已经是太阳丈多高的时候。她忽然发现，在电话机旁边，有一个字条，拿起来看，是小张的笔迹：

北京探矿总队：

在工作中不慎遗失地图及文件，谨此报告，请求处分。留此抑返队，请速指示。

二八七张学诗

"原来如此！"小余差一点喊出声来。她拿着这张纸条，正要找廖书记去，小张进来了。

"小余，小余，我犯了错误了！"他指着小余手里拿着的小条子，"我要给领导上发个电报。"

他失神的目光落在小余身上，脸上像一张蜡黄纸似的，看去完全变了一个人。这时候，他才把皮包失落的经过一五一十告诉了小余。

"我今天一早又去找，只差没有把土翻开来罢了，一个太白岭寻遍，没有影子！"

"不要干着急，小张。我们找廖书记去。不管丢的是什么，反正在这公社里。跟廖书记商量商量。想个法子，我们可以给各个大队发一个电话，要群众帮着找。"

小余的声音特别镇静，她知道在这个时候，唯有这样可以叫小张减少失望的难过。

小张没有作声，低垂着头。

"那小机器呢？"小余想起那个小小的探矿机。

"在着。但地图和文件都是最紧要绝密的东西。我的错误是严重的……"

"让我们找廖书记去！"小余叫着。

"铃——铃——铃……"电话铃阻断她。

"哪里？双凤大队，说吧……怎么？皮包？什么样的？……不知道？……"

"黄的！"小张像是从梦里醒过来大声叫起来。可是，小余却向他摆摆手。

"……是这里一个探矿队同志丢失的……下午送来？好！"

小余把听筒放下，笑得眼儿没有了。

"怎么？他不知道是什么样的皮包？"小张喜里带忧地问。

"社员先报个口信给大队，打电话的哪里就看见实物了？反正下午给送来，愁什么的！"

小余将情比理说着，可是却压不住心里的欢喜，两条眉毛不住在跳动着。

"我哪能等呢？现在就取去……是双凤，可不是，在岭西边，我认识路！"

说着，已经走到了门外。

小余追出来的。

"你找不到人的！你不熟。"

廖书记从屋里走出来，在小张肩头拍了一下，说："差一点要把你急坏哩！"回过头来对小余说："你陪他去一趟，骑我的车子。"

南国腊月的阳光，总叫人感到暖融融的；乡路旁边几株高大的木棉树，已经在那光秃秃的小丫上吐出小花蕾，好些不知名的野藤，毫无经冬的颜色，还是一丛丛地攀在山边岭上，绿叶扶疏地向着太阳，几只黄谷雀，在吱吱地叫。小张听见那叫声清脆得很。

两架自行车在高山脚下的乡路上奔驰着。不时会遇见一队队车矿石的、挑木炭的人们；有些山腰也站满了人，在那里采矿的采矿，砌炉的砌炉。远不远就可以看见一面红旗，迎风拂荡，红旗下面，山歌声四处飘落。小余一路上碰到许多熟人，有的叫她余同志，有的叫她余秀娟，有的问她上哪儿去，有的要走近来跟她说个话，小余总得从车头上举起一只手来，招呼着人们，叔伯姑嫂地叫不停口。小张恨不得顿时就去到双凤，又不好催小余，便只顾自己使劲地赶往前面去。看看把小余丢在半里路后头了，才不得不慢下来。

"瞧，这一带可是石灰岩？"小余赶上来，兴致勃勃地问。

"唔,对。——我们是一直到大队部?"

"你不说过,石灰岩还会伸到田里去的么?"

"是的。有些田里头,底下就是一座石头山。——那个拾着皮包的人……"

"你别老在急!我们简直在举行单车比赛了。弄得气也喘不过来哩。"

两人肩并肩地到了青石桥上。小张"喀"的一声,往河里吐一口唾沫。昨天,就在这桥底下,密密层层的水草丛里,害他翻寻了半天。

"我们这里会办起一座红专学校来的吧,小张?"

"唔,大概会的。"小强一双眼只顾瞧着前面。

"最好还有探矿这一门,我真想学。"

"人家正收工回来呢,快,我们赶这时候进村!"

小张用力蹬了几下踏脚,他听得两辆车急速下坡时沙沙的响声。

一间小小的堂屋里,正面铺着一张床,床上放着一张折得平齐的蓝格子布面的棉被,洗得那么干净,就像医院里病房刚换上的一般。床底下放一只鸡窝,金黄色的稻草压得很平贴,一看就知道是专给母鸡来下蛋的。右边一张写字桌上,放着一把半旧的鸭蛋镜、一本诊病登记簿,再就是十来个大小不一的玻璃药瓶。堂屋中间生了一盆炭火,围着炭盆,坐着小张,小余,和这间屋的主人——双凤大队妇女主任。

"那是吴月英,七队一个女队员,她昨天拾回来的。"妇女主任对他们说。

"你看见那里头有些什么吗?"小张急着问。

"昨晚大家都忙着,一个高炉出了毛病,支书、大队长和我们都守到半夜,今朝一早,又赶着干别的事去了,还没工夫找来看呢。我们原是要她下午才带来,送办公室去,想不到你们亲自来了。"

"我一个月不来,你这屋全变了样了。"小余哈哈笑着说。

"也没什么。搞起个诊所来。你知道,村里中医是有的,每天定个时间在这里看病,比过去,就给大家许多方便了。也只能备几种常用药,开的药方还是要到药铺里去拣。不过药铺也近，也一样是大队里的。"

说着，又带他们两个往里屋看看。小余看见那里头铺着两三个整齐的床铺，一个铺上，还睡有人，是个中午妇女。

"这是病房么？"

"不，产房。转了公社，我们就计划搞个留产院，这样对产妇的照顾可好得多啦。反正我房子多，屋空着，我就是提议设在我家里。省得我来回走，工作效率要强多。你看，我就睡在堂屋里，有个什么事，半夜还可以起来照料呢。就说那吴月英，早两个多月坐月，肚一痛便到这儿来，直住到恢复了身子才出去，不阻家里人的工，群众满意。"

小余转过头来，对小张说："我们这位妇女主任，一向兼着助产士。"正说着，门口走进一个二十七八岁的女人，手里提着那黄色的皮包。小余一见，便叫道：

"吴月英来了！"

小张走过去，接过皮包，把拉链一扯，便打了开来。哦，地图好好的！它在原来的地方，挨着那个绝密的资源分布文件。

"怎么？东西都齐？"妇女主任问。

"一样不丢！"小张叫道。

"昨天太阳将要下山的时候，我担着一担炭，走过太白岭下。在一个坡角转弯的地方，看见草里头半隐半现地露出这黄灿灿的东西，我便拾起来，挂在扁担头，一直挑回来。路上好些人还笑说：'瞧吴月英，从山里打得个什么野狸，挑回来了哩。'"

"黄果狸！"小余笑得嘴合不拢来说。

"要不是你给拾回来，我可急坏哩。这里头都是——要紧东西。"

"我不知道是不是要紧东西，"吴月英掠了掠头发说，"我心里想，在公社地方，哪一样不是公社的东西？就拾回来了。"

"真是感谢你，要不是你……"

"谁见了也一样！反正在公社地方丢失的东西，总是公社里的！"

她重复了这一句，在柔和的声调中，带着一点从心底发出的倔强。小张这时候才注意到，她身上穿一件青底紫花的半旧棉袄，头发齐齐地剪成一字，坐在那里是那样的静穆、端正，叫人感到她的心地就像一湾春水似的澄澈清明。

在回去的路上，小张再不叫小余在后面追他了，两人说说笑笑的，小张还指着各种古怪的石头，天花乱坠地给小余讲它们的历史。当小余跟路上的人们招呼时，小张也好像见着自己的熟人似的了，微笑着，点着头。

"小张，你说，我们最好办什么样的红专学校？"

"你们么？唔，小余，我觉得你老早就进了红专学校哩。你们公社就是一个大学校。我在这里上到了任何地方都上不到的一课。"

过了大石桥，转上平路，小余听见小张又轻声地哼起了"嗨呀吒子嘛"的调儿。

| 作品点评 |

秦似作为厅局级干部下放当社员，天天要干繁重的体力活，何况还在"大跃进"的岁月，超强的劳动强度，那劳累可想而知。但他依然没有停下手中的笔，利用劳动的余暇写散文、诗歌、小说。生活是文学创作的源泉，下放的生活，农村的体验见闻，给了他许多在城里难得的写小说的材料，他开始了小说这个领域创作的新尝试，写了小小说《云英养鸡》，短篇小说《太白岭下》，长篇小说《飞年记》，《飞年记》其中一章《姐弟》已在《红水河》发表。还有散文《激变中的山村》《一个青年的奇迹》《偶遇》等。此外还在《广西日报》发表论文《热爱鲁迅的著作》。他是一个笔耕不辍的农业社农民。

——王小莘、吴智棠：《疾风劲草——秦似传》，广西师范大学出版社，2010，

第 153 页

一封拾到的信

秦兆阳

天黑的时候，老吴同志在我的小屋里闲聊天。他谈到以前在某个矿山工作时的一些故事。天气很闷热，从窗外传来工厂里面机器的轰鸣声，加上电焊的闪光不时在窗棂上一闪一闪，使我总疑心窗外正在下雨。不过想了一会，就真的下起大雨来了。雨点把房顶上的瓦打得噼里啪啦乱响。忽然，我觉得房门外边像是有什么响动。

我问了声："谁?"——没有回答。但那响声是明显的，像是有个人咳嗽了一声，还叹了口气。

我开开房门一看，果然，在房檐下边窄窄的台阶上，紧贴着墙壁站着一个白色的身影。我说："同志，要躲雨就进屋里来吧。"

那身影向房门口挪近了一步，说了句什么话，但又犹疑不定地站住了。一个大的闪电洒下来片

作者简介

秦兆阳(1916—1994)，湖北黄冈人，1938 年到陕甘宁边区参加革命工作，1941 年加入中国共产党，曾入陕北公学、延安鲁艺学习，1949 年后历任《人民文学》小说组长，《文艺报》执行编委，《人民文学》副主编，广西文联专职创作员，人民文学出版社副总编辑兼《当代》主编。1962 年在广西文联任专职作家，1965 年从南宁搬到桂林临桂县政府大院，1966 年下乡到灵川县一带，1972 年加入"三结合"创作组，受命写一部反映桂西大石山区"农业学大寨"的长篇小说，1975 年完成长篇小说《穿云山》，同年离开广西。1984 年发表长篇小说《大地》，获首届人民文学奖。著有短篇小说集《平原上》《幸福》《农村散记》《一封拾到的信》，童话《小燕子万里飞行记》，中篇小说《女儿的信》，长篇小说《在田野上，前进!》《大地》，理论集《论概念化公式化》《文学探路集》，散文集《黄山失魂记》《风尘漫记》等。

作品信息

原载《广西文艺》1962 年第 5 期，收入《广西短篇小说选》(广西人民出版社 1978 年 1 月出版)，秦兆阳《一封拾到的信》(人民文学出版社 1979 年 12 月出版)，《建国以来短篇小说》(上海文艺出版社 1980 年 1 月出版)，《爱：爱情小说选》(广西人民出版社 1980 年 6 月出版)，《秦兆阳小说选》(四川人民出版社 1982 年 9 月出版)。

刻的光亮。我才看出来，原来是个年轻的女同志，壮健挺拔的身材，圆圆的脸，短头发，大而深陷的眼睛，穿着雪白的紧身衬衣，黑裙子，光脚上穿着露趾的凉鞋。屋檐伸出去很短，台阶又很窄，带风的雨丝又飘忽不定，我相信，不到几分钟她就会被淋得浑身透湿。所以我和老吴又一再邀请她进屋。但她只是"谢谢，不用"，还是站在那里不动。

我想，年轻的姑娘不愿意随便到生人的屋里，这是可以理解的，何况这雨谁知道要下多久？她能长久坐在别人的屋里不走吗？我拿了把伞递给她：

"同志，打着这把伞吧。愿意走，你就打着它走，等以后有机会再送还给我。"

她接过伞去，却没有走，反而走进屋里来了，把伞靠在墙角里，很客气地说了声"谢谢你们，真不想打搅你们"，美丽的大眼睛对满屋子扫视了一下，把手里的一本厚书搁在桌子上，靠着桌边坐下来。

"你好像不是我们厂的，我没有见过你呢。"老吴大半是怕她腼腆，有意装得随随便便地说。

"不是你们厂的。"其实她很大方，笑着摇了摇头。"我在铁路上工作，来这里找个熟人，正想回去，没想到下起这个鬼雨来了，真烦死人！这里往城开的汽车是九点半停班吧？"

"是九点半。"老吴说着，看了看桌子上的闹钟，"哦，已经八点一刻了。"

"这鬼天气，明天我还要上班呢！"

她皱着眉光子看着门外的雨丝，显出心事很重的样子。

忽然，老吴悄悄撞了下我的胳膊，又指了指桌子上的那本厚书。我一看，哦，那不是我的《做什么》吗？怎么到她手上了？……我想起来了，是十来天以前保健所的程医生借去了。当时老吴也在这里，看见他借的。

老吴对我笑了笑——他也明白了。

这程医生名叫程静辉。近半年来他常常到我这里来借文艺书籍，甚至把我的全部书籍抄了份目录，隔两三个星期就来换借一两本。使我奇怪的是，有时我试探他对某本书的印象时，他却脸红红的，支支吾吾，像是根本没有看过。不想原来是这回事！不过这程静辉倒是个挺俊气的年轻人，不爱说话，工作很好，工人们对他的反映都很不错。看起来，他跟这姑娘倒是很好的一对儿呢。

我们有一会儿没有说话。老吴是个耐不住沉默的人，他干咳了一声，对我笑了笑，走到屋子门口，向对面保健所的窗户看了半天，然后回过身来，装模作样地咳嗽着。

"保健所今夜是程医生值班吧？"不等我回答，他又坐下来接着说："等一会我要找他看看病。"又故意抽了抽鼻子，干咳了两声。"这两天我有点感冒。在保健所的几个医生当中，我最相信程医生。"

我看了那姑娘一眼。不想我的眼光正好跟她的眼光碰在一起。她像是明白了什么，脸有点红了，头向一边扭过去。

老吴却还要不停地唠叨下去，但显然是出于好心，像夸赞一个朋友似的：

"程医生这人真有意思。有一次我跟他闲谈，我说，我们摸了多年机器的技术工人，只要仔细听听机器的响声，就能知道它是哪里出了毛病，比他们医生用听诊器诊病还准确呢。他就问我：'你知道我们用听诊器诊病的时候，心里是个什么味儿吗？'我摇了摇头——不知道，他说：'心脏跳动，是生命的象征，最美的音乐！'哈哈，他说得多有意思！这个同志脾气好，工作好，又漂亮……"

他的长篇大论大概还只是开了个头儿。正当他咽了口唾沫，准备再继续下去的时候，那姑娘却站了起来，拿起桌上的书，微笑着说："雨小了，我还是走吧。真谢谢你们。"一甩头发，很快地走出去了。

我向老吴丢了个埋怨的眼色，到门口一看，她那急促的脚步声已经远了。雨是小了些，却并没有停，不淋湿了她才怪呢。我要不要追到汽车站去把伞送给她？……忽然，我发现门口台阶上有一个小小的白色的东西，拾起来一看，是一封信！摸着里面有信纸，但信口没有封，信封上写的不是收信人的姓名地址，却是这样两句话："请你仔细看一看，想一想，回答我。"

"什么信？让我看看！"老吴压低了声音叫着，把信抢了过去，在手里翻来覆去掂量了半天，又睁大了眼睛望着我："可以看看吗？"接着又说，"要是不看看，怎么知道是谁丢的？怎么还给人家？"

我正要反对，这个冒失鬼已经抽出了信纸，先用好奇的眼光迅速地扫视了两行，就更有了兴趣，索性坐在灯光下边朗读起来了：

"修明，亲爱的朋友！请听我说，听我告诉你……"

真没想到，我越听越被它的内容吸引住了，这不是一封一般的所谓情书，应该说是一篇颇有意味的散文，它刻画了一个诗意的性格，一定是这姑娘的，一定是她夹在书里面掉出来的，我连忙拦住了老吴：

"不要再读下去了，无论如何，读人家的私信总是不好的。"

"哈！真没想到！"老吴赞叹地拍了下桌子；又有些为难地问我："怎么办呢？追着去还给她？"

我急急忙忙换了上雨鞋，拿起了雨伞。老吴因为半夜里还要起来上三班，要早点睡，先走了。我也随后出了门——却往保健所走去。

大半是因为下雨，保健所宽大的候诊室里一个候诊的病人也没有。在内科诊断室里，一个姓苏的女医生正伏在桌子上看书。她告诉我：半个多钟头以前，程医生穿着自己的雨衣，却又来借了她的雨伞，匆匆忙忙走了。正说着，外边一阵脚步声，正好程医生水湿淋淋地走进来了。他脸色苍白，脚上沾满了泥浆，也不跟我打招呼，搁下雨伞，转身又往外走。我跟着他走到空无一人的候诊室里，拦住了他：程医生，有件事情……你还有个名字叫程修明，是吧？"

"是呵。你怎么知道？"

我把那封信交给他，说明了它的来历，并且向他道歉，说我看了它一部分。

"哦，难怪我到处找不到她，原来她错跑到你的小屋那儿去了。"说到这里，他猛地抓住了我的手，用力捏了一下："谢谢你！"把信往雨衣口袋里一塞，回身又拿起刚才那把雨伞，又匆匆忙忙走了。

我像办完了一件不大不小的事情，心里有点满足，回到屋里拿起本书来看了一阵，却不大看得进。那封信的内容还在我的脑子里回旋。雨又下大了。从远处传来厂里机器的轰鸣声和大雨的哗哗声，似乎跟那封信的内容混到了一起——

我仿佛看见了一列急驰的火车，上面有个穿铁路工人制服的姑娘，深夜里还在工作，踮着脚尖走路，轻轻拉下每一窗子的窗帘，免得深夜的凉风从窗缝里削了进来，使沉睡的旅客们受凉……

桌上的钟已经指到十一点多了。突然有人拍了两下我的房门，接着门就轻轻地推开了，程医生满脸喜气走了进来，一面脱雨衣，一面忍不住笑地对我说：

"看见你窗子上的亮光，知道你还没有睡……哎嗨嘿，真得谢谢你！谢谢你！"

我知道他已经找到她了，也替他高兴，给他倒了杯开水，让他坐下。这个平常言语不多的人现在竟变得爱说话了，告诉我怎么找到了她，怎么借衣服给她换了，又怎么找到地方让她睡觉了，她又怎么催他到我这里来，表示谢意。又告诉我：她要到明天下午 5 点钟，才上班，因此可以在这里住一夜，明天还可以在这里玩大半天哩……说最后这句话时，他简直欢喜得舌头像在嘴里打起滚来，声音完全嘟噜不清了。

"她刚才那么急着要走，大概是跟你闹了别扭了吧？"我笑着问他。

"是啊，我真该死！"他不好意思地摇摇头，用手指梳了一下头发。

"可以说说是怎么回事吗？"我又笑着问他。

"可以。反正对你也不必保守什么秘密了。其实也很简单，只怪我说错了几句话。"

"哎嘿嘿，"他的脸有些红了。"是这么回事：我们认识了已经一年多了。想结婚。也许是太……太好了的缘故吧，我真想天天跟她在一起，一分钟也不离开。这里的领导又不肯放我走，我就希望她调到我们厂里来。可是她坚决不同意，我们争论过几次。今天又争论起来了。我说：'你就那么坚决？'她说：'一百个坚决！'我有些生气，说：'离开好久才见一回面，结婚还有什么意思？'她说：'只要两人感情好，怎么就没意思？'我就说了一句气话：'看起来我们还不如不相好！'她问：'什么？这是你说的吗？'我说：'是我说的！幸福跟痛苦各占一半，有什么意思？'我的意思本来是：与其离别时难受，还不如感情不要这么热烈。话

79

已出了口，才注意到她的脸色通红，咬着嘴唇，胸脯一起一伏，问我：'你后悔了吗？'我正想解释时，她冲地一下就跑出去了。当时刚好下起大雨来。等我穿好了雨衣雨鞋，借了把伞追到外面时，她已经跑得不见影儿了！"

听了这段故事，我点了点头说："事情虽说不大，看起来她相当难受，刚才在我这里还叹气呢。"

"是的，我是伤了她的心。也许我是真有点自私自利吧？"他低着头思索起来。

"现在你们完全和好了吧？"

"完全和好啦！一看了她的信，我就……"他又抬起头来，笑了。"嘿，要是她早点把这封信拿出来给我看……不过这不能怪她，是我的话说得不好，她才……咳！"他一只手不觉伸进了口袋，轻轻把信拿出来，夹在两个巴掌里抚摸着，又自言自语地说："我大概还是，对她了解得不深……"

"她是什么文化程度？"

"高中一年级。不过，她从小学到中学一直是考第一，工作以后又努力学习……"

"老程同志，我应该祝贺你。"我给他另换了一杯开水，给自己也斟了一杯。"让我们来碰杯吧！……看起来，像她这样的女孩子，对工作，对爱人，要爱就爱得认真，爱得深刻。你应该宝贵你们的感情。祝你们幸福吧！"

老程的脸色红得不能再红了，眼睛也亮得不能再亮了，放下了杯子，低着头说不出话来，只是用手轻轻地抚摸着那封信。

我们沉默了一会。我看着他那两只手的动作，不由得自言自语起来：

"这封信真写得不错啊，可惜刚才我没有看完，倒真想再看哩。"

"嗨！"他突然抓住了我的手。"你既是……别说你看一遍，就是看十遍也可以！要是我不要留作纪念，就是送给你也可以！"他把信交给了我。

"可是，"我又有些犹疑地笑着说，"她，同意吗？"

"嗨，这我倒是有把握！今天的事情她不光是感谢你，是个很可以信任的人呢！而且她的性格……你放心好了！"他又捏着我的手，用诚恳的眼光看着我说：
"老×同志，不过我对你有个要求：看了信以后，你想一想，你给我当当参谋，帮
助帮助我，好吗？"

"这种事情我能帮什么忙？你们不是完全和好了吗？"我有些莫名其妙地
笑了。

"是完全和好了，我也再不会要求她调动工作了。可是她的信引起我想到了一
些什么。到底是什么呢？我还来不及搞透。到底我在各方面有些什么缺点？到底
我跟她有什么不同的地方？我想趁明天她走以前跟她谈谈，这对我，对我和她的
关系，都很有意义。你帮我想一想，对我提供点意见好吗？"

"倒真是值得想一想……"我沉思地说，"不过，我不一定想得出什么来，首
先是我对你们了解得还不多。"

"你每天起得很早吧？好，那我明天早晨上班以前来找你……"

他走了以后，我因为要完成他交给我的任务，而且每天都习惯于睡得很晚，
就马上把那封信打开来。

在深夜的灯光下边，这封信上的字句我不光是看见了，而且听见了——是一
个清脆的、娓娓动听的声音：

"修明，亲爱的朋友，请听我说，听我告诉你。

"不知道为什么，我常常是，所说的不像所想的好。用这支笔是不是能写得好
呢，我也没有信心。不过我所写不出的，你一定会想得到。我希望因此能增进彼
此的了解，消除彼此的争论。我们实在不应该老是争论调动工作的问题了！

"让我先问问你：还记得我们是怎么认识的吗？

"你会回答说：'记得，当然记得。'当时，你请假回北方去，探望你的母亲，
恰巧坐到我所工作的列车上来了。恰巧当时有个年老的病人，全身发抖，说胡话。
当时我让广播员广播，征求医生，于是你就应征了。恰巧你又带着简单的医疗用
品的。你给他打了针，吃了药，把你自己的卧铺让出来给他休息。你自己守着他。

我们共同来护理他。于是我们就认识了。

"是这样吗？——是的。但也不完全是的。如果只是这样的，那么，我在火车上认识过多少热心帮助别人的人啊！其中也不乏可爱的青年吧？但那是一般的认识，不是我们这样的认识。

"我们是怎么认识的呢？

"当时你坐在病人床边，很辛苦。我一再劝你到列车员休息室的小凳上去躺一会，你说：'谢谢，不用，我不困。'又说：'我有这个习惯，摸了脉搏，听了病人的呼吸，我心里就有一股特别的味儿，像是那轻轻的跳动和轻轻的声音跟我谈过话，我就感到对病人的生命要负责任。何况这个病人年岁大，烧到将近四十一度，非常危险呢。'当时我心里想：你是个好医生——不过我没有说出口来。

"后来，病人突然呕吐了。你没有嫌脏，嫌气味，嫌恶心。等我来看病人时，你早已不声不响地找到扫帚拖把，擦净了地板。我往床下一看，你的一个包袱被吐出来的东西弄脏了一大块，里面有件你的洁白的绸衬衣，也弄脏了。但是你不动声色。我把那件衬衣抢过来拿去洗，心里想：看起来这个同志很能克己，不自私自利——这一点我也从来没有对你说过。

"深夜三点钟了，病人热度低了，安安稳稳睡着了。我又劝你到列车员休息室里去休息，这回你听话了。但是当我巡视了车厢回来看你时，你却睁着大眼躺着，一看见我就问：'病人睡得好好的吧？'我们就谈起话来。我问你：'你喜爱你的工作吗？'你说：'同志，当然喜爱呀！'我问你喜爱到什么程度，你说：'你已经看见了，我因病人的生命而不安。如果他好了，我是多么高兴啊！我就是这样喜欢我的工作！'当时我想：是的。有很深的焦虑，很深的激动，很深的幸福感，这是真正热爱自己的工作，我懂得你，因为我也是这样的——不过，当时我也没有把这些话说出来。

"你又去看了病人，我又去巡视了车厢，然后我们又在休息室里谈起话来。我问你过去家庭生活和学校生活的情形，以及现在的工作情况。你也问我一些问题。你的脸红得呀——我形容不出来。我心想：你是个不会对女人讨好的老实人，如果你恋爱，对爱情大概是忠实的，专一的——不过这想法也没有说出来。

"天粉亮的时候，病人醒了，完全退烧了。你笑了，笑得那么动人。我也笑了。我们互相了解，互相庆幸，我们幸福的眼光碰在一起了。当时你的眼睛是多好看呀！我相信，从这时候起，我们的心才真正开始接近了。

"我故意拿来自己的洗脸用具，跟你一块儿在洗漱室里洗脸，故意叹口气说：'我也非常非常喜爱我的工作，可是我的工作比你差多了，我要向你学习。'你马上说：'哪里哪里，你工作得那么好！'我问——有什么好，你说：'第一，你擦洗打扫了一百遍，车厢这么干净。第二，待人好极了，有的旅客甚至像对小妹妹似的跟你说话。第三，哪位旅客坐哪张椅子，几号座位，尽管人们上车下车的经常变动，你还是一个个记得清清楚楚。第四，最难得的也是这一点：你把放在行李架上那么多的小件行李，哪一件是哪位旅客的，都记清楚了……'我大笑起来：'你一二三四一大堆，是给我上算术课吗？我可一点也听不懂！'你不好意思地笑了。

"我假装擦脸，用手巾盖着脸说：'也许我们再也见不着面了吧？'你闷了半天，对着板壁说：'如果你愿意……'——下半句就说不出来了。我也对着板壁说：'愿意……什么？'——舌头也像肿了似的。你突然转过身来，又紧张又热情地说：'答应我做你的朋友吧！以后通信吧！见面吧！'啊，我答应了，答应了！直到现在，我总是叫你'亲爱的朋友'，你大概还不知道是什么原因吧？——为了纪念那个美好的开始呀！因为，你说'做我的朋友吧'的那种神气，那种表情，是那么好玩，那么动人！

"啊，亲爱的朋友，这一切一切，我是记得多么清楚，就像是昨天发生的事情一样！

"而这一切又是多么巧啊！正是在我所工作的火车上，正是通过你的工作，我的工作，来接近，来了解，来开始。正是由于彼此同情对方对于工作的热爱，才有这个宝贵的开始呀！

"难道可以忘记这些吗？当你固执地一再要求我改变工作岗位的时候，难道可以不想想这些吗?

"我害怕:忘记了好的开始,会没有好的结束。

"我希望有好的开始以后,还要有好的继续。为了这一点,我曾作过一些努力。

"在我们以后的接近当中,我是怎样继续来了解你,来逐步逐步加深感情的呢?

"这类事情很多很多,我只想举一个例子:

"有一次,我看见你给许多孩子看病。你竟用了那么巧妙的办法,哄得那些小病人不哭不闹,把你看成最好的看病的叔叔,连母亲们也都感激你。这使你更便于认真地仔细地进行诊断。你是兼做了医生,保姆,演员。当时我想:像你这样一个不爱说话而又容易激动的人,要做到这样,是作了多大努力呀!当时我跑到野外去走了一会,然后回到宿舍里等你。

你回来了,一进门就问我:'真对不起,等烦了吧。'我说:'不。相反,我要感谢你对小病人的那种工作精神,要送你一件礼物。'你问我是什么礼物,我说:'你猜,你猜,你猜!'我一边说一边往后退,然后从背后拿出手来——是一束鲜艳的野花!你喜得伸着两手向我扑来……

"这类事情你当然不会忘记。但你是否懂得我的心事?在这些时间里,你是否也是像这样来了解我,来加深对我的感情?

"一个人光是喜爱自己的工作,尽力做好自己的工作,却对爱人的工作和心情都不大关心,这,对吗?好吗?

"朋友,打开你那诊断室的窗户,多向外面看看吧!多关心一些更宽更远的事情吧!这样,你会比现在工作得更好,你对我的了解也会更深……

"我曾对你说:列车,这是一片狭长的新奇的国土,是一个缩小了的社会,是一片飞奔着的生活,是一篇真实的童话。听了以后你怎么想的?我曾对你说:列车,在我看来是有生命的东西。当它飞奔前进的时候,两眼注视着前方,以狂喜的奋发的心情欢呼着,怒吼着,咆哮着,前进前进,不达目的,决不罢休。你作何感想？我曾对你说：在这个临时组成的社会里，生活是多么有趣啊！来自东北的矿工，那看惯了冰雪的眼睛，对于南国的阳光多么惊奇！来自海南岛的建港英雄，那晒脱皮肤的脸面，对北国的风霜竟感到无限的舒服！来自新疆的牧人，在亚热带地区也戴着毛茸茸的帽子、用天蓝色的眼光在对心微笑。那守卫过边疆的战士，两眼离不开窗外的景物，因保卫了这样的山河而感到自豪。一些昨天还是陌生的人们，今天已经成了朋友，也许从此就不会忘记。广东人与河北人在交谈工作情况，陕西人同江苏人在述说两地的风光。从晴天走向下雨，两天经过了四季。带着北方小麦的香风，去给南方的水稻送礼。……啊！有多少会议经过这里去召开？有多少思想经过这里去传播？有多少任务经过这里去完成？有多少亲人经过这里去会面？有多少物资经过这里去交流？有多少希望经过这里去实现？这个小小的社会，这个飞奔着的生活，虽然每天变动，却有着固定的作风。要让人们看到，祖国祖国，这里有祖国！要让人们看到，党的事业，多么美好！要让人们带着笑脸下车，回去告诉亲人：'车上真好！'要把'出的门多，受的罪多'的俗话，永远取消。当我从车厢中穿过，迎受着无数亲切的目光时，我心里是多么高兴！当下车的旅客跟我握手送别，说'希望下次再见'时，我心里是多么高兴！我何来这样的幸福？是党给我的，我不能忘记！

"亲爱的朋友，这一切一切我都曾告诉过你。当时你也欢喜，也赞叹，说我是诗人和作家。但是你究竟好好想过吗？真正懂得吗？

"如果你想过了，懂得了，而又一定要我放弃这样的岗位，那么你是什么思想？

"我并不是说，只有我这种工作才是好的，有意义的。任何社会主义工作都有意义。比如，那普通的、商店里的服务人员，难道不是在执行计划供应、回笼货币、关心人民生活的任务？这岂不也同样是使人兴奋激动的事业？

"但是，我既是走上了现在这个岗位，既是深深爱上了这个工作，我就要爱到底，就不愿意为了次要的事情而中途放弃。除非组织上需要，让我改行，我才会下定决心重新开始去喜爱别的工作。

"我也并不是忽视家庭幸福。将来，在我们结婚以后，不是每月最少可以见两三次面吗？那时候，我们每次都带着对工作的幸福感来见面，互相交谈和鼓励；每次又带着互相信任互相支持的幸福感离开，以更加饱满的热情再去工作；我们在对待党和人民的事业上，彼此都没有半点遗憾的或责怪的心情；当我们享受家庭幸福的时候，当我们互相亲爱的时候，没有那种不安的惭愧的暗影偷偷袭上心来。啊！这才是真正充实，美满而又高尚的家庭！这就是我所希望得到的家庭幸福！这是多么好啊！

"难道你愿意，虽然我们天天在一起，我却脸上缺少笑容，眼里缺少光彩，神情闷闷不乐吗？我想你是绝对绝对不愿意的吧？我也是绝对绝对不愿意的——不光是为了我，而且也是为了你呀！

"亲爱的朋友，请你想一想，想一想，回答我……"

……第二天早晨，我照例醒得很早，推开窗子一看，天晴了，一片新鲜而娇嫩的绿色展现在我的眼前；连空气都像是被水浸洗过的，格外清凉鲜洁……为了领略这雨后大自然美妙的景色，虽然道路还很泥泞，我还是决意穿上了胶鞋，带着洗脸用具，到我常常去洗脸洗澡的那个小清水潭去洗脸。

这小清水潭离我的宿舍有半里路，在保健所背后一个芭蕉园的后边，是一湾清澈见底的泉水，旁边有几个从山上滚下来的大石头，石头之间的空地上长满了茂密的野树杂草。我想：这小潭子一定涨水了，会变得更加幽美了，小鱼儿们又该在水面翻花乱跳了。我走进了芭蕉园。忽然，我听见从水潭那边，从那块峭拔的奇形怪状的大石头后边，传来了一对男女说话的声音。除了我常常到这里来洗脸，难道也还有别人跟我是一样的兴致？我停住了脚步。

"不知怎么的，我的牙刷最爱坏，总是不到半个月就扎扎得像乱草一样了。"——啊，正是昨夜那个姑娘的声音。

"你一定是刷牙太用力。这不好，会擦掉牙磁，还会刺激得牙床收缩，牙龈拔出来，牙齿爱坏，又不好看。"——是程医生的声音。

"你不知道，我每天早晨起来总是很着急，恨不得一下子把梳头洗面的事情干完。我的头发不知道被梳子拉断了多少呢？刷牙也是用力地擦擦擦……"

"你干吗要那么着急？"

"嗨！总想每天早晨多挤出点时间来看书……总觉着每天都有许多事儿要干，哪一样都要时间，真没办法！你看吧，每天起来头一样事情就是梳头——做个女孩子真倒霉！反正我总不留辫子，难看就难看好了！"稍停了会，她又笑了笑说："我总觉着每天都像过节日似的，一早晨起来就很兴奋。我大概永远像个小孩吧，你说呢？"

"哎，我今天才真像是过节日呢，你那封信就是最好的节日礼物。昨晚我简直兴奋得睡不着觉，早晨天还不亮就醒了，我这心里……"

我没有再听下去，悄悄儿走出了芭蕉园。一个思想在我的脑子里盘旋："是的，用平常的眼光来看，我们的生活也许还未能尽如人意，但如果用过节日的心情来生活，真会觉得每天都是节日呢！因为，无论如何，我们是处在这样的时代，从事这样的事业……"哦，我想起来了——我知道应该怎样回答程医生昨夜对我提出的问题了。

我急急忙忙回到家里，很快洗了脸，抽出纸笔来写了一张这样的纸条：

程医生：我需要提早去吃早餐，因为今天是我值日整理和打扫办公室，需要提前上班，所以来不及跟你面谈，只好用这张纸条来作为对你的回答：我觉得，在一切问题上，她都比你想得更宽，更远，更深，她对生活有比你更宽更高的感情认识，她过生活像过节日一样，而你却没有达到这样程度。她的信上叫你打开诊断室的窗户，多向外边看看，这是很有道理的。不过，我觉得你很快就会赶上她的，因为你们有着最基本的共同点。是否对，请考虑。

我把那封信和这张纸条都搁在抽屉里，然后用粉笔在关着的房门上写了几个字："程医生，你所要的东西在我抽屉里，请自己拿。"就到食堂去吃早餐去了。

中午我下班回来，发现抽屉里的信和纸条都拿走了，却留下了另外一张纸条：

"×同志：你简单几句话就把我想了很久的思想明确化了，真是感谢不尽。我会很快赶上去的。我是这样幸福! 程静辉。"

| 文学史评论 |

他一方面从事小说创作,一方面从事理论批评。因为他熟悉创作过程和创作要素,对于那些远离文学本义和妨碍创作实践的理论观点深有感受,于是在一九五三年前后,撰写了一系列文章,探讨和批评文学创作中的公式化、概念化问题。一九五六年,他又由创作中的公式化、概念化问题扩展开来,进一步思索理论批评之中教条主义现象产生的原委,撰写了《现实主义——广阔的道路》一文。

——张炯主编《中国文学通史》(第十卷),江苏文艺出版社,2013,第 123 页

秦兆阳,是一位作家和编辑。建国后,为繁荣和发展社会主义文艺事业,他除积极从事小说创作外,还努力探讨社会主义文艺的创作规律。他的主要文艺论著有论文集《论概念化公式化》和长篇论文《现实主义——广阔的道路》。

——二十二院校编写组:《中国当代文学史》(一),福建人民出版社,1985,
第 96 页

秦兆阳在广西期间,体验农村厂矿,体验生活,继续进行文学创作。他创作了短篇小说《一封拾到的信》,发表于《广西文艺》1962 年 5 月号。小说以一封信为主线,叙写了程医生与列车员的恋爱经过,反映了青年人积极进取的工作责任感。

——李建平等:《广西文学 50 年》,漓江出版社,2005,第 90 页

| 创作评论 |

秦兆阳同志所特有的这种艺术素质和人格力量,不仅体现在他的作品之中,而且贯穿于他创作实践的各个方面。他注目于生活,很善于深刻细致地透视人生,开掘生活中的美和诗情。而且从主题的提炼、题材的熔裁、形象的塑造、语言结

构的特点，都具有自己独特的审美方式，力求通过作品"把生活本然的、真实的美显示出来"（别林斯基语），并向着历史的必然升华一步。既逼真地酷似生活，又充满理想和美的力量，流动着一股真诚炽热的革命热情。

——王振民：《秦兆阳的革命现实主义艺术特色——兼评短篇小说集〈一封拾到的信〉》，载中国人民大学中国语言文学系《文学论集》编辑组编《文学论集》（第七辑），中国人民大学出版社，1984，第 272 页

| **作品点评** |

从《一封拾到的信》里，人们还清楚地看到，秦兆阳同志的作品，不仅有着现实主义的思想深度与时代内容，而且还呈现出一种朴实、壮美的艺术魅力。

——王振民：《秦兆阳的革命现实主义艺术特色——兼评短篇小说集〈一封拾到的信〉》，载中国人民大学中国语言文学系《文学论集》编辑组编《文学论集》（第七辑），中国人民大学出版社，1984，第 265 页

故人

陆地

故事是这样引起的：一九五〇年春天，我从北方回到广州，其时，广西刚解放两个来月，华南分局组织部找我谈话，要我回广西工作。三月初的一个早晨，我从广州乘着"广宽号"轮船，动身回梧州。第二天，正是晚霞满天的时分，北山公园的木棉花，海关的屋顶，逐渐出现了；一清一浊两水汇流的鸳鸯江口，已经近在眼前。一些新来乍到的干部和某些久别重游的旅客，都怀着不同的好奇心，把脸贴到船窗，眺望江堤的街市。有人夸耀大东茶楼的"纸包鸡"味道如何鲜美；有人感慨豪华的洞天酒店毁于日本飞机的轰炸；有人谈论解放前夕，电厂的工人跟国民党特务怎样搏斗，保护了电厂，保证了解放军进城时，大放光明。

这城市，在抗战前是广西的门户。当年我就

作者简介

陆地(1918—2010)，原名陈克惠，曾用名陈寒梅，广西绥渌县(今扶绥县)人。1937 年在广州《民国日报》发表处女作散文《期考的前夜》；1939 年考入鲁迅艺术文学院文学系，他在延安写的第一个小说《乡间》在桂林版《大公报》发表，始用笔名"陆地"；1943 年到《部队生活报》任编辑、特派记者；1946 年担任《东北日报》副刊编辑组长；1948 年第一个短篇小说集《好样的人》在哈尔滨问世；1949 年随军南下参加广西工作团，任梧州市委宣传部部长；1950 年任广西省委宣传部宣传处长；1951 年参加农村清匪反霸和"土改"运动；1955 年完成长篇小说《美丽的南方》，该书 1960 年由作家出版社出版，是壮族文学史上第一部描写壮族生活题材的长篇小说。1980 年中国青年出版社出版长篇小说《瀑布》第一部《长夜》，获全国少数民族文学创作长篇小说一等奖。著有小说集《故人》《浪漫的诱惑》，长篇散文《青春独白》等。

作品信息

原载《广西文艺》1962 年第 11 期；收入《短篇小说选(1949—1979)》(第五卷)(人民文学出版社1980 年 9 月出版)、《广西少数民族作家获奖作品选·短篇小说集》(广西民族出版社 1988 年 12 月出版)。

在这里逃亡，投奔革命去的。今天乘着革命胜利，又在这里凯旋。十二年的战乱将给这个曾经繁华一时的城市涂上什么颜色呢？当年送我走的朋友——两位歌唱爱情至上的信徒，时间将给他们证明了些什么？"近乡情更怯"，航程越来越缩短了，心情如同江水，涌起一个又一个浪花。

船，不知什么时候抛了锚，船舱涌来一群拿着扁担和绳索的挑夫。

"同志，箱子请人拿吧？"一个低沉而恳求的声音在我背后说话。

我嗯了一声算是应诺了，随即往窗口取帽子，回头见箱子已经叫人拿走。我赶紧跟着他挤出扰攘的船舱，一步一步走上码头。这时，我才稍稍注意面前这位提着箱子的人。他，右手提着我的箱子，左边的腋窝挟着扁担和绳索。绳索拖到地下，扁担往后倾斜，随时都要从他腋窝溜掉似的；脚上拖着双木屐，跟跟跄跄，就像四条腿安得不扎实的桌子，摇摇晃晃，跟那些硬朗的码头工人不大相同。仔细端量，觉得那走方步的脚，好像在什么地方见过，是中学的同学，还是家乡的亲戚？一时又想不起来。

我狐疑地紧跟着他走完了三百多级的码头，接着就走过一段熙熙攘攘的马路，然后再拐两道僻静而狭窄的小巷，才到了招待所。招待所的服务员好殷勤呵，一上来就是接行李，倒茶水，问这问那，使你应接不暇。我赶紧掏出三张小票把提箱子的人打发走了，然后跟服务员去看房子。不料，才转身要走，那挑夫却转回来，一边低着头看手里的钞票，一边说：

"同志，你给错钱了——这一张票面是五千的，换一千的给我才对。"

"这人倒老实。"我心想，又端量着他。当他抬起头来，目光跟我的视线相遇，我不禁吃了一惊。一个熟人的面影，流星般闪过我的天空，已无心去接他手上的钞票，也忘了拿一千元票子换给他，脱口问道：

"呵，你，你是——"

对方也怔住，恍惚醒过来似的，尴尬地反问：

"你是——"

"我是陈强。"我应了一声。

这时，他的面孔犹如阴天露了阳光，惊喜非常，忘情地伸出两只热乎乎的手，把我的手紧紧拉住。

"我是黎尊民呵，"他说，眼睛闪烁着泪花，"一别就是十多年，你还那样年轻呢！"

仿佛有千言万语涌上他的心口，乐得倾吐个痛快。但，马上意识到什么，把话咽住了，两只手缩了回去，显得拘谨起来。

我这才记起来了：他，就是我从前在广州岭南中学的同班。家是华侨，在梧州开进出口的商号，是个翩翩的少东，又是我们学校的篮球选手。怎么变成这样狼狈呢？我胸口就像给塞进一团棉絮，半晌，找不到话来说。

"坐下来谈谈吧！"终于，我机械地在客厅的沙发坐下。

他看了看这些整洁的摆设，犹豫了半天，才小心翼翼，用半个屁股坐到沙发的扶手上，不敢久坐的样子。

"你抽烟吧？"我们沉默一阵，等到服务员拿了烟卷来，我才应酬一句。

"我一直都不抽烟。"对方沉郁地说。

"你从前好像是吸烟的？这，我可记不清了。"

"贵人多忘事。"他似乎不是存心挖苦我，倒是对人世的感慨。

"恐怕我就不是什么贵人吧，当年我从这里逃走，你护送我上船的那幕戏剧，现在还活生生在眼前呢。"

"是呀！"他深深叹了口气。"当年我们在这个码头分手，今天又在这个码头重逢，多巧！可是，当时你做伙计是假装，今天我当挑夫却是真做。正所谓不堪回首话当年呵！"他引起无限的悲戚，显得很颓唐，原先那篮球选手的体魄，那青春焕发的目光，已经这样疲惫迟钝，同打过霜的草木似的，枯黄，憔悴。

"你老兄怎么搞到这步田地呢？"我问。

"这……难以言尽呵！"

"蜜斯李怎样，还好吧？"

不想我这一问，他脸红了，难为情地接着说：

"你在这还有几天待吧？你有空，我晚上再来。"他站起来，拿着扁担和绳索走了。

"我晚上没有什么事，你来吧，一定来呵！"我边说边送他到门口去。

他转身才走去两步，服务员在旁边轻轻地对我说："这个人有点神经，喝了酒还要迷糊。"

"呵？"我不胜诧异，回头去看望那走方步的脚，它，拖着双木屐跟跟跄跄拐入小巷去了。

是这走方步的脚呵，它，把我引入遥远的记忆的森林……

* * *

那是一九三六年秋天，国民党政府下了一道命令，为"蒋委员长"五十岁的生日，要全国官民捐献资财，购买飞机做寿礼。于是，全国上下掀起一片"献机祝寿"的喧嚣：商号义卖，官吏扣薪，农民加税，学校宣传。我们学校停课三天，组织游艺会，演讲，出壁报。这时候，有位同学在壁报上写了一篇科学小品，题目："且谈革命"。文章是弯弯曲曲，古今中外扯了一遍，似乎是游戏文章，明眼人却不难看出，那是对当前的祝寿含沙射影，冷嘲热讽。学校惊慌而愤怒起来了，随即在这位同学的床头查出一本"禁书"——《铁流》。于是，"思想乖谬，害群之马"的罪状和这位同学联系了起来；另外还添上什么"共党分子"的名目。终于，"着即开除学籍，以儆效尤"。既然学校把他说成"共党"，有叛逆之罪，同学们怕沾上"莫须有"的瓜葛，不敢再与之接近；同志们则怕暴露组织关系，也故意疏远了他。当他离开学校那天，正是上课时间，我是从窗口望着他一个人孤单地走的。他同班没有谁敢送一送。行李也找不到挑夫搬，自己拿肩膀扛着藤匣和被褥，两只手还一边抱着书，一边提着提桶，拖拖拉拉，好不狼狈。

坐在我前面的一位同学，同我一样，注视了半天，转回头来写张小纸条给我。我一看，上面写："提前毕业了！"我心想：人为什么这样冷酷呢？马上在他的纸条上批了一句："何必幸灾乐祸？"把纸条递还他。他把纸条撕了。接着又写了什么，可没有再理我，站了起来，拿去讲坛交给老师就走出了教室，把门弄得很响。

这时，老师正在摇头摆脑地诵读"浔阳江头夜送客"，旁若无人。等到教室的门响，才抬起老花眼镜问："谁又溜号啦？""黎尊民。"有人说。老师瞅见桌上的纸条，"呵"了一声，望了望同学问："我念到那儿啦？"接着又摇头摆脑地诵读白居易的《琵琶行》。但是，我却无心听课，又掉过头去望着窗外。那时，前面校道上出现一个走方步的背影，步子迈得挺大，一下子撵上了那孤零零离开学校的同学。两人互相推让一阵，最后，一个用手提提桶和书，一个仍旧用肩膀背着被褥和藤匣，一起并排着走了。我呆呆地瞅着他们的脚步走去，直到看不见了，才掉转回来。老师还是摇头摆脑地吟咏，我却什么也听不见，满脑子都给那走方步的背影占去了，我多么想再写张纸条解闷呵。可是，前面的座位却空着，直到下课的铃声响了，人还是没有回来。

当天吃过晚饭，黎尊民破了例，没有到球场去，却跑来拉我去散步。

"你今早误会我了。"他首先打破沉默，开了腔。"我的意思是，像这样的学校，真是提前毕业了好。"

"你同他是初中同学吗？"

"不。"他摇了摇头。

"是老乡？"

"也不是。"

看他不肯说下去，我也不再作声。

"学校对待学生这样，我就看不下去。"

半晌，他愤愤地说了。

"这手法，不是对一个人，而是要对付一伙，杀鸡给猴看。"我回头去打量着他的反应。

"这吓不了人！"

我点点头。心想，你这位仁兄，倒还有点火气。好像无意中读到一篇好作品，接触到崇高而善良的灵魂，心胸闪亮了一下。

也许是他的善良、正义吸引着我，或者是我的狭隘的同乡之情做的媒，从此，我同他一天一天接近起来。

不久，西安事变发生，蒋介石被迫接受全国人民抗日民主的要求，政治空气稍为开朗一些了。这时，"一二·九"运动掀起新的高潮，南方的"抗先"（广东青年抗日先锋队的简称）利用半公开的合法地位，展开阅读《大众哲学》和《自修大学》等进步书刊的"读书会"活动。

"你们老是偷偷摸摸搞什么名堂呵？"有一回，黎尊民问了我。

"还不是大家凑在一块，谈谈读书心得。怎么，你也想参加？"

"不一定，参加不参加还不是一样。书，反正得自己读。你们每个礼拜天都得开会吗？"

"不一定。"

"唔。"他想了想，接着说："总而言之，人多嘴杂，不如一个人清静。你们不是就讨论《大众哲学》吗？"

"有时也谈别的。"

"纸上谈兵，有什么用。"

看他还停留在这样水平上，我也暂时不去勉强他来跟我们一道。不过，他虽然没有加入我们的行列，但进步书刊，他还是读的。对我个人的友情却始终保持着，有什么心事总愿意找我来谈。

记得是一九三七年的清明节前后，正是遍地蛙声的晚上，他从校外回来，挟着一包书，高高兴兴地拉我到校园东角的小亭去。我心想："什么事叫他这样开心呵？"我疑惑地瞅着他。他等我在石桌旁坐下，然后从口袋拿出一把"巧克力"推到我面前来说：

"请你吃糖！"

"就单为吃糖，没有别的意思吗？"

"你猜猜看？"

"对不起，我就不喜欢猜谜。"

"你给我祝福吧！"他举起那包书，在我头上晃了晃。

"是《大众哲学》！你真的神通广大，在哪里搞到了？快给我看。"

当时我们对待新思想启蒙的书刊，一如耶稣的门徒对于《圣经》，把它当作《福音》。黎尊民也受了我们影响，几次打听要买要借，都没有弄到。现在看他那样高兴，以为他已经把它弄到手了。

"你没有猜对。"他打开纸包。那是一本厚厚的书。先不给我看，只是从书里抽出一封信交给我。

"欣赏一下吧！"他说。

我接过来就念：

我的心的"上帝"呵，假使你不怀疑我的虔诚与痴心，那就让我在你的殿堂得到欢迎吧！假若你的心跟你的话一样炽热，那就把两人都燃烧在里面：让寒冷都飞散，让冰雪融消。

"原来阁下有着这样的艳遇，这位女诗人叫什么呢？"

"蜜斯李。"

"没有名字？"

"外号'南华李'，又甜又脆。"

"那是广东名产，是西关小姐吗？"

"不。广西，李家园的。"

广西有几个姓李的，都是当代显赫一时的人物，不知他指的是哪一个"李家园"。反正是豪门巨宅吧，我情绪产生了反感，顺嘴就问：

"你怎么找上那些地方去呢？"

"老弟你不知道，'同乡仙子独销魂'嘛。"他得意地说。接着，告诉我：她是那间美国教会办的贵族学校——崇真女中的，叫李冰如；该校的校花，喜欢音乐。

"她的女高音真是把你着迷，钢琴也弹得不坏。"他赞不绝口。顺手从胸前小口袋拿出照片来让我瞧。"唔，你认识认识吧!"

照片上是个美人儿，一尊端正的鼻子，两片曲线玲珑的嘴唇，脸儿光洁而秀丽，胸前垂着一根粗大的辫子，最动人的还是那双脉脉含情的眼睛。

"怎样? 够得上八十分吧?"

"很难给分数。爱情总免不了主观的。"我冷笑着把照片还了他。

"美不美不是客观存在的吗?"

"呵，阁下居然谈起哲学来了。"我说，"你这本那么厚的书，是《社会科学新名词大词典》吗?"我望着他手边的书。

"你可是成了社会科学迷了。什么东西都往那上头想。天下的学问多着呢，你看吧，是这样一本玩意。"他把书放到我面前。

原来是一本三十二开本，金边布面的《新旧约全书》。我不禁愕然，不知说什么好。

他说，这是李的馈赠。她们同学每个礼拜天都到附近的教堂去做礼拜;有时教堂的唱诗班是她领唱，有时钢琴伴奏是她弹，她约他每个礼拜天到那里去相会。

"明天我们一块去吧，可好玩了，那里，嗨! 粥粥群雌!"他讲得津津有味。

"我没有那个胃口去装那些东西。"我几乎失掉了克制，愤怒地顶撞他。

"呵! 知道了!"他却不生气，满不在乎地说，"原来阁下是唯物主义者，无神论，教堂对你来说是禁地，难怪不敢涉足的啰!"

"难道对你是两样吗?"

"我，醉翁之意不在酒。不，说得明白一点: 我有我自己的上帝。"他说。想了想，举起《新旧约全书》: "它，照你的看法，当然是荒谬的、唯心的，是迷魂汤，不过，我在这当中却接触到活生生的爱情;阁下追求的，也许是科学的、现实的真理，可惜，眼前只是一片渺茫的希望。"

"人，要同猪猡一样，那当然容易满足，只顾眼前的官能的需要就行了。"

"但是，用两条腿走路的人，要想成仙，恐怕不容易修炼吧。"

"所以你就只顾眼前，只顾爱情，只顾自己，只顾……"我抑制不住激动，说不下去了。

"好了，何必动这样大的肝火呵。明天我自己听圣经去。"

我默不作声。

他看我不开腔，过了一会才自言自语地喃喃道："我这个人嘛，两句话说完：爱情不马虎，其他无所谓。吃糖吧，这是蜜斯李叫我拿来请客的。你想，她这是什么意思？"

我拿起一块金箔包的"巧克力"吃了，总感到不是味道，也许甜得太腻了，有点发咸，吃了一块就没有再吃。

从此，也许是他虔诚地侍奉着爱情，或者是我热衷地献身于革命，两人的时间常常凑不到一块，来往也就一天一天疏远了。

我们的中学生活，在卢沟桥的炮声中结束了。他在一场毕业的球赛中，把脚踝扭伤，住在医院。一天早晨，我去探望他。他拉住我同他商量考大学、选专业的事。当时，救亡运动的浪潮正在席卷着广大的青年，曾经日夜盼望的日子终于来临了，哪里还有心情去坐冷板凳呢，而且我的经济状况也不容许我去读大学，对他的话题并不热心。

"一块去报名吧，钱，你不用操心，我给你全包了。"他说得那样慷慨、豪爽而真挚，叫你不好回绝。

"我不完全是为了学费，就嫌那冷板凳坐得太腻味了。"

"那，你要投笔从戎？"他问。

"看看再说。你打算考中大还是——"我问他。

"还未定盘。'上帝'还没有批准。"

"上帝？"我盯着他的目光。

这时，房门开开，进来一位娇滴滴的小姐。

"喏，一说曹操，曹操就到。你们还不认识吧，介绍一下：这是蜜斯李；这是——?"

"呵,认得了,蜜斯特陈,严格的批评家,久仰久仰。你只是老讲老讲,就不肯给人家介绍。"她,话说得清脆而流利,对着躺在病床上的爱人娇嗔地瞟了一眼。

李小姐这天打扮得落落大方:浅蓝色的长裙,月白的蓝纱上衣;长得丰满而苗条,眼睛比照片还要灵活、热烈,仪态显得妩媚而端庄。她给病人带来一束箭兰和晚香玉,一篮阳桃、龙眼和木瓜,把床头小柜摆满了。

"你要叫我开水果摊了。"黎尊民笑了笑。

"还有,你先别下结论。你要的东西给你找到了。喏,是不是这一本?"她从小手袋拿出一本《大学试题汇编》给对方。

"蜜斯特陈,"她望着我,"我说他呀,既然是个球迷,就考上海的东吴大学得了,那儿的体育系不是挺闻名的吗?"

"我想学经济,要不,学矿冶。"黎尊民说。

"都不好。"她抿一抿嘴,"经济学还是打算盘;矿冶嘛,尽是跟石头打交道,多枯燥!蜜斯特陈,你说是不是?"

我笑了笑,没作声。

"你自己呢?"黎尊民向着爱人问。

"我还早哪,还得一年。反正我什么也不要,就是音乐能迷住我。"她接着哼起流行的《梅娘曲》。

护士进来把她制止了。她噘着嘴轻轻地嘟哝:

"人家是唱给病人听的嘛。"

"算了!"黎尊民给她丢了个眼色,然后转对我说,"亚陈,同我一起考吧,学费没有问题。"

我当时有自己的任务,不好跟他们讲,没有再说什么就走了。李小姐把我送到医院门口。临别,红着脸问道:

"听说你们'抗先'要扩大组织歌咏队,给我介绍行吗?"

我不觉一怔，心想："你这大小姐也干这个？不是凑热闹赶时髦吧？"她逼视着我，那眼光是说："怎样，不行吗？"我答应她，先打听一下，回头再说。

不几天，日本飞机开始轰炸广州，城市头一次受到惊扰，人心浮动。黎尊民和李小姐跟她的母亲迁居香港去了，我调回了广西，我们就没有机会再见面。过了半年，我在桂林遇见另一个同学，才知道黎尊民考取了中山大学理工学院，学建筑。学校迁到粤北；李小姐的学校迁到佛山，两人相去遥遥，颇感相思之苦。这时，我才给黎写信，请他代买些进步的书报。

这段时间，我找到了一份社会职业，在西江边上的一个县里当合作社指导员。经常在农村奔走，组织农民成立信用合作社，以便银行发放农贷。当中，我目睹横行乡曲的土豪恶吏，借征兵抽税之名，肆意营私舞弊，鱼肉乡民，搞得农村暗无天日。而那些本着一片热诚、想为抗日救亡出点力的青年，往往被政府的一块官办的抗日招牌阻挡了。我原来企图借此合法职务，深入农村，团结伙伴，点起抗日的火炬，想不到障碍重重，到处碰壁，不无悲愤。不得已而写了一篇揭露这黑幕的散文，前头引用了尼克拉索夫的名句："这里，只有石头才不会饮泣。"不料，文章在《救亡日报》发表出来，我的处境立即发生了恶化。工作受到了严厉的检查，结论是：我组织的社员，贫农的比重大，违背农贷的规章，给予记过，着即调回县府做内勤，不让接近农民了。以后，我的一举一动都有人特别"关心"，我的信件，从遥远的地方寄来，封口往往是潮湿的。

就在这个时候，一天，收到一本《解放文选》，这是延安《解放周刊》的重要文献，寄件人是黎尊民。他在扉页上题了这样两句话：

这孩子，我这儿养不活了，让我过继给你；愿它得到长大！

不知是这本书招引来的祸呢，还是我要到延安去的通讯泄漏了风声？要不，就是我的半公开的救亡活动触犯了反动政府的禁忌。一个暑天的夜晚，我和同志们在小学校开完会，我就不能回自己的宿舍去了。一个紧急的通知：要我立即赶到江边的渡船口去等船，星夜逃走。到梧州转船下广州，找八路军办事处介绍到延安去。

我既然是亡命之客，到梧州就不敢找旅馆了，上了岸，直奔黎尊民的家去。刚好他正回家来度假。我突然到来，使他又惊又喜。先在书房给我安了一张行军床，要我冲了凉，给泡一壶龙井茶。然后命令我：

"你就在这里待着，我出去一下就来。"

他说完，戴上白通帽就走，还把房门带上。

我留心看看他的书架。上面的书很杂，有关建筑学的，有关体育的，有翻译小说的，生活书店那套《青年自学丛书》，零零散散也有几本夹在里边；另外还有《良友》画报和《科学杂志》；《救亡日报》却叠得整整齐齐，有的文章还打了红杠杠，可见看的人很用心。这时，那本《解放文选》又回到我的眼前。我走得太仓促了。别的行李丢掉也罢了，这本东西——"一个过继来的孩子"，把它丢了，怎样对得住朋友的重托呢？

我正在胡思乱想，房门轻轻开开了。进来的是一位戴墨镜的女子。穿一身藕色丝绸旗袍，拿着小阳伞和提篮，亭亭玉立。她除下墨镜，叫一声"蜜斯特陈"，马上伸出丰满而秀美的胳膊来给我握手。

"李小姐吧，几乎认不出来了。"

"真的吗？还不是老样子。你看改变了吗？唔，那回你见我是拖着一根长辫子的吧？"她用手去拢拢新烫的卷曲而乌亮的头发。

"是吗？记不清了。"我说。

我们一时找不到什么话题，沉默了。

她拿起一本新出的七月份的《良友》，坐在藤椅上翻看。

"亚黎刚出去一会，他说等会就来。"

"他告诉我了。"她说。

"蜜斯特陈，你去年答应我的事，还没有兑现呢。"她合上画报，盯着我问。

"别叫我什么蜜斯特好不好？叫亚陈吧。"

"那你也不准叫人家小姐。"

"那叫什么呀?"

"哎哟,你忘了我的名字啦,叫冰如呗。"

"喂,来了。"黎尊民在门外一边叫,一边拿脚踢开门进来,两只手全拿着东西:一大包的叉烧包,香芋角和鸡蛋糕;还有半打汽水。

"你在船上还没有吃东西吧?"他一边问,一边开汽水。

我们就一边吃喝一边谈。李小姐撒娇撒痴地说:本来她们每天这个时间都要到鸳鸯江去游水的,我这个不速之客把她的时间表打乱了,要罚我讲故事。

"你先说你们什么时候请吃喜酒吧。"

"要吃酒还不容易呀,什么时候都行。如果加上一个喜字,那可就要等到遥远的未来去了。不是有这样的说法吗?'结婚是恋爱的坟墓'!那,多寂寞,多悲哀呀,我不干。尊民,你说呢?"

"无所谓。"黎尊民心不在焉地漫应一句。

"你什么都无所谓,对人家考学校也不关心,这也说行,那也说好。我不管,就是学音乐。"

"我们的官司以后再打好不好,现在——"黎尊民严肃起来。

李小姐噘着嘴不哼气。

"亚陈,"黎尊民把房门关上,轻轻地对我说,"告诉你一个坏消息。"

"你说吧!"我悚动起来,蛋糕咽不下了,提心吊胆地听着坏消息:

原来是昨天伪省政府来了通缉令,说我在非常时期,擅离职守,违犯抗战法令;而且携款潜逃,罪加一等。饬令各地政府,督饬各交通要道所有警宪,严加侦捕归案。今天开始,梧州的出口旅客,实行特别检查。

"真有这样的事吗?"李小姐望着我问。

"擅离职守是事实,携款是没有的,那是统治者惯用的'莫须有'的手法。"

"听说抗战时期,公务员擅离职守要杀头的呢,比携款潜逃还严重。"黎尊民为我担心起来。

"那怎么办？"李小姐也惊惧了。

"反动派的家伙真毒辣。"我自己心想。

"我刚才打听了船期，今晚有船开广州，过香港的就要等到明晚八点。要我说，现在正在风头上，查得紧，不如过几天等他们松懈了再走。"黎尊民为我的事那样正经地考虑着。

"不是啵，他们可能估计不到陈先生那样快就到这儿，检查未必认真；再过两天恐怕倒反紧了呢。"李小姐也认真地为我出着主意。

"怎样？阁下自己定夺吧？"黎尊民望着我问。

反复考虑之后，我决定当晚就走。同时，我们商量了如何串演一出混过检查这道关口的戏剧。

吃过晚饭，李小姐给我拿来包衣物，几本书，两盒蜜枣。我和黎尊民开始化装：我穿上李小姐拿来的一套唐装黑胶绸，跟黎尊民一个样子的打扮。李小姐穿的是一身华丽的蝉翼轻纱旗袍，玉色丝袜，银色的高跟鞋。俨然是十足的阔小姐。

黎尊民把他的衣物、日用品给我收拾在一只小藤匣里；李小姐把她拿来的几本书也放在里头。

船是九点开，我们八点半就得上船。我——一个"小伙计"，提着小藤匣跟着"少东家"和李小姐走进轮船的餐楼。这时三个凶神恶煞的警察正在那里向旅客们喊叫："打开行李检查！"有的人的东西本来装得平平整整的一箱子，给他们一翻腾，都搞乱了，高起来好多，自己弄了半天，箱子也盖不上盖。

"你的匣子装什么的？打开！是你的吗？"一个警士把我上下打量一遍。

"我是伙计，送船的。请看！"我打开了箱子。

两个警察伸着粗大的手，肆意翻腾。

警士转向黎尊民瞅了瞅："是你要出门？干什么去的？证件！"

黎尊民沉着地掏出中大的学生证。

"真是，有眼不识泰山，摆着那么个人不认得。"李小姐在旁边冷冷地好像给自己说话。

"你是谁?"警士咆哮。

李小姐骄傲地把头拧过一边去,不屑理睬。

"她是李家小姐。"我把"李家"两个字拉得特别长,意味深长地给警士一个眼色。

"班长,你看这本书——"一个警察把《茶花女》塞到警士面前。

警士听我说起李家小姐,已收敛了怒容,拿过书来,翻开封面,低声地念:"李氏藏书",不禁惶恐,立即交还警察,喝道:

"给放回去,看你一块饭一样,什么也不懂,大惊小怪,走!"接着笑嘻嘻地转对李小姐:"小姐,对不起!高头来了手令:有个政治犯逃走,要严加检查。"

"嘿!"李小姐用鼻子哼了一声。

警察们悻悻地走了。

船上响起了铃声,预告船要起锚了,船上的伙计催促送客的人上岸。

我们三个人相顾暗笑,走出餐楼来,依依不舍地在甲板上凭着栏杆,眺望那江堤上的酒馆戏院商场各色各样的流动着的霓虹灯和倾听嘈杂的市声。

第二次铃声又响了。要出门的"少东家"回了岸上,送行的"伙计"却留在船舱。我心上像落了一块石头,带着轻松的情绪,目送着走方步的脚和婀娜娉婷的丽影,一步一步走上三百多级的码头。

一场送别的戏剧终于演完了。

* * *

当晚我怎么也不能入睡,这情景一直跟着我经历着悠长而飞快的岁月,陪伴着我度过多少无眠的长夜与缥缈的梦境。

"这梦一样的过去,怎么会变成今天这样的现实呢?"

黎尊民走后,我一直猜测着,总也得不到回答。

饭后,洗了个澡,我正要补记两天来在船上的日记。服务员来说:

"今天的那个挑夫又来了，让他进来吗？"

"请他进来！"我一边说，一边跟服务员出来迎着他。

黎尊民进了房里，自己拉过椅子坐了。这回他已经不那样拘束。默默地扫视房里的壁挂，茶具，台灯……

"吃糖吧！"我把糖包打开来，"吃吧，还是我从广州买来的呢。"

"这一下你记性又太好了，还记得还我的客。"他拿起一块糖一边吃一边说。"岁数大了，不是吃糖的年龄了。"

"你有多大岁数了？比我大两岁吧？"

"那不同呵。看我，头发都白了。逝者如斯乎！"他拿手梳了梳头发，梳下两三根发丝。

他头上是间或出现一根两根白发了，额角已开始秃上去。

他问我这十多年都到什么地方，革命斗争是怎样一种滋味，结了婚没有？我把我的经历简单地讲了个轮廓。他听得很留心，表现着向往与羡慕。

"我自己太惭愧了！"黎尊民慨叹地说，"命运不济！你看我这个证件。"他从口袋掏出封信。

信皮是"贵阳市军管会"的衔头，信笺是一张证明身份的通行证一类文件。

他不等我看完，自己就情不自禁地讲起他的生涯……

* * *

自从那天他和爱人李冰如把我送上革命征途以后，不久，他们的生活也就开始走入新的旅程。李冰如离不开他，没有去考国立音专，终于考进了中大，学英文。两人同在大学里，一个有好的嗓子，一个有好的球技，都是大庭广众中的风头人物；两人爱情融洽无间，形影不离，不知引起多少同学们的艳羡呵！

不料，日本偷袭珍珠港，太平洋战争爆发，马来亚遭受日军蹂躏。黎尊民他年老的父亲和他几十年来惨淡经营的一家菜馆，一旦埋葬于炮火了；接着，梧州遭受轰炸,那间进出口的商号跟着也成了焦土;银行存款给掌柜全部卷逃,不知去向;伪法院提出公诉,宣布商号破产。黎尊民的学费来源,顿然中断,大学的课程却还要一年才毕业。他想不读了,李冰如却极力反对。宁愿自己俭省一点,把一个人的学费分作两个人用,也要爱人拿到毕业文凭。"节省一点是可以对付的,总之,不能功亏一篑。"这位小姐说得如此的果决。但是,李冰如的恋爱,黎尊民的破产,被她同学的表哥一五一十地报告了李母。那年暑假,母亲要女儿务必同表哥一块到香港度夏。一到,母亲就把女儿看起来,出入都有表哥表妹陪伴;同时,声言内地学校有敌机轰炸,不安全,让女儿下学期休学,不回中大了。说她反正是读的英文,在香港学还好呢。其实,就是要她跟黎尊民断绝来往。

"你别惦你那个朋友了,人家已经破产了,你还不回头呀!"李母对着女儿打开窗子说亮话。

"破产有什么关系,他人格并没有破产!"女儿却这样执拗。

"你就是这个牛脾气,你就没有想想,我们是什么人家?你父亲去得早,就留下你这个宝贝,你要是成了不三不四的人,我能对得住你父亲吗?再说,你堂伯伯是这样的名声,你要过得不成体统,叫人把面子往哪儿搁呀,你就不知想想。"

"我自己的事与别人的体面有什么关系。"李冰如撑着头走回房去了。

做母亲的看女儿不肯就范,对她防范更严了,干脆再不让上街。

一个月过去了,李冰如也真能安于她的书房:弹钢琴,读英文小说。母女僵持的空气和缓一些了。这时,李冰如才暗中买通了娘姨,让她把信带到外头去投寄,约黎尊民到香港来。一天清早,李冰如拿了首饰、金条和一部分港币,借口同娘姨上街买鲜花。到了街上,乘着娘姨不注意,自己溜了。马上叫了一辆出租汽车,赶到飞机场。黎尊民已经在那里等她,一对爱人就这样一起飞往重庆。

到重庆后,他们开始同居。嘉陵江的浴场,重庆的山道,经常出现一对恋人的足迹。也许是把心玩得野了,大学生的生活,逐渐失去它的诱惑,李冰如对大学文凭的兴趣已经打了好大的折扣。刚巧,李冰如遇见一位同学,她告诉冰如一项消息:伪国防部正要招聘英语翻译,问她愿不愿应聘。"我,能行吗?"冰如问。"你声音那样美，英语根底深，外貌又出众，只要肯屈就，保你没有问题。"这位同学极力拉拢她。冰如又把这一番话带来征求爱人的意见。黎尊民觉得既然是冰如愿意，他还说什么呢。"不过，当翻译，跟外国人打交道，总有点别扭！"黎尊民考虑再三，多少有点不大顺心。李冰如则认为："他是他的外国人，我是我，有什么相干。"

终于，李冰如到伪国防部外事室当翻译去了。

黎尊民赋闲了三四个月，托了好多人情，拉扯一阵关系，好容易才在一家轮船公司当上个办事员。

两人租定了一间屋，买了一些家私，倒是把小家庭收拾得颇为舒适。两人每天早出晚归，起初，过得温馨而宁静。后来，黎尊民被派做外勤，经常出差，同爱人在一起的日子少。有时出一趟差回来，那就是他们的节日了。年轻夫妻都盼着在相聚的时日里，一块看看电影，一块到公园走走，一块听听唱片，一块下棋，一块说说话。哪知，这时期，伪国防部应酬美国顾问团，今天一个宴会，明晚一个舞会，花天酒地，川流不息。李冰如不但白天要上班，晚间也得工作，不仅做翻译，而且要当舞伴。往往要到午夜才回家来。黎尊民夜夜等着爱人，有时等得乏了，就在椅子上睡着了；有时等到爱人回来，对方却已精疲力竭，兴致索然，说话都提不起精神。

有时，李冰如回到家，已经是第二天早晨四点。"天天都到这个时候回来，难道他们给支付双薪吗？"黎尊民实在忍不住了，终于发了牢骚。

李冰如只有苦笑，叹气。

"你为什么不讲话？"黎尊民头一回对爱人这样大声说话。

"难道你看我就为几块臭钱吗？"妻子想不到丈夫来这声霹雳，也火了。

"那就把这鬼差事辞掉。我是'吃稀粥屙硬矢'，不吃他那一套。"

"现在说这种话，正是年三十晚看皇历，晚了。"

"有什么晚不晚，你给人家写了卖身契吗？"

"嘴巴说话干净点。对我发雷霆顶什么事？"李冰如气呼呼地脱下衣裳，把丝袜一甩，脚也不洗就爬上床睡了。

黎尊民孤坐灯下，搔着头，唏嘘半天。一会，又懊悔又怜爱地凑上床去扳爱人的肩膀，低声下气地说："和解了吧。我的心情挺烦。"

李冰如转过脸来，悲凄地说："难道我就挺轻松吗？"

两人都不说话了，各人枕着各人的两只手，直直地瞅着帐顶。沉默，蜘蛛网似的布满了整个屋子，静极了，各人都听到自己的心跳。

"你为什么不说话？"一会，李冰如打破了沉默。

黎尊民依旧直瞅着帐顶，不知想到什么地方去了。

"我问你！"李冰如忽地一下坐起来，伸着两只胳膊抱住膝盖，盯着丈夫。"你什么时候有个孩子过继给人家？"

"什么？"黎尊民这惊诧非同小可，立即跳起来，眼睛睁得好大。疑惑抓住了他，愣得几乎要发抖。

"若要人不知，除非己莫为，装洋蒜顶什么事。"她一步一步逼着。

"哎，人真是难得了解呵！"黎尊民痛苦异常，下了床来，在屋里来回走，搔着头默想："把孩子过继给人家？……"

李冰如一动不动地歪着头瞅着丈夫。

"噢，记起来了。"黎尊民忽然惊呼。"什么一个孩子呵，那是一本书！"他走到床前坐下来，告诉冰如是六年前他赠送我那本《解放文选》的事。

"是谁告诉你的？他在哪里见到？我自己早都忘了，他还有这么好记性？"黎尊民越想越奇怪，盯着李冰如问。

"是军委调统局的人讲的。"李冰如说得挺平静。

"调统局？你怎么跟那些人认识？"黎尊民一听是调统局的人，跟触了电的一样，一脸惶栗。马上联想到他公司里有时也有这些"大员"出现，他们是一些特权人物，专做伤天害理两面三刀的勾当。对他们，他从来是"敬鬼神而远之"。

"有什么大惊小怪，这些苍蝇，哪个宴会，哪个舞厅能少得了他们。"冰如抿着嘴轻蔑地说。

"向你提起这件事的人是干什么的？"

"谁管他干什么的。人家都称他科长。对啰，他要我告诉你，叫你识相点，你的'孩子'在他那里呢。我当是真的'孩子'，气得没有跟他问清楚。"

"我别的事没有，就那么一本书，他能把我怎样？魔鬼！冰如，我们走吧，不在这鬼地方。"黎尊民预感一种不祥之兆会缠上他，直望着爱人的眼睛，希望得到同意和支持。

"能到哪儿去呢？桂林，日寇占着；香港，我们是从那里逃出来的，'好马不吃回头草'。何况这个时候回去，妈妈认不认你这个姑爷呢？"冰如不免踌躇起来。

"你一个人回去，不管怎么说，女儿总是女儿，那么多年了，老人家的气也该消了。"

"尊民，你怎么说这样话。你说，没有你在一起，我自己一个人怎样打发今后的日子呀？"

"只要你不再跟那些苍蝇打交道，离别的滋味再苦，我也忍了。"

"尊民！"她眼睛闪耀着泪花，张开两只胳膊抱着他的脖子。

两人相抱哭了。

一会，李冰如考虑到什么事，经过一番斗争，终于把扰乱她好些天的苦恼，告诉了丈夫：那是她的主任在一次谈话中，问她愿不愿到美国去读书，下个月顾问团一个海军少将回国，希望她一起走。黎尊民一听到，脑门挨了一棒似的，神志昏乱，直直地瞅着对方的眼色。好久，才冷静地反问：

"那，你自己拿什么主意呢？答应了吗？"

"答应？我还不是那样下贱。"李冰如得不到同情的抚慰，反而受了猜疑，气冲冲地回床上睡了。

"早知今日，当初跟陈强一道去延安，怎么也比受这窝囊气好。"黎尊民坐回椅子，自言自语。

"现在想这个赶不上了！我就不应该学这鬼英文。"李冰如也在叹气。

这晚上，他们重新认真考虑过自己的前途。但，都没有结论。第二天，两人又得各上各的班，照常如故。每晚，华灯初上，李冰如又得抹口红，洒香水，穿上高跟鞋，穿着花衫，对着爱人说："今天不知是美国人的告别宴会，还是中国人给哪个洋鬼子接风。又要做传声筒去。你早点休息，等我回来就太晚了。"黎尊民就这样一夜一夜地被撩在冰冷的小屋里。后来，他学会了喝酒，不时涉足于咖啡馆、酒吧间，或者就在街头夜游，消磨漫长的夜晚。一次，他夜游回来，冰如却已经睡了。他发现桌上一张纸画了些圈圈、道道、歪嘴巴、三角眼、狗头、鹰鼻，还有好些"？"和"！"，图案不像图案，垃圾不像垃圾；另外，写着这样的文字："肮脏，龌龊，丑恶，无耻，卑鄙，无聊！"……

他想唤醒她，看她睡得这样甜，又不忍惊动。一会，她在梦中惊叫一声，翻了翻身，含含糊糊地嘟哝两句，又睡了，他却直瞪着眼，天将亮了才迷迷糊糊地睡着。醒来时，阳光已照到窗户，闹钟唧唧发响，差一刻就是八点了，他张望四周，屋子空空洞洞。冰如已经上班去了。桌上那些包糖纸片、橘子皮不见了，铅笔、墨水，收拾整齐了一些，中间用彩色玻璃球镇住一张纸，上面写着：

"牛奶放在电炉上，别忘了穿毛衣！"

这天是黎尊民休班，他一个人无聊，跑去北碚找重庆大学的一位老同学玩。刚好那里有球赛，那朋友扯着他一块看。晚上吃完饭，又去看苏联影片《戏后六点钟》，回到家已经是十一点了。屋子同早上出去时一样，空空洞洞，东西不见有什么移动，好像李冰如一天也没有回来。他拿着一本中英对照的《块肉余生记》来看，等着冰如。等着，等着，不觉睡着了。隔壁的挂钟打了一响，他从椅子上醒了过来。秋夜的凉风侵袭着肩胛和膝盖，屋里一片沉寂。

第二天，他照常上班，按时回家，屋里依然空洞而冰冷。衣架上的衣裳不见动过，鞋子依旧静静地摆着。"到哪里去了呢？"他开始不安起来。晚上，为了等着爱人回来，他什么地方也不去。一个人在屋里翻阅那本《块肉余生记》。但是，记不得昨天读到什么地方了，无从继续看下去。他又去开留声机，听听她平时爱唱的《梅娘曲》，歌声加重了他的烦躁。不得已，他把留声机关了，又拿起书来读。眼前却老跳着那张画得乱七八糟的东西和"肮脏、龌龊、丑恶，无耻……"的字眼，接着是"……别忘了穿毛衣"那句话，仿佛她带着声音笑貌来到了眼前。

忽然，门缝轻轻裂开，他不觉悸动一下，满以为是爱人归家了。如同往常一样想吓吓她，轻手轻脚地躲在门后，张开两只胳膊等着要抱进来的人。谁知道，伸进来的是一个小女孩的头。这是隔壁的女孩，手里拿着封信，对他说："叔叔，你的信。"女孩给了信转身飞跑了。他接过信，如同罪犯等待判决，急切地凑到灯下去拆开来，往下就念。仿佛一个熟悉的声音在耳边悲痛而凄苦地哭泣：

尊民：你不必再等我了！今早，当我醉醒过来的时候，我发觉一切都破碎了！我已经失掉了应该得到你爱抚的自尊和骄傲！尊民，我是了解你的。我相信，你善良而温柔的手，将会排除种种嫌隙而慷慨地给我抚慰着创伤；我不怀疑我们的爱将能盖过别人加于我的羞辱。但是，打碎了的东西，即使合得拢来也难免除那可悲的裂痕。在你，也许由于痴心的爱恋，完全忽视美玉的瑕疵；在我，正因你过人的宽恕，那无声的内疚，将会陪伴我一生！尊民，也许我太自私了，为着解脱自己的痛苦，我在你身边走开了，让你自己孤独地守在空虚而冰冷的小屋，徒然去咀嚼那招不回来的记忆。但，周围既然那样残酷而龌龊，我又何忍把你拉扯在一块去受难消的屈辱呢！你别再等我回来了，我已经不再是你那个以生命相换的人。那个人从昨天起已经死亡！哎，不说了吧，已经够了，再说什么都是多余的。

把我忘掉，把眼泪抹干净，从肮脏的周围走开，重新去开拓生活的道路！这就是我可怜的一点希望，难道你忍心让它落空吗？……

他，读着，读着，心口给一刀一刀割下来似的，引起激烈的疼痛，血管几乎要炸裂了，头直晕，眼睛冒火星，颓然倒在椅子上，一会，猛然站起，踩着脚，走又不是坐又不是，最后，他发现自己走到街上去了。

他走来走去，走到了伪国防部，在传达室填了会客单，要求见外事室的翻译李冰如。传令兵按照会客单摇了电话。回头对他说：

"李小姐出差了，不在。"

"出差？到什么地方去？"他瞪着眼睛问。

"军事秘密，不便奉告。"拒人于千里之外的回答。

他再要问什么，要求什么，不但没有另外的回答，干脆被赶出了伪国防部传达室。时间已经深夜，他怕回到那间冰冷的小屋去，在街头东走西走，老背诵李冰如的信，耳朵似听见她的哭泣。后来，他什么时候，为什么要走进一家酒吧间去，他自己也说不清，迷迷糊糊地记得他当时要了一瓶葡萄酒，一口气喝光，立即天旋地转，全身血管沸腾起来，什么也不知道了。亏得一个店伙的好心，叫三轮车把他送了回来。

从此，每天一到晚上，他的小屋就变成黑暗、空虚、阴冷、荒凉而恐怖的森林，待不下去，一连几天晚上，他照例到伪国防部去填会客单，声言要见外事室的翻译李冰如。每次得到的回答都一样。

"出差了，不行！"

"出差，到什么地方？"

"军事秘密，不便奉告。"

这是第五天晚上，他又去了，填了会客单，呆呆地站立在传达室门口，似乎听不见那些刻板的回答。这时，从里头驶出几辆福特牌的乌亮乌亮的小卧车。里头是美国军官和中国的女郎。他眼睛睁得挺大，上前把路拦住，汽车不得不刹住，车里跳出一个凶神恶煞的中国军官，对他叱责："你要干什么，要想死呀！"狠狠地把他拉开。

他却使了平生的力气，屹立不动。

"我要我的老婆回去！"黎尊民说了话。

"不害臊，谁是你老婆？"

"李冰如。"

这军官不觉一惊。走到后边第三辆车去跟车里的一个什么人唧唧咕咕，回头向警卫兵暗示一个眼色。说道：

"你们怎么让疯子进来胡闹？嘿，把他带走！"

几个卫兵一拥而上，把黎尊民架走了。他一边挣扎，一边呼喊：

"你们这些男盗女娼，禽兽不如！"

"封他的口，不准叫唤！"后面的汽车里有个家伙伸出头来，命令他的爪牙。

这些爪牙把人绑到旁边柱子上，嘴里还给塞进一块手巾。传令兵摇了电话，讲他们的黑话，不多久，驶来一架黑色的密封车，几个卫兵把人架进车去开走了。

过了两天，重庆的一些官办报纸披露了一则社会新闻：

……有一华侨子弟黎尊民者，因家产毁于战火，刺激过深，精神失常。其妻乃当今某将门之宗亲，擅英语，任职国府某部，不幸为黎某多方折磨，不胜其苦。忽于某日不归。黎某顿失莺俦，疯癫更甚。每日必到某部胡缠。前日适外宾从该部外出，黎某竟向友邦人士索妻，引起一场风波。语云："丧心病狂"，此之谓欤！当局鉴于此种疯人有碍市容，闻已将之送入精神病院矣。

黎尊民是被目为精神病者，但监禁他的却是军统的秘密集中营，并非精神病院。在那里，他被审问的，不是在伪国防部大骂山门的罪过，而是逼他供出"那个过继给人家的孩子"——一本《解放文选》的下落，和放走"共党分子"的大罪。在那里，他历受着电刑的昏厥，坐老虎凳的痛楚。但他什么也没有可说的，原来他是清醒的，却被当作疯子，现在被逼成精神失常了，反而当他是假装。就这样，他旺盛的精力和美满的青春，就在那魔鬼的地狱销蚀了。开头是在重庆的歌乐山，后来是在贵州的息烽。一年又一年地过去，他的案情悬而不决。直到一九四九年十一月，解放军打开了牢门，他才重见了阳光，脱离惨苦的魔窟，走回宽阔的天地。

解放出来，他在贵阳的军管会领到了回家的路费，拿到通行的执照，走了半个来月才回到老家。回来不到一个月，广西也解放了。

* * *

这是十二年来刻在黎尊民脑子的记忆，他讲得那么认真而仔细。讲着，讲着，开头是幸福而欢乐的，到后来则是抑制不住的悲愤和忧伤。他不时拭着眼泪，梗着喉头讲不出话来。

"冰如后来没有消息吗？喝杯茶。"我换了一杯热茶给他。

"没有。"他摇摇头。"你不知道，那个集中营，真是活地狱，人进到里头，就跟人间隔绝了，哪能打听到她的消息呢。"他喝了口茶。"这些年来我老想：她当时或者是跳了嘉陵江了！你知道，她的脾气比我倔，要干，什么都干得出来。就在她失踪那两天，有张小报透露过：嘉陵江边的一只渔船发现一个穿旗袍的女子跳江，水流挺急，尸首没捞得上来，我想可能就是她了。但，也可能她被特务要挟，要她陪着那个洋鬼子到美国去了；甚至可能给弄到见不得天日的魔窟去，当了秘密夫人……"

"你回来没有向香港她妈妈那里打听一下？"

"没有。"他摇摇头。"人在的时候，我们都断绝了关系，现在，人已经没有了，更不想去攀这门亲了。何况特务们做得很绝：他们在报上给我捏造那段恶毒的谣言，在他们，固然是一来得以封住我的口，二来可以推卸李家向他们要人的责任。在我，可就蒙受莫大的打击：这一来，我在冰如的母亲面前，不只是拐走她的千金的流氓，甚至成了逼她女儿失踪的疯子！简直是一场悲剧呵！"

他放下茶杯，拿起一块糖放进嘴里含着。

"不过，悲剧总算演完了，重新来吧。你的建筑学现在正用得上呢，没有完全丢光吧。"

"不丢光也不是个熟手。本来就没有学成，半桶水。后来又在船上混日子，所学非所用。在集中营被折磨得神志麻木了，脑子不顶用，长年睡不成觉。解放出来，贵阳军管会的同志把我们审查甄别清楚过后，曾经问我想干什么，我说，什么我也做不了，就想回家。其实，我是没有家的。只是，落叶归根，只好回来了，没有办法。你老兄这次衣锦还乡，就在这儿工作还是上南宁去？"

"我在这等船，要上南宁去报到。"我把华南分局分配我回广西的工作岗位说了说。

"过去你追求的那遥远的希望，现在倒是成了眼前的现实；而当时我所陶醉的眼前的'天堂'，如今都成了云烟！"

"过去的已经过去了，算了吧，重新来！"我站了起来，活动一下手脚。

"我得走了。"他也站了起来。

"坐吧，再扯一会。你回去不是没有事吗？"

"事是没有，不过也应休息了。"

时钟响了十二下，实在也不早了。我送他走到大门口。

"上南宁的船，恐怕得过两天才有，你有空我再来。唔，对啰，你既然是弄笔杆的，我把冰如最后那封信给你拿来，也许对你有用。我什么都没有了，就这封信藏来藏去，舍不得丢掉，有空我就拿来念念。我几乎背诵得出每个字来。哎，想不到我们的爱情是这样的结果，真是一出悲剧呵！"

"我看这样吧，你这两天把你过去的经历写份自传。我帮你交到有关部门去审查看，我们国家正要建设社会主义，你原来学的建筑现在正是用得上了。"

"那就太好了！我回去了，再见。"

他给我握了手，走了。

我直瞧着那走方步的脚在街头的拐角消失了才转回房里来。

房里，服务员一边收拾茶具，一边说话：

"这个人别人都说他是神神经经的，今晚听他说话怎那样清楚？"

我正要说句什么，挂钟"当"一声，报告一天已经过去。

"噢，刚才市委来电话，请你明天在家等一下，他们有人来访。"服务员忽然想起这件事来，说道。

"说明天不对了，应该是今天几点钟。"我笑了笑，拿眼光告诉他看看挂钟。

"噢，已经是新的一天了。"服务员望着钟舒畅地呼了口气。

| 文学史评论 |

陆地在新中国成立前创作的中短篇小说，以表现革命战争环境下的爱国知识分子和革命战士的生活内容为主。如《叶红》写爱国女知识青年叶红在战斗生活中成长的故事，中篇小说《钢铁的心》则塑造了八路军连长马如龙的英雄形象。新中国成立后，他的部分作品仍然重视这一题材，特别注重表现知识分子在那个年代的不平常经历。短篇小说《故人》写黎尊民和李冰如两个年轻人在抗日战争中抱着"爱情至上"的人生哲学，以至于无法摆脱社会、家庭小圈子的包围和传统观念的束缚，成了革命的"落伍者"。作家对这类"落伍者"形象的塑造，丰富了当代文学的人物画廊，是其独特的贡献。

——马学良等主编《中国少数民族文学史》（修订本），下册，中央民族大学出版社，2001，第1131页

《故人》不仅写爱情，而且写"资产阶级"公子小姐之间的爱情；对主人公爱情至上的人生观持保留态度，同时也对他们"以生命相换"的爱情理念流露出了一定程度的认同。在爱情成为文学的禁区，作家谈爱色变的时代，《故人》对爱情的描写带有话语突围性质。爱情本是人生的一种生命大美，艺术地再现这种生命大美，应当是文学的使命之一。《故人》艺术地显现这种生命大美，抨击摧折这种生命大美的黑暗势力，有不容忽视的社会历史意义和美学价值。

——李鸿然：《中国当代少数民族文学史论》（下），云南教育出版社，2004，第756页

| 作品点评 |

作者对黎尊民，自始至终是放在矛盾冲突中来刻画的，前一部分主要是写他和革命的矛盾，而后一部分主要是写他和旧势力的矛盾。由于他没有参加革命，尽管获得了一时的幸福，在第二个矛盾中也必然落得一个可怕的下场。这个逻辑，不是作者在理论上向我们宣示，而是通过对人物行动的刻画，对典型环境的描写，使人自然而然地得出的结论，所以，读了使人感到真实可信。现在三十岁以上的知识分子大概都能回忆起，在学生时代，像黎尊民、李冰如这样的人物确实是存在的。他们出于一种朴素的正义感，或是其他动机，对革命事业并不反对，甚至还有所帮助，但总以不损害自己的根本利益为前提，一旦要丢开眼前的现实利益去献身革命就不愿意了。这种人有的后来走上了反动的道路，有的庸碌无为地度过了一生，有的则成了冷酷无情的旧社会的牺牲品。黎尊民就是属于后一种类型。

——刘硕良：《喜读〈故人〉》，《广西文艺》1963 年第 2 期

《故人》是陆地短篇小说中一颗闪光的珍珠。这颗珍珠，是作者倾注心灵的泉水孕育，运用中国工笔画的手法进行细致雕琢而成的精巧艺术品。它显示了作者的小说创作逐步走向成熟的才能，有自己显著的艺术特色。

——黄绍清：《壮族当代文学引论》，广西师范大学出版社，1993，第 56 页

椰风蕉雨

李英敏

一

春天来到海南岛的东海岸，辽阔的沙原坡上绿色的盛装，万紫千红的花朵点缀在锦绣河山上，布谷鸟在纵情歌唱，椰子树在迎风起舞，早稻已在扬花结穗，扬帆出海的渔民在追赶第一个飞鱼汛。每当这美丽丰盛的季节，一个共产主义战士的鲜明形象，很自然地涌现到我的脑海里。

一九四二年的冬天，这是个黑暗寒冷的冬天，日本鬼子和国民党反动军一起，侵夺了我们的抗日根据地，实行惨毒的三光政策，抗日军民受到重大牺牲损失。为了坚持长期斗争，主力部队挺进敌后开辟新的根据地，同时抽调一批干部到地方组织，坚持老根据地的斗争，这样，我被留下来，分配到故乡文昌县工作。到特委办好组织手续，我赶到交通站去。交通站在一座被焚毁的小

作者简介

李英敏（1916—2006），京族，广西北海人。1937年加入中国共产党，曾任中共合浦县委宣传部部长、廉州区委书记等职务。自1940年起，在海南参加敌后游击战争和建设工作。1952年到北京，曾任文化部电影局剧本创作所副所长、中央群众艺术馆馆长，创作了电影文学剧本《南岛风云》。1956年加入中国作家协会。1958年后回广西生活，创作短篇小说《椰风蕉雨》等。1979年回北京工作，曾任中共中央文艺局局长。1984年离休。《南岛风云》1957年获1949—1955中国文化部优秀影片奖，报告文学《五指山上飘红云》获第二届全国少数民族文学创作奖。

作品信息

原载《广西文艺》1962年第12期，收入《中国新文艺大系（1949—1966）·少数民族文学集》（中国文联出版公司1991年10月出版）、《新时期中国少数民族文学作品选集·京族卷》（作家出版社2015年6月出版）。

村庄里。天色已经昏暗，还下着蒙蒙小雨，在一片荒废的庭院上，十多个到文昌去的人，正在整装待发。

等待许久还没有起程，队伍前头有人在低声争执。从这里到文昌县委，少说也有七十华里，心里有点焦急，便跑到前面瞧瞧。

路边断墙下，蹲着三个人，样子像部队的伤员，一位女同志一声不响站在他们跟前，她背着一个大草袋，手里揣着海滨妇女常戴的竹帽。

"走吧，不要妨碍大伙走路了。"

"不行！我再说一遍，不脱鞋子，我就不执行任务。"

我也是穿鞋子的，这样的天气，让人家赤足走路，的确有点那个。

"交通员同志，请问脱鞋走路是谁的命令。"三人中的一个瓮声瓮气问。

"交通站的命令，也是我的命令。"口气是那样镇静和坚决。

"唒，我还以为党的命令呢！"黑暗中有谁说了这么一句，接着是附和的笑声。

"你们笑什么？"女同志被激恼了。"要走路就得服从交通员的命令！"

人们静下来，伤员还在嘟哝着："在部队干了这久，还没有听说穿鞋子是危险的。"

"同志，你们放明白点，地方工作和部队不同啊！你们拿枪抢刀，没路杀出路来，我们永远待在一个地方，走那么一条小路，出了问题可怎么办？"

"我的伤口刚好，这样冷的天气……"伤员还想讲讲价钱。

"我也不愿你们脱鞋，可是你们该为党，为以后来往的同志想一想。"

听了这些话，我觉得脸上热烘烘的，悄悄地，把我那双"水陆两用坦克鞋"脱下。

"脱鞋吧！咱们都是赤脚汉出身的，干吗那样娇嫩起来?!"队伍中有人大声说，穿鞋子的人们再不吭声了。

队伍重新站好，交通员认真检查一遍，然后宣布纪律和遭遇敌人找联络的办法。

我自告奋勇，当了第二名尖兵。

出了村子，穿过一片菠萝园，队伍沿着田间小路行进。天黑，路窄，再加上赤脚走路，要费很大劲才赶上她，石子树枝竹刺还突然袭来，挨上的同志，只轻声"哎"一下，仍用全副精神赶路。

约莫走了一小时，前面传来汽车的马达声和嘈杂的人声。

"敌据点！"后面有人轻声说。

部队生活惯了，突然和一群徒手的人们一起，心里也有点别别跳。

交通员还是那样镇定安详地走着，她领着我们，一会是水田，一会是荒坡，一会又是村边小路，渐渐地，汽车声、人声都落在后面了。我对这位带路人越来越佩服，这样的道路，白天也不好辨认啊！

部队停在一片小树林里，交通员忘掉刚才那场争吵，很热情地招呼大伙："等一会要过公路，有烟瘾的可以抽烟，注意掩蔽火光。"烟鬼们真像得到大赦。

再赶了半小时的路，在一片灌木林里站住，交通员紧握着土造的木柄手榴弹，威武地对大伙说：

"前面是公路，不准说话咳嗽，我先去搜索。"

"同志，让我去吧。"作为一个部队的战士，让一个没有战斗经验的女同志为自己开路，我感到羞惭。

"站住！我不喜欢别人干涉我的工作。"她的语气又坚决又严厉，我还想分辩几句，她已经掉头不顾地走了。

时间一秒一分地过去，我紧握手枪，蹲在灌木林边，焦急地等待她的消息。

"啪！啪！啪！"三下掌声，这是约好的信号，我领着大伙冲出去。

走不多远，就是一条平坦宽阔的公路，交通员像临阵的战士站在公路上，挥手命令我带着大伙越过公路往前走。

过了公路，我们放慢脚步等候她，谁料她三步两脚赶过来，叱喝着大伙快跑。这一段千米赛跑真够劲，数九寒天也得流一身大汗。

等到她放慢脚步时，已是文昌的东北部，雪白的沙丘，清澈的小河，高大成林的椰子树，摇摇曳曳的芭蕉林，唤起我多少童年的回忆！村庄一座座掠过，仿佛都很熟识，我情不自禁地问道：

"这是××村吧？"

像没有听到我的话，她只管走路。

过了一片椰林又一片椰林，一座大村庄在右前方出现，我忍不住又问：

"这不是×××村吗？"

这次她掉头瞪了我一眼，在模糊的月色下，我看到她那严厉的脸孔，不敢再问了。

快到目的地的时候，一根竹刺刺进右脚板，我忍不住"哎"了一声。

"怎么啦？"她竟站住了。

"没事，走吧。"我忍住痛催着她走。

她很快就发现我的右脚有毛病，停下来，非常关切地让我坐下，伸手替我拔刺，可是刺尖已经陷在肉里，脚板火辣辣地痛。

"能走吗？"她轻声地问。

我点点头，咬紧牙，用脚尖点着走，她放慢了脚步，走一会又回头瞧着我，我不愿耽误大伙，迈开大步赶路。

到交通站，公鸡刚刚啼明，这里离敌据点较远，在鬼子的扫荡圈外，环境比较安定，我们被安置在两间漂亮整洁的华侨房子里歇息。

刚入睡，就给人喊醒了。那个交通员提着苦油灯笑眯眯地站在床前。

"同志，给你挑刺来了。"

我感动极了。在这短短的一夜里，她给我的印象是那么深刻，一方面是那样严肃认真，像军事指挥员那样一丝不苟，另一方面是那样温柔亲切，像亲姐妹那样关怀别人。

刺挑出来了，我轻松地站起来向她致谢。

"你是主力部队下来的吗？"她坐在床沿上毫不客气地问。

我照实回答了她。

"该懂得保守军事秘密吧?"这句话比刚才的竹刺刺得还痛。

"交通线是不许问东问西的,这点你要记住。"

我诚恳地认了错,道了歉,她开朗地笑了。

"每天晚上都这么走么?"我转个话题。

她很矜持地回答:"当然啰!"

"遭遇过敌人吗?"

"你以为是游山玩水吗?"

"跟敌人碰上了怎么办?"同房的三位伤员很有兴致地问。

"要是你们该怎么办?"她俏皮地反问。

"同志姐,你叫什么名字?"伤员中最年轻的一个愉快地问道。

她站起来,提起苦油灯说:"小鬼,该歇息了,问这个干吗?"

二

到了县委,我分配到武装工作部工作,经常和武工队到各地活动,每次夜行军,总怀念这位坚强的女交通员。

过了几个月,文昌东北部环境恶化了,鬼子的"讨伐队"开始重压这个地区,地方组织受到了一些破坏,县委决定派我到东海岸一个区主持工作。

我们游击区的干部在分配工作时,总喜欢跟领导讲点小价钱:要一两个干部或一两支好枪。县委书记老符找我谈话时,精神上已做好准备的。

我想到这个被称为"堪察加"的地方,和县委的联系是个大问题,区委的交通员在上个月已经牺牲了。

"要是可能的话,给我们解决个忠实可靠的交通员。"

老符搔搔头,好半晌没有回答我。

"人是有一个,只是不好调动。"老符沉吟一会,拍着我的肩膀说,"我尽量想办法吧。"

到了区委，我发现工作上的困难比预料的严重得多，特别是和县委的联系很不经常，报告请示工作做得很差，这里的同志，对国内外和海南岛斗争形势了解很模糊，工作很被动。

经过十多天的摸索，觉得有些重大问题要向县委请示解决，没有交通员，只好自己跑一趟。正想把工作安排一下好动身，一个熟悉的声音在门口喊着：

"林同志在这里吗？"

一个穿蓝色士林布便衣的女同志站在门槛边，她背着简单的行李，不停歇地用竹帽扇风。一眼可以认出，这是领我回文昌的女交通员。

"唔，交通员同志，什么风吹来的？"

"是你呀？派到这里工作了？"她跨进门槛惊喜地说。

让她坐下喝水，我试探问她：

"交通大王，到我们这里有什么事？"

"什么你们这里？这是我的家乡。"口角还是那么锋利。

"是请假探亲吧？"

"不，我有任务。"她有点焦急地问，"区委林书记在这里吗？"

当她弄清我是她要找的人以后，有点腼腆地笑了。

她很敏捷地从口袋里掏出一封信给我，这是县委的信，那笔苍劲有力的草体字，是老符写的。

子春同志：

兹派黄英同志到你区担任交通员，她是中共正式党员，到希接洽。

她的情况你大致了解的。她是当地人，情况很熟悉，除交通工作以外，还可以帮助搞些群众工作。

希望你们好好地教育她培养她。

布礼！

陈文东

我握着这封信，双手抖得很厉害。是她！原来是她！亏我还是搞侦察工作的人，一点看不出来，在她的身上有那么巨大的力量！我非常感激党，在困难的时候，把比金子还宝贵的人才支援了我们。

"黄英同志，今天起，咱们就在一起战斗了。"我非常满意地招呼她。

"要打仗吗？"

我们俩都笑了，看来她还很年轻，只有二十五岁年纪，一头又浓又黑的头发，红润的脸孔，发亮的眼睛，身材结实健壮，衣服很合身，行李结扎得很整齐，给人的印象是强健、美丽、勇敢、聪敏。

这是个闲不住的人，把行李刚刚解下，就去找扫帚、抹布，把乱七八糟的厅房打扫揩抹得干干净净。在这方面，我们是异乎寻常的懒汉。

"林书记，今晚有信件送县委吗？"她有点拘谨，走近来问。

"唔，这里只有个老林，其他都是军事秘密。"大概记起交通站那件事，她咯咯大笑起来。

"你别老林老林的，论年纪，你还是我的小弟弟呢！"

"好吧，大姐，今晚你可以休息，明晚再去吧。"事情虽然很重要，但不能不照顾她的身子。

"你把我当成什么人？当交通员的哪晚不在路上。"她严肃又固执地要求工作。

从这天起，区委和县委的交通联系恢复正常了，这得感谢我们的黄英同志。

回想那困难艰苦的日子，在敌人的堡垒公路封锁下，没有电报电话，没有任何交通工具，上下级之间的联系，只有靠人，靠人的两条腿！我们的黄英同志，不管狂风暴雨乌麻漆黑，不管敌人扫荡伏路截击，每天晚上，背着沉重的交通袋，奔波在辽阔的沙原上，今晚从区到县，明晚从县回区，像准确的时钟，从来没有延误过。她带给我们多少激动人心的消息，从苏德战场到太平洋战场，从革命圣地延安到敌后根据地的建设，从主力部队挺进外线到老区的艰苦坚持。她带回党的指示文件给我们解决多少苦恼问题，从重大的政策方针到具体斗争经验，避免了许多错误和损失。我们也通过她，把海滨人民的痛苦和希望，把斗争的成就和胜利，把每个党员的心意带到党的领导机关，带到外边去。我们虽然处在荒僻的海边，从未感到孤立，整个海南岛、中国和世界的斗争和我们紧紧联系在一起。

精力旺盛浑身是劲的黄英，却不满足她所完成的工作。

我们这里是地瘠民贫的地区，老百姓全靠捕鱼换粮食，只能种点薯芋添补添补。在鬼子的封锁控制下，有鱼换不到粮食，老百姓长期忍饥挨饿。抗日公粮没法收，抗日人民的吃饭问题就变得很尖锐，经常是靠薯汤充饥。有一次，在敌人频繁的扫荡中，却意外地吃到喷香的红米饭，还有一些猪肉咸菜，调查来源却是黄英从县委那边挑回来的，显然，她把情况报告县委了。

为了这件事，我找她谈过一次话。

"你知道，党交给你的任务是什么？"

"可是我不能让同志们饿着工作。"

"这样做多危险，碰上鬼子不是因小失大么？"

"不挑担子就不危险吗？这样子更好对付，机密信件带在身上，碰上了就丢担子，那些饿鬼见吃的就抢，哪里还顾得挑担的人。"

"再说，县委也很困难呢！"

"我不会使县委为难的。"

"大姐，你也该爱护身子。"

"这个你更不用担心了。"

从那次谈话以后，黄英的行动更成为公开合法的，每次从县委回来，总挑着两筐米粮，有时还有肉菜之类，无形中，她兼上了事务员的工作。在那艰辛的日子里，黄英为大伙解决多大的问题，每天，完成任务回到约定地点，香喷爽口的红米饭已经等着我们，从各乡回来的同志，也痛痛快快地吃一顿，然后精神奋发地去工作。不过，我总是担心，怕县委负担不起，怕黄英太累。

有一次，到县里开会，会议结束后，我特地找老符谈谈，提到黄英从县里挑米回去的事，希望县委不要太照顾我们了。老符听了很惊讶，说这样的事只有过两三回，以后黄英再没有拿过一粒粮了。

这些粮食从哪里弄来的？我真有点纳闷，虽然我相信，黄英决不会做损害党的利益的事情。

回到区里，我迫不及待地找黄英。

"好呀，交通员同志，你的保密工作做得不坏呀！"

她一下子领悟到我的话，咯咯咯笑个不停。

"好了，好了，到底那些东西从哪弄来的？"

"不是说，不要增加县委的负担吗？"

"是呀！"

"我自己想办法。这里有鱼没处卖，县那边想吃没处买，我就做这件事，大伙有好处。"

"你做生意呀？"

"随你怎么说，老百姓拿鱼交公粮，我挑鱼换米粮，是这么一回事。"

我忽然想到，要是把群众组织起来，让他们把鱼挑到内地卖，然后换回米粮，不是解决很大问题吗？我把这意见对她说，她低头不好意思说：

"这件事我试过了，许多人已经用换来的米粮过日子了。"

"大姐，你真是……"我的喉里有东西哽住了，我们的黄英同志不只是个勇敢机智的交通员，而且是个忠心耿耿为党为人民的利益而忘我工作的好干部。

"老林，我希望党不要太照顾我了。老是怕我工作累啦，任务重啦。"黄英非常激动地说。"假如你知道我是怎么活过来的，你会给我更多的工作。"

我第一次看到她的眼泪，也第一次听到她的身世。

三

"我出生在雷州半岛，八岁时被卖到文昌的一个地主家里，当了十年的奴婢，那受罪屈辱的日子不去说它了。

"十八岁那年，主人得了三百块钱，把我卖给人家做媳妇。婆家是这个乡的，男人是个忠厚朴实的渔民，只有个年老婆婆，做点海，种点地，生活还对付着，我们夫妻也很恩爱。

"幸福的日子过不到一年，国民党反动政府到处捉壮丁打内战，加上结婚时欠下的债务，男人迫着逃到新加坡投亲去了；不久，我养了个小孩，生下来没有吃的，不满月就死了，接着婆婆又病瘫在床上，我挣扎起来，卖牛卖地还了债，到海边贩运鱼盐换点脚力钱，养活婆媳两把嘴。

"那阵子呀，比现在不知苦多少倍！风来风去，雨来雨去，起三更没半夜，哪天不跑百把里路，一天不跑就得挨饿。男人去后没个音讯，整天守着个病瘫的婆婆，我们那间房子像具活棺材，没有人声，更没有笑声，我的青春葬送在这里，我不知道为谁活着，不知道该不该活着。"

……

"这世界要是没有共产党，再不会有我这样个人。

"有一次，咱们乡里来了一个人，就是老符同志，他在这一带开辟新地区。那时鬼子还没有来，反动派还打内战，咱村比较偏僻，老符他们经常住在村里，有时也住在我家，我是个年轻媳妇，不知道他们是干什么的，不敢接近他们。

"有一天，我病倒了，起初还勉强挣扎起来，过两天就不能动弹，水没有一口，粮没有一粒，眼看婆媳俩都要死了，我们的屋子又偏僻，谁会来瞧一下呢？恰巧，老符那天到我家看望婆婆，瞧着这种情景，急得直淌眼泪，他马上找一位女同志来照护我们，跑几十里地请医生给我看病，不用说，吃用全靠他想办法。

"我的病好了，我的心没法平静了，人世间还会有这样好的人？为什么这样好？老符这个人，在过去，我已经注意到，他待人好极了，见到我那病瘫的婆婆，总是问热问冷，有点吃的总捎点给老人家，我婆婆激动得硬要认他的爱人做干女儿，这次我再不害羞了，我问老符：你们到底是什么人？老符说得很妙，他说他是专为受苦受难的兄弟姐妹搭桥开路的人。我说，我能为你们干点什么事？老符说，你该为自己、为像你这样的人做点事。

"从此，我大胆接近他们，替老符担任秘密交通员，逐渐地，我知道老符他们是共产党，同志们告诉我许多革命道理，知道村子外还有个很大很大的世界，这个世界有两种人在进行一场大决战，我知道我该为谁和怎样活着，我的心真正活起来，共产党真正把我救活了。"

黄英说完她的历史以后，用恳求的口吻说：

"我那个家没有了，苦命的婆婆给鬼子杀了，房子也烧光了，可是我有了个大家庭，到处是亲人，我的心像一团烧不灭的火，工作越多越带劲。"

"很好！黄英同志。"我很激动地说，"现在，党有两件工作要你做的。"

她揩干眼泪，惊喜地问："真的吗？"

"第一件，你一定要学文化，学会看书写信。"

黄英睁大了眼："这个我不行，换点使气力的。"

和黄英相处的过程，我发现她不大喜欢学习。

"你以为学文化不花力气吗？"

她低头想了一会才问："这是党给我的任务吗？"

"是呀，这是县委的指示，党需要你负担更重要的工作。"

从这次谈话以后，黄英像换了一个人，出差归来，整天躲在房里读呀写呀，她不知从哪弄来一本学生小字典，按着字典一个字一个字认写下去，不到半年，她居然能看报纸和写出一封通顺的短信了。

党对黄英的工作有了新的安排，她负责区委的妇女工作，另外培养了一名新的交通员代替她。黄英有了比较充裕的时间学习。因为工作的需要，她对党的政策方针的学习更加积极，白天，我们在地洞里睡觉，她总会找人给她讲课，晚上，我们在屋里办公，她在苦油灯下，一个字一个字念着书报，那种如饥如渴的样子，实在叫上过学的同志感到惭愧。

有一次，她和我谈学习的感受，她非常兴奋说：

"老林，过去我是闭着眼睛闹革命，现在总算睁开了眼。"

"这个我不行呀，换点使气力的。"我学着她过去说的话。

"真的，不是党给我下命令的话，我……"她的话里充满幸福的感情。

是的，在这段时间里，我从她的身上看到党的力量，也看到党的每句话在她身上起的作用。

<h1 style="text-align:center">四</h1>

在沙原的斗争中，黄英经历了一次严峻的考验。

一天晚上，接到紧急情报，说鬼子要扫荡县委所在地区。敌人学乖了，要扫荡地区的据点，不动声色，却从远处集中兵力，利用现代化交通工具，来个突然打击。

情报说，敌人出动时间是明天晚上，我们接到情报，已是下半夜，只差两小时就天亮了，白天通过公路炮楼是很危险的，可以说是不可能的。

区委只有我一个人在家，为了县委的安全，必须在明天下午以前把情报送到，我决定冒险跑一趟。

正在这时候，黄英听到消息赶回来了，汗水还未擦干，要求把任务交给她。我坚持要去，自己认为战斗经验比她多，遭遇敌人不会亏本，争论结果还是老交通员胜利了。我把我心爱的驳壳枪递给她，她一手推开，满怀信心说："我有更厉害的武器。"

天快亮了，屋主人把我叫到厨房；灶口边，坐着一个头扎白布身披麻衣的女人，我怔住了。女人忍不住笑出声，我才认得这是黄英，她是化装奔丧的妇女，趁白天赶路的。

我们商量好，不带武器和信件，把情报记熟，空着身子走。

在路上，黄英的表演技术不坏，眼红红，头低低，通过据点，碰上敌伪军，还娘呀娘的干号几下。迷信鬼神和命运的敌人，哪里敢碰这样的"彩头"？

黄英就这样完成了任务，让敌人扑空，保证了县委的安全，可是黄英却没有回来。

过了五天，我们急忙派人打探，据县委所在乡总支书记说，扫荡中，他和黄英一起，敌人撤走那天晚上，黄英带着一批信件书报回区去了。通过内线情报：黄英在路上和敌人遭遇被捕了，被捕时没有搜到什么，但伪军中有人认得她，说她是"共产党"，被送到山垠市去了。

山垠是区里最大的敌据点，经常有两个中队鬼子兵和一个中队的伪军看守，我们的工作很薄弱，只知道黄英被看作要犯，由日寇指挥官木井少佐亲自审讯，并且由鬼子兵监守。

为了营救黄英，我们想过许多办法，托地方绅士出面担保，活捉伪军中队长作交换……鬼子都不理会，唯一办法是化装奇袭，可是鬼子警戒很严，我们不能拿革命本钱去拼掉。

三个月时间过去了，1945年的春天已经来临，日本侵略者的败局已定，纷纷收缩兵力防守大据点，敌伪军很少出动，我们的工作非常迅速地开展，力量一天天增强。我们多怀念黄英，这时候多么需要她啊！

有一天，天还没有亮，我被熟悉的叩门声喊醒，打开门，黄英神奇地站在我的面前。我们共产党人根本不相信神鬼，但我却疑心是在做梦。

"老林呵！"她扑过来，双手紧紧抓住我，大粒的泪珠落在我的肩膀上。

"大姐，你……"我也哭了。

屋主人点上灯，我才看到黄英的消瘦的面孔，头上只剩下几根稀疏的头发，身子瘦得只剩下一把骨，走动起来一拐一拐的。我的鼻子不住发酸："大姐，你是怎样逃出来的？"

"不，我是当指挥员出来的。"她的眼睛还是那么发亮那么倔强。

这时候，山垠乡的总支书记老陈推门进来："老林，那批人怎么安置？"

"什么人？你怎么来的？"我有点惊讶。

"大姐还没有说吗？"老陈瞪了黄英一眼。"她带了一支起义部队来找我，是我把他们送来的。"

"他们在哪里？"我几乎跳起来。

"在后田村。"

我们一起去看起义队伍，黄英同志走得很慢，右腿提不起来，我扶着她，艰难地爬过几座沙丘。

起义人员住在两进宽敞的华侨房子，知道我们来了，早在庭院里列好队，精神抖擞地等候检阅。

天色大亮，一个穿西装马裤的高大健壮的青年，用军人姿势跑到我的面前敬礼，用纯熟的海南话说：

"请长官检阅我们的队伍！"

黄英轻声告诉我，这个青年叫李汉青，台湾人，是木井的通译，这次起义的领导者。

我笑着和他握手说："李汉青同志，我代表区委和区民主政府欢迎你们！"

接着，我又走过去和每个起义人员握手。十六个人，都是台湾人，穿着日本正规军的服装，地上摆着一挺九六式重机枪，一挺歪把轻机枪，一个掷弹筒，两支手提冲锋枪，八支三八式步枪，十九箱子弹炮弹，几乎是一个大队的火力，亏他们从虎口里拿得出来。我非常激动地说："同胞们，兄弟们，祖国欢迎你们，感谢你们！"

李汉青也很激动地握着我的手："不，我们先要感谢共产党，感谢黄大姐！"

安置好起义人员的住所和招待工作以后，我找李汉青、老陈和黄英同志谈了一整天，才把这件事弄清楚。

原来，黄英被捕解送到山垠以后，敌酋木井像得到什么宝贝，凭着反革命的嗅觉，他断定这个女人不简单，她的身上有着许多使他感兴趣的秘密，他幻想从她身上找到一把消灭这个区甚至全文昌的共产党的锁匙。因此，特别把黄英关在一座小碉楼里，由守备队看守，不许伪军汉奸接近，木井亲自审讯，这条老狼真是费尽心机，一天磨到晚，所有的刑法都用尽了，如果说有什么不同，就是专找最疼的又不致命的地方打，打伤了还给打针服药，显然，老狼要留着活口，想挖出一些东西来。硬的办法不行，又来软的，这个无耻的畜生，竟然认黄英做干女儿，精心布置了一次"家庭宴会"，当他的秃头第一次尝到啤酒瓶的味道，他才知道这个中国女人不是棉花，是一块硬度很高的合金铜。木井气疯了，他亲下毒手，把黄英的右脚筋割断了。"我看你这个共产婆，还能干些什么？"

黄英从落到敌人手里的第一天起，就抱定了牺牲的决心，她认定，死了就完成一个革命者的任务，使敌人得不到东西就是胜利，因此，她用各种办法激怒敌人，但事出预料以外，面前的敌人不是挥着长刀的讨伐队，而是阴险狠毒的老狼，他首先把人安置在一个求生不能求死不得的环境，一步步折磨你的神经，动摇你的革命意志，阴谋花样可以说是层出不穷。黄英看清了这种处境以后，便决心接受这场挑战，要学会一套新的斗争方法。

经常和黄英打交道的，除了木井以外，还有一个通译官，这个人很年轻，海南话说得很准确，态度也很和气，木井每次审讯，他都在场，只担任翻译和记录，从来不表示态度。他几乎是天天来看黄英，有时是带医生来，有时是自己单独来，总想找个说话机会。

有一次，黄英受了重刑，十个手指甲全被剥下来，鲜血淋漓，他非常同情地问道：

"你觉得很痛苦吗？"

黄英瞪他一眼。"我是人，为什么没有痛苦？"

"你为什么能够忍受这些？"

"这个，你们是没法理解的。"黄英鄙夷地笑着，"我知道，这些痛苦会得到一些什么！告诉你们，就算把我磨成粉，你们什么都得不到。"

"你这样做，会得到什么奖赏吗？"

"什么奖赏？革命胜利就是我得到的奖赏！"

…………

第二次谈话时，这个通译官好奇地问：

"你受过什么特别训练吗？"

"什么特别训练？"黄英不解地望着他。

"我不相信，如果不经过共产党特别训练，你能够挺得住我们的指挥官，我瞧过多少人在他的面前跪下来。"

"这个你们更不能理解。"黄英很难忍住笑，"我们共产党人是依靠高度的自觉，并不需要你们那一套，把人变成野兽的训练。"

"啊！"

"如果硬要说什么训练，到这里就是很好的训练，木井和你们这些人都是好教员。"

"啊？！"

"你们教会我热爱祖国、热爱人民、热爱共产党，为了她们，我什么都可以牺牲。"

…………

当黄英的脚筋被割断，这个通译官的第一句话是："多可惜呀！"

"有什么可惜的？"

"也许你们能够胜利，可惜你永远没法享受胜利的欢乐！"

"如果说可惜，我倒替你可惜，你总算是个人，是个中国人吧？就因为你们只想到你们自己，甘受敌人的驱使，屠杀残害自己的同胞，做个遗臭万年的罪人。"黄英越说越昂奋，"你知道我们共产党人、我们中国人民是怎样的英雄好汉？不会在飞机大炮面前吓倒，不会在监狱毒刑下皱眉，他们甘愿牺牲自己，换取祖国的独立自由，换取儿孙万代的幸福！"

这个通译官听了，却意外地哭了："我也是中国人啊！"

以后，这个通译官来得更经常，不是捎点药品，就是捎点吃的，有一次，他很慎重地问黄英，用什么办法找到共产党游击队？黄英估计，这是敌人的圈套，拒绝回答他。这个人也古怪，仍然照常来看黄英，每次要求她讲讲共产党和抗日民主政府的政策，特别对起义投诚的敌伪军有何政策，这一些，黄英当然愿意讲。

"大姐，你讲讲共产党是怎样的？共产主义是怎样的？"有一次，通译官意外地问道。

"你了解这一些干什么？"黄英有点惊讶了。

"我也想做个真正的中国人。"

他把自己的身世说出来。他叫作李汉青，祖先是福建人，祖父这一代才搬到台湾，台湾沦亡以后，他们的家时刻怀念着祖国，怀念着乡亲，祖父和父亲要子孙们学好福建话。被征入伍时，父亲再三叮咛："别忘了咱们是中国人啊！"在日本军队里，他虽然不忘记父亲的话，但也害怕日本人的恐怖手段，不敢有所作为，自从见到黄英，黄英钢铁般意志打开了他的眼界。木井本来是派他来套情报的，他却被黄英说服转变过来。

在和黄英接触的过程中，他突然听到木井说要在几天内把黄英解送到海口日本海军特务部去。原来木井为了邀功请赏，向上面报告说黄英是文昌共产党的重要干部，木井榨不出油水，上面非常恼怒，要他把黄英解去。李汉青决心救出黄英，并且决心起义投奔祖国，他把这一紧急情况和起义计划告诉了黄英，并且拿出他和十五位台湾兄弟结盟的血书给她看，这些人是看守黄英的，都有起义的决心，情况紧急，黄英来不及和我们联系，便独自布置了行动，出来后才找到山垠乡的党组织。

这次起义震动了整个沙原，照亮了被欺骗被压迫的敌伪军的心，接着有十几批的敌伪军起义，日本强盗的血腥统治已经摇摇欲坠了。

五

多年苦斗的愿望实现了，嗜血的野兽终被赶出了我们亲爱的国土。

黄英经过毒刑摧残，健康很坏，右脚已经残废，行动很不方便，我们把她留在机关，负责日常工作，那时，我们搬到山垠市，整天有成千上万的群众来找党和民主政府解决各种问题，有些人什么事都没有，专程来探望我们，黄英的工作是够繁忙和愉快的。

有一天，吃过早饭后，一个穿着不合身材的西装和尖头皮鞋的中年人来到区委，黄英瞧见这个中年人，面色唰地发红，僵立着，呆呆地瞧着，老半天才说出一句话："你，回来了。"

两个人都僵立着，再没有话说下去。

我估计这个中年人是她的丈夫吧，便走过来招呼他坐下。

黄英的脸色还是涨红的，羞涩得像个小姑娘，老半天才介绍说：

"我的男人，是你的老宗，叫作林鸿运。"

接着向她男人介绍说："这是区委林书记，叫作林子春，我们这里没有官，都叫作同志。"

林鸿运很亲热，也很会说话，谈几句话，同志这个新名词已经喊得很顺口。他打开大皮箱，给黄英拿出一件件的礼物，衣料呵，首饰呵，化妆品呵，食品罐头呵，真可以摆个小摊子，还特地给我送了一套犀非利钢笔铅笔，给我爱人一套丝绸衣料和一瓶香水。这样的事在我们还是第一次，我们不能接受的，可是瞧着黄英充满幸福而又恳求的眼光，我们收下了。

我们安置他住下，晚上加了一点菜请他吃饭。在饭桌上，他滔滔不绝地告诉我们，他到马来西亚以后，开头在一个大商埠当店员，后来得到亲友帮助，自己开了一处咖啡店，生意很好，生活过得去，日本人占领期间，还能维持开业，这次回来，一来是为了探望乡亲，二来也想重建自己的家业。

黄英说话很少，她很关切地注视自己的丈夫，有时很惊讶，好像第一次看到这个人。

第二天，我们让黄英和丈夫回乡去，因为她的身子不好，区委给她一个月的假期，让她好好休养一下。

谁知她回去不到一个星期便回来了。那天晚上，她到我的宿舍，不声不响地坐着，面色苍白得很。

"大姐，你怎么了？党给你一个月假期呀？"我一面给她倒开水，一面责备地说。

"你先别责备我，老林，你知道我多难过。"她咬着嘴唇好半晌不说话。

我以为，大概夫妻俩吵嘴了。

"唉，一个人为什么变得那样厉害。"她几乎是喃喃自语说。"自己受过那么多的苦楚，爹娘和孩子是那样惨死，一点不放在心上，却整天想发财、讲吃喝，连妻子也是装饰门面的东西……"

在回家的日子，林鸿运对黄英是够关心的，请医生呀，买补品呀，缝衣服呀，忙个不了，这种安闲日子黄英很是不惯；更使她不惯的，还是丈夫那些谈吐，他开口是"皇家"（英国），闭口是"花旗"（美国），他虽然记念祖国留恋家乡，可是他看不起祖国和家乡的一切，他非常得意地向妻子讲述做人之道，如何巴结权贵，如何损人利己，如何从别人的痛苦中换取快乐……这些话出自心爱的人，这是多痛苦的事。

遗憾的是，丈夫在妻子身上看不到和学不到什么，还是按照自己打算办事。有一天，林鸿运拉着黄英说：

"我有件心事跟你说。我家不是缺吃缺穿的，新屋就要修好，我们要体体面面地过日子，要使亲戚朋友都羡慕我们……"

"啊?!"

"你该回到家里来，我们添置些产业，你是个会做家计的人，将来有了孩子，还愁缺少什么吗?"丈夫沉醉在自己的幻想中。

"回家?"黄英内心都冰冷了。

"要是你不愿回家，就跟我到南洋去，我要使你见见世面，过安乐的日子，我林某……"

"别说了。"黄英沉重地吐出几个字，"我永远不能这样做!"

"不能?"林鸿运非常惊讶地说:"难道我们不是结发夫妻?"

"结发夫妻就该是这样么?"黄英心里重复了几次，但没有说出来。

第二天，黄英满怀着失望和痛苦，回到了区委会。

听了她的诉说，我很为她难过。"大姐，这种事出自我们的身上，是很痛苦的，但我相信你会经受得住。"

"老林，我不隐瞒你，我很痛苦，也许过去想得太美了，一下子转不过弯来。"她轻快地掠掠头发，整整旧蓝布衫。"你让我多做些工作吧，有多少事情等着我们去做啊！"

黄英又埋头于党的工作了，可是她的丈夫还是不断地找她缠她，送补药呀，送吃食呀，送用品呀，每次到来，总是絮絮不休地告诉她，房子修得怎么样了，厨房、洗凉房、猪栏修在哪里……每次送走了她的丈夫，我总看到她脸色苍白，背着人静静地坐了一会。然后恢复常态，继续她的工作，我知道她是经历一场斗争，把痛苦克制下去的。不过，这样的情况越来越少，后来丈夫来时，她能够像接待一个普通亲友那样，简单谈几句，又专心致意于她的工作上去。

蒋介石匪帮开始局部进攻，我们主动撤出山垠市。林鸿运不再是一般的劝说，而是直截了当提出要黄英回家，并且花了一笔钱，为黄英领了"公民证"。

黄英气得把"公民证"撕掉，严正地警告她的丈夫说："你放明白点，要我离开党、离开革命是万万不能的，你要我回到那个'家'里去是绝对做不到的。"

林鸿运没办法，便找我来。

"林同志，黄英这些年得到你们的照顾，我很感谢，她对革命也尽了责任，你们能不能劝黄英跟我回家，养养身子，做个安分守己的良民。"

我趁这个机会，把黄英的英勇事迹告诉他，而且着重说："黄英同志是我们的优秀党员，是中国人民的好儿女，你应该感到光荣，应该鼓励她支持她。"

他无动于衷地说："事情总得有个归结啊！"

"归结是：中国人民的彻底胜利！"

他摇摇头说："那到什么年月？我现在需要家，需要有儿女。"

他再一次提出他的要求。

我说："这是黄英同志的自由，谁也不能强迫。"

"她听你的话呀！"

"我们共产党人只能劝人家革命，不能劝人家不革命啊！"我坚决地拒绝了他。

大规模的内战终于爆发，蒋介石的美械军一个师，纠合了地方土顽，来到沙原"填空格"，这些野兽烧杀抢奸甚于日寇，这位小商人吓慌了，他顾不得苦心经营的"新居"，卷起铺盖到南洋去。临走的前夜，居然还冒险来找黄英，这回是最后摊牌，要黄英跟他到南洋做"老板娘"，否则就离婚。黄英咬紧牙齿在离婚书上签上了名盖了章，后来，林鸿运怕牵累，还在海口"民国日报"登了离婚启事。

事情发生那天晚上，我和爱人到房里去看黄英，她正平静地在灯下看《论共产党员的修养》。

"不要来安慰我。"她轻轻把书盖好，含笑地说，"其实，我们党早把这种人看透，'人不为己，天诛地灭'，这种人就是为了自己才活着。他们把穿金戴银坐吃闲饭叫作'福气'，其实是死气，一个人变成这样，倒不如干脆死去，对吗？"

我们静静听着，不想打断她的思路。

"说实在话，这种'福气'我羡慕过。在地主家当婢女时，我希望像太太小姐那样过日子；丈夫去南洋后，我死挣苦熬盼他发财回来，享他一点福气；参加革命后，我不想享福，只想做个有本领的人，报答党的恩情。不知是怎么的，日子久了，特别是从鬼子手里活过来，连这些都不想了。觉得能为党为人民多做一些事，就是最大的福气……"

我完全理解她，坐在我的面前的，不是被疾病折磨得苍白憔悴的黄英，而是具有美丽的心灵和钢铁般意志的战士。

我的爱人忍不住激动，紧紧抓住她的臂膀说："大姐，你是个多么了不起的人。"

黄英习惯地掠一掠头发，微笑说：

"我呀，和所有的年轻女人一样，我需要爱情和安慰，十年来，我痴心等着他，他一直占据着我的心。他回来了，我感到兴奋感到幸福，可是我发现我心爱的人，不再是勤劳朴实的渔民，而是奸猾怯懦的商人，这是多痛苦的事！我觉得爱情不能强求，不能迁就，我有比爱情更伟大的事业，干吗要自寻苦恼？"

六

人民解放战争全面展开以后，我调到县委工作，黄英同志的健康越来越坏，经常吐血，行动困难，县委决定调她到县委机关休养。

那时候，蒋匪帮特别瞧得起我们这片沙原，经常放一个师的正规军，还有大量的土顽，跟我们作对。这些反动地主武装，有长期和我们斗争的经验，疯狂得很，我们又恢复到抗日战争艰苦时期的生活，县委机关经常在地洞里，干部都分散到各区乡活动。

有一次，我们集中到县委讨论工作，我见到了黄英同志，瞧着她那深陷发黑的眼眶，我很激动地拉着她说：

"大姐，你得好好爱护身子啊！"

"你想当老妈子了？我怎么不爱护身子？要不，我早在南洋当老板娘了。"她的机关炮一连串地向我扫来。

"老林，你别劝她了。"老符把烟杆重重敲了几下。"县委的决定已经不发生效力了。"

老符的话是真实的，黄英回到县委，首先要求减少一个勤杂人员，并且要县委分配她的工作。那时候，所谓休养，也只是减少一点工作，不让到基层去，所以县委分配她当机要员，负责保管党的重要文件。可是这个人的性格，能叫她坐守文件吗？她在机关里，什么都插一手，实际上她又是炊事员、事务员、收发员、油印员，力所能及的，都包在身上。

"你们真会说！"黄英恼火了，"县委为什么不下决定让你们休养？"

这也是真实的，经过长期战争的消磨，县委几个负责干部的健康很坏，几乎是个个都有病，有半数人得了肺病，老符和我，差不多是天天咳血，但大家都互相隐瞒互相"包庇"，在这场决死的斗争中，谁能离开战斗岗位？不过，这种事要瞒别人可以，要瞒黄英就很难，我们这些"病号"每次归来，都要受她"管制"，睡觉吃饭，都另作安排，环境多困难，都给弄点鱼呀肉呀，强迫我们吃下去，县委每月给她五块钱的保健费，都用来"保"我们了，自己呢，一把咸菜是一餐，两条死咸鱼又是一顿。

"好啰，好啰。"老符和解地说。"咱们订个互不侵犯协定，各人管各人的事，各人的东西各人吃，好不好？"

黄英扑哧一笑，轻轻捶了老符几下。"你们别向我耍花招，我的事不要你们管，你们的事，我非管不可。"

"为什么？"我耸耸肩说。

"为什么！"她的眼睛红润了。"你们是党的，我对党负责！"

这种事你能说服她么？每次出发归来，在她盛给你的饭碗里，不是鸡蛋就是鸭蛋，不是肥猪肉就是鲜鱼，她瞪着一双严厉的眼，你非吃下去不可……

人民解放军在各个战场的胜利，拨开了天上的乌云，蒋介石在海南岛下的赌注，被迫抽到华东战场去了。我们的同志，经过一场军事的，也是尖锐的政治思想战斗，阶级觉悟提高了，整个敌后游击战争，由被动防御转到积极反攻，战争胜利后的生活已成为干部的谈话中心，每次集中回到县委，我们总是兴奋地谈一两小时。

有人说，打败蒋介石和美帝国主义以后，要到国家经营的书店当个店员，把十多年来看不到的书报，好好地读它一两遍。

有人说，胜利以后，要开一间大咖啡店，专让战友们喝个够，有咖啡瘾的，保证供应，不取分文。

有人说，解放以后第一件事，要卷根大纸烟，从文昌抽到海口市，长长出口气。

有人说，自己已找好职业，把蒋介石关到笼子里，把他抬着游遍五大洲，让全世界的人都看到这个用人血养大的狒狒。

这些都是说笑话，但可以看到同志们乐观愉快的心情。

这种场合，黄英很少说话，她只有抿着嘴笑。

"大姐，革命胜利后你打算干什么？"有些同志追问她。

"还用得着问吗？把革命干到底嘛。"她很大方自然地回答。

"大姐，你怎么想的？"

"党怎么想，我就怎么想。"回答得很干脆。

"总该有些私人打算吧？"许多同志追问着她。

黄英含蓄地笑着，不再说下去。

有一天晚上，县委机关搬到一个经常住宿的村庄，机关里只留下四个人，除了秘书和宣传部干事外，只有黄英和一位女炊事员，目标很小。谁知敌人埋伏的奸细发觉了，连夜向敌据点告密，天亮前，他们已被包围在所住的两进屋子里。

只有两支短枪，固守是不行的，唯一的出路只有突围冲出去。黄英正在病着，烧得迷迷糊糊的，听到枪声和喊声，她挣扎起来，背上时刻不离的文件包，秘书拦住她说：

"大姐，你不能走呀。"

"住口！现在不是考虑这些问题的时候。"黄英非常严厉地说。

他们决定从大门冲出去，秘书自告奋勇打手榴弹冲第一个。

当大门刚刚拉开，手榴弹甩出去，秘书趁着爆炸硝烟跳出大门，一阵交叉火网便把他打倒了。敌人显然是有战斗经验和有严密布置的。

黄英指挥他们，索性把大门关上。

大门冲不了，黄英他们转到后门。后门更不行，一点动静，就招来一阵弹雨。

那两个同志慌乱了，不知如何是好。

黄英听听枪声，估计敌人把兵力重点放在前后门，那两进屋子相连的墙壁，敌人并不注意，三个人试试，墙壁是单层砖的，用大力是可以推倒。她命令两个同志推墙，自己准备打手榴弹。

墙壁一倒，手榴弹一响，他们一鼓气往外冲。这一着果然出乎敌人的意外，敌人安置的几个监视兵，手榴弹打响，头也不敢抬，等其他的敌人觉察调集兵力，突围的人已经走远了。

可是黄英并没有突围出来。

经过上下屋走动布置,已经弄得精疲力竭了,当她打出最后一颗手榴弹,站起来想和同志们一起冲时,她竟晕倒在墙根下。

等她恢复知觉时,枪声越响越远,她估计这两位同志脱险了,可是自己怎么办?特别是身上还背着文件包,她想站起来,两条腿已经不听使唤,移动两步也不成,院子里堆着一大堆柴草,在房主人的帮助下,她爬到柴草堆里。

匪徒们一直到天大亮才进屋子,他们估计我们的人都突围走了,便胡乱把屋里的财物洗劫光,把屋主人毒打一顿,把屋子浇上汽油,纵火焚烧,直到烟火冲顶屋梁倒塌,才悻悻地收兵了。

匪徒走远了,村里的人才敢来救火,突围的同志也赶回来了,房主人不顾创痛,拉住他们到正在熊熊燃烧的柴草堆,大呼狂喊:

"黄大姐,黄大姐在里面呀!"

大伙把火扑灭,扒开灰烬,发现黄英俯伏在草堆里,背都烧成重伤,胸前还紧紧护住那包文件。

人们把她抬起来,发现她顽强地活着,双手不离文件,嘴里喃喃地说:

"老符,老林,我找他们。"

老符和我赶回来时,黄英已送到医务所,同志们尽了最大力量抢救她,可是烧伤面积大,医疗条件差,她已陷入昏迷状态。

听到熟悉的叫唤声,她竟睁开了眼,把手里紧握着的文件包递给了老符。

她拉着老符和我的手,喘着气,断断续续地说:"对他们……要,要永远警惕!"

"大姐,你还有什么吩咐吗?"我知道,我永远听不到她的声音了。

"我,我没有什么……只想……你们幸福……"

…………

我们没法挽救黄英的生命,却有办法叫蒋匪帮偿清血债!在我们自由的土地上，再不让这些禽兽活着！

胜利了，解放了，我每次回到故乡，踏上白色的沙原，望着翠绿的椰子林，住上红砖白瓦的新房子，听着孩子们的歌声笑声，我想，要是黄英同志看到，该有多好啊！记起这样的战友，最香甜的椰子菠萝，最芳洌的咖啡可可，我都咽不下去。可是当我看到人民公社的女社长、女生产队长，看到奔驰在公路田野的女汽车司机、女拖拉机手，看到海洋上的女船长、女大副、女驾驶员，看到工厂里的女电焊工、女钳工、女纺织工，看到穿绿色制服的女邮递员，看到穿白色衣服的女医生、女护士，看到海防前线荷枪实弹的女民兵……黄英不是活着吗？不是顽强地劳动着吗？不是和六亿五千万同胞一起建设着和保卫着我们伟大的祖国吗？

| 文学史评论 |

京族文学史上的作家文学是由李英敏揭开帷幕的，《南岛风云》是京族人写的第一部有全国影响的文学作品，1957 年获文化部建国以来（1949—1955）优秀影片奖。

  ——苏维光、过伟、韦坚平：《京族文学史》，广西教育出版社，1993，第

   226 页

《椰风蕉雨》篇塑造琼崖纵队女战士的典型形象黄英。作家用第一人称写"我"到故乡文昌县工作，与黄英交往中的故事，带有散文报告文学味，从而增强了小说的抒情性和可信性。

  ——苏维光、过伟、韦坚平：《京族文学史》，广西教育出版社，1993，第

   236 页

《椰风蕉雨》是李英敏的第一篇中篇小说。黄英是他继符若华、林秀梅、林妈等之后，所着力塑造的又一个琼崖女战士形象。……李英敏着重刻画她经受了两

个截然不同方面的考验，敌人监狱中的酷刑和死亡威胁的考验，南洋归来、久别重逢的丈夫所经营的家庭安乐窝的考验。这是一个"贫贱不能移，富贵不能淫，威武不能屈"的女英雄形象。

　　——苏维光、过伟、韦坚平：《京族文学史》，广西教育出版社，1993，第
　　　　237页

| 创作评论 |

　　李英敏同志的作品，主要是反映他故乡钦廉地区和他长期从事革命活动的海南岛的各族人民生活。他的作品，我觉得很有地方色彩。无论是写钦廉地区或海南岛。无论是自然环境或人文环境，从地理风光到世态人情，都有较鲜明浓郁的当地的风貌和气息。同时我还感到，他的创作在艺术上也很重视民族风格，他的表现手法，谋篇结构，语言叙述，都具有民族气派的品质。有些作品，如《相马记》《赵司马仔》等，我明显地感到作家对民族传统文化的重视，可以看出，他从民间文艺中吸取了有益的养分。

　　——韦其麟：《一些感想》，《南方文坛》1990年第4期

永远的尹雪艳

白先勇

一

尹雪艳总也不老。十几年前那一班在上海百乐门舞厅替她捧场的五陵年少，有些天平开了顶，有些两鬓添了霜；有些来台湾降成了铁厂、水泥厂、人造纤维厂的闲顾问，但也有少数升成了银行的董事长、机关里的大主管。不管人事怎么变迁，尹雪艳永远是尹雪艳，在台北仍旧穿着她那一身蝉翼纱的素白旗袍，一径那么浅浅地笑着，连眼角儿也不肯皱一下。

尹雪艳着实迷人。但谁也没能道出她真正迷人的地方。尹雪艳从来不爱搽胭抹粉，有时最多在嘴唇上点着些似有似无的蜜丝佛陀；尹雪艳也不爱穿红戴绿，天时炎热，一个夏天，她都浑身银白，净扮得了不得。不错，尹雪艳是有一身雪白的肌肤，细挑的身材，容长的脸蛋儿配着一副俏丽恬静的眉眼子，但是这些都不是尹雪艳出奇的地方。见过尹雪艳的人都这么说，也不知是何道理，无论尹雪艳一举手、一投足，总有一份世人不及的风情。别人伸个腰、蹙一下眉，难看，但是尹雪艳做起来，却又别有一番妩媚了。尹雪艳也不多言、不多语，紧要的场合插上几句苏州

作品信息

原载《现代文学》1965 年第 24 期，收入小说集《台北人》篇首，1971 年晨钟出版社印行。1979 年刊于北京《当代》创刊号。1993 年长江文艺出版社出版同名小说集。

腔的上海话，又中听、又熨帖。有些荷包不足的舞客，攀不上叫尹雪艳的台子，但是他们却去百乐门坐坐，观观尹雪艳的风采，听她讲几句吴侬软语，心里也是舒服的。尹雪艳在舞池子里，微仰着头，轻摆着腰，一径是那么不慌不忙地起舞着；即使跳着快狐步，尹雪艳从来也没有失过分寸，仍旧显得那么从容，那么轻盈，像一球随风飘荡的柳絮，脚下没有扎根似的。尹雪艳有她自己的旋律。尹雪艳有她自己的拍子。绝不因外界的迁异，影响到她的均衡。

尹雪艳迷人的地方实在讲不清，数不尽。但是有一点却大大增加了她的神秘。尹雪艳名气大了，难免招忌，她同行的姐妹们醋心重的就到处嘈起说：尹雪艳的八字带着重煞，犯了白虎。沾上的人，轻者家败，重者人亡。谁知道就是为着尹雪艳享了重煞的令誉，上海洋场的男士们都对她增加了十分的兴味。生活悠闲了，家当丰沃了，就不免想冒险，去闯闯这颗红遍了黄浦滩的煞星儿。上海棉纱财阀王家的少老板王贵生就是其中的探险者之一。天天开着崭新的开德拉克，在百乐门门口候着尹雪艳转完台子，两人一同上国际饭店二十四楼的屋顶花园去共进华美的消夜。望着天上的月亮及灿烂的星斗，王贵生说，如果用他家的金条儿能够搭成一道天梯，他愿意爬上天空去把那弯月牙儿掐下来，插在尹雪艳的云鬓上。尹雪艳吟吟地笑着，总也不出声，伸出她那兰花般细巧的手，慢条斯理地将一枚枚涂着俄国乌龟子的小月牙儿饼拈到嘴里去。

王贵生拼命地投资，不择手段地赚钱，想把原来的财富堆成三倍四倍，将尹雪艳身边那批富有的逐鹿者一一击倒，然后用钻石玛瑙串成一根链子，套在尹雪艳的脖子上，把她牵回家去。当王贵生犯上官商勾结的重罪，下狱枪毙的那一天，尹雪艳在百乐门停了一宵，算是对王贵生致了哀。

最后赢得尹雪艳的却是上海金融界一位热可炙手的洪处长。洪处长休掉了前妻，抛弃了三个儿女，答应了尹雪艳十个条件；于是尹雪艳变成了洪夫人，住在上海法租界一幢从日本人手里接收过来的华贵的花园洋房里。两三个月的工夫，尹雪艳便像一株晚开的玉梨花，在上海上流社会的场合中以压倒群芳的姿态绽放起来。

尹雪艳着实有压场的本领。每当盛宴华筵，无论在场的贵人名媛，穿着紫貂，围着火狸，当尹雪艳披着她那件翻领束腰的银狐大氅，像一阵三月的微风，轻盈盈地闪进来时，全场的人都好像给这阵风熏中了一般，总是情不自禁地向她迎过来。尹雪艳在人堆子里，像个冰雪化成的精灵，冷艳逼人，踏着风一般的步子，看得那些绅士以及仕女们的眼睛都一齐冒出火来。这就是尹雪艳：在兆丰夜总会的舞厅里、在兰心剧院的过道上，以及在霞飞路上一幢幢侯门官府的客堂中，一身银白，歪靠在沙发椅上，嘴角一径挂着那流吟吟浅笑，把场合中许多银行界的经理、协理，纱厂的老板及小开，以及一些新贵和他们的夫人们都拘到跟前来。

　　可是洪处长的八字到底软了些，没能抵得住尹雪艳的重煞。一年丢官，两年破产，到了台北来连个闲职也没捞上。尹雪艳离开洪处长时还算有良心，除了自己的家当外，只带走一个从上海跟来的名厨师及两个苏州娘姨。

二

　　尹雪艳的新公馆落在仁爱路四段的高级住宅区里，是一幢崭新的西式洋房，有个十分宽敞的客厅，容得下两三桌酒席。尹雪艳对她的新公馆倒是刻意经营过一番。客厅的家具是一色桃花心红木桌椅。几张老式大靠背的沙发，塞满了黑丝面子鸳鸯戏水的湘绣靠枕，人一坐下去就陷进了一半，倚在柔软的丝枕上，十分舒适。到过尹公馆的人，都称赞尹雪艳的客厅布置妥帖。叫人坐着不肯动身。打麻将有特别设备的麻将间，麻将桌、麻将灯都设计得十分精巧。有些客人喜欢挖花，尹雪艳还特别腾出一间有隔音设备的房间，挖花的客人可以关在里面恣意唱和。冬天有暖炉，夏天有冷气，坐在尹公馆里，很容易忘记外面台北市的阴寒及溽暑。客厅案头的古玩花瓶，四时都供着鲜花。尹雪艳对于花道十分讲究，中山北路的玫瑰花店常年都送上选的鲜货。整个夏天，尹雪艳的客厅中都细细地透着一股又甜又腻的晚香玉。

　　尹雪艳的新公馆很快地便成为她旧雨新知的聚会所。老朋友来到时，谈谈老话，大家都有一腔怀古的幽情，想一会儿当年，在尹雪艳面前发发牢骚，好像尹雪艳便是上海百乐门时代永恒的象征、京沪繁华的佐证一般。

"阿媛，看看干爹的头发都白光喽！侬还像枝万年青一式，愈来愈年轻！"

吴经理在上海当过银行的总经理，是百乐门的座上常客，来到台北赋闲，在一家铁工厂挂个顾问的名义。见到尹雪艳，他总爱拉着她半开玩笑而又不免带点自怜的口吻这样说。吴经理的头发确实全白了，而且患着严重的风湿，走起路来，十分蹒跚，眼睛又害沙眼，眼毛倒插，常年淌着眼泪，眼圈已经开始溃烂，露出粉红的肉来。冬天时候，尹雪艳总把客厅里那架电暖炉移到吴经理的脚跟前，亲自奉上一盅铁观音，笑吟吟地说道："哪里的话，干爹才是老当益壮呢！"

吴经理心中熨帖了，恢复了不少自信，眨着他那烂掉了睫毛的老花眼，在尹公馆里，当众票了一出"坐宫"，以苍凉沙哑的嗓子唱出：

我好比浅水龙，

被困在沙滩。

尹雪艳有迷男人的功夫，也有迷女人的功夫。跟尹雪艳结交的那班太太们，打从上海起，就背地数落她。当尹雪艳平步青云时，这起太太们气不忿，说道：凭你怎么爬，左不过是个货腰娘。当尹雪艳的靠山相好遭到厄运的时候，她们就叹气道：命是逃不过的，煞气重的娘儿们到底沾惹不得。可是十几年来这起太太们一个也舍不得离开尹雪艳，到了台北一窝蜂似的聚到尹雪艳的公馆里，她们不得不承认尹雪艳实在有她惊动人的地方。尹雪艳在台北的鸿祥绸缎庄打得出七五折，在小花园里挑得出最登样的绣花鞋儿，红楼的绍兴戏码，尹雪艳最在行，吴燕丽唱《孟丽君》的时候，尹雪艳可以拿得到免费的前座戏票，论起西门町的京沪小吃，尹雪艳又是无一不精了。于是这起太太们，由尹雪艳领队，逛西门町、看绍兴戏、坐在三六九里吃桂花汤团，往往把十几年来不如意的事儿一股脑儿抛掉，好像尹雪艳周身都透着上海大千世界荣华的麝香一般，熏得这起往事沧桑的中年妇人都进入半醉的状态，而不由自主都津津乐道起上海五香斋的蟹黄面来。这起太太们常常容易闹情绪。尹雪艳对于她们都一一施以广泛的同情，她总耐心地聆听她们的怨艾及委屈，必要时说几句安抚的话，把她们焦躁的脾气一一熨平。

"输呀，输得精光才好呢！反正家里有老牛马垫背，我不输，也有旁人替我输！"

每逢宋太太搓麻将输了钱时，就向尹雪艳带着酸意地抱怨道。宋太太在台湾得了妇女更年期的痴肥症，体重暴增到一百八十多磅，形态十分臃肿，走多了路，会犯气喘。宋太太的心酸话较多，因为她先生宋协理有了外遇，对她颇为冷落，而且对方又是一个身段苗条的小酒女。十几年前宋太太在上海的社交场合出过一阵风头，因此她对以往的日子特别向往。尹雪艳自然是宋太太倾诉衷肠的适当人选，因为只有她才能体会宋太太那种今昔之感。有时讲到伤心处，宋太太会禁不住掩面而泣。

"宋家阿姐，'人无千日好，花无百日红'，谁又能保得住一辈子享荣华、受富贵呢？"

于是尹雪艳便递过热毛巾给宋太太揩面，怜悯地劝说道。宋太太不肯认命，总要抽抽搭搭地怨怼一番：

"我就不信我的命又要比别人差些！像侬吧，尹家妹妹，侬一辈子是不必发愁的，自然有人会来帮衬侬。"

三

尹雪艳确实不必发愁，尹公馆门前的车马从来也未曾断过。老朋友固然把尹公馆当作世外桃源，一般新知也在尹公馆找到别处稀有的吸引力。尹雪艳公馆一向维持它的气派。尹雪艳从来不肯把它降低于上海霞飞路的排场。出入的人士，纵然有些是过了时的，但是他们有他们的身份，有他们的派头，因此一进到尹公馆，大家都觉得自己重要，即使是十几年前作废了的头衔，经过尹雪艳娇声亲切地称呼起来，也如同受过诰封一般，心理上恢复了不少的优越感。至于一般新知，尹公馆更是建立社交的好所在了。

当然，最吸引人的，还是尹雪艳本身。尹雪艳是一个最称职的主人。每一位客人，不分尊卑老幼，她都招呼得妥妥帖帖。一进到尹公馆，坐在客厅中那些铺满黑丝面椅垫的沙发上，大家都有一种宾至如归、乐不思蜀的亲切之感，因此，做会总在尹公馆开标，请生日酒总在尹公馆开席，即使没有名堂的日子，大家也立一个名目，凑到尹公馆成一个牌局。一年里，倒有大半的日子，尹公馆里总是高朋满座。

尹雪艳本人极少下场，逢到这些日期，她总预先替客人们安排好牌局；有时两桌，有时三桌。她对每位客人的牌品及癖性都摸得清清楚楚，因此牌搭子总配得十分理想，从来没有伤过和气。尹雪艳本人督导着两个头干脸净的苏州娘姨在旁边招呼着。午点是宁波年糕或者湖州粽子。晚饭是尹公馆上海名厨的京沪小菜：金银腿、贵妃鸡、抢虾、醉蟹——尹雪艳亲自设计了一个转动的菜牌，天天转出一桌桌精致的筵席来。到了下半夜，两个娘姨便捧上雪白喷了明星花露水的冰面巾，让大战方酣的客人们揩面醒脑，然后便是一碗鸡汤银丝面做了消夜。客人们掷下的桌面十分慷慨，每次总上两三千。赢了钱的客人固然值得兴奋，即使输了钱的客人也是心甘情愿。在尹公馆里吃了玩了，末了还由尹雪艳差人叫好计程车，一一送回家去。

当牌局进展激烈的当儿，尹雷艳便换上轻装，周旋在几个牌桌之间，踏着她那风一般的步子，轻盈盈地来回巡视着，像个通身银白的女祭司，替那些作战的人们祈祷和祭祀。

"阿媛，干爹又快输脱底喽！"

每到败北阶段，吴经理就眨着他那烂掉了睫毛的眼睛，向尹雪艳发出讨救的哀号。

"还早呢，干爹，下四圈就该你摸清一色了。"

尹雪艳把个黑丝椅垫枕到吴经理害了风湿病的背脊上，怜恤地安慰着这个命运乖谬的老人。

"尹小姐，你是看到的。今晚我可没有打错一张牌，手气就那么背！"

女客人那边也经常向尹雪艳发出乞怜的呼吁，有时宋太太输急了，也顾不得身份，就抓起两颗骰子啐道：

"呸！呸！呸！勿要面孔的东西，看你霉到什么辰光！"

尹雪艳也照例过去，用着充满同情的语调，安抚她们一番。这个时候，尹雪艳的话就如同神谕一般令人敬畏。在麻将桌上，一个人的命运往往不受控制，客人们都讨尹雪艳的口彩来恢复信心及加强斗志。尹雪艳站在一旁，叼着金嘴子的三个九，徐徐地喷着烟圈，以悲天悯人的眼光看着她这一群得意的、失意的、老年的、壮年的、曾经叱咤风云的、曾经风华绝代的客人们，狂热地互相厮杀，互相宰割。

四

新来的客人中，有一位叫徐壮图的中年男士，是上海交通大学的毕业生；生得品貌堂堂，高高的个儿，结实的身体，穿着剪裁合度的西装，显得分外英挺。徐壮图是个台北市新兴的实业巨子。随着台北市的工业化，许多大企业应运而生，徐壮图头脑灵活，具有丰富的现代化工商业管理的知识，才是四十出头，便出任一家大水泥公司的经理。徐壮图有位贤惠的太太及两个可爱的孩子。家庭美满，事业充满前途，徐壮图成为一个雄心勃勃的企业家。

徐壮图第一次进入尹公馆是在一个庆生酒会上。尹雪艳替吴经理做六十大寿，徐壮图是吴经理的外甥，也就随着吴经理来到尹雪艳的公馆。

那天尹雪艳着实妆饰了一番，穿着一袭月白短袖的织锦旗袍，襟上一排香妃色的大盘扣；脚上也是月白缎子的软底绣花鞋，鞋尖却点着两瓣肉色的海棠叶儿。为了讨喜气，尹雪艳破例地在右鬓簪上一朵酒杯大血红的郁金香，而耳朵上却吊着一对寸把长的银坠子。客厅里的寿堂也布置得喜气洋洋。案上全换上才铰下的晚香玉，徐壮图一踏进去，就嗅中一阵沁入脑肺的甜香。

"阿媛，干爹替侬带来顶顶体面的一位客人。"吴经理穿着一身崭新的纺绸长衫，佝着背，笑呵呵地把徐壮图介绍给尹雪艳道，然后指着尹雪艳说：

"我这位干小姐呀，实在孝顺不过。我这个老朽三灾五难的还要赶着替我做生。我忖忖：我现在又不在职，又不问世，这把老骨头天天还要给触霉头的风湿症来折磨。管他折福也罢，今朝我且大模大样地生受了干小姐这场寿酒再讲。我这位外甥，难得放纵一回，今朝也来跟我们这群老朽一道开心开心。阿媛是个最妥当的主人家，我把壮图交把侬，侬好好地招待招待他吧。"

"徐先生是稀客，又是干爹的令戚，自然要跟别人不同一点。"尹雪艳笑吟吟地答道，发上那朵血红的郁金香颤巍巍地抖动着。

徐壮图果然受到尹雪艳特别的款待。在席上，尹雪艳坐在徐壮图旁边一径殷勤地向他劝酒让菜。然后歪向他低声说道：

"徐先生，这道是我们大师傅的拿手，你尝尝，比外面馆子做的如何？"

用完席后，尹雪艳亲自盛上一碗冰冻杏仁豆腐捧给徐壮图，上面却放着两颗鲜红的樱桃。用完席成上牌局的时候，尹雪艳经常走到徐壮图背后看他打牌。徐壮图的牌张不熟，时常发错张子。才是八圈，徐壮图已经输掉一半筹码。有一轮，徐壮图正当发出一张梅花五筒的时候，突然尹雪艳从后面欠过身伸出她那细巧的手把徐壮图的手背按住说道：

"徐先生，这张牌是打不得的。"

那一盘徐壮图便和了一副"满园花"，一下子就把输出去的筹码赢回了大半。客人中有一个开玩笑抗议道：

"尹小姐，你怎么不来替我也点点张子，瞧瞧我也输完啦。"

"人家徐先生头趟到我们家，当然不好意思让他吃了亏回去的喽。"徐壮图回头看到尹雪艳朝着他满面堆着笑容，一对银耳坠子吊在她乌黑的发脚下来回地浪荡着。

客厅中的晚香玉到了半夜，吐出一蓬蓬的浓香来。席间徐壮图喝了不少热花雕，加上牌桌上和了那盘"满园花"的亢奋，临走时他已经有些微醺的感觉了。

"尹小姐，全得你的指教，要不然今晚的麻将一定全盘败北了。"

尹雪艳送徐壮图出大门时，徐壮图感激地对尹雪艳说道。尹雪艳站在门框里，一身白色的衣衫，双手合抱在胸前，像一尊观世音，朝着徐壮图笑吟吟地答道：

"哪里的话，隔日徐先生来白相，我们再一道研究研究麻将经。"

隔了两日，果然徐壮图又来到了尹公馆，向尹雪艳讨教麻将的诀窍。

五

徐壮图太太坐在家中的藤椅上，呆望着大门，两腮一天天消瘦，眼睛凹成了两个深坑。

当徐太太的干妈吴家阿婆来探望她的时候，她牵着徐太太的手惊叫道：

"哎呀，我的干小姐，才是个把月没见着，怎么你就瘦脱了形？"

吴家阿婆是一个六十来岁的妇人，硕壮的身材，没有半根白发，一双放大的小脚，仍旧行走如飞。吴家阿婆曾经上四川青城山去听过道，拜了上面白云观里一位道行高深的法师做师父。这位老法师因为看上吴家阿婆天资禀异，飞升时便把衣钵传了给她。吴家阿婆在台北家中设了一个法堂，中央供着她老师父的神像。神像下面悬着八尺见方黄绫一幅。据吴家阿婆说，她老师父常在这幅黄绫上显灵，向她授予机宜，因此吴家阿婆可以预卜凶吉，消灾除祸。吴家阿婆的信徒颇众，大多是中年妇女，有些颇有社会地位。经济环境不虞匮乏，这些太太们的心灵难免感到空虚。于是每月初一十五，她们便停止一天麻将，或者标会的聚会，成群结队来到吴家阿婆的法堂上，虔诚地念经叩拜，布施散财，救济贫困，以求自身或家人的安宁。有些有疑难大症，有些有家庭纠纷，吴家阿婆一律慷慨施以许诺，答应在老法师灵前替她们祈求神助。

"我的太太，我看你的气色竟是不好呢！"吴家阿婆仔细端详了徐太太一番，摇头叹息。徐太太低首俯面忍不住伤心哭泣，向吴家阿婆道出了许多衷肠话来。

"亲妈，你老人家是看到的，"徐太太流着泪断断续续地诉说道，"我们徐先生和我结婚这么久，别说破脸，连句重话都向来没有过。我们徐先生是个争强好胜的人。他一向都这么说：'男人的心五分倒有三分应该放在事业上。'来台湾熬了这十来年，好不容易盼着他们水泥公司发达起来，他才出了头，我看他每天为公事在外面忙着应酬，我心里只有暗暗着急。事业不事业倒在其次，求祈他身体康宁，我们母子再苦些也是情愿的。谁知道打上月起，我们徐先生竟好像变了一个人似的。经常两晚三晚不回家。我问一声，他就摔碗砸筷，脾气暴得了不得。前天连两个孩子都挨了一顿狠打。有人传话给我，听说是我们徐先生外面有了人，而且人家还是个有头有脸的人物。亲妈，我这个本本分分的人哪里经过这些事情？人还撑得住不走样？"

"干小姐，"吴家阿婆拍了一下巴掌说道，"你不提呢，我也就不说了。你知道我是最怕兜揽是非的人。你叫了我声亲妈，我当然也就向着你些。你知道那个胖婆儿宋太太呀，她先生宋协理搞上个什么'五月花'的小酒女。她跑到我那里一把鼻涕一把眼泪要我替她求求老师父。我拿她先生的八字来一算，果然冲犯了东西。宋太太在老师父灵前许了重愿，我替她念了十二本经。现在她男人不是乖乖地回去了？后来我就劝宋太太：'整天少和那些狐狸精似的女人穷混，念经做善事要紧！'宋太太就一五一十地把你们徐先生的事情原原本本数了给我听。那个尹雪艳呀，你以为她是个什么好东西？她没有两下，就能拢得住这些人？连你们徐先生那么个正人君子她都有本事抓得牢。这种事情历史上是有的：褒姒，妲己，飞燕，太真——这起祸水！你以为都是真人吗？妖孽！凡是到了乱世，这些妖孽都纷纷下凡，扰乱人间。那个尹雪艳还不知道是个什么东西变的呢！我看你呀，总得变个法儿替你们徐先生消了这场灾难才好。"

"亲妈，"徐太太忍不住又哭了起来，"你晓得我们徐先生不是那种没有良心的男人。每次他在外面逗留了回来，他嘴里虽然不说，我晓得他心里是过意不去的。有时他一个人闷坐着猛抽烟，头筋叠暴起来，样子真吓人。我又不敢去劝解他，只有干着急。这几天他更是着了魔一般，回来嚷着说公司里人人都寻他晦气。

他和那些工人也使脾气，昨天还把人家开除了几个。我劝他说犯不着和那些粗人计较，他连我也呵斥了一顿。他的行径反常得很，看着不像，真不由得不叫人担心哪！"

"就是说呀！"吴家阿婆点头说道，"怕是你们徐先生也犯着了什么吧？你且把他的八字递给我，回去我替他测一测。"

徐太太把徐壮图的八字抄给了吴家阿婆说道：

"亲妈，全托你老人家的福了。"

"放心，"吴家阿婆临走时说道，"我们老师父最是法力无边，能够替人排难解厄的。"

然而老师父的法力并没有能够拯救徐壮图。有一天，正当徐壮图向一个工人拍起桌子喝骂的时候，那个工人突然发了狂，一把扁钻从徐壮图前胸刺穿到后胸。

六

徐壮图的治丧委员会吴经理当了总干事。因为连日奔忙。风湿又弄犯了，他在极乐殡仪馆穿出穿进的时候，一径拄着拐杖，十分蹒跚。开吊的那一天灵堂就设在殡仪馆里。一时亲戚友好的花圈丧帐白簇簇地一直排到殡仪馆的门口来。水泥公司同人挽的却是"痛失英才"四个大字。来祭吊的人从早上九点钟起开始络绎不绝。徐太太早已哭成了痴人，一身麻衣丧服带着两个孩子，跪在灵前答谢。吴家阿婆却率领了十二个道士，身着法衣，手执拂尘，在灵堂后面的法坛打解冤洗业醮。此外并有僧尼十数人在念经超度，拜大悲忏。

正午的时候，来祭吊的人早挤满了一堂，正当众人熙攘之际，突然人群里起了一阵骚动，接着全堂静寂下来，一片肃穆。原来尹雪艳不知什么时候却像一阵风一般地闪了进来。尹雪艳仍旧一身素白打扮，脸上未施脂粉，轻盈盈地走到管事台前，不慌不忙地提起毛笔，在签名簿上一挥而就地签上了名，然后款款地步到灵堂中央，客人们都候地分开两边，让尹雪艳走到灵台跟前，尹雪艳凝着神，敛着容，朝着徐壮图的遗像深深地三鞠躬。这时在场的亲友大家都呆如木鸡。有些显得惊讶，有些却是忿愤，也有些满脸惶惑，可是大家都好似被一股潜力镇住了，未敢轻举妄动。这次徐壮图的惨死，徐太太那一边有些亲戚迁怒于尹雪艳，他们都没有料到尹雪艳居然有这个胆识闯进徐家的灵堂来。场合过分紧张突兀，一时大家都有点手足无措。尹雪艳行完礼后，却走到徐太太面前，伸出手抚摸了一下两个孩子的头，然后庄重地和徐太太握了一握手。正当众人面面相觑的当儿，尹雪艳却踏着她那风一般的步子走出了极乐殡仪馆。一时灵堂里一阵大乱，徐太太突然跪倒在地，昏厥了过去，吴家阿婆赶紧丢掉拂尘，抢身过去，将徐太太抱到后堂去了。

当晚，尹雪艳的公馆里又成上了牌局，有些牌搭子是白天在徐壮图祭悼会后约好的。吴经理又带了两位新客人来。一位是南国纺织厂新上任的余经理；另一位是大华企业公司的周董事长。这晚吴经理的手气却出了奇迹，一连串地在和满贯。吴经理不停地笑着叫着，眼泪从他烂掉了睫毛的血红眼圈一滴滴淌下来。到了第十二圈，有一盘吴经理突然双手乱舞大叫起来：

"阿媛，快来！快来！'四喜临门'！这真是百年难见的怪牌。东、南、西、北——全齐了，外带自摸双！人家说和了大四喜，兆头不祥。我倒霉了一辈子，和了这副怪牌，从此否极泰来。阿媛，阿媛，侬看着这副牌可爱不可爱？有趣不有趣？"

吴经理喊着笑着把麻将撒满了一桌子。尹雪艳站到吴经理身边，轻轻地按着吴经理的肩膀，笑吟吟地说道：

"干爹，快打起精神多和两盘。回头赢了余经理及周董事长他们的钱，我来吃你的红！"

| **作品点评** |

白先勇从来不写历史过程，他的文学瞄准的是世纪人的历史心态，上海交际

花尹雪艳代表了上海百乐门时代的繁华年月，也是台北那个没落"贵族"阶层抒发今昔之感、以解乡愁的最佳人选。但是读过之后，你最不易忘怀的是离居于众人之上的尹雪艳的心灵，她冷然面对人间的纷扰，"以悲天悯人的眼光看着她这一群得意的、失意的、老年的、壮年的、曾经叱咤风云的、曾经风华绝代的客人们狂热地互相厮杀、互相宰割"。这才是作者的主旨所在。至于这批人(包括尹本人)怎样"流离"到台北支起这个社交场面，是次要的。

——吴福辉：《背负历史记忆而流离的中国人——白先勇小说新论》，《文艺争鸣》1993 年第 3 期

《永远的尹雪艳》是白先勇写作怀旧感伤的代表作，"尹雪艳总也不老"，"尹雪艳着实迷人"，而且还有神秘感。迷人的尹雪艳却又犯上了"白虎"重煞，但这又让迷她的人增添了几分冒险的英勇。追随者一个个家败人亡，或是丢官弃命。但前仆后继者大有人在，小说的主要部分是讲述新兴的实业巨子徐壮图与尹雪艳的故事。虽然谈不上惊心动魄，但从侧面的描写，还是可以看出为了迷恋尹雪艳，徐壮图的内心经历着剧烈的冲突，也可见他的情感之炽热。徐的运道还是没有抵过尹雪艳的"重煞"，他最终也死于非命。

这就是末世之美，历史尽头之美。这样的美带着悲剧的命运，它已然是历史颓败之命运，一个飘零的历史之剩余，从繁荣耗尽的上海转道台北，虽然未着一字，背后其实掩藏着巨大的历史创伤，一种历史剧变与个人的劫难相叠。尹雪艳不过是历史劫后余生的侥幸之美而已。但生存于劫后的人们，还在依恋美，这样的美不再具有历史的正当性，这样的依恋注定不具有命运的合法性。当年上海百乐门舞厅之盛世狂欢，早已荡然无存；那些豪客有些谢了顶，有些两鬓染霜，有些已经潦倒，这是一个阶级的命运，是历史之命运。他们还要寻求往昔已死的岁月，他们之倒霉似乎早已被注定。这是怎样的悲剧？这倒是令人惊异于白先勇的叙述，他如此挚爱他的尹雪艳，赋予她以如此美丽动人的形象，却又不得不给予她以致命的禀性。这个美丽的女人是一个"白虎星"。这几乎是一种诅咒，看似

是她的那群同行的妒忌流言，不经意的一句叙述，里面融合了白先勇对历史的多少无奈之情！他深知这样的美的不合法，携带着那样的历史衰败，还如何言美呢？这不只是红颜薄命，而是历史之薄命。败军之将，岂可言勇？沦落他乡，何必言美？但白先勇却是挚爱美的人，他还要在如此"朱雀桥边"言美，这是重写历史的尝试，这是记忆历史的独特方式。

很显然，白先勇不只是单纯地要写出一种怀旧记忆，也不是要重现往昔的华美繁荣，他要写出的是这种记忆所具有的真切的历史内涵。他要写出的是一种历史与阶级的命运。尹雪艳/白虎星，这是怎样的一种绝望？这样的美就是宿命，就是被预言注定的悲剧。在当年的大上海，那个年轻气盛的少老板王贵生也挡不住白虎星的"重煞"，那个仕途无量的洪处长的八字也软了些，就是在台北那个新兴的实业巨子徐壮图又如何呢？这些人死去或落魄，何尝与尹雪艳有关呢？除了他们追求尹雪艳外，他们做下的事与尹雪艳毫无关系。我们可以注意一下，这些人都有响亮的名字，贵生、洪处长、壮图，名字都硬气吉祥，豪迈雄伟，但还是挡不住命运。这么多的青年才俊，怎么就都英年败落呢？是因为尹雪艳吗？实际上，他们与尹雪艳一样，都是被一种历史命运决定了，这是一种历史与阶级的气数。他们与尹雪艳是同道，骨子里的同病相怜，命运道路上的旅伴。但他们到底八字都软了些，都扛不住气数将尽。只有尹雪艳，如此倔强，如此遗世孤立，不可屈服，诱惑着她的同道，让他们去死，去验证历史的寓言。然而，她却依然我行我素，"依旧穿着她那一身蝉翼纱的素白旗袍，一径那么浅浅地笑着，连眼角儿也不肯皱一下"。这真是一个精灵，一个不被历史化的幽灵，尹雪艳/白虎星，那是怎样的一种蔑视？蔑视欲望，蔑视预言，蔑视结局。

我以为，这篇小说不应该再被简单读成抒写怀旧的情怀，那里面隐含着更深刻的历史无意识。说"历史无意识"这种话似乎有怠慢作者之嫌，好像作者的主动意识变得不重要。实际上，这是说，作者写出的文本，包含了超出作者意图的意义，文本可以放在历史语境中重新读解，发掘出更多的历史内涵。尹雪艳这个人物的身上，包含了更多的历史和阶级的意识，包含对一种命运的关切，特别是包含着对不屈服于命运的表达。尹雪艳的身上包含着价值评判方面的突出矛盾，这个风尘女子不知迷倒过多少男人，也让无数的男人为她丢官弃命。她显然不是一个值得正面肯定的女性，这与中国文学传统中的大地圣母的形象相去甚远。但她又不是淫妇浪女，她又有着素洁纯净之美。不只是她的外表，她的气质，她的做派，还有她的一些骨气和良心。那些迷她的人死了，她只是停止狂欢一两天，徐壮图祭吊的当晚，尹雪艳家的牌局照常开局。她似乎是一个没有顾忌的人，以至于有女性主义文学研究者认为，白先勇笔下的女性形象有贬抑女性的伦理人格之嫌。

但如果从历史寓言的角度看，尹雪艳实则是一个不愿屈服于命运的女性，她从上海之繁华流落到台北，依然保持着她的美。白先勇对她的肯定中，也包含着明显的批判，那就是她的决然无情。她是一个矛盾的复合体，因为她承载着历史之矛盾，她身处于历史绝境，处于命运的终极处，她是最后的美，这是侥幸之美，也是妖孽之美。白先勇肯定的是尹雪艳不可屈服的精神，批判的是她背后的历史及其命运，那是气数将尽的历史，无可挽回的历史之衰败。这就是历史与阶级之没落。在这样的没落历史情境中寻欢作乐，那就是找死，那就是没落中的舞蹈。这是真正的挽歌，这个阶级的历史气数已尽，只有这个一身素净的风尘女子，挥霍她遗世孤立的最后的美。她能干什么？她能挽回历史衰败之命运么？她除了还要"吃红"，还能有什么作为呢？她只能提示一种悲剧之美了。

这不是一段记忆的叙写，也不是女性批判，而是历史预言的批判：既不得不承认历史被预言式地言中，又书写出历史不可抗拒的绝望。这就是对历史没落的意识，也是对一个阶级没落的意识。

——陈晓明：《"没落"的不朽事业——白先勇小说的美学意味与现代性面向》，《文艺研究》2009 年第 2 期

谪仙记

白先勇

慧芬是麻省威士礼女子大学毕业的。她和我结了婚这么些年经常还是有意无意地要提醒我：她在学校里晚上下餐厅时，一径是穿着晚礼服的。她在厨房里洗蔬菜的当儿，尤其爱讲她在威士礼时代出风头的事儿。她说她那时候的行头虽然比不上李彤，可是比起张嘉行和雷芷苓来，又略胜了一筹。她们四个人都是上海贵族中学中西女中的同班同学。四个人的家世都差不多的显赫，其中却以李彤家里最有钱，李彤的父亲官做得最大。那时她们在上海开舞会，总爱到李彤家虹桥路那幢别墅去。一来那幢德国式的别墅宽大堂皇，花园里有两个大理石的喷水泉，在露天里跳舞，泉水映着灯光，景致十分华丽；二来李彤是独生女，她的父母从小把她捧在掌上长大的，每次宴会，她母亲都替她治备得周到异常，吃的，玩的，布满了一园子。

慧芬说一九四六年她们一同出国的那天，不约而同地都穿上了一袭红旗袍，四个人站在一块儿，宛如一片红霞，把上海的龙华机场都照亮了。她们互相看看，忍不住都笑弯了腰。李彤说她们是"四强"——二次大战后中美英俄同被列为"四强"。李彤自称是中国，她说她的旗袍红得最艳。没有人愿意当俄国，俄国女人又粗又大，而

作品信息

原载《现代文学》1965 年第 25 期，为《纽约客》首篇，1989 年谢晋改编为电影《最后的贵族》。

且那时上海还有许多白俄女人是操贱业的。李彤硬派张嘉行是俄国，因为张嘉行的块头最大。张嘉行很不乐意，上了飞机还在跟李彤斗嘴。机场里全是她们四人的亲戚朋友，有百把人，当她们踏上飞机回头挥手告别的当儿，机场里飞满了手帕，不停地向她们招摇，像一大群蝴蝶似的。她们四个人那时全都是十七八岁，毫不懂得离情别意，李彤的母亲搂着李彤哭得十分伤心，连她父亲也揩眼睛，可是李彤戴着一副很俏皮的吊梢太阳镜，咧着嘴一径笑嘻嘻的。一上了飞机，四个人就叽里呱啦谈个没了起来。飞机上有许多外国人，都看着她们四个周身穿得红彤彤的中国女孩儿点头微笑。慧芬说那时她们着实得意，好像真是代表"四强"飞往纽约开世界大会似的。

开始的时候，她们在威士礼的风头算是出足了。慧芬总爱告诉我周末约她出去玩的男孩子如何如何之多，尤其当我不太逢迎她的时候，她就要数给我听，某某人曾经追过她，某某人对她又如何如何，经常提醒我她当年的风华。我不太爱听她那些轶事，有时心里难免拈酸，可是当我看到慧芬那一双细白的手掌在厨房里让肥皂水泡得脱了皮时，我对她不禁格外地怜惜起来。慧芬到底是大家小姐，脾气难免娇贵些，可是她和我结婚以后，家里的杂役苦差，她都操劳得十分奋勇，使得我又不禁对她敬服三分。慧芬说在威士礼时她们虽然各有千秋，可是和李彤比起来，却都矮了一截。李彤一到威士礼，连那些美国的富家女都让她压倒了。威士礼是一个以衣相人的地方。李彤的衣裳多而别致，偏偏她又会装饰，一天一套，在学校里晃来晃去，着实惹目。有些美国人看见她一身绫罗绸缎，问她是不是中国的皇帝公主。不多久，她便成了威士礼的闻人，被选为"五月皇后"。来约她出游的男孩子，难以数计。李彤自以为长得漂亮，对男孩子傲慢异常，有一个念哈佛法学院叫王珏的男学生，人品学问都是第一流，对李彤万分倾心，可是李彤表面总是淡淡的，王珏失了望便不去找她了。慧芬说她知道李彤心里是喜欢王珏的，可是李彤装腔装惯了，一下子不愿迁就，所以才没有和王珏好起来。慧芬说她敢打赌李彤一定难过了好一阵子，只是李彤嘴硬，不肯承认罢了。

不久李彤家里便出了事，国内战事爆发了，李彤一家人从上海逃难出来，乘太平轮到台湾，轮船中途出了事，李彤的父母罹了难，家当也全淹没了。李彤得到消息时在医院里躺了一个多月，她不肯吃东西，医生把她绑起来，天天打葡萄糖和盐水针。李彤出院后沉默了好一阵子，直到毕业时，她才恢复了往日的谈笑。可是她们一致都觉得李彤却变得不讨人喜欢了。况且那个时候，每个人的家里都遭到战乱的打击，大家因此没有心情再去出风头，只好用功读书起来。慧芬提到她在威士礼的时代，总要冠上：当我是 Sophomore 的时候。后两年，她是不大要提的。

我亲自看到李彤，还是在我和慧芬的婚宴上。我和慧芬是在波士登认识的，我那时在麻省理工学院念书，慧芬在纽约做事，她常到波城来探亲。可是慧芬却坚持要在纽约举行婚礼，并且以常住纽约为结婚条件之一。她说她的老朋友都在纽约做事，只有住在纽约才不觉得居住在外国。我们的招待会在 Long Island 的新居举行，只邀了我们两人要好的朋友。慧芬卸了新娘礼服出来便把李彤、张嘉行和雷芷苓拉到我跟前正式介绍一番。其实她不必介绍我已经觉得她们熟得不能再熟了。慧芬老早在我跟前把她们从头到脚不知形容了多少遍。见面以后，张嘉行和雷芷苓还差不了哪里去，张胖雷瘦，都是神气十足的女孩子。至于李彤的模样儿我却觉得慧芬过分低估了些。李彤不仅自以为漂亮，她着实美得惊人。像一轮骤从海里跳出来的太阳，周身一道道的光芒都是扎得人眼睛发疼的。李彤的身材十分高挑，五官轮廓都异常飞扬显突，一双炯炯露光的眼睛，一闪便把人罩住了，她那一头大卷蓬松的乌发，有三分之二掠过左额，堆泻到肩上来，左边平着耳际却插着一枚碎钻镶成的大蜘蛛，蜘蛛的四对足紧紧蟠在鬓发上，一个鼓圆的身子却高高地飞翘起来。李彤那天穿着一袭银白底子飘满了枫叶的闪光缎子旗袍，那些枫叶全有巴掌大，红得像一球球火焰一般。女人看女人到底不太准确，我不禁猜疑慧芬不愿夸赞李彤的模样，恐怕心里也有几分不服。我那位十分美丽的新娘和李彤站在一起却被李彤那片艳光很专横地盖过去了。那天逢着自己的喜事，又遇见慧芬那些漂亮的朋友，心中感到特别喜悦。

"原来就是你把我们的牌搭子拆散了，我来和你算账！"

李彤见了我，把我狠狠地打量了几下笑着说道。李彤笑起来的样子很奇特，下巴翘起，左边嘴角挑得老高，一双眼皮儿却倏地挂了下来，好像把世人都要从她的眼睛里撵出去似的。慧芬告诉过我，她们四个女孩子在纽约做事时，合住在一间四房一厅的公寓里，下了班常聚在一起搓麻将，她们自称是四强俱乐部。慧芬搬出后，那三个也各自散开另外搬了家。

　　"那么让我加入你们的四强俱乐部交些会费好不好？"我向李彤她们微微地欠了一下身笑着说道。我的麻将和扑克都是在美国学的，这里的朋友聚在一起总爱成个牌局，所以我的牌艺也跟着通练了。三个女孩听见我这样说，都笑了起来说道：

　　"欢迎！欢迎！幸亏你会打牌，要不然我们便不准黄慧芬嫁给你了。我们当初约好，不会打牌的男士，我们的会员是不许嫁的。"

　　"我早已打听清楚你们的规矩了。"我说，"连你们四强的国籍我都牢记了。李彤是'中国'对吗？"

　　"还提这个呢？"李彤嚷着答道，"我这个'中国'逢打必输，输得一塌糊涂。碰见这几个专和小牌的人，我只有吃败仗的份，你去问问张嘉行，我的薪水倒有一半是替她赚的呢。"

　　"自己牌不行，就不要乱赖别人！"张嘉行说道。

　　"李彤顶没有 Sportsmanship。"雷芷苓说。

　　"陈寅，"李彤凑近我指着张嘉行她们说道，"我先给你一个警告：和这几个人打牌——包括你的新娘子在内——千万不要做大牌。她们都是小和大王。我这个人打牌要就和辣子，要就宁愿不和牌！"

　　慧芬和其他两个女孩子都一致抗议，一齐向李彤攻击。李彤却微昂着首，倔强地笑着，不肯输嘴。她发鬓上那枚蜘蛛闪得晶光乱转，很是生动。我看见这几个漂亮的女孩子互相争吵，非常感到兴味。

　　"我也是专喜和大牌的。"我觉得李彤在三个女孩子的围攻下显得有点孤单，便附和她说道。

"是吗？是吗？"李彤亢奋地叫了起来，伸出手跟我重重地握了一下，"这下我可找到对手了！过几天我们来较量较量。"

那天在招待会上，只见到李彤一个人的身影穿来插去，她那一身的红叶子全在熊熊地燃烧着一般，十分地惹目。我那些单身的男朋友好像遭那些火头扫中了似的，都显得有些不安起来。我以前在大学的同房朋友周大庆那晚曾经向我几次打听李彤。

我和慧芬度完蜜月回到纽约以后，周大庆打电话给我要请我们去 Central Park 的 Tavern on the Green 吃饭跳舞，他要我替他约李彤做他的舞伴。周大庆在学校喜欢过几个女孩子，可是一次也没有成功。他的人品很好，长得也端正，可是却不大会应付女孩们。他每次爱上一个人都十分认真，因此受过不少挫折。我知道他又喜欢上李彤了。我去和慧芬商量时，慧芬却说关于李彤的事情我最好不要管，李彤太过任性。我知道周大庆是个非常诚实的人，所以一定央求慧芬去帮他约李彤出来。

我们去把李彤接到了 Central Park，她穿了一袭云红纱的晚礼服，相当潇洒，可是她那枚大蜘蛛不知怎的却爬到了她的肩膀的发尾上来，甩荡甩荡的，好像吊在蛛丝上一般，十分刺目。周大庆早在 Tavern on the Green 里等我们。他新理了头发，耳际上两条发线修得十分整齐。他看见我们时立刻站了起来，脸上笑得有点僵硬，还像在大学里站在女生宿舍门口等候舞伴那么紧张。我们坐定后，周大庆打开了桌子上一个金纸包的玻璃盒，里面盛着一朵紫色的大蝴蝶兰。周大庆说那是给李彤的礼物。李彤垂下眼皮笑了起来，拈起那朵蝴蝶兰别在她腰际的飘带上。周大庆替我们叫了香槟，李彤却把侍者唤来换了一杯 Manhattan。

"我最讨厌香槟了，"李彤说道，"像喝水似的。"

"Manhattan 是很烈的酒呢。"周大庆看见李彤一口便将手中那杯酒喝掉一半，脸上带着忧虑的神情向李彤说道。

"就是这个顶合我的胃口。"李彤说道，几下便把一杯 Manhattan 喝尽了，然后用手将杯子里那枚红樱桃撮了起来塞到嘴里去。有一个侍者走过来，李彤用夹在手指上那截香烟指指空杯说道：

"再来一杯 Manhattan。"

李彤一面喝酒，一面同我大谈她在 Yonkers 赌马的事情。她说她守不住财，总是先赢后输。她问我会不会扑克，我说很精通。李彤便伸出手来隔着台子和我重重握了一下，然后对慧芬说道：

"黄慧芬，你的先生真可爱，把他让给我算了，我和他可以合开一家赌场。"

我们都笑了起来。周大庆笑得有点局促，他什么赌博都不会。李彤坐下来后一直不大理睬他，他有几次插进嘴来想转开话题，都遭李彤挡住了。

"那么你把他拿去吧。"慧芬推着我的肩膀笑着说道。李彤立了起来拉着我的手走到舞池里，头靠在我肩上和我跳起舞来。舞池是露天的，周围悬着许多琥珀色的柱灯，照在李彤的发及衣服上十分好看。

"周大庆很喜欢你呢，李彤。"我在李彤耳边说道，周大庆和慧芬也下到了舞池里来。

"哦，是吗？"李彤抬起头来笑道，"叫他先学会了赌钱再来追我吧。"

"他的人很好。"我说。

"不会赌钱的人再好也没用。"李彤伏在我肩上又笑了起来。

一餐饭下来，李彤已喝掉了五六杯酒，李彤每叫一杯，周大庆便望着她讪讪地笑着。

"怎么，你舍不得请我喝酒是不是？"李彤突然转过头来对周大庆道，她的两颊已经泛起了酒晕，嘴角笑得高高地挑起，周大庆窘住了，赶快嗫嚅地辩说道：

"不是的，我是怕这个酒太凶了。"

"告诉你吧，没有喝够酒，我是没劲陪你跳舞的。"说着李彤朝侍者弹了一下手指又要了一杯 Manhattan。喝完以后，她便立起身来邀周大庆去跳舞。乐队正在奏着一支"恰恰"，几个南美人敲打得十分热闹。

"我不大会跳恰恰。"周大庆迟疑地立起身来说。

"我来教你。"李彤径自走进了舞池，周大庆跟了她进去。

李彤的身子一摆便合上了那支"恰恰"激烈狂乱的拍子。她的舞跳得十分奔放自如，周大庆跟不上她，显得有点笨拙。起先李彤还将就着周大庆的步子，跳了一会儿，她便十分忘形地自己舞动起来。她的身子忽起忽落，愈转圈子愈大，步子愈踏愈颠踬，那一阵"恰恰"的旋律好像一流狂飙，吹得李彤的长发飘带一齐扬起，她发上那枚晶光四射的大蜘蛛衔住她的发尾横飞起来。她飘带上那朵蝴蝶兰被她抖落了，像一团紫绣球似的滚到地上，遭她踩得稀烂。李彤仰起头，垂着眼，眉头皱起，身子急切地左右摆动，好像一条受魔笛制住了的眼镜蛇，身不由己在痛苦地舞动着，舞得要解体了一般。几个乐师愈敲愈起劲，奏到高潮一齐大声喝唱起来。别的舞客都停了下来，看着李彤，只有周大庆还在勉强地跟随着她。一曲舞罢，乐师们和别的舞客都朝李彤鼓掌喝彩起来，李彤朝乐师们挥了一挥手，回到了座位，她脸上挂满了汗珠，一绺头发覆到脸上来了。周大庆一脸紫涨，不停地在用手帕揩汗。李彤一坐下便叫侍者要酒来。慧芬拍了一拍李彤的手背止住她道：

"李彤，你再喝就要醉了。"李彤双手搂住慧芬的脖子笑道：

"黄慧芬，我的好黄慧芬。今晚你不要阻拦我好不好？你不知道我现在多么开心，我从来没有这样开心过！"

李彤指着她的胸口一叠叠嚷着，她眼睛里射出来的光芒好像烧得发黑了一般。她又喝了两杯 Manhattan 才肯离开，走出舞厅时，她的步子都不稳了。门口有个黑人侍者替她开门，她抽出一张十元美金给那个侍者，摇摇晃晃地说道：

"你们这儿的 Manhattan 全世界数第一！"

回到家中慧芬埋怨了我一阵说：

"我叫你不要管李彤的事，她那么任性，我真替周大庆过意不去。"

我和慧芬在纽约头一两年过得像曼赫登的地下车那么闹忙那么急促。白天我们都上班，晚上一到家，便被慧芬那班朋友撮了出去。周末的两天，总有盛宴，日程常常一两个月前已经排定。张嘉行和雷芷苓都有了固定的男友。张的是一个姓王的医生；雷的是一个叫江腾的工程师。他们都爱打牌，大家见面，不是麻将便是扑克。两对恋人的恋爱时间，倒有大半是在牌桌上消磨过去的。李彤一直没有固定的对象，她的男伴经常调换。李彤对于麻将失去了兴趣，她说麻将太温吞。有一个星期六，李彤提议去赌马，于是我们一行八人便到了 Yonkers 跑马场。李彤的男伴是个叫邓茂昌的中年男人，邓是从香港来的，在第五街上开了一个相当体面的中国古玩店，李彤说邓是个跑马专家，十押九中。那天的太阳很大，四个女孩子都戴了阔边遮阳帽，李彤穿了一条紫红色的短裤子，白衬衫的领子高高倒翻起来，很是佻达。

马场子里挤满了人，除了邓茂昌外，我们都不谙赛马的窍门。他非常热心，跑上跑下替我们打听消息，然后很带权威地指挥我们押这一匹，押那一匹。头一两场，我们都赢了三四十块。到第三场时邓茂昌说有一匹叫 Lucky 的马一定中标，要我们下大注，可是李彤却不听他的指示说道：

"我偏不要这一匹，我要自己选。"

"李彤，你听我这次话好不好？Lucky 一定中彩的。"邓茂昌焦急地劝说李彤，手里捏着一大沓我们给他下注的钞票。李彤翻着赛马名单指给邓茂昌道：

"我要买 Bold Lad。"

"Lucky 一定会赢钱的，李彤。"邓茂昌说。

"我要买 Bold Lad，他的名字好玩，你替我下五十块。"

"李彤，那是一匹坏马啊。"邓茂昌叫道。

"那样你就替我下一百块。"李彤把一沓钞票塞到邓茂昌手里，邓茂昌还要和李彤争辩，张嘉行向邓茂昌说道：

"反正她一个月赚一千多，你让她输输吧。"

"怎么见得我一定会输？"李彤扬起头向张嘉行冷笑道，"你们专赶热门，我偏要走冷门！"

那一场一起步，Lucky 果然便冲到了前面，两三圈就已经超过别的马一大段了。张嘉行、雷芷苓和慧芬三个人都兴奋得跳了起来。李彤押的那匹 Bold Lad 却一直落在后面。李彤把帽子摘了下来，在空中拼命摇着，大声喊道：

"Come on, my boy! Come on!"

李彤蹦着喊着，满面涨得通红，声音都嘶哑了，可是她那匹马仍旧没有起色，遥遥落在后面。那一场下来，Lucky 中了头彩，我们每人都赢了一大笔，只有李彤一个人却输掉了。下几场，李彤乱押一阵，专挑名字古怪的冷马下注。赛完后，我和慧芬赢得最多，两人一共赢了五百多元，而李彤一个人却输掉了四百多。慧芬很高兴，她提议我们请吃晚饭，大家一同开到百老汇上一家中国酒馆去叫一大桌酒席。席间邓茂昌一直在谈他在香港赌马的经验，张嘉行她们听得很感兴味，不停地向他请教。李彤却指着邓茂昌道：

"今天就是你穷捣蛋，害得我输了那么多。"

"要是你听我的话就不会输了。"邓茂昌笑着答道。

"我为什么要听你的话？我为什么要听你的话？"李彤放下筷子朝着邓茂昌道，她那露光的眼睛闪得好像要跳出来了似的。

"好啦，好啦，下次我们去赌马，我不参加意见好不好……"邓茂昌赔笑说道。

"谁要下次跟你去赌马？"李彤斩断了邓茂昌的话冷冷说道，"要去，我一个人不会去？"

邓茂昌没有再答话，一径望着李彤尴尬地赔着笑脸，我们也觉得不自然起来，那顿饭大家都没有吃舒服。

在纽约的第三个年头，慧芬患了严重的失眠症。医生说是她神经过于紧张的缘故，然而我却认为是我们在纽约的生活太不正常损害到她的健康。没有等到慧芬同意，我便向公司请调，到纽约州北部 Buffalo 的分公司去当工程师。搬出纽约的时候，慧芬嘴里虽然不说，心中是极不愿意的。张嘉行却打电话来责备我说，把她们的黄慧芬拐跑了。在 Buffalo 住了六年，我们只回过纽约两次。一次是因为雷芷苓和江腾结婚，另一次却是赴张嘉行和王医生的婚礼。两次婚礼上都碰到李彤。张嘉行结婚，李彤替她做伴娘。李彤消瘦了不少，可是在人堆子里，还是那么突出，那么扎眼。招待会是在王医生 Central Park West 上的大公寓里举行的。王医生的社交很广，与会的人很多，两个大厅都挤得满满的，李彤从人堆里闪到我跟前要我陪她出去走走，她把我拉到慧芬身边笑着说道：

"黄慧芬，把你先生借给我一下行不行？"

"你拿去吧，我不要他了。"慧芬笑道。

"当心李彤把你丈夫拐跑了。"雷芷苓笑道。

"那么正好，我便不必回 Buffalo 去了。"慧芬笑着说。

我和李彤走进 Central Park 的时候，李彤对我说道：

"屋子里人多得要命，闷得我气都透不过来了。老实告诉你吧，陈寅，我是要你出来陪我去喝杯酒的。张嘉行从来不干好事，只预备了香槟，谁要喝那个！"

我们走到 Tavern on the Green 的酒吧间，我替李彤要了一杯 Manhattan，我自己要了一杯威士忌。李彤喝着酒和我聊了起来。她说她又换了工作，原来的公司把她的薪水加到一千五一个月，她不干，因为她和她的主任吵了一架。现在的薪水升高，她升成了服装设计部门的副主任，不过她不喜欢她的老板，恐怕也做不长。我问她是不是还住在 Village 里，她说已经搬了三次家了。谈笑间，李彤已经喝下去三杯 Manhattan。

"慢点喝，李彤，"我笑着对她说道，"别又像在这里跳舞那天晚上那样喝醉喽。"

"亏你还记得，"李彤仰起头大笑起来，"那天晚上恐怕我真的有点醉了，一定把你那个朋友周大庆吓了一跳。"

"他倒没有吓着，不过他后来一直说你是他看过最漂亮的女孩子。"

"是吗？"李彤笑道，"我想起来了，前两个月我在 Macy's 门口还碰见他，他陪他太太去买东西。他给了我他的新地址，说要请我到他家去玩。"

"他是一个很好的人。"我说。

"他确实很好，每年他都寄张圣诞卡给我，上面写着：祝你快乐。"李彤说着又笑了起来，"他很有意思，可惜就是不会赌钱。"

我问李彤还去不去赌马，李彤一听到赛马劲道又来了，她将半杯酒一口喝光，拍我的手背嚷道：

"我来告诉你：上星期我一个人去 Yonkers 押了一匹叫 Gallant Knight 的马。爆出了冷门！独得了四百五。陈寅，这就算是我一生最得意的一件事了。你还记得邓茂昌呀，那个跑马专家滚回香港结婚去了。没有那个家伙在这里瞎纠缠，我赌马的运气从此好转，每押必中。"

李彤说着笑得前俯后仰，一迭声叫酒保替她添酒。我们喝着聊着，外面的天都暗了下来，李彤站起来笑道：

"走吧，回头慧芬以为我真是把她的丈夫抢走了。"

在 Buffalo 的第二年，我们便有了莉莉。莉莉五岁进幼稚园的时候，慧芬警告我说：如果我再在 Buffalo 呆住下去，她便一个人带莉莉回纽约，仍旧去上班。她说她宁愿回纽约失眠去。我也发觉在 Buffalo 的生活虽然有规律，可是这种沉闷无聊的生活对我们也是非常不健康的。于是我们全家又搬回纽约，在 Long Island 上买了一幢新屋。慧芬决定搬进新房子的第一个周末大宴宾客，把我们的老朋友又一齐请来。那天请了张嘉行和雷芷苓两对夫妇，李彤是一个人来的。此外还有王医生带来的几个朋友。慧芬为了这次宴客准备了三天三夜，弄了一桌子十几样中国菜。吃完饭成牌局的时候，慧芬要和张嘉行、雷芷苓和李彤四个人凑成一桌麻将，她说要重温她们"四强俱乐部"时代的情趣，可是李彤打了四圈便和扑克牌这一桌的一位男客对调了。她说她几年都没有碰过麻将，张子都忘掉了。为了使慧芬安心玩牌，我没有加入牌局，替她两边招呼着。当大家玩定了以后，我便到内厅以男客为主的扑克牌桌去看牌。可是我到那儿时，却没有看到李彤。男客们说李彤要求暂退出几盘，离开了桌子。我在屋内找了一轮都没有寻见她，当我打开连着客厅那间纱廊的门时，却看见李彤在里面，靠在一张乘凉的藤摇椅上睡着了。

纱廊里的光线黯淡，只点着一盏昏黄的吊灯。李彤半仰着面，头却差不多歪跌到右肩上来了。她的两只手挂在扶手上，几根修长的手指好像脱了节一般，十分软疲地悬着。她那一袭绛红的长裙，差不多拖跌到地上，在灯光下，颜色陈暗，好像裹着一张褪了色的旧绒毯似的。她的头发似乎留长了许多，覆过她的左面，大绺大绺地堆在胸前，插在她发上那枚大蜘蛛，一团银光十分生猛地伏在她的腮上。我从来没有看到李彤这样疲惫过，无论在什么场合，她给我的印象总是那么佻达，那么不驯，好像永远不肯睡倒下去似的，我的脚步声把她惊醒了。她倏地坐了起来，掠着头发，打了一个呵欠说道：

"是你吗，陈寅？"

"你睡着了，李彤。"我说。

"就是说呀，刚才在牌桌上有点累，退了下来，想在这里休息一会儿，想不到却睡了过去——你来得正好，替我弄杯酒来好吗？"

我去和了一杯威士忌苏打拿到纱廊给她，李彤吞了一大口，叹了一下说道：

"喔唷！凉得真舒服。我刚才在牌桌上的手气别扭极了，一晚上也没拿着一副像样的牌。你知道打 Show hand 没有好牌多么泄气。我的耐性愈来愈坏，玩扑克也觉得没什么劲道了。"

客厅里面慧芬、张嘉行、雷芷苓三个人不停地谈笑着。张嘉行的嗓门很大，每隔一会儿便听见她的笑声压倒众人爆开起来。扑克牌那一桌也很热闹，清脆的筹码，叮叮当当地滚跌着。

"大概张大姐又在摸清一色了。"李彤摇了一摇头笑道。李彤看上去又清瘦了些，两腮微微地削了下去，可是她那一双露光的眼睛，还是闪烁得那么厉害。

"再替我去弄杯酒来好吗？"李彤把空杯子递给我说道。

我又去和了一杯威士忌拿给她。正当我们在纱廊里讲话的当儿，我那个五岁大的小女儿莉莉却探着头跑了进来。她穿了一身白色的绒睡袍，头上扎了一个天蓝的冲天结，一张胖嘟嘟的圆脸，又红又白，看着实在叫人疼怜。莉莉是我的宠儿，每天晚上总要和我亲一下才肯睡觉。我弯下身去，莉莉踮起脚来和我亲了一下响吻。

"不和 auntie 亲一下吗?"李彤笑着对莉莉说道。莉莉跑过去扳下李彤的脖子,在李彤额上重重地亲了一下。李彤把莉莉抱到膝上对我说道:

"像足了黄慧芬,长大了也是个美人儿。"

"这是什么,auntie?"莉莉抚弄着李彤手上戴的一枚钻戒问道。

"这是石头。"李彤笑着说。

"我要。"莉莉娇声嚷道。

"那就给你。"李彤说着就把手上那枚钻戒卸了下来,套在莉莉的大拇指上。莉莉举起她肥胖的小手,把那枚钻戒舞得闪闪发光。

"那么贵重的东西不要让她玩丢了。"我止住李彤道。

"我真的送给莉莉的。"李彤抬起头满面认真地对我说道,然后俯下身在莉莉脸上亲了一下说道:"Good girl,给你做陪嫁,将来嫁个好女婿好吗? 去,去,拿去给你爸爸替你收着。"

莉莉笑吟吟地把那枚钻戒拿给我,便跳蹦蹦去睡觉了。李彤指着我手上的大钻戒说道:

"那是我出国时我妈妈给我当陪嫁的。"

"你那么喜欢莉莉,给你做干女儿算了。"我说道。

"罢了,罢了,"李彤立起身来,嘴角又笑得高高地挑了起来说道,"莉莉有黄慧芬那么好个妈妈还要我干什么? 你看看,我也是个做母亲的人吗? 我们进去吧,我已经输了好些筹码,这下去捞本去。"

这次我们回到纽约来,很少看到李彤。我们有牌局,她也不大来参加了。有人说她在跟一个美国人谈恋爱,也有人却说她和一个南美洲的商人弄得很不清楚。一天,我和慧芬开车下城,正当我们转入河边公路时,有一辆庞大金色的敞篷林肯,和我们的车子擦身而过,超前飞快驶去,里面有一个人大声喊道:

"黄——慧——芬——"

慧芬赶忙伸头出去,然后啧着嘴叹道:

"李彤的样子真唬人！"

李彤坐在那辆金色敞车的右前座，她转身向后，朝着我们张开双手乱招一阵。她头上系了一块黑色的大头巾，被风吹起半天高。那辆金色车子像一丸流星，一眨眼，便把她的身影牵走了。她身旁开车的那个男人，身材硕大，好像是个美国人。那是我们最后一次看见李彤。

雷芷苓结婚的第四年才生头一个孩子，两夫妻乐得了不得。她的儿子做满月，把我们请到了她 Riverdale 的家里去。我们吃完饭成上牌局，打了几轮扑克，张嘉行两夫妻才来到。张嘉行一进门右手高举着一封电报，便大声喊道：

"李彤死了！李彤死了！"

"哪个李彤？"雷芷苓迎上去叫道。

"还有哪个李彤？"张嘉行不耐烦地说道。

"胡说，"雷芷苓也大声说道，"李彤前两个星期才去欧洲旅行去了。"

"你才胡说。"张嘉行把那封电报塞给雷芷苓，"你看看这封电报，中国领事馆从威尼斯打给我的。李彤在威尼斯游河跳水自杀了。她没有留遗书，这里又没有她的亲人，还是警察从她皮包里找到我的地址才通知领事馆打来这封电报。我刚才去和这边的警察局接头，打开她的公寓，几柜子的衣服——我都不知怎么办才好！"

张嘉行和雷芷苓两人都一齐争嚷着：李彤为什么死？李彤为什么死？两个人吵着声音都变得有点愤慨起来，好像李彤自杀把她们两人都欺瞒了一番似的。慧芬把那封电报接了过去，却一直没有作声。

"这是怎么说？她也犯不着去死呀！"张嘉行喊道，"她赚的钱比谁都多，好好的活得不耐烦了？"

"我劝过她多少次：正正经经去嫁一个人。她却一直和我嬉皮笑脸，从来不把我的话当话听。"雷芷苓说道。

"这么多人追她，她一个也不要，怪得谁？"张嘉行说。

雷芷苓走到卧房里拿出一张照片来递给大家说道：

"我还忘记拿给你们看，上个礼拜我才接到李彤从意大利寄来的这张照片——谁料得着她会出事？"

那是一张彩色照。李彤站着，左手撬开身上一件黑大衣，很佻达地叉在腰上，右手却戴了白手套做着招挥的姿势，她的下巴扬得高高的，眼睑微垂，还是笑得那么倔强，那么孤傲，她背后立着一个大斜塔，好像快要压到她头上来了似的。慧芬握着那张照片默默地端详着，我凑到她身边，她正在看相片后面写着的几行字：

亲爱的英美苏：

这是比萨斜塔

中国 一九六〇年十月

张嘉行和雷芷苓两人还在一直争论李彤自杀的原因。张嘉行说也许因为李彤被那个美国人抛掉了，雷芷苓却说也许因为她的神经有点失常。可是她们都一致结论李彤死得有点不应该。

"我晓得了，"张嘉行突然拍了一下手说道，"李彤就是不该去欧洲！中国人也去学那些美国人，一个人到欧洲乱跑一顿。这下在那儿可不真成了孤魂野鬼了？她就该留在纽约，至少有我们这几个人和她混，打打牌闹闹，她便没有工夫去死了。"

雷芷苓好像终于同意了张嘉行的说法似的，停止了争论。一时大家都沉默起来，雷芷苓和张嘉行对坐着，发起怔来，慧芬却低着头一直不停地翻弄那张照片。男客人坐在牌桌旁，有些拨弄着面前的筹码，有些默默地抽着烟。先头张嘉行和雷芷苓两人吵嚷得太厉害，这时突然静下来，客厅里的空气骤然加重了一倍似的，十分沉甸起来。正当每个人都显得有点局促不安的时候，雷芷苓的婴儿在摇篮里哇的一声哭了起来，洪亮的婴啼冲破了渐渐浓缩的沉寂。雷芷苓惊立起来叫道：

"打牌！打牌！今天是我们宝贝的好日子，不要谈这些事了。"

她把大家都拉回到牌桌上，恢复了刚才的牌局。可是不知怎的，这回牌风却突然转得炽旺起来，大家的注愈下愈大。张嘉行捞起袖子，大声喊着：

"Show hand！Show hand！"

将面前的筹码一大堆一大堆豁琅琅推到塘子里去。雷芷苓跟着张嘉行也肆无忌惮地下起大注来。慧芬打扑克一向谨慎，可是她也受了她们感染似的，一动便将所有的筹码掷进塘子里。男客人们比较能够把持，可是由于张嘉行她们乱下注，牌风愈翻愈狂，大家守不住了，都抢着下注，满桌子花花绿绿的筹码，像浪头一般一忽儿涌向东家，一忽儿涌向西家。张嘉行和雷芷苓的先生一直在劝阻她们，可是她们两人却像一对战红了眼的斗鸡一般，把她们的先生横蛮地挡了回去，一赢了钱时便纵身趴到桌子上，很狂妄地张开手将满桌子的筹码扫到跟前，然后不停地喊叫，笑得泪水都流了出来。张嘉行的声音叫得嘶哑了，雷芷苓的个子娇小，声音也细致，可是她好像要跟张嘉行比赛似的，拼命提高嗓子，声音变得非常尖锐，十分地刺耳。输赢大了，一轮一轮下去，大家都忘了时间，等到江腾去拉开窗帘时，大家才发觉外面已经亮了。太阳升了出来，玻璃窗上一片白光，强烈的光线闪进屋内，照得大家都眯上了眼睛，张嘉行丢下牌，用手把脸掩起来。江腾叫雷芷苓去暖咖啡，我们便停止了牌局。结算下来，慧芬和我都是大输家。

我和慧芬走出屋外时，发觉昨晚原来飘了雪。街上东一块西一块，好像发了霉似的。冰泥地上，都起了一层薄薄的白绒毛，雪层不厚，掩不住那污秽的冰泥，沁出点点的黑斑来。

Riverdale 附近，全是一式酱色陈旧的公寓房子。这是个星期天，住户们都在睡早觉，街上一个人也看不见，两旁的房子，上上下下，一排排的窗户全遮上了黄色的帘子，好像许多只挖去了瞳仁的大眼睛，互相空白地瞪视着。每家房子的前方都悬了一架锯齿形的救火梯，把房面切成了迷宫似的图样。梯子都积了雪，好像那一根根黑铁上，突然生出了许多白毛来。太阳升过了屋顶，照得一条街通亮，但是空气寒冽，鲜明的阳光，没有丝毫暖意。

慧芬走在我前面，她披着一件大衣，低着头，看着地，在避开街上的污雪，她的发髻松散了，垂落到大衣领上，显得有点凌乱。我忘了戴手套，两手插在大衣口袋里，仍旧觉得十分僵冷。早上的冷风，吹进眼里，很是辛辣。昨晚打牌我喝多了咖啡，喉头一直是干干的。我们的车子也结了冻，试了好一会儿才发燃火。当车子开到百老汇上时，慧芬打开了车窗。寒气灌进车厢来，冷得人很不舒服。

"把窗子关起来，慧芬。"我说。

"闷得很，我要吹吹风。"慧芬说。

"把窗子关起来，好吗？"我的手握着方向盘被冷风吹得十分僵疼。慧芬扭着身子，背向着我，下巴枕在窗沿上，一直没有作声。

"关起窗子，听见没有？"我突然厉声喝道，我觉得胸口有一阵按捺不住的烦躁，被这阵冷风吹得涌了上来似的。慧芬转过身来，没有说话，默默地关上了车窗。当车子开进 Times Square 的当儿，我发觉慧芬坐在我旁边哭泣起来了。我侧过头去看她，她僵挺挺地坐着，脸朝着前方一动也不动，睁着一双眼睛，空茫茫失神地直视着，泪水一条条从她眼里淌了出来，她没有去揩拭，任其一滴滴掉落到她的胸前。我从来没有看见慧芬这样灰白这样憔悴过。她一向是个心性高强的人，轻易不肯在人前失态，即使跟我在一起，心里不如意，也不愿露于形色。可是她坐在我身旁的这一刻，我却感到有一股极深沉而又极空洞的悲哀，从她哭泣声里，一阵阵向我侵袭过来。她的两个肩膀隔不了一会儿便猛烈地抽搐一下，接着她的喉腔便响起一阵暗哑的呜咽，都是那么单调，那么平抑，没有激动，也没有起伏。顷刻间，我感到我非常能够体会慧芬那股深沉而空洞的悲哀，我觉得慧芬那份悲哀是无法用话语慰藉的，这一刻她所需要的是孤独与尊重。我掉过头去，不再去看她，将车子加足了马力，在 Times Square 的四十二街上快驶起来。四十二街两旁那些大戏院的霓虹灯还在亮着，可是有了阳光却黯淡多了。街上没有什么车辆，两旁的行人也十分稀少，我没有想到纽约市最热闹的一条街道，在星期日的清晨，也会变得这么空荡，这么寂寥起来。

| 作品点评 |

《谪仙记》里的李彤可能是白先勇笔下最具有现代意味的女性形象。"谪"的词典意义也就是贬黜，也可看成没落的一种形式。古人犯了错误就被降级使用，那就是谪守某个荒凉偏僻之地。"谪仙"用于李彤，就是遭遇突然变故，父母罹难，家道中落，她也不得不失去了家庭的依靠，也失去了底气。这么一个爱出风头的人间仙女，骄傲的公主式的美人，肯定蒙受着心灵巨大的创伤，直至毕业她才恢复往日的谈笑。白先勇笔下的人物，总免不了破落的经历，命中总有没落作祟。李彤如此美艳惊人且心高气盛，却拗不过命运，遭遇父母双亡，这样的人生已经是灭顶之灾。这种灾难也不只是意外，它是现代中国剧烈社会变动(国内战事)强加于她的创痛。四大美女，绰号各自加上"中美英俄"，就是"中国"李彤遭遇重创。关于国别的绰号只是玩笑，没有必要去分析白先勇是否在象征意义上去描写这四个女子，尤其是李彤的国族象征意义。但李彤确实经历了一个从古典时代的公主转变为一个现代女子的过程，这个过程始终不能抹去的历史创伤，使她的转变显得乖戾放纵。家庭的打击，她的个人生活变得很不如意，爱情优势丧失，她又多了一层个人隐痛。这篇小说从艺术上来说，确实写得相当微妙而有张力，四个女性的性格和生活方式写得趣味盎然，女人间的友情写到深处，让人为之动容。

当然，这篇小说主要还是写李彤，写一个任性放纵的女子特立独行的生命历程。我们可以感觉到，她始终不能走出她的历史，那个创伤的历史也是没落的历史，她要摆脱这样的没落，去成为一个自由独立的个人，那就要在她的自我与那个没落的巨大阴影之间，形成强大的张力。她的那种任性，我行我素，实在是因为囿于没落历史太过沉重的缘由。她生于忧患的中国，成长于西方现代社会，她的身上还经历着文化的冲突，但这种冲突说到底，还是转化为更具体的个人的命运。20 世纪 80 年代，大陆把这篇小说改编成电影，由谢晋导演，电影片名就叫《最后的贵族》。"最后"二字，实在点出了李彤的要害。"最后的贵族"也就是

"没落的贵族",李彤的特点就在于她的双重性:她骨子里的(历史烙印的)没落与她精神气质的现代个人取向构成紧张关系。她喝烈性酒,她狂放地跳舞,她非理性地赌马,任意更换男友,随手脱下手上祖传的钻戒给好友女儿⋯⋯所有这些,都可看出她的性格所具有的任性、疯狂的特征。我们当然可以说她生性如此,但是我们也见出她的那场生活变故给她造成的深远影响,她身处于她的历史中,她的家庭没落的阴影烙印在她的性格、心理上,她要如此用力脱离她的没落的背景。这就是"红颜薄命"的古训,也是在传统中国的宿命背景上成就一个现代女子的艰难历程。不肯屈服于命运,不能做出生存的抉择,她就放任,她的疯狂也是颓废和虚无,因最高价值的贬值,她就以颓废与虚无的态度来抗拒人生的衰败。这也是注定的衰败,那么沉重的历史衰败,她如何能逃脱呢?其他三个女子都懵懵懂懂地适应了西方社会,只有她不肯屈就,不能就范,以她的颓废放达来逃脱,最终却不得不以生命为代价。

    ——陈晓明:《"没落"的不朽事业——白先勇小说的美学意味与现代性面向》,《文艺研究》2009 年第 2 期

游园惊梦

白先勇

　　钱夫人到达台北近郊天母窦公馆的时候，窦公馆门前两旁的汽车已经排满了，大多是官家的黑色小轿车。钱夫人坐的计程车开到门口她便命令司机停了下来。窦公馆的两扇铁门大敞，门灯高烧，大门两侧一边站了一个卫士，门口有个随从打扮的人正在那儿忙着招呼宾客的司机。钱夫人一下车，那个随从便赶紧迎了上来，他穿了一身藏青哔叽的中山装，两鬓花白。钱夫人从皮包里掏出了一张名片递给他，那个随从接过名片，即忙向钱夫人深深地行了一个礼，操了苏北口音，满面堆着笑容说道：

　　"钱夫人，我是刘副官，夫人大概不记得了？"

　　"是刘副官吗？"钱夫人打量了他一下，微带惊愕地说道，"对了，那时在南京到你们大悲巷公馆见过你的。你好，刘副官。"

　　"托夫人的福。"刘副官又深深地行了一礼，赶忙把钱夫人让了进去，然后抢在前面用手电筒照路，引着钱夫人走上一条水泥砌的汽车过道，绕着花园直往正屋里行去。

　　"夫人这向好？"刘副官一行引着路，回头笑着向钱夫人说道。

　　"还好，谢谢你，"钱夫人答道，"你们长官

作品信息

　　原载《现代文学》1966 年第 30 期，收入小说集《台北人》，1971 年晨钟出版社印行，1980 年英译文发表于香港中文大学《译丛》第 14 期，1982 年出版《游园惊梦》剧本，改编为舞台剧，在台北演出十场。

夫人都好呀？我有好些年没见着他们了。"

"我们夫人好，长官最近为了公事忙一些。"刘副官应道。

窦公馆的花园十分深阔，钱夫人打量了一下，满园子里影影绰绰，都是些树木花草，围墙周遭，却密密地栽了一圈椰子树，一片秋后的清月，已经升过高大的椰子树干子来了。钱夫人跟着刘副官绕过了几丛棕榈树，窦公馆那座两层楼的房子便赫然出现在眼前，整座大楼，上上下下灯火通明，亮得好像烧着了一般；一条宽敞的石级引上了楼前一个弧形的大露台，露台的石栏边沿上却整整齐齐地置了十来盆一排齐胸的桂花，钱夫人一踏上露台，一阵桂花的浓香便侵袭过来了。楼前正门大开，里面有几个仆人穿梭一般来往着。刘副官停在门口，哈着身子，做了个手势，毕恭毕敬地说了声：

"夫人请。"

钱夫人一走入门内前厅，刘副官便对一个女仆说道：

"快去报告夫人，钱将军夫人到了。"

前厅只摆了一堂精巧的红木几椅，几案上搁着一套景泰蓝的瓶尊，一只观音尊里斜插了几枝万年青；右侧壁上，嵌了一面鹅卵形的大穿衣镜。钱夫人走到镜前，把身上那件玄色秋大衣卸下，一个女仆赶忙上前把大衣接了过去。钱夫人往镜里瞟了一眼，很快地用手把右鬓一绺松弛的头发捋了一下，下午六点钟才去西门町红玫瑰做的头发，刚才穿过花园，吃风一撩，就乱了。钱夫人往镜子又凑近了一步，身上那件墨绿杭绸的旗袍，她也觉得颜色有一点不对劲儿。她记得这种丝绸，在灯光底下照起来，绿汪汪翡翠似的，大概这间前厅不够亮，镜子里看起来，竟有点发乌。难道真的是料子旧了？这份杭绸还是从南京带出来的呢，这些年都没舍得穿，为了赴这场宴才从箱子底拿出来裁了的。早知如此，还不如到鸿翔绸缎庄买份新的。可是她总觉得台湾的衣料粗糙，光泽扎眼，尤其是丝绸，哪里及得上大陆货那么细致，那么柔熟？

"五妹妹到底来了。"一阵脚步声，窦夫人走了出来，一把便搀住了钱夫人的双手笑道。

"三阿姊，"钱夫人也笑着叫道，"来晚了，紧你们好等。"

"哪里的话，恰是时候，我们正要入席呢。"

窦夫人说着便挽着钱夫人往正厅走去。在走廊上，钱夫人用眼角扫了窦夫人两下，她心中不禁觇敲起来：桂枝香果然还没有老。临离开南京那年，自己明明还在梅园新村的公馆替桂枝香请过三十岁的生日酒，得月台的几个姊妹们都差不多到齐了——桂枝香的妹子后来嫁给任主席任子久做小的十三天辣椒，还有她自己的亲妹妹十七月月红——几个人还学洋派凑份子替桂枝香订制了一个三十寸双层的大寿糕，上面足足插了三十根红蜡烛。现在她总该有四十大几了吧？钱夫人又朝窦夫人瞄了一下。窦夫人穿了一身银灰洒朱砂的薄纱旗袍，足上也配了一双银灰闪光的高跟鞋，右手的无名指上戴了一只莲子大的钻戒，左腕也笼了一副白金镶碎钻的手串，发上却插了一把珊瑚缺月钗，一对寸把长的紫瑛坠子直吊下发脚外来，衬得她丰白的面庞愈加雍容矜贵起来。在南京那时，桂枝香可没有这般风光，她记得她那时还做小，窦瑞生也不过是个次长，现在窦瑞生的官大了，桂枝香也扶了正，难为她熬了这些年，到底给她熬出了头了。

"瑞生到南部开会去了，他听说五妹妹今晚要来，还特地着我向你问好呢。"窦夫人笑着侧过头来向钱夫人说道。

"哦，难为窦大哥还那么有心。"钱夫人笑道。

一走近正厅，里面一阵人语喧笑便传了出来。窦夫人在正厅门口停了下来，又握住钱夫人的双手笑道：

"五妹妹，你早就该搬来台北了，我一直都挂着，现在你一个人住在南部那种地方有多冷清呢？今夜你是无论如何缺不得席的——十三也来了。"

"她也在这儿吗？"钱夫人问道。

"你知道呀，任子久一死，她便搬出了任家，"窦夫人说着又凑到钱夫人耳边笑道，"任子久是有几份家当的，十三一个人也算过得舒服了。今晚就是她起的哄，来到台湾还是头一遭呢。她把'赏心乐事'票房里的几位朋友搬了来，锣鼓笙箫都是全的，他们还巴望着你上去显两手呢。"

"罢了，罢了，哪里还能来这个玩意儿！"钱夫人急忙挣脱了窦夫人，摆着手笑道。

"客气话不必说了，五妹妹，连你蓝田玉都说不能，别人还敢开腔吗？"窦夫人笑道，也不等钱夫人分辩便挽了她往正厅里走去。

正厅里东一堆西一堆，锦簇绣丛一般，早坐满了衣裙明艳的客人。厅堂异常宽大，呈凸字形，是个中西合璧的款式。左半边置着一堂软垫沙发，右半边置着一堂紫檀硬木桌椅，中间地板上却隔着一张两寸厚刷着二龙抢珠的大地毯。沙发两长四短，对开围着，黑绒底子洒满了醉红的海棠叶儿，中间一张长方矮几上摆了一只两尺高青天细瓷胆瓶，瓶里冒着一大蓬金骨红肉的龙须菊。右半边八张紫檀椅子团团围着一张嵌纹石桌面的八仙桌，桌上早布满了各式的糖盒茶具。厅堂凸字尖端，也摆着六张一式的红木靠椅，椅子三三分开，圈了个半圆，中间缺口处却高高竖了一档乌木架流云蝙蝠镶云母片的屏风。钱夫人看见那些椅子上摆满了铙钹琴弦，椅子前端有两个木架，一个架着一只小鼓，另一个却齐齐地插了一排笙箫管笛。厅堂里灯火辉煌，两旁的座灯从地面斜射上来，照得一面大铜锣金光闪烁。

窦夫人把钱夫人先引到厅堂左半边，然后走到一张沙发跟前对一位五十多岁穿了珠灰旗袍，戴了一身玉器的女客说道：

"赖夫人，这是钱夫人，你们大概见过面的吧？"

钱夫人认得那位女客是赖祥云的太太，以前在南京时，社交场合里见过几面。那时赖祥云大概是个司令官，到台湾来，报纸上倒常见到他的名字。

"这位大概就是钱鹏公的夫人了？"赖夫人本来正和身旁一位男客在说话，这下才转过身来，打量了钱夫人半晌，款款地立了起来笑着说道。一面和钱夫人握手，一面又扶了头，说道：

"我是说面熟得很！"

然后转向身边一位黑红脸身材硕肥头顶光秃穿了宝蓝丝葛长袍的男客说：

"刚才我还和余参军长聊天，梅兰芳第三次南下到上海在丹桂第一台唱的是什么戏，再也想不起来了。你们瞧，我的记性！"

余参军长老早立了起来，朝着钱夫人笑嘻嘻地行了一个礼说道：

"夫人久违了。那年在南京励志社大会串瞻仰过夫人的风采的。我还记得夫人票的是《游园惊梦》呢！"

"是呀，"赖夫人接嘴道，"我一直听说钱夫人的盛名，今天晚上总算有耳福要领教了。"

钱夫人赶忙向余参军长谦谢了一番，她记得余参军长在南京时来过她公馆一次，可是她又仿佛记得他后来好像犯了什么大案子被革了职退休了。接着窦夫人又引着她过去，把在座的几位客人都一一介绍一轮。几位夫人太太她一个也不认识，她们的年纪都相当轻，大概来到台湾才兴起来的。

"我们到那边去吧，十三和几位票友都在那儿。"

窦夫人说着又把钱夫人领到厅堂的右手边去。她们两人一过去，一位穿红旗袍的女客便踏着碎步迎了上来，一把便将钱夫人的手臂勾了过去，笑得全身乱颤说道：

"五阿姊，刚才三阿姊告诉我你也要来，我就喜得叫道：'好哇，今晚可真把名角儿给抬了出来了！'"

钱夫人方才听窦夫人说天辣椒蒋碧月也在这里，她心中就踌躇了一番，不知天辣椒嫁了人这些年，可收敛了一些没有。那时大伙儿在南京夫子庙得月台清唱的时候，有风头总是她占先，扭着她们师傅专拣讨好的戏唱。一出台，也不管清唱的规矩，就脸朝了那些捧角的，一双眼睛钩子一般，直伸到台下去。同是一个娘生的，性格儿却差得那么远。论到懂世故，有担待，除了她姊姊桂枝香再也找不出第二个人来。桂枝香那儿的便宜，天辣椒也算捡尽了。任子久连她姊姊的聘礼都下定了，天辣椒却有本事拦腰一把给夺了过去。也亏桂枝香有涵养，等了多少年才委委屈屈做了窦瑞生的偏房。难怪桂枝香老叹息说：是亲妹子才专拣自己的姊姊往脚下踏呢！钱夫人又打量了一下天辣椒蒋碧月，蒋碧月穿了一身火红的缎子旗袍，两只手腕上，铮铮锵锵，直戴了八只扭花金丝镯，脸上勾得十分入时，眼皮上抹了眼圈膏，眼角儿也着了墨，一头蓬得像鸟窝似的头发，两鬓上却刷出几只俏皮的月牙钩来。任子久一死，这个天辣椒比从前反而愈加标劲，愈加挑达了，这些年的动乱，在这个女人身上，竟找不出半丝痕迹来。

"哪，你们见识见识吧，这位钱夫人才是真正的女梅兰芳呢！"

蒋碧月挽了钱夫人向座上的几位男女票友客人介绍道。几位男客都忙不迭站了起来朝了钱夫人含笑施礼。

"碧月，不要胡说，给这几位内行听了笑话。"

钱夫人一行还礼，一行轻轻责怪蒋碧月道。

"碧月的话倒没有说差，"窦夫人也插嘴笑道，"你的昆曲也算得了梅派的真传了。"

"三阿姊——"

钱夫人含糊叫了一声，想分辩几句。可是若论到昆曲，连钱鹏志也对她说过：

"老五，南北名角我都听过，你的'昆腔'也算是个好的了。"

钱鹏志说，就是为着在南京得月台听了她的《游园惊梦》，回到上海去，日思夜想，心里怎么也丢不下，才又转了回来娶她的。钱鹏志一径对她讲，能得她在身边，唱几句"昆腔"作娱，他的下半辈子也就无所求了。那时她刚在得月台冒红，一句"昆腔"，台下一声满堂彩，得月台的师傅说：一个夫子庙算起来，就数蓝田玉唱得最正派。

"就是说呀，五阿姊。你来见见，这位徐经理太太也是个昆曲大王呢，"蒋碧月把钱夫人引到一位着黑旗袍，十分净扮的年轻女客眼前说道，然后又笑着向窦夫人说，"三阿姊，回头我们让徐太太唱《游园》，五阿姊唱《惊梦》，把这出昆腔的戏祖宗搬出来，让两位名角上去较量较量，也好给我们饱饱耳福。"

那位徐太太连忙立了起来，道了不敢。钱夫人也赶忙谦让了几句，心中却着实嗔怪天辣椒太过冒失，今天晚上这些人，大概没有一个不懂戏的，恐怕这位徐经理太太就现放着是个好角色，回头要真给抬了上去，倒不可以大意呢。运腔转调，这些人都不足畏，倒是在南部这么久，嗓子一直没有认真吊过，却不知如何了。而且裁缝师傅的话果然说中：台北不兴长旗袍喽。在座的——连那个老得脸上起了鸡皮皱的赖夫人在内，个个的旗袍下摆都缩得差不多到膝盖上去了，露出大半截腿子来。在南京那时，哪个夫人的旗袍不是长得快拖到脚面上来了？后悔没有听从裁缝师傅，回头穿了这身长旗袍站出去，不晓得还登不登样。一上台，一亮相，最要紧。那时在南京梅园新村请客唱戏，每次一站上去，还没有开腔就先把那台下压住了。

"程参谋，我把钱夫人交给你了。你不替我好好伺候着，明天罚你做东。"

窦夫人把钱夫人引到一位三十多岁的军官面前笑着说道。

然后转身悄声对钱夫人说："五妹妹，你在这里聊聊，程参谋最懂戏的，我得进去招呼着上席了。"

"钱夫人久仰了。"

程参谋朝着钱夫人，立了正，利落地一鞠躬，行了一个军礼。他穿了一身浅泥色凡立丁的军礼服，外套的翻领上别了一副金亮的两朵梅花中校领章，一双短筒皮靴靠在一起，乌光水滑的。钱夫人看见他笑起来时，唰着一口齐垛垛净白的牙齿，容长的面孔，下巴剃得青亮，眼睛细长上挑，随一双飞扬的眉毛，往两鬓插去，一秆葱的鼻梁，鼻尖却微微下伛，一头墨浓的头发，处处都抿得妥妥帖帖的。他的身段颀长，着了军服分外英发，可是钱夫人觉得他这一声招呼里却又透着几分温柔，半点也没带武人的粗糙。

"夫人请坐。"

程参谋把自己的椅子让了出来，将椅子上那张海绵椅垫挪挪正，请钱夫人就了坐，然后立即走到那张八仙桌端了一盅茉莉香片及一个四色糖盒来，钱夫人正要伸出手去接过那盅石榴红的瓷杯，程参谋却低声笑道：

"小心烫了手，夫人。"

然后打开了那个描金乌漆糖盒，伛下身去，双手捧到钱夫人面前，笑吟吟地望着钱夫人，等她挑选。钱夫人随手抓了一把松瓤，程参谋忙劝止道：

"夫人，这个东西顶伤嗓子。我看夫人还是尝颗蜜枣，润润喉吧。"

随着便拈起一根牙签挑了一枚蜜枣，递给钱夫人。钱夫人道了谢，将那枚蜜枣接了过来，塞到嘴里，一阵沁甜的蜜味，果然十分甘芳。程参谋另外多搬了一张椅子，在钱夫人右侧坐了下来。

"夫人最近看戏没有？"程参谋坐定后笑着问道。他说话时，身子总是微微倾斜过来，十分专注似的，钱夫人看见他又露了一口白净的牙齿来，灯光下，照得莹亮。

"好久没看了，"钱夫人答道，她低下头去，细细地啜了一口手里那盅香片，"住在南部，难得有好戏。"

"张爱云这几天正在国光戏院演《洛神》呢，夫人。"

"是吗？"钱夫人应道，一直俯着首在饮茶，沉吟了半晌才说道，"我还是在上海天蟾舞台看她演过这出戏——那是好久以前了。"

"她的做工还是在的，到底不愧是'青衣祭酒'，把个宓妃和曹子建两个人那段情意，演得细腻到了十分。"

钱夫人抬起头来，触到了程参谋的目光，她即刻侧过了头去。程参谋那双细长的眼睛，好像把人都罩住了似的。

"谁演得这般细腻呀？"天辣椒蒋碧月插了进来笑道，程参谋赶忙立起来，让了座。蒋碧月抓了一把朝阳瓜子，跷起腿嗑着瓜子笑道："程参谋，人人说你懂戏，钱夫人可是戏里的'通天教主'，我看你趁早别在这儿班门弄斧了。"

"我正在和钱夫人讲究张爱云的《洛神》，向钱夫人讨教呢。"程参谋对蒋碧月说着，眼睛却瞟向了钱夫人。

"哦，原来是说张爱云吗？"蒋碧月扑哧笑了一下，"她在台湾教教戏也就罢了，偏偏又要去唱《洛神》，扮起宓妃来也不像呀！上礼拜六我才去国光看来，买到了后排，只见她嘴巴动，声音也听不到，半出戏还没唱完，她嗓子先就哑掉了——哎哟，三阿姊来请上席了。"

一个仆人拉开了客厅通到饭厅的一扇镂空卍字的桃花心木推门，窦夫人已经从饭厅里走了出来。整座饭厅银素装饰，明亮得像雪洞一般，两桌席上，却是猩红的细布桌面，盆碗羹箸一律都是银的。客人们进去后都你推我让，不肯上坐。

"还是我占先吧，这般让法，这餐饭也吃不成了，倒是辜负了主人这番心意！"

赖夫人走到第一桌的主位坐了下来，然后又招呼着余参军长说道：

"参军长，你也来我旁边坐下吧。刚才梅兰芳的戏，我们还没有论出头绪来呢。"

余参军长把手一拱，笑嘻嘻地道了一声："遵命。"客人们哄然一笑便都相随入了席。到了第二桌，大家又推让起来了，赖夫人隔着桌子向钱夫人笑着叫道：

"钱夫人，我看你也学学我吧。"

窦夫人便过来拥着钱夫人走到第二桌主位上，低声在她耳边说道：

"五妹妹，你就坐下吧。你不占先，别人不好入座的。"

钱夫人环视了一下，第二桌的客人都站在那儿带笑瞅着她。钱夫人赶忙含糊地推辞了两句，坐了下去，一阵心跳，连她的脸都有点发热了。倒不是她没经过这种场面，好久没有应酬，竟有点不惯了。从前钱鹏志在的时候，筵席之间，十有八九的主位，倒是她占先的。钱鹏志的夫人当然上座，她从来也不必推让。南京那起夫人太太们，能僭过她辈分的，还数不出几个来。她可不能跟那些官儿的姨太太们去比，她可是钱鹏志明公正道迎回去做填房夫人的。可怜桂枝香那时出面请客都没份儿，连生日酒还是她替桂枝香做的呢。到了台湾，桂枝香才敢这么出头摆场面，而她那时才冒二十岁，一个清唱的姑娘，一夜间便成了将军夫人了。卖唱的嫁给小户人家还遭多少议论，又何况是入了侯门？连她亲妹子十七月月红还刻薄过她两句：姊姊，你的辫子也该铰了，明日你和钱将军走在一起，人家还以为你是他的孙女儿呢！钱鹏志娶她那年已经六十靠边了，然而怎么说她也是他正正经经的填房夫人啊。她明白她的身份，她也珍惜她的身份。跟了钱鹏志那十几年，筵前酒后，哪次她不是捏着一把冷汗，凭是多大的场面，总是应付得妥妥帖帖的？走在人前，一样风华蹁跹，谁又敢议论她是秦淮河得月台的蓝田玉了？

"难为你了，老五。"

钱鹏志常常抚着她的腮对她这样说道。她听了总是心里一酸,许多的委屈却是没法诉的。难道她还能怨钱鹏志吗?是她自己心甘情愿的。钱鹏志娶她的时候就分明和她说清楚了。他是为着听了她的《游园惊梦》才想把她接回去伴他的晚年的。可是她妹子月月红说的呢,钱鹏志好当她的爷爷了,她还要希冀什么?到底应了得月台瞎子师娘那把铁嘴:五姑娘,你们这种人只有嫁给年纪大的,当女儿一般疼惜算了。年轻的,哪里靠得住?可是瞎子师娘偏偏又捏着她的手,眨巴着一双青光眼叹息道:荣华富贵你是享定了,蓝田玉,只可惜你长错了一根骨头,也是你前世的冤孽!不是冤孽还是什么?除却天上的月亮摘不到,世上的金银财宝,钱鹏志怕不都设法捧了来讨她的欢心。她体验得出钱鹏志那番苦心。钱鹏志怕她念着出身低微,在达官贵人面前气馁胆怯,总是百般怂恿着她,讲排场,耍派头。梅园新村钱夫人宴客的款式怕不噪反了整个南京城,钱公馆里的酒席钱,"袁大头"就用得罪过花啦的。单就替桂枝香请生日酒那天吧,梅园新村的公馆里一摆就是十台,摩笛的是仙霓社里大江南北第一把笛子吴声豪,大厨师却是花了十块大洋特别从桃叶渡的绿柳居接来的。

"窦夫人,你们大师傅是哪儿请来的呀?来到台湾我还是头一次吃到这么讲究的鱼翅呢。"赖夫人说道。

"他原是黄钦之黄部长家在上海时候的厨子,来台湾才到我们这儿的。"窦夫人答道。

"那就难怪了,"余参军长接口道,"黄钦公是有名的美食家呢。"

"哪天要能借到府上的大师傅去烧个翅,请起客来就风光了。"赖夫人说道。

"那还不容易?我也乐得去白吃一餐呢!"窦夫人说,客人们都笑了起来。

"钱夫人,请用碗翅吧。"程参谋盛了一碗红烧鱼翅,加了一匙羹镇江醋,搁在钱夫人面前,然后又低声笑道:

"这道菜,是我们公馆里出了名的。"

钱夫人还没来得及尝鱼翅,窦夫人却从隔壁桌子走了过来,敬了一轮酒,特别又叫程参谋替她斟满了,走到钱夫人身边,按着她的肩膀笑道:

"五妹妹，我们俩好久没对过杯了。"

说完便和钱夫人碰了一下杯，一口喝尽，钱夫人也细细地干掉了。窦夫人离开时又对程参谋说道：

"程参谋，好好替我劝酒啊。你长官不在，你就在那一桌替他做主人吧。"

程参谋立起来，执了一把银酒壶，弯了身，笑吟吟便往钱夫人杯里筛酒，钱夫人忙阻止道：

"程参谋，你替别人斟吧，我的酒量有限得很。"

程参谋却站着不动，望着钱夫人笑道：

"夫人，花雕不比别的酒，最易发散。我知道夫人回头还要用嗓子，这个酒暖得正好，少喝点儿，不会伤喉咙的。"

"钱夫人是海量，不要饶过她！"

坐在钱夫人对面的蒋碧月却走了过来，也不用人让，自己先斟满了一杯，举到钱夫人面前笑道：

"五阿姊，我也好久没有和你喝过双盅儿了。"

钱夫人推开了蒋碧月的手，轻轻咳了一下说道：

"碧月，这样喝法要醉了。"

"到底是不赏妹子的脸，我喝双份儿好了，回头醉了，最多让他们抬回去就是啦。"

蒋碧月一仰头便干了一杯，程参谋连忙捧上另一杯，她也接过去一气干了，然后把个银酒杯倒过来，在钱夫人脸上一晃。客人们都鼓起掌来喝道：

"到底是蒋小姐豪兴！"

钱夫人只得举起了杯子，缓缓地将一杯花雕饮尽。酒倒是烫得暖暖的，一下喉，就像一股热流般，周身游荡起来了。可是台湾的花雕到底不及大陆的那么醇厚，饮下去终究有点割喉。虽说花雕容易发散，饮急了，后劲才凶呢。没想到真正从绍兴办来的那些陈年花雕也那么伤人。那晚到底中了她们的道儿！她们大伙儿都说，几杯花雕哪里就能把嗓子喝哑了？难得是桂枝香的好日子，姊妹们不知何日才能聚得齐，主人尚且不开怀，客人哪能尽兴呢？连月月红十七也夹在里面起哄：姊姊，我们姊妹俩儿也来干一杯，亲热亲热一下。月月红穿了一身大金大红的缎子旗袍，艳得像只鹦哥儿，一双眼睛，鹊伶伶地尽是水光。姊姊不赏脸，她说，姊姊到底不赏妹子的脸，她说道。逞够了强，捡够了便宜，还要赶着说风凉话。难怪桂枝香叹息：是亲妹子才专拣自己的姊姊往脚下踹呢。月月红——就算她年轻不懂事，可是他郑彦青就不该也跟了来胡闹了。他也捧了满满的一杯酒，咧着一口雪白的牙齿说道：夫人，我也来敬夫人一杯。他喝得两颧鲜红，眼睛烧得像两团黑火，一双带刺的马靴啪哒一声并在一起，弯着身腰柔柔地叫道：夫人——

"这下该轮到我了，夫人。"程参谋立起身，双手举起了酒杯，笑吟吟地说道。

"真的不行了，程参谋。"钱夫人微俯着首，喃喃说道。

"我先干三杯，表示敬意，夫人请随意好了。"

程参谋一连便喝了三杯，一片酒晕把他整张脸都盖了过去了。他的额头发出了亮光，鼻尖上也冒出几颗汗珠子来。钱夫人端起了酒杯，在唇边略略沾了一下。程参谋替钱夫人拈了一只贵妃鸡的肉翅，自己也挟了一个鸡头来过酒。

"嗳唷，你敬的是什么酒呀？"

对面蒋碧月站起来，伸头前去嗅了一下余参军长手里那杯酒，尖着嗓门叫了起来，余参军长正捧着一只与众不同的金色鸡缸杯在敬蒋碧月的酒。

"蒋小姐，这杯是'通宵酒'哪。"余参军长笑嘻嘻地说道，他那张黑红脸早已喝得像猪肝似的了。

"呀呀啐，何人与你们通宵哪！"蒋碧月把手一挥，操起戏腔说道。

"蒋小姐，百花亭里还没摆起来，你先就'醉酒'了。"赖夫人隔着桌子笑着叫道，客人们又一声哄笑起来。窦夫人也站了起来对客人们说道：

"我们也该上场了，请各位到客厅那边宽坐去吧。"

客人们都立了起来，赖夫人带头，鱼贯而入进到客厅里，分别坐下。几位男票友却走到那档屏风面前几张红木椅子就了座，一边调弄起管弦来。六个人，除了胡琴外，一个拉二胡，一个弹月琴，一个管小鼓拍板，另外两个人立着，一个擎了一对铙钹，一个手里却吊了一面大铜锣。

"夫人，那位杨先生真是把好胡琴，他的笛子，台湾还找不出第二个人呢，回头你听他一吹，就知道了。"

程参谋指着那位操胡琴姓杨的票友，在钱夫人耳根下说道。

钱夫人微微斜靠在一张单人沙发上，程参谋在她身旁一张皮垫矮圆凳上坐了下来。他又替钱夫人沏了一盅茉莉香片，钱夫人一面品着茶，一面顺着程参谋的手，朝那位姓杨的票友望去。那位姓杨的票友约莫五十岁，穿了一件古铜色起暗团花的熟罗长衫，面貌十分清癯，一双手指修长，洁白得像十管白玉一般，他将一柄胡琴从布袋子里抽了出来，腿上垫上一块青搭布，将胡琴搁在上面，架上了弦弓，随便咿呀地调了一下，微微将头一垂，一扬手，猛地一声胡琴，便像抛线一般蹿了起来，一段《夜深沉》，奏得十分清脆嘹亮，一奏毕，余参军长头一个便跳了起来叫了声："好胡琴！"客人们便也都鼓起掌来。接着锣鼓齐鸣，奏出了一支《将军令》的上场牌子来。窦夫人也跟着满客厅一一去延请客人们上场演唱，正当客人们互相推让间，余参军长已经拥着蒋碧月走到胡琴那边，然后打起丑腔叫道：

"启娘娘，这便是百花亭了。"

蒋碧月双手捂着嘴，笑得前俯后仰，两只腕上几个扭花金镯子，铮铮锵锵地抖响着。客人们都跟着喝彩，胡琴便奏出了《贵妃醉酒》里的四平调。蒋碧月身也不转，面朝了客人便唱了起来。唱到过门的时候，余参军长跑出去托了一个朱红茶盘进来，上面搁了那只金色的鸡缸杯，一手撩了袍子，在蒋碧月跟前做了半跪的姿势，效那高力士叫道：

"启娘娘，奴婢敬酒。"

蒋碧月果然装了醉态，东歪西倒地做出了种种身段，一个卧鱼弯下身去，用嘴将那只酒杯衔了起来，然后又把杯子当啷一声掷到地上，唱出了两句：

人生在世如春梦

且自开怀饮几盅

客人们早笑得滚做了一团，窦夫人笑得岔了气，沙着喉咙对赖夫人喊道：

"我看我们碧月今晚真的醉了！"

赖夫人笑得直用绢子揩眼泪，一面大声叫道：

"蒋小姐醉了倒不要紧，只是莫学那杨玉环又去喝一缸醋就行了。"

客人们正在闹着要蒋碧月唱下去，蒋碧月却摇摇摆摆地走了下来，把那位徐太太给抬了上去，然后对客人们宣布道：

"'赏心乐事'的昆曲台柱来给我们唱《游园》了，回头再请另一位昆曲皇后梅派正宗传人——钱夫人来接唱《惊梦》。"

钱夫人赶忙抬起了头来，将手里的茶杯搁到左边的矮几上，她看见徐太太已经站到了那档屏风前面，半背着身子，一只手却扶在插笙箫的那只乌木架上。她穿了一身净黑的丝绒旗袍，脑后松松地挽了一个贵妇髻，半面脸微微向外，莹白的耳垂露在发外，上面吊着一丸翠绿的坠子。客厅里几只喇叭形的座灯像数道注光，把徐太太那窈窕的身影袅袅娜娜地推送到那档云母屏风上去。

"五阿姊，你仔细听听，看看徐太太的《游园》跟你唱的可有个高下。"

蒋碧月走了过来，一下子便坐到了程参谋的身边，伸过头来，一只手拍着钱夫人的肩，悄声笑着说道。

"夫人，今晚总算我有缘，能领教夫人的'昆腔'了。"

程参谋也转过头来，望着钱夫人笑道。钱夫人睐着蒋碧月手腕上那几只金光乱蹿的扭花镯子，她忽然感到一阵微微的晕眩，一股酒意涌上了她的脑门似的，刚才灌下去的那几杯花雕好像渐渐着力了，她觉得两眼发热，视线都有点朦胧起来。蒋碧月身上那袭红旗袍如同一团火焰，一下子明晃晃地烧到了程参谋的身上，程参谋衣领上那几枚金梅花，便像火星子般，跳跃了起来。蒋碧月的一对眼睛像两丸黑水银在她醉红的脸上溜转着，程参谋那双细长的眼睛却眯成了一条缝，射出了逼人的锐光，两张脸都向着她，一起咧着整齐的白牙，朝她微笑着，两张红得发油光的面靥渐渐地靠拢起来，凑在一块儿，咧着白牙，朝她笑着。笛子和洞箫都鸣了起来，笛音如同流水，把靡靡下沉的箫声又托了起来，送进《游园》的《皂罗袍》中去——

原来姹紫嫣红开遍

似这般都付与断井颓垣

良辰美景奈何天

便赏心乐事谁家院——

杜丽娘唱的这段"昆腔"便算是昆曲里的警句了。连吴声豪也说：钱夫人，您这段《皂罗袍》便是梅兰芳也不能过的。可是吴声豪的笛子却偏偏吹得那么高（吴师傅，今晚让她们灌多了，嗓子靠不住，你换支调门儿低一点儿的笛子吧）。吴声豪说，练嗓子的人，第一要忌酒；然而月月红十七却端着那杯花雕过来说道：姊姊，我们姊妹俩儿也来干一杯。她穿得大金大红的，还要说：姊姊，你不赏脸。不是这样说，妹子，不是姊姊不赏脸，实在为着他是姊姊命中的冤孽。瞎子师娘不是说过：荣华富贵——蓝田玉，可惜你长错了一根骨头。冤孽啊。他可不就是姊姊命中招的冤孽了？懂吗？妹子，冤孽。然而他也捧着酒杯过来叫道，夫人。他笼着斜皮带，戴着金亮的领章，腰杆扎得挺细，一双带白铜刺的长筒马靴乌光水滑地啪哒一声靠在一起，眼皮都喝得泛了桃花，却叫道：夫人。谁不知道南京梅园新村的钱夫人呢？钱鹏公，钱将军的夫人啊。钱鹏志的夫人。钱鹏志的随从参谋。钱将军的夫人。钱将军的参谋。钱将军。难为你了，老五，钱鹏志说道，可怜你还那么年轻。然而年轻人哪里会有良心呢？瞎子师娘说，你们这种人，只有年纪大的才懂得疼惜啊。荣华富贵——只可惜长错了一根骨头。懂吗？妹子，他就是姊姊命中招的冤孽了。钱将军的夫人。钱将军的随从参谋。将军夫人。随从参谋。冤孽，我说。冤孽，我说。（吴师傅，换支低一点儿的笛子吧，我的嗓子有点不行了。哎，这段《山坡羊》——）

没乱里春情难遍

蓦地里怀人幽怨

则为俺生小婵娟

拣名门一例一例里神仙眷

甚良缘把青春抛得远

俺的睡情谁见——

那团红火焰又熊熊地冒了起来了，烧得那两道飞扬的眉毛，发出了青湿的汗光。两张醉红的脸又渐渐地靠拢在一处，一起咧着白牙，笑了起来。笛子上那几根玉管子似的手指，上下飞跃着。那袭袅袅的身影儿，在那档雪青的云母屏风上，随着灯光，仿仿佛佛地摇曳起来。笛声愈来愈低沉，愈来愈凄咽，好像把杜丽娘满腔的怨情都吹了出来似的。杜丽娘快要入梦了，柳梦梅也该上场了。可是吴声豪却说，《惊梦》里幽会那一段，最是露骨不过的。（吴师傅，低一点儿吧，今晚我喝多了酒。）然而他却偏捧着酒杯过来叫道：夫人。他那双乌光水滑的马靴啪哒一声靠在一处，一双白铜马刺扎得人的眼睛都发疼了。他喝得眼皮泛了桃花，还要那么叫道：夫人。我来扶你上马，夫人，他说道，他的马裤把两条修长的腿子绷得滚圆，夹在马肚子上，像一双钳子。他的马是白的，路也是白的，树干子也是白的，他那匹白马在猛烈的太阳底下照得发了亮。他们说：到中山陵的那条路上两旁种满了白桦树。他那匹白马在桦树林子里奔跑起来，活像一头麦秆丛中乱窜的白兔儿。太阳照在马背上，蒸出了一缕缕的白烟来。一匹白的，一匹黑的——两匹马都在淌着汗。而他身上却沾满了触鼻的马汗。他的眉毛变得碧青，眼睛像两团烧着了的黑火，汗珠子一行行从他额上流到他鲜红的颧上来。太阳，我叫道。太阳照得人的眼睛都睁不开了。那些树干子，又白净，又细滑，一层层的树皮都卸掉了，露出里面赤裸裸的嫩肉来。他们说：那条路上种满了白桦树。

太阳，我叫道，太阳直射到人的眼睛上来了。于是他便放柔了声音唤道：夫人。钱将军的夫人。钱将军的随从参谋。钱将军的——老五，钱鹏志叫道，他的喉咙已经咽住了。老五，他喑痖地喊道，你要珍重吓。他的头发乱得像一丛枯白的茅草，他的眼睛坑出了两只黑窟窿。他从白床单下伸出他那只瘦黑的手来，说道，珍重吓，老五。他抖索索地打开了那只描金的百宝匣儿，这是祖母绿，他取出了第一层抽屉。这是猫儿眼。这是翡翠叶子。珍重吓，老五，他那乌青的嘴皮颤抖着，可怜你还这么年轻。荣华富贵——只可惜你长错了一根骨头。冤孽，妹子，他就是姊姊命中招的冤孽了。你听我说，妹子，冤孽呵。荣华富贵——可是我只活过那么一次。懂吗？妹子，他就是我的冤孽了。荣华富贵——只有那一次。荣华富贵——我只活过一次。懂吗？妹子，你听我说，妹子。姊姊不赏脸，月月红却端着酒过来说道，她的眼睛亮得剩了两泡水。姊姊到底不赏妹子的脸，她穿得一身大金大红的，像一团火一般，坐到了他的身边去。（吴师傅，我喝多了花雕。）

迁延，这衷怀那处言
淹煎，泼残生除问天——

就在那一刻，泼残生——就在那一刻，她坐到他身边，一身大金大红的，就是那一刻，那两张醉红的面孔渐渐地凑拢在一起，就在那一刻，我看到了他们的眼睛：她的眼睛，他的眼睛。完了，我知道，就在那一刻，除问天——（吴师傅，我的嗓子。）完了，我的喉咙，摸摸我的喉咙，在发抖吗？完了，在发抖吗？天——（吴师傅，我唱不出来了。）天——完了，荣华富贵——可是我只活过一次——冤孽、冤孽、冤孽——天——（吴师傅，我的嗓子。）——就在那一刻：就在那一刻，哑掉了——天——天——天——

"五阿姊，该是你《惊梦》的时候了。"蒋碧月站了起来，走到钱夫人面前，伸出了她那一双戴满了扭花金丝镯的手臂，笑吟吟地说道。

"夫人——"程参谋也立了起来，站在钱夫人跟前，微微倾着身子，轻轻地叫道。

"五妹妹，请你上场吧。"窦夫人走了过来，一面向钱夫人伸出手说道。

锣鼓笙箫一起鸣了起来，奏出了一支《万年欢》的牌子。客人们都倏地离了座，钱夫人看见满客厅里都是些手臂交挥拍击，把徐太太团团围在客厅中央。笙箫管笛愈吹愈急切，那面铜锣高高地举了起来，敲得金光乱闪。

"我不能唱了。"钱夫人望着蒋碧月，微微摇了摇两下头，喃喃说道。

"那可不行，"蒋碧月一把捉住了钱夫人的双手，"五阿姊，你这位名角儿今晚无论如何逃不掉的。"

"我的嗓子哑了。"钱夫人突然用力甩开了蒋碧月的双手，嘎声说道，她觉得全身的血液一下子都涌到头上来了似的，两腮滚热，喉头好像让刀片猛割了一下，一阵阵地刺痛起来，她听见窦夫人插进来说：

"五妹妹不唱算了——余参军长，我看今晚还是你这位黑头来压轴吧。"

"好呀，好呀，"那边赖夫人马上响应道，"我有好久没有领教余参军长的《八大锤》了"。

说着赖夫人便把余参军长推到了锣鼓那边。余参军长一站上去，便拱了手朝下面道了一声"献丑"，客人们一阵哄笑，他便开始唱了一段金兀术上场时的《点绛唇》：一面唱着，一面又撩起了袍子，做了个上马的姿势，踏着马步便在客厅中央环走起来，他那张宽肥的醉脸涨得紫红，双眼圆睁，两道粗眉一起竖起，几声呐喊，把胡琴都压了下去。赖夫人笑得弯了腰，跑上去，跟在余参军长后头直拍着手，蒋碧月即刻上去加入了他们的行列，不停地尖起嗓子叫着："好黑头！好黑头！"另外几位女客也上去跟了她们喝彩，团团围走，于是客厅里的笑声便一阵比一阵暴涨了起来。余参军长一唱毕，几个着白衣黑裤的女佣已经端了一碗碗的红枣桂圆汤进来让客人们润喉了。

窦夫人引了客人们走到屋外露台上的时候，外面的空气里早充满了风露，客人们都穿上了大衣，窦夫人却围了一张白丝大披肩，走到了台阶的下端去。钱夫人立在露台的石栏旁边，往天上望去，她看见那片秋月恰恰地升到中天，把窦公馆花园里的树木路阶都照得镀了一层白霜，露台上那十几盆桂花，香气却比先前浓了许多，像一阵湿雾似的，一下子罩到了她的面上来。

"赖将军夫人的车子来了。"刘副官站在台阶下面，往上大声通报各家的汽车。头一辆开进来的，便是赖夫人那架黑色崭新的林肯，一个穿着制服的司机赶忙跳了下来，打开车门，弯了腰毕恭毕敬地候着。赖夫人走下台阶，和窦夫人道了别，把余参军长也带上了车，坐进去后，却伸出头来向窦夫人笑道：

"窦夫人，府上这一夜戏，就是当年梅兰芳和金少山也不能过的。"

"可是呢，"窦夫人笑着答道，"余参军长的黑头真是赛过金霸王了。"

立在台阶上的客人都笑了起来，一起向赖夫人挥手作别。第二辆开进来的，却是窦夫人自己的小轿车，把几位票友客人都送走了。接着程参谋自己开了一辆吉普军车进来，蒋碧月马上走了下去，捞起旗袍，跨上车子去，程参谋赶着过来，把她扶上了司机旁边的座位上，蒋碧月却歪出半个身子来笑道：

"这辆吉普车连门都没有，回头怕不把我甩出马路上去呢。"

"小心点开啊，程参谋。"窦夫人说道，又把程参谋叫了过去，附耳嘱咐了几句，程参谋直点着头笑应道：

"夫人请放心。"

然后他朝钱夫人，立了正，深深地行了一个礼，抬起头来笑道：

"钱夫人，我先告辞了。"

说完便利落地跳上了车子，发了火，开动起来。

"三阿姊再见！五阿姊再见！"

蒋碧月从车门伸出手来，不停地招挥着，钱夫人看见她臂上那一串扭花镯子，在空中划了几个金圈圈。

"钱夫人的车子呢？"客人快走尽的时候，窦夫人站在台阶下问刘副官道。

"报告夫人，钱将军夫人是坐计程车来的。"刘副官立了正答道。

"三阿姊——"钱夫人站在露台上叫了一声，她老早就想跟窦夫人说替她叫一辆计程车来了，可是刚才客人多，她总觉得有点堵口。

197

"那么我的汽车回来，立刻传进来送钱夫人吧。"窦夫人马上接口道。

"是，夫人。"刘副官接了命令便退走了。

窦夫人回转身，便向着露台走了上来，钱夫人看见她身上那块白披肩，在月光下，像朵云似的簇拥着她。一阵风掠过去，周遭的椰树都沙沙地鸣了起来，把窦夫人身上那块大披肩吹得姗姗扬起，钱夫人赶忙用手把大衣领子锁了起来，连连打了两个寒噤，刚才滚热的面腮，吃这阵凉风一逼，汗毛都张开了。

"我们进去吧，五妹妹，"窦夫人伸出手来，搂着钱夫人的肩膀往屋内走去，"我去叫人沏壶茶来，我们俩正好谈谈心——你这么久没来，可发觉台北变了些没有？"

钱夫人沉吟了半晌，侧过头来答道：

"变多喽。"

走到房子门口的时候，她又轻轻地加了一句：

"变得我都快不认识了——起了好多新的高楼大厦。"

| **作品点评** |

这篇作品也提醒我们，它不仅是契合白先勇个人的经验，或是白先勇那一辈的知识分子和文化人的家国经验；它可能更广义地成为整个中国 20 世纪追求、体会现代性的寓言。在这一场过程里，我们一次又一次地试验与过去、与传统告别的方式，一次又一次地实践除旧布新的宏图大计。借着《游园惊梦》这个故事，白先勇可以叩问：一场宏大的、关于时间重整的冒险，怎么就让"过去"如此剧烈地断落了呢？那么丰富的文明、那么繁华的景象，怎么就不由分说地都逝去了呢？所以这里的悼亡不再只是家国或个人的伤痛，而是对整个时代、对整个历史文明、对时间本身的进程的合理性及逻辑性的一个大反思。在这个意义上，我们难怪要说，白先勇不再只是一个简单的所谓现实主义小说的创作者。在更大的意义上，他也是一位现代主义的创作家。他对"现代"情境里时间和空间形式的转换，有

着非常敏锐的感触，所以写出来的东西自然也让我们觉得"心有戚戚焉"。

——王德威：《抒情传统与中国现代性：在北大的八堂课》，生活·读书·新知三联书店，2018，第 208 页

《游园惊梦》可以称得上是白先勇最有代表性的作品，欧阳子在其论白先勇的奠基性著作《王谢堂前的燕子》中，就用了不小篇幅论述《游园惊梦》，也因此确立了该作在研究白先勇小说中的重要性。欧阳子断言："这是一篇描绘极端细腻的精作，同时也是声势异常浩大的巨作。我肯定认为，在中国文学史上，就中短篇小说类型来论，白先勇的《游园惊梦》是最精彩最杰出的一个创作品。"确实，欧阳子对《游园惊梦》的艺术分析令人叹为观止。不过我更感兴趣于王德威纵论这篇小说的论文《游园惊梦，古典爱情——现代中国小说的两度"还魂"》，该文把白先勇这篇小说与余华的《古典爱情》放置在一起进行比较分析，解读出两个时期中国小说所植根的不同文化背景，由此牵引出中国当代小说在现代性语境中的多重走向。我以为，王德威提出的"时间陷落"问题，是其关键，也是最有价值的要点。王德威所说的白先勇小说中的"时间陷落"问题，是指白先勇的小说在叙述中包含着对现代性时间的感怀，他的人物同样也存围于这种感怀中。因而时间没有方向，没有未来面向。王德威此说甚有见解。白先勇及其人物一直在感怀他/她们的过去，不能走出过去的时间的记忆，但又不能回到过去，也不能重现过去，对过去怀着痛楚，这样的过去只能以断裂方式来哀悼。

"时间陷落"当然可以是一个现代性问题，因为转向了"伤逝"问题，"时间陷落"展开的层次有点复杂，但其性质还是清楚的，我以为，"时间陷落"的内涵就是"没落"。回到白先勇的具体叙事，那就是家道败落，就是今昔之别。但"没落"要指明的是它存在的强大的背景作用，即在叙事中起到的幽灵般的作用。白先勇的小说叙事，因为招魂的特征，把往昔召来，却又试图以现在去超越它，他的人物沉陷于往昔记忆，要以非常态的形式去逃脱，于是就有了玉卿嫂的畸恋与血腥，李彤的乖戾与疯狂，尹雪艳的永远，金大班最后一夜对初夜的回归……

所有这些，表明白先勇叙事中隐含着解构性，那就是招魂与逃脱的双重运动。他是如此迷恋往昔的幽灵，又如此痛恨，痛恨它注定的宿命，每当招来，就要逃脱。白先勇笔下的女性形象写得富有张力，就在于这种招魂/逃脱构成的内在撕裂，它是抵御没落的独特方式。仔细分辨一下，白先勇笔下的女性人物，其实都有些鬼气，非凡人形象可比。尹雪艳何以就永远不老？玉卿嫂最后的血腥，金大班、李彤……这些人物在平静姣好的外表下，都藏着一颗疯狂的心。她们有的就杀开一条血路，夺路而逃。对于那个招来的没落之历史幽灵，只有以非同寻常的现在的行动才能逃离开去。但在《游园惊梦》中，蓝田玉只是沉迷于过往的回忆，只是把眼前的程参谋与钱将军的随从参谋重叠在一起，她陷落于往昔，迷失于往昔，她的现在不再有行动。连金大班那样拉过一个同样羞涩的青年的举动也没有，她晕眩于对过往的回忆中，她无法重唱《游园惊梦》，无法复活杜丽娘的肉身。

“时间陷落”——在白先勇那里——在《游园惊梦》中，那确实是真正的陷落，他的叙述与他的人物，都未能脱身而去，无法借尸还魂。蓝田玉一直在喃喃自语，实际上是心理“意识流”在作怪。那种恍惚之感，回到过去的某个时间，那个时间不能被复原：那是一次无望之爱，因为钱鹏志老得可以当她的爷爷，她与随从参谋有过一次偷情。他就是她的罪孽，那是她唯一活过的一次，那是荣华富贵还是一种死亡的生活？只有与参谋的爱才是活？《牡丹亭》里的杜丽娘也是还魂活过来的。确实，蓝田玉只活过一次，女人只有在情欲里才能活。情欲总是具有超生死的无限可能，在古典时代尤其如此。超生死的人鬼之恋是古典时代超现实的法宝（《聊斋志异》就是演绎此法宝的杰作），蓝田玉活过一次。只有情欲具有破坏性，可以在颓败的命运中撕开一个裂口，逃脱出去。生活于荣华富贵中就是生活于死亡中，没有情欲的生活无异于死亡。那是一个没落的历史，她一开始就看清楚了。“老五，你要珍重吓。”这垂死的声音，其声也哀。但蓝田玉回忆往事，几乎没有多少对钱将军的怀恋，却是依旧痴迷于那个“冤孽”。看看那团火焰，笛子手的手指翻飞，“他那双乌光水滑的马靴啪嗒一声靠在一处，一双白铜马刺扎得人的眼睛都发疼了”。那匹白马，白桦树，树杆子，钱鹏志垂死的声音，关于冤孽的呼喊，"荣华富贵——我只活过一次"……所有这些，如此漫长的历史，如此深重的记忆，只有拼贴堆积在一刻。这真正是时间陷落的时刻。她一直在唤起那段记忆，企图借尸还魂，可惜，那段历史毕竟已经死去，无法还魂，靠着过去的蓝田玉没有作为，她果然"陷落"于过去的时间中，没有与现实建立新的关系。过去的偷情"活过一次"，已经足够了，过去的魂魄没有在现在找到肉身复活。蓝田玉与程参谋没有下文，她随着窦夫人走到屋子里面去了，眼下现实——那些象征着台北现代化的高楼，变得她都不认识了。

在白先勇讲述女性的故事中，蓝田玉没有现实行动，她无力从往昔的记忆中解放出来，这是被过去压垮的叙事。王德威认为，白先勇的书写包含着向传统回归的困惑，余华则因传统之断裂，无望归途，也无望未来。白先勇这篇小说不只是向传统回归的困惑，而且是回归的无望。蓝田玉没有像白先勇其他的小说人物可以生发出两个面向——从而有一种逃离没落的张力，蓝田玉没有。她只是试图唤起那段夭折的情爱记忆，在这里，白先勇借助了"意识流"手法，这无疑是这篇小说真正用力之处。这篇小说是向现代主义靠近的作品，形式的意义大于白先勇对人物的关注，他或许认为对心理意识的描写就可使其艺术上获得自主性力量。事实上，在20世纪60年代中后期，这无疑是十分精彩的意识流实验，事过境迁，我们或许只看到已经不再激动人心的意识流描写，而蓝田玉徒具一种道具的特征。或许这是"时间陷落"的真正内涵，那是在追逐西方现代主义的现代性梦想中，中国小说不得不中断的"自己的"时间记忆方式，一旦进入意识流，人物的行动、心理和性格就变得苍白。蓝田玉远没有白先勇其他作品中的那些经典女性形象来得饱满与生动，她陷落于另一种时间，从一个历史性的没落背景上的人物变成追随叙述时间实验的角色，这使她不能成功去扮演企图召回传统记忆的人物，她果然没有成功重唱《游园惊梦》。她既没有招魂，也没有复活，只是一个被意识流拖着走的人物。

按照王德威的解读，白先勇的《游园惊梦》承接的是传统抒情的路数，那是回望传统的迷惘，其现代性的焦虑体现于与传统不可重合的困扰，因而，其叙事完成的是对传统"情殇"叙事"伤逝"的哀悼。王德威写道："我以为不论是白先勇或是余华小说，都是在对现代文学的伤逝论述持续做出回应。就像鲁迅一样，除了文本表面的男女之情，他们必须处理抒情传统与现代意识搏斗的后果。"以抒情作为古典传统，而后与"现代意识"对立，这恐怕还是值得再讨论，这当然是一个相当大的命题，并非在这里可以理论清楚。现代也不乏抒情，西方现代、中国现代都有抒情之可能，就是激进的革命叙事也不乏抒情传统，革命之浪漫，实在是抒情之极端。说到底，抒情无非是文学叙事的基本属性，其差异只是以何种方式抒情而已。回到白先勇的小说，确实有传统怀旧式叙事与现代小说的意识流手法的"搏斗"。看看白先勇的写作谱系，1958 年的《金大班的最后一夜》，1960年的《玉卿嫂》，1965 年的《永远的尹雪艳》与《谪仙记》，那都是在怀旧式的叙事中完成的对没落历史之书写，那里面的现代意识与传统之搏斗，通过人物的行动和选择来做出，因而用人物表演了"现代意识"。这些人物的现代本质隐藏得很深，只是在招魂/逃离的双重运动中显现出的虚无，让我们可以感受到现代的作祟。到了 1967 年，白先勇开始直接进入"现代意识搏斗"，他要用文本表演现代意识，现在，文本的现代意识一目了然，但他却失去了原本的现代意识，那是可以在尼采的虚无意义上展示的现代意识，是在鲁迅的墓碑之背面读出的现代意识，而蓝田玉却并不能给我们这样的震颤。

没落的历史只有逃离，其叙事也只有逃离，这是一种文化/文学的宿命，回归即是陷落。蓝田玉借助意识流之力回归往昔的冤孽时刻，那是杜丽娘的招魂时刻。多年之后的蓝田玉，回望那个时刻即陷落其中，这就是西方现代派的陷阱。她被意识流逼进那个陷阱，她反倒痴迷于那个陷阱。看看那么大段的心理独白，它构成了小说的主导部分。这里没有伤逝，没有告别，意识流吞并了那个古典时间，从而使古典时间陷落于意识流中。这是向现代小说致意，向意识流致意。白先勇一直在主编台湾大学的《现代文学》，或许觉得他的那些怀旧式的叙事不够"现代"，只有"惊梦"的意识流才算得上"现代"。

绕了这么大的一个圈子，我与王德威并无根本之不同，我同意王德威说的，这篇小说表达了古典传统与现代意识的搏斗，只是对于搏斗的动机、方式和结果与王德威的理解有所不同：由于意识流手法构成这篇小说的突出的艺术特征，也是其最用力处，那就是：1. 向现代派致敬替换了向传统的回望；2. "时间陷落"是现代派技巧的结果，而不是主体内在化的产物，因为其用力处在于突出意识流手法；3. 这并非伤逝或哀悼，而是逃离，或者是一次不成功的出游。如果是哀悼，那将是一场壮观的仪式，那将是一次全新的出发。但是，这只是出游。

    ——陈晓明：《"没落"的不朽事业——白先勇小说的美学意味与现代性面向》，《文艺研究》2009 年第 2 期

1970 年代

· 白先勇 《花桥荣记》

· 李栋、王云高 《彩云归》

花桥荣记

白先勇

提起我们花桥荣记，那块招牌是响当当的。当然，我是指从前桂林水东门外花桥头，我们爷爷开的那家米粉店。黄天荣的米粉，桂林城里，谁人不知？哪个不晓？爷爷是靠卖马肉米粉起家的，两个小钱一碟，一天总要卖百把碟，晚来一点，还吃不着呢。我还记得奶奶用红绒线将那些小铜板一串串穿起来，笑得嘴巴都合不拢，指着我说：妹仔，你日后的嫁妆不必愁了。连桂林城里那些大公馆请客，也常来订我们的米粉。我跟了奶奶去送货，大公馆那些阔太太看见我长得俏，说话知趣，一把把的赏钱塞到我袋子里，管我叫"米粉丫头"。

我自己开的这家花桥荣记可没有那些风光了。我是做梦也没想到，跑到台北又开起饭馆来。我先生并不是生意人，他在大陆上是行伍出身的，我还做过几年营长太太呢。哪晓得苏北那一仗，把我先生打得下落不明，慌慌张张我们眷属便撤到了台湾。头几年，我还四处打听，后来夜里常常梦见我先生，总是一身血淋淋的，我就知道，他已经先走了。我一个女人家，流落在台北，总得有点打算，七拼八凑，终究在长春路底开起了这家小食店来。老板娘一当，便当了十来年，长

作品信息

原载《现代文学》1970 年第 42 期，收录于短篇小说集《台北人》，1971 年晨钟出版社印行。1975 年由朱立民先生译成英文，载于《中国现代文学选集》。1998 年改编成电影《桂林荣记》。2014 年由广西师范大学邀请张仁胜改编成话剧，先后由广西群众艺术馆和广西师范大学望道剧社演出。

春路这一带的住户，我闭起眼睛都叫得出他们的名字来了。

来我们店里吃饭的，多半是些寅吃卯粮的小公务员——市政府的职员喽、学校里的教书先生喽、区公所的办事员喽——一个个的荷包都是干瘪瘪的，点来点去，不过是些家常菜，想多榨他们几滴油水，竟比老牛推磨还要吃力。不过这些年来，也全靠这批穷顾客的帮衬，才把这爿店面撑了起来。

顾客里，许多却是我们广西同乡，为着要吃点家乡味，才常年来我们这里光顾，尤其是在我们店里包饭的，都是清一色的广西佬。大家聊起来，总难免攀得上三五门子亲戚。这批老光杆子，在我这里包饭，有的一包三年五载，有的竟至七年八年，吃到最后一口饭为止。像那个李老头，从前在柳州做大木材生意，人都叫他"李半城"，说是城里的房子，他占了一半。儿子在台中开杂货铺，把老头子一个人甩在台北，半年汇一张支票来。他在我们店里包了八年饭，砸破了我两打饭碗，因为他的手扯鸡爪风，捧起碗来便打战。老家伙爱唱《天雷报》，一唱便是一把鼻涕，两行眼泪。那晚他一个人点了一桌子菜，吃得精光，说是他七十大寿，哪晓得第二天便上了吊。我们都跑去看，就在我们巷子口那个小公园里一棵大枯树上，老头子吊在上头，一双破棉鞋落在地上，一顶黑毡帽滚跌在旁边。他欠的饭钱，我向他儿子讨，还遭那个挨刀的狠狠抢白了一顿。

我们开饭馆，是做生意，又不是开救济院，哪里经得起这批食客七拖八欠的。也算我倒霉，竟让秦癫子在我店里白吃了大半年。他原在市政府做得好好的，跑去调戏人家女职员，给开除了，就这样疯了起来，我看八成是花痴！他说他在广西容县当县长时，还讨过两个小老婆呢。有一次，他居然对我们店里的女顾客也毛手毛脚起来，我才把他撵了出去。他走在街上，歪着头，斜着眼，右手伸在空中，乱抓乱捞，满嘴冒着白泡子，吆喝道："滚开！滚开！县太爷来了。"有一天他跑到菜场里，去摸一个卖菜婆的奶，那个卖菜婆拿起根扁担，罩头一棍，当场打得他额头开了花。去年八月里刮台风，长春路一带淹大水，我们店里的桌椅都漂走了。水退的时候，长春路那条大水沟冒出一窝窝的死鸡死猫来，有的烂得生了蛆，太阳一晒，一条街臭烘烘。卫生局来消毒，打捞的时候，从沟底把秦癫子钩了起来，他裹得一身的污泥，硬邦邦的，像个四脚朝天的大乌龟，谁也不知道他是什么时候掉到沟里去的。

讲句老实话，不是我卫护我们桂林人，我们桂林那个地方山明水秀，出的人物也到底不同些。容县、武宁，那些角落头跑出来的，一个个龇牙咧嘴，满口夹七夹八的土话，我看总带着些苗子种。哪里拼得上我们桂林人？一站出来，男男女女，谁个不沾着几分山水的灵气？我对那批老光杆子说：你们莫错看了我这个春梦婆，当年在桂林，我还是水东门外有名的美人呢！我替我们爷爷掌柜，桂林行营的军爷们，成群结队，围在我们米粉店门口，像是苍蝇见了血，赶也赶不走，我先生就是那样把我搭上的。也难怪，我们那里，到处青的山，绿的水，人的眼睛也看亮了，皮肤也洗得细白了。几时见过台北这种地方？今年台风，明年地震，任你是个大美人坯子，也经不起这些风雨的折磨哪！

包饭的客人里头，只有卢先生一个人是我们桂林小同乡，你一看不必问，就知道了。人家知礼识数，是个很规矩的读书人，在长春国校已经当了多年的国文先生了。他刚到我们店来搭饭，我记得也不过三十五六的光景，一径斯斯文文的，眼也不抬，口也不开，坐下去便闷头扒饭，只有我替他端菜添饭的当儿，他才欠身笑着说一句：不该你，老板娘。卢先生是个瘦条个子，高高的，背有点佝，一秆葱的鼻子，青白的脸皮，轮廓都还在那里，原该是副很体面的长相；可是不知怎的，却把一头头发先花白了，笑起来，眼角子两撮深深的皱纹，看过去很老，有点血气不足似的。我常常在街上撞见他，身后领着一大队蹦蹦跳跳的小学生，过街的时候，他便站到十字路口，张开双臂，拦住来往的汽车，一面喊着：小心！小心！让那群小东西跑过街去。不知怎的，看见他那副极有耐心的样子，总使我想起我从前养的那只性情温驯的大公鸡来，那只公鸡竟会带小鸡的，它常常张着双翅，把一群鸡仔孵到翅膀下面去。

聊起来我才知道，卢先生的爷爷原来是卢兴昌卢老太爷。卢老太爷从前在湖南做过道台，是我们桂林有名的大善人，水东门外那间培道中学就是他办的。卢老奶奶最爱吃我们荣记的原汤米粉，我还跟着我们奶奶到过卢公馆去过呢。

"卢先生，"我对他说道，"我从前到过你们府上的，好体面的一间公馆！"

他笑了一笑，半晌，答道：

"大陆撤退，我们自己军队一把火，都烧光喽。"

"哦，糟蹋了。"我叹道。我还记得，他们园子里种满了有红有白的芍药花。

所以说，能怨我偏向人家卢先生吗？人家从前还不是好家好屋的，一样也落了难。人家可是有涵养，安安分分，一句闲话也没得。哪里像其他几个广西苗子？摔碗砸筷，鸡猫鬼叫，一肚子发不完的牢骚，挑我们饭里有沙子，菜里又有苍蝇。我就不由得光火，这个年头，保得住性命就是造化，不将将就就的，还要刁嘴呢！我也不管他们眼红，卢先生的菜里，我总要加些料：牛肉是腱子肉，猪肉都是瘦的。一个礼拜我总要亲自下厨一次，做碗冒热米粉：卤牛肝、百叶肚、香菜麻油一浇，撒一把油炸花生米，热腾腾地端出来，我敢说，台北还找不出第二家呢，什么云南过桥米线！这碗米粉，是我送给卢先生打牙祭的，我这么巴结他，其实还不是为了秀华。

秀华是我先生的侄女儿，男人也是军人，当排长的，在大陆上一样的也没了消息。秀华总也不肯死心，左等右等，在间麻包工厂里替人织麻线，一双手都织出了老茧来，可是她到底是我们桂林姑娘，净净扮扮，端端正正的。我把她抓了来，点破她。

"乖女，"我说，"你和阿卫有感情，为他守一辈子，你这份心，是好的。可是你看看你婶娘，就是你一个好榜样。难道我和你叔叔还没有感情吗？等到今天，你婶娘等成了这副样子——不是我说句后悔的话，早知如此，十几年前我就另打主意了。就算阿卫还在，你未必见得着他，要是他已经走了呢？你这番苦心，乖女，也只怕白费了。"

秀华终于动了心，掩面痛哭起来。是别人，我也懒得多事了，可是秀华和卢先生都是桂林人，要是两人配成了对，倒是一段极好的姻缘。至于卢先生那边，连他的家当我都打听清楚了。他房东顾太太是我的麻将搭子，那个湖北婆娘，一把刀嘴，世人落在她口里，都别想超生，可是她对卢先生却是百般卫护。她说她从来也没见过这么规矩的男人，省吃省用，除了拉拉弦子，哼几板戏，什么嗜好也没得。天天晚上，总有五六个小学生来补习。补得的钱便拿去养鸡。

"那些鸡呀，就是卢先生的祖爷爷祖奶奶！"顾太太笑道，"您家还没见过他侍候那些鸡呢，那份耐性！"

每逢过年，卢先生便提着两大笼芦花鸡到菜市场去卖，一只只鲜红的冠子，光光亮的羽毛——总有五六斤重，我也买过两只，屁股上割下一大碗肥油来。据顾太太估计，这么些年来，做会放息，利上裹利，卢先生的积蓄，起码有四五万，老婆是讨得起的了。

于是一个大年夜，我便把卢先生和秀华都拘了来，做了一桌子的桂林菜，烫了一壶热热的绍兴酒。我把他们两个，拉了又拉，扯了又扯，合在一起。秀华倒有点意思，尽管抿着嘴巴笑，可是卢先生这么个大男人，反而害起臊来，我纵着他去跟秀华喝双杯，他竟脸红了。

"卢先生，你看我们秀华这个人怎么样？"第二天我拦住他问道。他扭怩了半天也答不上话来。

"我们秀华直赞你呢！"我瞅着他笑。

"不要开玩笑了——"他结结巴巴地说。

"什么开玩笑？"我截断他的话，"你快请请我，我替你做媒去，这杯喜酒我是吃定了——"

"老板娘，"卢先生突然放下脸来，一本正经地说道，"请你不要胡闹，我在大陆上，早订过婚了的。"

说完，头一扭，便走了。气得我浑身打战，半天说不出话来，天下也有这种没造化的男人！他还想吃我做的冒热米粉呢！谁不是三百五一个月的饭钱？一律是肥猪肉！后来好几次他跑来跟我搭讪，我都爱理不理的，直到秀华出了嫁，而且嫁得一个很富厚的生意人，我才慢慢地消了心头那口气。到底算他是我们桂林人，如果是外乡佬！

一个九月中，秋老虎的大热天，我在店里流了一天的汗，到了下午五六点，实在熬不住了，我把店交给我们大师傅，拿把蒲扇，便走到巷口那个小公园里，去吹口风，透口气。公园里那棵榆树下，有几张石凳子，给人歇凉的。我一眼瞥见，卢先生一个人坐在那里。他穿着件汗衫，拖着双木板鞋，低着头，聚精会神地在拉弦子。我一听，他竟在拉我们桂林戏呢，我不由得便心痒了起来。从前在桂林，我是个大戏迷，小金凤、七岁红他们唱戏，我天天都去看的。

　　"卢先生，你也会桂林戏呀！"我走到他跟前说道。

　　他赶忙立起来招呼我，一面答道：

　　"并不会什么，自己乱拉乱唱的。"

　　我在他身旁坐下来，叹了一口气。

　　"几时再能听小金凤唱出戏就好了。"

　　"我也最爱听她的戏了。"卢先生笑着答道。

　　"就是呀，她那出《回窑》把人的心都给唱了出来！"

　　我说好说歹求了卢先生半天，他才调起弦子，唱了段《薛平贵回窑》。我没料到，他还会唱旦角呢，挺清润的嗓子，很有几分小金凤的味道：十八年老了王宝钏——听得我不禁有点刺心起来。

　　"人家王三姐等了十八年，到底把薛平贵等着了——"卢先生歇了弦子，我吁了一口气对他说，卢先生笑了一笑，没有作声。

　　"卢先生，你的未婚妻是谁家的小姐呀？"我问他。

　　"是罗锦善罗家的。"

　　"哦，原来是他们家的姑娘——"我告诉卢先生听，从前在桂林，我常到罗家缀玉轩去买他们的织锦缎，那时他们家的生意做得很轰烈的。卢先生默默地听着，也没有答话，半晌，他才若有所思地低声说道：

　　"我和她从小一起长大的，她是我培道的同学。"卢先生笑了一下，眼角子浮起两撮皱纹来，说着他低下头去，又调起弦子，随便地拉了起来。太阳偏下去了，天色暗得昏红，起了阵风，吹在身上，温湿温湿的，吹得卢先生那一头花白的头发也颤动起来。我倚在石凳靠背上，闭起眼睛，听着卢先生那咿咿呀呀带着点悲酸的弦音，朦朦胧胧，竟睡了过去。忽儿我看见小金凤和七岁红在台上扮着《回窑》，忽儿那薛平贵又变成了我先生，骑着马跑了过来。

"老板娘——"

我睁开眼，却看见卢先生已经收了弦子立起身来，原来早已满天星斗了。

有一阵子，卢先生突然显得喜气洋洋，青白的脸上都泛起一层红光来。顾太太告诉我，卢先生竟在布置房间了，还添了一床大红丝面的被窝。

"是不是有喜讯了，卢先生？"有一天我看见他一个人坐着，抿笑抿笑的，我便问他道。卢先生脸上一红，往怀里掏了半天，掏出了一封信来，信封又粗又黄，却是折得端端正正的。

"是她的信——"卢先生咽了一下口水，低声说道，他的喉咙都哽住了。

他告诉我，他在香港的表哥终于和他的未婚妻联络上，她本人已经到了广州。

"要十根条子，正好五万五千块，早一点我也凑不出来——"卢先生结结巴巴地对我说。说了半天我才解过来他在讲香港偷渡的黄牛，带一个人入境要十根金条。卢先生一面说着，两手却紧紧地捏住那封信不肯放，好像在揪住他的命根子似的。

卢先生等了一个月，我看他简直等得魂不守舍了。跟他说话，他也恍恍惚惚的，有时一个人坐在那里，倏地低下头去，自己发笑。有一天，他来吃饭，坐下扒了一口，立起身便往外走，我发觉他脸色灰白，两眼通红。我赶忙追出去拦住他。

"怎么啦，卢先生？"

他停了下来，嘴巴一张一张，咿咿呜呜，半天也迸不出一句话来。

"他不是人！"突然他带着哭声地喊了出来，然后比手画脚，愈讲愈急，嘴里含着一枚橄榄似的，讲了一大堆不清不楚的话：他表哥把他的钱吞掉了，他托人去问，他表哥竟说不知道有这么一回事。

"我攒了十五年——"他歇了半晌，嘿嘿冷笑了一声，喃喃自语地说道。他的头一点一点，一头花白的头发乱蓬蓬，不知怎的，我突然想起卢先生养的那些芦花鸡来，每年过年，他总站在菜市里，手里捧着一只鲜红冠子黑白点子的大公鸡，他把那些鸡一只只喂得那么肥。

大概有半年光景，卢先生一直茶饭无思，他本来就是个安静人，现在一句话也没得了。我看他一张脸瘦得还有巴掌大，便又恢复了我送给他打牙祭的那碗冒热米粉，哪晓得他连我的米粉也没胃口了，一碗总要剩下半碗来。有一个时期，一连两个礼拜，他都没来我们店里吃饭，我以为他生病，正要去看他，却在菜场里碰见了他的房东顾太太。那个湖北婆娘一看见我，一把揪住我的膀子，一行走，一行咯咯地笑，啐两声，骂一句：

"这些男人家！"

"又有什么新闻了，我的顾大奶奶？"我让她揪得膀子直发疼，这个包打听，谁家媳妇偷汉子，她都好像守在人家床底下似的。

"这是怎么说？"她又狠狠地啐了一口，"卢先生那么一个人，也这么胡搞起来。您家再也猜不着，他跟什么人姘上了？阿春！那个洗衣婆。"

"我的娘！"我不由得喊了起来。

那个女人，人还没见，一双奶子便先擂到你脸上来了，也不过二十零点，一张屁股老早发得圆鼓隆咚。搓起衣裳来，肉弹弹的一身。两只冬瓜奶，七上八下，鼓槌一般，见了男人，又歪嘴，又斜眼。我顶记得，那次在菜场里，一个卖菜的小伙子，不知怎么犯着了她，她一双大奶先欺到人家身上，擂得那个小伙子直往后打了几个跟跄，噼噼啪啪，几泡口水，吐得人家一头一脸，破起嗓门便骂：干你老母鸡歪！那副泼辣劲，那一种浪样儿。

"阿春替卢先生送衣服，一来便钻进他房里，我就知道，这个台湾婆不妥得很。有一天下午，我走过卢先生窗户底，听见又是哼又是叫，还当出了什么事呢。

我踮起脚往窗帘缝里一瞧，呸——"顾太太赶忙朝地下死劲吐了一泡口水，"光天化日，两个人在房里也那么赤精大条的，那个死婆娘骑在卢先生身上，蓬头散发活像头母狮子！撞见这种东西，老板娘，您家说说，晦气不晦气？"

"难怪，你最近打牌老和十三幺，原来瞧见宝贝了。"我不由得好笑，这个湖北九头鸟，专爱探人阴私。

"嚼蛆！"

"卢先生倒好，"我叹了一口气说，"找了一个洗衣婆来服侍他，日后他的衣裳被单倒是不愁没有人洗了。"

"天下的事就怪在这里了，"顾太太拍了一个响巴掌，"她服侍卢先生？卢先生才把她捧在手上当活宝贝似的呢。人家现在衣服也不洗了，指甲擦得红彤彤的，大模大样坐在那里听收音机的歌仔戏，卢先生反而累得像头老牛马，买了个火炉来，天天在房中炒菜弄饭给她吃。最气人的是，卢先生连床单也自己洗，他哪里洗得干净？晾在天井里，红一块，黄一块，看着不知道多恶心。"

第二天。我便在街上碰见了卢先生和阿春，两个人迎面走来。阿春走在前头，扬起头，耸起她那个大胸脯，穿得一身花红柳绿的，脸上鲜红的两团胭脂，果然，连脚指甲都涂上了蔻丹，一双木屐，噼噼啪啪踏得混响，很标劲，很嚣张。卢先生却提着个菜篮子跟在她身后，他走近来的时候，我猛一看，吓了一大跳。我原以为他戴着顶黑帽子呢，哪晓得他竟把一头花白的头发染得漆黑，染得又不好，硬邦邦地张着；脸上大概还涂了雪花膏，那么粉白粉白的，他那一双眼睛却坑了下去，眼塘子发乌，一张惨白的脸上就剩下两个大黑洞。不知怎的，我突然想起从前在桂林看戏，一个叫白玉堂的老戏子来，五十大几了，还唱扇子生。有一次我看他的《宝玉哭灵》，坐在前排，他一唱哭头，那张敷满了白粉的老脸，皱纹陡地统统现了出来，一张嘴，便露出了一口焦黑的烟屎牙，看得我心里直难过，把个贾宝玉竟唱成了那副模样。卢先生和我擦肩而过，把头一扭，装着不认识，跟在那个台湾婆的屁股后头便走了。

卢先生和阿春的事情，我们长春路的人都传反了，我是说卢先生遭阿春打伤了那桩公案。阿春在卢先生房里偷人，偷那个擦皮鞋的马仔，卢先生跑回去捉奸，马仔一脚把他踢倒地上，逃跑了，卢先生爬起来，打了阿春两个耳光子。

"就是那样闯下了大祸！"顾太太那天告诉我，"天下也有那样凶狠的女人？您家见过吗？三脚两跳她便骑到了卢先生身上，连撕带扯，一口过去，把卢先生的耳朵咬掉了大半个。要不是我跑到街上叫救命，卢先生一定死在那个婆娘的手里！"

顾太太一直喊倒霉，家里出了那种丑事。她说依她的性子，当天就要把卢先生撵出去，可是卢先生实在给打狠了，躺在床上动都动不得。卢先生伤好以后，又回到了我们店里包饭了。他身上耗剩了一把骨头，脖子上的几条青疤还没有褪；左边耳朵的耳垂不见了，上面贴着一块白胶布，他那一头染过的头发还没洗干净，两边太阳穴新冒出的发脚子仍旧是花白的，头顶上却罩着一个黑盖子，看着不知道有多滑稽，我们店里那些包饭的广西佬，一个个都挤眉眨眼瞅着他笑。

有一天，我在长春国校附近的公共汽车站那边，撞见卢先生。他正领着一群刚放学的小学生，在街上走着，那群小学生叽叽喳喳，打打闹闹的，卢先生走在前面，突然他站住回过头去，大喊一声：

"不许闹！"

他的脸紫涨，脖子粗红，额上的青筋都叠暴起来，好像气得什么似的。那些小学生都吓了一跳，停了下来，可是其中有一个小毛丫头却骨碌骨碌地笑了起来。卢先生跨到她跟前，指到她脸上喝道：

"你敢笑？你敢笑我？"

那个小毛丫头甩动着一双小辫子，摇摇摆摆笑得更厉害了。卢先生啪的一巴掌便打到了那个小毛丫头的脸上，把她打得跌坐到地上去，"哇——"的一声大哭了起来。卢先生又叫又跳，指着坐在地上的那个小毛丫头，骂道：

"你这个小鬼，你也敢来欺负老子？我打你，我就是要打你！"

说着他又伸手去揪那个小毛丫头的辫子。那些小学生吓得哭的哭，叫的叫。路上的行人都围了过去，有的哄着那些小孩子，有两个长春国校的男老师却把卢先生架着拖走了。卢先生一边走，两只手臂犹自在空中乱舞，满嘴冒着白泡子，喊道：

"我要打死她！我要打死她！"

那是我最后一次看见卢先生，第二天，他便死了。顾太太进到他房间时，还以为他伏在书桌上睡觉，他的头靠在书桌上，手里捏着一管毛笔，头边堆着一沓学生的作文簿。顾太太说验尸官验了半天，也找不出毛病来，便在死因栏上填了"心脏麻痹"。

顾太太嘱咐我，以后有生人来找房子，千万不要告诉别人，卢先生是死在她家里的。她请了和尚道士到她家去念经超度，我也去买了钱纸蜡烛来，在我们店门口烧化了一番。卢先生在我们店里进进出出，总也有五六年了。李老头子、秦癫子，我也为他们烧了不少钱纸呢。

我把卢先生的账拿来一算，还欠我两百五十块。我到派出所去拿了许可证，便到顾太太那儿，去拿点卢先生的东西来做抵押。我们做小生意的，哪里赔得起这些闲钱。顾太太满面笑容过来招呼我，她一定以为我去找她打牌呢。等她探明了我的来意，却冷笑了一声说道：

"还有你的份？他欠我的房钱，我向谁讨？"

她把房门的钥匙往我手里一塞，便径自往厨房里去了。我走到卢先生房中，里面果然是空空的。书桌上堆着几本旧书，一个笔筒里插着一把破毛笔。那个湖北婆不知私下昧下了多少东西！我打开衣柜，里面挂着几件白衬衫，领子都翻毛了，柜子角落头却塞着几条发了黄的女人的三角裤。我四处打量了一下却发现卢先生那把弦子还挂在墙壁上，落满了灰尘。弦子旁边，悬着几幅照片，我走近一瞧，中间那幅最大的，可不是我们桂林水东门外的花桥吗？我赶忙爬上去，把那幅照片拿了下来，走到窗户边，用衣角把玻璃框擦了一下，借着亮光，觑起眼睛，仔细地瞧了一番。果然是我们花桥，桥底下是漓江，桥头那两根石头龙柱还在那里，柱子旁边站着两个后生，一男一女，男孩子是卢先生，女孩子一定是那位罗家姑娘了。卢先生还穿着一身学生装，清清秀秀，干干净净的，戴着一顶学生鸭嘴帽。我再一看那位罗家姑娘，就不由得暗暗喝起彩来。果然是我们桂林小姐！那一身的水秀，一双灵透灵透的凤眼，看着实在叫人疼怜。两个人，肩靠肩，紧紧地依着，笑眯眯的，两个人不过是十八九岁的模样。

卢先生房里，什么值钱的东西也搜不出，我便把那幅照片带走了，我要挂在我们店里，日后有广西老乡来，我好指给他们看，从前我爷爷开的那间花桥荣记，就在漓江边，花桥桥头，那个路口子上。

| **作品点评** |

细读《花桥荣记》，我们不禁再度赞叹白先勇写实能力之惊人。里面的角色，不论大小，一律栩栩如生，呼之欲出。但最耐人寻味的，还是说话人自己，因为，从她那些对别人品头论足的闲话中，从她讲述故事的方式和口气中，从她对人对事的反应和评价中，我们不仅看到活生生的卢先生，和同样活生生的一批社会小人物，我们更看到她自己——一个心地不错、骄傲于自己过去、喜与人搭讪聊天、有虚荣心、也有点势利眼、颇俗气、颇风趣、爱探听别人闲事、富人情味但更关心自己目前生计的中下阶级饭店老板娘。

——欧阳子：《王谢堂前的燕子——〈台北人〉的研析与索隐》，广西师范大学
出版社，2014，第 185 页

这，便是卢先生灵和肉的悲剧故事。由于他本来是那样一个温柔、高尚、贞洁的人，他突然间的直线堕落，以及灵肉相互的毁灭，更加震撼人心，更加可怖可悯。而美好的过去，和丑陋的现在，两者之间的对比对照，就是这个短篇小说的主题。

——欧阳子：《王谢堂前的燕子——〈台北人〉的研析与索隐》，广西师范大学
出版社，2014，第 195 页

我们如果把这《花桥荣记》这篇小说，硬邦邦地解释为卢先生的故事，则作者让老板娘噜噜苏苏道出自己生活琐事，又介绍描写李老头子、秦癫子等广西老乡顾客，就好像也犯了巴尔扎克的毛病。小说六节中的第一节，事实上就和卢先生毫无关系。可是老板娘这些好似无谓又无目的的絮聒，实际上都是有作用的。

贯联这篇小说的大小细节，使之成为一个有机整体的，便是"今非昔比"的主题意识。这一主题意识，从小说的开头，一直穿流到小说的末尾。……小说以爷爷的花桥荣记开始，又以爷爷的花桥荣记结束。首尾都是有关花桥的光荣过去的记述，难怪作者取名为《花桥荣记》。小说的起点和终点，如此好似合在一起，比如绕一个圆圈，又回返到原来的地方。而循着情节的圆周，潜流于内的，就是"想当年"的感慨意识和乡愁意识。

——欧阳子：《王谢堂前的燕子——〈台北人〉的研析与索隐》，广西师范大学
出版社，2014，第196—198页

其实，说起来，不仅是小说结尾，而是卢先生的整个悲剧故事，单就题材本身来说，过于感伤化(sentimental)，过于戏剧化(melodramatic)。白先勇却十分巧妙地借由叙述者现实、轻松、风趣的"语气"或"语调"(tone)控制抵挡住这两种趋向。大凡一个小说作者，写作成败的主要关键，不在于选用什么样的题材，而在于如何处理他所选用的题材。

——欧阳子：《王谢堂前的燕子——〈台北人〉的研析与索隐》，广西师范大学
出版社，2014，第201页

彩云归

李栋 王云高

一、"有人跳海啦！"

如钩的残月斜挂西天，湿润的东南季风轻轻地抚熨着漆黑的海面。涨潮了，朦胧中可见一排排闪光的浪花，你挤我拥，顶踵相接，欢快地向大陆漂去。

俗话说，"秋汛金，春汛银"，一到这黄金季节，整个台湾海峡都喧腾起来了，特别是远洋渔业的发展，捕鱼新技术的广泛应用，台湾渔轮捕鱼半径越来越大，越来越往大陆靠近了。岂止因为海水回流，饵食丰富，鱼群爱到那里产卵，更重要的(尽管谁也没说出来)，还可以更靠近地看看祖国大陆，那里住着骨肉亲人呵！

作者简介

李栋(1942—2002)，广西岑溪人，曾任南宁市《红豆》杂志编辑部副主任、广西电影制片厂编剧。1962年开始发表作品。1986年加入中国作家协会。著有长篇小说《武林传奇》，短篇小说集《最差影片的最佳配角》，中篇小说集《她，他和他的版纳野牛》《缉私队长》《再做一个梦》，电影文学剧本集《不要用眼泪告别》《竹林隐士》等。

王云高(1936—)，壮族，广西邕宁县人，中共党员。1966年毕业于广西干部业余大学中文系。1958年参加工作，历任南宁第四中学教师，南宁人民广播电台记者、编辑，《南宁晚报》记者、编辑，南宁市文联副主席，专业作家，文学创作一级职称，获广西壮族自治区优秀专家称号。著有《明星恨》《地狱门口的上帝》《十字街口的狂客》等作品，他与李栋合作的短篇小说《彩云归》获1979年全国优秀短篇小说奖。

作品信息

原载《邕江》1979年第1期，《人民文学》1979年第5期转载，获得全国第二届优秀短篇小说奖，广西人民出版社1979年10月出版单行本，收入《1979年全国优秀短篇小说评选获奖作品集》(上海文艺出版社1980年5月出版)、《中国新文艺大系(1976—1982)·短篇小说集》(中国文联出版社1986年5月出版)、《广西少数民族作家获奖作品选·短篇小说集》(广西民族出版社1988年12月出版)。《中国当代文学作品辞典》(北京大学出版社1990年12月出版)收有《彩云归》词条。

一队台湾渔船追逐鱼群，来到了离大陆只有十多海里的渔场捕鱼，像往常一样，几艘炮艇在四周巡弋着……

灯光诱捕装置和声呐捕鱼器放下去了，渔船开始分开，准备投下大型拖网，渔船上信号灯闪烁，扬声器传下船长忙碌的命令。一切都似乎没什么异常。

突然，三号渔船甲板上跃起了一条人影，抱着个救生圈向大海跳了下去。

"有人跳海啦！"是谁惊惶地喊道。顿时，人声鼎沸，警笛乱鸣，枪声大作。不一会，炮艇上射下的几道交叉光柱把跳海的人罩住了……

这个人太轻率，或者说太急于求成了，因为每个船队，每条渔轮都是安有保安机构的"钉子"的啊！有多少人用这办法能侥幸成功的呢？！看，被捕了，炮艇上还传来了叱骂声和踢打声。这不幸的人啊，他是谁？为什么要跳海？他的命运又将如何呢？

二、难忘一曲《彩云归》

由于外资涌入，经济"起飞"，台湾承天市的市容几年间发生了很大变化，一条条多层立体交叉路建成，一座座箔壳结构、预构件施工的三四十层匣式大厦拔地而起，使得原来的工人与小商贩聚居的旧城区，显得更窄迫、拥挤了。

旧城区中山路的北段，一间最不显眼的老式洋楼下，几年前搬来了一位六十开外的干瘦老头。他无亲无眷，孤寡一人，在门口挂了个"魏芝圃医寓"的牌子，显然是个开业医生。可是他既没在任何报纸上登过广告，也没有特意去招揽过任何病者，他行医的方式是"姜太公钓鱼"，他生活的方式是"清静无为"，这一切，与他那浓重的、活泼的四川乡音总显得不大协调。

这天，他看过"早晨快讯"的电视节目，煮了一杯浓浓的咖啡，斜躺在长沙发上，开始浏览起《承天早报》来。他看报与其说是为了消遣，不如说纯粹是几十年的老习惯。因为他实在想不出会有什么与他相关的消息：股票市场的升沉啦，黄金价格的浮动啦，乃至"空前脱戏，百年难遇，真情挚爱，儿童不宜"之类的影剧广告啦，等等，仿佛都与他无关。——古人说，"哀莫大于心死"，他宦海浮沉，沧桑屡变，什么刀光剑影、生死荣辱都见过了。那颗心纵未死，也硬邦邦的了。

翻过国际新闻版，他又扫眼望了望本埠新闻。突然，他的手微微地抖动了起来，昏花的老眼凝在一条醒目的四行黑体大标题上：

承天海洋渔业公司轮机手朱义跳海内渡未遂
现拘押于本市军事监狱候审
此人背景复杂警方曾经追缉
据云还有桃色背景详情正在审讯中

他擦了擦眼镜的镜片，再仔细端详报上的照片，是他，阿义！就是这位联结了自己大半生的阿义呵！他与自己分手时，不是说看来曾耿已发现了他的踪迹，怕累及自己，而暂时中断来往吗？怎么又跳海内渡了？难道又是这位老朋友弄的什么鬼？他的脑海乱成了一团麻，不，他的一生简直就是一团理不清的麻！想到阿义，他不禁想到了他的亲随副官朱福——阿义的父亲。回忆的思潮不觉把他带到往昔，带到大陆，带到了刚从日寇的浩劫中光复过来的 J 市。

那是抗战胜利的翌年，他，国民党某绥靖区少将军医主任黄维芝，正随部队在这个城市集结待命。他怀着不久即可解甲归田，过过太平日子的愿望来到这个"家家泉水，户户垂杨"的古城，特意选择一所邻近寺院的古老房子安了家。举目梵宫僧寮，抬头苍松翠柏，满耳木鱼清磬，使人顿生脱俗之思。他搬进来后的第一个想法，就是把留在川北的，在多年离乱中日夜想念的妻子钟离秀兰接来团聚。接眷的呈文上去了，上司批下来时，却是"大局甫定，军人未便远离行伍"，没办法，他只好派了自己的亲随副官朱福，带着自己的亲笔信去接秀兰。送走朱福后，他思绪万端，无法排解，想起当年和妻子在闺中琴瑟唱随，曾经共同学了一曲叫《彩云归》的古曲，并多次亲自品箫，给妻子的焦尾琴作伴奏。如今，对妻子的怀念，加上对和平生活的向往，使他拿起笔来，按曲调填了一阕新词。

朱福一去三个月，他的思念也与日俱增。那天，他正提起狼毫笔，把《彩云归》的新词写在宣纸上，一笔怀素狂草，简直把自己抑郁的心情写得淋漓尽致。他正在欣赏自己的手笔，忽听得院中人声喧哗，还不待他查问是怎么回事，只见一张担架，把朱福抬了进来，后面跟着的正是他日夜思念的妻子钟离秀兰。

"车子刚进警戒线，因为没有特别通行证，停车慢了一点，就开枪了……"

"混账！"黄维芝气恨恨地咕噜了一句，顾不上同久别的妻子多说，俯身去看伤员。子弹打中肱动脉，鲜红的血液穿过雪白的纱布，一阵阵往外渗。

黄维芝忙给伤员做紧急处置。在忙碌中，只听得一迭连声地喊："曾参谋长到！"抬头一看，自己的黄埔同期同学，某绥区司令部参谋长曾耿，匆匆走了进来。

黄维芝抬了抬手，做了个请坐的表示，又埋头给病人止血。

曾耿神情有点尴尬地说，"一来听说嫂夫人来到，特来探望；二来发生不幸误会，前来道歉！唉，要是你的副官把特别通行证带上，也不至于……"

"通行证？早上发了，晚上换了，通行不通，还要'特别'，我真不知道这样如临大敌，搞得风声鹤唳，是何用意！"黄维芝沉痛地说，"既然和谈，就应见之以诚，摆出这样的架势，是和谈的样子么？！"目光一接触殷红的血滴时，他又控制不住自己的感情，几乎是咆哮着说，"你看这血！我们的民族又流血了！异族入侵，流了那么多年血，还嫌不够！真不知道要把国家的元气损伤到什么地步！"

曾耿面对老同学的责问，默然肃立，不动声色。等到黄维芝住了口，他才严肃地说："伯兰，我理解你的感情，因为你是医生。但是，我是个军人，军人以服从为天职，对流血的这种伤感情绪，是与军人的身份不相称的。"

一阵难堪的沉默。

曾耿待黄维芝包扎完后，才又把他拉到书房，告诉他一个意外的消息，绥区军事调处小组已经成立，他被任命为首席代表。共方也派来了代表，其中就有一位旧日的黄埔同窗陶叔冶。他希望黄维芝能够出面举行家宴，招待陶叔冶。

黄维芝抬起头来，心中暗暗纳闷：这位老同学是个标准军人，不吸烟，不嗜酒，平时不苟言笑，不喜交际，怎么一下子这么讲究起同窗之谊来了?! 瞭眼看他，只见他和往常一样，板着脸孔，紧抿嘴唇，不同的是眉锁愁云，像有无穷心事。黄维芝真想问问是何缘故，不过他懂得老友的脾气，该说给自己听的，他自然会说；如不愿他人与闻的，问也白搭，只好冷眼旁观。果然，曾耿思忖了一会，突然一挥手，压低了调门说："实话告诉你吧，伯兰兄，这是借兰室一摆鸿门宴!"

黄维芝一惊，曾耿却以一种不可改易的口气告诉他，军统局驻 J 市调查室主任邓某搞了个秘密劫持陶叔冶的计划，然后逼他发表个脱离共产党的声明。"上峰已经批准下来，但命我以同窗之谊，先行试探，如能说服他就范，免用这极端手段更好。酒席之间，还请多加帮忙!"

黄维芝大惊，说："介臣兄，三军可夺帅，匹夫不可夺志。叔冶在五次'围剿'之日，二万五千里追堵之中，尚且矢志不移。今日他们羽毛已丰，能听你我说项? 老兄为人耿介，难道不知当前人心思定，官兵厌战，当面信誓旦旦，背后下此毒手，岂非失信于民，又背义于朋友? 你怎么能听那些腌臜小人的胡言乱语?"

"我是军人，军人的问题应当用军人的方式解决。情愿与叔冶在沙场上一刀一枪，虽死无憾!"曾耿脸色铁青，一拳打在桌上。"可是上司下了手令，作为军人，却又有服从之天职。"曾耿仿佛有多少难言之隐，重重地叹了口气。

黄维芝也沉默了。从道义上说，他是不愿参与这肮脏勾当的，但自己不参与，他们就会撒手不干么?! 因此倒不如自己在场，还好见机转圜。想到这里，他终于答应了，只是再三声明：自己只做《黄鹤楼》里的鲁肃，绝不做《鸿门宴》里的范增。

家宴那天，请了绥区后勤主任、秀兰的弟弟，也是黄埔同学的钟离汉作陪。不久，曾耿和陶叔冶也先后来了，于是五个人团团围坐，曾耿首先举杯，说："神州光复，夫妻团聚，姐弟相逢，同窗相见，今夜是四喜临门，请!"

陶叔冶也举杯在手，说："一月五日，国共双方签订了停战协定。我们注意到蒋先生关于'言必信，行必果'的多次申明。我们愿意协助蒋先生践行这一点，使我们今宵的欢宴能与四万万五千万同胞同乐。"

"掉个啥子文哟！"钟离汉操着浓重的川北乡音喊道，"政治问题留到军调小组会上再说，喝酒要紧！"他举起杯，一饮而尽。

"快人快语！"黄维芝作为主人，实在不希望"鸿门宴"的阴影加浓下去，便扯开了话题，"老弟，来一段川剧，如何？"

"吧！"钟离汉双手乱摇，嚷道，"已经八年没听过你和姐姐的琴箫合奏了，你们来一段最好。"

众人齐声附议，一对夫妇推辞不得，维芝就取过桌上的《彩云归》新词，交给妻子，让她先到书房调弦。在众人离座进入书房的扰攘中，他觑个空子，把曾耿的计划悄悄告诉陶叔冶，叫他当心。陶叔冶并不惊奇，只在腮边流出了一丝冷笑。然后偷偷吩咐通讯员，立即把情况向组织汇报。黄维芝携着他的手进了书房，见妻子已把丝弦调好，檀香点着，琴声玲琮，再加上空气中似有若无的幽香，夹着窗外若隐若现的钟磬，自然而然地进入了这支古曲的幽深境界。他摘下玉箫，先吹了一段引子，秀兰紧接着用轮指拨弦，缓缓相应，然后曼声低唱起丈夫作的新词来：

风袅袅，

雨霏霏，

故园今又动芳菲，

况复彩云归！

铸剑为锄应有日，

前途莫遣寸心灰，

千佛山月朗，

照彻彩云归。

云漠漠，

雾迷迷，

破雾穿云月色微，

好伴彩云归。

茅舍竹篱春色秀，

男耕女织永相随，

元宵弄弦管，

同奏彩云归！

唉，难忘一曲《彩云归》！转眼已过了三十多年，直到此际，黄维芝的耳畔似乎还听到琴弦玲琤，箫韵悠扬，当然也记得那不欢而散的鸿门宴：曾耿马上抓住"铸剑为锄应有日"，劝陶叔冶"服从中央军令政令的统一，放弃地方割据"，陶叔冶也针锋相对，认为要统一，则统一于自由、民主、进步，"如果你们坚持与人民为敌的反动政策，一意孤行，挑动内战，还有什么铸剑为锄的余地？"双方越争越烈，陶叔冶最后并当面揭穿曾耿的劫持阴谋，劝曾耿不要为他人火中取栗，做亲痛仇快的事，以免成为破坏和谈的千古罪人。这时，军调小组共方代表的专车已特地开来接他了。

一场聚会就这样不欢而散，劫持陶叔冶的计划自然流产了。接着，同全国其他战场一样，某绥区的国共和谈也宣布破裂，内战烽烟再起。黄维芝只好再送妻子携琴西归，自己仍留在军中。令人不堪回首哟，他怎么也想不到，八百万军队会溃败得那么快。当然，他也后悔自己不能当机立断，却让曾耿一架飞机，把他弄到这个离家万里的孤岛上来……

想到这里，他不禁抬起头来，凝视那挂在墙上的一支玉箫，还有那张亲手书写的条幅：

玉箫尘染又伤春，

潦倒情怀似逸民。

卜居怕近弦歌地，

天涯犹念望归人！

"天涯犹念望归人"，是的，远离故土，思妻更切，怀念之情越浓，重逢的希望却越渺茫。他怎么料想得到，今天只能"卜居"在这扰攘的市井之中，为躲避同窗曾耿的追踪，他连唯一的义子也被迫断绝了来往！

命运真会捉弄人呵，他不禁又想起了到台湾后，早先的那些日子——

三、沉没的灵船

到台湾后不久，逾额兵员开始退役。编遣工作开始了，从大陆逃来的军政人员发生了更剧烈的升降浮沉。曾耿是久经沙场的指挥官，又是"国防部长"黄杰的老部下，被任命为东蓬市警备司令。钟离汉失去了军职，改行经商去了，娶了个本地女子为妻，生了个女儿叫孝贞。黄维芝被"退役官兵辅导委员会"派到专为安置退役官兵而设的新竹农场当场长，后来因为曾耿的举荐，又被起用为军委会少将卫生参议。然而这只是个虚衔，连副官也没法带，只好单身赴任。而把多年共患难的朱福撇在农场了。

朱福娶了个高山族姑娘为妻，刚生头一个孩子，便难产身故了；又过了若干年，竟来信说自己已病重不起了。

黄维芝搭上火车，匆匆赶到新竹。

这里三面靠山，一面临海，山下零星地点缀着几栋洋房，黄维芝知道，那是显要们疗养的别墅。如今正是隆冬时节，避暑的达官贵妇们早已回到台北豪华、温暖的府邸之中，只剩下几株半萎的蕉树守护着风雨剥蚀的粉墙，在号称"风都"的大风中瑟缩地抖颤着。连用佛青写在粉墙上的大字标语"精诚团结，克难自强"，也仿佛在风中摇晃。他无心观赏这熟悉而苍凉的景色，出了车站，就把衣领高高地扯起，遮住了半边脸颊，在大风中匆匆地向农场奔去。

赶到朱福家，病人已处于弥留状态，见了黄维芝，他艰难地把嘴角拉了拉，算是个笑意的表示，立即请人把儿子朱义找来。那是个十来岁的瘦骨伶仃的小孩，满脸菜色，却长得眉清目秀。特别那双显得比常人都大的眼睛，闪动着聪慧的光芒。他拖着木屐，一件破旧的绿绒军服垂到膝前。朱福伸出骨瘦如柴的手，拉着朱义，艰难地说："黄主任，见到你，我死也瞑目了！只是这个从小没娘的孩子——"

黄维芝一把将朱义揽进怀里，说："你的儿子就是我的儿子。好吧，当着你的面，我就收他当义子好了！"

"太高攀了！阿义，叫——叫义父！"朱福说着，一颗浑浊的泪珠夺眶而出。

"义父——"朱义懂事地叫了一声，想立即趴在地上，给黄维芝磕个响头。却让黄维芝紧紧地搂在怀里。

"我知道，义母也会疼他的，她，是个好人。"朱福还想说什么，突然袭来一阵猛烈的咳嗽，他张开嘴，艰难地喘了一阵气，又拼尽全力，挣扎着说："还有件要紧事：想借重您的贵手，给我写张寄名符。"

"寄名符？"黄维芝显得有点惶惑。

"这场大病，使我更想家了……叶落归根，可惜我活着不能回家去……我想请您这个福大命大的人写张寄名符，把我的姓名乡贯、生辰八字都写下来，让我握着，就算我在奈何桥头吃了王婆的茶，也忘不了自己的出身本处，到了望乡台上，就可以请阎王的使者把我带回故乡进宗祠，免得沦落他乡做游魂野鬼……"

朱福一番话，又触着了黄维芝的思乡之情，他忙叫人找来了朱笔黄纸，按朱福的意思写上了：

"朱门显考讳福，本命于癸丑年二月朔后三日降生于安徽凤阳郡西朱家集本宅。"

当黄维芝把寄名符递到病人眼前，病人拼了最后的力气，把它用力抓在手里，抛出了最后的两颗浑浊的泪珠之后，眼神就慢慢暗淡了……

现在，黄维芝已经记不清，在自己深深的哀伤中，朱福的乡亲们是怎样给死者入殓的，只记得，在安葬时，朱义捧着一个装有神主牌位的纸船，向"国姓神公"的神像拜了三拜，便拄上芦竹杖，肩起引灵幡，踉踉跄跄地向海滩走去。黄维芝不懂他们的乡规，也不信什么神佛，但他完全可以理解：所谓"国姓神公"，就是明末著名民族英雄郑成功的神化。这一叩拜的仪式，就是求他大显神通，把死者的灵魂接引到船上，渡向西海岸的家乡去归籍。因此，当他看到那纸裱的灵船在海浪中几经簸弄而终于沉没的时候，他的心也随之一沉，终于忍不住哭出声来。

两天后，他带领朱义告别了故人的坟茔，回到了自己的家。从此，他们俩的命运就在风云变幻中紧紧地联结起来了。

四、春兰秋菊情难移

《内经·素问》讲得对："怒伤肝，悲损肺。"朱福的死，特别是葬仪的乡俗更加深了黄维芝的乡思离愁，再加上年老体衰，旅途劳顿，刚刚把朱义安置进了职业学校，黄维芝就病了。钟离汉那时长住香港，辗转于港台之间做生意，昨天回台，听到姐夫患病的消息，马上带着女儿孝贞到北投公园附近的寓所去探望。

"嘟格搞的哟，人家是久病成良医，你这个良医倒治不了自己的病？"他走进客厅，看见黄维芝家常衣着，头上扎一条毛巾，斜躺在沙发上摆弄着新削的拐杖，气色还不算太坏，悬着的心才放下了一半，便故作轻松地嚷道。

"我这是久医成恶病。"黄维芝苦笑着，"况且医家有云，医人难自医，我是不敢乐观的。"

"扯淡！"钟离汉打断了姐夫的话，一挥手，说，"你的病，我就能医。"

"哟嗬，想不到你经商之余，还研究起医学来了。"黄维芝淡淡一笑，"开个药单罢！"

"心病心药医。"钟离汉瞟了一眼墙上的条幅，拿起笔来写了个"安"字，递了过去。

"玄！"黄维芝摇了摇头，"你一不切脉，二不问病，没头没脑鬼画符，谁知卖的什么药？"

"这就是心理医学的妙处嘛！"钟离汉还在卖着关子，"你们中医讲究望闻问切，我虽然没有问病切脉，但一望便知病源。"关子卖够了，他才指着条幅笑道："你这是不打自招嘛！什么'卜居怕近弦歌地'，你怕个啥子哟，太伤感了，这就是你的病根。仓颉造字，家中有女为安。你看我，对娇妻，怜弱女，连个发愁的工夫也没有。不像你，不沾烟酒，不近女色，就像个老和尚！"看见对方摇了摇头，闭目养神，一派高深莫测的样子，钟离汉又探过头去，悄声地说："我认识皇后舞厅一个叫菊仙的歌女，年纪三十出头，虽然从事这一行，却好在身出淤泥而不染。为人温良贤淑……你先别皱眉头，且看我安排好了，事成不成且不论，交个朋友也不错嘛！"

黄维芝哭笑不得，从鼻子里哼了一声，说："小舅子保媒，倒来劝姐夫纳妾。这年头，古怪事也太多了！"

钟离汉一本正经地说："非常时期就得便宜行事。春兰秋菊，不过聊以移情罢了。像你这样，形单影只，有个头痛脑热，连个端茶送水的人也没有。况且荒唐的年月已经过去，就是姐姐知道，相信也能谅解……"钟离汉还要说下去，看见黄维芝双手乱摇，终于勉强打住了自己的话，这时，一直注视着那张条幅的小孝贞却问道：

"姑父，你那张字上写江夏黄维芝，江夏也是人么？"

这小姑娘天真未凿，活泼可爱，烫着波浪形的短发，小嘴涂得绯红，黄维芝不禁把内侄女抱在膝上，耐心地解释道："江夏是个地名，是天下姓黄人的老家。所有姓黄的，不管是大陆的还是台湾的，都是从那儿分出去的。"

"那地方好玩吗？"

"好玩极了。奔腾万里的大江，浩浩荡荡，那有名的三峡，岸壁就像刀削出来的一样。比这里的淡水河、浊水溪，雄伟多了。"他神往地说，"如果坐上船，穿过三峡，就可以到我们的家乡。"

"真好!"小孝贞拍着手说，"姑父，将来我要跟您去看看三峡。"

看见女儿又破坏了自己冲淡病人乡思的努力，钟离汉挥手把孩子赶出去玩了。黄维芝也理解了老友的意图，就小心地挑选着别的话题："怎么样，我的钟离大老板，买卖还算兴隆吧?"

"哪里!"钟离汉欣幸着终于找到了轻松的话题，却也不无自豪地说，"当了多年的联勤主任，没吃过猪肉，总见过猪走路嘛。只要看透行情，胆大手狠，自会生财有道。不过话说回来，近年买卖顺手，倒也多得介臣兄在经营、运输方面帮了不少忙。"

"曾耿?! 这样的人，我劝你少惹为佳。"

"咳，你是当官的，可以自命清高。我是经商的，就要多个朋友多条路。"钟离汉摆出一副世故的神态劝说他的姐夫："其实，你也不必这样迂执，四六年那次，他只是怀疑你向陶叔冶通了水。至于后来借看病为名把你骗上飞机，弄到这里来，那是因为他的上峰怕你同情'共党'，参加统一战线，下了手令要他干的。他这个人就懂得'食君之禄，忠君之事'，离开了这个范围，倒还是挺讲交情的。看，你这个卫生参议不就是他保荐的吗?"仿佛是触中了什么隐忧，钟离汉又沉吟了一会，接着说："只是，最近给他派来的那个副司令任九车不好惹——第二代的少壮派，来头不小，有这样的人掣肘，只怕他能讲人情的余地也不多了。"

黄维芝还是余怒未消："一个人应当识大体，顾大局，顺潮流。像他那样，一味愚忠，上峰一个乱命，就可以失义气，违人伦，还以纯粹军人自命呢! 我是不会原谅他，也不会求他的。"

"识性者同居。你不处其境，自然不知道他也自有难处。"钟离汉还想为曾耿辩护两句，看见黄维芝一脸的不爱听，忙说："好好，不讲他了，你不找他，找我吧，看我能给你帮点什么小忙吧?"

"你，我自然是要找的。"黄维芝像是想起了件大事："这次你回香港，请无论如何设法帮我弄些家乡的当归来。你知道，我半生戎马，不知多少风寒暑湿郁于肌肤血脉，近来老是觉得半边病麻，再不及时调理，弄成痹症了，我可不像你这个富商，有金山坐吃！”

“还要特地弄家乡的当归？”钟离汉滑稽地大笑道：“你这个大国手的名堂也太多了！偌大一个台湾，多少国药店，当归多的是，干吗非要大老远地从香港弄来？”

“咳，隔行如隔山！”黄维芝打断了他的笑声，说：“我们中医用药，讲究非时不采，非地不用。同属当归，秦产者宜补，川产者善攻。地道不真，则美恶迥别，现在市面的当归全是台产，哪里找得出一两川归来？！”

“这又怪了！既然有那么多穷讲究，还无可替代，为什么不从大陆进口一些。——要知道，多少飞机大炮都运来了，区区药材，能值几何？”

“你真是商人不可与言政治！”黄维芝沉痛地说，“你可知当局衮衮诸公，饱食终日，无所用心，把聪明智慧都用来统制思想了。卫生署的老爷们早就有了一项新发现：大陆药材虽能医病，却容易留下后遗症，应该杜绝进口。”

“什么后遗症？”钟离汉觉得姐夫越讲越玄了。

“思乡病！”黄维芝坐了起来，几乎是喊着说，“当归犯忌，续断犯讳，甚至川莲、淮山、红花、田七，都会引起一些人的乡情，统统禁止入口，难怪前些日子一些民间中医请愿说：长此以往，岐黄之后要变巫觋之徒了！”

“神经过敏！”钟离汉赞同地点头。

“同一个中华民族，木同本，水同源，书同文，人同种，为什么就该‘盈盈一水间，默默不得语’？不用说骨肉分离，萁豆相煎之苦，就是从纯医学的角度而言，不统一，只有死！”黄维芝越说越激动了，已经到了声震屋外的程度。

“嘘——”钟离汉拼命摇着右手食指，制止姐夫再说下去，“萁豆之怨，何独你为然。几年来，我往返港台，涉足海外，悄悄地也销售了不少大陆货物，也在中国人，华侨和华裔中碰到过那样的情况。可是当今宦途险恶，你还是小心些好。别说了，你要的川归，我尽快从香港给你寄来就是。”

"那就多谢了!"黄维芝从激动中清醒过来,歉疚地说,"你本来想排遣我的乡思,谁知倒让我把你给传染了。这正所谓'剪不断,理还乱,是离愁',没有办法,没有办法!"

钟离汉不敢答话了,只苦笑了一下。不过,他因此更坚定了决心,要促成菊仙和姐夫的结合,使这愤世嫉俗的老头子"安"下来,要不然,他真要闹出事来的。

第二天,钟离汉真的把菊仙带来了。

菊仙三十多岁,两道弯弯的柳叶眉,一对盈盈的杏核眼,玲珑四正的鼻子,浅浅的酒窝……倒退十年,准是个倾倒六宫的人物,可是,由于长年的夜生活,使她像一朵秋花,早已接近凋零了。她打算急流勇退:找个老成可靠的人厮守过活,哪怕年纪大一些也不要紧。听到钟离汉介绍黄维芝的经历,他的身份,特别是他壮年别妻,天各一方,居然能在这样声色犬马的环境之中,二十余年保持着自己的操守,她觉得太难得了,也太可贵了。她乐意结识他。如果他愿意,她决心改变自己的生活轨道,去照顾他,或者像钟离汉讲的"秋菊春兰联袂秀",去代替那素昧平生的女人的职务。想到这里,她不无羞赧地看了看手上捉着的琵琶囊,里边还有钟离汉为她新填的一阕《彩云归》,这段词和曲的来历,钟离汉是坦率地告诉过她的,因此,这位久经战阵的歌星还是未免有些紧张。

黄维芝见钟离汉真把人带来了,自然免不了寒暄几句,但觉得小舅子此举实在多余,流露在神态上就不免有些尴尬。可是,钟离汉早已胸有成竹,于是对菊仙道:

"早闻菊仙小姐不但善歌,还善琵琶。维芝兄也是个知音,不知能赏我们清听雅曲否?"

菊仙也不答话,只是微微一笑,解下了琵琶套,转轴拨弦,先弹了几声定调。钟离汉又特地点起檀香来。黄维芝口头不说,肚里却怨钟离汉无聊:在风靡扭摆舞、爬满硬壳虫的台湾歌坛,想听到纯正的雅乐,无异想入非非!

突然，一阵轻快的轮指，琵琶迸出了《彩云归》的熟悉曲调，呵，多少年了，他怕想这个曲调，更怕听这个曲调，然而几回梦里却又不能不想、不听。玉箫虽然挂在墙上，但他只是用以寄托对那张远方的琴的情思，知音人在天涯，他有什么勇气与必要再演奏它呢！

前奏过后，就是一段沉闷、凄清的旋律，黄维芝仿佛看到了乌云掩月、秋风萧瑟、秋虫乱鸣的意境。接着，曲调转为欢快、激越，仿佛月光冲出云围，驰骋天宇，普照大地。啊！彩云归！彩云归！他又步入了彩云归来的意境！他又一次被这支浸透了他几十年欢乐与哀愁的曲子拨动了心弦，使得他情不自禁，缓缓地站起身来，把墙上的玉箫摘到手里。他很珍视这片刻的享受，正如古人的诗句："今夜闻君琵琶语，如听仙乐耳暂明"；他愿意在琴箫和鸣的意境里更真实地温习当年情景。可是，就在他向正宫调上取好基准音的时候，菊仙却顿开歌喉唱起来了：

　　琴袅袅，
　　雪微微，
　　红炉绿酒对蛾眉，
　　何必彩云归？

不对，不对！他的本意是温旧梦，可是这段歌词分明是觅新欢的主题。你听那跳动的琵琶音，那过分流利的弹拨，分明已经透出了"爵士"的情调。原作那庄朴、纯正的古曲风不见了，他呆呆地听着这段演奏者精心改造了的间奏；那急速的和弦，使他似乎听到了台湾海峡的风涛声。这风涛，不但隔不断他和家乡亲人的联系，更使他的绵绵思绪浓郁了，反而成了自己和眼前这位歌姬间的鸿沟……

黄维芝长叹一声，把玉箫重又挂回墙上。那菊仙久历风尘，何等乖觉，从这番神态中早已看出对方的心绪，于是也停了手，抱歉地笑道："黄参议，我弹得不好，贻笑方家了！"

黄维芝这才感到自己失礼，把人家的下阕也打断了，连忙歉疚地说："哪里哪里，我老朽落伍，实在不懂得时代曲，请多包涵。"

"你呀，"钟离汉埋怨地说，"就没有细听小姐的新词：'红炉绿酒对蛾眉，何必彩云归？'我看，你还是取铁球哲学——随遇而安的好。"

"当然，当然，'醉里乾坤大'嘛，自然可以麻木于一时。"黄维芝苦笑道，"可是，毕竟是'醒时日月长'，叫我如何不想她！"

菊仙凄然一笑，把琵琶套上，起身告辞了。

五、司令曾耿和副司令任九车

钟离汉没法为他俩撮合，三天后，便怏怏然地回到香港去了。他知道黄维芝的身体确实在垮下去，自己的单方不灵，只好照黄维芝的单方执药。好在他是那种老于经纪的人，一进商场，就跟情场上判若两人，俨然是一位老谋深算、随机应变的将领。就在回港的当晚，他得到情报：中国银行香港分行新任命了一个四川人为行长，据说是共产党的一个老干部。他就设法跟那位老乡接头。使他大吃一惊的是，这位新行长竟是老同学陶叔冶，只不过他现在的名字不叫陶叔冶罢了。见到陶叔冶，寒暄两句，陶叔冶劈头便说："伯兰兄为了我的事，已被逐出军中，以他的性格，当个夹缝中的卫生参议，又怎能斗得过那些将军和政客？！宦途险恶，他也该好自处之呵！"

钟离汉默然。陶叔冶向钟离汉问明了来意，随后便辗转托人请四川省委代为访查钟离秀兰的下落。最后，关系终于打通了。

二十多年来第一次听到丈夫的消息，秀兰喜出望外，赶忙找到了一包川产当归。这种药材，头圆须长，头部还有云状斑纹，真是无巧不成书，当地俗名也叫"彩云归"。她收拾停当，打成包裹寄到了香港，在药包里还附了一封长信，叙说别后自己得到政府安排，生活安定，如果维芝能设法到香港，她也可以到港一会。

钟离汉接到药包，不知道其中夹有信件，便直接带回台湾。可是到了东篷，就让任九车手下的侦缉队扣住了，并从中搜出了信件。

任九车四十开外年纪，扁圆脸、五短身材，手却特别长，一双外八字的脚，使他走起路来活像个猩猩。接到侦缉队的报告后，他马上把钟离汉逮捕，秘密拘留，亲自提审。他知道钟离汉、黄维芝与曾耿的关系，他早已恼恨这个以"标准军人"自命、冥顽老朽的顶头上司了。于是，他抽出了信，却把药材寄给了黄维芝。他像一只虎视眈眈地盯着猎物的野猫，耐心地等待着最有利的时机的到来。

不久，钟离秀兰果然得到有关部门的批准到了香港。她盘算，即使丈夫一时来不了，见见兄弟也是好的。但是，任九车很快就得到这个情报，并指使他的"记者"在小报上发表了访问记，暗示秀兰是共产党派来搞统战的，第一个目标当然就是她的丈夫和兄弟。

黄维芝自然不知道"彩云归"是妻子亲手寄给他的。服了十几剂以它为主药的方剂后，病情显著好转。这使他感触更深，觉得僻处海隅，即使想搞医也不是路。早先李宗仁回国也受到礼遇，看来共产党的"爱国一家"，未必虚妄了。因此打算先到香港住一阵子，那里有关大陆的消息会比这里灵通得多。当然，直说到香港有诸多不便，于是在申请离台的呈文写的是："出国游历，到日本考察东医"。

不出陶叔冶所料：黄维芝正为自己的托词欣赏之时，任九车已为他们掘好了陷阱：他在给"国防部""特派员"的密信中描述了如下图景：陶叔冶以美人作饵统战，钟离汉穿针引线于港台之间，黄维芝与"共党"默契，企图金蝉脱壳，投靠"共党"，而包庇纵容者乃是曾耿。任九车建议公开审判黄维芝案，名正典刑，杀一儆百。而"上峰"却认为当今人心浮动，治沉疴不宜用巴豆、大黄。而且事涉三个将官，闹不好徒然造成混乱。更有人替曾耿说项，说他生性耿介，是个典型军人，受蒙蔽则有之，作后台则未必，要任九车进一步提出曾耿的表现材料，再行定夺。于是，任九车心生一计，带了此案的卷宗去找曾耿请示。

"侦缉队大发利市，破获了一个与'共党'勾结、危害党国的重案，我这个副司令玩不转，只好请司令过目。"任九车阴笑着呈上案卷。

"老弟台何必客气！曾耿素知这位副手阴鸷狠毒，是靠走边风溯上水的，不是行伍正途出身，所以一直看不顺眼，就硬绷绷地说："我是个军人，对侦缉罗织之学素无研究，况且，侦缉处是你分管范围，你全权处理好了！"

"案情重大，只怕我全权处理不了哪！"任九车挤出了一丝狞笑，"虽然何特派员对如何结案敲过了算盘，但还是要听听司令的训示才好行动。"

"见鬼！"曾耿肚里骂着，不耐烦地把案卷接过来，看着看着，不禁令他在大冷天也冒了一头大汗。他终于明白了对方"请示"的真意。他深怪两个同窗的孟浪，更恨任九车之流挖空心思，钩心斗角，争权夺利。要是大家都把这些聪明才智用来对付共产党，党国何致有今天！他不禁拂袖而起，说："既然上头已经指示，你放胆处理就是。我想他们百战余生，上峰总不会不顾他们汗马功劳，以小过而杀功臣罢！"

任九车嘴角闪过一丝笑意，心想：娘的，好大口气！这些年来，你摆老资格，也摆够了，这下该老子抓抓你的痛脚，叫你老实点。于是冷笑一声，道："司令说得很对。但是这个案件不比寻常，它不仅牵涉到两名'将'字号，而且关系到党国今后的大略。本党反共数十年，为什么堂堂雄师八百万，反被"共党"打得鸡飞狗走，一塌糊涂？难道姓共的一个个是马王爷，都有三只眼？！熊！完全是因为那些吃里爬外的老家伙，做的是党国的高官，却和"共党"合穿一条连裆裤，或者亲情族谊，或者同窗同袍，甚至盖一条被子做一样梦，终于中了"共党"统战的奸计，被人家卖了，还不知道是谁卖的！这些老家伙丧军辱国，罪责难逃，可是时至今日，仍和大陆勾勾搭搭，明修栈道，暗度陈仓！对这帮老家伙没第二条办法，只有新账老账一起算，该杀的，杀！该关的，关！占着茅坑不拉屎的，滚！让那些忠于党国，有才干有魄力的痛痛快快地干，要不怎叫他娘的励——励精图治。"

会说的不如会听的。曾耿当然知道这是指着和尚骂秃驴，不禁脸皮紫涨，粗声粗气地问："那么按你的章程，钟离汉和黄维芝该如何处理？我自然更该新老账一起算了，请问怎么个连坐法？"

任九车真想脱口而出：怎么算？该请你吃几粒"黑枣"！不过却忍住了，不但忍住了，还有本事把笑容挂到脸上每根肌肉："这与司令有熊相干？至于他们两人嘛——"他在"嘛"字上拖了一阵，猛然刹住，眼睛一横，雷吼般说："钟离汉秘密处决，黄维芝也照样请他回老家，但不能公开逮捕，要使人认为他是自杀的，这样，我们可以将计就计，给"共党"一个反宣传，说是他的老婆在港受利用，黄维芝忠于党国，以死明志，把黄维芝之死的黑锅让共产党背。这是特派员的决定，指定由你我执行。"

曾耿几乎无法相信自己的耳朵了。他像一头被囚的狮子，在房间走来走去。猛然，他抬起头盯着任九车，那头猩猩咧着嘴站在那里。凭感情，论资历，比官阶，他都满可以冲上前去，狠狠地揍他一个耳光。然而，他走近时，气势先自怯了。他觉得这个五短身材的家伙却似钢浇铜铸那般结实，他比自己有力量，因为他代表了上级，他有强大的后台！

任九车看出了对方的弱点，知道这老家伙已全线崩溃了，他带着猫玩爪下鼠的得意，却装得越发谦恭下气地问道："钟离汉的死刑何时执行，黄维芝的处置如何着手，就等司令一句话了。"

曾耿再也捺不住了，忽地跳了起来，几乎是吼着说："别问我！我马上辞职！"

任九车又是一声冷笑，哼了一声，走了。曾耿越发气得七窍生烟，马上写了个辞呈。三天后，上峰批下来了："所请不准。调任承天警备司令，仰即克日到职视事为要。"

这简直是降三级留用啊！但这个从不知抗命为何物的"忠臣"，还是打点行李，准备走上变相流放的道路。他的遗缺，自然就被任九车擢升递补了。

六、不值得羡慕的慷慨

一辆三菱黑轿车飞驰在滨海的公路上。

开车的是朱义。俗话说："十八的男儿拔节的笋"，他已经从职业学校毕业，长成个英俊壮伟的小青年。坎坷的命运,使他比实有的年纪显得更老成,开始对生活有自己独立的见解了。现在,他正把着方向盘,向坐在旁边的黄维芝说:"曾老伯真的会那么慷慨,愿意在您出国考察东医这个问题上出一把力吗?"

"不敢幻想,"老人面无表情地说,"上了几次呈文都没有批。这次我是拉下老脸皮了,准备到那里坐催。他有本事就把我赶出大门吧!"

"你真的对东医那么感兴趣?"

"不。你知道,卫生参议本来就是个虚衔。这些年来,我只能给一些达官贵妇们当当御医,真正用得的药品又奇缺,连自己的救命药也得仰仗他人,这样的参议有什么意思!几十年来,我对中医倒有些心得,出洋游历一番,可以扎扎实实做点研究,还可以散散心,大有好处。"

"有人说您早有西归之意,一旦出洋,必然投共。"朱义试探地说。

黄维芝从鼻孔里哼了一声,说:"他们收起了共产党青面獠牙、共产公妻的神话,当然要发明这件新式武器啰!"

汽车在盘山路上转了两圈,停在司令部门口。

曾耿正和任九车办理交接事宜,听到值勤副官报告黄参议过访,他面色骤变。踟蹰片刻后,一扬手,说声:"传我话:不见!"也不和任九车打个招呼,便气呼呼地走了。

值勤副官摸不清头脑,答了声"是",正要转身出去,任九车眼睛骨碌一转——待老子消遣消遣他,想着,叫声:"慢!我去代见。"便大步迈了出去。

见了黄维芝,任九车仿佛又变了另一个人,要多亲热有多亲热,要多谦恭有多谦恭,还故意掉起文来,左一句"兰公",右一句"老前辈",叫个不停。黄维芝也只好陪着寒暄几句,才提到要见曾司令的事。

任九车恭敬地说:"司令有要紧公事分不开身,要学生作陪。不知老前辈有什么吩咐?"

黄维芝私下忖度:曾耿一定是有意回避,很不高兴,心想,你走吧,走了和尚走不了庙,问题非找到你头上不可。于是开门见山地说:"我写过几份要考察东医的呈文，不知过了老弟台的清览没有？"

"哦，老前辈的呈文，我们岂敢怠慢，都转上去了。"任九车赶紧解释地说，"老前辈请回。学生负责催促，如有回音，一定电告。"

"不必劳驾。今天我打算坐催了。"

任九车先是一恼，觉得这老头子太不识相了，叫了几声"前辈"，给他个棒槌他就当真(针)了！继而一闪眼，他又喜形于色。慨然说："咳，这实在也难怪兰公动怒。像您这样戎马半生，为党为国，卓著勋劳，又是个国医妙手，要出去考察考察，还要推三阻四，也太不成体统了！好吧，如蒙不弃，今夜就请下榻于司令部的迎宾楼。学生晚上去见上峰，请示之后，还要来奉陪请教呢！"

说着，任九车便忙不迭地发号施令，给黄维芝父子安排住处。黄维芝毕竟是个善良的人，虽然耳闻此人阴毒，但他心目中的坏，毕竟程度有限。况且看到任九车的谦恭劲，早已冲淡了那先入的主见，心想此人虽有点市井气，倒不像外人讲的那么难相与。于是平心静气地住了下来。

直到安排黄维芝在将官公寓住下了，他才急急忙忙去找"特派员"。离开将官公寓，他不禁擦了擦汗，肚里骂道："娘的，再装这些斯文，老子要憋死了！"

翌晨，"上峰"的答复下来了，慷慨得几乎出人意外："所请照准！"以致任九车向他转达时，黄维芝甚至有点手足无措起来。

任九车客客气气地把他送出大门，可是曾耿却一直没有露面。不过，黄维芝也顾不上怪他了。他几乎得意到了忘形的地步，甚至还想亲自驾车——他虽然饱经沧桑，却依然童心未泯。驱车下山的时候，他兴奋地对朱义说个不完，他对上司的"恩典"作了种种揣测，又设想过出国后的考察路线，他几乎是意马心猿了。不过，在那杂乱无章的种种方案中，有一点是清楚的，那就是秀兰的情影：他要打听她的下落，然后回到她身边去，投共就投共，他要偿还几十年的相思债，也让那玉箫和瑶琴再享一番和鸣的幸福。当然，更要见见故乡人，尝尝家乡水，了却这番梦思萦绕的半生夙愿，落叶归根。此外，还要设法把自己三十年来写的医案传授给大陆上一个诚实的后辈，也算是祖国和民族没有白白哺育自己这样一个儿子。

也许是经历不同，感情也没有那么强烈吧，朱义却比较清醒。他隐隐觉得前途不会那样平坦。他甚至在熟悉的车子的颠簸中感到某种不正常的征兆，于是，他猛地把车刹住，钻到车底，仔细地检查起来。

"哎呦，你看!"他在车底大叫。老人跟着看时，只见车轮的螺钉叫人全都拧松了。

"怎么搞的? 我昨天还检查过的嘛!"朱义从司机座下取出工具，骂骂咧咧地趴下去修车。

老人却视若无睹，只望着天际的白云、海水发呆。哦，难怪这么慷慨，难怪曾耿避而不见，难怪任九车那么异常地谦恭，他突然想起有关的种种传闻，什么钟离汉已被秘密逮捕啦，什么秀兰已到了香港，加入对台的统战活动啦，那时他认为这都是无稽之谈，而现在，现在他也不能肯定什么，但是，自己已经不能见容于当局，甚至当局要对自己下毒手，这却是肯定的了。他冷笑一声，一拳打到车盖上，一把把朱义从车底下拽出来，冷冷地说：

"没有必要修了。来，我们把它推下崖去吧!"

一声爆炸，三菱轿车撞在海边的礁石上，熊熊地燃烧了起来。黄维芝默默地看了一会，长吁了一口气，便拉着朱义，沿着山间小径走了。

七、"今生不善，安问来生?"

在林木蓊郁的云峰下，有一座粉漆半落的寺庙，山门上一块金漆脱剥的匾额："普救禅林"。门外梵钟高悬，寺内僧堂明净，住持圆觉和尚正居中盘腿打坐。

圆觉生得体态魁梧，方脸，粗眉，一双炯炯吐火的豹眼，一只鹰喙般勾下来的鼻子，满脸刀刻般的皱纹，声音朗朗，正和两个来访者谈话："这么说来，老先生是情愿斩断尘缘，皈依我佛的了，请教贵姓，台甫?"

"姓魏，贱名芝圃。"老的一位有点犹豫地说，又指着年轻的一位："这是小儿，小名存义。"

"小寺宗师慧能，是南宗嫡传。不知老先生所求何宗？"圆觉两眼炯炯地注视着魏芝圃。

"我对佛学素无研究，但得皈依正道，唯我师之命是从。"魏芝圃局促地说。

"哈哈……"圆觉朗声大笑，"哪是无心求佛，倒是对佛有求了。我宗四世祖怀海曾说'放舍身心，全令自在'，还作下一偈：'幸为福田衣下僧，乾坤赢得一闲人。有缘即往无缘去，一任清风送白云。'像老先生那样，六根不净，苦恼丛生，佛门能解救么？"

魏芝圃默然，放眼禅台，只见有一张近日的报纸，报上的社会新闻栏内，头条是醒目的标题："滨海公路车祸频仍，少将卫生参议坠崖殒命。尸体遍寻无着，显有自杀嫌疑。"他吃了一惊，回头看圆觉，后者正用炯炯的大眼盯着自己。他不由心头怦怦直跳。

"魏先生，"圆觉微微一笑道，"我虽是佛门弟子，却也时闻俗事。你是尘海来人，自然也知道这位少将卫生参议的传闻了！据你看来，那位黄将军会不会轻生自杀呢？"

"很难说。"魏芝圃也瞟了圆觉一眼，觉得他问得蹊跷，于是审慎地选择着词句，"我以为，像他那样的人，有家难归，有国难投，既战败于对手，又受挤于同僚，除一死之外，委实不知有否其他出路。"

"是吗?!"和尚深不可测地微笑着，"从报上看来，他是儒将，又是儒医，即使命途坎坷，他不会是这样悲观的人，我们南宗的宗旨，不外静心自悟，'以无着心应一切物，以无碍慧解一切缚'，如果他要遁入空门，妄解诸般烦恼，我是不会奇怪的。我国历史上这种先例多得很！"

魏芝圃连头也不抬："这么说来，他倒是选择了一条比死更好的出路了。"

"那么你以为，出家真的是比死更好的出路了？我佛以慈悲为本，普度众生，对众生而言，我这普救寺当然是禅门大开的，不过，对黄将军这样的人嘛——"

圆觉故意把话刹住。

魏芝圃抬起头，惊疑地注视着和尚。只见他眼角微润，声调也失去了平静："不错，对于'日求三餐，夜求一宿'的衣架饭袋、凡夫俗子来说，佛门也许是个逃离苦海的福地，但对于像黄将军那样的热血军人来说，恐怕就不那么令人羡慕了。试想：怀用世之志而诵出世之经，把满腔希望寄托在虚无缥缈之中，信佛的还有佛理可乘，本来就不信佛的呢，在木鱼清磬之间，黄卷青灯之际，心问口，口问心，他将作何感想？如何打发这寂寞长夜？这不是比死还残酷的刑罚么？"

魏芝圃惊异地凝视对方："师父，您讲得如此真切，若非耳聆目睹，我真不敢相信此话是出自一位佛门主持的高僧之口。"

"这并不奇怪，因为我自己就有切身的感受。"圆觉头一低，沉痛地说。

"你是——"魏芝圃惊疑地问。

圆觉把姓名告诉他。魏芝圃"啊——"一声霍地站了起来，目瞪口呆地望着和尚，是他！鼎鼎大名的二星上将？关于他的传闻，他太熟悉了，平津一役，他化装突围，衡阳一战，他支持到最后，后来听说从云南入缅，想不到竟到这里当起住持和尚来了。

"劫后余生，像鲁智深那样的僧人，岛上绝不止我一个呢！"圆觉愀然地说。

魏芝圃重重地叹了一口气，说："事情已到这个地步，能步您的后尘，忏悔今日，祈祷来生，总是件大好事。"

"这可不见得吧？记得《百喻经》中有这么一个故事：有人杀逆子以祀天，希望来生能得贵子，我佛得祷，大为生气：'今生不善，安问来生？'"

"今生不善，安问来生？"魏芝圃沉吟了，但转念一想，不禁摇了摇头，说："师父要试试禅心，是可以的，但拿这个故事作比方，未免有点引喻失义了吧！真是如此，师父为什么不率先还俗？"

圆觉郑重地说："我和那位黄将军不同，我是个拿枪的，月黑放火，风高杀人，这双手的血，已沾得太多太多了，再去反攻大陆吗？还是在这孤岛上去开杀戒？因此，只能放下屠刀，立地成佛，在悔忏中挨过残生算了。而那位黄参议却是个国医圣手，古人曾说：进则救世，退则救民，不能为良相，亦当为良医。所以，如果那位黄将军想出家的话，我是不能接待的。"

魏芝圃听了圆觉的话，思绪如涛，不得不承认圆觉的话是指拨迷途之言，拱手致谢，便和那后生离开了普救寺。直到俩人的背影消失在林木葱茏的曲径之中，一位女子才从旁边的厢房里闪了出来。原来是菊仙，自从与黄维芝一别，她更心灰意冷，普救寺变成了她常来的地方，黄维芝在寺门徘徊时，她已想回去，看见黄维芝，她不禁吃了一惊，忙缩了回来，把黄维芝的情况和圆觉讲了。圆觉是何等乖觉之人，于是乎，演成了上段的故事。

此后，黄维芝决心采取韬晦之计，找个安身立命的地方，终于辗转来到承天市。他挂了个"魏芝圃医寓"的牌匾，当起这么一个不尴不尬的开业医师来；朱义则投身于海洋渔业公司，当了个轮机手。几年以来，倒也平安无事。可是有一天，朱义在市上看见了曾耿，而且恍惚觉得有人跟踪自己，朱义穿街过巷，转了好半天，仿佛才甩掉了尾巴。当晚，他给老人写了封信，通知了这个消息，请他当心，并讲明今后一段时期暂时不要来往了……

黄维芝很久不见朱义了，想不到人事多变，朱义竟跳海内渡，到底是什么原因促使他铤而走险呢？作为义父，他百思不得其解，想到朱福临终的嘱咐，黄维芝再也坐不住了。

八、如此"桃色背景"

从漫长的回忆中清醒过来，黄维芝决定不顾一切探监去。

在推笼和镣铐声的衬托下，监狱会见室显得特别寂静。黄维芝望着因久别和折磨而苍老得多少有点陌生的面孔，沉痛地问："阿义，我们的坎坷已经够受了，为什么你还去触法网，落得如此下场呢？"

"法网？什么法？"朱义鄙夷地说："我虽然不是共产党，但我也不承认有什么国界，我更不承认一条海峡，就能把整个中华民族永远隔开！"少顷，他似乎觉得不应如此激动，不由叹了口气，说："唉，真是一言难尽啊，要不是为笑珍，不，应当说是为了我们的未来，我是不会出此下策的。"

"笑珍？她是谁？为了什么未来？"黄维芝感到茫然。

"她姓李，是海滨导游社的导游女郎，一个死了父亲，疯了母亲，连在台湾唯一的亲人姑父也失踪了的可怜女子。"朱义叹了一口气，慢慢说出他与黄维芝暂时停止来往后发生的一件惨事。

那是月明星稀、寒风瑟索的一个夜晚，朱义从渔港回来，经过阳湖，他依稀看到一个灰色的人影一闪，接着听到"噗通"一声，显然是有人投水。朱义赶忙跑上前去，纵身下湖，把跳水的人救了上来。她，就是李笑珍。

原来台湾的导游社，很多是半公开的妓院。李笑珍出身清白，父亲未死时，她还在台大念书。父亡后，因生活所迫，她才不得不去混个职业，想不到一次接待外客，一个大腹便便的外籍商贾当她是个妓女，侮辱了她，她气愤之余，打了这个商贾一个耳光。商贾大怒，打了她一顿，找导游社的经理大吵大闹，经理不问是非曲直，不但狠狠责备了她，还硬要她向那商贾赔礼道歉。笑珍满腔悲愤，想到自己悲惨的遭遇，再也忍受不下去了，于是投湖自尽。朱义救了她，对她深表同情，并鼓励她勇敢地活下去。一来二去，爱情的萌芽却在重重压迫中萌动了。他们规划着今后的共同生活。但是，一个被追捕的人和宁静幸福的家庭怎能相容呢？一个偶然机会，笑珍从一位香港客人带来的一张小报上发现了她姑妈的下落，于是笑珍提出要离开台湾，回归大陆，寻找她那世界上唯一的长辈，自然他俩的婚姻，也希望能得到姑妈的赞同与祝福。以她的导游女郎的身份，经香港再回大陆倒不大困难，问题是朱义，怎能合法离开？

一次，笑珍特地弄了几个菜，请朱义到她卧房便饭，朱义知道决定的时刻来到了，终于对笑珍说明了自己的打算："我决定了，跳海！在船队靠近大陆的时候。"

笑珍愕然望着他，她知道这个方法的危险。

朱义热切地说："幸福是要付出代价的。为了追求到它，我不知道有什么牺牲不能做出!"

笑珍的头勾了下来,直到他把一碗饭吃完,也没说一句话,只是把他的碗抢到手里,满满地给他盛了一碗饭。

这是爱人第一次给自己盛的饭啊!朱义大口大口地吃着,突然,他觉得嘴里磕着了什么东西,仔细地取了出来,原来是一枚牙齿!他抬起头,笑珍正羞涩而热烈地盯着自己,怯怯地说:"我妈是高山族人。"

一切都明白了!原来,台湾旧俗,男女恋人定情,互相折齿为赠,表示血肉相连,痛楚相关,坚贞不渝!这个风俗,至今还在很多地方保存着。

朱义也按唐山的风俗,把一枚镶着颗红豆的镀金戒指戴在笑珍的无名指上。

笑珍擎起酒杯,递给朱义,热烈地说:"从现在起,直到永远,我都是你的,希望你保重!成功!"

哦,原来这就是报上所谓的"桃色背景"?!朱义和李笑珍传奇般的相爱,对曾经沧海的黄维芝来说,并没引起他太大的惊奇。爱情是怎么一种强烈的感情,他早有切身体会了,令他惊奇的是朱义竟是那样的痴情男子,而世界上又居然有那样一个痴情的姑娘!

无论如何,他决定去会一会那奇怪的姑娘,然后再想一个救朱义的办法。这时,他已经下了豁出一切的决心了。

九、"血,毕竟浓于水呵!"

离了监狱,黄维芝怅怅然回到了承天市。

这个全岛最古老的省城,虽然几度沧桑,新楼栉比,但仍然处处流露出一派古色古香的情调,延平王祠的飞檐牌坛,乃至普通民家的闽粤风光的门楼,都似乎凝聚着一股浓重的乡情,对他形成了一股重压。直到走进新建的闹市区,在闪烁的霓虹灯之下,那股重压才好像稍为缓解了一些。

他按照朱义告诉的地址,乘车来到了海滨导游社。

这栋坐落在海滨山坡上的六层洋楼，进进出出着一帮帮外国军人、游客，本岛的富商、显宦，浓妆艳抹的女郎，刺耳的歌声、笑语……像一股野气包在文明的薄膜中，处处奔突而出。平时经过这里，他总是掉头不顾，快步而去，但现在，他不能不抑制着这里的色、声、香、味加于他感官的一切不适，闯了进来。

幸好，李笑珍没有出去，听到有人找自己，她很快便出来了。

姑娘长得很美，一头长长的弧形卷发，一身剪裁讲究的"快巴"晚装，弯眉俏眼，右颊上有一只浅浅的梨涡。咦，此人怎么有点眼熟？但他怎么想，也想不到曾在哪里见过她。

几句寒暄，黄维芝就觉得话题枯竭。后来他把她带到了一个比较僻静的角落，开门见山地说，他是朱义的义父，并把朱义和自己的关系、自己的来意说出来。姑娘一下子脸色苍白，两眼涌起晶莹的泪花。

黄维芝有点手足无措了。沉默了一会，他又说："当然，阿义没法合法离台，可是也可以从长计议，不一定要冒这样的险啊。显然，你的想法打动了他，这我就有点费解了，难道说，在二十世纪七十年代，像你这样一位摩登女性，还拘泥于孔、孟夫子'父母之命'的遗训么？"

笑珍默默地听着，最后沉重地吁了一口气："先生，你并不了解我们这一代。对于我们来说，什么宗教信条，圣贤教义，都是不一定要效法的偏见，大可以各取所需，甚至可以演绎改变，不变的只有我的血，我奔流全身的热血，那是从海峡那边流过来的。现在，哪怕这个世界上只剩下一个人，她的身上也流着这种血。我必须向这个唯一的长辈报告我的归宿，使她在有生之年得到一次欢乐。"

"小姐，难道你不明白，横在这个欢乐前面的是一条宽广的海峡，一道危险的深渊么？"

"先生，我当然明白，但是我更相信爱情的力量。"笑珍坚定地抬起头来。掠了掠鬓发，站起身，激动地说："现在，一生只有一次的爱情的骏马向我奔来了，我必须抓紧它的缰绳，去追逐我毕生以求的目的。一泓水隔算什么，血，毕竟浓于水呵！如果我错过了这个机会，我是会抱恨终身的……"话没说完，她再也支撑不住，伏在桌上，把头埋在臂膀里抽抽噎噎地哭起来，那么的伤心，那么的凄凉，黄维芝的眼角也湿了。

他真不知该说什么才好了。笑珍的话像一把刀，直捅他心灵的深处，把一昼夜的见闻，三十年的酸苦都搅动了。如果说，笑珍的痛是少女的刺痛，可以用纵情的哭泣来发泄、来缓解的话，那他的痛却是老年人的钝痛，他只能用低沉的呻吟来表达。他痛苦地吟哦了一声，站起来，踉踉跄跄地踱了几步，猛地回头，声音颤抖地说："李小姐，我理解你的心情，但是事隔三十年，大陆又是个九万万人的人海，阿义即使西渡成功，你又怎能保证他找得到你的亲人？谁知道你的姑姑是否还在人间？"

李笑珍慢慢平静下来了。她坐起来，睁着盈盈泪眼听着老人讲完，就急切地指着墙上的诗轴说："有，这就是我亲人的消息！"不等老人弄清是什么一回事，她又打开自己的柜子翻寻起来。她拿到了一张旧报纸，交给老人说："上一个月，有位香港记者到这里来，给我看了一首诗，他说作者住在香港等了十年，已经回大陆家乡去了，临走请他发表这首诗，作为遥致台湾亲人的问候，不论天涯海角，只要亲人见到它，就能认出来。她，就是我的姑姑！"

老人接过来，这是一张香港中文报纸，在副刊栏内一块醒目的位置，赫然印着一阕花边框着的《彩云归》词：

天淡淡，

日垂垂，

断肠人自倚斜晖，

何日彩云归？

长恨天涯隔一水，

白头唯有影相随，

峨眉明月在，

何日彩云归？

山屹屹，

水回回，

山长水远莫相违，

何日彩云归？

料得严寒终有尽，

九天今已动春雷，

起舞弄清影，

何日彩云归？

下面署名是"蜀郡游女钟离秀兰"。

像是突然一下电击，老人顿时麻木了，半晌，才喊出一声："你是钟离孝贞？"

"您——"

"我就是你的姑父黄维芝啊！"老人哽咽着喊，一把将孝贞抱在怀里，两人号啕大哭。后来，黄维芝接着把伪造车祸现场的经历说了一遍，而孝贞也把姑姑送药带信，父亲不幸入狱，不久便通知暴病而卒，连尸体也不让见，母亲被逼成疯，前不久又死于疯人院的经过告诉了老人。不消说，除了收到一包当归外，老人对此一无所知。即使听到点传闻，他也不相信，现在他明白了，所有传闻，却统统是事实！他气得浑身发抖，扶着沙发站起来，颤巍巍地说："哦，我明白了，这个曾耿——竟如此凶残寡义，这笔账要算，一定要算，我找他去！"

"那太危险了！"孝贞急忙拦住了老人。

"不，我多年不愿见他，并不是由于怕死，而是不愿见这种冷血动物，更耻于向他求饶。但今天，为了下一代，我决定下这个地狱！"

十、何日彩云归

承天市警备司令部设在郊区一座山坡上。曾耿的办公室是这个建筑群的最高点。推窗西望，安平海滩上，著名的安平碉堡历历映入眼底。他知道，这是三百多年前郑成功最后驱逐荷兰殖民者的古战场。他对这位古人怀有一种特殊的复杂的感情。第一次游历高雄的时候，他很欣赏郑成功祠的一副长联，便命人把它临摹下来，挂在办公室里，朝夕赏鉴：

由秀才而封王，主持半壁旧江山，为天下读书人顿增颜色；
驱外夷以出境，自辟千秋新事业，愿今日有志者再鼓雄风。

然而，三十年来，许多事实击碎了他的抱负。他看见"天下读书人"怨声载道，而"外夷"们不但不能驱除出境，反而操纵了国计民生，甚至把他这样戎马半生的老军人贬斥到这个地方来。不过不幸中之大幸是他终于摆脱了任九车这个幽灵般的掣肘人物，觉得舒心多了。每当看到"由秀才而封王，主持半壁旧江山"这样的字眼时，心中总有一种说不出的快感。他并不相信他的"上峰"有本事鼓"反攻大陆"的"雄风"，实现中国的统一；也并不幻想自己能够"由秀才而封王"，取而代之。他只想清清静静地尽他军人的天职，"仰事其君，俯蓄其民"，以补他大半生过多的谬错。

可是三天前，直如平地惊雷：他充分信任并倚为左右手的参谋长被调走了，换来了一个五大三粗、傲气十足的家伙，从确切渠道得知，他是任九车的心腹，而且和任还有七拐八弯的亲戚关系，掣肘的又来了！正在他心境极其恶劣的时候，黄维芝出现了！他的心怦怦直跳，不知吉凶，但还是脚不及履地把黄维芝迎进客厅，强颜为笑地说："伯兰兄，想不到一别十年，还能在这里见到你，真是'最难风雨故人来'呢！"

虽然有点言不由衷，但对十年前的惨案他还是负疚的，因此这话也不能不说是诚恳的吧，然而故人给他的却是一句充满敌意的答复：

"不敢。介臣先生，今天是当日私通大陆案的罪魁、伪造车祸案的主谋、煽动内逃案的要犯前来投案自首，听候处理。"

曾耿知道黄维芝对自己必然有一肚子怨气，也不完全明白他说的什么"魁"与"犯"。因此，黄维芝冷若冰霜的态度，甚至语含讥讽，都没有激起他的怒意，他还是诚恳地说："伯兰兄误会了。当日汽车事件，乃是任九车等有意陷害，我当时是力不从心，无法制止，一直为此愧悔无及。我足足花了三年的时间来查访你的下落，这点皇天在上，可以作证。"

"不用查了。我今天送上门来，要杀要剐，随你就是。"

"你太激动了！好，好，我认罪。要骂要打，我绝不辩白。"

"笑话！"黄维芝更愤怒了，"堂堂司令，我这个被追缉的犯人敢么！不过，账是要算的，但这绝不是我个人的账。个人的恩怨荣辱，于我视若浮云。"接着，他沉痛地说，"我这半生，你捉弄得还不够，钟离汉又与你何怨何仇，你还要下此毒手，将他秘密处死于狱中，这还不算，还要逼疯他的妻子，逼得他的女儿沦为导游女，现在又把他的女婿抓在狱里。你这样斩尽杀绝，对得起故人吗？难道这就是我们同窗之时，报效国家、拯救民众的初衷吗？"

对于这一连串的责问，曾耿懂得一部分，对另一部分只好瞠然以对。黄维芝只当他装疯卖傻，更气愤地将个中细节一一提了出来，朝他摔去。他听着，心里乱成一团。类似的指责，他听过不止一次，他甚至还听过"民不聊生、民怨沸腾、民变蜂起的三民主义"的抨击，然而他总认为那是别人的错，至少他是无罪的。可是现在，"岂能尽如人意，但求无愧我心"的"最后防线"溃决了。他推开窗，想让清凉的海风清醒自己的思绪，却又看见了安平海滩上那些荷兰古堡，一股前所未有的思绪突然涌上心头，他觉得自己以往漫步海滩古堡前的那些自豪心境完全消失了。自己继承的不是郑成功的"雄风"，倒仿佛置身于荷兰人的堡垒之中。国家要统一，民族要团结，亲人要团聚，这一股真正的雄风正从海峡对面吹来，从自己身后刮去，从自己脚下刮起，高呼着这些口号的是自己的亲人、袍泽、部曲、后代……不错，他手上有枪，然而，难道他有权利像三百年前的荷兰殖民者那样向这些人开枪吗？如果不开枪，他又该怎么样呢？跟他们走去，那岂不是背弃自己三十年的信仰，否定了自己这三十年的历史？对此事置若罔闻么？任九车的黑手已经伸来了，说不定黄维芝的来访，他俩的谈话，正为窃听器所记录，甚至那五大三粗的家伙正通过电视屏幕，监视自己的一举一动呢！他觉得四周一团漆黑，前面就是一个深不可及的陷阱，他没法后退，只有前进！他豁出去了！于是一咬牙，回过头对黄维芝说："铸成大错，我愧对故人。不过，事至今日，我愿意亡羊补牢，在我力所能及的范围内挽回我造成的损失。"

于是，偷偷把袖珍手枪的保险机打开，然后摇电话到军事监狱，命令把朱义提到他的书房来，同时命人派了自己的车到海滨导游社把李笑珍接来。作了如上吩咐之后，他既不辩白，又不解释，把黄维芝冷落在客厅里，然后把自己关到机密写字间里去了。

两个青年人来了。曾耿从写字间出来，心事重重地交给他们一封信，对黄维芝等三人说："闲话不必多说了。事不宜迟。我可以运用我此刻的职权帮助你们离开这里。这封信，登车之后你们再看，它会告诉你们今后的路怎么走。"

在惊疑而紧张的气氛中，曾耿高声叫"送客"，并亲自把三个客人送出司令部，直至门岗以外。

三人莫名其妙，议论半天也说不出个名堂来，于是朱义把车开来，决定先走再说。车子刚开动，只听得高高的办公楼上传来了一声清脆的枪声。黄维芝起先还不注意，顺手拆开信封一看，"绝命书"三个大字赫然入目，下面是：

老友如见：事至今日，真相始明，我已陷入楚歌之境，十年前的故技重施，亦不能洗刷矣！前面一团漆黑，我深觉进退皆非，徇情，何以对上峰，执法，当难以对故人，情法之间，我唯有一死而已。

以一死而谢故人，谢后代，我虽死而无恨。但离狱易，离台难，而况任九车者流的黑手，说不定正向你们伸去？

呜呼，情天恨海，作孽何人，后世儿孙，当能定论。

曾耿绝笔

"他死了！"黄维芝把信递给孝贞，"对'上峰'的愚忠害死了他。"

孝贞读完了信，沉重地说："这是在一个前进的时代里，被一种荒唐的偏见制造的又一个悲剧。但悲剧是不会永远演下去的。"

"不，是他的'上峰'们杀死他的！这是又一桩谋杀案！"朱义愤愤地说。

车驶近海滨，茫茫的大海遮住了他们的全部视野，朱义打着驾驶盘，向崎岖的沿海公路驶去。

孝贞随手打开了收音机，突然，传来了熟悉的《彩云归》曲调，还有一个女中音深沉而委婉的独唱，唱的正是钟离秀兰在香港填的那阕新词。黄维芝的脸色霎时死白，浑身抖个不住。钟离孝贞一怔，热泪飞迸，一头扑到朱义怀里，低声啜泣。

汽车停住了。啊，牵心断肠的一曲《彩云归》啊！

只有朱义，在呆呆地听着，听着，突然，他喊了声："义父，孝贞，你们听——

一曲《彩云归》唱完，传来广播员清脆的声音，那是祖国对一千七百万台湾骨肉同胞庄重而亲切的呼唤，声音是陌生的，又是那么熟悉；是那么遥远，又仿佛近在身边；虽出自广播员的口，仿佛又发自他们的胸臆，直到广播员播完了许久，许久，三人还是呆呆地站着，站着，可是三人的心间，却升腾起巨大的希望……

一阵春风吹来，无垠的海面荡起了万顷碧波，只只海鸥，轻快地掠过海面，振翅穿云，向着远方，向着希望飞去，飞去……

按照批评家们通常的分类，《彩云归》被看作纯文学或曰严肃文学作品，但就其风格而言，无论是其讲究悬念与情节的章法，其诗词歌赋乐曲酒令……与文学语言的结合的格调，处处可以看到我国传统通俗文学的胎息，从发表之后，广泛流传(国内有 57 个剧团改编上演)、雅俗共赏的社会效果而言，至少可肯定它与通俗文学的血缘关系。

——王先霈主编《80 年代中国通俗文学》，湖北教育出版社，1995，第 141 页

对于小说创作，王云高有着"以俗通雅"的鲜明主张。他直面广天读者的欣赏能力和习惯，继承通俗文学注重故事情节、人物刻画的传统，借鉴融汇外国文学的诸种表现手法，寓深沉的思考于怪诞的形式之中。短篇《晨光，拉开了帷幕》(《人民文学》1984 年第二期)和《金坛芙蓉水》(《人民文学》1987 年第九期)是他的代表作。

——梁庭望、农学冠编著《壮族文学概要》，广西民族出版社，1991，第 447 页

"当时明月在，何日彩云归？"1979 年 5 月号《人民文学》上的《彩云归》的出现，是壮族文坛上的一件大事。它创出了几个第一：第一个广西作家获全国范围内小说奖。毋庸置疑，它也是第一个壮族作家获此大奖。小说相继被拍成电影、电视剧和多种剧种演出，被译成多种文字向国外介绍。这是壮族小说在新时期首次较大规模与国外的交流，有力地弥补了壮族小说现代化过程中向来注意不够的缺憾，意义甚为重要。

——雷锐主编《壮族文学现代化的历程》，民族出版社，2008，第 130 页

《彩云归》通过描写黄埔军校三名国民党将领的悲欢离合，反映了大陆与台湾

这至今悬而未决的问题：国家必须统一，人心渴望团圆。这是海峡两岸人民共同的心声，历史不可逆转的潮流。正如文中朱义在台湾的女友李笑珍所说："对于我们来说，什么宗教信条，圣贤训谕，意识形态的戒律，都是外来的偏见，是可变的，不变的只有我的血，我奔流全身的热血，那是从海峡对面流过来的……"

——雷锐主编《壮族文学现代化的历程》，民族出版社，2008，第130—131页

| 创作评论 |

王云高是广西直至目前为止获得全国优秀小说创作奖的唯一作家。前些年，广西掀起了一个全国闻名的"通俗文学热"，云高"下海"试笔几篇，所写故事都较为离奇曲折。有人产生错觉：作家是否从高高的"彩云"上跌落下来了(《彩云归》是他与调离广西的李栋合作的获奖作品)，因此而甚为惋惜。去年云高在《人民文学》上发表短篇小说《金坛芙蓉水》，作品雅得像微雕艺术，又令人迷惑。及至读了他的长篇小说《明星恨》，才让人从他那迷离飘忽的创作步子中，理出个头绪：他原来在追寻一种通俗与高雅相结合的文学。用云高自己的话来说是：通雅文学。

——雷猛发：《通雅文学的执着追求——试评王云高的长篇小说〈明星恨〉》，《小说评论》1988年第5期

| 作品点评 |

商量一番之后，我们统一了认识：当资产阶级以"人性论"为武器而向封建地主阶级争取个性解放时，他们是进步的。而现在，在我们神圣领土的一角，这个问题并未解决，当某些封建偏见依然禁锢着我们民族和人民要团聚、要幸福的正当感情时，我们能不同情那些受害者，为他们向十万万炎黄子孙的良知呼吁?!因此，我们写下去了，写曾耿在情与法之间的矛盾以表现台湾军政人员大多数的人心趋向，写圆觉的入世与出世的冲突以烘托黄维芝的家仇国恨，写菊仙从"阻归"到"赞归"的变化以反衬黄维芝的儿女情。我们觉得，这些副线的设置和展

开都有助于黄维芝形象的深化。文学的任务在于写人。与其牺牲黄维芝这个人物的形象去顾全自己将来可能遇到的荣辱，不如先把那些个人得失放在一旁。"文章千古事，得失寸心知"，我们相信经过浩劫的读者会是我们的知己。

  ——李栋、王云高：《认识、设想与汇报——就〈彩云归〉创作问题答〈语文教学通讯〉编者与读者》，《语文教学通讯》1980 年第 6 期

1979 年，广西作家李栋、王云高合写的《彩云归》获得当年度全国优秀短篇小说奖，这大概就是 1985 年前广西文坛所取得的最为显赫的业绩了。

  ——黄伟林：《全面突围与边缘崛起——论 20 世纪 90 年代以来文坛新桂军的小说创作》，《花山》2007 年第 3 期

1980 年代

迷乱的星空

陈建功

一

假如儿女到了应该恋爱的年龄，却还没有交上朋友，做父母的总是显出过分的敏感：每一位到家里来的异性，只要年龄相当，都会受到审视、揣度，而后是委婉的、小心翼翼的盘问。当然，这主要是母亲们扮演的角色。可是对于炜炜来说，这样的事情只能由她的父亲陈昊教授来承担了。刚才，当教授的面前出现那个小伙子的时候，他确实有些慌乱起来：请他坐，倒茶，让烟……然后，从眼镜片的边上暗暗投出惊异的目光，仿佛面前站着的，是一位神秘的天外来客。

其实，事情是这样的简单：小伙子送来几本炜炜要借的书，教授告诉他炜炜还没有下班。小伙子把书交给教授，在沙发上坐了三五分钟，顶

作者简介

陈建功(1949—)，男，汉族，出生于广西北海市。1957年跟随父母到北京定居。1968年毕业于中国人民大学附中，在京西木城涧煤矿当了十年采掘工人，随后开始文学创作。1977年，考入北京大学中文系，1982年大学毕业。作品主要有短篇小说《迷乱的星空》《丹凤眼》《前科》《鬈毛》等，长篇小说《皇城根》(与赵大年合作)，随笔集《从实招来》《北京滋味》《默默且当歌》等。《飘逝的花头巾》获全国优秀短篇小说奖，《丹凤眼》获《北京文学》奖，《鬈毛》获《十月》文学奖，《太阳石》获《东方少年》中篇小说奖，《放生》获"庆祝建国45周年"中篇小说优秀奖，《皇城根》获"庆祝建国45周年"长篇小说佳作奖。

作品信息

原载《上海文学》1980年第9期。收入冯牧、柳萌主编"二十世纪文学争议代表作品"《迷乱的欢乐》(时代文艺出版社1996年出版)、雷达主编《现代中国文学精品文库·短篇小说卷》(河南文艺出版社2004年版)。

多交谈了十几句话。他走了。

教授送客出门，站在院子里的藤萝架下。暮冬的斜阳透过盘曲的枝条，照在他那斑白的鬓角上。他眯起眼睛，久久注视着月亮门外那匆匆远去的身影，直到那黑点一闪，消失在苍绿的柏树墙后面。

他回到会客的小厅，靠在沙发上，闭上眼睛，交叠起十指，放在胸前，两手拇指相抵，微微地，一前一后地颤动。

是啊，小伙子，一个小伙子，三十岁，比炜炜正好大四岁。人，不能说漂亮。寡言、深沉，又一点儿也不显得局促，总是用最简捷的、略带喉音的话语来回答你的询问，而后，又紧闭上了那自信的、坚毅的厚嘴唇。这神秘的、富于内涵的表情本身，对姑娘们也许就有无穷的魅力……见鬼！想到哪里去了！刚才问他是不是成家了，他不是回答说"快了"吗，干吗要把他和炜炜扯到一起？……教授长长舒了一口气，微微一笑，举手拂开烟缸里飘来的袅袅余烟。好像这么一挥，也能把脑子里怪诞的思绪拂开一样。可是，他侧过身去，翻检着茶几上小伙子留下的书，眼前依然是那沉着而明亮的眼睛，含蓄而自信的面庞。这本，是莱辛的《拉奥孔》；这本，是司汤达的《拉辛与莎士比亚》……炜炜倒是迷醉于文学和艺术的，可还不至于对如此高深的文学、美学理论专著发生兴趣。但是……如果是爱情的驱使，又另当别论啦！当年，炜炜的妈妈酷爱文学，你为她背起莎士比亚的十四行诗来，不是也和背天上星座的名称一样起劲儿吗？啊，也许……难怪刚才问那小伙子，既然和炜炜不在一个工厂，又不是同学，怎么认识的？他竟一笑，说："一句话讲不清楚……"唉，又是胡思乱想！他们怎么可能！"快成家了"。难道会和炜炜？炜炜怎么会瞒我！再说，小伙子能用这样漫不经心的回答捉弄未来的岳父？……教授真奇怪今天是怎么了，为什么总要让这种不着边际的联想搅乱自己的神经。他叼起烟斗，时而皱起眉头，缓缓喷吐着如丝如缕的青烟；时而笑着摇头，看着对面酒柜的玻璃门里映出的自己，仿佛在观赏一个陌生的、不可理解的老头儿。

也许，做父母的心里，在某种时候都会升起一点点自私的情感？儿女大了，他们多么盼望着儿女们尽快寻找到自己爱情的归宿啊。可是，当儿女们真的要把平日全部留给父母的情感交给另一个人的时候，他们又开始了嫉妒的痛苦。教授却不是这样的父亲。当然，他那样钟爱自己的女儿，这是他唯一的孩子。"炜炜"，这闪光的名字本身，就使他这个搞天体物理的父亲即使在实验室里，在接到每一颗星星用光传来的信息的时候，都感到女儿与自己同在。可是，教授更知道，女儿长大了。二十六岁，应该说，青春像一抹朝霞，就要匆匆流去了。年已花甲的他更期待女儿尽早插上爱情的双翼，在蓝天白云间飞翔啊。那么，对此他又心慌意乱什么呢？如果这一天真的到来了，不正是他所盼望的吗？不，不。又有谁能知道，为了这一天的到来，教授默默地做出了一生中多么痛苦的牺牲！这牺牲毕竟太大了。所以，他反倒害怕面对那花了巨大代价才换来的东西——如果换来的，是女儿的幸福，那他还是欣慰的。如果是失望，是不美满，那他忍受了那样的痛苦，做出了那样的牺牲，为了什么，为了什么啊？……

吃过晚饭，教授回到了自己的书房。他从书柜里拿出一本薄薄的小书，放在写字台上。这是海明威的小说《老人与海》。一年半以前，他给躺在病榻上的妻子蕙文读的，就是这本书。书，还没有读完，她就含着微笑离去了。离开了和她共同生活了几十年的教授，离开了她娇爱的炜炜。现在，教授的写字台上还摆着一张照片：白皙的秀美的脸庞，明澈的，总像有所期求的双眸。微笑着，丰润的面颊上两个浅浅的笑窝——这一切都很像她，却不是她，是炜炜。和丁婉结婚以后，再摆蕙文的照片无疑是不相宜的了。教授便从女儿的照片中挑了这样一张，摆在自己的面前。他靠在转椅上，用目光和想象中的蕙文交谈着。"这一切，都是为了炜炜呀。"他深深地嘘出一口烟。是啊，这种牺牲真是太令人难堪了……

二

他和蕙文结识，已经是四十年前的事了。那时他还不满二十岁。他的爸爸是中学的穷教员，得了肺痨，被学校辞退了。妈妈是一个破落人家的女子，家境越贫寒，脾气越暴躁，常常为了一点点无端小事，把他骂出家门。他经常徘徊在马路上，仰头望着神秘的星空，想啊，思啊，把无数美妙的幻想和璀璨的星斗联在一起，慰抚着自己那颗孤苦的、被损伤的心。终于，他不得不中辍了学业，到协和医院当杂工。一天辛劳以后，他总是拖着疲软的身子，坐在太平间门口，借着日夜不息的灯光，捧着一本物理书，看啊，看啊。他像一名水手，在知识的海洋上扬帆，把人世间的苦难忘怀。那时，蕙文也在医院，是内科的护士，她是名门闺秀，参议员的女儿，她读了易卜生的《娜拉》，读了巴金的《家》，一股激情的驱使，偷偷离开了家，来到社会，开拓自己的生活。漂亮的护士小姐，使多少浮浪公子倾倒啊，内科病房里竟因此增加了不少"病人"。但是，谁摸得透这个年轻姑娘的心？对那些浅薄的追求者，她像对办了错事的小弟弟一样，微笑着告诉他们，一个人要懂得自爱。对那些豪门富家的提亲人，她还是微笑着告诉他们，征服一个姑娘并不能光靠炫耀财富。终于，一个消息使多少人震惊——她居然爱上了一个临时的杂工！

是的，她爱上了陈昊。开始是带着怜悯心和好奇心的接触，是进行一项"社会实验"的天真尝试；而后，是对一个顽强进取的男子汉的钦佩、倾倒。最后，她爱上他了。她鼓励他去读夜校，补贴给他学费。她又鼓励他瞒着家里考取了大学天文系。陈昊是靠年年成绩的优异，获得奖学金来维持学业的。蕙文呢，把微薄的薪金分出来，让陈昊拿去交给母亲。这样过了四年啊，陈昊大学毕业了，他想赶快找一件事做——难道他还能靠一个年轻姑娘替自己担负生活的重压吗？蕙文却劝他去留学。他有这样的天资，应该去开辟更壮丽的事业。他们把关系向陈昊的母亲公开了。母亲乐得攀一门高亲。她每月从蕙文手里接到一笔钱，还以为是阔小姐的周济。她哪里知道，这钱，是蕙文的薪金，还有蕙文给人家挑补织绣，洗衣服，刷碗筷，一点一点挣来的呀！一九四八年，陈昊拿着博士证书，载誉而归了。他的蕙文到前门车站接他。蕙文穿着一件旧蓝布旗袍，原来丰润的面颊变得那样苍白、瘦削。她颈项上的金链已经不见了，手上的金表也不见了——它们早已变成陈昊的二老送终的花费。生活留给她的，是一身的慢性病，是一双被水泡粗、泡肿的手……

他们结婚了。陈昊该怎样报答为自己献出了十年青春的妻子？她为他献出的，岂止是十年！壮健的身体，优裕的生活，还有当一个文学家的少女的梦……一九五四年，他们有了唯一的女儿炜炜。生了炜炜以后，蕙文的身体更差了。她只好辞去了医院的职务，居家养病。教授每天陪伴着虚弱的妻子，散步，娱乐。是的，现在，是他向妻子偿还他的爱的时候了。妻子却对他说："你有你的事情，何必总陪着我呢？"她告诉他，每天晚饭以后，只求他陪着读一个小时的小说、诗歌。其他时间就不必管她了。她还问他，不知道这个要求是否过分？面对这个微薄的请求，教授几乎落泪。他就是日夜守护着她，也不会觉得过分啊。可是他又知道妻子的心——她为了他，宁愿牺牲自己的一切，却不愿意他为了她，耽搁他的事业。

这样，每天晚饭以后，七点钟左右，蕙文的寝室里开始传出教授那低低的、纯正的北京音。这是他们在读名著。那些和命运搏斗、与生活抗争的作品，是蕙文百听不厌的篇章。普罗米修斯的无畏，填海精卫的坚韧，约翰·克利斯朵夫的追求，玛塞尔夫人的大胆……他们常常使她那苍白的面容泛起笑窝，失神的眼睛闪出光芒。她不断地用无力的声音惊叹着："人类真伟大！"而从这开始，教授也发现自己所从事的艰苦的探求，更加充满了诗意。当他用天文望远镜对准那一团团炽热的天火的时候，他的心中也升起了普罗米修斯的自豪。当他把神思倾注在茫茫星海的时候，臂膀又仿佛插上了精卫的双翼……这每天一小时的诵读，在他和蕙文中间，竟充满了这样神奇的力量！

他们读着。他们读着。"文化大革命"中断了几年。同许多人一样饱尝了艰辛……而一九七六年以后，他们仍然还读着。

一年半以前，一个雨声淅沥的夏天的晚上，蕙文请教授给她读《老人与海》。教授看她身体情况不大好，劝她改日再听。她摇摇头，闭上了眼睛。她等待着。

教授打开书，寝室里又响起了他低低的、纯正的北京音：

……古巴老渔人桑提亚哥出海打鱼，一无所获而归，已经连续八十四天了。

他倒了运。晦气的八十四天!……第八十五天,他仍然那样自信地泛舟海上。两天一夜,经过多么艰苦的搏斗啊,他终于捕到了一条大鱼。返航的路上,鲨鱼来了。先是一条,又是两条,还有一条……它们向拖在船后的大鱼扑来,一口一口地咬去鱼肉。势单力孤的老人举着叉,站在船上和鲨鱼搏斗。鱼叉,被鲨鱼拖走了。他又把刀绑在桨上。刀子,也让鲨鱼弄断了。他还有桨,有短棍,有舵把……他终于杀死了它们。……黑夜来了,海风猛烈起来,波涛汹涌。受伤的,又饥又渴的老人在寒冷的海面上思索着:如果鲨鱼还要来怎么办?在黑夜里,没有一件武器,一个人怎么去对付它们?他想:我希望我不必再去跟它们斗啦。我多么希望我不必再跟它们斗啦……

教授读到这里,摇摇头,叹了一口气。

"你的脸色怎么这么不好?"他看着妻子。

"没什么。"妻子笑笑。她用很微弱的声音问道:"他想,他希望不必再跟鲨鱼斗了,是吗?……"

"是的。"

"是啊,这真让人遗憾。可是……可以理解,是吗?……人到那时候,都会有这种感觉的……你读下去吧,看看这位老人怎么样了,读吧!……"

教授读下去。可是,他并没有读完这本书——妻子病发了。抢救,无效。她什么都听不见了。她的脸上还带着微笑,干涩而苍白的嘴唇微张着,仿佛还在说:"……你读下去吧,看看这位老人怎么样了……"

失去了母亲的孩子,仿佛一昼夜就长大了。炜炜那时已经在东郊一个合金厂当工人了。平常,她还像个孩子。可是从这天开始,她懂事了。妈妈去世后,爸爸辞退了家里的保姆。炜炜每天都要坐两个小时的公共汽车,赶回西郊陪着爸爸——对着《大众菜谱》为他烧菜;找回最新录制的磁带给他放。当然,她没有和爸爸继续那每晚一小时的活动——她怕勾起爸爸伤心……

几个月,教授是在恍恍惚惚中度过的。幸亏他有一个好女儿。当初,看蕙文身体那样不好，他并不想要孩子。蕙文劝他说："要吧，将来我们老了，好有个伴儿。"啊，蕙文，你是为我想的呀！……一年过去了，女儿抚慰了他失去蕙文的痛苦，忽然又把新的痛苦加在他的身上。有一天，当他从女儿那光润细腻的额头上发现一丝短短的皱纹的时候，他心里一惊。他恨自己太自私了。"你忘了女儿的岁数！她应该开始新的生活了啊！"他暗示给女儿。他请自己那些没有成家的研究生们到家里玩。女儿却像傻瓜一样不动声色。他找她谈了。女儿说："爸爸，我谁也不爱，就爱你。"他叹了一口气，说："傻孩子。"他离开了女儿，一个人回到书房，偷擦眼角的老泪。

又过了几个月，教授结婚了。新婚的妻子叫丁婉。

三

……

此刻，教授仍呆坐在写字台前，望着那本《老人与海》，望着蕙文——不，炜炜的那张照片。窗外，是静静的夜。不知谁家在听音乐，传来贝多芬的《命运交响曲》。乐曲刚刚开始，命运之神正在叩打着人生的大门……半个多月以前，当教授默默地做出一生中最痛苦的牺牲之后，他深深地舒了一口气。也许，女儿并不理解年迈的爸爸，甚至她会恨我。可是，她总算可以割舍眷恋，去开拓自己的幸福了。当时，他想得多简单啊。现在，一种不祥的预感却开始揪住他的心了。女儿会爱上一个什么样的人？她会幸福吗？她的选择会不会使我失去最后的欢慰？……这可不是胡猜乱想啊？九点四十分，已经是九点四十分了。女儿还没有回来。往常，星期六，她应该七点前后到家的。天王星偏离了牛顿定律精确计算出的轨道，实践证明，是因为那边有颗海王星用引力"摄动"它呀！焉知翠微园外没有一颗"海王星"？教授苦笑着摇摇头。

"陈先生，牛奶热好了。喝吧。"一个柔婉的女人的声音。

教授抬起头。这是丁婉。他迅即又低下头来，躲过了丁婉那关注的、深情的目光。他点点头，端起那杯牛奶。

丁婉比教授小十岁，虽然也近五十了，却显得年轻。一头润泽秀美的黑发，身材匀称、丰满，仿佛还没有失去青春的丰韵。五十年代初，她曾经是教授的学生。而后，又做过他的助教，所以，至今仍然用着"陈先生"这样的称呼。每天晚上这个时候，她都按时给教授送来牛奶。教授端着牛奶，默默地呷着。他已经感觉到了，站在旁边的丁婉仍在注视着自己。与其说在等他喝完牛奶，不如说在等待他的爱。而他，却没有勇气抬起眼睛去接过这爱的波流。是的，她在深深地爱着，并且在期待着他的回报，但她只能期待而已。她在教授面前，只能永远是个谦恭、拘谨的学生，把对爱的期待深深地埋在心底。这些，教授何尝不知道啊。可是他在丁婉的身上却怎么也燃不起爱情的火焰。他们结婚半个多月了，他竟从来没有向她表示过一次温存。当然，他有解释得过去的理由：他是习惯于晚上开始工作，次日天亮才就寝的。可是，他心中毕竟有一种负疚的痛苦在折磨自己——特别是在丁婉那充满柔情、带有几分凄婉的目光下，他深深感到对不起她。因为他并不爱她。他的爱依然系在蕙文身上啊！……

"今天是星期六，陈先生还工作一夜吗?"丁婉那轻轻的声音里蕴含着几分勇气，几分期待，又有几分怯生。

教授"唔"了一声，抬头看了丁婉一眼。丁婉的目光移开了，移到桌上那本《老人与海》上面。

教授觉得脸有些发热，好像丁婉已经窥见了自己内心的秘密。他支吾了一下，说："也许……可以早点休息。"

"你要注意身体。"丁婉仿佛要解释一下刚才的询问。她接过空杯，轻轻地掩上书房的门，轻轻地走了。

教授皱起眉头，谛听着丁婉远去的脚步声。这声音当然不是欢快的，但也绝不含有丝毫的怨气。沙沙、沙沙，楼板间或发出吱吱的声响。她在开寝室的门，又轻轻关上了。

教授当然记得，丁婉当学生的时候，绝不是这种温良恭俭让的样子。到教授家里来毫不客气地要"高级糖"吃;新年晚会上大大方方地跳独舞……特别是她的毕业论文选题让教授吃了一惊:她就河外天体谱线红移的机制问题,提出一个和教授的观点完全相反的论点。当然,这一次,他没有宽容她。立即让她中止论证这荒谬的论点,重新选择了课题。而这些,到了"文化大革命",就成了"反动学术权威"压制"新生力量"的"罪状"之一。教授知道,这不是丁婉的错,是她的丈夫,那个派头头干的;而丁婉,从来就和丈夫不和,为了这件事,更和丈夫闹僵了。当然,那个派头头也那样可怜,后来因为挨了另一派的整,自杀身死在五七农场。"文化大革命"后,教授每一见到丁婉,她总是强打出一丝微笑,这微笑里总含着难以启齿的歉意,好像她亡夫的过失里,也有她的责任。她变了。沉稳,温顺,略带酸楚。生活,多么大地改变着人生啊。教授更记得,蕙文去世那天,丁婉恰巧在隔壁一位老师家。是她闻讯赶来,替蕙文洗了身子,换了衣服。而这以后,每逢周末,她总要给他送来他爱吃的湘味菜……她和他结婚,绝不是贪图他的高薪,也不是仰慕他的名望,希冀他的家私。那实实在在是一种伟大的情感,是对真正的爱的追求,其中还有负罪的自责……面对丁婉,教授的心里更加重了一种复杂的矛盾。是的,他不应该那样自私,仅仅为了女儿,才另找了一个妻子(虽然婚事是她首先提出的)。她那样好,无可挑剔。他却不爱她,断送她的年华。他不应该那样!可是蕙文,那个曾为了他茹苦含辛一生的蕙文,给他的影响毕竟太大了。她是他心中抹不掉的呀!是啊,他应该和丁婉开始新的生活。应该了。可是怎么才能开始呢?他不知道。……啊,无关紧要了,无关紧要了。现在关键是炜炜。十一点了,她为什么还不回来? "海王星"的吸引力太大了……

四

炜炜是十一点二十分才到家的。院子里传来放自行车的声音。她在开门。楼梯吱吱响,她上楼了。丁婉从寝室里迎出来。她们在客厅里客客气气地说着。

“炜炜回来了。”

“丁阿姨。”

“吃饭了吗？”

“吃过了。”

“那快休息吧。”

“哎。”

她们可能各自回到了自己的寝室，客厅里又静下来。

教授离开转椅，在书房里踱着步子。他倒希望炜炜听见他脚下吱吱的声响，过来和自己说几句话。否则这一夜他将继续一晚上的忧虑，心神不定，什么也干不了。

“叭”，是炜炜打开了盥洗室的灯。看来，她是要准备休息，不打算过来了。

教授想了想，拉开门，走进客厅，从茶几上找到那几本送来的书，喊道：“炜炜！”

“爸爸！”炜炜从盥洗室出来，本来用发夹束成一束的头发，已经松开了，鬈曲着，瀑布一样，披散在肩上。

“你今天怎么回来得这么晚？”教授引着女儿回到了书房。

“去找一个朋友。”女儿帮爸爸把转椅转过来，自己站在桌旁。

教授看了女儿一眼，说：“傍晚有个人找你……”

“哦，知道。”女儿接过爸爸的话。“他送来的书呢？”

“什么？你知道？……”教授心里一动，几乎忘了把书交给她。炜炜迟迟疑疑地接过书，也明白自己说漏了嘴，让爸爸看穿了晚归的秘密。她红了脸，扬起左手，五个指头张开，像一朵倒垂的玉兰花。她用那中指在桌面上一下一下地画着。

父女俩都在沉默。在父亲和女儿间，询问或者告知这种事情，都是很难开口的。

“炜炜，他是谁？”终于，教授点燃了手中的烟斗。

"他？……"炜炜仍然在那里用手画着桌面。"他叫顾志达。"

"他很喜欢文学？"

"唔。"回答竟是这一个字。

"你告诉爸爸的，太少啊。"教授扬起头，看着女儿，微微笑着。

女儿说："你见过他的呀！"

教授说："今天傍晚？三分钟。再说，说实话，我有点慌……"

女儿抿着嘴笑了："你再想想，这以前，没见过他？……在季伯伯家！"

哦——教授想起来了。怪不得似乎有些眼熟。那天，他到老朋友季纯青教授家里闲坐，是遇见了这个小伙子。记得进门时，季先生正和一个小伙子谈话，话题自然是什么文学、美学之类。见他来了，小伙子便起身告辞了。是他！原来他叫顾志达。教授还记得，当时，季先生送客回来，他开玩笑说："嗬，前几年，你这个'资产阶级文艺理论家'门可罗雀，如今也车马不绝啦！"

季先生拍着他的肩膀，呵呵笑着："哪里哪里，考研究生按我的书答，是要得零分的。所以多是宾客寥寥，幸甚幸甚！"

"那这个小伙子……"

"他不想考研究生啊！……一个怪小伙子！我不能不钦佩他。读了很多书，也很聪明，看问题又尖锐。说句实话吧，比我们系里招的那几位研究生更让人喜欢。我们像老朋友一样促膝聊天，也像老朋友一样争辩……"

"哦，那小伙子一定很有前途啰。"

"不，没有前途。"季先生眨着眼睛，那样子既神秘，又可笑。他还是当年在伦敦时那个劲儿，虽说现在已是年逾古稀的老人了。

教授记得当时自己十分诧异："为什么？"

季先生告诉他：小伙子的文艺思想太尖锐啦。当然，有对，也有错。可是，你为什么偏要触理论上那些最敏感的神经呢？比如，那些和"老祖宗"相冲突的西方美学理论，早已被理论家、政治家们"盖棺论定"，你偏去"重新考察"，"再认识"，文章能给你发表？小伙子为此已经写了七八篇专论啦，全被退稿。不是说"观点不对"，就是说"怕难以收场，不宜争论"。而小伙子还有点傲骨，总那样固执，这就难办啦！

教授还记得，说完这番话，那位在大英博物馆结识的老大哥眨着眼睛向他笑着："我有个同行说啦，资产阶级理论家，也应该让人放嘛！放出来，好分清是非，坚持马列主义理论阵地！……乖乖，我还没放，就是资产阶级啦，他那儿就有真经啦，我还放啥呀！……这位小伙子倒有胆！可惜他又不够格，必须够'资产阶级理论家'的格儿……"

……

这些，当然是不久以前的事。可是，在季先生家，教授和顾志达毕竟只是匆匆一面，所以，虽然这个怪小伙子给了他很深的印象，很多的联想，刚才见了面却对不上号。经女儿提醒，才如梦方醒。是啊，那样一个小伙子，引得那位季先生都赞不绝口，还能不让炜炜崇拜得五体投地？可是……

"炜炜，听这位顾志达说，……他快结婚了？"教授小心翼翼地看着女儿。

炜炜一愣，随即说顾志达也许在开一个小小的玩笑。他一定指的是自己和先前那位女朋友的事。是的，他们快结婚了，可是，吹了。因为那女的眼光短浅极了，逼着顾志达考研究生。他不干，他说他不愿意背别人指定的条条，花这份时间太亏。按自己的答呢？人家也许会说你离经叛道，还是考不上。何必自寻烦恼？就为这个，吹啦。听炜炜讲完这件事，教授很久没有说话。她对他了解得那样透。她替他解释时，心情那样急切。至少，爱情的萌芽已经在女儿心中滋生了。可是炜炜啊，每天到咱们家里来的，并不乏年轻有为的小伙子；研究生、本科生都有，其中也有不少人向你表示过好感。你如果在他们中间选择一个，爸爸也可以省一些心，如今，你选择了这个顾志达，——一个复杂的，很难一下让人作出判断的小伙子，这要给爸爸带来多少烦恼呢？

静静地抽了一会儿烟，教授开始和女儿谈一个似乎是题外的、却很动感情的问题。这个问题憋在他心中很久了，现在，他忽然觉得和女儿谈谈非常是时候。他问女儿：爸爸和丁阿姨结婚，是不是大大伤了她的心？她是不是觉得爸爸忘了妈妈？一定很恨爸爸吧？……

女儿咬着嘴唇，许久没有回答。最后，她也很动感情地说："不。我知道，爸爸是为了我。"

女儿啊！也许，姑娘的心天生是这样的细腻，这样的善良？教授就等待着这句话呀。他靠在转椅上，闭上了眼睛，鼻子有点发酸。老人摘下眼镜，拿绒布擦着镜片，用微微沙哑的声音说："这就好。我……我只怕你因为一时恨我，就轻率地……选择了……自己的爱人……"

如果炜炜已经无忧无虑地在爱的海洋里畅游，那么，爸爸这句话是不算什么的。她会柔声细气地告诉爸爸，顾志达如何如何值得她爱；也会像一切娇惯的女儿一样，摇着爸爸的肩膀，请他别变成一个爱管闲事的老头儿……可是现在，爱情的痛苦正啮咬着她的心。这痛苦，并不是来自车间里那些评头论足的女伴们，她们就是在耳边嘀咕一千遍"不划算"，炜炜也能付之冷冷的一笑。这痛苦，正是来自那个顾志达呀。炜炜刚才是带着一颗受了冷落的心回到家的，没想到爸爸又要把这颗心放进冰箱。如果不是看见爸爸那一头快掉光的灰白的头发。她几乎想对他喊："我知道，我选择一个什么样的人，你才不说我轻率！……可对不起，我要他！我就要他！……"

姑娘们关于未来的爱人，也许都有过迷人的梦或美丽的憧憬。顾志达，正是炜炜梦中的人。是啊，他的衣着一定不是华美的，生活也没有为他安排好阶梯。他靠充满自豪的丰富感，靠坚韧的努力，开拓着自己辉煌的未来。而她，终于发现他了，就像妈妈当年发现爸爸一样，多么浪漫，多么传奇……炜炜终于实现了自己的梦。这多不容易啊！他那样骄傲。第一次，他们在一个共同的熟人家邂逅，他客气地点点头，居然没有再抬头看炜炜一眼。炜炜是美的，而且不是那种媚俗的美。走到街上，多少素不相识的人都要回头看她的，可是他居然一个人端着珂勒惠支的画册只顾看，那上面是一个枯瘦的老太婆。后来，主人给他们相互介绍，他和她交谈了。没有一点儿惶恐，也没有一点儿卖弄，稳稳当当。二十分钟谈话，谈的全是文学。真奇怪，炜炜忽然觉得自己变成了一个小孩子——捧着名著，却像捧着小人书。他呢，在耐心地给她讲解。过去，炜炜看过那些书，说起一个一个曲折的故事，能让车间里的女伴们听得张开嘴巴。可是现在，轮到她羞愧了，轮到她惊叹了——虽然她自尊心太强了，没有张开嘴巴。在顾志达的眼睛里，生活是多么有趣啊。听他谈生活，是艺术的享受，充满了美的魅力和人生的哲理，他当然读过很多书，国内的，国外的，古代的，现代的……最要紧的是，那些书仿佛早已变成了他自己的财富，当他用沉稳的语调分析当代的文学理论，文学现象时，那些财富全听从他的调遣，使他的分析充满了毋庸置疑的力量。……时间过得真快，他们要分手了。"也许，你将成为一个文学巨人。"炜炜半开玩笑，其实充满了真挚。"傻瓜才以为自己会成为巨人。我们还没有站在产生巨人的时代。我们能做一颗呼唤满天星斗的长庚星，也就死而无憾了。"这回答是冷冷的。他的话不是谦虚，这里面蕴含的，还是自信——对历史的进程了如指掌的自信。

啊，堕入情网是多么痛苦，而又多么迷人啊。炜炜想他，想听他那充满魅力的长谈。多么新鲜，多么有趣！可她又那样自尊。是的，多少小伙子追她，她都不屑一顾，难道要她去找他？然而，那位顾志达仿佛更骄傲，一去而无音讯。炜炜忍不住了，开始成为那位朋友家的常客。终于，她打听到了他的地址。第一次屈尊，也第一次说谎——说是要借书，到他家找他……

他们谈了几次，没有在花前月下，也没有在婆婆的树影里。就在一盏十五支光的黄灯下。然而，这已经够了，年轻的姑娘已经心荡神摇了。她觉得，能得到他的爱，那多么幸福啊。可是，他太让她失望了，总是冷冷的，并没有理会她爱的暗示。炜炜观察过，他有不少朋友，也有女的，那些姑娘们也很崇拜他。他却还是冷冷的。越是这样，炜炜越爱他，爱得发狂。自尊心在这里爆发出一种相反的作用力。她不相信自己爱情的花朵会在他的冷落中枯败，她不相信！

啊，刚才，就在刚才，如果她早一点离开他，也许今晚就不会这样沮丧，也许自己今夜会沉浸在甜蜜的回味中。他吻了她。他低下了他那高傲的头，把线条粗犷的双唇紧紧贴在她的唇上。他把她抱得那样紧，吻得那样深，使她浑身软绵绵的，仿佛在向天上飞升。在尝到了这爱的甜美之后，你如果挣开他，快快活活地说声"再见",那今晚你将是甜蜜的、舒畅的啊。可是,那个时候,谁忍离去?她靠在志达的肩头,沿着马路,在稀疏的树影里缓缓地走着。她期待着下一个吻,下一个……

莫名其妙,志达却跟她说起他过去的女朋友,讲他们是怎么吹的。后来,当他们走到一个树影里时,他站住了,捧着她的脸,细细地看,轻轻地说:"你爱我很久了。我知道。"炜炜点头,眼睛里噙满了幸福的泪。顾志达说:"法国有一个微生物学家,叫巴斯德。你听说过吗?"炜炜摇头,她此刻什么都忘了,只知道爱。顾志达又说:"巴斯德给未婚妻写了一封奇特的求婚信。我学他,问你。""问吧。"炜炜甜甜地回答他。她相信,即使问她愿不愿跟他去死,她也会答应的。顾志达告诉她,他家境贫寒,父母的右派问题刚刚被改正,跟他是不会享福的。他所有的,只是健康、自信,和对事业的爱……而这一切,并不能保证他能成功。他并不希冀荣誉、地位,只向往真理……

炜炜把脸贴在他的胸脯上,聆听着他强有力的心跳声。她要想一句最美好的话回答他。终于,她扬起头,说:"我相信你,你会成功的。"她闭上了眼睛。她知道自己的双唇是湿润的,迷人的,她仰着头,静静地等待着。来吧,来吧,热烈一点!疯狂一点!来吧,第二个吻!志达的头低下来了,嘴唇却轻轻地贴在她的脸上……

吻,真是个神秘的东西啊。它可以表达任何语言也无法表达的情感的微妙变化。这第二个吻就是这样。炜炜觉得它是那样敷衍。发干的嘴唇,轻轻一触,好像是为了完成例行的公事。炜炜不明白,志达为什么又一下子回到了往日的冰冷之中。是的,从这时起,他不能再讲出些什么有趣的话,默默走着。后来,他们分手了。留给炜炜的,还是那个冰凉的吻。

"他怎么了?难道我那句话说错了?……"默默站在爸爸的面前,炜炜的心思又回到了那棵大树的树荫下,回到了那心上人的身边。顾志达,他至今还是这么神秘。他是一个自信的、勇于进取的男子汉,为什么在爱情道路上这样畏缩不前?炜炜的心乱了,乱得像麻。

"也许，爸爸是太过虑了……"唉，爸爸，又开始了，一本正经的教导。够了，真够了。炜炜真想捂上耳朵。

可是，爸爸还在说着："炜炜，你年轻，太浪漫了，没有社会经验……你知道，选择不好，会后悔一辈子……"

"我一点儿也不后悔！"炜炜忍不住了，语气里已经带着烦躁了，"你又不了解他，凭什么怀疑我的选择？……不就是看他是一个小工人吗！他的那些朋友们，搞美术的，写小说的，都已经在文艺界露出锋芒了。他们都那样崇拜他，他早晚要有所作为的……"

"炜炜，我一点儿也不怀疑你的眼光。可是……"爸爸毕竟是爸爸，还是那么苦口婆心。他希望女儿冷静下来，告诉她不要只凭一时的新鲜、趣味，还是要实际一些……唉，他有什么办法能说服这个娇惯坏了的女儿？教授摇摇头，灰白的头发轻轻拂动。他忽然想起了蕙文，不无凄凉地说："唉，要是……要是你妈妈在，她就能好好劝劝你啦……"

"妈妈！"炜炜鼻子一酸，眼睛里突然迸出了泪花。她掏出手帕擦着泪水，抽抽咽咽地说："要是妈妈在，她会这么庸俗吗？……她要是这么庸俗，当年能看上一个医院的杂工？"

"你！……"教授痛苦地摇摇头，眼前台灯光刺得眼睛昏花，他闭上了眼睛。等他再睁开眼睛时，炜炜已经不在了。

他站起来，关闭了台灯，背着手，在书房里踱步。

夜阑人静，万籁无声。一个很难得的和暖的冬夜，月光很亮，透入窗来，在地板上投下几方清影，忽然给人一种夏夜的感觉。他站到窗口。窗外，是一片枝条上指的小杨树。他觉得自己好像就在那中间走着，氛围是多么孤寂啊。他和自己最娇爱的女儿，就是这样隔膜开来了。也许，任何最幸福、最和谐的家庭都有这么一天。他想起了协和医院的小杂工，想起了太平间门口灯下夜读的情景，也想起了每天揣着两个面包，进大英博物馆苦读的日子……那好像是十分遥远的事情了。是啊，也许，炜炜是对的。她应该像她的妈妈一样，去爱一个普普通通的

273

勤奋的探求者。可是谁又能保险，女儿爱上的这个探求者，也是一个真正有前途的小伙子啊。教授记得，和自己一起立志在天体物理方面大干一番的朋友们，至今有所建树者也是寥寥无几。大概每一个探求者只有万分之一成功的可能吧。而顾志达，他选择的努力方向毕竟太危险了，他又那样固执，恐怕正像季先生说的，连这万分之一成功的可能都没有啊。炜炜，为什么要让她冒这个万分之一的风险？多少前途牢靠的青年人可以供她选择……人老了，也许都会陷入这种窘境？多少父母亲，他们年轻轻的时候，也都曾像他们的子女现在所追求的这样生活过。可是现在，他们几乎都要像教授这样权衡着，苦恼着——也许，这就是我们可敬的父母们最令人感动的地方，当然也是最可悲的地方。但是我们还是谅解他们吧——比如教授，他竟为女儿的事烦恼了一夜。天亮了，还是为了女儿，戴上那顶棕色的鸭舌帽，叼上大烟斗，骑着那辆二六型破车，"吱——吱——"，到墅园找老朋友季纯青教授去了。

五

季纯青教授比陈昊教授还要年长十几岁。人很矮，也很瘦，是个典型的四川老头儿。陈昊教授来到墅园的时候，他正绕着自己住的小楼"跑步"。说是跑步，只是一种象征性的说法。他把拐杖挂在臂弯上，攥起两只嶙峋的拳头，平端在腰间，双目平视前方，还带着几分庄严。随着身子一歪一斜的耸动，双脚擦着草皮，一寸一寸地向前挪着。这是他每日必做的功课，对于一位年近八十的老叟来说，实属不易。理论上，他是颇年轻的。他对文学理论的现状自有主见，洞若观火，如果他还不老，兴许会挑起一面旗帜，自立一家之说。可是现在，他只能为人们献出他的译作，顶多在序言或后记里略露锋芒，留心的人并不难看出，那字里行间仍然回荡着追求真理的热情。虽然他不怕死，可还是盼着多活——人生是多么好啊。每一个做学问的人，如果能随着历史而生存，看到本学科的新成就，看到真理被承认，学说被检验，那多妙啊。当然这是不可能的。可应该争取多活几年，多为后人留下一些东西。这就是他每天"跑步"的动力。

陈教授把自行车放倒在草坪上，决计先不打搅这位正进行"神圣"锻炼的老头儿。等季先生转过弯来，看见他了，招手，他才走过去，把来意说了。

季先生带着痰喘，呵呵地笑着："你的天文望远镜，应该对着天鹅星座或者是天蝎星座啊，怎么对一个小伙子感兴趣了？"

陈教授无可奈何地一笑："炜炜对他感兴趣啦。"

"怪不得！怪不得炜炜介绍他来找我……"季先生笑得更凶了，"那你想了解小伙子什么呢？听听我的估量？估量什么？他的价值？是他作为一个人本身的价值？还是功利意义上的价值？……"

陈教授说："您快和盘托出吧！"

"一个真正有价值的人……肩膀上扛的，是自己的脑袋。……可他有点儿偏激。哦，无可指摘……也许是我们老了……"季先生一步一步往小楼里走，又一句一句往外冒着，"至于功利意义上的价值嘛，哎呀，家里是干什么的？不清楚。……他本人兴许是个工人，生活情况……我也没问过他。前途嘛……我跟你说过的呀……"

陈教授点头，告诉季先生他是说过。

"不过也许我估计错了。他也许可以大显身手，一举成名。"季先生在沙发上坐下了。

陈教授笑了："何以见得呢？"

季先生告诉他，百家争鸣的气氛毕竟越来越浓了。比如，关于西方文学、美学理论的问题，据说，也有负责同志讲话了，这个问题可以讨论嘛。而许多理论家们，一直只知道马、恩、列，现在他们瞠乎其后啦。小伙子研究西方文艺理论好几年了，他手头现成的论文就有七八篇呀。能发表出去，是会引起轰动的。季先生说："我正准备给他写封信哪。功利的目的何足道哉！可这场讨论是十分必要的，应该参加。"

陈教授微微笑着，沉吟片刻，问季先生是否不必写信了，由他带个口信去可也。

"怎么？远距离观察还不行？非要乘阿波罗登月踏勘？"季先生又笑起来。

回到家里，炜炜已经出门了。教授匆匆吃过早饭，又推着自行车出了院子。还是那身装束，破自行车仍旧吱吱响着。这一回，心情可大不一样了。

拿着从季先生那儿抄来的地址，教授来到了顺城街。他对这里很熟悉。四十多年前，他那穷苦的双亲就住在这条街上。每月的月底，他从协和医院为他们送回买棒子面的钱。这条街上的住户大都是穷教书匠，卖艺的，拉洋车的，依傍着城墙，搭起一间一间窝棚，就是遮风挡雨的居处了。如今，城墙早已拆毁了，衰败的景象已经不见了，但房子仍然是北京居民点中很差的。

一个大杂院，横七竖八地搭着各色各样的饭棚子。一次一次地低头，俯就院子里搭晾的衣物，他来到西边一间小屋门前。

敲门。

门开了，开门的正是顾志达，他一愣。忽然一声"爸爸"，教授才发现炜炜也在屋里。

一间极狭窄的小屋，木板搭成的床，被褥也很陈旧。炉子上座着水壶，滋滋响着。屋子里待三个人就已经显得很拥挤了。因为在仅有的一块空地上，斜支起了一根木头，顶着房梁。据顾志达说因为此地要拆迁，所以房管所也就说先凑合着住些日子算啦。教授的心思，倒不在这根木头的作用本身。这是一根柳木，底部戳进土地里，现在虽然是残冬时节，也许，因为屋里的和暖，就在这柳木锯去枝杈的地方，长出了一丛丛嫩绿的柳叶儿。教授的目光停在上面很久，直到顾志达请他坐，他才从沉思中惊醒。

落座以后双方都很尴尬。教授说自己是进城来办事的，因为路过这里，季先生让带个口信给他。然后，把知道的情况和季先生的意思一五一十讲了出来。

顾志达认真地听，点头，微微笑着。听完了，道了声谢。又沉默了好一会儿，说这件事他已经知道了。说着，从褥子下面翻出一叠信封来。他告诉教授，有好几家编辑部都来信了，想要回他们过去退的稿子。有的，甚至是刚刚退回来的稿子，又要要回去了。

教授说："你不妨再推敲一下，寄回去给他们发表。"

顾志达笑了，把那沓催稿信放回褥子下面，说："有什么必要呢？我根本不用回信，用不了半个月，他们就不再要我的稿子了。"他看着教授疑惑的眼睛，口气里夹杂着蔑视："自有一些堂堂皇皇的理论家们，会赶写出文章，论证西方文艺思想尚有可取之处的。我何必凑热闹呢？……"

教授不知道该怎么回答他。小伙子的话未免刻薄，可都是实话。

"我听到这个消息，激动了一夜。可细一想，又开始伤心……"小伙子的话里带有几分感慨。

"为什么？"教授问。

顾志达又沉默了，渐渐地，本来凝滞的眼神闪出激动的光来："如果探求一个真理，总要等领导同志的一句话，那么，在我们这块土地上，到底能开掘出多少真理呢！……其实，我们每一个人都有发现真理的权利。可惜的是，许多人不懂得这些。有的人是搞意识形态的，却没有长着自己的脑袋！……"

教授点头称是，却再也没有勇气抬起眼来正视这个青年人灼灼的目光。他想起自己从季先生那里出来时心中升起的几分欣喜，想起自己匆匆赶来的目的，很庆幸刚才没有向小伙子表露得太多。是的，你并不太懂得文学，也没有思索听到的是否正确，兴冲冲而来，为了什么？仅仅因为是领导同志的讲话，仅仅为了一种功利。这对于一个搞科学的人来说，是多么可悲、可笑的事啊！也许，小伙子确如季先生所说，是有些偏激。百家争鸣，不是要一步一步才能实现的吗？一个禁区突破了，不正是千百个禁区被突破的开始吗？可是，他受到的挫折、磨难毕竟太多了，他向往真理的心情毕竟太迫切了，他的偏激，倒是可以原谅的啊。而你，一个搞了几十年科学的人，也变得蝇营狗苟起来，这难道可以容忍吗？……他想起了年轻的时候，为了科学的真理，曾进行过多么顽强的追求啊。不逢迎传统，不盲从法则，对一切功利的诱惑付之一笑。这顽强的追求，使他向真理投降的时候，是那样真诚。使他建树起自己的学说的时候，又是那样自信！而现在你……屋里真热！炉子太近，屋子也太窄，烤他，压他，喘不过气来。他起身告辞了。临走时，因为站在支撑房梁的柳树干旁，他顺手掰下了一丛嫩绿的、早发的柳叶。

右手推车，左手拿着那丛柳叶，端详着，慢慢在街上走。路过月坛，他进去了，坐在一张长椅上，清理纷繁的思绪。有个年轻的妈妈领着活泼的孩子从他身边走过。他听见那孩子喊着："妈妈，妈妈！树发芽了！树发芽了！你看！……"

六

傍晚，他回到家，丁婉正靠在客厅的长沙发上，手里拿着他新近写成的一篇关于脉冲星的论文，帮他校对引文篇目。他进来，她没有发现。

教授走到丁婉身边，挪开沙发上摊开的一摞书，紧挨着她坐下了。

教授从来没有和丁婉坐得这么近。她的脸红了："陈先生怎么才回来？吃饭了吗？"

教授没有回答她，默默地捉过她的手，说："丁婉，你还记得吗，你当学生的时候，因为一篇学术论文，我曾经狠狠批评过你……"

这对于丁婉来说，是多么难堪的问题啊。她把头低下来，轻声说："记得。'文化大革命'中，因为那点点小事，给先生带来很大麻烦，我心里一直很难过……"

"不不，"教授打断了丁婉的话，"我倒觉得是我当年太粗率，扼杀了一个青年人探求真理的勇气。"

丁婉说："哪里说得上什么探求真理。我当年幼稚得很。"

他们沉默了。

少顷。教授又问："那你现在怎么想的？就不想把当年那个课题拾起来，和我辩驳一场了吗？或者找个新的研究方向，再干一番呢？"

丁婉苦笑了："有这个心，还有这个力吗？何况这个心已经死了。先生在这方面很有权威，我想，如果能帮助你整理一下著述。也就心满意足了。"

教授点上烟斗。一口一口地抽着。

"除了那件事。我还有一件事很对不起你，是吧？"

"不，你很好。"丁婉很奇怪他这次回来为什么变得这么自省。

教授摇摇头："也许，你并不知道。过去，我……我一直割舍不开炜炜的妈妈。……我不知道，该怎么开始我们的生活。"

"这是可以理解的。其实我全知道。她是个非常好的女人，你应该爱她的。"丁婉的眼眶里已经噙满泪水了。

"是的，我不会忘记她的。她不是我们的同行，却是我生活的导师。……我现在才明白，她回家养病一直到死，每天向我要求的那微薄的一小时，也是为了在我的身上鼓舞起进取的勇气啊。人老了，最需要这个……她了解我……"

"我真嫉妒她，可是我代替不了她。我只是有感情，却没有……没有她那样的人格和眼光……"丁婉终于把脸埋在手帕里，啜泣起来。

教授扶着她的肩膀，把她拥到怀里，很动感情地说："别哭了。我说这些给你，不是让你哭的……我想告诉你，你应该相信我，我不是一个道学先生，我一直想和你一起开始新的生活。现在，我知道我们应该怎么办了！……你不应该老是这个样子，惭愧，自责！去选择你自己的开拓方向吧！如果有必要，拾起那个课题，和我辩驳！……你多年轻啊，你应该让我也跟你一样，年轻起来啊……"

"唔，我听你的。"丁婉从他的怀里抬起头来。他们两个人忽然都觉得，仿佛现在，他们才是真正的未来了。他们中间，才开始了真正的爱。

晚上七点钟，教授又走进了书房，扭开台灯，坐到转椅上。昨晚拿出的那本《老人与海》，竟一直没工夫翻开，仍在桌上放着。台历旁边摆着的照片里，炜炜正闪着那有所期待的目光，朝他笑着。炜炜直到现在还没有回来吃晚饭。教授"滋滋"地吸着烟斗，望着照片微笑着。她应该在那里度过她的星期日。以后呢，她应该在那里度过她的一生。也许，他们并不得志，一辈子也没有获得地位、荣誉，可是他们的生活一定是骄傲的，幸福的。也许，她的顾志达会成为一个出色的文艺理论家，那他们的生活将还是那样充满了激情，绝不会堕入自足的空虚……人，活成这个样子，才具有真正的人生的价值啊……

遐想被打断了，炜炜回来了。

"炜炜！"教授站在书房门口喊她。炜炜很不情愿地走过来，低着头，一脸不高兴的样子。莫非还在为昨晚的事赌气？

"炜炜，那个……那个顾志达，他……挺好。"教授忽然觉得口舌笨拙起来，不知该怎么表示对昨夜风波的反省。"他那间房子太破了。如果他愿意……咱们这里有房子。"

"不。"女儿截断了爸爸的话，攥着皮手套一下一下地打着桌角。"爸，你是对的。也许，我过去是太浪漫了。我现在才明白，为什么他的第一个女朋友要和他分手了。"

"什么？……"教授几乎不相信自己的耳朵。

"很简单。他从来没有答应过我。他说我这样的人是不会和他生活到底的。"

"他在生活上也这么偏激。"教授叹了一口气。

"不。他说得对。"炜炜冷冷地、若有所思地说。"他使我冷静。对，我喜欢他的新鲜、丰富。可这以后，需要坚韧，需要受苦，需要冒一辈子被埋没的危险。也许我根本受不了。所以，我们还是分开的好……爸，我还是回到您的身边来吧……"

炜炜说得这样简单。其实，今天她和顾志达吵了一架。无非是为了那些退稿是不是应该送回去发表。炜炜的理由无疑是十分充足的。顾志达呢，开始未免还有些意气用事，可是最后，他向她让步了。"你是对的。讨论是必要的，我应该参加这场讨论。"顾志达说，"可是生活的哲学呢？咱们是一致的吗？"这个人多么残酷啊，他冷冷地把她的生活哲学剖开给她看！他说她无非是浪漫的追求，盲目的崇拜，是新鲜、趣味的刺激，才爱上他的。她把对他认识的基点，放在"一定会成功"上面，这种哲学本身就和他有根本的不同。相反，倒和他第一个女朋友有相近之处……啊，炜炜终于明白，为什么那次她得到了一个冰冷的吻！他说的是对的，虽然这种解剖使人脸红心跳，炜炜还是从内心里感激他。经过很久的沉默、思索，炜炜终于把手伸给了他："再见吧。我们还是朋友。我羡慕你，羡慕你的哲学。可是，我……再见!"……

炜炜在爸爸的身边静静地站了一会儿，看爸爸没有什么要说的了，掉转身，打开书房门，迈着娴静的步子，去了。

教授抬起头，看着女儿的背影。

女儿穿着一件合体的黑呢短大衣，时新的半高跟皮鞋使她的身材更显得秀美、窈窕。教授忽然想起不知哪位诗人的一句诗："你和大地的接触，竟只有如此小的平面……"他又想，炜炜，连你的名字都这样闪光，像天上的流星，使多少人羡叹，可它毕竟在太空中没有自己的位置啊。而在顺城街那个简陋的小屋里，却有一颗无光的星宿。也许，我们只能用高倍的天文望远镜，不，甚至用射电望远镜，才能收到它的信息。可它毕竟有自己的位置，自己的轨道，自己的价值……

教授把目光移回桌上那本《老人与海》上面。炜炜的妈妈临死的时候，我们读到哪儿了？哦，老人已经杀死了四条鲨鱼。他精疲力竭地坐在船上，望着寒冷的、波涛汹涌的海面，望着茫茫夜色，他想："我希望我不必再去跟它们斗啦。我多么希望我不必再跟他们斗啦……"是的，是读到这里了。蕙文临终的最后一句话是："……你读下去吧，看看这位老人怎么样了？……"

老教授找到了这一页。他读下去。

……船行到半夜，老人又跟鲨鱼斗起来。这一回他知道斗也不会赢了。它们是成群窜来的，轮番把船后那条大鱼的肉一块一块地撕去了……老人不顾一切地用棍棒劈去，棍棒被拖走了，他把舵把从舵上拆下来，用它去打，去砍，两只手抱着它，一次又一次地劈下去……一条又一条鲨鱼被杀死了，被赶跑了，直到最后一条……

船回港了。老人扛着渔具，瘫软在堤岸上——他已经没有一丝力气了。

他拖回的那条大鱼呢？啊，真惨，只剩下一副骨架。

他失败了。不，他胜利了。

……

| **文学史评论** |

在 20 世纪 80 年代的"京味小说"中，陈建功的作品值得注意。他的创作有两个系列，一是以感伤的笔调写知青和知识分子的遭遇，如《迷乱的星空》和《飘逝的花头巾》，另一是表现居住于小胡同、大杂院里的北京普通市民的日常生活——这成为他创作成绩的标志。总题为"谈天说地"的作品有《丹凤眼》《京西有个骚达子》《辘轳胡同九号》《找乐》《鬈毛》《放生》等，文化景观、生活细节、社会变迁中的市民心态，得到细致刻画。80 年代早期作品(如《辘轳胡同九号》)，有较明显的"国民性"批判的启蒙视角。后来，作者体验了高楼林立中的缝隙间四合院的"苟延残喘"的"悲戚"，目睹"传统的生活方式在现代文明的侵袭下崩解的图景"，逐渐增强挽歌式的怀旧基调。

——洪子诚：《中国当代文学史》，北京大学出版社，2007，第 285 页

| **创作评论** |

我感到，在当代青年作家中，你的创作颇有些特别。就创作总体论，一方面，你的作品不多，创作可谓审慎节制。一本《迷乱的星空》中收入的，即便质量参差不齐，也不过十三篇，却逾时达三年还多。另一方面，这些有数的作品，却似乎带给文坛和社会以"冲击力"。就具体作品而言，虽然题材领域大多已经被他人多次挖掘，所描写的，大抵也不过是小人物在日常遭际中的小悲欢，但是它们中总有些他人作品所未及之处。

现在，我想提出一个我姑且称之为创作"敏感带"的概念，开始进入我对你的创作独特性的直接"琢磨"。我想表达的，主要的是指切合作家个性的精神、情感方面的敏感区域，而你的创作"敏感带"，似乎在于一个融和着矿工气质的

青年知识分子对于人的价值、尊严、人与人之间的美好关系等这些一概可以归之为与人生意义相关的问题的严峻的注视。因此，人们在《萱草的眼泪》中，见到关于生活、革命、人的灵魂的尊严的哲学见解；在《流水弯弯》中，听到了一个"生活开拓者"被消沉的愤懑呼叫和深沉抗争，而这便使它们分明不同于当时盛极一时的"伤痕文学"大潮中的诸多篇什。同样，《迷乱的星空》中的顾志达、《丹凤眼》中的辛小亮和孟蓓、《被揉碎的晨曦》里的鲁健和于馨、《飘逝的花头巾》中的沈萍和秦江，或以强者般的进攻姿态，或以脚踏实地者的坦然胸怀，或以沉沦者的觉醒和奋斗者的迷失，展示了你对人生意义和价值的真正底蕴的理解，从而也使它们以一种相近的境界与精神，迥异于当时的许多同类题材的作品。

　　——何志云：《我的理解与困惑——致陈建功》，《文艺研究》1983 年第 5 期

| **作品点评** |

　　《迷乱的星空》是结构比较庞大、内涵比较丰富、提出的问题也比较尖锐的一篇力作，读后心怦怦然。作者把父女二人的爱情与他们的生活哲学结合起来，描写的视角适当变化。已死的炜炜的母亲与《老人与海》的穿插和象征，特别是炜炜终于未能与顾志达相爱这样一个令人遗憾、令人深思却也令人感到一种"欲穷千里目，更上一层楼"的欣悦的结局，都说明了建功艺术上是有追求的、有潜力的、有来头的，正所谓前途不可限量。美中不足的是顾志达这个形象本身既伟大又单薄，给人以过分愤世嫉俗而生活在云端之感。他这么伟大，恐怕没有哪个姑娘有资格爱他，至多能得到他的一次热吻，下一次就是冷吻了，再下一次就得拉吹。他会不会落得一个王老头乃至魏石头的下场呢？不是完全不可能的。虽然魏石头是那样渺小而顾志达是那样伟大。钟奇不是也颓唐了么？不站在坚实的土地上，只凭一副傲骨，不是很容易被浊流所淹没，而伟大与渺小之间也决不存在着十万八千里的距离么？

　　——王蒙：《永远做生活与艺术的开拓者——序小说集〈迷乱的星空〉》，《读
　　书》1981 年第 9 期

青年作家陈建功的小说《迷乱的星空》在读者中引起了争议。我读了小说，觉得围绕着顾志达这个形象的争议，包含着如何对待人生的价值，如何对待科学真理，如何探求真理等一代青年饶有意味的问题。我想，就小说中的人物谈谈对这些青年们普遍关心的问题的看法，追寻一下作者思想探索和艺术追求中留下的足迹，当然是不无益处的。

《迷乱的星空》在行文的韵味上是有一种音乐感的。两万多字的篇幅，像一道浑厚的音流。你聆听着，辨析着。这里确有杂音溢出，但它不是稍纵即逝的浮响，而是人生大海迸发的某种引人深思的涛声；这里确有某种迷乱，但那是思想探险中的偏激，并不是思考力贫弱、生活苍白引起的混沌。

——曾镇南：《泥土与蒺藜》，百花文艺出版社，1983，第 40 页

飘逝的花头巾

陈建功

一

秦江这个人很怪，虽然写了很多充满人情味儿的小说，在待人接物方面却缺少起码的人情味儿。最近，我采访过他两次，想写关于他的专访，都被拒绝了。上星期六晚上，在 103 路无轨电车上，临下车时我看见了他。喊他，他连理也没理，沉着脸，抓着扶手，冷冷地站在那里，是不是太狂了？不像。他那样子很憨厚，他的作品也很深沉、平易，绝非浅薄的人所为。究竟因为什么呢？

说来也巧，这次采访文学丛刊《碧云》主办的"优秀小说授奖大会"，竟和他安排在一个房间住。他的短篇《纤夫》以深远的题旨，粗犷淳朴的人物形象，大江出峡的笔势而获奖。可是他迟迟不到，直到授奖仪式开过了，他也没来。是因为所在的 S 大学学习确实紧张，还是因为害怕刺眼的镁光和接踵的采访？

晚上，他来了。瘦瘦的中等个儿，长方脸棱角分明，剑眉，眼窝微陷，鼻梁显得高且直，嘴唇绷成平直的一线，下颌微微上扬。和我前几天

作品信息

原载《北京文学》1981 年第 6 期，入选雷达主编《新中国文学精品文库：短篇小说卷》(海天出版社 2010 年出版)、王蒙主编《新中国六十年文学大系·短篇小说精选》(长江文艺出版社 2009 年出版)、陆文夫主编《中华人民共和国五十年文学名作文库·短篇小说卷》(作家出版社 2001 年出版)、钱乃荣主编《20 世纪中国短篇小说选集》(上海大学出版社 1999 年出版)。

见他时一样：他满脸倦容，不时眨着干涩的眼睛。他朝我点点头，一笑，这时仿佛也没有离开重重的心事。他坐到沙发上。

"你怎么才来？给编辑部赶稿子去了？"

"没有。"

"我看你很累的样子。"

"是吗？"他不否认，却也无心接过我的话题。

我们沉默了。

我很难忍受这种难堪的局面。我说："授奖仪式你没露面，真让大家扫兴。连马征远同志都来了，作了指示，还说想认识你。"

"哦。"他的眉头皱了一下，旋即说，"我来电话请假了。学校有事脱不开身。"

我说："征远同志临走嘱咐我，看见你时，领你去找他一趟。想和你谈谈。他说你很有希望。"

他未置可否。

熄灯以后，躺到床上，他忽然问我："你能不能找个借口，帮我推托一下？我……我最近还不想去见他。"

"为什么？"

又是沉默。

这真有点过分了。马征远同志是文艺界的领导，七十高龄了。而他，不过是个毛头小伙儿。他还是这么不近人情。

我说："我们初交。我对你的脾气还不太了解。……可是，我觉得，从礼貌上来讲，总不能……"

"嘶啦——"他划着了火柴，点上烟，默默抽了起来。过了很久，说："是啊，本来，我是想见他的。我也猜到他会来。可是……"

"怎么，你们……"话语中，我猜出他和征远同志之间似乎有什么微妙的关系。

"看来，我只好告诉你了。因为还得求你帮我挡挡驾。不过，你能为我保守一段时间的秘密吗？……"他的话音里带着苦笑，"你是绝对想不到的。我是他的儿子。"

"什么！……马征远同志不知道？他还不知道?!"

"干吗这么喊。你躺下好不好？……他不知道。秦江是我的笔名。他只知道他的儿子马明在四川，在长江航道上当水手。他不知道我新近考上了大学，还写了小说。秦江就是我。"

"这是怎么回事?"

"其实很简单。我是个不争气的儿子。"他抽了一口烟，看了我一眼，缓缓把烟嘘出来，"你现在一定想象不出当年的我是个什么样子。七八年前，我和我的朋友们整天泡在'老莫'。你知道'老莫'吗?"

"老莫?"噢，想起来了。莫斯科餐厅，现在叫北京展览馆餐厅。"老莫"，是高干子女们通用的称呼。

"那时'老莫'刚刚重新开张，用的是银餐具。我们每吃一次都要偷回一把勺子或一把叉子——不是为了卖钱。这是吃了一次'老莫'的标志，和军功章一样值得炫耀……我们还常去'康乐'——过去在王府井，现在搬了——那里开菜单的一位姑娘特别漂亮。我们在那儿喝呀、闹呀，昏天黑地。我曾经拿一张拾元的票子叫她给我再上一瓶汽水。她找给我一桌的毛票和硬币。我醉醺醺地把它们全扫到地下，叮叮当当四处乱滚。这还在我的朋友间传为美谈，据说是'拔了份子'……酒足饭饱了，躲到一个人的家去，聊大天——那儿还不敢跳舞，也没录像看，只能聊大天，打牌，也骂'红都女皇'……每天半夜三更才回自己的家。

"……你不信？其实，对我来说，事在必然。我从小在干部子女集中的寄宿学校里长大。我知道肩章领章上金杠金豆所代表的官阶，也熟知红旗、吉姆、奔驰、吉斯一直到伏尔加、巴别达。可我对人生道路上所应有的准备却一点儿也没有。生活的浪潮来了。一会儿我是'子承父业，理所当然'的'好汉''小将'，一会儿我是'黑帮崽子'。随着爸爸的浮沉，我得意，沮丧，酩酊大醉，咒天骂地，却从来也没有找到自己在生活中的位置。我不知道自己该去干点什么。爸爸也越来越啰唆了。可能是没官当了，找不着人训了？他骂我是'寄生蟹'。早晨拧开我的房门：'喂，老奥，起来吧！'——后来我才明白，他这是骂我，说我是奥勃洛摩夫！我反过来也讽刺他：'老布！'——这是'老布尔什维克'的简称。我说：'老布，你起得早！读你那砖头厚的'马经'去吧，管蛋用！'把他气得直哆嗦……"

秦江哈哈笑起来。我也忍不住笑了。

"就这样，气得把你这个不肖之子轰走了？"

"不，我自己走的。"秦江止住了笑。少顷，他一边沉思着，一边缓缓地说："你以为我对这样的生活很满意吗？……每天晚上，躺在床上，觉得脑子里是一片空白。碌碌无为，耗尽青春的恐怖像毒蛇一样缠着我。可是，我很快又睡着了。当太阳又晒屁股的时候，我又骑上'风头'车，到那些红男绿女们中间，又是狂饮、寻欢，用五颜六色的液体充塞空虚的肺腑。……天知道我怎么一跺脚就离开了北京。也许是因为我家的'老布'没完没了的唠叨。也许是因为这么一件事：那次我忽然心血来潮，带几位朋友到胜利餐厅要了七十块钱的一桌——我在一九六七年去插队时，妈妈已经让人整死了，爸爸还在秦城蹲大狱。我只好到胜利餐厅的厨房，筹备第二天上火车的干粮。我在这里被人抓住，受了胯下之辱。这次是旧地重游，抖抖威风。当我们喝得酒酣耳热、杯盘狼藉的时候，我看见了那位老服务员，一个五十多岁的妇女。当年，在听了我这个'小偷'的申诉之后，是她站出来主张放我走，使我免受了棍棒之苦。我举起酒杯迎过去，半醒半醉地喊她'恩人'，招呼我的'弟兄们'过来'敬我的恩人一杯'。她推开了我，说根本不认识我们，又狠狠瞪了我一眼，头也没回就走了。她那厌恶的目光我一辈子也忘不了的，我想起了当年插队的时候，我也曾站在老农民们中间，用这种眼光瞪着那些醉醺醺地从大队部里出来的新贵们。我害怕这目光！……也许，是因为那是一九七六年底了，每个人都显示了自己在生活中的位置——舍身求法的，锲而不舍的，浑浑噩噩的，卑躬屈膝的……我呢，一个聪明的废物——过去没用，将来也没用！我忽然感到了一种被生活淘汰的恐慌！……唉，反正一切都使我越来越陷入难以自拔的苦闷。终于，我决定离开北京了。离开那些'小三洋'，'大索尼'，离开那些数不清的家庭舞会——我离开北京时，这已经在我的朋友们中间流行了。探戈、伦巴、迪斯科、贴面舞，去他妈的吧！……我们家的'老布'不相信我能去四川当工人，他以为我是在北京玩腻了，要不，就是闯了祸，颤颤巍巍地问我'为什么'。我说：'唉呀，你们什么事情都要问个为什么、为什么！我不为什么！我什么也不为！活着没劲了，想换个活法儿！'——就这样，我走了……"

夜风吹得楼外林木沙沙地响，把丝绣的窗帘也高高地膨起，给屋里送来丁香花的淡淡香气。

秦江忽然变得这么健谈，绘声绘色。前几次见他时那刻板、心事重重的神态仿佛不翼而飞了。说实在的，就他给我讲的这些，也已经可以写一篇绝妙的专访了——生活改造了人。几年以后，这位因为"活着没劲了，换个活法儿"而离家的秦江，变成了一位"人类灵魂的工程师"，一个才华初露的青年作者回来了。他的爸爸却不知道自己称赞不已的有为青年，就是那个不肖的儿子……可是——

"我真替你庆幸，秦江。你走出了那一步，才有了今天。……可是，我不明白，你为什么不见你的爸爸呢？他会很高兴看到你的。"

也许，我的问话太唐突了，又刺痛了他的哪一根神经？他又沉默了。很久，他说："我是想看到他的。我还得意地想过，当我戴着Ｓ大学的校徽，突然出现在爸爸面前的时候，他会是副什么样子！我知道了《纤夫》得奖的消息，又想把和爸爸的见面放到授奖仪式上，更吓他一跳。……可是，我想，我想还是以后再说吧，现在，我没这个心境了……"

"为什么？"

"为了一件别的事。"他的语调里好像添加了几分凄然。虽然这时看不清他的脸，但这声音使我想起那烦恼、疲惫的面容。

"到底怎么啦？"

"咳，"他叹了一口气，"就是这几天发生的事，可说来又话长。算了，睡吧睡吧!"

"我不困。你说说看。"

他不再理我。夜色中，只看得见他的床头处，烟蒂的红光一闪，一闪。

二

第二天，第三天。白天，是小组讨论。

晚上，是采访的记者、约稿的编辑频频来访。他分不开身，熄灯以后好像也没了谈天的兴致。第四天，晚饭以后，我拉他到宾馆外面一座小小的街心花园散步。

"干吗这么老实，回去等着他们纠缠?!"

闲扯了许多别的事。暮霭悄然降临的时候，我们坐到花坛的水磨石台子上。

"我看你这些日子是有心事。到底发生了什么事?"

他笑了:"还说别人纠缠。你也够难缠的。"

我说:"算了算了，那就不聊这些，免得你痛苦。"

他没答话，过了一会儿，自语地说:"憋在心里也难受。"

月亮在云片中穿行着。凉风习习。蟋蟀低唱。偶有往来汽车的前灯把一丛丛一簇簇的树影投到我们的身上。他从脚下抽起一根蟋蟀草，放到嘴里嚼着。

"说实在的，我真感谢文学，它使我把生活变成了一本教科书。……要是以前，这种事也许会使我痛苦不已，甚至动摇、幻灭。可是现在，我只把它看成某种人生旅途的悲剧。它使我警醒、坚定。"

"你是说最近发生的那件事吗?"

"是的。"

"究竟是什么事?"

"又要扯远了。"他把咬在嘴里的草棍儿唾出来。

"我不是给你讲过了，一九七六年底的时候，我通过我的那些哥们儿的路子，到重庆当了船员。我不过是小时候玩过航模，又向往长江风光，就心血来潮，雄心勃勃地打算从这里正正经经地开始我人生的航行了。……说出来不怕你笑话，唉，我的身上哪儿还剩下一点点人生航行所必需的坚韧？身上的筋骨早让威士忌、白兰地泡酥了！运算、画图，对着一盏孤灯熬夜？我哪儿受得了这个！我是习惯于在白晃晃的吊灯下狂跳通宵的。捧着味同嚼蜡的书本，冥思苦索？太不可思议了！我习惯于跷腿陷在沙发里，优哉游哉，听室内乐。且不说这些，连我那起码的工作都叫人烦透了：机器的运转声碾人神经，在这里熬十几天，熬到客轮从重庆到上海，再从上海返重庆。我干不了这苦差。……唉，我知道自己已经被毁了。我不会干成任何一件事：我的日记开过好几次头，每次都下决心'写到一生的终结'，'记载我振奋起来奋斗的历程'。却从来也没有写下去。我下过决心学英语，买了书，也买了小半导体收音机，但只学了ABCD，我觉得这太渺茫，似乎不如日语'实惠'，因为日语里毕竟有许多'一看就懂'的汉字。可是，最后我还是半途而废……我开始回味我在北京时待的那个'小圈子'，回味'老莫''康乐'，回味'迪斯科'和'大三洋'，心想着不知他们现在时兴的看录像有些什么开眼的东西……我敢说，如果没有她突然闯进我的生活，我会很快回到原来一起生活过的人们中间，继续那种餍足而又空虚，富足却又无聊的生活。可是，这时候，我见到了她……"

"她是谁？"

"她叫沈萍。我们是在船上认识的。"顿了顿，他忽然苦笑起来，"其实，算什么'认识'呢，不过是——我记住了她……那是三年前，早春的一天，哦，是二月二十六号，没错儿，因为我坚持到今天的这本日记是从那天开始的。那天早晨，我们的'红星215号'客轮在薄雾中起锚。你到重庆坐过江轮吗？那你一定尝过这个滋味儿了：薄雾非但不散，而且越来越浓，连升起的太阳也被淹没在里面，朦朦胧胧地散着灰白色的光。能见度这样低，船是不能启航的。客轮只好停在江心，无可奈何地等待着。机器停了，我走出机舱透气儿，看见四等舱外的甲板上站着一个姑娘。她不像别的旅客那样，把手掌遮在眼眉上看天呀，询问呀，咒骂呀，她不。她背靠着船舷的栏杆，娴静地看书。我真嫉妒她。她全神贯注，眼睛很亮，嘴角微微上翘，时时一颤，一颤，不知道书里有什么拨动着她的心。她很朴素，头发是并拢着梳在脑后的两根短辫，没有什么饰物。一身蓝色裤褂，只是从上衣领口里闪出的内衣的绣花领子，才可以看得出一个姑娘本能的追求。她身材修长、健美，眉清目秀，和那身朴素的装束配在一起，再加上她那读书的神态，不知为什么很吸引我……

"我那时已经二十五岁了。在北京，在我生活的那个圈子里，也认识不少女孩子，她们也追过我。可是我却一次恋爱也没谈过……"

"这次却一见钟情了?"

"不，还没有。我只是觉得她挺神秘，有股子让人嫉妒的傲气——不是我过去接触过的女孩子那种做作的傲气，而是……怎么说呢，也许，这不过是我的感觉而已，是她那捧着书本，如处无人之境的神态，使我感到她有一种凌然超人的精神优势。虽然平时我也能大谈奥斯特里茨和滑铁卢，让那些浅薄的姑娘们投来傻子一样的目光，俨然我也成了拿破仑似的。可眼前这位姑娘却使我自惭形秽。但我又不服气。我认定她是装蒜、充大，附庸风雅……

"临近中午，雾散了。客轮全速行驶在壮阔的江面。太阳很晃眼，江面也粼粼闪光。她不再看书了，拿出一块天蓝色的尼龙头巾，把两角系在船舷的立柱上。江风很猛，头巾抖开了，啪啪地甩打着，那上面印着的两只火红的凤凰在飞舞。她揪住飘闪的一角，俯在栏杆上，凝视着烟雾未尽的远方。

"我交了班，到船员餐厅去吃早饭。路过她身后的时候，发现那系着头巾的扣子已经松了。我靠在她背后的舱门上，架着胳膊看了一会儿，忍不住说：'喂，别浪漫了，要刮到江里给龙王爷戴了!'她闻声回过头，赶忙把系围巾的扣子紧了紧，朝我投来警觉的一瞥。嘿，她的眼眶里似乎还有泪花，几分得意。'这干吗?''没有什么。'我惊讶了：'你妈妈? 在那儿?'她伸手向前方的江岸一指，说：'在那儿!'江岸那儿，翠竹掩映，炊烟袅袅。她的妈妈就在江边那所小学校里教书。那里也是她们的家。再过十几分钟，船就经过那里。她把花头巾系在这里，是要让妈妈看见，这旁边站的就是她。'嘀，生离死别一样悲壮！'我笑她。她却晃着脑袋说：'不是生离死别，可是……当然悲壮！'好家伙，真狂！

"她是搭船到武汉，打算换乘火车到北京上 S 大学中文系的。她是很了不起。不过是初中毕业的学历，却考了个全地区第一名。她很得意。当然，换上谁能不得意？！'你没参加高考吗？'她问我。'我？'我用棉丝擦着油污的双手，苦笑着摇头，又把那团棉丝扔到江里去了。'男子汉大丈夫，干吗那么熊？！'她盯着我，眼睛里闪着调皮的光。我翻了翻眼皮，有点撒赖似的说：'我认熊。'她咯咯笑起来：'该死！真的还是假的？真的？！跳江里去算啦！……我就不认熊！不认熊，也不认命！我妈是右派——她说她不是！可爸爸把我们甩了，一个人革命去了！我妈从小就教我背：文王拘而演周易，仲尼厄而著春秋……哼，推荐上大学，哪次也没我的份儿，现在怎么样！'她张开五指，一下一下地推着在脸颊前翻卷的花头巾，像是在欣赏着一面胜利的旗帜。

"我不知道你在年轻的时候有没有过这样的感觉：也许，和一个姑娘偶尔相遇，甚至一个眼神，一个微笑，都使你终生难以忘怀。她就是这样忽然充满了我的心间。你别误会。她给我留下的，不光是一种单纯的温馨，美好的回忆，不，不只是这些。那次对话以后，我再也没有勇气去见她。我只能时时从机房里探出头来，远远看着她在落日的余晖里，在猿猱的悲啸声中读书的身影：坐在一把椅子上，在栏杆上架起双脚，仰着头枕在靠背上，举着书，一动也不动。江水在下面奔涌。青山如削，拂面而过……关于她的奋斗，我不可能知道得更多。也许，在襁褓中她就开始和妈妈一起经历人生的沧桑了。可是现在，她多得意啊，多自豪啊！而我，不错，也受过四五年罪，现在还忘不了咒骂。可是除了咒骂，哦，还有除了对中西菜点的谙熟，我还能给自己留下什么值得自豪的东西？！……

"我从这一天开始向自己宣战了。拼命，苦读。头悬梁，锥刺股。闻鸡起舞，朝天发誓……当然，谈何容易。如果没有她，我会像以前一样，把多少次奋斗计划变成灰烬。可是这一次我成功了。因为她那身姿、神态、话语，那飘动的花头巾,一直在我眼前闪,在我耳边响。我当时的誓言你听起来一定会笑——我下决心也要考上 S 大学中文系,我要去见她!……我就是这样走上文学道路的。当然也因为过去就喜欢,但也许更因为她学的是文学。人生的道路就是这样充满了偶然性。可笑的是,我当时连她的名字都不知道呀!……后来,渐渐地,才华、毅力、激情,这些我早已陌生的东西,似乎不知不觉地回到了我的身上。苦读、写作、劳动;自然、社会、人……一切开始充满了魅力——我也不再需要她常常站到眼前督促我了。可是,我的眼前仍然离不开她的身影,这个向陷在生活泥潭里的我投来第一根绳子的姑娘——也许她根本没有想到这一点。可我的心底确确实实萌发了一种渴望。也许这就叫爱情?反正我期待着,有一天我也能自豪地站到她面前,在她惊异的目光中告诉她:'都是因为见到了你!……'"

"嘟嘟——"一辆接一辆载重卡车轰隆隆驶过马路,打破了街心花园里的宁静。车上,钢条铁管咣当乱响,沉重的引擎声在夜空飘荡。倒霉!当一切喧嚣归于平静以后,秦江的声音也不再出现了。

我瞟了他一眼。他的脸膛遮在黑黝黝的树影里,嘴唇紧闭,只有眸子里闪着冷峻的光。

我似乎已经摸到他心中的伤痛了,叹了一口气,不无同情地对他说:"我明白了。你是爱上她了。是不是这次你终于考上 S 大学中文系以后,见到她时,她已经……"

他没搭腔。

"唉,天涯何处无芳草。想开点,慢慢你就会好的。"我劝他。

他摇摇头:"你理解错了。"

"怎么?"

"真像你猜的,倒也没什么了。……当然,我会痛苦,但我能想得开。可事情没这么简单。"

"到底怎么了呢?"

"在'红星'轮上见过的那位姑娘,也许……再也见不到了。"

"癌症?!"我惊叫起来。

他一怔。然后,嘴角露出一丝苦笑。他摇头。

……

三

"我一到S大学,就急着找她。我不知道姓名,也不好意思打听。我常常留意眼前走过的每一个女同学。我敢说,只要她一出现,我会立即认出她来。因为这两年里,她在我的梦中,在我的心里,出现的次数太多了……"

秦江和我走出街心花园,沿一盏一盏高压水银灯照耀下的人行道,走回宾馆。我们两个的身影,一会儿长长长,一会儿短短短,一会儿又长长长。他的声调依然是沉着的,仿佛每一句话都是从心灵深处缓缓流出的。

"那你到底见到她没有呢?"

"我见到她时,已经是到校二十多天以后了。系里召开庆祝国庆三十一周年的联欢会,全系同学聚在一起。先是表演节目,然后随便围成一个一个圆圈,击鼓传花。咚咚的鼓声很是扣人心弦,每个人拿到那朵纸花以后,都像触了电一样扔给下一个人。礼堂里一片欢声笑语。

"说实话,我哪有什么玩的兴致。我知道她就在这里,在这几百人中间,可是,她什么时候能站到我的面前啊。

"我的希望没有落空。终于有一次,旁边一个圈子里又响起一片欢呼。鼓声停了,人群里推搡出一个姑娘。这就是她!我一眼认出来了,是她!她的装束有些改变,穿着灰色夹银丝的西式上衣,端庄、大方。发式也已经不是短辫,而是蓬松地束成一把,甩在肩后。比轮船上见到的她更显得有些魅力了。难怪我难以从人群里一下子认出她来!她还是那么自信,落落大方,没有再跟旁边'耍赖'的女同学们费口舌,绷了绷微微上翘的嘴唇,走到圈子中央抽了签。按照签子上写的,她要在两分钟以内猜出一个刁钻古怪的谜语。她没有猜出来,只好又按照签子上写的惩罚办法，到一个彩色的竹篓里去摸一个'未来的爱人'。

"同学们又欢呼起来。不知这是谁设计的恶作剧，而又偏偏让她赶上了。不管从那竹篓里摸出的字条上写的是'中山狼'还是'武大郎'，被罚的人都要向大家宣布这是自己'未来的爱人'。尽管这不过是一个玩笑，她还是咬起下唇，眼睛里闪着紧张的光，把手伸向竹篓里了。唉，想来真可笑，与其说她紧张，不如说我比她更紧张——虽然她不知道。我心中好像觉得，她伸手抓出的字条，冥冥中和我有什么关联——这一切，是在我刚刚认出她来的时候发生的呀！

"她摸出字条了。她打开看着。我的心不知为什么咚咚乱跳起来。那字条里写的究竟是什么？使得她的脸飞红了，并拢的脚跟向上一踮，像是要跳起来似的。她双手一拍，情不自禁地喊：'哎呀！真赚！……'同学们都笑起来。有的高喊：'快念念！怎么这么激动？''一定非常非常如意！'她这才明白过来，红着脸，跺着脚喊：'我不是那意思！我才不是那意思呢！'……大家笑得更开心了。那字条终于被别的同学抢过来读了。那上面写着：'仪表堂堂，风度翩翩，年少有为，前途无量。'在同学们更猛烈的笑喊声中，那个读条的男同学还一本正经地走过去，伸手向她表示'衷心的祝贺'。她把右手甩到了身后，这又引起全场一片戏谑的笑……

"尽管她抽到了最好的一张字条，尽管这个玩笑给大家添了这么多快乐，我的心里却不知为什么有点不是滋味儿。联欢会散了，我没有像多少次梦想过的那样，突然走到她的面前。甚至当她拖着椅子，从我身边走过去的时候，我也没动声色。她的脸颊上，仍然泛着刚才兴奋的红晕。她也没认出我来。

"为这，我暗自谴责了自己多少次。我不理解自己为什么这么褊狭。褊狭到因为一场游戏而耿耿于怀。是因为爱情的自私，还是因为别的？……几天以后的一个傍晚，我终于到她的宿舍去了。'还认得我吗？'我站在她的面前。她好像正为什么伤心，眼角还有泪痕。她吃惊地打量着我，抱歉地摇头。我说：'嗬，找到了风度翩翩、前途无量的爱人，就把什么都忘了！'她显然没心思和我开玩笑，垂下眼睑，说：'别闹。你到底是谁？'我说：'一个险些跳到长江里去的认"熊"的水手。'‘是你？’她盯着我，接着，是我已经见过的那样子：并拢的脚跟向上一踮，像是要跳起来似的，双手一拍，笑着喊：‘哎呀，我想起来了！’……她把我让进屋，心情却很快又回到了刚才的抑郁之中，强打出微笑，可又找不出什么有意思的话题。我盯着她的眼睛，拿出船上初见时的口气，逗她说：‘干吗？又是生离死别？和谁？……这回不悲壮了？你的花头巾呢？’她没有回答我，懒洋洋地坐在床上，靠着被子垛。那上面就蒙着那块印着凤凰的花头巾。她心不在焉，凝视窗外。外面，秋雨丝一样飘拂。我真希望她问我怎么也报考了这里，希望她问问我这两年来经历的一切。可是，她的心思好像根本不在这里。沉默了很久，最后，还是我开口了：‘你……这两年过得还好吗？’她拿手指往床上画着：‘有什么好不好的。像我们这样的人，既不是名门之后，也没有什么学术界的关系，再混一年，回到那个江边小镇，当个教书匠，心满意足……’话，是冷冷的，最后还苦笑了一声，补充道：‘比我妈妈那个教书匠强一点。她教小学，我教中学……’我吃了一惊，忽然觉得她很陌生。问她到底有什么不顺心，她抿了抿嘴唇，没有立刻回答我。可是，她的眼睛里渐渐蒙上了一层委屈的泪水……

　　“嗨，其实，不过是因为她们班里的几位同学结伴秋游，没有叫上她。也许，只是一个小小的疏漏？全班同学那么多，叫上谁或者不叫谁，都是有可能的呀。可是，谁能体会到一个边远小镇的姑娘进入堂皇学府以后的敏感和悲哀？她说她们几个人看不起她，就是！她既没听过玛祖卡和波尔卡，也不知道德拉克洛瓦；她没有一个亲朋是什么名流、学者，于是也就从来没有勇气去敲任何一位教授的家门。她说她们一定嫌她‘土’，因为她只能像傻子一样，在旁边听她们那些高雅、时髦的奇谈，即便插上两句话，也多半充当了她们的笑料……她那么认真、激愤，不平，不断从鼻腔里吐出斩钉截铁的‘哼’声，是蔑视，是不服气，还是‘走着瞧’的挑战？都有。这神态，和当年在船上向我诉说身世遭遇时一模一样。可是，不知为什么，我的心里非但不再激起当年的情感，反而升起了一种莫名其妙的怅惘和忧虑。好像我一直陶醉在金色的秋天里，这时才突然发现，原来也有败叶和秋光一起生长。她讲的，即使都是真的，又有什么可奇怪的呀！在我们的石榴湖畔，聚集了许许多多从荆天棘地里挺拔出来的云杉，自然也生长着不少从幸运的土地上萌发起的根苗。这里，有自命为'拼命委员会'的学习小组，有熄灯以后仍然躲在盥洗间里背单词的青年，也有时髦之士、风流人物等，有谙熟'终南捷径'，在出版部门、学术团体进行'穿梭外交'的'基辛格'们，这有什么可奇怪的呀！奇怪的倒是她，何至于对一次小小的秋游耿耿于怀，何至于因为一些浅薄的嘲笑而不安？……噢，怪不得她桌上摆满了《肖邦》《贝多芬传》之类，刚才还以为她在攻艺术史，原来她是为了知道玛祖卡和波尔卡。原来她的心里，埋藏着一颗虚荣的种子……

"应该说，我对她的过去了解得还是那样少。我不知道，她在艰难时世中奋斗时，是靠自尊还是虚荣来点燃自己的热情。不管是怎样，都可以理解，可以理解。可是，难道我们永远只靠这些来挑起自己奋斗的大旗吗？

"是啊，我的失望就在这里。她梦寐以求的，只是让人刮目相看。我发现，她猛背莫奈、凡·高、马蒂斯和毕加索；她学会了不知是从喉咙还是鼻腔里不时地滚出一句'唔嗯'，截断别人的谈话。是首肯、认可，还是漫不经心、不以为然？鬼知道！反正这是现今最时髦的语气词——其实，也不知道是哪位从人家外国留学生那里批发来的。有一次，她兴致勃勃地告诉我，她总算打听到了她妈妈过去的一位学生在文学研究所工作，她要去拜访他，请他推荐稿子，引见名流。终于有一天的中午，她又在路上遇到了我，得意扬扬地说，她把那些小看她的人给'镇'了——那些人拿着某学者的推荐信，去拜访文学研究所的高唐教授，万没想到遇上她正在客厅里和高先生谈笑风生，把那些人看傻了！这两天还接二连三地问，'你怎么和高先生这么熟？'……她眉飞色舞地向我描述。这次，她得到最大的满足了。她为自己'争了一口气'。也许，她那几位同学不敢再小看她了？她可以加入他们那一伙儿了？看着她那津津乐道的样子，我没有什么可说的，只有冷冷地打断她，说：'真值得祝贺。'我走了。

"那天，我在石榴湖边的长椅上待了一下午。早春的风沙打着旋儿，在身前身后飞舞。我的眼前却总是出现她——上大学以后见到的她，和'红星215'轮上那个霞光水色中读书的身影。也许，我没有什么力量干涉一个人的生活道路，我只能在心中最隐秘的地方熬煎着失望的痛苦。我想，难道她奋斗了半天，是要钻进那个小圈子里去吗？难道我奋斗了半天，也是要回到那个小圈子里去吗？那里，是断送一个人全部激情、毅力和才华的泥潭，我费了九牛二虎之力，才从那里挣扎出来的啊！……哦，挣扎，想起了那次充满了力量和勇气的挣扎，眼前蓦然闪亮在暮色中的路灯，又蓦地使我心头发热——你为什么不快去找她？你怎么能不去找她！……

"她正准备出门，说是有事。什么事？把头发一圈一圈裹上头顶，身上飘散出淡淡的檀香。中午我那句带有讽刺意味的话好像并没使她心存芥蒂，她的表情比以往更温柔，闪着眸子看我——但我已经预感到，这一切并不是因为我，而是因为她将赴的约会。她向我投来抱歉的笑，说她最近太忙。她说她猜到了我找她干什么。本来嘛，初入校门，她理该为'老朋友'引见一些名人。可惜太忙了。放心，她不会忘记的，不会的，更何况大家同是来自巴山蜀地的'小人物'……我脸红了，一种受侮辱的感觉使我的脑血管突突跳。窗外，对面宿舍楼闪烁的灯光好像突然飞炸成无数碎片，劈头盖脸而来。我眯起眼睛，深深吸了一口气，过了好久，才能用稍稍冷静的声音告诉她，我不是为这个来的。她问我，那有什么别的事吗？我说：'没有。'我告辞了。

"那天正是三月二十号，那天晚上我们S大学发生的事你是知道的。咱们中国的男排在世界杯预选决赛中战胜了韩国队，校园里一片欢腾。同学们欢呼着，敲盆打碗，不击烂不显心头之快。'砰砰'的暖瓶炸裂声此伏彼起。几千人冲出宿舍楼，点起火炬，一把小号高奏着《义勇军进行曲》，大家喊着'团结起来，振兴中华'，围着石榴湖游行，欢庆通宵……走在这支队伍里，我流下了眼泪。我忽然发现，那么多同学，他们过去是奋斗者，现在仍然是奋斗者，不少人过去的奋斗，也许不过是因为对不平遭遇的反抗，可是现在，他们已经在振兴中华的激流中找到了新的奋斗支点。多么好啊，这里，多少慷慨悲歌之士，为国为民的精英……而沈萍，她在干什么？她会为这一切激动吗？会吗？我想起'植树节'那天，全系去京郊山区植树，她和我碰巧坐在一辆大轿车上。汽车沿着干涸的河床开进山区，间或可以看见山坡上几间石块垒成的小房，几个放羊的孩子。她忽然颇有感触地说：'人的命运真难捉摸。你说，要是落生在这个荒山野岭，过一辈子，多惨。'我瞟了她一眼，说：'你庆幸自己，是吗？'她微微点头，自言自语地说：'当然，如果没有今天，糊里糊涂，也许就不会有什么痛苦了。可是现在想想，真有些后怕。'她说的，是真话。她不堪回首往事。她充满了摆脱命运的漩涡，进入一种新生活、新天地的庆幸。她绝不想想自己和这荒山、孤村、放羊娃之间还应该有什么关系。大概，生活中也还会有激起她不平、鼓舞她奋斗的东西，但绝不会是这些，绝不会。会是什么呢？可能只是一个白眼，可能只是一次冷遇……唉，奋斗者，不尽然那么伟大，不尽然，是吗？

"我连夜给她写了一封十几页的长信。我问她是不是感觉到了被人生的浊流裹挟去的危险。天下熙熙，皆为利来。天下攘攘，皆为利往。社会上浸漫着一股多么可悲的浊流啊。我诉说我的担心，担心她在背'人名辞典'、广交名流的浮华中毁了自己……当然，我很动感情。我向她吐露了那年'红星'轮相遇以后，从心底渐渐萌发的情感，我承认这是爱。我说，正是因为那难以磨灭的爱，才促使我向她倾诉我的担心和希望。

"……这件事办得这样不理智。我后来才听说，这时她已经有了男朋友了。清华大学的学生，某学者(恕我不讲姓名)的儿子——一切都应了'击鼓传花'游戏中的预言：年少有为，前途无量。而我在她的眼里，不过是一个很平庸的人。更何况，我还讲了那么多不中听的话，傻瓜也不会写这样的情书的。

"以后，我们偶尔相遇时，还互相点点头，打一个简单的招呼，但我从别的同学那里听说，她给我下的结论是——嫉妒，假正经，还故作多情……"

秦江把双手抬到胸前，交叠十指掰着、按着，骨节发出"咔咔"的响声。他没有说下去，脸色很难看。一盏一盏水银灯下，我们的身影还是短短短，长长长。

"就完了？"

"唔，应该说是完了。"顿了顿，他又说，"可又像是没完。要不，我干吗还要管闲事，给自己招来痛苦？"

四

前面是通向宾馆转门的台阶。我们拾级而上。进了门，宽敞的会客大厅空无一人。我们在一条长沙发上坐下来。

"上星期六晚上，在无轨电车上，好像是你喊我。我没理你，是吗？"

我点头，一笑。

"就是因为那件事。我很烦躁。"

我说："我看得出来你心里有事。"

"我是到首都剧场看戏去了。在那儿碰到了一位朋友。哦，也是过去在'老莫'和'康乐'泡过的朋友。他爸爸是搞外事工作的。"

"他和沈萍有什么关系吗？""没有。他在外地，来北京出差的。可是在闲扯中，我很意外地听说他的妹妹——一个过去我也认识的女孩子——在谈恋爱，男方的爸爸就是某学者。我吃了一惊，追问了一句，原来那个男的，就是沈萍的男朋友。"

"真的？！"

"我当时也很惊讶，小心翼翼地问他，是不是知道那个男的和沈萍的事。他不屑一提地说：'我怎么会不知道！你们 S 大的一位四川妞儿，死缠着他。他告诉我妹妹：烦透她了！我寻思这小子也不安好心，要耍人家呗！……嗨，他当然追我妹妹。他想出国！他有几封教授的推荐信，想在麻省理工学院混上奖学金，他让我家老头子走走门子，给催催……'下面还说了些什么，我没听进去。我的脊梁上透过一股寒气。我只想着沈萍。又是浊流！社会的浊流！人生的浊流！而沈萍在这中间算得了什么呀！随波浮沉的一根小草。可悲的是她不知道这些。是的，她不知道。这两天，她不是得意地讲她的男朋友要出国了吗。唉，她又一次得意了，又一次准备挂起她的花头巾了。可是她想到没有，那挂着花头巾的航船正冲向礁石呀……

"回学校的电车上，我连买车票的话都懒得说，当然也没有兴趣回答你的招呼。我只是一遍一遍问自己：告诉她吗？告诉她吗？告诉她，她能相信吗？她不会又一次说你嫉妒、挑拨？再者，那位剧场偶遇的朋友，他说话的可信性有多少哇！缄口不言？这痛苦还不仅在良心上，而且在更隐秘的感情深处！我这时才发现，爱情，尤其是初恋的爱情，'野火烧不尽，春风吹又生。'虽然我得到了那样的回报，我的内心深处还是时时回味起那晨雾、远村，坦阔的江面，飘拂的头巾……更何况在现在！在现在！

"回到宿舍，已经熄灯了。默默地躺到床上。同屋的几位正喋喋不休地品评人物。某某交了个女朋友，是个'宝钗'式的人物啦，'好生生一个清白女子，竟入了国贼禄鬼之流'啦，谁谁如何'交游干谒'有道，正进行出国留学的'秘密外交'啦……我烦透了。浊流，四处漫延的浊流。一股什么火儿升起来，我怒吼一声：'算了！睡吧！'把他们吓哑了。我呢，却一夜也没睡着。

"清晨起来，我决定把一切告诉她。猜疑、臭骂都可以，反正我尽自己的责任。

"吃早饭的时候，我看见她了。她就在那张桌子旁。我端着碗走过去，坐到她的身边。她很惊讶，疑惑地向我点点头。我默默吃了几口面包，说：'沈萍，你……你过得还好吗？'——天！这叫什么话，连我自己都怀疑这话里有什么'不良居心'了。'过得挺好。'她瞟了我一眼，目光里有猜忌，又有挑战。我说：'听说，他……你们那位，要出国留学了？'她说：'没有。去美国使馆通过"托福"了，还要等护照。再过个把月吧。'她老练多了。得意、自豪，全隐藏在漫不经心里。'托福''护照'……知道吗？最时髦的名词儿，说得越漫不经心，越时髦。我还能往下说什么呢？我知道，我要说的一切肯定会招来什么。我犹豫了，舌头打了卷儿。

"看来，我只能采取一个最愚蠢的行动了。如今想起来真是太可笑了，幸亏它没能实现。那可能是我身上消失了多年的干部子弟气质的偶然再现吧。当时，我打听到了她那位男朋友的地址。我决定去找他谈一谈，问问他是不是真的在耍这个来自小乡镇的姑娘。真是那样，我就要毫不客气地教训他一番，直到他认错为止……多浪漫，骑士一般！当时不知怎么就冒出了这个念头。几天以后的一个傍晚，我去了。

"他没在家。他的妈妈说他很忙。护照早就领到了，后天就要飞美洲了。这个消息更使我相信，沈萍的悲剧为期不远了——他这么快就要走了，看来沈萍并不知道哇。

"我在门口勾留了片刻，只好离开了他的家。走出楼门，忽然看见沈萍和一个小伙子远远携手而来。我闪到一旁。她穿着一件时新的银灰色绸料衬衫，丝带束着腰，衬出窈窕的身姿。近胯处的腰带结子随着她的走动而跳跃，飘洒、大方，已经看不出一个外省姑娘的丝毫痕迹。她一定自认为是幸福的，幸福的今天和幸福的明天。她绝不会想到等在自己前面的是什么！而我，只能用目光尾随着，看她跟着他走进了那黑森森的楼门。

"天黑了，楼房噼噼啪啪亮起一方一方灯光。几滴雨点飘下来，打到身上。我没有离开，在楼前的马路上徘徊。

"三层，最东边那个窗口，乳白色的窗帘上映出两个巨大的身影。那就是他们。也许，现在就是他向她摊牌的时候，大概过不了一会儿，沈萍会流着泪冲下楼来，跌撞着走进微雨之中。天这么晚了，我留在这儿会有些用处。至少，我要远远跟在她的身后，和她一起坐上回学校的汽车，再远远跟在她的身后，目送她走进女生宿舍楼……可是，我又多么害怕看见她跑出来。哦，不，还是跑出来吧……

"十点钟了，窗帘上的身影还在动。一个身影——那是她，她在梳头。我凝神注视着。这姿态我是熟悉的。三年前，在'红星215'轮上，曙色初开，船过神女峰。她站在船舷，仰面望峰。江风吹起她的秀发，她的右手也拿着一把梳子，顺着风势，一下，两下……那亭亭玉立的身姿，使站在机房门口的我凝视很久。可是，现在……突然，我的心猛地紧缩了一下，又咚咚急跳起来，因为我看见那个窗户里的灯一下熄了。'啪啪啪啪'，我踏着马路上耀眼的水窝，几步冲到最东边一个门，嗵嗵地向楼上跑去……

"我还是理智的。我跑到二层时收住了脚步。我问自己：'你去干什么？'我退下楼来了，走出楼门，闭上眼睛，仰脸让雨水滴打了一会儿，然后，顺着昏黄的路灯照耀下的斑驳的路，慢慢地走了。走了几十步，我又回来，默对着那黑黝黝的窗口。我感到心酸。为沈萍，为她妈妈，也为我自己。但愿我在首都剧场听到的那一席话，全是胡扯、谎话、瞎说八道！但愿如此。可是，即便如此，沈萍就幸福了吗？一年以后呢，两年以后呢，她会感到永远幸福吗？……我又想，说不定沈萍完了，为她在人生道路上的浅薄付出了牺牲。可也许，值得庆幸的是，这又使她回到我们中间，重新思索一下生活……如果真能那样，我将把今天晚上所见到的一切永远埋在心底，永远。可能的话，我还会对她说，我仍然爱着她……"

……

秦江不再讲了，仰头靠在沙发靠背上，闭上眼睛，好像在努力平息情感的波涛。他又深深吸了一口烟，向眼前缭绕的烟雾使劲儿吹去。结果呢，更多的烟雾在我们的身边飘游。

"后来呢，沈萍怎么样了？""不知道。这是前天才发生的事。"

我重重叹了一口气。

他瞥了我一眼，用手把面前的烟雾撩开："你叹什么气？我不是说啦，这是某种人生旅途的悲剧，它只能使我们警醒、思考、坚定。"

"是这样的。"我点头，"……可是，你还没有告诉我，这件事和你不见你的爸爸有什么关系？""哦，"他笑了，"我险些忘了。"沉吟一下，他说："也许，首先是因为我没有这个心情了。戴着S大学的校徽，拿着获奖证书，突然出现在我爸爸面前——得意吗？得意。可好像又觉得挺没意思。我想起了'红星215'轮上那块花头巾。人生的道路还长，我为自己设计的这种得意场面感到羞愧。……其次呢，我不知你预感到没有，人们一旦知道秦江是谁，会给我特殊的恩宠，不少老朋友们又会拉我去做'老莫''康乐'的常客。我不知道自己是不是已经有毅力经受这些了。说真的，这都要感谢沈萍。她使我想许多问题。关于奋斗者。关于人生。"

"那你就永远不去见你的父亲了？"也许是职业的习惯，失去这戏剧性的场面，我毕竟有些遗憾。

秦江又笑了："你何必过于执着！等心情好了，我随时都可能回家去看他。不过对你没什么意义。那只是一个儿子回家看看父亲，并没有什么新闻价值。"

我们一起等电梯的时候，我问他："你为什么不把这件事写成一篇作品？……我觉得，这件事里倒有不少深意。"

"怎么写？都是同学，又还都在学校。写出来不是惹麻烦吗！"他摇头。忽然看了我一眼，笑笑说："你感兴趣，你写。"

我说："真的？"

"谁写不一样！我又没登记'专利'。"他沉思片刻，又说："再说，我要向沈萍讲的，也许只有这一条途径才能表达了。而这只有由你来说才合适……"

噢，我理解了他的意思。

于是，我就按照他讲的，只是把人名、地名变了一下，写成了这篇权当小说的报告。

| 作品点评 |

《飘逝的花头巾》所写的，正是在新的现实面前，那曾经是"奋斗者"的有为青年们，那曾经积极进取过的青年们，如何在处境改善之后，出现了新的思想上、道德上、人生信念上的分化和歧异，出现了令人痛心的沉沦和令人振奋的警醒。小说着重刻画了两个青年形象：乡下姑娘沈萍和城市高干子弟秦江。作者透过他们在人生追求上的错综变化，似乎在探寻着这样一个问题：先前的奋斗者，后起的觉醒者，他们的生活位置由于环境的改变，常处在变化之中，怎样才能使青春

不褪色？怎样才能不被社会生活中庸俗的一面所污染？怎样在振兴中华的激流中寻找到自己新的"奋斗支点"？无疑地，这是一个现实性很强的、严肃的人生课题。作者自然没有，也不必抽象地回答这个问题，而是通过他的人物去启示读者沉思。

《飘逝的花头巾》毕竟是一篇立意新颖、思想上有新的开掘的力作，显示了作者对现实的认识更加深化和清醒。它的主要成功在于主题的开掘上。应该指出，不论沈萍还是秦江，都还缺乏丰满的血肉和鲜活的个性，而且秦江富于传奇色彩的经历，包括和父亲的多年音信不通，他的突然转变，他的忽登文坛，都有些描写上的纰漏。

——雷达：《小说艺术探胜》，湖南人民出版社，1982，第 48 页

姆姥韦黄氏

韦一凡

雄鸡刚刚啼晓，金鸡寨东头那间矮小的土屋里，一张木床吱吱呀呀响了一阵，结实的老麻布蚊帐从里面撩开，接着"嗒"的一声响，电灯亮了。灯光下，一位慈祥的姆姥（老妈妈）下了床，走到窗前，用骨节突出的手从四方台上拿起一把乌木梳子，慢慢梳理她银灰色的头发。沙——沙——木梳摩擦头发发出轻柔的声音，像神仙弹奏的音乐，隐约缥缈，牵人情怀，把她带进了往事的回忆里。一首古老的壮族民歌，在她耳边响起来了：

男是天，

女是地；

天盖地，

做夫妻。

天上打雷又下雨，

作者简介

韦一凡（1942—），广西上林人，壮族，毕业于广西师范大学中文系；1979 年调任《广西文学》编辑；1982 年 12 月之后在广西作家协会从事专业创作；1986 年加入中国作家协会，历任广西作家协会副秘书长、常务副主席；1995 年 6 月当选为广西作家协会主席、广西文联副主席。著有长篇小说《风起云涌的时候》、《劫波》、《侬智高》（壮文），中短篇小说集《隔壁官司》，中篇小说集《被出卖的活观音》等，短篇小说《姆姥韦黄氏》获第二届全国少数民族文学创作奖，中篇小说集《被出卖的活观音》获第四届全国少数民族文学创作奖，长篇小说《劫波》获首届广西文艺创作铜鼓奖。

作品信息

原载《民族文学》1982 年第 1 期，收入《当代少数民族文学作品选》（民族出版社 1984 年 8 月出版）、《短篇小说集》（人民文学出版社 1989 年出版）、《中国少数民族文学经典文库（1949—1999）·短篇小说》（云南人民出版社 1999 年出版）、《中国新文艺大系（1976—1982）·少数民族文学集》（中国文联出版公司 1955 年出版）。

地上万花结果实。

结了甜果男人收，

结了苦果女人吃。

这首民歌，是阿妈教给她的做女人的第一课。她记得，阿妈是满眼含泪教她唱这首民歌的，歌声带着凄苦的韵味，唱着唱着，她也跟着阿妈流泪了。那时年纪小，她还不太懂这首民歌的含义。后来长大了，年老了，她自己也惊讶，这首民歌，几乎把她的生活说全了；或者说，她一生的生活法则，是不知不觉地从这首民歌领会来的。

她梳好头发，在后脑绾了一个髻。然后，又"嗒"的一声拉一下电灯开关，睡房里黑了，小灶屋里的电灯亮了。她大脚丫子跶着鞋，走进小灶屋。洗锅、淘米，注满一锅水，点火熬粥——壮族农家的习惯，就是丰收年月，白天也是熬一大锅粥，吃三餐，晚上才吃干的。姆姥单家独口，为什么也熬一锅？还有猪呢！从当媳妇以后，她每日最先的劳作是熬粥。天天如此，从不更改。

晒干的蕨蕨草在锅底下欢乐地燃烧，红亮的火苗照到姆姥皱纹纵横的脸上。她昏花的眼睛变亮了，思潮也像欢乐的火苗，激荡起来了，她想起了一生中最欢乐的事——出嫁！

人说：女子最靓十八岁。姆姥十八岁的时候，模样儿赛过牛头寨同班的姑娘。那阵子，家里穷得买不起一块镜子，只听见人说她长得好看，到底怎么好法，她可从来没仔细端详过。媒人来了，给她说婆家，不跟她说，只跟爹妈说。媒人走了，妈才来告诉她，要把她"卖"到金鸡寨去。她能说什么呢，嫁鸡随鸡，嫁狗随狗罢哩！出嫁那天，她头上蒙上一块红布，拥上花轿，一路没有眼泪地哭呀哭呀，哭到金鸡寨，像只懵头鸡，不分东西南北，跟一个没有见过面的男人拜了天地，成了夫妻。因为那个跟她拜天地的男人名叫韦木山，她从此有了一个不算名字的名字：韦黄氏。

当天晚上，蒙头红布被人揭开，她悄悄抬起眼皮，呵呀！一个好英俊的后生站在眼前朝她笑，笑得她心里直冒甜水哩！"这是我命好，老天给了我这样讨人喜欢的夫婿。"她和木山过了三天新婚日子。他们面对面在老麻布蚊帐里盟誓：白头偕老，永不负心。

照着壮家古老的风俗，新娘子在夫家过完三天新婚日子，就得回门。以后就在娘家住，自己开荒种棉麻，织土布，存私钱。逢年过节，才到夫家住一两天。直到怀了孩子，要坐月了，才到夫家坐喜盘。从第一个孩子出世那天起，新娘才算是夫家的正式成员。韦黄氏自从回门以后，好不思念木山。她到金鸡岭上开了一块荒地，种上棉花。每天，她乐意跑十五里路，带一竹筒稀粥，到棉花地里来劳作。从播种到摘棉，跑过多少趟，她记不清，跑不厌。棉花地里，隐藏着她和木山的情爱。木山常到棉花地里来会她，跟她摘棉花，两人你一口我一口喝完那一竹筒稀稀的粥。日子过得蛮有味道，但也有不足。她巴望快怀上孩子，好搬到木山家去。可是，收了两次棉花，织了四匹土布，她那身子呀，还是松松爽爽的，没那个感觉。两年过去，她以为自己命里注定无子送终了，却不料棉花地里第三次下种的时候，她就确切地知道自己"有"了。她到金鸡岭上的棉花地里，等木山来会，她要把喜讯告诉他。可是怪呀，一天，两天，一月，两月，木山不照面。托人打听，说是出远门去了。"狠心的人呀，出远门也不说一声。正是兵荒马乱的年头，白狗连日开往右江那边打红军，你不怕，我天天提心吊胆。碰上个好歹，未出世的孩子往后没个爹，孤儿寡母可怎么过呢？"每天，韦黄氏在金鸡岭上的棉花地里凄切哭泣，自怨自诉，每一棵棉树上都洒过她的涕泪。收完第三次棉花，她来不及织布，就搬到木山家里来住下了。木山是独龙崽，家里还有爹妈。两老常对儿媳骂儿子不贤不孝，韦黄氏反而劝慰公婆宽心养老，他不在，有她呢！

她坐喜盘了，生下一个男孩，取名阿望——望阿爸快归来呀！

阿望会说话了，只会叫阿妈、阿公、阿婆，没能叫一声阿爸。可怜的孩子！

阿望上学破蒙了，家长填阿公的名字。韦黄氏又当儿子又做媳妇，加倍孝敬公婆，公婆满寨子夸她：比亲生女强！

公婆去世以后，这个家真难撑呀！大小事情，里里外外，连个商量的人都没有。不过,她总觉得有一天木山会突然归来。多少媒婆来过劝她"拖油瓶"改嫁呀!可她不能忘记她和木山的海誓山盟。她一直把希望寄托在明天,只要还有明天,她的希望就不会破灭。

果然有一天,寨里来了个收鸭毛的生意人,问清了门户,悄悄把一封皱巴巴的信交给了韦黄氏,重重叮咛一句:"别让外人知道。"说完匆匆走了。韦黄氏不认字,揣着信赶回娘家,把信交给了阿爸。阿爸看了开头,高兴得拍腿称赞:"好汉!原来木山是在外头干大事呀!"看下去,老人却动起气来:"嗨!这不成话!"

韦黄氏看出信里头有什么不平常的事,小心地问阿爸:"他说什么啦?"

阿爸点着信说:"他这里写着,他在外头干革命,说不定哪天会牺牲,更说不定哪时能回来,叫你不要等他了,趁着还没生孩子,另找个主家。"

韦黄氏急着说:"不不,阿爸!你快回个信给他,就说阿望七岁了,脸儿全像他……还有,他革命,我等他……"

阿爸两手一摊:"写信往哪儿寄?也不知道他住在什么地方!"

信是没有写,可她心里踏实了。丈夫活着,在为穷人争天下哩。哪怕等到天老了,她也要等他。等啊等啊,从二十岁等到三十五岁……

噗噗噗!粥滚了,热气冲出锅盖,泡沫漫溢锅边。韦黄氏揭开锅盖,手执长柄木勺,在滚开的粥锅里画着圆圈搅了五次。然后,拿来半升金黄的玉米粉,一把把撒下去。玉米粥变稠了,锅里翻滚着金色的泡沫。她又拿长柄木勺画着圆圈搅五次。再烧一阵火,看见沉在锅底的米粒浮了上来,她又用木勺在锅里画着圆圈搅五次。撤了火,这锅粥就熬得了。

她每天煮一锅粥,总共用木勺在锅里画十五次圆圈,一次不多,一次不少。为什么呢?她等木山等了十五年呀!那十五年的日子,像玉米粥一样,是一天天熬过来的!

唉!十五年的苦等,给她的报偿是一条擦泪的毛巾!——她叹了口气,坐在土灶前,拿烧火棍拨拉将要熄灭的灰烬,那令人凄楚的一幕又浮现在眼前——

阿望十四岁那年,解放了,天变啦。木山该有个音讯了呀。韦黄氏天天竖起耳朵等着。果然，过不久人们风传木山在省城里坐了一个官位，比县长还大呢！她乍一听这消息，想信不敢信。接着，木山来信了，收信人写的是阿公的名字。她捏着信，叫阿望念。阿望快要高小毕业啦，头一次见到爸爸的亲笔信，他流着泪给阿妈念哩！信上只问候阿公阿婆，并说他最近要回家看望二老。阿公阿婆去世了，木山还不知道呢。阿望念完这边，又翻过那边，怪呀，信上没一个字提到他和阿妈。韦黄氏心里好不虚慌，她叫儿子马上给木山复信，把家里的景况都写上。她坐在桌边，看着儿子写，时不时提醒儿子，该添上什么。信寄出去当天，她把那只黄花项鸡单独关进小笼，用香油拌熟玉米喂它，等木山回来，合家三口吃一餐团圆饭。等到黄花项鸡被喂得两腿撑不住一身肥肉趴下来了，还不见木山回来。

有一天，刮着小北风，韦黄氏正在曲流河里捞猪菜。阿望急急忙忙地跑来，离老远就喊："阿妈！有人来啦！"

"谁呀？"

"一个穿大衣的人，是区长跟他来的！你快回去看看！"

"准是你阿爸！"韦黄氏欢快地跳上河岸，挑起泥箕跟儿子往家跑。捞得的水藻撒落一路，她也顾不上捡了。她远远就看见家门口一大帮乡亲围着女区长和个穿大衣的人在说话。她一眼就认出那个穿大衣的人是她日夜思念的木山！走近些，她看清他胖了，但好像并不愉快，眉尖结着忧愁。木山看见了妻子，朝她点点头。她羞于在乡亲面前招呼他，只朝他甜甜地笑了一笑，慌忙开了屋门，叫人们都进屋里去。可是，有的悄悄走开；有的即使进了屋，也只寒暄几句就走了，最后剩下女区长。她朝久别重逢的夫妻点了点头，也走到院门外，独自踱来踱去。

"你……回来了？"韦黄氏像才见到木山似的，低声招呼他。

"回来了。"木山心事重重地点着头，望着阿望问"这是孩子？"

"是呀！"韦黄氏忙把阿望拉过来，往木山面前推："快叫阿爸！快叫呀！"

阿望怯生，紧挨阿妈，越推他越倒退，不敢叫阿爸。

木山从大衣口袋里掏出一包糖果，叫阿望吃。韦黄氏看见木山眼里闪着泪花。

她出神地望着他，真想马上把十五年积存的话，痛痛快快地说个够。只可惜儿子在旁边，他开始懂事了，有些话是不能让他听到的。啊，等到晚上再说吧，先让木山跟孩子玩玩。

她把阿望上衣的纽扣扣好，拍了拍他的肩头，说："嘴真笨！叫爸爸都不敢！去吧，让爸爸好好看看你，我去烧水剐鸡！"

她转身刚要进厨房，木山把她叫住："不忙！你坐下吧，我……想跟你商量……"

看见木山说话吞吞吐吐，韦黄氏疑疑惑惑地返身坐到墙边的矮凳上。木山拿出一条新毛巾，无言地递给她。她心里顿时冒出一股冷泉，啊呀，不好，山歌里有唱，"见面先给白毛巾，劝妹莫要太伤心"哩！木山将要说什么呢？

木山仍然站着，无限感慨地说："阿望妈！你这十多年，过得不容易！"

韦黄氏低一下眼眉说："苦挣苦熬，总算盼到你回来了。"

"走的时候，没跟你商量，扔下一个家，够你苦了。你照顾了爹妈，又抚养阿望……这些，我一辈子不会忘记。"木山声音喑哑，说得很吃力。

韦黄氏困惑了："说这些干什么呀？"

木山继续说下去："后来，我托人给你带来了那封信，你，收到了吧？"

"收到了。那时阿望满七岁了！"

"我以为你还没有孩子，怕误你一辈子，才写了那封信。的确，在那些年月，在敌人的刀口下干革命，说不定哪天会牺牲，我时刻准备着把生命献出去，因此，我不能叫你等我……"

韦黄氏温和地责备他："你这个人哪，光许你为别人好，不许别人也为你沾点光。难道我错了吗？"

"不不，你没有错！可是……唉，我如今不知道怎么办好！"木山难过地低下了头。

"什么事呢？"

"我对不起你呀！"

"到底是什么事？"她急得坐不住了，倏地站起身来。

"说出来，你不要难过……"

"哎呀！你快说吧！藏头露尾的，看你不把人急死嘛！"她急得直想跺脚。

木山不敢看她，喃喃地说："我以为你接到那封信以后，就照信上写的去做了。所以，我……又和别人成了家，也有了孩子……"

木山声音很低，韦黄氏却像霹雳炸顶，一下跌坐在矮凳上。屋子里一时变得很静。韦黄氏目光呆滞，突然间变得苍老了。她心口绞痛，喉头哽住，牙齿紧紧咬住木山给她的白毛巾，极力控制着不哭出声来。

阿望吓呆了，手中那包糖落到地上，糖果撒个满地星。

木山内心很痛苦，又不能安慰她。因为此时此地，任何带感情的抚慰都会使她更加痛苦。

韦黄氏突然起身跑进里屋，扑到床上，放声大哭。阿望也哭着跟了进去。

听着母子的哭声，木山脚步沉重地走进当年做新房的里屋。他感慨万端地坐在床边，拉住韦黄氏的手。他真想说他要跟她过——可是，他终于没有说。

女区长走进来了，不住声地安慰韦黄氏。等她哭过了劲，女区长说："大嫂！你别难过，木山同志回来，是跟你商量哪！由于历史的原因，木山同志又结了婚。但是，你和他成婚在前，并且现在还有感情基础，你有权利提出自己的要求，政府将尊重你的权利。你明白我的意思吗？"

韦黄氏痛苦地说："区长！我明白。等了他这么多年，我为的是什么呀？阿望该有个爹啊！可那一头怎么办？那妹子也有了孩子，他们又怎么过呢？谁都没有错，可，一根秤杆哪能吊两个秤砣呢！"

区长问："那你的意思……"

"我认这笔无头账吧！我，没文化，做惯了田地，离不开金鸡寨，就让我守着阿望在这屋里过完这辈子。木山是国家的人，让他……跟那妹子在一起过……"

韦黄氏放声痛哭，木床跟着哭声颤动。她忍受着一生中最重大的打击，把自己可以得到、也应该得到的东西让了出去……

　　一场看来相当麻烦的婚姻纠纷，毫无争执地解决了。女区长含着泪，握住韦黄氏粗糙的手，说着安慰的话。木山走出里屋，操刀执斧，修好了缺腿的桌凳，劈了一个树蔸，又把院墙塌下的地方垒好。他默默做着这些，尽最后一次义务。

　　没有必要再留下去了。他走进里屋，把可以买两百斤米的钱放在床边，心情沉重地与前妻告别："我走了……"

　　韦黄氏强撑着下了床，扶着阿望的肩头，送木山走出门去。木山一步三回头，望着倚在门边的母子俩。突然他又走回来，脱下大衣，披到儿子身上……

　　第二天，区长派人给韦黄氏送来了离婚证，她划根火柴把它烧了。她还把自己看成是韦家的人。她对自己向来对木山的痴情一点不后悔，她还在默默地爱着木山。这种埋藏在心底的爱，实实在在的，一点不掺假。

　　那只黄花项鸡肥死在小竹笼里了。韦黄氏母子俩不吃它，送给了邻居。

　　从此以后，韦黄氏守着阿望，过着"半边家"的日子。她省吃俭用，一根筷子点盐送粥，省下钱来供阿望念书。阿望是个有内劲的孩子，平时少言寡语，心里可要强，念书成绩总在头名。高中毕业以后，他考上了军医大学，这可把当妈的乐坏了呀！金鸡寨有史以来，阿望还是头一个念上大学的人呢！

　　韦黄氏想到这里，笑了。生活曾经亏待了她，后来又对她有所补偿。生活呀，既有灰色的痛苦，也有绿色的希望。

　　天亮了。她站起身，搅匀了两桶猪食，提进猪栏。虽然年过六旬，但终年不歇的劳作使她身架很结实。她提一桶猪食，脚不打飘，气不上喘，好像一架老牌缝纫机，油漆脱落了，但各个部件仍然完好无损，运转灵活。猪食倒进食槽里，三头白毛粉肉的肥猪呱达呱达来抢吃。这三头猪，是她从生产队包来养的，每头包产三百斤水重，配给一块饲料地，自种自收。生产队里人人劝她不用包产养猪了，在家里养鸡种花度过晚年，吃喝穿戴队里全包下来。她不依。靠自己的力气过日子，她才吃得爽口，睡得安稳。劳动里边，有她一辈子追求不厌的乐趣。

　　三头猪吃饱了，她又搅匀了两桶猪食，倒进食槽里，这是猪的午餐。今天，她要到饲料地里去给玉米苗培土，中午不回来。

韦黄氏从猪栏里出来，顺便开了鸡笼，喂了鸡。之后，又提一桶水浇院里的葡萄。这棵葡萄，藤粗叶茂，用哥桐木搭成的四方天盖上，郁郁葱葱的枝叶间，吊下一串串紫色的果实。这四根哥桐木，是她的儿子阿望和儿媳桂兰亲手埋下的。每次浇水，她都触景生情地回忆起他们搭葡萄架的往事。这会儿她的思路，又像一条被风掀动的长长的飘带，飘上粉红色的晨空，儿子和儿媳的音容笑貌，又展现在她那比天空还要宽广的脑际间——

　　阿望念完军医大学，被分配到野战部队的医疗单位工作。韦黄氏这间矮矮的土屋，门楣右上角钉上了"光荣军属"的牌子。一年以后，阿望回家来探亲。韦黄氏踮起脚，仰起脸，伸出粗糙的手抚摸儿子的帽徽。儿子掏出手帕，给阿妈擦去快乐的泪花。到晚间，来看热闹的乡亲们都走了，连那个不愿离去的桂兰也一步三回头地走了。土屋里只有母子俩，往时少言寡语的儿子话多起来了："妈！你觉得桂兰……好吗?"

　　"哎呀！这妹仔好得没法数她的好处！你不在家这些年，给我挑水呀，扫地呀，砍柴草呀；给你去的信，也都是她写的。这妹仔的心性，点灯难找。我都认她做干女儿啦!"

　　儿子笑了："认桂兰做干女儿，你就心满意足啦?"

　　"那——还要怎么样?"

　　"做儿媳妇不更好吗?"

　　"啊? 孩子，你们有这心思?"

　　"妈！就等你批准啦!"

　　妈乐得笑出了眼泪。可是猛然间，她想起了什么，脸上失去了笑容，话里充满了感情："孩子！你是吃公家饭的人，桂兰是吃工分的，你们好，要好一辈子。你可要真心待桂兰，别让她像妈这样，一根筷子夹炒豆……"

　　"好妈妈！我是跟你长大的，妈妈怎么做人，儿子也怎么做。"

　　"孩子！有你这几句话，妈替桂兰放心了。你快跟她办亲事吧!"

　　三天以后，阿望和桂兰办了亲事。过完新婚假期，儿子走了。婆媳俩相伴在家过日子。韦黄氏静下心来自想：论才学品貌，儿子都不落在人后，在外头闭上眼也能找到个领工资的姑娘。可他为什么偏要回金鸡寨讨个吃工分的桂兰呢？会不会还有别的原因？啊呀，这孩子，他准是要报跪乳的恩情，讨个桂兰，好给妈做伴过日子！

一猜出儿子的用意，她就天天念念不忘了。她因此更爱儿子，也更喜欢桂兰。桂兰待她呀，没说的，胜过亲生女。可是日子越久，韦黄氏心里越不安了。儿子和儿媳，天地各一方，一年一次探亲假，十二个月，有十一个月在相思里过，那是什么滋味，韦黄氏比谁都更清楚。她几次叫桂兰写信叮嘱儿子，等到他的级别升到能带家属那一级的时候，要坐飞机回来带桂兰走。桂兰笑她："阿妈！坐火箭更快哩！可有你在这儿，我不坐他的火箭。"韦黄氏也笑桂兰："别嘴硬，你晚上说的梦话，妈一句句给你捡起来啦！"

桂兰过门的第二年，生下一个男孩，取名亚宝。第三年，阿望回来要把全家转到部队去。桂兰自然乐。韦黄氏催促桂兰快打点东西上路，她自己却不愿离开金鸡寨。阿望和桂兰劝了三斗芝麻话，也不顶用。她反而安慰儿子和儿媳："你们放心带亚宝去部队吧！我身子硬实着呢，还能当个好社员。妈是一头牛，爱拉犁耙，恋着吃惯了嘴的草坡，离不得金鸡寨啦！"唉，故土难离，穷家难舍啊！

阿望和桂兰走的前三天，在小院中栽下这棵葡萄，埋下四根哥桐木，搭了一个方正的葡萄架。小两口说："每年葡萄结果的时候，就带亚宝回来看望阿妈……"

果然，这以后有好几年，当葡萄结果的时候，桂兰和阿望就带亚宝回家来了。桂兰在部队医院当了护士，也穿上军装了。每次回来，韦黄氏总是抱起亚宝，亲呀亲呀，老没有亲够。亚宝七岁那年，桂兰和阿望又带儿子回金鸡寨看阿婆来啦。韦黄氏一把搂住亚宝说："乖！你就在金鸡寨念书吧！跟阿婆在一起，啊？"亚宝搂住阿婆的脖子说，"阿婆！我不走啦！阿爸阿妈叫我不走啦！"韦黄氏望着儿子和儿媳，乐得流了泪。从此，亚宝一直跟她住到十八岁……

现在又见到葡萄结果了。可是，儿子和儿媳永远不会回来探望妈妈了，他们在边疆的一次战争中，奋不顾身，冒着激烈的炮火抢救受伤的战友，双双英勇献身了。当县委负责同志领着烈士所在部队的政委，把烈士的遗物送到金鸡寨时，烈士的妈妈韦黄氏，像一棵久经风霜的老樟树，抵住了又一次严重的打击。她参加了在葡萄架下召开的追悼会。追悼会上，她把跟她生活了十一年的孙子亚宝交给了政委……

韦黄氏凝视着一串串紫色的葡萄。她的思路也定定地集中在一点上：盼望亚宝明天从部队上回来跟她摘葡萄！啊，她又在盼望明天了。她盼望木山盼了多少年！盼阿望盼了多少年啊！然而这回不像当年的盼望那样渺茫了。孙子就在离她几百里外的边防线上，只消坐半天车就能到家。

她微笑着离开葡萄架，进了灶屋，就着香油炒过的一小碟咸菜，喝了两碗金玉米粥。那粥火候掌握得好，带有一股淡淡的、诱人的清香。她一辈子吃惯了玉米粥，唇舌一触到这带点甘味的食物，就感到愉快和满足。吃完了早餐，她又往一个竹筒里装满玉米粥。这个竹筒她用了大半辈子，暗红色的竹皮，被摸得亮亮的，像个红铜制品。竹筒装粥，热天不馊，喝起来凉快，比南宁出的铝饭盒强。她把竹筒挂在月锄把子上，扛上肩，戴上一个尖顶斗笠，出门上饲料地去给玉米苗培土。

天时虽然还早，寨巷里却热闹起来了。往时大呼隆做工的时候，每天最先听到的是刺耳的哨音；如今落实了生产责任制，队长的哨子生锈了，最先听到的，是出早工的男人赶牛的吆喝声和愉快的谈笑声，还有挑水的女人叽叽呱呱的说话声。韦黄氏走过寨巷，挑水的妇女们向她打招呼："姆姥！这么早就上地，你包的三头猪肯定有超产肉吃了！"韦黄氏笑道："等得到了超产肉，你带孩子上我家去吃呀！"这地方兴妇女挑水。但韦黄氏不用自己挑，家里的水桶被金鸡寨小学的少先队抢到学校去了，他们每天帮她挑水，她交给他们一把钥匙。

太阳刚刚露脸，她走上金鸡岭，踏进饲料地。地中间开出一条犁沟，把地划成两半，一半点玉米，一半栽红薯。玉米已经高过膝盖，正要培土；红薯藤叶覆地，一片墨绿。这块地，是当年她种过棉花、经常和木山相会的地方。她向队里提出包养三头猪的同时，就一起提出要这块地种饲料。这块地不肥，也不近，但她乐意在这里耕种。金鸡岭上的这块地呀，是她和木山先结婚后恋爱的见证！那将近三年的时光，是她一生中最值得回味的黄金季节。在这块地里发生的那些只有她和木山知道的事情，她永远也不会忘记。无论是过去和现在，每当踏上这块土地，她心里就激起温暖的浪花，觉得自己变年轻了。她有时甚至希望有那么一天，再和木山在这块土地上共同耕作，一起喝完那一竹筒玉米粥，在劳动中重新编织美丽的壮锦。十多年前，她这个善良的愿望，几乎达到了——不，终于没有达到。有鬼挡路咯！这个鬼不是别个，正是韦木山后娶的那个女人！

那是在"文化大革命"最乱的年月，什么怪事出不来呢！造反吃香了，开斗人会比做田地功夫重要。韦黄氏什么会也不去参加。她把平时省下来的十多块钱放在贴身的衣袋里，关起小院门，看守那头才长到百把斤重的肉猪。带头造反的民兵营长已经两次动员她把肉猪献给"革命"。为此她成天担心这头肉猪被"革命"吃掉。有一天，寨子里乱哄哄的，韦黄氏忙顶上了院门。接着听见寨巷里有人喊："韦木山被省城的造反派押回来了，关在大队部，快去看呀！"韦黄氏不觉一怔：木山回来了？真有这等事？她心里扑扑跳，全身燥热起来，急着要见见木山。她似乎有很多话要跟他说。说什么呀？细细一想又找不到一句合适的话。正在心神不定的时候，院门突然擂得砰砰响。她心惊胆战地问："哪个？"

"大婶！是我。快开门，有革命任务给你！"

说话的是民兵营长。韦黄氏估猜八成又是来劝她把猪献给"革命"。有什么办法呢？只得去开门。

院门开了，民兵营长带进一男一女两个面生人，逐个向韦黄氏介绍：男的叫陈卫东，女的叫李学青，都是省城的造反头头。民兵营长的话音刚落，李学青就像见到亲姐姐一样，拉住韦黄氏的手，说出的话像刚出锅的烙饼，热得烫人："大姐！造反派给你撑腰来啦！我们把走资派韦木山押回来，准备为你召开一个批斗大会，给你申冤！"

"给我申冤？"韦黄氏抽出手，后退一步，不相信有这等事。

李学青又上前拉住韦黄氏的手："对呀对呀！就是要为你申冤呀！韦木山骗取了一个比他小十二岁的姑娘的爱情，就把你抛弃了。现在那个被骗的女同志觉悟了，领着孩子造了韦木山的反，跟他离了婚，彻底划清了界线！大姐！你更应该站起来造韦木山的反，因为你比我受害更深呀！"

"比你？你是谁？"韦黄氏简直像白日见了鬼，弄不清这个女人是谁。

李学青说漏了嘴，陈卫东干脆点破窗纸，指着李学青说："大婶！你应该向她学习，她就是被韦木山骗过的那个女同志！"

"你？"韦黄氏睁大眼睛，像看一个天外飞来的怪物。

"是我！大姐，我们两个受害者算是认识了，今天要拉起手来，共同造走资派的反！"李学青振振有词，没有丝毫的难堪和不好意思。

陈卫东紧接着说："大婶！造反派只要求你在大会上带头发个言，讲稿都给你写好了。你不认字，我们一句句教你，话不多，你看，只两页纸，总共十多句！"

韦黄氏听见这话，心里像给刀子戳了一下：啊，木山的日子难挨啊！

民兵营长见韦黄氏闷了口，忙催促她："大婶！快答应吧，你不认字，我教你念。"

韦黄氏沉思了好一会，毅然答应了："好！我上台说话！"

李学青好高兴呀，握着韦黄氏的手说："大姐！我代表造反派感谢你！"

韦黄氏冷冷地说："你们先让我见见木山。"

李学青大为诧异："见他？大姐！这是为了哪样啊！"

韦黄氏不答话，转身往屋里去。民兵营长慌忙拉住她："大婶！你……"

韦黄氏一甩手："别拉扯我，不让见，那个会你们自个开去！"说罢进了屋。

局面闹僵了。民兵营长对李学青和陈卫东说："就让她见见韦木山吧，一个妇道，有多大能耐，翻不起大浪！只要她答应发言就行！"

李学青和陈卫东叽咕了一阵，做了让步，答应了韦黄氏的要求。

在大队部那间土改时用来关押地主恶霸的房子里，韦黄氏见到了韦木山。虽然双方都显老了，但都能一眼就认出对方来。韦木山变瘦了，脸上带着伤，腰也弯了。韦黄氏不禁鼻管一酸，心里很负疚，好像是因为她照顾不周，韦木山才落脱出这副模样。

这是一间空房，没有桌凳，他们对面站着，你望我，我望你。

"阿望爸……"韦黄氏举起颤抖的手，轻轻抚着韦木山脸上的伤，"想不到你碰上个给狗吃了心肝的女人，存心害你，还说出一大套邪理，亏她面皮厚！"

木山淡淡地问："你见着她了？"

"见了，瞎了眼的，刚才到家里劝我造你的反。怎么，已经跟你离了婚？"

"离了。估计我永世不得翻身了，她把家里的存折换上她的名字，贴出划清界限的大字报，过不久就离了婚。人家现在又跟'战友'结婚了，叫陈卫东，原来是我的秘书。"

"啊？是他！他们存心要跟你过不去呀！你要防着点。"她停一停，试探地问："如今城里住不下，你就回金鸡寨来，行不行？"见木山苦笑，她说得更认真："回来吧！你就不做那官，先回来做田种地。你也是吃玉米粥长大的，不怕做田地的活路。等到以后太平了，你要走，谁也不拦你。"她忽然低下头，声音越来越小："失了城里那个家，你就回乡下这个家来住。你看，房子还在，孩子也大啦，我呢，这十多年心里从没忘过你……"她发觉自己的手被木山握住了。她五指无力，让他握。她抬起头，望了望他，又低下头说："我今天来找你，是叫你再回来补这个家。今天就复婚，啊？"

韦黄氏没有马上听到回答，只觉得自己的手被木山握得更紧了。她抬起头，看见木山泪流满面，心里有点慌："你……怎么啦？"

这时的木山呀，老泪纵横，愧恨万分。他历来不愿作比较，可生活逼他去作比较；他历来不愿在这件事上作自我谴责，总想把一个男人的弱点推给历史去负责，可生活又逼着他去作自我谴责。将人比人，将心比心，木山怎不思绪如麻，眼泪盈眶！他紧紧攥住韦黄氏那双皮粗茧厚的手，颤动着双唇，动情地说："阿望妈！你的心，我全知道了。可是，现在不是时候啊！等这场风雨过去，我们再……"

"不，今天就复婚！"

"你知道吗？今天他们要为你开一个批斗我的会……"

"正冲着他们这个会，我才要跟你在今天复婚！他们叫我上台讲话，我答应了。我要盯着他们的黑眼珠讲：我跟你，双方愿意马上复婚。看他们的会怎么开法！"

"阿望妈！好！你能这样，我还有什么说的呢！我只后悔过去做了蠢事。"韦木山张开手臂，猛然抱住了她。

韦黄氏有点惊慌，但她没有推开韦木山，只小声说："别这样，给人看见可不好……"她把脸贴在韦木山的胸膛上，倾听他扑扑跳动的心音，一边悄悄从贴身的衣袋摸出她全部存款，轻轻放进木山的衣袋。木山松开了手臂，她退出来，理了理头发，望着木山，倒退着走出门去，准备参加那个该死的会……

可是这个批斗大会没有开成，李学青伏在窗外偷听了这场谈话。当天下午，他们抢走了韦黄氏的肉猪，把韦木山推上汽车，气呼呼回省城去了。

从此以后，韦黄氏再也见不到韦木山——他死了，是从批斗台上被人推下来，受了重伤，又不准住医院，死在一个关人的空房里的……

现在，韦黄氏站在金鸡岭上的饲料地里，一边想着叫人心酸的往事，一边伺候庄稼。月锄嘴在阳光下闪亮，一株株玉米苗被培上了土。她举锄的频率很均匀，手脚配合得很当，多长时间擦一次汗，换一回手，像是规定了时间，不差分秒。从开锄到收工，中间除了去喝那一竹筒玉米粥，她没有歇息的习惯，就连喝粥也是站着喝。劳动，对她来说，不是负担，而是需要。在劳动中，她追忆过去的生活，回顾走过的脚印，这也是她的一种精神享受。

日近西山，按照她原来准确的估计，玉米全培上土了。等到以后玉米快出胡须，再施一次攻苞肥，就可以等着掰玉米苞了。

她手脚麻利地扯了一捆红薯藤，挂在月锄把上，弯着腰，像一匹不知疲倦的老马，背回家去。走到家屋前，院门开着，五个少先队员坐在葡萄架下的石凳上做功课。院子打扫得干干净净，水缸满盈盈。韦黄氏踏进院门，中队长阿秀喊声

"起立",五个少先队员一齐向韦黄氏行举手礼,齐刷刷地欢叫:"阿婆!"又一齐抢上前,七手八脚从韦黄氏肩上接下那捆红薯藤。韦黄氏慈祥地笑着,探手从红薯藤里摸出几个洗干净了的红薯,一人一个。孩子们来熟了,也不推让,接过红薯,有小刀的用小刀削去红皮,没小刀的用牙齿咬去红皮,嘎巴脆响地吃起来。

阿秀先把红薯放进衣袋,掏出一封信,藏在背后,歪着头问道:"阿婆!你猜,谁给你来信啦?"

韦黄氏笑道:"除了你们亚宝哥,还有谁!别藏了,快念给阿婆听!"

阿秀拆了信封,见信里夹着韦亚宝的相片,胸前戴着红花。她把信粗略看了看,乐得跳脚说:"阿婆!亚宝哥最近立了一等功,这是部队给你来的贺信,这是亚宝哥在颁奖大会上照的相!"

韦黄氏接过相片,笑得拢不住缺牙的嘴,忍不住在相片上亲了一口。

阿秀清清嗓门,像个小大人,念起了贺信。信上说,最近,妄图称霸东南亚的那个国家,出动一个营的兵力侵入我国领土,我边防军某部奋起回击。六班长韦亚宝带领全班战士插入敌群,抢占制高点,打乱了敌人的阵脚,为我边防部队全歼入侵之敌创造了有利战机。为此,他荣立一等功……

阿秀念完信,韦黄氏忙走进屋去,拿出一沓信笺,一个信封,交给阿秀,叮咛说:"好孩子!你帮阿婆给你亚宝哥写封信,叫他立了功不要骄傲,山有顶,进步没有顶;叫他把祖国一寸土看得比命根子还贵重;叫他不要惦记阿婆,如今党的政策好,生产一年比一年好,阿婆的日子一天比一天好。还要写上你们得了多少次一百分,给他鼓劲儿,让他看了信,下次能夺个特等功!乖孙女!你就把这信当成一篇作文来写吧!"

"好!我保证完成任务!明天一早把信交给你!"阿秀说着,乐蹦蹦领着小伙伴走了。

韦黄氏心神愉快地喂了猪,关了鸡,煮了饭。孙子立了功,她从火架上割下半吊腊肉,洗得干干净净,搁在饭锅里焖熟,又从瓦罐里舀出一碗自酿的米酒。这一餐,她吃得分外香甜,米酒使她感到全身舒坦。

吃罢饭，冲过凉，知更鸟叫过了第一次。韦黄氏把孙子的照片嵌进了相框，挂到墙上，出神地端详着，老没觉看够。

知更鸟叫过第二次，她睡下了，后脑一落到枕头上，就忽忽悠悠入了梦乡……

姆姥韦黄氏就这样结束了她一天的生活。这一天过得平平淡淡，没有惊天动地的内容。不少个如此平凡的日子积累起来，就组成了她平凡的一生。有了无数个像她这样平凡的母亲，才产生民族的、祖国的英雄，正像有了大地，才托起高峰……

| 文学史评论 |

韦一凡十多年来创作的几十篇(部)短、中、长篇小说所展示的，都是大明山山区的自然风光，都是大明山下的壮家人事，融汇着壮人心底的欣慰与忧虑、欢笑与悲泣、沉思与惊醒、低吟与呐喊，是整个壮族民族精神的折射。

……

综观韦一凡的小说创作，可以看出他坚定走着一条现实主义的创作道路。他的目光，始终投注在壮族文化土壤上，执着于对壮族文化从感性到理性的观照，纵深地而不是表层化地展示着壮族的优根和劣根，真实地表现出壮民族的喜怒哀乐和命运的走向。这是韦一凡小说创作的第一个艺术特征。故事情节的叙述与壮乡民俗的描绘有机地结合在一起，矛盾冲突的展示以民俗活动作为背景，民俗活动又推动矛盾冲突的发展，因而增强了小说的民族色彩和生活气息，这是韦一凡小说创作的第二个艺术特点。语言自然流畅，富有生活气息，富有抒情性和哲理性，这是韦一凡小说创作的第三个艺术特征。

——梁庭望、农学冠编著《壮族文学概要》，广西民族出版社，1991，第440页

《姆姥韦黄氏》可说是内涵深厚、民族特色鲜明的优秀作品。韦黄氏是一位平凡的壮族妇女。她婚后不落夫家，丈夫韦木山为革命不辞而别，她苦等十五年，如同她天天用木勺熬玉米粥那样熬过十五年。熬到解放，木山回来了，她得到的却是"一条擦泪的手巾"；"文革"中木山被后妻造反批斗，韦黄氏毅然提出与他复婚，但木山却被批斗死了。韦黄氏养育的儿子大了，结了婚，儿子儿媳双双参军，又双双在战争中牺牲了，她又把孙子送上前线。她在劳动中，追忆过去的生活，回顾走过的脚印。丈夫出走，但她忠于爱情，抚养孩子，赡养公婆，含辛茹苦；由于阴差阳错，木山在外结了婚，有了孩子，韦黄氏遭受"霹雳炸顶"打击，但她成全了别人，牺牲了自己。显示了她宽广的胸襟！木山在"文革"中陷于困境，后妻投井下石，韦黄氏则安抚关怀，显示了韦黄氏的正直和善良！儿子和媳妇为国牺牲，她深明大义，强忍悲痛，把孙子也交给了部队，劝勉孙子"把祖国一寸土看得比命根子还贵重"，显示出韦黄氏高尚的思想情操。至此韦黄氏——一位平凡而伟大的母亲形象，突兀在读者面前，令人肃然起敬！

    ——梁庭望、农学冠编著《壮族文学概要》，广西民族出版社，1991，第437—438页

| 作品点评 |

文学是人学，小说主要就是写人的。韦一凡通过十多年的创作实践，总结出了经验，在《姆姥韦黄氏》中，他一方面注意故事的编织，恰当地运用自己生活中丰富的素材，另一方面他更着重在人物性格的塑造上，这是这篇小说成功的一个原因。韦一凡同志善于抓住一些生动的细节来描绘人物，写出人物的思想、性格和复杂的心理状态。韦黄氏熬玉米粥的细节，作者是写得相当细的。韦黄氏三次用木勺在锅里搅上五次，画上五次圆圈的动作，既不违背生活的真实，又写出了韦黄氏对爱情的忠贞和她等待韦木山所熬过的 15 年的苦日子。

    ——吴隐林、满运来：《为少数民族新人塑像——评韦一凡的小说〈姆姥韦黄氏〉》，《民族文学》1982 年第 8 期

布鲁帕牛掉下了眼泪

蓝怀昌

一、布鲁帕牛的命运

小米鸟把身上的羽毛扯光了，冬天用什么御寒？庄稼人把大牛砍杀了，春天用什么耕地？何娅妮呆呆地站在木楼前思虑着。在她身边，四大瑶寨的长者们，急匆匆地把一株凤尾竹深深地插在楼门口。这株高高的凤尾竹，还滴着水珠，无声地向山里人报告一个噩耗：此间木楼死了一个人——何娅妮的丈夫。

凤尾竹下，四大寨的长者们低垂着头，经过一阵短促的商议后决定：明天酉时，砍杀娅妮的布鲁帕牛，为她的丈夫举行葬礼。砍杀大牛，这是四大寨自古沿袭下来的没有文字的寨规，谁也不敢违背。

娅妮听了长者们的话，她那圆润的脸上，笼罩起一层愁云，大大的眼睛潮湿了。她走到木楼下，用手轻轻地抚摸布鲁帕牛圆滚滚的身子，大

作者简介

蓝怀昌(1945—)，广西都安县人，瑶族，专业作家，文学创作一级，曾任广西文联主席，全国文联第六届委员，广西作家协会第五届副主席。1971 年开始发表作品。著有长篇小说《魂断孤岛》《一个死者的婚礼》《北海狂潮》《残月》，中短篇小说集《相思红》，散文集《珍藏的符号》《巴楼花的女儿》，诗集《蓝怀昌诗选》，长篇纪实文学《一代战将李天佑》，长篇小说《波努河》获广西首届文艺创作铜鼓奖；史诗《密洛陀》获全国第二届民间文学作品一等奖。

作品信息

原载《民族文学》1983 年第 3 期，收入《中国少数民族文学经典文库(1949—1999)·短篇小说卷》(云南人民出版社 1990 年 8 月出版)。

颗大颗的泪珠落到牛身上。嗨，丈夫死了，丢下两个孩子给她。大的九岁，小的才两岁，往后他们怎样活下去？如果杀了布鲁帕牛，责任田、责任地怎样耕？

大前年冬天，家公死了，请魔师来举行葬礼，砍杀了一头布拉则牛。翌年春耕，丈夫躬着腰，拉着犁，犁不了三分地，丈夫光溜溜的脊背上，积了一摊汗水。娅妮还没日没夜地踩着脚犁，抢着月锄。直到脚犁高挂，月锄歇息，布谷鸟飞走了，格鲁花凋谢了，播种和插秧时令也已经过去。后来呢，种下禾谷，只能收下禾草，种上玉米，只能收割青秆。这一年，他们一家四口人，又只好从国家仓库里背回八百斤米，才算度过时光。山中的泉水是清甜的，长者们的话是善意的，但是，话不会长出五谷来。砍杀了布鲁帕牛，谁还能背犁拉耙？咦，这铁锤锤不烂的寨规，这大火烧不毁的旧习，不是明明白白地坑死活着的人吗？娅妮想到伤心处，便呜呜地哭起来。

九岁的女儿花花来到妈妈身边，眨着小眼睛问："妈，爸死了，为什么还要杀布鲁帕牛？"

妈把女儿搂在怀里，说不出话来，她的苦楚，长者们不晓得。"听奶奶说……"娅妮追述起她老奶奶讲过的一个古老而又古老的故事：那时候，天地间一片苍茫，人们还吃着人肉。谁家老人死了，儿女们就得把肉分给亲友和寨上人吃。有一天，牧童黎坡拉索在坡上放牛，望着母牛生仔，半天生不下来，痛苦极了，母牛流下泪。黎坡拉索回到家里，把这件事讲给母亲听了，然后问："生我的时候，你也这样痛苦吗？"母亲点头答应。从此，善良的黎坡拉索就不主张吃人肉了。他母亲死后，埋到高高的山上。当亲友和寨上人来要吃母亲肉的时候，黎坡拉索杀了一头牛给人们吃，将牛角高高地挂在坟前的木桩上。此后，人不再吃人肉了，寨里死了人，就砍杀一头大牛给人们吃……

"美勒昵（瑶语，妈妈的意思），不杀牛吃肉不行吗？杀了布鲁帕牛，谁来帮我们拉犁？"女儿问妈，妈不晓得怎么回答。女儿望着妈的脸，泪珠滚出眼眶，唰唰落下。女儿不吭气了，扎在妈的怀里。青竹坡上，山风吹着竹枝，像有无数支喇利在呜咽……

夜，黑沉沉。雾，灰蒙蒙。猫头鹰在楼角咕咕地叫了几声。法里寨的长者黎蛮索，两手梳理着他那根又细又黄的辫子，然后用白头巾裹起，盘在头上，低声细语地对娅妮说："娅妮妹仔，鸡子都快叫了，得赶快去请魔师来念《送词》，把你丈夫送上西天。还得把舅爷喊来，舅爷是要亲自砍牛的呀！"长者说得很轻松，"哦，天是真的不早啰，去吧，去吧！"

二、铜鼓声声

"嗡哄，嗡哄，嗡嗡哄"，铜鼓声在这寂静的夜里，把四面大山震得颤抖。一声声催人泪落，一声声催着娅妮上路。

娅妮是个贤惠、善良的女人。孩提时代，在这四大瑶寨，很少有女娃读书，娅妮却跟父母磨破了嘴皮，居然进了学校。十年前，她丈夫阿宜还只是一个未挽发的小伙，母亲就死了。只留下阿宜和父亲。父亲多病，成天躺在竹床上。没有腌酸肉吃，阿宜就上山捕地雷蜂，去套鸟，去跟伙伴们围猎。二十二岁的阿宜，没有一个姑娘和他"玩表"（瑶族中一种谈恋爱的方式）。元宵节前夕，娅妮路过阿宜楼前，看到风雨中的一老一少，心里酸楚楚的。到了元宵节晚上，圩场亭间聚拢了几百对男女青年，在唱细话歌，在"玩表"。娅妮也在黑压压的人群里走着，寻找阿宜。后来，在一个偏僻的墙角找到了。她用细嫩的手去拉阿宜，用细话歌来倾吐内心的爱："……你像一只山鹰，飞到我木楼后的金钢树上，我想用雪白的丝巾系在你身上，待到你飞走的时候，我可以久久地凝望……"阿宜的眼睛湿润了："我是一株光秃秃的鸭脚树，画眉不会落在枝上；我是一块孤零零的崖石，白云不会落在石上。三月红花开了，我还是一身白霜……"

元宵节之后，格鲁花开了，布谷鸟叫了。娅妮主动来帮阿宜播种，娅妮偷偷来帮阿宜插秧。夜里，娅妮把熬热的药，端到阿宜父亲手上。待到茶枝挂满黄澄澄的果，画眉在山间做了窝，地雷蜂孵着蛹，瑶家人收了五谷，娅妮就来到了阿宜的木楼上。她没有按照四大瑶寨的规定索取彩礼。因为，她深知在这个年头，阿宜拿不出四只鸡，阿宜捧不出四斤肉，阿宜酿不出二十斤酒，阿宜没有一斗二糯米饭。蜜蜂飞向花丛，是为了采花酿蜜，娅妮来到阿宜身边，是为了共同创造美好的生活。

结婚之后，娅妮为了挑起一家人的生活重担，不能当民办老师了。头一年，夫妻俩养了两头猪，五只山羊。到年下，国家又把棉被、棉衣、蚊帐送到山里人的手里。正当生活像火一样旺的时候，却倾来一场暴风雨。大前年，家公一死，砍了一头大牛举行葬礼，四大寨来了六十四个铜鼓手，"嗡哄，嗡哄"地敲了两天，这木楼里的"经济基础"崩溃了。刚刚挺起腰杆的木楼主人，又得弯下腰，到山外的国家粮仓去背米。政府又要拨款来救济了。咦，柚子皮是厚的，鸳鸯柑的皮是薄的，难道山里人的脸皮是柚子皮做的吗？娅妮想着，脚步迈不开，心儿怦怦跳，她实在不愿去请人来杀布鲁帕牛。

"去吧，去吧！娅妮妹仔，瑶山上的云再浓，总有散的时候，砍了牛变穷，丈夫在天也会恩施妻儿父老。"黎蛮索催促着娅妮快去把魔师和舅爷请来。黎蛮索亲自交给她一把大砍刀，是丈夫去接她回楼的那一天，用背带缠着送到舅爷家，而后又背回来藏了十年的砍刀。现在，砍刀上拴着白布和几线谷穗。娅妮接过大砍刀，手不停地颤抖。当她背着两岁的孩子，扛着竹枝，拿着砍刀走下楼梯，消失在苍茫夜色里的时候，泪珠一滴一滴地落在砍刀上。

三、幽深的夜

月黑风高，一条弯弯曲曲的石板小路，伸进竹林掩映的岜地寨。小路时而低落，时而凸起。娅妮走出了法里寨，就得用干竹枝点火照路。她一连划了三根火柴，点燃干竹枝。火的光，慢慢地发亮、发红。火烧着夜，烤干她脸上的泪珠。我们民族善良的黎坡拉索，改革了吃人肉的习惯，我们就不能用别的牲口代替大牛去死吗？如果没有黎坡拉索，我们不也还处在吃人肉的时代吗？娅妮心头翻着绿色的浪，金黄的风。当火光照着路边那一堆黄泥土坟的时候，她的脚步像凝冻了。心还在战栗。这坟是她家公的坟，黄泥土上还未长出芭芒。坟前的木桩上，挂着两只牛角。那时候，丈夫还活着，他请来魔师念《送词》，请来舅爷砍杀牛，娅妮哭了一天一夜。谁也不清楚她是在哭家公还是哭牛，或许是两者都哭。她不忍心看舅爷挥起那把大砍刀，然后就是牛血像山泉水一样喷进木盆里，长者们便端来酒坛，把酒也倒进去。于是，男人们便用木瓢舀起牛血酒，大口大口地喝着。明天，要是布鲁帕牛也被男人们大口大口地喝着血，她今后怎样过日子？她不能像丈夫那样躬着腰拉犁，孩子还小，也不能像她那样扶着犁把。二十多年来，国家年年救济，买农具，买牛。四大瑶寨的父老们年年砍牛。现在，土地像个金娃娃抱在庄稼人的怀里，可是我们古老的土地，离开了耕牛，还能有什么欢乐？

娅妮走着想着，来到了岜地寨口。她犹豫了，彷徨了。只要进了寨，见到了魔师，见到了舅爷，魔师就会到丈夫的棺材边念着她听不懂的《送词》，然后问丈夫需要什么，要一头牛还是两头牛？如果是要两头牛，娅妮还得去借一头，这该遭多少罪呀！一阵山风，吹乱了她的头发，她才记起来，刚才在慌乱中，忘了束头巾。寨里的鸡子拍打着翅膀叫了，天还是墨黑墨黑。娅妮真想用砍刀去砍古老的石崖，让砍刀钝了或是缺了口；娅妮真想把砍刀伸进深深的石缝，将砍刀撬断。哦，想得太天真了，大刀钝了舅爷不会磨砺吗？砍刀断了，不会再找一把吗？布鲁帕牛还是逃不脱被砍杀的命运。

娅妮痴痴地望着砍刀，这时，她才想起黎卡多来。尽管他这两年不愿去做魔师的徒弟了，但找他帮个忙，也许行。娅妮向寨里走去。走到黎卡多的木楼梯下，她收住了脚步，待到心跳稍平静的时候，才去敲门。木楼里闪着煤油灯的光亮，有人起来开门了。娅妮瞅见门边上插一柄木头刀，刀柄绑一束白纸。她心里明白：这是四大寨的人，以此来挡"鬼"、拒"鬼"于木楼门之外的意思。

"啊，娅妮，魔师不在家。"开门的正是黎卡多。灯光、火光照着他黑黝黝的脸膛。他是魔师的儿子，小时候曾跟娅妮在一个班读书。后来，在那个艰难岁月里，父亲为了培养他成为一个高明的魔师，接自己的班，便把他从学校拉回寨子，那时他小学还未毕业。卡多呢，正想找一碗饭、一块牛肉填满肚子，也就毅然跟在父亲身后去走寨，给人做葬礼。从此，她和他才分开。娅妮坚持读到初中，才回法里寨来，当民办教师、织布、纺纱、种山。那时，两人还是很要好的，直到各自成了家，才不相往来。后来，卡多的妻子也对他走寨、当魔师不满，就背着小儿子，拉着大儿子出走了，离婚了。卡多感到很痛苦，当新经济政策如春风化雨，降落到四大瑶寨时，卡多真的不走寨了，就连亲戚做葬礼，叫他扛铜鼓去敲，他也不出门。他感到丢脸："那是骗人的事呀！"现在，在这深沉的夜，娅妮找上木楼来了，手里拿着砍刀，已经明白表示：她的丈夫死了。

"卡多，师爷不在就好了，我请你去一趟。"娅妮轻柔地说道。

"月亮树已经换了新枝，我早已不去给人做葬礼！"

"看在我心爱的布鲁帕牛份上，你去一趟吧！"

"啊，我不！我再也不能行令杀牛了！再杀牛，我们四大寨的牛就要绝种，我不忍心让我的父老们光着背、弯着腰去拉犁！"

"流下山的泉水是清的，你的心是亮的，请你去是为了不要砍杀我的布鲁帕牛。"

"啊……这……"

"是的，在这时刻，魔师的话是圣旨，你说什么，父老们都会相信。"娅妮还是恳切地说。

"画眉鸟会唱歌，我黎卡多能说什么？"

"你能说，我丈夫死了不需要牛，你能讲，他已乘仙驾鹤……"

黎卡多听着，眼前迷糊了。三年前，他母亲过世，砍杀了那头布巴拉牛以后，他连续拉了三春的犁耙。娅妮的眼睛注视着卡多的眼睛。卡多蹲在门前，发愁了。他内心翻腾着浊水。他实在是不愿做一个魔师徒。他失去了妻儿，失去了布巴拉牛。现在，娅妮正站在跟前乞求，既完成葬礼，又不用砍牛，四大寨的父老们依不依？四大寨的长者们信不信？千年旧习，百年寨规，那些渺渺茫茫的东西，那些捉摸不定的神灵，他自己也摸不透是有，是无，但是，有一点他是清楚的，砍牛纯粹是从远古的故事中沿袭下来的。如果违反了这习惯，寨里出了什么事，娅妮遭了罪，他能承担得了吗？于是，他以一个魔师的口吻来审度娅妮：

"不砍牛，你丈夫升不了西天，你怕不怕？"

"我不怕！"

"你丈夫回来闹夜，你怕不怕？"

"我不怕！"

"天给你降下灾难，你怕不怕？"

"怕也逃不脱！"

"还年轻，长者们说你不敬不孝，以后谁也不敢做你的丈夫，你怕不怕？"

"我不怕！"

"你为什么不怕？"

"我？为什么？……"娅妮稍停片刻，沉思着。前几年，她作为少数民族参观团的一个成员，到了省城，上了北京，她懂得许多许多新鲜事。汉族兄弟，老人去世了，并没有砍杀耕牛，男人也不留辫子，我们的民族，男的却还留着。听老辈人说：在非常贫困的过去，人死了，也有不砍杀牛的人家，这些人家，现在，不也同样安然无事吗？他们的子孙该读书的读书，该当干部的当干部。没有太阳，天不会亮，没有共产党，瑶家不得幸福。每年，党把大批大批的布匹、药品、粮食运进山来，送到山里人的手里，把钱放进山里人的荷包，生活才能像石山一样安定。现在，大山是绿油油的，那是因为有春水阳光，庄稼人的腰挺得直直的，那是因为有党的政策；各家各户养上了大牛，那是因为有政府拨款。如果我们还在不断地砍杀耕牛，不断地用脚犁翻地，我们能富起来吗？上山砍树不能没有刀，山里人耕地不能没有牛。古老的习惯，给后代带来多少灾难。十岁的孩子要参加耕地、挖山，八岁的女儿要为父母分忧、背弟妹。繁重的手工劳动像枷子套在我们庄稼人的脖子上，我们的民族何年何月才能伸直腰！娅妮尽量打开回忆的门窗，把她当民办教师学到的知识，把她去参观得到的启示，把她去开会听到的政策，一起酿成酒，敬给黎卡多。黎卡多的眼睛亮了，他为自己过去的无知而忏悔。不过他还担心："山羊最怕跳不过高高的瑶山，我们能瞒得过四大寨长者们的眼睛吗？"

娅妮坚定地说："长者们的眼睛被雾遮着，父老们的双脚被神藤拴着，魔师说什么，他们就相信什么……"

柔和的夜风，吹拂着山里两个年轻人的心。娅妮和卡多商量着如何跟旧的寨规、旧的习俗做一次智斗。娅妮想从自己身上，带出一股绿色的风。她感到，中国纯朴的山里农民，几十年来走过弯弯曲曲的生活道路。由穷变富，又由富变穷。现在，已经又从穷变富起来了。然而，在画眉鸟的欢唱声中，穷的影子也将会附在一切旧的习惯身上走来的。

何娅妮告辞黎卡多的时候，卡多深情地说："明天的葬礼照样进行。到了砍牛时刻，我要看你的眼睛……"

四、火的光芒

残阳如血，整个法里寨被晚霞染得血红血红的。酉时到了，葬礼开始了。

长者黎蛮索将布鲁帕牛牵到宽大的草坪上，草坪上立起一根大木桩。布鲁帕牛的颈脖套上一个大铁圈，一条粗大的钢丝索把铁圈和木桩连在一起。这是为砍杀布鲁帕牛时不让它反抗。草坪边上，悬吊着三十六个铜鼓，鼓边上，都有一碗米酒，由卡多用绿叶把酒洒到铜鼓上，以示感谢铜鼓的主人，并让铜鼓的主人一气饮完这碗酒。"嗡哄，嗡哄"的鼓声低沉、哀伤。舅爷执着砍刀，站在布鲁帕牛身边，砍刀闪着寒光。四大寨来的亲朋宾友们，列成长队，手持竹枝，竹枝上挂几线糯谷穗，缓缓地向牛走去。然后团团围住布鲁帕牛，依次给它喂上谷穗。最后，娅妮给布鲁帕牛喂了一碗酒，用脸贴在牛背上，情切切，意绵绵。

娅妮望着卡多，他的脸上挂着愁云，铁灰色，手里端着一盆白米，站在草坪上。待到喂牛的人群列队走过之后，只剩下舅爷和几个准备砍杀布鲁帕牛的小伙了。卡多往布鲁帕牛身上撒了几把白米，高声朗诵《送词》："……在我们古老的法里寨，又有一位父兄，乘着太阳升天了。西天里有众多的父老，西天里有众多的弟兄。他们种的谷穗有三尺三长，他们养的大牛有九百九十斤重，他们的神竹一片连一片，他们的木楼一幢接一幢。啊嗬，你去吧，你一生勤俭创立家业，你一世待人温柔善良。你留下家业有儿女继承，你留下土地有妻儿耕种。去吧！去吧！"说着，又向牛撒几把白米。待到白米快撒完了，四大寨的父老们无不惊佩这年轻的"魔师"口齿伶俐、谈吐自如。这时，卡多望见何娅妮的眼睛含着泪珠，正深沉地注视他，向他投来乞求、希望的光。泪珠被抖落了。眼里只留下火的光芒，这火的光芒慢慢地向卡多移来。卡多已经听到她的心跳声了，已经闻到她灼热的香气了，已经听到一种微弱而低沉的话声了："啊，卡多，你就在四大寨长者们面前，在父老兄弟面前，问一问我的丈夫，他需要什么？要什么我就给什么！"

长者们脸上露出轻松与敬仰的神情。卡多心跳得很激烈。他马上就要按照娅妮的意志，宣布一条人们不可思议的决定，这决定直接违反了几千年沿袭下来的习惯章程。这决定将要使四大寨的父老们瞠目结舌。于是，卡多再一次注视着娅妮眼睛里那火的光芒。他从这光芒里获得勇气、获得力量。他感到娅妮此刻比所有法里寨的姑娘都美。他同情她，他羡慕她，他……终于，卡多撒完了盆里的白米，按照昨夜两人商定的《送词》，高声念道："啊嗬，太阳收回了它的光，你已经上到西天了。应该感谢西天的祖宗，说你善良过人，勤劳过世。你已经有了地吗？你已经有了牛吗？你像神仙一样潇潇洒洒了……"那《送词》吸引着四大寨的长者们，吸引着兄弟们，吸引着鼓手们。他们已经为死者的仙境而感到欢欣。他们在倾心地听卡多最后的问话："啊嗬，你真的不需要牛吗？真的！要一只山羊，要一头猪……你安心地远游吧，你的妻儿将按照你的最终意愿——宰羊！宰猪！"卡多高声呼喊着，白米撒尽了，《送词》念完了，站在草坪上一动不动。

舅爷愣呆了，像听到晴天炸雷，砍刀"咣啷"一声跌落到地上，他捡也不捡。四大瑶寨的长者们惊讶了，他们一个望着一个，谁也不晓得说什么。黎蛮索紧张地搔着头，那条又细又黄的辫子垂到肩上。准备喝牛血酒的宾朋们，有的伸伸舌头，有的在思索，"哦，世界变了，死者不需要牛了！"

小伙子们眨着眼睛，有的伸长脖子，有的议沦："这就是死者对活着的人的恩赐。"

"咦！他这是可怜他的妻儿哩。"

娅妮姗姗地走到舅爷跟前，庄重地说；"趁着日头还未掉下山谷，就按照我丈夫的意愿，送给他一只山羊、一头猪吧！"

舅爷听到这几句话，望着血红的夕阳，从地上拾起砍刀。背粉枪的小伙们，"砰砰，嘭嘭"地朝西天鸣枪。圆溜溜的粉枪子弹如雨点般落到远处，硝烟在草坪上空弥漫着。黎蛮索像从梦中惊醒，用惊疑的目光注视着卡多，走到卡多跟前："爪玛河不会改道，瑶山里不能行走，年轻的卡多，你说的话全是真的?!"

"天上的云落到地上就是雨，你说是真还是假?"

"四大寨的人畜要像石头一样安宁，四大寨的庄稼要像竹林一样茂盛，年轻的卡多，有没有云雾遮住你的眼睛?"

"太阳的光很亮，星月的光很明，我的每句话，都像光一样明亮，父老们可以记在心。"

卡多还是挺着胸脯站在草坪上，面向落下深谷的太阳郑重宣布："快把山羊牵来，快把肥猪赶来，寅时一过，升天的人就找不到归家的路了!"

几个体壮如牛的小伙把山羊牵来了，把猪抬来了……

"去去去，快快活活地去去!"木楼檐下的画眉鸟叫了几声，这是一天中最后一次鸣叫了。夜色苍茫，人们离开了草坪。

娅妮深沉地敬了一碗山羊血酒给卡多。卡多解下了布鲁帕牛，从它脖子上除去了铁圈，把牛绳交到娅妮手中。娅妮牵着牛，她眼前，像有一群群肥壮的牛在欢快地奔走，而布鲁帕牛却掉下了眼泪……

五、青山的呼唤

"嗡哄，嗡哄，嗡嗡哄"的鼓声，震撼着山野。夜色像一张巨大的黑幕笼罩在法里寨。星星点点的煤油灯，在木楼里闪着亮。娅妮牵着布鲁帕牛沿田坎走来。

她喜悦，她兴奋，她感到自己救的不只是一头布鲁帕牛。在机械化无法降落到这云雾山中的年代，牛是山里人的宝。娅妮的步子显得有点轻松，她头也不回地对卡多说："山中的涧是水冲出来的，坡下的路是人踏出来的，感谢你给四大瑶寨的人开了一条新奇的路。"

……

"金子是亮的，你的心是不是比金子还亮？"

……

娅妮说着，没听到卡多回答。她车转身子，却见卡多走了。草坪边上的树丛中，闪出一个黑影，把卡多拦住。黑影像只圆规站在路中间，怒吼着："蠢猪！你敢当着四大寨父老面前，打破砍杀牛的寨规，你不想活了？"

娅妮听得出，这是卡多的父亲老魔师的声音。"你要打破你父亲的饭碗吗？蠢猪！什么妖雾挡住你的眼睛呢？我在树丛中听得着，你在胡乱编《送词》，雷劈鬼！"老魔师诅咒着卡多。

"杀了布鲁帕牛，你去给娅妮拉犁吗？"卡多顶了老魔师一句。

"滚！你这个不孝的东西！滚出我的门，滚出我的寨！只要我门上插一把刀，你就不要再进我的门！"

"哈哈哈，父亲，树叶长得再好，终有一天要离开树干。你害了我，害了我的妻儿，害了四大寨的父兄，你主持砍杀的牛越多，你的罪就越大！小点心，父亲！我走了！"

卡多说罢，转过身子，沿着崎岖的小路，向高高的青山那边走去。

娅妮急了。她把布鲁帕牛拴在一棵板栗树上，然后紧紧地追着卡多。她深情地呼喊着："卡多！卡——多！你回——来！"四面青山，都在回应着娅妮的喊声，都在呼喊着卡多的名字。

"嗡哄，嗡哄"的鼓声，想盖住这喊声，却怎么也盖不住。

卡多急匆匆地走了，他今夜该走向何方？头上星星闪着光，身边泉水汩汩流着，耳边传来娅妮的呼声："卡——多，卡——多！"当他回眸一望时，布鲁帕牛正昂着头跟在娅妮身后。

| 文学史评论 |

蓝怀昌的小说还带着浓厚的浪漫主义色彩和诗情画意。有些章节显然是带着作者的理想和幻想成分。采用的也不是一般的叙事语言，而是优美的散文笔调，糅叙事、议论和抒情于一体，有一定的艺术魅力。小说中的人物对话也常用诗一般的语言，有时就以歌代话。如蒙琳因无钱而须辍学时，暗暗地流泪呼唤："山太高太高了呀！挡住了我的门，水太深太深了呀，拦着我的路，密洛陀呀，你说我怎么办？"这时英燕抛来一串火辣辣的话："山再高，高不过山鹰的翅膀；水再深，也有珍珠在闪亮。山里人最不愿意看到悲伤的眼泪。"这些语言，精美隽永，充满着生活哲理和民族色彩。语言美、意境美，具有鲜明的民族特色，是蓝怀昌小说的突出特点。

……

蓝怀昌认为：暴露自己民族落后的东西，正是为了让人们去憎恨它，然后指出美的目标，让一代新人去创造美好的东西。因此他在作品中着力塑造改革旧习俗的瑶族新人，对瑶族某些落后的习俗持批判态度。在《布鲁帕牛掉下了眼泪》中，他塑造了何娅妮这个女改革者的形象。

——中南民族学院《中国当代少数民族文学史稿》编写组编《中国当代少数民族文学史稿》，长江文艺出版社，1986，第208—209页

| 创作评论 |

综观蓝怀昌近四十年的文学创作，他的作品形成了这样的品格：既是有民族特色的，又是有强烈的时代精神的；不离乡土，又超越乡土，追求世界性的艺术品格。

——李建平：《对民族精神和时代精神不懈追求——蓝怀昌创作论》，《南方文坛》2011年第2期

| 作品点评 |

传统的陋俗扭曲了人性，窒息着人的感情，还严重地妨碍着人维持生命的基本活动，甚至残害人自身。在《布鲁帕牛掉下了眼泪》里，四大瑶寨的长老们要沿袭自古以来的寨规，杀掉布鲁帕牛——何娅妮家唯一的耕牛来为何娅妮死去的丈夫举行葬礼。"如果杀了布鲁帕牛，责任田怎样耕？这铁锤锤不烂的寨规，这大火烧不毁的旧习，不是明明白白地烧死活着的人吗？"可怜的女主人公发出悲愤的呼声。

——刘亚湖：《新的变革时期少数民族文学一瞥》，《民族文学》1986 年第 2 期

《布鲁帕牛掉下了眼泪》是一个让我们感触颇深的短篇，小说的情节并不复杂，何娅妮的丈夫去世，按旧俗要砍杀耕牛送葬。前些年，家公病死，遵照魔师的《送词》，他们砍杀了家里唯一的布拉则牛。丈夫只好人代牛耕，导致农田颗粒无收，生活困难。如今"再把大牛砍杀了，今后用什么耕地？"她机智地说服做魔师的同学黎卡多，在祭祀时改了《送词》，用一只羊和一只猪顶替，使布鲁帕牛免遭砍杀。因为读过中学，当过教师的何娅妮懂得，"因为有党的政策，各家各户才养上了大牛，如果我们还在不断地砍杀耕牛，不断地用脚犁翻地，我们能富起来吗？"而且她还从自己和别人所付出的代价中认识到"古老习惯给后代带来多少灾难"。何娅妮和黎卡多用机智取得移风易俗的胜利，使一个"谁也不敢违背"的古老寨规终被废止，从而"给四大瑶寨的人开了一条新奇的路"。何娅妮、英玉、美琼、石玲、蒙琳他们作为山寨最早的一批"知识分子"，对古老的传统习俗、婚姻爱情观念、道德伦理中的不良部分发出疑问，对其中的陋俗恶习勇敢斗争。这批受过教育的年轻人正是蓝怀昌呼唤的"我的民族的新一代"，他们正"用崭新的生活方式"在改变着千百年来的旧传统。这是民族的未来和希望。

——章绍嗣：《论蓝怀昌及其短篇小说创作》，《中南民族学院学报》2001 年第 6 期

陡军的后代

吴海峰

一

秦始皇三十三年(前二一四),灵渠凿通。从此,湘、漓两大水系联成一体。中原粮草,源源而至岭南。

由于湘漓两江水位相差较大,航行不便,修渠者除将渠道凿成"江流恰似九回肠"以减缓水速外,还在灵渠上修筑了三十六道陡门(类似今日船闸),每陡设陡军一至二人管理。遇船只来往,即塞陡蓄水,以便船只航行。因此,灵渠又有"陡河"之称。

一九三九年,湘桂铁路建成通车,灵渠失去通航效用,陡门废弃。然而,陡军们的后裔,却世世代代繁衍下来了。

他就是一个陡军的后裔。

他的名字叫季发祥。民国十一年生,到现在早已过了花甲之年。熟悉他的老少,都叫他发祥伯。

发祥伯的祖先,据说是在明朝洪武二十九年

作者简介

　　吴海峰(1951—),广西恭城人,广西作家协会会员,曾任广西兴安县文化馆创作员、兴安政协副主席,1979年开始文学创作,曾在《北京文学》发表短篇小说,主要作品有《三将军之墓》《鸬鹚王》等。

作品信息

　　原载《广西文学》1985年第2期,获广西首届青年文学奖。

随王护驾时到这里的，后来当上了陡军。分管灵渠上最后一道陡门，叫牯牛陡，因灵渠边上的牯牛塘村而得名，灵渠弯弯曲曲地流下三十多公里，过了牯牛陡，河面便骤然开阔起来，好像一个喇叭口。再下去里许，便与发源于中南最高峰猫儿山的漓江汇合，那河面，那水势，就不是灵渠所能比的了。

陡军是世袭的。他们就住在陡门附近的村庄中。有船过时塞陡，闲时务农，官府一年拨给若干银两，也算是吃"皇粮"的人。因此，在这一带，陡军不但叫人羡慕，也受人尊重，算得上这穷乡僻壤的头面人物。

发祥伯原先命定也是要当陡军的。可惜，在他十五岁那年，湘桂铁路建成通车后，灵渠便不通船了，官府也停止供给陡军钱粮。要不然，他是稳稳当当会吃上一份"皇粮"的，自然，对那条绝了他财路的铁路，他抱着无比憎恨的态度，他从未坐过那发出怪叫声的大铁笼子，他下过几次桂林，不是坐船就是搭排。如今他六十多岁了，在他心中，大概是打定了主意，再不去沾那火车的边了吧。

但是，他始终还是和这条灵渠有缘分的。那年，他那当陡军的父亲销了差事之后，便用积蓄的银两打造了一条渡船，在那牯牛陡下游三百米的地方，新辟了一个渡口，当起了艄公。不上几年，发祥伯的父亲死去，他便"世袭"了这条船。合作化那年，他连人带船入了社，仍然撑他的渡船，只不过换上拿工分吃饭罢了，屈指算来，他已经在这条船上度过了四十多年。

他现在是孤身一人。他的父亲留给他的，除了这条千疮百孔的渡船外，还有一根他现在插在船头用来撬船、系船的陡杠。

这根陡杠，有六尺多长，手臂粗细，是红球木的。几十年了，磨得光溜溜的，透出乌红的木纹。陡杠的一头，拴着一条丈把长的铁链，那是当年用来拴在陡门"牛鼻"上以固定陡杠的，发祥伯小的时候，看过父亲塞陡。他还清楚地记得，每当有船只过往的时候，父亲和他的同伴，便扛着陡杠和几筒苇席，去陡门那里，那陡门呢？在小发祥的眼里，一点也不像家中的大门，只不过是两堵半圆形的，向河中凸出去的石坝而已，他还记得，父亲先把两根大些的陡杠横插在陡门中间，再用现在留在他船上的这根小陡杠，斜插着顶在后面，好像在一个"二"字上斜画上一撇，然后再在三根陡杠前铺上苇席，把河水堵塞起来，等那河水慢慢涨上来，船只驶近陡门，这时，就见父亲把小陡杠靠在"牛鼻"上的那一头猛地一敲，那陡杠和苇席便"哗"的一声倒下来，积蓄的河水便带着船只，冲过陡门。他还记得，父亲那时是很耐心地教过他怎样安大陡杠，怎样插小陡杠的，好让他日后也能顺利地吃上这份皇粮，"唉，可惜……"发祥伯每每想到这里，都不由得要走近那根插在船头的陡杠，细细地抚摸着，长叹一声，并抬头眺望那远远的陡门。那陡门，如今也破败了，只是依稀还能分辨出原来的模样。

去年秋天，那陡门边来了一帮人，他们指手画脚地看了半天，又访到发祥伯的船上一个戴眼镜的男人，站在岸边上大声喊着，"老伯吧，我们是县上文物馆的。听说你的先人，是当陡军的?"

发祥伯不卑不亢地点点头，慢慢将船荡到岸边，斜着眼说："当陡军的老子死了，你们是来找陡军的，还是来找老子?"

那帮人都笑起来，"咚、咚、咚"地跳上船，七嘴八舌地要他介绍当年塞陡的情况。发祥伯心里有些烦，他觉得这些人要是先给他一支有"嘴"的那种烟，再请他去喝一杯，他或许是挺有兴头讲一讲的。可是这些人却一点这样的表示也没有。"真是太——那个了。"发祥伯在心里说。他不耐烦地回答了几句，就推说不记得，再也不想开口。可是，那帮人却仍然是兴致勃勃，有个女的问："老伯，你父亲留下什么给你?"

发祥伯听了，不经意地把嘴朝船头努了努说："除了这破船，就是那根打狗的陡杠。"

那帮人听了"哗"地一下围住了那根陡杠，摸着，看着，兴奋得什么似的，倒使发祥伯有点吃惊起来。过了一会，又是那个"眼镜"走过来，讨好地向他微笑着，用一种很亲切的声音对发祥伯说："老伯，你看，你这根陡杠可以送给我们吗?"

发祥伯心里警觉起来，他从这些人的表情中，猜到了什么。他恍然想到，某村有个老太婆，一个喂猫的青花碗，听说竟卖了五百块钱。他心里狠狠骂了声：

"鬼！想摆老子的傻！"

那"眼镜"看着发祥伯的脸色不对，赶紧又说："给钱，我们给钱。"

发祥伯无所谓地摇摇头，他这时很冷静了，他很知道这陡杠的价值了。他才不忙开口呢，他可以趁此捞一水。"不捞白不捞。"他在心里说。这根陡杠对他是毫无价值的，但他们这么感兴趣，那就完全不同了。要让他们先想得觉都睡不着，那时才是谈价钱的时候呢！发祥伯狡黠地眨眨眼，带着几丝压抑不住的笑容说："你就是搬座金山来，我也不卖给你们，我那先人，就留下这点东西给我，我要抛了，死了难见先人面哩。"

后来，发祥伯不管那些人的说三道四了，他自顾把船撑开去，偷偷地笑着望那些人失望地离开，他毫不担心，他知道那些人还会来找他的。

他每天撑着船在这河面上来来往往，和渡客们打几句趣，谈几句古，日子也容易打发。到了黄昏，他送走最后一个渡客，把船湾到岸边，插好篙，扯过陡杠上的那条铁索，在岸边一根桩子上系好船，便坐在河岸上掏出烟包，一支一支地接着抽起来。他望着那最后一抹晚霞在河面上留下的层层光波，抖烁着散开去，散开去……于是，一丝孤独、凄凉的神情便出现在他满是皱纹的脸上。他回头望着村中那袅袅升起的缕缕炊烟，听着村中那快活的犬吠声，呀呀的孩啼声，以及其他各种各样声音组成的农家乐，总是痛苦，惆怅地转过头来，默默地抹去眼角涌出的几滴眼泪。他不愿走，他不愿回到村中自己那冷清的小屋中去，他宁愿一个人静静地坐在河边，细细地回味一天来的光景，重温与渡客们的嬉笑闹骂，因为，他也曾经有过一个幸福的家，不过，在二十六年前，他面前的这条河，已经永远地带走它了。

二

那一天是端午节。

沿河十几个村庄的十八条龙舟，今天都集中在这里，举行一年一度的龙舟大赛。

赛龙舟的地点，离季发祥的渡口约莫二里远。这一段河道，夹在两道滩的中间，河面宽，水流平缓，十多条龙舟划进来，还显得宽绰。只是昨天发了端午水，水面更宽了，河水也变得浑浊了。

时间还早，但两岸早已是人山人海了。附近村庄的人们，不用说是倾村而出，就是周围二三十里的百姓，也扶老携幼，不肯放过这一年一度的盛会。

由于还未到正式比赛的时间，十多条龙舟照例在河中游逛着。这种龙舟，长七八丈，两头翘出水面很高；前头竖着一个木雕的五彩龙头，船身插着十来面彩旗，三十二个划手，分两排坐着，龙头边站着一个挥小旗指挥的小伙子，中间是一台锣鼓，后面是舵手，把着拖在龙舟后的长长的舵。随着鼓点，那三十二把摇子(桨)一齐插入水中，翻起朵朵水花，五彩龙舟就在那水花中行驶开来。划一阵，那三十二个划手便放慢速度，轻轻地荡着桨，和着那锣鼓声，"哦嗨嗨——呀嗬——"地唱起来。唱一阵，又划一阵，十多条龙舟，首尾相连，在河面上转着圈，真是五彩缤纷，锣鼓喧天，欢声动地。把一条漓江，染得彩波荡漾，热闹非凡。比往年不同的是，龙舟上那彩旗中间，飘出一杆红旗，上面斗大的黄字，有的写着"赵子龙"，有的写着"赛黄忠"，有的写着"花木兰"或"穆桂英"。再看那龙舟上，不但有英姿勃勃的小伙子，也有那两鬓花白的老头子，最使人们惊奇和感兴趣的，是红绿旗下面，那些花枝招展的姑娘媳妇。

原来，在这"大跃进"的年头，那种女人不能上龙舟的说法，自然成了天大的笑话，姑娘媳妇们也要来划划龙舟了。

季发祥从二十岁起就是一个划龙舟的好手，现在，他坐在第一划手的位置上。一条龙舟，第一划手是很重要的，往往由力气大、经验足的人担当，这时，季发祥虽然合着船上的鼓点摇着桨，眼睛却不时向别的龙舟上搜寻着，一副心不在焉的样子。

"季发祥又在想老婆啰！"船头上那个面朝划手们，手中挥着小红旗的小伙子大声说，"半天没挨到一起，肠子都给扯过去了。""哈哈哈，哈哈哈——"满船的人都笑起来。季发祥脸红了，扭头笑骂着："笑你娘的屁！等下过硬了，才真的要把你的肠子扯出来。"说完，为了掩饰自己的窘相，又大声地唱起来："哦嗨嗨——呀嗬——"于是，满船的人，便又忍住笑，随着齐声唱起来。

其实，话虽是这样说，季发祥的心中，确实是在牵挂他的女人。他结婚很晚，从前是没有钱，合作化后，才攒下几个钱。娶的又是一个比他小十来岁的黄花闺女，就好像别人打趣他的，是"老牛吃嫩草"，自然，那种疼爱之情是没法形容的了。只可惜，他女人结婚几年，不知什么原因都没有怀孕，今年开春，吃了一个老中医的几服药。不想，就在前个月，他女人羞答答地告诉他，好像是有"那个"了。当时，他喜得张开嘴，半天合不拢来。他跑出跑进了好几次，不知做什么好，最后竟稀里糊涂地抓过柴刀，跑到山上砍了担柴回来。

现在他很有些担心。他的女人，这时正在那条插着"花木兰"旗的龙舟上，担任着一个划手。他是舍不得让他女人上船的，但他们那牯牛塘村不大，要是像他女人这样的都不上船，那就不用参加龙舟比赛了。而使村里人感到很有必要参加的原因，是附近的石龙村早已夸下海口，说这次不但男子要把牯牛塘村比下去，女子也要拿个第一。这对于年年都是头一、二名的牯牛塘来说，自然是咽不下这口气的。所以，不但男子们鼓了一把劲，女人们也是要拼一拼的。季发祥是男子汉大丈夫，龙舟上的第一划手，他实在不好意思说出他女人有两个月身孕和不让他女人上船的话来。在人们眼中，两个月身孕算什么呢？在这里，女人们常常到临盆的一天，还在田里干活。他也曾私下劝过他女人，希望她能自己提出不干，他女人却笑着说："怕哪门子哟。划几下龙船，肚子就划得消？"他当面没说什么，但心里总放心不下，要不是怕伙伴们笑话，他早就跑过去把他女人拉下船了。

"咚——咚——咚——"河岸上放起了三声铁炮，龙舟比赛就要开始了。在河上游逛的龙舟，纷纷划向岸边，卸去龙头，拔掉彩旗，准备比赛。

女子龙舟赛，安排在前面。由于是第一次举行女子比赛，只有四条龙舟参加。牯牛塘的那条，排在第二航道。当一切就绪，只听得又是一声炮响，各条船上的小旗向前一挥，顿时鼓声大作，百多条桨一齐插入水中，水面上立刻浪滚珠飞，四条龙舟似离弦之箭，犁开水面，蹿向前去。划手们虽然是女子，但到底是在这漓江边长大的，使桨，击水，摆臂，伸展，也做得有板有眼，训练有素。开始时四舟是齐头并进的，划到一半的时候，便渐渐分出高下来了。二、三两条航道的两条龙舟，很明显地划到了前面，眼尖的人，早已看到，这正是早就扬言要决一雌雄的牯牛塘和石龙村的两只龙舟。细细看来，石龙村的那条龙舟，还超出了牯牛塘两个划手的距离。

离终点不到一百米了。这时，是赛龙舟最激动人心的时刻。河岸上的人们，"嗬——嗬——"地齐声呐喊起来，给龙舟加油。稍稍落后的牯牛塘龙舟，船头挥小旗的，突然"哦嗬"地吆喝一声，把小旗挥了一个半圆。随着她的吆喝声，龙舟上的鼓声突然一变，由原来"咚咚咚，咚咚咚"的节奏，改变成"咚咚，咚咚，咚咚"的点子，三十二个划手，也"哦嗬"地高叫一声，随着鼓声，一阵快桨，龙舟抖了一下，像添上了翅膀，飞速地冲到前面。岸上的人们见了，欢呼声更加高了起来，齐声叫着："牯牛塘——哦嗬！牯牛塘——哦嗬！"龙舟上的女子们，受到了这种鼓励，更加有劲，眼看着两只龙舟的距离在拉大。

石龙村的龙舟手们，很明显地惊慌起来。只见那三十二只摇子，渐渐乱了，船身也随着摆动起来。突然，船身向右一荡，眼看就要翻过身去，掌舵的那个女人慌了，抱着舵，使劲向左一推，那龙舟晃了一下，船头突然向右一摆，"砰"的一声，拦腰撞在牯牛塘村的龙舟上，两只龙舟，保持不了平衡，"哗啦"一声，全都翻了过去。

两岸的人们齐声"哎呀"了一声，正要跳河救人，却见两只底朝天的龙舟旁，一个接一个地冒出了水淋淋的脑袋。划龙舟的女人们刚刚吃了一惊，等钻出水面，却又嘻嘻哈哈地笑起来。确实，翻翻船要什么紧呢？这江边的女子，哪个不会游几下水？只可惜那比赛的头名挨人家捡便宜去了！

季发祥远远地在自己的龙舟上看到，心怦怦地跳了好久，才渐渐平静下来。他知道，自己那女人是会水的，而且那地方水也浅，即使不会水，同船的发现少了人，也马上会泅水救她起来。他自然就很想亲自去看看的，但偏偏在这时候，通知他们比赛的炮声又响了起来，他匆匆地向那边望了几眼，只见那些被湿衣服裹身体的女人们正害羞地跑着，乱纷纷地跑回村去换衣服，他才稍稍地放了心。

龙舟赛完后，到底还是他们村得了第一。当他捧着分给他的那份奖品到家时，才发现他的女人竟没有回家。那时，他确实吓呆了，他疯似的到河边，带衣跳进河中，一个猛子接一个猛子地钻下去。到后来，当他在村人们的帮助下把他女人捞起来时，他女人早已断气了。

三

如今，二十多年过去，他已经老了。他不再像从前那样身强力壮，他的两鬓虽还未染上白霜，但粗粗细细的皱纹，却爬满了双颊，腰也有些微微佝偻了。所幸的是，精力还好，撑篙摇桨，还透得出当年那股英武之气。唯一使他不安的是，他小腿上的血管，一团团地凸出来，蚯蚓似的爬满了小腿。据一位过渡的学生说，这叫什么“静脉曲张”。有时痛起来，抽筋一样。

发祥伯的船也老了。这只渡船，还是他老子手中造的那只，说起来也使人不相信，居然还能使用到今天。看它那歪歪扭扭的船身，半朽的船板，行走时“吱吱呀呀”的呻吟声，真使过渡的人提心吊胆。不过，船尽管是很旧，很破，但发祥伯撑船还是很尽心的。不管是谁，只要站在河岸上一喊，发祥伯马上就会撑过船来。

这个渡，是由村上出钱养的一个公差，每年由村上供给发祥伯六七百斤稻谷，百十来块钱。过渡的人，不管是本村还是外村的，都不用交过渡费。但是，发祥伯却经常在船上弄点酒钱。遇上面生的人过渡，撑到河中间，发祥伯便丢下篙，从船中拎出一个破戽斗，向过渡的人讨上三五分钱，很有古时候要买路钱的味道。就是来牯牛塘走亲的人，他也不放过，因此，常常惹得村上的妇人们骂他“砍脑壳”的。但发祥伯才不管呢，谁让他在他女人淹死后就染上酒瘾了呢？要喝酒，不弄点外快，喝河水呀！不过，要是遇上懂行的人，硬是不给，发祥伯也不坚持，只是狠狠地冲河中吐泡口水,抹一把鼻子,威胁说:"老抠! 下次老子要你游过去!"其实,谁都知道,下次你只要递上一支烟,他不但会笑眯眯地渡你过去,还会把你夸成孟尝君再世。村里前些年就打算换一条渡船了。谁知冒出了一桩事,把这计划撞得粉碎了。

牯牛塘村东面,有一片荒地。去年春,县里的酒厂看中了这块地,要在这里扩建一个酒厂,好用灵渠的水。到年底,终于达成了协议,给了牯牛塘八万多元征地费,要下了这片地。

牯牛塘的人,拿到这笔钱,开始也不知道做什么好,也有的闹着要平均分掉。后来,不知是哪一位提出,索性拿这些钱,在这河上修一座能通汽车、拖拉机的钢筋水泥桥。这个提议,想不到居然得到了大家的一致拥护。

牯牛塘村坐落在灵渠的东岸,过了河,不到半里路,就是一条柏油公路。这些年,政策活了,大家手里票子多了,村里买了几部大小拖拉机,青年们有的还买了摩托车。只可惜没有一条好路,机动车上城要多绕十多里,从下游的一座桥上过去。而且,牯牛塘村有一大半的田地,是在河那边,种田割禾,那种麻烦劲,是不用说的了。现在有了这八万块钱垫底,村里再凑点钱,赔点工,估计这座桥还是可以造得起来。这样,春节刚过,桥就正式开工了。

大桥动工的那天,全村人都喜气洋洋地涌到河岸上去观看,唯有发祥伯一个人坐在他的渡船上,闷着头抽烟。

队长走过来对他大声喊着:"发祥伯,大桥开工了,你不去看热闹呀!"

发祥伯没抬头,瞅都不瞅一眼,半晌,才闷声说:"还敢看热闹? 怕要去讨米。"

队长惊诧起来:"你老人家莫拿我开心,现在家家的谷子都压坍楼,讨回米都怕没得地方放。"

发祥伯鼓了他一眼说:"你们修这座桥,不是明明白白绝了我的生路! 我不撑这个渡,吃什么? 我一世也没摸过几次犁把,到这把年纪,你莫个还要我去种责任田!"

队长听了，摸着脑袋嘻嘻嘻地笑起来："原来是这回事。告诉你，我们早就想好了，等大桥修成，我们让你老守在桥头，收车辆过桥费。你莫担心，政策允许农民集资修的桥收费。总比你撑这破船省力吧！"

发祥伯听了，心中那股烦恼气，渐渐地消了，他不由得对自己的小气有些好笑起来。于是，他便站起身，解开系着的铁索，把渡船向那架桥的地方撑去。

架桥的地点，恰恰在牯牛陡和渡口的中间，准备修一座两拱的钢筋水泥桥。村里请了一帮外地的人搞技术活路，那些杂活，由村里人包下来。村中的老人小孩，没了事，一天都要往河边跑几次，兴兴头头地看着施工。

发祥伯也看得热火起来，一有空，就撑上他那条船，找几包水泥，或是半舱石头，运到河中间那个大桥墩的工地去。

大桥修得很快，不到一个月，河中的桥墩就竖了起来。村上又进山买回来几十个立方米的杉木，在河中扎起了架子，开始砌那两个桥拱了。

到旧历的四月，桥面已经铺好，只剩下桥上的栏杆和两头的引桥还未完工。还有个把月的工夫，大桥就要竣工了。

全村的人是越来越兴奋，发祥伯的心里也越来越频繁地骚动着什么。他在清晨、傍晚没人过渡的时候，常常一个人撑着船，到大桥的下面，仰着头，眯着眼，打量着面前这雄伟的建筑。他想，始终和这条河有缘分的，他老子是一生一世守着这条河；死了，陡门也只留下点点遗迹。他自己守了这条船大半生，而现在他又要守桥去了，将来他死了，但这座桥却永远留在这条河上，不但不会消失，相反地，或许还会变成更大的一座桥。他想到这里，常常用激动的眼光扫过桥头，在心里安排着那即将修建在桥头供他把守的小屋的位置，他以一种主人的自豪感来想象在不久后，那些轰隆隆的大小车辆，在他面前停下来，恭恭敬敬地向他交纳过桥费，而他不再像在这条破船上，拿着一个破戽斗，低声下气地向渡客要钱。他看到过公路上那些戴红套套，挥着小旗检查车辆的人，他觉得自己将要执行的也是那种神圣的职务。他甚至提醒自己，千万不要忘记去做一面那样的小红旗。他还想到，自己船上的这根陡杠，也该给文物馆的那些人了。不撑船了，还留着做什么？只是那些人怎么还不来找他呢？如果他们现在来，发祥伯想，他或许会一高兴，一分钱不要就会送给他们的。他老了，半截入土的人了，够吃够用就算了，不如让那些人去高兴高兴。想到这里，发祥伯的脸上，现出了一丝会心的笑容。

盘桓了好一会，他才撑着船离开去。好久，心里还是忍不住要笑。

四

发祥伯今天起得绝早，他有些担心。

再过两天就是端午节了。年年这个时候，都要发一阵端午水，有时早几天，有时迟几天。昨天晚上，发祥伯听山那边响了好一阵雷，到后半夜，这里也下起了大雨。他怕端午水下来得早，怕自己那船没系好挨水冲去，虽说是破船，也有些心痛。

发祥伯披上蓑衣，出得村来，天才微微开了亮口。他高一脚低一脚地走到河边，就听到一阵低沉的"哗哗"声。他加快脚步，跑到河岸上，举目一看，真的咧，洪水下来了。

发祥伯的渡船，还牢牢地系在河边，他看了一眼，便放下心来。这时，发祥伯好像听到一种异样声音，他转过头，向大桥那边望去，眼前的情景，不由使他一阵惊慌。

大桥的桥拱砌好后，下面那些杉木架子是该拆的了。拆架子是昨天开始的，上午拆完了一个拱的架子，下午刚刚开始拆另一个拱的架子，那些年轻人便闹着划龙船去了。昨天天气很好，谁也没料到晚上会下大雨。现在，剩下的那约莫还有二十个立方米的杉木，在突然到来的洪水冲击下呻吟起来，要是昨天不去动它们，它们是完全能够抵挡住这洪水的袭击的。但是，经过昨天的拆除，它根基已经不稳了。洪水不停地冲击着，要趁机把它裹挟而去。终于，洪水得逞了，那拱架像融冰似的，在发祥伯的眼中无声无息地坍到水中，又冒出来，随着洪水漂下来了。

发祥伯见了，赶紧跳上渡船，迎头向那堆木头截去。他撑了几篙，船便靠上了木头堆。他抖开陡杠上的铁索，拿着跳上木堆，把船系在一根木头上，他又解开蓑衣，摔到船舱里，他怕万一失足落下水去，那沉重的蓑衣会像一块石头似的把他拉到水底。

木头是连在一起的。扎架子时不但用铁丝竹篾捆得紧紧的，还用了不少的两脚钉。木架子整个地倒入水中，除了十来条零零星星的脱散了之外，还有二十来个立方米的木头连在一起，横七竖八的，半沉半浮的，像一个巨大的鳖鱼，势不可挡地向下游漂去。

所幸的是，这一带河道较窄，那水又不是很大，这里恰恰又是一个河湾，水流减缓了许多。发祥伯用篙探了探，还打得到底，他用力撑了几篙，那木排便有了些向岸边移动的势头。

发祥伯瞅准了前面那棵向河中伸出的大柳树，他准备再加把力，把木排靠过去，用铁索拴在那树，这木排就稳稳地吊住了。

发祥伯朝手心吐了泡口水，把篙直直地插入水中，用全身的力量压上去，使竹篙都弯了起来。他连着几篙，看着到了那柳树边，便放下篙，解铁索，拿起那根陡杠。当他正准备把铁索套上柳树干时，突然犹豫了一下，那木排便滑过了柳树。

本地有个不成文的习俗，每逢发大水，不管是何处漂来的木头、竹子，凡是在当地捞到的，物主找上门来之后，照例归还一半。如果出了县界，谁捞到的，全部归谁所有。这牦牛塘下去四五里，就是外县的地盘了。这堆木头，如果停在外县，毫无疑问，发祥伯是要发一笔大财的了。因为这些木头，就按本地的收购价算，也要值八百块钱开外。但如果停在这里，别说一半，弄不好，他连一根都捞不到，因为他再过两年，就要吃"五保"了。好意思么？眼皮底下呢。

木排刚刚滑过柳树，发祥伯就后悔了。他觉得自己不应该贪这个大便宜，他应该把排吊在这里。"鬼迷了心窍！"他骂了自己一句。放大水排毕竟是个冒险的事，更何况他已经是个老头子，脚腿终究没那么灵便，力气也没那么足了。他正想着想着，木排已经漂下去里许，进入与漓江汇合的地方了。

一入漓江，那水势便大不相同。这条河上游，想是也下了暴雨，那水更浑浊了些，水上泛着白沫，带着浮渣，浪头拍击着木排，"哗哗"地响着，溅出白花花的水珠，真正是发大水的架势了。天上的雨，偏偏也来凑热闹，越下越大。豆粒大的雨粒，"噼噼啪啪"地击在水面上，河水像开锅似的，那水势显得更加汹涌，更加动人心魄。

木排一上一下地晃荡着，发祥伯觉得脚有些发软。他想用篙试试深浅，谁知一放下篙，竟差点被水流夺去。他心里不由暗暗叫起苦来。他真恨不得打自己一个嘴巴。财发不了，弄不好连老命都丢在这里。所幸的是，木排始终不曾被冲到中流，要是运气好，他还是能拢岸的。即使在最坏的情况下，他还能跳下水去，游到岸上。

木排下了一个滩，到了一个大河潭。这个河潭，就是当年他女人淹死的地方，发祥伯每每到了这里，心里总免不得冒出几缕哀思。现在，他站在这起伏奔腾的木排上，置身于这波涛之上，眼前好像又出现了当年那锣鼓喧天、彩旗满河的情景。他眨眨眼，仿佛看到自己女人那苍白的面庞和湿漉漉的身躯。他女人死后，村中的老人都说，这是女人上龙舟，冲犯了龙王爷，更何况又是个双身，龙王爷少不了要拿她去了。那时，他信了，他信那是命。但是，他老了之后，心里却常常感到后悔，当时，他如果硬起胆，不让他女人去，龙王爷是不会找他女人的。真苦啊！死了女人，这一辈子也够苦的了，无儿无女呀。不过，他想，全靠是新社会，自己一个孤老头子，过两年就要吃"五保"了。吓！吃"五保"咧。发祥伯一扫心头的烦恼，几乎要笑出声来。"比当陡军吃那份'皇粮'还要兴头哩。"他想到这里时，眼光又触到脚下的木排，忽然觉得脸上一阵发热，心里觉得有谁在骂他："你好得意啰！发大水财发到村人头上来了。你这没良心的，还想吃'五保'咧，只怕死了都没人抬！"发祥伯不安起来，他想了又想，终于对自己说，"不要！我一根都不要了。这排木头，老子一根不少地交给村里，日后人前人后，我也光彩光彩！"他高兴了，便放开眼，打量四周，想找一个湾排的地方。他知道，自己站着的这个排，轻易是不会散架的，事情到了这一步，索性就随它下去。他知道，下去四五里，就有一个大河潭，那里水很平，放大水排的人，往往都喜欢在那里湾排。等到了那里，再想办法吧。

发祥伯沉思着，任由木排漂下去。突然，"呜——"的一声长鸣，把他惊醒过来。他抬头一看，不由得出了一身冷汗。

前面，是一座横跨江流的铁路桥！

五

远远地，在迷雾当中，露出了一座铁桥的轮廓。一列火车，裹着白烟，嘶鸣着，轰隆隆地驶过铁桥，转过一个山包，消失在远方。

发祥伯知道自己现在没有办法控制大木排。木排到了铁桥，或许会乖乖地穿过两个桥墩之间，或许会撞上那桥墩。铁桥墩是坚固的，这个大木排撞上去，可能木排会散架。他的第一个念头，就是跳下船去，把自己撑到岸边，他还来得及。但是，他看了看木排，又看了看远处的铁桥，心里犹豫起来，"万一呢？"他想。他是很知道自己这个大木排的威力的。"唉，"发祥伯又想，"那有什么办法呢！它要撞倒铁桥，也是命定的。我？要是自己今早不到河边来，与我有什么相干？"何况，他对这铁路、铁桥原本就没有什么好感，一见到这些，总不免要勾起当年夺去他吃"皇粮"的旧恨。他实在犯不着与这木排同归于尽。他想着，几次要跳上船，却又总迈不开步，这时，他才明白，他实在是放心不下这木排，因为他原有过一次机会，可以把木排拴住的，他真对不起村人，他也放心不下那铁桥，尽管它给他带来了不幸，但他却对它有一种崇敬感，因为它是那么的雄伟！这种崇敬使他不能逃避开去。而且，他记得，他看过一个外国电影，叫什么"大桥"的，电影中那火车掉到河中去，死了好多人，真惨！他不由得骂起自己来：你这个老东西，还想一个人溜咧！你好忍心，你好寡水！要天打五雷轰的！"娘的"，他骂出声来，"算老子倒霉！"不知不觉中，他把木排，大桥和自己的命运拴到了一块，他既然决心要保住木头，要保住铁桥，要保住自己的生命，就细心地观察起他现在的处境来。这时，他发觉，他几乎没有可能把木排靠到岸边了。

雨越下越大，发祥伯的全身早已湿透了，衣服裹在身上，难受得很。他索性脱下衣服，光着上身。虽然有些凉，但雨水打在身上又流下来，浑身痒痒的也挺舒服。

发祥伯想了一下，冒着跌下河的危险，踩着滑溜溜的木头，从这根跳到那根，好容易跳到木排前头，又费了好大的劲，才从铁线中解下一根杉木。他把杉木尾伸入水中，用解下的铁丝捆好，木排就像一只水中的独角兽。接着，他又用最快的速度，爬回排尾，扳过一根杉木，把它斜斜地伸向河中心，形成一个歪舵，他希望河水能冲着这个"舵"，使大木排改变方向，漂向岸边。他的方法，取得了几分成功，那木排终于缓缓地向岸边靠去了。

但是，发祥伯并没有半点高兴，他知道，即使他靠上了岸，也系不住这木排，除非有一根足够长的钢缆和一个系缆的大桩子。

总还是算他运气好。当他一看到河岸边的这座木屋，就高兴得大叫起来。

这是木材站设在河岸边的一个收购点。

发祥伯双手拢着嘴，"喂——喂——"地朝那木屋叫着，叫了好几声，那木屋中却没有一点反应。"死绝了！"发祥伯咬着牙骂道，木排正迅速地越过木屋。他抹了一把流到眼睛上的雨水，失望地发出最后一声叫喊。随着这叫声，那木屋的门慢慢地推开了，一个人睡眼惺忪地钻出来。他看清了河中的情景，显然也是大吃一惊。只见他回身钻进去，很快地，和另一个人，抬着一捆钢缆，拼命地朝河边跑来。

发祥伯的心，有些定下来了。他现在不用担心了，他只要把排湾到岸边，就万事不用管了。

木排渐渐地湾过来，离开河岸不足两丈远。抬着钢缆追过来的那两个人，跌跌撞撞地跑着，一扭一摆的。天下着雨，路很泥泞，那河岸又高低不平，看上去两人跑得慢腾腾的，眼看着离木排几米远，但就是追不上。发祥伯着急地喊："留着那缆子吊颈呀！甩，甩过来！"

那两人听了，恍然大悟，停住脚，理出缆头，往木排上甩来。可惜耽误了一会，木排向下漂去几米，钢缆在排上滑了一下，没等发祥伯抓住，就蛇一样地溜进水中去了。发祥伯气得跺脚大骂："你他娘的，用点吃奶的力气！"

等那两人重新收拾好钢缆，又追上来的时候，已经距离二十几步了。发祥伯叹了一口气，向前望去，不由得心都凉了。

前面不到两百米的地方，就是一个急滩，河水到了那里，呼啸着冲下去，溅起老高的的水花，发出"哗哗"的水声。这个滩，一直伸到铁桥那儿，水势汹涌、湍急，一泻而下。木排到了那里，会像一匹脱缰野马，放肆地左冲右突，谁也没有回天之术能系住的了，发祥伯回头看去，那两人正拼命地追上来，他知道，只要自己能使木排停上十秒钟——不，哪怕是五秒钟，他们就会跳上木排，用钢缆牢牢地系住。但是，这五秒钟，要命的五秒钟！谁能够奇迹般地赠给他呢？谁也不能！

发祥伯绝望了。

他用绝望的眼光扫射着河岸。不远处，有一棵大柳树，斜斜地伸进河中来。那柳树平水面的地方，分了两个大树杈，靠得那么紧，又好像是谁用宝剑一下劈出来的。

发祥伯的眼睛突然一亮，他想到了一个最后的方法。

他解开木排边系着渡船的那根陡杠——渡船便离开木排，顺水漂去。他顾不得了，尽管是他老子留给他的。他把陡杠上那条铁索系在木排上。他觉得雨水流到手上，滑溜溜的，便使劲在裤子上擦了几下，双手平端起那根陡杠，好像兵士拼刺刀的样子。他心里说："娘的，老子拼了这条命！"他拿定了主意，他要在木排漂近那树杈的时候，将陡杠插进那树杈之间，插得牢牢的，用这股力量，拖住木排。他知道，陡杠在木排的强大拉力下，马上就会折断。但他希望，只要维持五秒的时间，那两个人就会赶上来。他不要多，只要五秒，五秒！

就在他经过树杈的一瞬间，他麻利地把陡杠塞进了树杈的中间。他还来不及放手，就觉得有一股不可抗拒的力量，从他手中猛地夺去了陡杠。他打了一个踉跄，站稳了。陡杠也稳稳地插在那里，铁索跳起来绷紧了，颤抖着，立刻发出"吱吱"的声音。他有些兴奋，说不出的兴奋。他搓着双手，孩子似的得意地看着自己创造的这个奇迹。因为他已经感觉到，在这一瞬间，木排已经停止了运动，并被拉向岸边；也正在这一瞬间，他看到那两个人已追上木排，正要往排上跳来。他张开嘴，想高兴地骂一声，就在这时，他听到"咔嚓"的一声响，又见那铁索带着半截陡杠，闪电似的向他脑袋飞来……

他还没来得及喊一声，便一头栽到河里去了。

六

木排是吊在河岸边了。

发祥伯被捞起来的时候，还半张着嘴，保持着那最后的姿势。他死了，牯牛塘的人，谁也没有感他的恩。因为那堆木头，他们只得回了一半，要是发祥伯湾在村子附近，那一半无论如何是到不了别人手里的。而发祥伯完全有可能在这里吊住木排。他要把木排放下去，那目的是显而易见的。死了，自然也得不到谁的怜悯。

村子里的人，后来找到了那条打烂的渡船，用破船板凑合着钉了副棺材，胡乱找了个地方，把发祥伯埋葬了。

| 作品点评 |

在文学的跑道上，青年作家以富于思索的目光扫描现实，由于比中老年作家少一点历史文化的心理负重，往往可以跑得更快些。潘大林的《南方的葬礼》和吴海峰的《陡军的后代》——辽远的历史凝重感，程达的《野鸽子》（载《广西文学》

1985 年 10 月号）——淡雅而酷热的人情味，文萍的《血晕》——令人眼花缭乱的耗散结构，应当说都不同凡响，可以与当今全国的佳作媲美。

——陈学璞：《玫瑰园漫步》，漓江出版社，1993，第 201 页

河妖

李逊

傍晚时分他们来到这边的河滩。

"瞧见了么？绳子，"小崴努努嘴，"她又在那里了。"

那婆子盘坐在朝河心伸出的一块滩头，虔诚地望着河水，等待着什么。她穿一身黑土布衣服，头裹黑头巾，看上去像半截烧焦的树桩，好久也没动一下。

还没到雨季，河不算宽，满是卵石的河滩裸浴在青紫色的烟霞中。天边的余晖是暖色的，还暖得有些辉煌。但他不明白是因为河水和树林的阴郁使这里的光谱产生了变化，还是仅仅由于那个奇怪婆子引起他心理上的主观视差，他觉得水面漂积的那些厚重的色块，岸上游移变幻的光影，都被笼罩在一层似有似无、略带寒意的氤氲中，使这里的氛围显得神秘又有些超俗。

他心里忽然闪过一个念头，觉得自己很可笑，迷迷糊糊地就跟着小崴来了。难怪班里的男同学私下议论小崴，总说她是"狐狸精"。

"算了吧，我不想再这么等下去了。"他扭动了一下绳子一样细长的身躯说。

作者简介

李逊（1960—），生于广西桂林，1982 年开始小说创作，曾任桂林市《南方文学》编辑，有小说集《坐在门槛上的巫女》《在黑暗中狂奔》，报告文学《一百零七块石碑和一个少女》获首届广西文艺创作铜鼓奖。

作品信息

原载于《上海文学》1985 年第 11 期。收入李逊作品集《坐在门槛上的巫女》（漓江出版社 1992 年 8 月出版）。

"你陪着我。"小崴不在意地说，眼睛仍看着那婆子，"我要弄明白是怎么回事。"

她流露着一种强烈的欲望。他很吃惊她为什么老是对富于感官刺激的事怀有浓厚的兴趣。入学不久，她曾让她的在医学院的好友带去看过两次人体解剖，就因为她想知道人体器官的构造。前两天的一个中午，他还看见她站在学校后面的小路上望着草丛发呆。她半张着嘴，手指交叉地纠缠在一起痉挛地扭动着，那副激动不已的神情使他纳闷。过去一看，地上有一条被砸得血糊糊的蛇，正被成千上万只大蚂蚁蠕动着抬往深草中去，乍一看那早已皮开肉绽的蛇似乎还未死，在黑压压麻乎乎的蚁群簇拥下，慢慢地爬行着，草叶上挂着些粉红色的肉末。他当时差一点呕吐出来。

天色发暗了。那婆子的黑色与周围的浓雾开始融成一团，渐渐只剩下了一个模糊的身影。河面上起了风。他泛起一丝倦意。半个月来的教学实习搞得他忙于应付。他碰上了一个不大好说话的指导老师，每天都在为没完没了的教案准备和预讲发愁。今晚还要准备一下明天的作文辅导课，怪累的。他这次实习竟跟小崴搞到一块了。他还弄不准这算不算恋爱？原来她似乎没给过他多少好感，总让他觉得有点那个。不该到这儿来的，他这么想着，但是他已经走不脱了。他好像有些怕小崴，可小崴对他又有股新鲜的吸引力，像一块磁铁和一根钉子，这其中多少有些身不由己。磁铁……他下意识地中断了自己的思维，拾起块卵石，狠狠地朝水里扔去，扑通一声，溅起一圈水花。

突然小崴一把扯住他的胳膊，低叫了一声："绳子，看那边！"

他朝河滩看去，只见黑衣婆子已站起身来，朝河心伸平双臂，嘴里嘟嘟哝哝地说着什么，又在原地陀螺似的转了几圈，然后"呜"地尖叫起来。声音凄厉传出很远，又被河对岸的山壁弹了回来。他惊疑这刚才还像具木乃伊般的婆子，转瞬间竟变得这么活灵活现，令人瞠目结舌。

这时，身边的小崴梦呓般地说起话来："她出来了……她出来了……看着我哪……那眼睛……"

"你说什么？什么出来了？"

"河妖……水里……"

他听不明白，赶紧朝河心看去，什么也没有。河面仍像刚才一样平静，连个旋涡也没起。可是小崴一下靠在他身上，全身剧烈地抖个不停，嘴里还在喃喃自语，似乎受到了极大的刺激。

无论他怎样把眼睛揉了又揉，还是不见河面有什么异常。可那黑衣婆子也呜呜咽咽地哭开了。黑头巾被她解下来，拿在手里拭泪，披头散发的，那情状很不入眼。

紧接着一阵咯咯咯的笑声。是小崴在笑。笑得像只嚎夜的猫头鹰，让人头皮发麻。她嘴里说着："……竟然……一丝不挂……咯咯……一丝不挂……"

他愤怒了，觉得自己是在被愚弄。他使劲地摇了她一下，想让她清醒些、理智些，而她两眼发直，仍然咯咯笑个不停，越发歇斯底里了。他渐渐地被笑得毛骨悚然，全身起了鸡皮疙瘩。他实在无法忍受，狠狠地在小崴脸上扇了两下。

小崴倒下了。

沿着河滩他找到了那个只有几户人家的小村。

远远地他就看见两棵立在村头的鬼柳。那扭曲的枝干上各筑着一个奇大的黑色蚁巢，让他联想到两个戴着面具舞蹈的古代武士。是这地方了，他想。那学生已三天没来上课，班主任不知道发生了什么事，让他来看看。

几个村里的孩子躲在树后面，贼溜溜地瞧他。他想过去打听一下，还没等他走近，那些孩子便惊雀般地逃散了。他们撒着脚丫子奔跑的模样里有股十足的傻劲。

上午的作文辅导课上得糟透了。他显得心不在焉，讲着讲着思想就开了小差。他不敢去看下面那双火辣辣的眼睛。小崴推说不舒服，指导老师只好临时调课，心里本来就有些窝火，他这里再这么来一下……他知道这次实习弄不好会砸了。他去看小崴的时候，宿舍里就她一个人。"我看见……"她还摆脱不了那个梦魇，试图向他描述下去。"你是太累了，"他打断她的话，"精神分析学上有一种观点，人在过分疲劳后会产生某种幻象，何况你又那么爱胡思乱想。""出去！你给我出去！我讨厌你！"小崴神经质地叫起来，"你这套无聊的精神分析学，还有你这副自以为是的面孔，我都讨厌！"下课铃响时，他已经出了一身冷汗。指导老师什么话没说就走了出去。"你怎么啦？"实习组的一个同学关心地问，"像丢了魂似的。"

"哟！这位同志要找谁呀？"

一个尖声怪气的声音传入耳朵里。他转过身，见站着个女人，三十四五岁的样子，脸盘儿倒还白净，只是长着几颗醒目的粉刺。头发散乱地披着，散发出一股发乳什么的气味，浓得熏人。她上身穿一件水红色的圆领衫，下面着一条米黄色的涤纶筒裤。这装束在城里已不大时兴了，而在这乡村又嫌洋得不协调。

"我找……"他犹豫着，不知该不该对这个女人说。

"这村子又穷又小，姑娘也没几个，不知哪家的福气来了你这样的贵客。"那女人走得很近地对他说，一副见过些世面的气派。他闻到那香味里还夹着隐约的狐臭，皱了皱眉头。这女人的腔调和作风都引起他本能的反感。他耐着性子说："我是公社中学的实习教师。我找周顺同学。"

"大学生呀！"那女人眉毛向上一跳，在他面前扬了个手势，尖细的指头差点刮到他的鼻子上。他厌恶地往后退几步，那女人便吃吃地嬉笑起来："那个傻孩子，用得着在他身上白费功夫？我看是个窝囊废，将来只能像他老子一样，种地！"最后两个字是使了点劲从牙缝里挤出来的。

他不明白这女人为什么要说那学生是个傻孩子。她的话中有话。但他不愿意和这女人交谈下去了，直截了当地问明周顺家在哪，就撇开她走了。那女人还在后面追了一步："大学生，得空也来我家坐坐。我就住村头第一家。"

近处有偷偷的笑声，他放眼看去，几个小脑袋飞快地缩回到墙角后面。

他在周顺家门前停下。门没上锁，他轻轻地敲了敲，没人应，便顺势推开了。

屋里很黑。三个男人正蹲在里面，定定地看他。

"你是……"隔了好一会那老人问。

"我是周顺同学班上的实习老师。"他说着一脚迈了进去。他觉出自己有些紧张，心跳得很快。

"哦哦，坐吧。"老人递过一张板凳，然后闷闷地吸烟。他很难判定这是周顺的父亲还是爷爷。他想问，话却出不了口。这老人说起话来瓮声瓮气的，像窝着火。

还有一个显然是周顺的哥哥，他勾着头机械地用竹片抠着锄头上沾的泥，一下一下，决意要把它弄得干干净净似的。

周顺坐在暗处，用疑惧的目光打量着他。

"老师，你都知道了？"

那老人突然问。

他愣了一下。

"知道？我知道什么了？"

他恍然意识到什么，忙又解释道："我就是来看看周顺的，要是没生病，家里也没什么离不开的事，明天就去上课，好吗？"

"我不。"周顺嘴里嘟哝了一句。

地被重重地捣了一下。他看见大哥把锄头往墙角一扔，冲周顺吼起来："老师都来了，你明天就上学去！"

周顺没有任何表示。

"你是怕丢人现眼吧？"大哥发作了，"事是你自己干出来的，怕个鸟！"

他看见周顺浑身抖了一下，用祈求的目光看着大哥，带着某种绝望的神情。

"不想让我说是不是？丑事传千里，老师早晚要知道……"

大哥的话被一阵剧烈的咳嗽打断。老人被呛了一口，拼命地咳。在这声音里，周顺悄悄地走了出去。

"您别这样凶他。"他说，看出大哥在家中的权威，"周顺是个很老实的学生，就算犯了点错误，也是可以原谅的。"

"原谅？这种丑事到哪都会被人指脊梁骨！"

他感到了事态的严重。

"到底出了什么事？"

"现在全村谁不知道？"大哥还气哼哼地说，"我们家的人都没脸见人了，学校里的同学拿他当笑话，臊得他不敢去上课，成天窝在家里。娘的，他们骂他是……那骚东西倒好，成天没事似的全村转。"

"你是说……"他瞪大了眼睛。

"还不是那坏女人唐寡妇。"老人说。

"这婊子，自男人死后就没正经过，借着去城里做生意，跟野男人混。平时在村里也打扮得像个妖精，谁见了她都像看见一堆牛粪。"

"是村头住的那个么？"

"不是她还有谁？"老人又瓮声瓮气地补了句。

"娘的，这女人混来混去，竟看上了我们家周顺，暑假的时候，她见周顺一个人在山坡上看书，就过去动手动脚……"

一股热血涌上头颅，他冲了出去。

"周顺！"

他朝蹲在鬼柳树下缩成一团的学生喊。

周顺头也没回，站起来就往河边走。

"你等等我！"

周顺没有停步，越走越快，然后发疯似的狂奔起来。他也拼命地追。跑上河滩了，脚下大大小小的卵石硌得他生疼，灌木抽打在腿上，留下划过时的刺痛。他仍不顾一切地追着，跑得上气不接下气。最后，他几乎是踉跄地赶上了周顺。他伸手去抓他，用了很大的劲，结果两人一块摔倒在河滩上。

他们趴在那儿一动不动。一会，他慢慢地翻过身来，平躺着，看着天空浓得骇人的红云。他听见周顺轻轻地啜泣。

"忘掉那事。"

他低声说，一种压抑和愤懑充斥着他的胸怀，沉闷得像要炸开。

"忘掉那事!"

他又说。恶狠狠地说。觉得那是个自己也想摆脱掉的可怕梦魇。

周顺渐渐停止了啜泣，依然伏着头。

"我觉得，我快要……死了。"

"胡说! 你还年轻，干吗说这种蠢话?"

"我是个脏东西，就像一条狗。谁都可以骂我，往我身上吐口水。"

"他们对你是不公平的。你不能对自己也不公平。"

"这样活下去真没有意思。"

"你还刚满十五岁。你没有权利说这话。"

"我恨那个女人。我恨她一看到我就笑，叫我傻孩子。"

"你忘掉她! 忘掉那件事!"

"他们骂我是'流氓'。"

他转过头，看见周顺痛苦地将头往地上磕着。他使劲扳起周顺的脑袋，看着那对有黑眼圈的眼睛。

"你不是那种人。不是!"

"没有人会相信我。"

"我相信你。大家都会相信你的。"

"……"

"明天，回去上课吧。班上同学的工作，我来做。"

他慢慢垂下头，不知该再说些什么。

风悄悄地吹了过来，带着河水和树叶的湿润的气息。

他听见周顺轻声说:

"我忘不掉那件事……我忘不掉。"

他突然感到自己很需要小崴。

午间，他在空荡荡的教室里找到小崴，她正在黑板上画着一个奇怪的符号。那符号很特别，类似阴阳太极图，一个由黑白对称组成的圆形图案，圈外连着六根线段，线端相连，线与线之间的空白处，画着大大小小蝌蚪似的玩意，看上去让人琢磨不透。而小崴则专心致志地沉浸在这符号里，不时地看看手中的课文，又在上面添些小蝌蚪。

他看了好一会，不自觉地轻轻叫出了声。

小崴回过头来，见到他，显出很高兴的样子。

"绳子，我以为你给骂得不敢来了呢。"

"其实，"他的声音像是喉咙里冒出的气泡，"那没什么，我不会介意的。"

小崴瞟了他一眼。

"你是个傻瓜。"

他立刻想到那个女人说的"傻孩子"，心里便有些不愉快。

"这黑板上画的是什么？八卦？"

"你当我是在给学生算命？再猜猜。"

他想了想，摇头。

"这是板书计划。我为明天上午的课设计的，怎么样？"小崴得意地说。

"什么？你上课时就这么干？"他惊叫。

"瞧你吓成这样。"小崴拿起支粉笔，指着圆中间的黑块，"这是中心思想，"指着白块，"这是写作特色，"指着那些线段，"这是段落划分，"最后指着那些小蝌蚪，"这些是字词句练习。"

他弄不准小崴是在拿这种方式消遣还是要真干。他觉得这实在是不可思议的。他闭上眼，又睁开，想改变自己对这符号的最初印象，找到一种新的感觉。但是做不到。他只觉得那图形象个充满魅惑的地狱之门，稍有不慎，就会迷失在这卦象里，成为一个蝌蚪一样令人讨厌的符号。

他为这荒诞的联想吓出了冷汗。

小崴阴阴地笑出了声。

"别期望我会讨人喜欢。我干的事总能吓他们一跳。"

他不喜欢的首先是小崴这种口气，听上去她好像什么都经历过了。他认为小崴哪怕比现在再单纯那么一点，就会可爱许多。

"听说你班主任工作干得不错。去家访了？"

"你全知道了？"

小崴点点头。

"我要他把那件事忘掉。"他不大愿谈这事。

"笑话。忘得掉的事，还能叫创伤么？"

他愣了一下，记忆深处有一团陈旧的暗褐色悄悄往上泛。

"我是说，"他穿过那些空着的桌子和板凳，朝小崴走去，"人不能老戴着枷锁生活。"

"豁达。"小崴看着他，"也许你会活得很轻松。"

"你把我看成什么人了，"他悻悻坐下，"你知道，我有自己的烦恼。"

"少年维特的烦恼。嘘。"小崴噘起嘴，吹了声不太响的口哨。

"你使我失望，小崴。"

"因为你根本就不了解我。"

"我了解……"

"你不了解。"

"爱就意味着了解。"

"爱上了一个狐狸精？"小崴反问道。

他不知道该如何回答，手插进蓬乱的头发里，嚅嚅地动着嘴，那些气泡又冒了上来。

"……别把那些议论放在心上。你无非是性格外向些。"

"这只是我的现在。要是知道了我的过去，你还敢说这话么？"

"我不想知道过去。"

"你是不敢知道过去。"

他的手从头发上松开，惊疑地抬起头，看着小崴火辣辣的眼光。

"我不能骗你……"

那眼光里有一种藏得很深的痛苦。他觉得非常生疏，从眼睛里读到了一个遥远的故事。

"插队的时候……"小崴说，"我那时真是啥也不懂……"小崴说，"一个孤独的冬夜……"小崴说，"我真害怕……"小崴说，"我就……"

他不敢相信自己的耳朵，艰难地摇摇头。

小崴渴望地看着他。

"……是真的？"他慢慢站起来。

小崴点头。

他感到喉咙深处那一串串气泡，怯怯地升不上来。他呆立着。小崴期待的目光渐渐变成了祈求，哀怨，最后终于灰冷下来。

她手里的粉笔落在地上。

"我以为……"

"小崴。"

"我以为……"

"小崴！"

他下意识地朝她伸出手。小崴后退两步，绝望又忌恨地看着他。他张张嘴，听见了一声奇怪的音响。

小崴"哇"地哭出来。她堵着嘴跑了出去。

教室静得骇人。

空着的桌椅。空着的桌椅。

他恍恍惚惚地朝上面看了一眼，阴阳太极图突然急速地旋转起来。转着转着，黑白两极之间出现了一道缝隙，并且越来越宽，渐渐变成一只睁大的眼睛。

地狱之门打开了……

那个又矮又丑的拾破烂的老头血淋淋地站在他面前，古怪地笑着。植物汁一般稠密的暗褐色浆液，从老头额上没完没了地往下淌……

"你走开!"

他恐惧地叫着，虚弱地挥着手。

老头挡住了他的路。窄小的巷道。那伸展过来的黑影死死地攫住他。他想逃，逃不掉。

"你走开!"他嘶哑地叫。周围一个人也没有。他连连后退。

"你拿了我的磁铁。"

"没有。"

"你还给我!"

"不是我拿的，不是我……"

一双粗短肮脏的手过来抓他，他拼命挣扎。突然他不知哪来的力气，凶狠地推了一把，老头没防备，直挺挺地朝后面倒去。一堆砖头塌了，一块一块地砸在老头的身上，头上，地上现出一摊暗褐色的血。他呆若木鸡。他猛地意识到自己该逃。他没顾得上再朝那团抽动的肉体多看一眼，拔腿就跑。可是那黑影却无声无息地追了上来，像幽灵一样笼罩着他。他像是走进了一个为他设下的八卦阵里，东摸西撞，没命地奔逃，却怎么也走不出来，甩不掉那可怕的黑影。……

他全身湿漉漉的。

这噩梦缠住他很久了。那时他只有九岁，何况磁铁不是他偷的。可每次他只要看到那变成白痴失去记忆的老头，就心惊肉跳。"这老头是喝多了。"人们都这么说。而他则像患了妄想症的癔症病人，每天在黑夜里嘶喊。后来他们搬家了，搬得远远的，他不再老做噩梦。再以后，他自己也以为已经把这事忘了。现在，那黑影又重新潜了回来，回到他身边。他这才发现，这辈子他不再会轻松地活着了。并且随着时间的流逝，他将变得越来越不能饶恕自己。与有些人不同的，只不过那仅仅是属于他一个人的秘密罢了。小崴向他袒露了耻辱的记忆，他却将它撕破，让它流血……

他不敢想下去，只觉得恶心，想呕吐。从生理到心理上都浮出一种对自己的厌恶感。

他跌跌撞撞地走出教学大楼。在操场的双杠边，他停了一下，虚弱地喘着气。

一个学生慌慌张张地朝他跑来。

"老师！他们打，打起架来了。"

"打架？"他扶着双杠，有气无力地问。

"周顺和黄小伟。黄小伟又骂周顺是'流氓'，周顺急眼了，就给了他一拳，两人就打上了。宿舍门也给踢坏了。周顺还说……"

他拔腿朝学生宿舍跑去。

两个人已经被同学拉开了，面红耳赤地对峙着，呼哧呼哧地喘着粗气。黄小伟嘴里还在不干不净地骂着。周顺若不是有同学死拽着，看样子会扑上去拼命。他的衣服被撕了一道大口子。

他一进宿舍，那些劝架的学生自觉地松了手，看他如何收拾这僵局。他看看周顺，然后目光又转向黄小伟，死死地盯着。内心那股充满野性的热血又涌了上来，要迸发。他压着怒气上前两步，对黄小伟说："你，出来一下。"

"出来就出来。"那学生有些心虚地嘀咕着，跟他走了出去。

在食堂后面的墙角他站住了。

"你过来。"

那学生显然被他铁青的脸色吓坏了。他迟疑地上前半步。

"你为什么要骂他？"

"是他先动的手。"

"我问你为什么要骂他？"

"我……我……"

"啪"的一声，那学生脸上重重地挨了一下。他像一头发怒的狮子扑上去，一把揪住那学生的衣襟，恶狠狠地把他推到墙上。

"混蛋！你这混蛋！你有什么权力这么骂人？你比别人干净多少？你算个什么东西？你……"

他歇斯底里地骂着，推撞着那学生，发泄着郁积已久的愤怒，直到一只手把他拉开。

"行了，你放手。"

指导老师尽量控制着声调说。

他松开手，脑子一片蜂鸣，怔怔地望着那学生。

"你先回去吧。"指导老师对那学生说，又朝远处观看的学生挥了挥手。

"你怎么做出这种事？"只剩下他们两个人时，指导老师气冲冲地嚷开了，"你居然敢打学生，胆子真不小哇！我当了几十年老师，还没碰过学生一根小指头。你不知道这会使学校产生多恶劣的影响？人家会怎么看我们这批实习生呢？哼，要是学生家长再来找我们算账那就更热闹了。你呀，头脑就这么发热？……你回去好好反省反省吧，这事一定要严肃处理的。……"

他看着指导老师离去的背影，一句话也说不出。

他毫无目的地走着，又来到了那片河滩。

眼前无数大大小小的卵石，忽儿变成了一张张丑陋的面孔，怪模怪样地瞪着他。它们形态各异，却又同样流露着难以忍受的怒气，因而显得有几分狰狞。

他在这无言的对视中觉出了自己的虚弱，便把目光恹恹移开，投向河面，注目着它近乎凝滞的流动，第一次感到了河流的奥秘。它是有感觉的，现在他这么想，在它褐色水域的覆掩下，谁能否认它不会有什么隐痛呢？然而它安详自若的神态是迷人的，河面闪烁着金子般炽热又柔和的光芒也是迷人的。这种迷人的魅力使它在诗人和画家的笔下得到升华，并从容地穿越时间和空间的界限化作永恒。……

他很愿意这么无边无际地想下去，这时他听见身后有脚踩在卵石上的声音。他回过头，看见周顺像个幽灵跟在他后面。

他站住。他们对视了一下，周顺垂下了眼睛。

"我当时真想杀了他。"

"你这么想？"

"要是别人不让我好好活，那我就和他同归于尽。"

"蠢话。"他抚住周顺的肩头，"你应该相信，你会比那种人活得更好。"

"他们不让我忘掉那件事。"

周顺紧紧咬着嘴唇。

"你勇敢一些。"

"他们不让我……"

"那就记着吧。……其实每个人都不会活得轻松，除了白痴。"他的心被剜了一下，"但幸福还是要靠自己去争取。"

"我还会有幸福？"

"为什么不呢？你是个聪明的，讨人喜欢的孩子。"

周顺抬起头来，怀疑地看着他。他的脸上并无半点戏谑的成分。

周顺不好意思地微笑了。他还是第一次见到这个学生的笑容，内心一阵感动。

"今天，我不好。我不该先动手。"

"我没有怪你。"

"他们说要处分你。"

他明白了周顺跟来的意思。

"没什么。是我太冲动了。你先回去吧，我想独个再待一会。"

周顺犹豫地走了两步，又停下来，突然问道："他们干吗叫你'绳子'？"

他不知该怎样回答。

"怎么想到问这个？"

"他们不喜欢你？"

"哦，这是他们开我的玩笑。因为我长得又细又长。"

他滑稽地比画了一下。

"是这样……老师，我走了。"周顺转过身，很快地跑了。

晚雾浓了。落霞的深重和凝止的河流融汇在一起。远方的太阳在震颤着下沉。大地逐渐冷却着，浓缩着林子的潮湿和苦艾的气味。白日里那些雄浑的群山只剩下了最后一道黯淡的青紫色的轮廓。

那黑衣婆子又出现了，依然盘坐在朝河心伸出的那块滩头上。

他静静地立在那里，望着那婆子，猜想她每天这样虔诚地来到这里一定有不少日子了。她就像一个坐禅渐悟佛性的大师，在沉思静坐中努力达到身心的和谐统一和尽善尽美。那么，完美的境界是否存在呢？人为什么要追求完美？完美的意义在于完美自身么？

一阵呜呜咽咽的嚎哭声把他唤回到现实中。他看见黑衣婆子正挥着黑头巾呼天喊地。他又下意识地看看河面，猛然间吃了一惊——

河心弥漫的烟岚中，竟缥缥缈缈地升起一个女子。她全身赤裸，美得惊人的容貌和曲线，在一层层水色中波动着，披着的黑发长长地飘曳在身后的水面，缓缓地扭动着，像一团吹不散、化不开的浓烟。虽然夜色降临，那女子的面目仍清晰可见，全身裹在一圈清冷的光华里，那是一具青铜铸造的身躯，上面布满的斑斑绿锈显示着岁月的久远。只有一对明亮的眼睛毫无表情地注视着他，安详中显出几分冷漠，使人恍若进入另一个虚幻奇妙的境界……

一股神秘的力量驱使着，他身不由己地朝前走了两步。接着，他不顾一切地向前跑去，跑去……

他重重地摔倒在河滩上。

他病了，昏昏沉沉地发着烧，睡了两天。

这期间他不断地做着梦，一个接一个的噩梦。奇怪的是，在这些梦里，一次也没有出现那个又矮又丑的老头和那摊暗褐色的血。

醒来时，他看见了坐在床边的小崴。她正忙着用开水往碗里调着什么，见他睁开眼，小崴站起来，用调羹敲了敲碗沿。很脆的一声。她往外走。

"小崴！"他叫。

"什么事？"

"我，我看见了。"他显得很激动。

"看见什么了？"

"那河妖。我看见那河妖了。她从水里浮出来，一丝不挂，头发老长……"

"你要跟我说的就是这个？"

"怎么？"

"那我要告诉你，就是想当诗人也别做太多的梦。河妖是不会有的，那不过是你的幻觉而已。"

"可你明明说过，你也见到了。你说过……"

"我什么也没说过。什么也没见到过。"小崴说完，扭头跑了出去。

他一个人怔怔地坐了很久。

后来他转过头，看见窗上糊的白纸被谁撕了道口子。又是黄昏了，浓重的红色透过那道口子稠密地流了进来，像在淌血。

| 创作评论 |

李逊试图为读者创造一种新的神话模式，在这个神话模式中，他竭力创立一个神秘莫测巫术无边的原始意象，并且把笔下的主人公置于这样一个巨大的意象的遥控之中，这些主人公的茫然失措和妥协归顺，实际上构成了李逊对现代人生存状态的一种喻证。

……

我们所看到的也就不再是积极浪漫主义曾竭力达到的那种人生境界，而是更具现代意味的悲剧意识；它所引动的叹惋之情不再是针对某个个人的命运遭际，而是整个文化体系对人的控制约束以及人对这种文化体系破坏殆尽的双重悲剧。简洁地说，李逊所要隐喻的，已不仅仅是某种信念崩溃所造成的危机，而是某种普遍价值在人类反思过程中的彻底迷误。

——黄伟林：《第二轮黑暗——论李逊的小说创作》，《南方文坛》1988 年第
3 期

| 作品点评 |

　　《沼地里的蛇》与《河妖》在构思上尤为接近，两篇小说都精心设计了一个神秘意象。前者是沼地里的蛇，那些冰凉丑陋的亚热带动物，后者是河妖，那个全身赤裸美丽惊人的女子。这两个意象有一个共同特征，就是正常人的眼睛无法观测。大眼鼓眼中逼真活现的蛇舞，一俟爷爷出来便倏地消失；把小崴震惊得不知所措的河妖，"绳子"却无动于衷。透过小说渲染的层层雾障，我们可以发现这些神秘意象都是和主人公一段十分特殊的心理体验紧密相联的。小崴无法忘却她那段屈辱的历史，"绳子"则摆脱不了那个纠缠他九年的噩梦，大眼鼓的视幻更是和他本人的特殊经历犬牙交错，那些既像枯树枝又像狰狞活物的蛇，在他的视觉里，还会幻化成十几条血淋淋的皮带，甚至黄锃锃的铜扣还闪着恐怖的光亮。显然，这种神秘意象在实质上是现实体验在心理屏幕上的变形投影，主人公特殊的人生经历作为一种情结牢牢系住灵魂世界，灵魂被往事纠缠的痛苦是秘而不宣的，唯有夸张变形才能暗示这种痛苦的强烈程度。

　　——黄伟林：《第二轮黑暗——论李逊的小说创作》，《南方文坛》1988 年第

　　3 期

长乐

聂震宁

长乐是一座城。但它也像是一个人。

长乐有了极高的年岁。三里之城，七里之廓，现今只剩下一座城门东四牌楼，孤零零的，如一个孤寡老爹，张着个没得牙、黑洞洞的嘴，当起大街，晒太阳，打瞌睡。大地方的人物初来乍见，恐怕就会生出许多怜悯：老了。

这种怜悯不仅讨厌，而且可笑。老？对于"人"，那当然不是很得意的事，可是长乐是一座城，老城便令人留恋、向往！长乐一九八三年重修县志，其《历史概述篇·建置沿革章》写道："公元前108年(汉武帝元鼎三年)设长乐县，迄今1983年，凡二千零九十一年之历史。举目全球，世有长乐一千八百年之后，方有美利坚合众国。"执笔者是"民国"时期长乐县府的书记(即文书)、现任县政协副主席的龙兴老先生。他既能计算出长乐的年岁，又能远比美国，而且把美国称为美利坚合众国，长乐朝野一时誉之为"大手笔"。可惜长乐生在偏远的广西西北山区。若是生

作者简介

聂震宁(1951—)，生于南京，自幼在广西生活。曾任漓江出版社总编辑、社长，广西新闻出版局副局长，广西作家协会第四、五、六届副主席，人民文学出版社社长兼总编辑，中国出版集团公司总裁，为享受国务院政府特殊津贴的专家，中国作家协会全国委员会委员，第十届、十一届、十二届全国政协委员，中国传媒大学特聘教授、博士生导师。著有小说集《去温泉之路》《暗河》《长乐》等。获中国作家协会首届庄重文文学奖；短篇小说《长乐》获首届广西文艺创作铜鼓奖。

作品信息

原载《人民文学》1986年第6期，《小说选刊》1986年第11期转载，收入"中华人民共和国五十年文学名作文库"《短篇小说卷》(作家出版社1999年11月出版)。

于黄河流域，中原大地，胜数黄帝尧舜，夏商周秦，又比美利坚合众国多活过多少千年，龙兴老先生的大手笔又能生出多少华彩！

其实，长乐的骄傲远不止此。太平天国翼王与天王洪秀全分裂后，回师广西，驻长乐达六月之长，县志还写道："别处仅驻数日，唯见长乐人杰地灵，有帝王之气，驻半年，改长乐为龙城，似有立国之意。"文间虽不无憾意，但与诸多历史古都乃至北京南京相比并列，实也所差无几了。为此，大凡客来，长乐就要很殷勤地引导客人去看看翼王亭等古迹，一面郑重其事地介绍，一面郑重其事地从客人脸上看取表情。

人所拥有的一切，大约都是可以引为骄傲的，至于引为骄傲的理由，也大约都是找得到的。流过长乐城北的龙江，并不为长乐所独占，可是，在长乐看来，整条龙江却只是流经长乐的这一段经得看，耐得玩，爽神。龙江年年发大水，在河中最高的乌龟石快要被漫过的时候，必有消息传来，说是下游的柳州（被长乐认为是一座极大的城市）满街已经进水。于是，长乐在紧张之中得到欣慰和优越感，偌大的柳州被淹，而自己仍然没事，到底强它几分。洪水期间，若是上游地方来人，惊讶这里的大水，说上游只发了一点水，长乐或者就斜了眼小觑那上游人，或者就露一回富有的微笑，紧张的富有。龙江年年淹死一两个人，淹死的若是本乡本土的人，长乐难免感叹天时、命运、征兆，这当然不是长乐本身的事；若死者是外方人，尤其是北方人，长乐就在一阵毛骨悚然之后，意味深长地点点头："看看，是不是？游过黄河、长江的人，游不过龙江！"当然就是长乐本身的骄傲了。

我是长乐的子孙，自然一点也没有不认祖宗爹娘的意思，也不曾伙同了大地方的异乡人来挖苦家乡。"长乐长乐，得乐且乐，知足长乐。"长乐几千年来这样教育我们这些子孙，当真也能免去些必要的烦恼，而增添了安居乐业的信心，临危不惧的勇气。讲排场，广西四大镇，没得长乐的份，长乐就知趣地不同四大镇比，而是跨过头去同"美利坚合众国"比，掉过头来同一切比他小比他土的小镇比。比历史比地理比楼比街比男人本事比姑娘漂亮，该比什么比什么，总会比出乐趣、比出神气来。讲富贵繁华，柳州旧时的商号几时愿意几时能吞掉长乐，玉林的农家比起长乐的农家就同鹏雀相比一样，但长乐可以懒得去理睬这些，只开口闭口谈都安七百弄的缺水，天峨凤山的险陡，南丹瑶寨的贫困，谈笑之间，长乐焉不长乐？只要长乐住得安逸爽神，就好！这是长乐的第一要义。

世风日下，也有些后生竟不想让长乐安逸爽神。看了点报纸，下了回桂林，开口闭口就是日本美国，上海北京。长乐硬是看不起这些浅薄之徒。为此长乐就编了个长乐菜刀的故事：说是长乐菜刀天下有名；长乐的一个懵懂后生硬是不信，有一回同人争辩，硬讲他从北京买回来的一把菜刀最好。人家嘘他。他急了，即刻回家拎来那把刀，结果，当即被指出，刀角上印有三个模糊的篆字，正是"长乐刀"三字！——你看，跑到天远地远的北京，你买回来的也还是长乐货。众人把那懵懂后生都笑煞了。长乐保留了这个节目，作为长乐刀胜过一切刀的证据，也作为给对家乡妄自菲薄的后生的教训。

长乐总要生出些妄自菲薄的后生，而且一年比一年见多起来，放肆起来。这几年，从外面回来或者打主意到外面去的后生们，总要一面走在长乐的南街和北街，一面大骂古城的衰败。长乐以十字街为中心，分成东西南北街。县委、县政府、武装部、百货大楼、贸易公司、文化馆之类新建筑，都排在东街和西街上，这样一来，长乐最紧要的大员如来视察必在东西街上行走，东西街自然就铺上了水泥路面。而南街和北街大都是苏杭铺（小百货铺）和杂货铺，再有就是老长乐住家。长乐的头面人物极少在这两条街道上走动。他们没得闲空。因此，南街和北街至今都还是旧时的路面。拿北街说吧！这石板路还是光绪八年考举得中的冯玉捐资铺筑的。原先必是光鲜闪亮，十分气派，如今大石板已纷纷断裂，半街石板半街黑泥。大雨天北街积起一街的雨水，半天消不掉，大人怄气不方便行走，娃崽欢喜可以卷起裤腿在水里耀武扬威，享受跋涉的艰难和征服浩荡洪水的痛快。有时就叠些纸船，放它急急地随水漂去，引动少年人离开长乐、游历四海的幻想。近几年有了电动小艇之类的高档玩具，这些不肯很快消退的积水就给现代化玩具造成了极方便的用武之地。阴雨天则讨厌了，一切人都要发愁。南街是一街泥汤，剩下几处稍高的砖头，供行人作跳跃式前进；北街的石板路一年总要滑倒三几个老爹老奶，使他们为此终生不用再走这样的路。滑倒的老人们往往埋怨或嗟叹自己的老迈和不中用，极少埋怨长乐。埋怨长乐的大都是些后生。他们一方面年少气盛，一方面又有些大城市的异性朋友来访，总觉得长乐丢了他们的脸面。他们只好一边引导朋友在北街上滑行，南街上跳跃，一边咒骂长乐的晦气，用这样的咒骂，既显示自己的鸿鹄之志，也向朋友表白歉疚之心。

然而，谁曾料想，就是这样的街道，同样也为长乐赢得了骄傲。

北京的一家电影制片厂要拍一部故事片，需要一座保留着本世纪二十年代风貌的桂西北小城作外景，居然一眼看中了长乐。据说人家找遍了全广西，最中意的就是长乐。长乐不禁喜出望外。哪个讲长乐只晓得摆年纪谈古董？长乐也是欢迎新鲜事物的。为此，长乐开了县委常委会，县长办公会，爱国卫生会，治安保卫会，街道居民组长会和居民小组会，等等等等会，大小共计三九二十七次会，都是研究接待电影摄制组的有关事项。总算有了如下几项重要部署：首先，明确提出"为长乐争光"的口号；接着就决定到时候东街西街各幢高楼上插彩旗，各单位张贴欢迎标语，南北二街则由各居民组分段负责打扫卫生，由县委办公室牵头，卫生局为主，组织检查评比；县招待所立即着手准备新铺盖，食品公司全力保证肉禽蛋品；还要借此春风吹开精神文明的花朵：学校告诫学生，单位告诫职工，街道告诫居民，杜绝粗话脏话，掀起又一个"五讲四美"的热潮。如此等等。由于欢喜，长乐的饮食起居都有点不正常了，总觉得饱饱的，慌慌的，却又是神气十足的。一个人生活里有了一个很迫近又很喜人的盼头，常有这样的感觉，而长乐在这方面的感觉尤其强烈。他寂寞多年了。他盼着贵客，如同一个娃崽盼着过年。他数着日子，默默地数。

日子数到七天，长乐迎来了两个电影厂的后生。他们是来打前站帮摄制组安排生活的。两个后生长得一式的漂亮，穿得一式的新奇，都一式地卷着舌头说话（北京话）。长乐很满意。他就满意来访的有身份的客人显出身份来。"客贵主有脸"，这是长乐的俗话。先前来过两个中年人，说是导演和摄影，来选外景，虽然他们选中了长乐，给长乐脸面，可惜两人都长得穿得说得平平常常，同县委干部差不多，曾叫长乐暗暗失望过，人走了还不时疑其身份是否属实。现在来的两个后生呢，有点像。

县里领导去县招待所看望了两位先遣客人。第一把手比较忙，去的是县委副书记、副县长、人大常委会副主任和政协副主席。主宾进行了亲切友好的谈话。两个电影厂的后生当然很会说话，同喋喋不休的中国电影一样喋喋不休。县里"四大家"领导学了电影《新闻简报》上国家领导人会见外宾时的微笑，不停地对两位贵客微笑。

会见是礼节性的，道了一路辛苦，说了天气哈哈哈，互相酬答了许多"很好很好"，"哪里哪里"。两位走南闯北见多了大世面的京城后生，本来就有点京城人的心理毛病：感到小地方人对京城敬仰，便顿时觉出自己许多应得敬仰之处，说活的口气不经意就有了点居高临下的神气。

"……你们来拍电影，是我们长乐的光荣。其实，我们长乐的建设还很差……"

"是差些！要不，怎么广西七十多个县就挑中你们呢？你们还停留在二十年代的水平……"

长乐谦卑的微笑僵住了。

京城后生的眼睛生在头顶上，竟无所觉察，痛快淋漓地照讲下去：

"……不过也好，你们那烂街道保存得越久就越值钱，要不我们导演会高兴死了。以后，我们可以给你们宣传宣传，别的厂也可以来，现成的民国小城外景……"

长乐的脑子一夜没休息。县里"四大家"领导一夜没睡。当夜他们苦着脸苦着嘴研究了，一致认为事情到了这个地步，虽然是错把耻辱当成光荣，但是为了礼仪，为了不让群众晓得，还是得将错就错，赶快拍完片了事，下不为例。

然而，不晓得哪里漏的风声，第二天一早，全城的主要聊天扯淡的地方：县委大院的大榕树脚，莫三娘的米粉店，石志祥的旧书摊，大桥头的棋摊……都扯到了长乐错把耻辱当成光荣的耻辱。长乐是全广西最落后的县城。电影一拍出来，全广西晓得，全国耻笑。

长乐似乎一个早晨醒过来了。

不行。当然不行！长乐自己是什么样子，长乐自然认得（好像很多时候又不大认得，好像！），哪个叫他电影厂的人说穿！说穿了哪个又叫他满城风雨传遍！县里"四大家"领导认定，这不再是客气不客气的问题，而是欺侮人。欺侮长乐？欺侮比美利坚合众国多活了一千八百年，如此这般人杰地灵的长乐？岂有此理！既然是欺侮，那就好办。长乐虽是礼仪之城、长乐之地，然而也有浩然正气、铮铮硬骨，他从来就晓得应该怎样对待外来的欺侮。长乐不是全广西最落后么？长乐不让你电影制片厂来拍电影，不给你拍我的落后模样，看你又奈我其何！

果断决定，迅速传示。两个京城后生嘴张开合不拢了。他们一点也不明白，长乐为何一夜之间变了脸色。原先说饮食住行都不成问题，现在却说一切都成问题：没有肉食指标，食品公司不供应，县里要开"三干"会，招待所没床位，对于外来拍电影一事没先例，县里要再研究研究。两个后生忙不迭点头哈腰：没肉吃，不要紧；没床位，住小旅社，要研究，我们就等研究。长乐眼看自己的"将挡""土掩"都给破了，便索性破釜沉舟：要大修南街北街，铺水泥路面，修葺破房。——你不是说我"落后"么？那我理应立即把"落后"去掉，你还想说什么?!

京城后生百思不得其解而没得话了，回去。摄制组百思不得其解而乱骂了一通，然后没得话，另打主意。

长乐又一次保全了面子，照旧长乐，乐中带了点苦味。

长乐又一次击败了外方人，当然长乐，乐中有点儿气虚。

只是，大修南街北街的愿已经许下，长乐也不能知不足而长乐了。看来硬是要修好两条老街，才能踏实地理直气壮地乐一回。

1984—1986 年，聂震宁的中短篇小说《岩画与河》《长乐》《暗河》启动了广西文学从传统向现代、从现实主义向现代主义的转型。其作品中人物类似暗河一样的意识流动以及对人性单一社会属性的超越，表明他已经充分注意运用文学的现代主义技巧，拥有了文学的现代主义思维。

——黄伟林：《百越境界》，载刘硕良主编《广西现代文化史》(第三卷)，广西师范大学出版社，2016，第 46 页

从民族风情到地域心理，这仅仅是对聂震宁十年短篇小说的一个粗略鸟瞰。真诚—独特—深刻—人民性，这是聂震宁用来回应文学召唤的信条。这个信条，贯穿在他两个五年的短篇小说创作之中。沿着这一信条所指引的路，聂震宁明显地在逐步走向深刻，走向成熟。他已经不满足于展示五彩斑斓的风情画，而是带着微笑(不是含泪的)去开掘和表现变革时代的心理冲突。他写得雍容，写得轻松，这大概是因为他知道，促使人们摆脱心理上的因袭重负，不是大声疾呼或扼腕叹息所能奏效的。他在探讨用自己独特的方式去从事艰难的事业。

——韦启良：《从民族风情到地域心理——读聂震宁的短篇小说》，《河池师专学报》1991 年第 2 期

我从来主张，小说或者其他样式的文学作品，总得要给读者新的启示才好，哪怕是一点点，庶几乎不辜负读者对自己的期待。果然，《长乐》正是以这种创新的生气，圈内圈外，都给予了较好的评价。而且，作为短篇，在结构上也是无懈可击的，语言也挺别致新颖。

——李国文：《长乐——聂震宁小说选·序言》，广西师范大学出版社，1998

《长乐》五篇巧妙地把一座城拟化成一个人，这个拟化是"长乐文体"的最重要媒介，它使长乐成为一座城和一个人的双重载体，它是城，他又是人，于是长乐成为一种积淀了一千八百年物质文明、精神文明的生命存在。五个短篇实际上是五个有联系但不密切的故事。第一个故事，也就是拍电影事件像一个大大的阴影，既可以看作长乐积久成习以丑陋为完美的蒙昧心态的透视结果，也可以当成长乐阴错阳差幻梦惊醒的开放契机。这个阴影还笼罩着以后所有的故事，它使长乐一觉醒来发现自己的尴尬境遇，原先的光荣在新的参照系中被判断成错误，但长乐还不甘于承认这就是错误，他还禀赋痴人说梦的本能，还承袭对自己也对别人瞒和骗直至眼不见为净的习惯，所以从此的长乐开始了尴尬心态中的挣扎、纠缠、沉溺、摆脱。我们常常读到长乐的胜利，但我们竟为长乐的胜利悲哀。在这个大阴影中，长乐开始曝光出各个侧面。

——黄伟林：《在乎山水之间也——聂震宁"长乐"与"暗河"世界两面观》，《小说评论》1990 年第 1 期

山鬼

张宗栻

灼热很快把新翻泥土上那片浸凉的湿润舔干。三步开外，地垄就是一片焦燥的黄褐色。缓缓下斜的坡底，几株短松铺下一团诱人的荫凉。

山鬼瞅一眼，就把目光从那荫处移开了。日落前得把这厢地翻了，没说的，吃夜后，再乘哑月亮把东坡的地做完，今天的活路也就有个样儿了。

这岭坡地，坎子前的七八垄条子，南沟边那片"小平川"，还有干塘角的沙泥地，如今全都是他的了。那些常年在外的人，曾不约而同地找到山鬼，用微不足道的代价，把分得的田地租给了他。他表面上装作不在乎的样子，心里却喜欢得发颤。

那天，他站在岭顶头，俯瞰着一片片的土地，就像个骄傲的帝王，在巡视自己广袤的疆土。他的眼眶禁不住溢满了泪，只是竭力忍住，才没有落下来。老天爷，这么大的地方都归我种归我收了！后来，他又逼着婆娘，一遍遍随他在地里走。他故意赤着脚，要把草茎轻微的戳痛和土地柔软的温热烙到心里去。他发现要小半天才能走完自

作者简介

张宗栻（1946—），广西桂林人。曾任《南方文学》副主编、桂林市作家协会副主席。著有中短篇小说集《流金的河》、长篇小说《红土》《绿岸》，参与翻译美国作家西德尼·谢尔顿的小说《午夜情》。中篇小说《流金的河》获首届广西文艺创作铜鼓奖。

作品信息

原载《人民文学》1986年第9期，收入"八桂作家丛书"《流金的河》（漓江出版社1987年10月出版）。

己的地盘，这使他很吃惊。

婆娘是怕他的，他说投河不敢去跳井。但村里有人说，山鬼是发疯啦，没个赝足，到头来会吃亏的……对此他嗤之以鼻。你他妈才疯了呢，丢了田地，丢了命根！不是么，一批十足的蠢货！……让他们看看，让他们看看日后这满坡满岭的宝货吧，让他们嫉妒得眼睛淌出血来吧！

想到这里，山鬼紫黑的脸上露出动人的笑容。他嘿地一下，赤脚板铁一样压下去，差点没将锹把也没到地里去。

锹面跟泥土摩擦发出沙沙声，一下一下的。他爱听这声音，爱到心坎里。这是一支老听不厌的歌，一支古老的歌儿。现在这支歌是属于他的了。他还能从翻开的土里，嗅到地层深处一丝丝的凉气和一缕缕泥土甜馨的芬芳。所以，他翻地时老翕动着鼻翼。他得不断地嗅它们，这样心气才爽，就像那些酒徒，在嗅陈年老窖的气味一样。

日头火越来越毒。斩断根的草，先是蔫下去，然后就曲卷起来，再然后就焦了。大片泥土上边悠晃着一条条的热浪。四周亮堂堂的，远处那团阴影越发显得墨黑。

他不需要休息，一点不需要，山鬼还精壮着，能打得死公牛。他才不在乎这种灼热。只要将所有的地统统种上该种的，天大的苦都能一口吞了。但这么多地不是一两天能摆弄完的，为此他急得上了心火。家里那头健牯，给他用得差点儿当场断气。现在只好让它待在牛栏里。儿子那受不得熬的嫩筋筋，竟在这节骨眼上偷偷跑了，恨得他黑天黑地地骂了几天。当时若找到那狗崽，不揍他个半死才怪！婆娘还是婆娘，老老实实一辈子跟着他苦撑。打从吃下这一大片一大片的地后，没一刻不是随在他身后搏命。

他朝一旁看了看。婆娘正弯着腰向下用力。汗水把她的黑布衫紧紧贴在拱起的背脊上。在那块湿汗的边缘，结着一层层弯弯扭扭的白盐花。婆娘的脸孔红得像朱砂，气也喘得不匀。唉，到那棵罗眼枝边上就歇歇吧，到底是女人，你能指望她干多少？他不由得有些烦躁，狠命地踩下一锹。

那女人仍弯着腰，不敢抬眼，她对这片坡地渐渐产生了畏惧感，就像她过去畏惧自己的丈夫一样。这黄褐色的土，好似老翻不完。她感到身上的汗已流光了，所以身子才火一样烫。现在淌下来的不是汗，而是血，一滴一滴的血；掉在土上，嗞啦被吸收，把翻过的地染得彤红、彤红。

她的头晕得厉害。那热浪沸水一样在周围翻滚。眼里不断冒出彩色的光泡泡，圆圆的，在空气中浮来浮去。……她咬着牙，一锹一锹地翻土，毫不犹豫地跟着丈夫。尽管胸口一阵阵揪痛，她还是跟着。这地总得翻完，总能翻得完吧？她死死用这个想法支撑自己。

说实在的，她也很爱这些土地，若没有它们，山鬼怎么能对她好了呢？山鬼不是好男人，脾气凶得像恶虎，要不，村里人为什么会叫他山鬼呢。他打起人来没轻重，能一巴掌将你扇到床底去。他还会揪住头发，用钵头大的拳头搡人的脸……她常自叹命苦，悄悄地哭，若不是生了毛崽，她真想一根绳吊死去算了。但这两年来，山鬼那黑煞星一般的脸上有了笑容。骂起人来虽还是粗门大嗓的，动拳头的事却少了。真是黑天里遇到亮光啦，她的心头也渐渐暖起来。她知道，她心里头明白着哩，这是因为得到了自家的田地。

用劲啊！她在用生命的全部力量，对付这片顷刻间变得无边无际的土地……日头真大，她呻吟，感到体内的热气越来越少，心力都耗光了，火烫的身子奇怪地冷却下来，而且在炉火般的热流中打着寒战。她费力地瞄了一眼丈夫，想把自己的难受告诉他。但丈夫是那么凶猛地舞着锹，全神贯注。她张了张嘴，却听不到声音，听到的只是自己粗重的呼吸。她身体因不断呼出气而变得轻飘飘，那脚下的地却分外重了，它像是要整个儿倒翻过来，压住她……

山鬼又狠干一气，一丈来宽的地段翻完。他伸伸腰。突然，他警惕起来，随着锹声停歇，一个喘息，重浊地搅动着空气。

"老天，歇着吧……"他大吃一惊地望着自己的婆娘。一道冷气，从脚心直传到脑门顶。

那女人看见坡地真的朝她盖过来。她竟一点也不恐惧。她知道，坡地这么大、这么重，迟早要倒翻过来的。她还明白，人终归要到土里去。此刻她感到欣慰，她可以停下来，可以歇歇了。她从山鬼那目光里看到了这种应允。最使她快乐的是，山鬼表情中的惊恐，这代表着关切和爱。她用女人特有的细腻，明白无误地感觉到了。

山鬼抢上一步将倒地的婆娘扶住。婆娘的身子软软的，她脸上的血色，顺着汗水流走了，只余下一片死白。

"王母娘娘，真选上时候了……"他又恨又急。说着，山鬼抱起婆娘，飞一般奔向那片浓荫。

他让婆娘平躺着，脱下外衣垫她的头。别是他娘的发痧啦，山鬼变得张皇失措。他抄起盛着凉水的竹筒，小心地凑近婆娘。但没用，女人的嘴唇紧闭着，水都顺着下巴流到脖子上了。他的心怦然大跳，额角上冒出大粒的汗珠。他动手扯婆娘的衣裳。黄褐色的，像泥土一样的上身裸露出来。他泼上凉水，一边唤一边拍着。

"遇鬼啦，天爷……"他说，"你醒醒吧！醒醒吧！"他捧着她的头，摇着。

女人隐隐听见山鬼在叫，一只粗糙的手在摸她的胸脯和头。胸脯上凉丝丝的，他干吗解开我的衣啊，他总是往胸脯和额头上揍的，从没这么轻柔地抚摸过……山鬼又在唤，这回听得很清楚。她要答应这呼唤，还想坐起来把敞开的衣衫扣上。唉，叫得这么急干吗？还不都因你才这样的，……你狠命要这么多地，像饿怕了的人吃了又吃……我不怕累，但我病好多天了……你当然不知道，地都把你迷住了。牛能用垮，何况你的女人，你这死鬼啊……毛崽他受不得啦，十六七岁的嫩后生，你逼着他无日无夜地做，不惜老婆也惜崽啦……

山鬼见婆娘的头动了一下，接着发出微弱的呻吟。终于，婆娘的眼睛睁开道缝。嘴角动着，露出个歉意的笑。

"你醒啦？哈！"他惊喜地说。

女人的面颊由苍白转红。但红得奇怪，像夕阳照着一方青石。那红色是染上去的。她的身子抖着，又灼热得烫手了。

山鬼心头爬上一丝震颤。他突然跳起来，背上婆娘，回头看看那片没翻完的坡地，恨一声，一跺脚朝村里跑去。

　　山鬼请来了黑婆子。

　　黑婆子七十多了，驼着背，满口的牙掉个精光，黑洞洞的嘴里透出一股子阴气。她懂得放血、下阴之类的玩意儿，也懂拿草药。

　　只看了床上的女人一眼，黑婆子脸就阴了。她严厉地望着山鬼，两颗小眼睛像狼一样，在发皱的皮肤里闪着绿光。

　　山鬼哆嗦了一下。被这绿光射得头皮发乍。

　　那绿光还在盯着他，像在审判他似的。这老巫婆！山鬼一边回避着这目光，一边在心里骂，他恨不得照那丑陋的老脸结结实实地给一拳。

　　对婆娘的担心使他忍着，"黑婆，她……"山鬼乞求般，低声下气地说。

　　黑婆子冷冷地哼一声，绿光倏然收敛了。开始匆匆忙忙查看病妇。

　　"山鬼，你罪过的……"黑婆子嘟哝，那声音像蚊蚋一般，细而刺耳。

　　"不要紧吧？"山鬼说，"她，她没事……没什么大不了的，我知道。"他觉得咽喉又干又苦，出气有些困难。

　　黑婆子根本不理睬他，在婆娘的脖子、人中、腋下等处忙乎着。

　　"罪过……"黑婆子说。将女人翻过身，撩起衣后摆，用个黑家伙在赤裸的背脊上使劲地刮。女人苍白、瘦骨嶙峋的背上显出乌黑的血痕。

　　黑婆子做完这一切，丢下两包草药走了。山鬼预付给她的钱，摆在门槛上。

　　山鬼追上她，她拒绝收下任何报酬。"快去看着你女人吧！"她厌恶地看着山鬼，厉声说，"她要走了，你好忍心么？愿天老爷保佑她……"

　　山鬼傻愣愣地站着。整个天空、田野和山丘都发昏发黑，只有远天的夕照，血红血红，像一个发炎的伤口。

　　"这不是真的，"他吼叫，"这巫婆子，老乌鸦，该死的！"

　　他返身冲进屋内。迫不及待地扑到床边。

　　"你喊什么？"女人声气微弱地说，"打雷一样……"

"啊，你好点了！你好受了，不是吗？……"山鬼直盯着女人，发抖的手，先是捉住她臂膀，继而去摸她的额头，呓语般地说，"你会好的，一定会！有好多地等着我们去翻去种……"

女人的眼睛想透出个笑，但却被泪花遮满。她既欣喜又感动，"唉，山鬼……"她说，泪水流下来，艰难地在皱褶中爬，"我想，要是过去……就这样……"

山鬼羞怯地缩回自己的手。这双手当年是那么无情，揍得这女人骨头散架。男人打自己的女人，天经地义。他为什么会那样凶，那样蛮，他从未想过，到现在也不明白。但女人比他清楚。

他的手在途中被女人握住。一片柔韧的火在烙他。

"我真悔。"他说，"日子已红火了，我不该还——"

女人知道他要说什么，温柔地制止了他。她喘得越发厉害，但在笑着，"那怎么呢，地是命根……当然要的，"她说，"你没错，一点没错，只是我……"她余下的话在眼睛里，没说出来。

"不，"山鬼说，"你不会，过两天就好了！"

女人点点头。但她明白，一切都已过去。她很难受，身上像有千万把刀在穿，坡地上那厚实无边的泥土，在她胸上堆积，堆积……她现在是多么眷恋这个家，眷恋那些累得她倒下的土地。这个曾是粗鲁狂暴的男人，现在发着抖，在她面前说着孩子话。过去她怕他，但她最终发现，这男人到底还是需要她、爱她的……这并不晚，的确不晚。她满意了……

女人竭力反抗体内那个要她晕死过去的力量，"过来些啊……你，过来……"她露出个动人的微笑。她不记得自己何时曾这样笑过，就是做新媳妇那阵也没有。

山鬼不习惯这样的微笑。他不知所措地移移身子。女人将他麻石般粗粝的大手，放在自己胸脯上，然后又移到滚烫的唇边，摩挲着。

"别折腾自己吧……"山鬼可怜巴巴地说，"别弄了，我的天。我给你煎药去！"

"不急的……"女人说，"有件事，你得答应我。"她语气中带着诀别意味。

山鬼惊愕地瞅着她，他要抽回手，但被女人死死地攥住了。

"你听我说——"她神色有些紧张，"毛，毛崽他……"

山鬼的身子硬起来，冷笑了一声。

"毛崽，你不能……"女人吃力地说。

"我要捺断他的狗腿！跑了！未必老骨头累得，他就累不得?!"山鬼怒火中烧，"你弄成这个样子，他知不知道?!听好了，什么都别想，只要他敢踏进屋门一步，我用竹篙子揭他的皮！"

女人觉得自己支持不住了。山鬼狠了心，什么都干得出。但儿子，她唯一的儿子！这可恶的男人，欺负了她一辈子！她就要走了，她谁都不怕。她像垂死的母兽般凶狠起来：

"你这恶人！……坏蛋！……"她咬牙切齿地骂，"你敢！我变做鬼也要找你算……账的!"

她眼里透出一束冷光。

山鬼颤栗了。他强笑着，想扭开头，但办不到。

"我弄药给你吃……你一定得吃药。"

"把毛崽找回来!"女人直着血红的眼威胁。

"你还是先想着吃药吧，祖宗，"山鬼嘀咕着，"找就找嘛，犯得着嚎成那样子，真是。"避开了女人的目光。

女人的心一下松了："好，煎药去吧……"

山鬼满心委屈地猫在灶头。

今天竟然一家伙受到两个女人的训斥，这真是太不像话啦。但奇怪的是，他发不起怒。他只有委屈。火苗苗抱着墨黑的瓦罐，里面熬着黑婆子开的神秘的药草。一阵阵苦涩的异味，弥漫在灶间。

他捧着药碗，小心翼翼地呼唤。他有些慌张，因为婆娘老不答应。他凑过头去，发现她神情安详地睡着，胸腔在起伏。他用手摸摸，额角一片湿，但热度已减少了。

他放了心。要睡就让她睡吧，好好地休息。天保佑，总算好些啦。他放下碗，在草团上坐下来……得对婆娘好点，他想着今后，再怎么说，她是个好女人。毛崽那小子，找他回来，这次就顺着她的意吧，不过得跪着认个错，不能坏了规矩。山鬼微微一笑，在静寂中腾起一缕陌生的父爱……

等他睁开眼，晨光已轻轻越过窗棂子漫进屋里。他茫然地看看周围，弄不清自己为什么没睡在床上。突然，他惊跳起来，险些打翻身边的药碗。

他站在婆娘身边，马一样不断喷着粗气。婆娘的脸青白青白的，嘴微微张开，眼闭得很自在，像在熟睡。

山鬼知道，她再也不会醒过来了。

他笨手笨脚地将婆娘的身子摆平，先想用布单盖住她的脸，后来又没这样做，只是齐齐地遮到下颌。然后，他打来一盆清水，帮婆娘擦了把脸。擦脸的时候，顺手把那微张的嘴唇拢上。他泼掉水，找来一身干净衣裳，慢慢给婆娘换上。穿鞋的时候，他发现婆娘的赤脚上有片泥污，便又找来布子，将它抹掉了。

做完这一切，他突然感到疲乏得不得了，便坐下来默默地抽了会烟。门口有些响动，他走过去将门打开。清晨的潮气，带着凉意一拥而入。

在灰色的雾气里，僵硬地站着黑婆子！

那发绿光的眼睛，又盯住了他。

"我煎好药，但她睡过去了，没有吃。"山鬼解释说，烟杆在门框上磕一下。

"吃也没用。"黑婆子说。

"我什么都帮她穿停当了，"山鬼说，"她没吃药……"

"都一样。"黑婆子说，"她总要去那里的，先是你逼她去，后来她自己愿去了。"

山鬼疑惑不安地瞅着她。

"我什么都知道。"黑婆子转身走了，消失在雾气里。空气中留下一缕叹息。

山鬼继续站了一会。山尖尖开始发红。他皱皱眉。村里喧闹起来了，一群人，男男女女，朝他的屋子走来。黑婆子杂在他们中间。

不安、同情、好奇、怜悯和一些他感觉到了又说不出的东西，从人们的耳语、眼神里飞散出来，包裹着他。

人们被堵在屋外。

"她是太困了，让她安然着吧……"山鬼说，"多谢各位……"

人们惊讶地骚动起来。"这不像话啦。"有人低声说。

山鬼固执地站在门前，像一座山。

"好吧……"黑婆子说。

众人叹息着走散了。

当天，山鬼就请来邻村的仵工队，一副板埋掉了婆娘。他用"入土为安"挡住了村中几个老人要他办丧三天的劝说。

黄昏再度降临。他坐在门槛上，松了口气。身后没有上灯的屋里，静悄悄的，消失了女人走动的声响。

昨天，他匆匆抱着婆娘回来，今天他匆匆抬着她出去。门前那条通往坡岭的小道，一时间显得那么陌生。山鬼望着它，一种孤寂感顺着小道游来，紧紧缠着他。

他不得不站起身来，沿小道向被土丘挡着的坡地走去。

夕阳隐下去了，四野隐没在淡蓝色透明的阴凉里。白天的炎热和升腾起来的地气相混，在翻过的坡地上留下许多细而密的水珠珠，金属般闪着亮。

山鬼觉得腿肚子有些发颤，那翻松的泥土总像要把他的双腿陷下去。他记起铁锹还搁在地里，于是便走了来。事隔一天，他好像离开这片坡地一百年了似的。这坡地闪电样勾起了他在一日一夜中几乎麻木和忘却了的记忆。

他蹲下来，手摸索着。泥土的柔软使他一阵阵发晕。这柔软是那么熟悉，他想起每日在地上的劳作和婆娘几十年默默地挨在一旁的身子。他的劳顿和含辛茹苦，就是在这一大片柔和中得以安抚和消释……他顿悟出一种永诀。这时，丧妻之痛，才如狂涛般决堤而来。他狠狠抓起一大把土，脸部抽搐着，娘的，得种上，得统统翻好种上,就是再拼下这条命也要干!他已失去了一半,不能再失去另一半……

一阵山风吹过,弄得山鬼脸颊凉津津的。他发现,自己不知何时流泪了。他仰起头,想用袖口擦掉那泪。

但他吃惊了,盯住一个地方眼都不眨。坡顶上,昨天婆娘倒的那里,一个人影在晃。那人躬着腰,使锹用力翻地,瘦削的身子在远天的余光衬托下出现一个清晰的剪影。

毛崽!山鬼想站起来,向突然归来的儿子奔去,但双脚和身子像定住了似的,老移不动。他嘶哑地叫了一声,不知是悲还是喜。随着这声叫喊,他大声号哭起来。他的手痉挛着,捏碎的泥,像条细瀑,从指缝中不断流下……

| 创作评论 |

张宗栻是"漓江叙事"最为自觉的书写者,他创作了相当优秀的"漓江叙事"文本,长期以来我们或者忽略了他,或者低估了他的作品。上述三篇小说无一例外都是挽歌——为漓江渔民船夫唱的挽歌,为漓江传统生活形态唱的挽歌,反映了不同民族文化的碰撞和交流,山歌在渔民生活中的作用,传说对船夫心灵世界的影响。张宗栻写出了漓江文学的深度、厚度和丰富度,他不仅写出了文人文化浸透的漓江,也写出了民间文化浸透的漓江,还写出了少数民族文化点染的漓江。因为有张宗栻的小说作品,漓江曾经有过的生活形态获得了审美的保存。许多年后,那些对漓江传统生活有文化情怀的人们,或许只能在张宗栻的作品中发思古之幽情。

——黄伟林:《以漓江为中心的文学叙事——"广西当代多民族文学研究"
系列论文之二》,《广西师范大学学报》2016年第2期

| 作品点评 |

　　《山鬼》中的冲突较为含蓄和多向度，究其核心应该理解为土地对中国农民所造成的巨大压抑：一方面是农民得不到土地的悲惨凄凉，另一方面是农民得到土地后所受的重负。山鬼是幸运的，原来想都不敢想的大片土地，"如今全都是他的了"。他站在黄褐色的岭上，俨然一个骄傲的帝王在巡视自己广袤的疆土。他对土地的亲近程度令人吃惊，仔细思考，我们发现这种狂暴的爱实在是一种对生存的本能渴望。山鬼又是不幸的，他没有得到土地之前，就仿佛失去了人性，生存的危险扭曲了他的灵魂，贫困悲惨的命运榨干了他灵魂中美好的良知天性；即便是得到土地之后，他压抑已久的灵魂爆发出的也是一种变态的力量，这种变态的力量表现为对妻子和儿子身心的摧残。在他那种非理性的疯狂逼迫下，儿子出走，妻子被无情的土地埋葬，山鬼那种疯狂的执拗在命运的沉重打击下，终于顿悟出一种永诀，感到了丧失一切的痛苦，感到毫无节制的求生欲望所带来的死亡悲剧，感到作为一个丈夫、一个父亲、一个男子汉最沉重的忏悔。尽管像张宗栻许多其他作品一样，《山鬼》最后添加了一个颇能给人希望的结尾："昨天婆娘倒的那里，一个人影在晃。那人躬着腰，使锹用力翻地，瘦削的身子在远天的余光衬托下出现一个清晰的剪影。"那是山鬼的儿子毛崽。在前辈人倒下一个之后，新的一代默默地崛起。这种崛起一方面固然显示了人的坚韧，那种最终要征服土地的信念；但另一方面我们也很担忧山鬼式的生活方式毫无变革地延续下去，毕竟，这种生活由于过于冷酷无情以至缺乏人性，应该被我们抛弃。

　　——黄伟林：《两个世界的冲突——张宗栻近期的小说》，《南方文坛》1988 年第 6 期

长乐续编

聂震宁

从 善

我们照旧把长乐城看作一个人。

长乐是一个爱面子的人。

在上一篇《长乐》里，长乐破败的老街被北京的电影制片厂选作外景，起初以为得了面子，十分地欢喜；后来发觉这是丢人现眼的事，而电影厂的轻狂后生又肆无忌惮地嘲笑他，自觉大伤面子，一怒之下，就驱逐了北京来客，维护了文明古城的尊严。故事至此，我以为不会再有什么起伏，只说是长乐"看来硬是要修好两条街，才能踏实地理直气壮地乐一回"。其实不然。我用这么一句话来做上一篇的尾巴，正好犯了一个不大不小的差错。我对长乐的了解还是很浅薄很无知。就是不修老街，长乐也一样乐得踏实，乐得理直气壮。弹丸小城战胜了京城大都，争得了几大的面子，还有什么比这更值得长乐的呢？

事实上，那故事之后，长乐就为这战绩津津乐道了不长不短的一个时期。只要有客人来，他总要把对"北京的"而且是"电影的""制片厂"战而胜之的故事演述一回。不晓得从几时起，导

作品信息

原载《人民文学》1987 年第 5 期，收入小说集《暗河》(广西民族出版社 1990 年 12 月出版)、《长乐——聂震宁小说选》(广西师范大学出版社 1998 年出版)、《广西当代作家丛书·聂震宁卷》(漓江出版社 2004 年 5 月出版)。

演被据说成大导演谢晋，明星则据说成刘晓庆，越发说明胜利来之不易。如果客人的级别达到在第一招待所下榻的标准，长乐便在同客人进行礼节性会见时谈起。谈话时，当然应当做成漫不经心的样子，信手拈来的样子，不屑提起而提起的样子。这是长乐的风度，大家的风范，伟人的气度。如果那客人是平民百姓，亲朋戚友，长乐就在冬天吃狗肉和夏天吃鱼生的时候谈它。借酒盖脸，大声演说那故事，使它如长乐的三花酒一般浓烈，一般令人兴奋。

至于老街，一时半暂是不能修的。比美利坚合众国多活了一千八百岁，如此这般人杰地灵的长乐，难道被几个轻狂后生鄙视一回，嘲笑一下，就慌了乱了鸡飞狗跳而不乐乎了么？真是这样，也就太心虚太气短太不老成世故太不临危不惧因而太不长乐了。不是长乐爱着留那满街的雨水给娃崽航行纸船，不是长乐不体恤父老乡亲在泥泞中跋涉的艰难，实在是人争一口气，鬼争一炉香。不能不争！这一时半暂，长乐只是衷心地希望，那些在石板路上滑倒而终生不起的老爹老奶，以后无事不要出门，不要再添乱子。对于那些引导外地来的异性朋友在烂泥路上跳跃行进的后生，长乐则语重心长地要求，不要咒骂长乐，要为家乡分忧，体谅小城的难处，维护长乐的面子。

为了面子，长乐愿意做出一些慷慨的牺牲。《长乐日报》上有一篇文章，写维护长乐人的面子的故事，长乐比较满意。其中有这么一段：

北京兴卖淡豆浆。若要喝甜的，得事先声明，另付糖钱。我前年去北京读书，初时不懂，懵懵懂懂就喝那淡豆浆，直觉恶心。忽见同桌有一汉子正从桌上一只小白瓷罐里舀盐调豆浆，以为是白糖，不禁暗喜，赶紧跟着也去舀了一匙羹。一喝，竟是咸的。我也从未喝过咸豆浆。正在沮丧的时候，发觉那汉子朝我冷笑，大有讥诮之意。立刻无名火起。心想，我就是错把盐当成糖，可又关你什么事，你北京人看不起我们外地人不是？索性再舀一匙羹盐。他还冷笑。我再舀，而且也毫不吃亏地还他一个冷笑。豆浆被我弄成一碗苦海。他在苦海那边尴尬且狼狈。我在苦海这边胜利而兴奋，然后昂首阔步而去。

坦率地说，这篇文章就是我写的，文中所记的事也是我的经历。即使远离长乐，我也不曾忘记维护一个长乐人的面子。为了这面子，我的父老兄弟都能容忍满街的泥泞，甚至有些可敬的老人不惜牺牲自己的生命，我的一角钱一碗的豆浆又算得了什么呢？

在广西，我们长乐的彩调剧是上得大场合的，柳州桂林都服气。只是这两年挨电影、电视，尤其是武打录像冲击，就不大有人肯去看那舞花扇和走矮步了。长乐为此十分难过，然而无奈。去年，三个很有身份的人物（大约是处级，又大约是厅级，还据传是副省级）路过长乐，提出要看长乐彩调。县文化局就认真组织了一场演出，剧目点的是长乐最叫响的《王三打鸟》和《王二报喜》。县委通知各机关单位组织人员来看。长乐巴望有身份的人赞扬长乐彩调。客人笑，长乐就笑，为感激他们的笑而笑。客人不笑了，长乐就更不笑，为不能使他们愉快而深感抱歉。可是，没有想到，戏还不曾演到十分钟，客人竟打起瞌睡；半场未完，三人竟然起身，鱼贯而去。这是自有长乐彩调以来失败最惨重的一回。喜剧演成了悲剧。《王三打鸟》里的小生王三，恨不能一鸟枪撂倒那些家伙。全场上千观众，一阵骚动，有人笑，有更多的人呵斥："笑什么！"说也奇怪，以往很难安静的彩调剧场，这一回倒渐渐安静下来了。而且是静肃，安静与肃穆，悲壮的安静与肃穆。受了欺负的长乐人，无论爱看彩调的还是不爱看彩调的，这晚上忽然都对彩调亲切起来，悲壮地把早已看腻了的彩调看下去，并对顽强演出的小城明星们报以热烈的掌声，表示了崇高的敬意。

据说，那一夜，小城的狗竟然断断续续叫了一夜。长乐人也一夜兴奋不已，直到今年还感叹不已。

其实，长乐并不总是排外。他也讲究从善如流，只是不能不要面子。

长乐曾经很反感过啤酒和咖啡。那是十年前。"马尿，硬是马尿！"长乐骂啤酒。而咖啡，"同涮锅水一样，臭锅巴！"他一点也不明白，那些外国男女何以对马尿和涮锅水一样的东西津津有味到那么一种地步。听说广州上海很兴这些洋名堂，他就嗤之以鼻，认为假洋鬼子十分可笑而又可悲，甚至于可耻。那时候，看长乐的模样，谁都不敢想象，如今，那被他认作马尿的东西业已淹没了长乐的饭桌，而热腾腾的涮锅水，小城也有两家个体户出售，一块钱一杯，恋爱中的小城男女大都爱来这里附庸大都市的风雅。这是长乐自己变过来的，自自然然。设若那些大地方来的人逼迫长乐人喝那"马尿水"和"涮锅水"，那么，他们就是渴死饿死，或者就去喝真的马尿和涮锅水，也未必肯低下高傲的头颅，去喝那耻辱的洋货！

长乐是广西的大县份，四周围的三个县加起来也不比他。长乐虽然不免因此会有些强者的高傲，但也讲究伟人的胸怀——他说，这两样东西，各有各的用处。几十年来，安平县时常同他争些山林地界，民国三十七年，两县民团连同民众血战一回，互有伤亡，结下世仇。地盘大小，长乐当然十分看重。可是，近几年安平县只是一味地求和。人家的乡长来求长乐的一个村长，县长来求他的副县长，带了香菇、木耳和笑脸来。长乐得了哀求，就动了恻隐。待到把哀求享受够了，七片山林就作为报酬划给了人家。长乐帮助了弱小一回，自觉身份又高了一等。

所以，但凡我的外地朋友要来同长乐办事，尤其有心思要占点便宜，我就向他如此如此，这般这般，告诫一番。其实就是一个意思：以阴柔克阳刚。一般来说卓有成效。

只是，老街一时不修，现成的民国街景随时还在，总还有人来找麻烦。

又有人要来拍电影！

这回是广州的电影制作中心，拍的当然还是民国初年的故事，武打片。消息是县文化馆长在南宁听到的。因为有了上回的经验，长乐当然不再把拍电影的人放在眼里。这回既不再开县委常委会，县长办公会，爱国卫生会，三九二十七种会，也不会欢喜得心慌慌的。他只是微笑——轻蔑的微笑，颇有城府的微笑，"任凭风浪起，稳坐钓鱼船"的微笑。别人的请求将再次证明自己的富有，而对手的失败又要再次体现自己的强大。他有了经验和心理准备，倒也乐意有这样与人交锋的机会，不然日子过于寂寞冷清。

广州方面还不曾来人，长乐就已经严肃了面孔。严阵以待，众志成城。

长乐的面孔摆了蛮久，还不见对手来。长乐愤怒起来，愤怒那大地方的人还不快快前来哀求他，害得他的胜利的喜悦来得太迟。他愤愤地说："再来求，更加没门！"长乐早已没有城门，但他习惯同外方人说"没门"——不准进入的意思。

十天半月过去，小城无战事。长乐又犯疑心，说不定广州人找到了别的地方，已经轰轰烈烈地拍起电影来了。这不免使得他有点酸溜溜的。他就酸溜溜地说："哪个县城给他们拍电影，暴露阴暗面，那就太丧失城格了！"他直想把这真理广播出去，号召全中国的县城，抵制此类事件。他还恨恨地想象，广州人遭到了各地的抵制，只好迢迢地转来哀求长乐，那就太妙了！到时候，一定要不慌不忙地调侃他，不紧不慢地揶揄他，钝刀子割他的肉，猫玩老鼠一样，玩得他死去活来。然后，黑起脸，礼送出境。

战端未起，长乐就已经美美地享受起胜利的喜悦来了。

广州人还是没来，却来了地委书记。他来检查工作。工作谈完，书记说了一段题外话："有个事同你们先打声招呼。"一般来说，上级领导的招呼就是命令，长乐的书记赶紧洗耳恭听。"广州的电影制作中心看中了你们的旧街，下个月就来拍一部片子。人家找到我，还有王专员，我们都答应了。你们接待接待。他们那个导演张正江是我大学同学……"长乐的书记呆了，几乎要问："什么什么？"当然，脱口而出的只能是："好的好的！"能说不好么？长乐不怕大地方，但是怕管他的地委书记——县官不如县管！

长乐苦恼了。很难过。对手成了地委书记，奈何！直到书记坐小车离去，长乐才从惊愕中醒过来。痛骂"电影骗子"，并且认清了敌我友，指出："广州人比北京人狡猾！"寻思寻思，他又赌气道："我们要修街道！"地委书记已经走远，听不到这话，等于没说。即使听到了，也会叫他"等一等"，还是等于没说。于是又哀叹："官大一级压死人！"忽然又有了要求平等的意识，但这显然又不现实，只好悲壮地牺牲掉这神圣的意识。

难道长乐了二千多年，从此便不长乐了么？当然不会。不然不叫长乐。

长乐有长乐的活法。

沉痛了一些天，长乐就忽然想通了。他安慰众人也安慰自己，"地委书记都来求了，还能哪样？这个面子给就给吧……"语气里还有些居高临下施恩于书记的意思，心理上倒也高出了书记一等。安平县的县长来求情，长乐可以忍痛割山林给他，那么，掌管长乐在内的二十个县的地委书记来求情，让他的同学来拍一回电影也未尝不可吧？地委书记的招呼，竟又成了长乐的荣耀和骄傲。"若不是地委书记来求，鬼都没门！"长乐这样说着，又是一派凛凛威风。

长乐照旧长乐。

长乐还暗暗预习，等到广州人来，要先黑起脸，磨他几回，吓他几回。想象那大地方的人，必定要赔他若干张笑脸，以及甜甜绵绵的好话，长乐觉得这倒也不错，蛮有意思。

有　朋

让广州人来拍电影，长乐总有点遗憾。他想，与其让广州人占这份便宜，倒不如当初同北京人交朋友。北京到底是首都。北京人到底相貌堂堂。北京话到底动听悦耳，是国语，官话。而广州人讲普通话，在电影里已经不止一次被嘲笑。尤其让长乐看不起眼的是，广州人总爱打扮香港人的新潮模样。他固执地认为，香港人如何新潮都是有道理的，而广州人既不是香港人，那么，如何新潮都是没得道理的。旧时长乐恨假洋鬼子，现时则讨厌假港客。

长乐极讲究朋友的身份。

《长乐县志》对长乐历代交友殊荣，总有记载。《历史概述篇·建置沿革章》这样记载："公元前6年(汉哀帝元寿元年)，设长乐郡。与桂林同为郡府之地。时柳州尚未有郡守之荣。"世界旅游城市桂林，长乐曾与他同为郡守之地，可见早年间长乐也是有身份的。而如今威风煊赫的柳州，居然当年还在长乐之下，足见没有理由骄傲而冷落长乐。尤其是《人物篇》，更见长乐攀亲交友之乐。"公元742

397

年（唐玄宗天宝元年），唐玄宗李隆基两广选美，长乐民女青玉入选，初为嫔妃，玄宗偶尔临幸，大悦，几欲择为贵妃，皆因杨贵妃嫉恨，设鸩酒毒害而死。"好不容易就要有一个姑娘同皇帝睡觉，长乐差点就要成为皇亲国戚，可恨那祸国殃民的杨贵妃，夺了长乐眼看就要到手的幸福。后人凭吊，悲愤不已！不过，长乐的姑娘要麻烦大名鼎鼎的杨贵妃亲手设毒加害，那姑娘也就死得壮烈，死得其所，规格很高。

我在长乐上的中学。我的班主任，原先被错划为右派。前年，我回长乐城过老历年，约了几位同学去同老师拜年。他问我，在南宁工作可曾见过某某书记，然后说："土改时我听过他的报告。"好像要由此证明他早就同某某书记有过亲密关系。他又问我，认识某副厅长么？我说见过，还认为那是一位很有才干的领导同志。他就笑眯眯地说："五九年，我们一帮右派在安平农场劳动，我们同一个劳动小组，我还当过他的组长呢！"俨然一副老上级笑谈下级的神气。那天，老师招待我们喝酒。席间他还问我，在北京大学学习，可曾见过某某某教授、某某某教授。我若说没见过，他就一脸写满失望；倘若说见过，他就微微点头，大有这学生没有白教的欣慰；再要说有所接触呢，他便给我肃然起敬的注视，不免令我感动。为了自己的虚荣心，也为了满足亲爱的老师的厚望，我顺口扯了若干次的谎。瞎说见过或者经常见到或者听过某某某某的课，让他欢喜不已。有一位同学问到原籍广西的王力先生，我也顺口瞎说去年秋天见过，很老了，夫人扶着他。老师诧异，说："王力不是去世了么？"我吃了一惊，慌忙改口道："哦、哦，不是王力，我说的是朱光潜……"其实朱先生也已作古。当时，我真吓出一身冷汗。可是，不出几天，长乐便传出我同若干知名教授十分之熟识的喜讯。我不禁惶然，可又无力辩解，只好惭愧至今。

然而，阳鬼王是不会惭愧的。

阳鬼王是小城做大力的头子。大力就是抬棺材埋死佬的行当。这行当因为同死紧密相关，给人恐惧感和神秘感，因此对于大力头子的传说，也就神秘起来。阳鬼王年轻时在桂系军队里当过兵，参加过台儿庄大战。"他见过李宗仁！"长乐不可思议地传说，"在台儿庄大战！"这么一说，俨然阳鬼王就有了第五战区长官司令李宗仁的威风，台儿庄血战的气势。阳鬼王又说他到过延安，还说在延安见过毛主席，同朱德总司令在一个集上赶过集。想必那时开群众大会见一回毛主席并不困难，而同朱德在一个集上赶集，也是平常之事，解放区军民同乐，绝不会涉及同朱德赶集的资格审查问题。然而，长乐却郑重其事地同外面回来的人介绍他与毛主席、朱德总司令的亲密关系，这样一来，长乐也就同延安有了某种不同一般的关系。阳鬼王会弄一些刀枪棍棒。长乐盛传他于民国某某年参加过南京的国术大赛。也不清楚他在那大赛里胜负战绩如何，反正他参加过，也就好像有了国术大赛的骁勇。若有人解释说国术就是武术，他就极为不满，"不叫武术！"他很鄙薄一些人的无知，"叫国术。武术是一般的武艺，国术是国家的武艺！"他纠正道，一脸严肃的表情。

逢着过老历年，长乐必定要舞龙舞狮，玩抬阁。所谓抬阁，就是选一些标致的童男童女，装扮成《白蛇传》《梁祝》《红楼梦》这些古装戏里的才子佳人，让一辆辆披红挂彩的脚踏三轮车载起，在大街小巷游行。童男童女既不必唱，也不必作戏，只是供人们观赏那一张张粉嘟嘟的小脸蛋，换取一些婆娘疼爱无比的啧嘴声。因为旧时兴用轿子抬，故称抬阁。

长乐的抬阁闻名遐迩。

去年临近老历年，就有毗邻的三个县邀请长乐的龙狮抬阁去表演。那些小县城，长乐哪里看得起眼！就苦起脸，表示心有余而力不足，还表示渴慕者甚众，应接不暇，很腻烦的样子。就在这时，柳州也下了帖子邀请，长乐喜出望外。想长乐区区一县，竟受到柳州堂堂一市盛情邀请，县志又可以做一回文章了。于是乎，全城早早地为即将去柳州表演而兴奋和慌张起来。舞龙舞狮的日夜操练。童男童女的老娘逢人就抱怨："忙到死！该生！我那个女过年要去柳州妆抬阁，做行头，忙不清楚！"抱怨里充满了喜悦。而阳鬼王，不仅是埋死人的领头人，也是龙狮抬阁队的领队，年年都扛了一把关公大刀走在队伍前头。他也有三星髯，不晓得为什么，总长不到戏文里关公的那种地步。为此，他遗憾，长乐也遗憾。这回得了柳州的邀请，他早早就拦腰扎起了红布带，有事无事往大街上走。脸色严峻而凝重。脚步匆匆，显出赴柳表演之情势深急。

可是，柳州欺负长乐。他们对长乐的飞龙醒狮既不喝彩，对长乐的抬阁又不啧嘴，面对赫赫有名的阳鬼王，不仅不表示敬意，反而嗤嗤嘲笑，笑他的关公大刀，笑他的八字方步，笑他的三星髯，笑他的红布腰带，笑他的煞有介事，拿龙作虎。最不能容忍的是，柳州把他们放在市郊工厂区表演。尽管长乐安慰自己也告慰乡亲：柳州人眼看比不过长乐，就故意装聋卖哑不喝彩；而安排在大工厂区，则是想请长乐去镇住最不爱看舞龙舞狮的工人；等等。总而言之，羞辱是明显的，仇恨从此结下。长乐悲愤地想，几时柳州有难，来乞求长乐搭救，一定要挖心掏肝地羞辱他一回。

柳州一时半会还不会有难，有了难也未必就要来求长乐。长乐这时就想起早先那些盛情邀请他们去表演的小县城。立刻给他们答复，即日前往作巡回表演。想象到那些小县城受宠若惊，感恩戴德，甚至热泪盈眶，长乐就先热泪盈眶起来。又想象到柳州闻讯后大吃一惊，并且尴尬，并且懊悔，并且自惭形秽，长乐不禁有了报复的痛快，痛快里含着委屈。

龙狮抬阁队出巡了。小县城当然感激和拥戴：长乐不嫌贫爱富，长乐扶助弱小……然而，柳州并无长乐所期待的反应，似乎是不曾晓得。长乐真是于心不甘！

不曾想，左推右挡顶不住的广州的电影制作中心，竟然给长乐带来了复仇的良机。

电影拍的是武打功夫片，就近在长乐一带聘请一些会武术的群众演员。从柳州请来了四个，长乐也是四个(与柳州人数相等，长乐基本满意)。此外，安平县和几个小县也来了一二三个不等。长乐让阳鬼王也去参加。导演和武术指导测试了，皱了皱眉头，同意了。阳鬼王就同导演说国术与武术无论如何是不同的，导演只是点头微笑。阳鬼王从此时时穿起软底练功鞋，弄了一条旧时剧班的练功灯笼裤套上。晌午傍晚，喝了酒，红起双颧，招摇过市。见了县委干部，以往是热烈地握手，现在是庄重地抱拳拱手，一派霍元甲的派头。而听说柳州的武林高手也要来，他立刻拍桌打凳，呔了一声，喝道："万万不能！"

长乐劝道："君子受辱，拍案而起，乃匹夫之勇也！"

他便一捋三星髯，力图做成关公夜读《春秋》的造型，用很好的腔音叫道："有仇不报非君子！"

长乐也有一部三星髯，远比阳鬼王的要长，他慢慢地去捋，做出刘备的宽容与诸葛孔明的睿智的模样，悠悠地说："君子报仇，十年不晚！"

阳鬼王埋怨道："没得一点阳刚之气！"

"不，"长乐眯缝起眼睛，说道，"柔中有刚，圆中有方，方为大家风范！"

阳鬼王无论如何也还得听长乐的，只好忍气吞声，认了。

长乐很巴望接待一回自高自大的柳州人，他自有办法对付他们。他热情地到火车站接了四位柳州武林高手，然后，又热情地让他们住在第二招待所，这是赶圩的农民和卖药的客商都能住的地方。几个小县的武术运动员第二天才到，却住进了第一招待所，那是长乐最高级的宾馆。长乐对小县的客人，嘘寒问暖，说起话来，柔软至极，温存至极，熨帖至极。柳州的武林高手却被晾在一边，稀里糊涂，只觉窝囊。

长乐好客，大摆接风酒宴。小县朋友正坐餐厅中央的大圆桌上，柳州人被塞到旮旯边之小桌上。为此，导演和制片主任大惑不解。长乐立刻申明大义："越是偏远山区来的，越要照顾好。柳州嘛，大地方啰，见多识广，坐在哪里他们自己也无所谓的。"柳州人只好点头承认此话不错。被人打落了门牙还得吞进肚里，这是长乐整治人的本事。

大剌剌的柳州拳师，何曾受过这种冷遇！只好抓起酒杯，颇有点借酒浇愁的凄凉。喝下肚的长乐三花酒，直化成满滴火油，长乐却过来笑眯眯地劝他们："多喝多喝！满上满上！干了干了！"吃进去的一切山珍海味都是酸的，长乐却过来大大方方地劝他们："吃菜吃菜！味道不错！比起你们柳州来，差不多吧？"长乐直想说：比起你们柳州，我这还算是宽容大度的了。可怜那四位柳州武林高手，堂堂七尺好汉，徒有浑身武艺，却不知如何才能杀到那堂而皇之、丰而盛之、热而闹之的中央大圆桌去。那里宾主正频频举杯，客人们十分感激：长乐盛情。长乐重礼。长乐厚道。长乐礼贤下士。长乐够哥们儿意思。长乐阿拉自家人。长乐好吧。长乐亚克西。长乐 OK！好话不嫌多，长乐一律"哪里哪里"地接受了。

总还是柳州人可怜。惯常有的那种大地方人初到小地方来的趾高气扬荡然无存，蔫了。在后来拍电影的日子里，他们努力同长乐搞好关系，紧巴巴地陪在趾高气扬的阳鬼王左右，陪他走路，陪他喝酒，陪他说话，陪他笑，陪他说国术与武术无论如何是不同的。阳鬼王直想声色俱厉地训斥他们一回，以解心中怨气。长乐赶紧劝他："君子不计前嫌！伯夷、叔齐，不忘旧恶。咱们是大人，大人不计小人过……"阳鬼王遂换成抱怨的口气，同他们叙说背时的柳州之行。四位柳州人连声道歉。其中一人当场就宣称他的原籍是南京。

柳州城无论如何要比长乐城大的，能同他交一个平起平坐的朋友，到底不易。于是，阳鬼王同柳州武林高手讲和了。一切饮食起居的规格在小县之上。在那些拍电影的日子里，长乐大街上，阳鬼王同柳州拳师时常并肩走路，小县的人簇拥在他们身后。阳鬼王很诡，总故意抢在柳州人前头半步，造成柳州人也紧随长乐人的形势。长乐对此尤其满意。

| **作品点评** |

在《从善》这个侧面，我们看到长乐被打破面子之后的更新壮举并未指日实现，豪言壮语是容易创造的，现实的进步却难于上天，而爱面子的本能使长乐能在未改变现状的前提下仍然享受到精神胜利的快慰，当自己得不到别人的欣赏，不妨自我欣赏以求陶醉，这是长乐自欺欺人的一种办法。只是，难修的老街毕竟像一个豁口，从此引人注意添己麻烦，长乐最后未能守住地委书记冲击的防线，它曾经成功地阻挡了北京人却挡不住广州人了，这是长乐不无悲哀也不无自我解脱的"从善"。

在《有朋》这个侧面，我们看到长乐待人接物处世的原则风度。长乐虽然惯于自守，但终究免不了要与外界打交道，更通俗地说它总少不了要交朋友，于是我们看到长乐交朋友的心态中也有阴暗、有算计、有势利，更有根深蒂固的自尊。长乐不仅爱面子，而且为了爱面子它会去争面子，在处理与柳州的关系上，长乐的表现的确足够充分，它最后总是能实现它的目的，只是这实现的过程何其艰难，更令人不无辛酸的是，这目的在实现的过程中变质了、变味了。不过，长乐是不会反省这一切的，它似乎只需要得到，而不在乎得到的质量。

  ——黄伟林：《在乎山水之间也——聂震宁"长乐"与"暗河"世界两面观》，《小说评论》1990 年第 1 期

漓水谣

张宗栻

过江客

老沌取下丝钩和线网的时候，太阳就颤巍巍地贴在山顶了。舟子尾上过去抹过桐油的地方，显出一片黄爽爽的亮光来。那块亮的边沿，黑乎乎的铜锅正冒着一丝一缕白汽。那是他温着的晚饭。灶膛中，火屎还残留着一小堆猩红。他没吃，他在等小狸那鬼崽来。小狸每隔三天就帮他打酒来，今早起，他的酒瓶就见底了。没有酒老沌是不吃饭的。弄好丝钩线网老沌在灶火边蹲下。下夜用的都停当了，他这么想，然后他取过挂在船篷夹口竹上的空瓶，仰起头啜那几丝残酒，用力太猛，酒星子呛到气眼里去，呛得他吭吭吭咳了一大阵。那瓶子原来装过酱油的，他咳出一股咸味。他寻思得换个瓶子给小狸这次带走，但眼睛旋了一圈，只见得一个空油瓶。

天光渐渐收拢。小狸还没来。他不急，他就蹲着看那青石小路。小狸若来的话，远远就能见得着那条瘦仃仃的影子。青石路很有些年代了，磨得光光溜溜，沿着磨石山转过去，转到靠漓江那一边的渔村去。

老沌七十三岁了。他是过江客。七十岁那年

作品信息

原载《人民文学》1987 年第 11 期，收入《广西当代作家丛书·张宗栻卷》(漓江出版社 2004 年 5 月出版)。

他把舟子泊靠在这里，如今已过去整整三年。七十是过江客收水的最后日子。就是说不再一条江一条江地浪了。这固然是人的寿数决定的，但也是历来传下的过江客的规矩。他静静地等着河神有一天把他收走。

青石小路的末端有点黑蒙蒙的了，凤尾竹林开始摇出一路清风。那风走到湾里就踏出皱纹一样的细波波，翻上些湾水的腥味。水蚊子在腥味里嗡嗡地哼。这鬼崽莫是不来了，他挪挪身子，很轻的舟子随这挪移无声地晃，黑绸般裹着船的水也就悠悠地晃动。他取下别在腰上的烟杆，用截铁丝去挑那生烟积下的油屎。他听见铁丝戳进烟油里的嗞嗞声。四周像睡了过去。今天怎么就这么静呢，他想着，把烟锅倒过来在船帮上磕，于是磕出片惊人的大响，把自己吓了一跳。他看着一粒烟屎跌到水里，水面散出油花那样弯弯曲曲的纹路。我有个崽就好了，老沌突然这么想。

他原本可以有个崽的。那是好多好多年前的事。那时他在漓江上过得快快活活，对一颗溜圆的青皮脑壳下叽咕转的小眼睛怎么也动不起心。何况没哪个过江客带崽，过江客由礁石生下来，由江水收了去。船歌里就这么唱的。

贴船的排子传来"咕咕噜"的叫声。老沌探头看见了那只鱼鹰。鱼鹰眼里反出两点绿光。我都还没吃饭，你急什么。老沌把灶灰里的火屎用竹筷拨了拨，让它重新显红。铜锅不再往外冒白汽。那鬼崽怕是真的不来了。他不饿，没酒开胃他什么时候都不饿。青石路仍然空荡荡，而且已开始看不清楚，一块块青石板给暝色抹得平平的，上边的凹坑都不见了。风不再从凤尾竹那儿游来，湾水就定得如同靠着的磨石山一样。山的黑影重重地在水上印出几个歪歪扭扭的形状。老沌头一次感到给人遗忘了。他啧啧嘴，用手赶开几只水蚊子。人有时候就会给忘记，是没法子的事，老沌不知道何以这么想，不过是小狸没送酒来。还黑一会，就可以下夜了，这湾子就这点好。老沌决计想点别的。湾子差不多是每个老过江客选定的归宿地，它必定在渔村附近，这样死了后就有人帮办后事。什么都不用愁。老沌有一丝欣慰了，暖乎乎的，驱开着周围的寂寞。有舟子和鸟呢，还有排子呢，这些都值钱，谁个都会办、愿办，过江客愁个什么呢。老沌不再盼着小狸，他绕到前边去，操起板桨。鱼鹰见到板桨就躁动。下夜吧，下夜完了再说吧。他把丝钩和线网搬到排子上去。排子轻轻滑开去，但老沌不想离得太远，小狸难说还会来的，那就不至于听不见他的呼喊。他于是放放心心地把线网抖落下去。我有个崽就好了，他又这么想。那娃儿怕不有三岁，我看足有三岁多。老沌对此总感到怪，没怎么想它就出来了，活灵活现的。那娃儿在竹箩里还回头看人，肉墩墩的是个蛮崽。但头头脸脸哪处都不像他。娃儿到底是不是我的种？那婆娘一口咬死，日子也对，娃儿到底有不有点像我？老沌下线网的手慢下来，然后又停了。他为这桩几十年前的事怔怔地望了水面好大一阵子。

鱼鹰在排头走动，挣得系脚的索子"嚓嚓"响。今晚没你的事，老沌嘴里安抚着，没你的事，老实站着吧，你急什么呢，老实点吧。老沌决定今晚不到湾子外边去，鱼鹰也就派不上用处，得歇着还不好么，我都还没吃饭，你不安分什么呢？他对鱼鹰说。但说这话的时候，他眼睛总往舟子那儿瞄。他们娘崽两个如今怎么样了。他记起一个小衣绷着的胀鼓鼓的身体。女人说，这是你的崽，几年了，总在鬼柳林边望江水，不见你个鬼影子。这是你的崽，看，像你。他嘻嘻地冷笑着，望女人又望那蛮头蛮脑的小家伙。他把排子撑定在江边，脚始终没踏上岸。他从口袋里抓出一大把票子。女人接了。他听见女人叹了口气。她诈我了，我给这贼娘的水货诈了。老沌记得自己当时这样想。她说要跟我过的，她真真切切讲过这句话。老沌摸索到一把丝钩，把排子掉转向着石礁划去。老沌叹口气，他记得当年那女人也这么叹了口气。

老沌把丝钩安好后，对小狸之来就再也不抱指望。四周黑得定定的。舟子连个影影都瞄不见了。但老沌知道它就在附近。今晚云头好厚，他盘算把汽灯点上，又盘算还是把排撑出湾外边去，鱼鹰干歇一夜到底可惜。他这样想的时候心里却懒懒的。他听见一只水鹭子呼呼地飞来，又软软地落在河礁上。他用手拍打几个逼近的水蚊子。湾子的腥气，从排子四周越来越浓地蒸上来。直往老沌的鼻孔里钻。他嗅着嗅着就有点想落泪。我今晚是收不拢神了，他烦恼地想。他打算把排划回石礁，赶开那个水鹭子，免得它吵乱刚下的丝钩。他拿起了板桨却久久没有划动。于是又想了好多杂七杂八的事情。

老沌在听见踢踢踏踏的板鞋声时，已抽了两锅生切烟。他看见一个黄黄的灯盏摇摇摆摆地从青石板路上转过来。那灯光圆圆的像一个大蛋黄，照着一角晃动的衣摆。他先还弄不懂哪个会在这时候到湾子里来，然后就听着小狸那尖尖的嫩喉嗓了。

"阿公——"小狸这么喊，把灯举起。老沌看见是那种会遮风的马灯。

老沌应着，赶忙把排子划过去。小狸那影子瘦仃仃的。

"小狸，这么晚了你还来。"老沌说。

"你下夜了。"小狸说。

"今夜边云头变得又黑又厚。"老沌把板桨放到马灯照着的排头，"路上当心有蛇虫，这种天要过细着，有蛇虫的。"

小狸去撩排头站着的鱼鹰，作势要扑上去的样子，小爪子朝着它抓，"啾，啾，嘎——"小狸叫。

老沌把酒瓶拎起，用瓶口的细索把酒瓶牢实地扎到围腰布巾上。

"它要啄去你裤裆里的小泥鳅。"老沌说，"他顶爱吃小泥鳅。"

小狸叽格叽格笑，退了一步，"今天的是'米双'，比'烧刀'贵了一角钱。"小狸说。

"好的，好的。'米双'好。'米双'比'烧刀'好喝。"老沌说，"这么晚了你还来。"

"我看打架去了。"小狸比画。"明桂和昌水叔打。他们喝完酒，赌钱，然后就打起来。"

"我年轻时也赌钱。"老沌回忆说。

"他们先斗锤子，后来动板凳，昌水的女人滚地哭。"小狸说。

"小人家家，莫看好。"老沌说，"莫看。"

"不要紧的，打完他们又喝酒。"小狸又撩了一下鱼鹰，"我要回了。"

老沌很想要小狸停一会。他又想不出要和小狸再讲点什么话。

"回也好。"老沌说，"你出来你娘可晓得。她会挂记了。"

小狸说："晓得的，还是她催我来。村里人都晓得你，我娘还讲过你的。"

"讲我？"

"她讲你以后死了这船和排就归葬你的人。"小狸把马灯晃来晃去，"他们讲易为得很，扯白竹布包好放在板上就漂走了。"

"是这个样子，那时河神老子就要收我去了。"老沌记起那些飘在板上的纸幡旗，江面上的风总爱把它们吹成一团。板一从旁近渔村的湾子里推出，就顺着漓江往下漂。

"你回去吧，"老沌又说，"你娘要挂记你了。"

"我回了。"小狸说。

老沌望着那团黄光一晃一晃地走高走远，板鞋声踢踏踢踏响过了湾口。

老沌还在黑地里抽了几斗烟，又"吭吭吭"咳了一顿。"贼娘的！"他突然说了一句，然后重在湾子里弄起鱼来。鼻子不断地窸窸窣窣抽着，嗅着水腥气。他很认真地起线网和丝钩，还把水鹭子赶了一程。他起了不少好鱼，有乌霸和饭头青，现时这类鱼金贵了，能卖得出好价钱。老沌觉得今夜边自己归不拢神，这对身子没什么好处，于是他再也不去想什么。老沌下罢了夜才吃的晚饭，那饭菜还有些温热。吃完饭他就放倒头睡下。他头一次没喝酒就吃了饭，而且，他发觉自己还忘掉一件事，他忘了把空酒瓶给小狸带走了。

摆　渡

明桂天蒙蒙亮就扛着篙子到江边去。

毛竹洲骚动了，而整夜吠着的狗倒静下来。明桂晓得是出门做活路的人多了。他望着对岸的圩镇，在水汽里隐隐显显的，像挂着一件女人的薄衣衫。想着薄衣衫明桂的心就突突地跳，血也嗡嗡响着从颈脖下边向上涌，于是脸孔就紧紧地胀得难过。

柳叶没来竹笋贼娘的倒先来了，这令明桂心火躁躁的。

竹笋望着明桂笑了又笑。那笑里有内容，阴冷阴冷的。

明桂说："竹笋，我操你哥。"

竹笋还笑。"有什么好笑，昨晚进了注财？"

竹笋说："我劝你莫撑这渡船，渔村里个个眼睛睁得铃铛大，在看呢。"

"他看干我卵么，我撑我的船。"

"你不弄鱼了，你改行了？"

"改不得？"

"我怕别个不这么想。"

"晚上我照常下夜。我就是不下夜又惹着哪家呢？踩着哪家坟山了呢？我操他八辈祖先！"

"不关下不下夜，不关，你莫东扯西拉。"竹笋说，"你嘴硬，老弟，我晓得你，你心里硬不起，实话讲，哥哥这里有数。"竹笋用手指着自己脑壳。

明桂哼了一声。

"我做点好事，又讨几个饭米钱。得不得？"明桂说。

竹笋把牙巴骨咬紧了，说："明桂，别个可是说我们桃园三结义！"

明桂脸变青了。明桂望着亮起来的江水不作声。

竹笋说："明桂，我话讲完了。你听清就是了。"

明桂仍然不作声。洲子对岸雾气在散，圩镇已看得清。

竹笋走了。柳叶没有来。

明桂撑了几拨人过河，收五分钱一个人头。下船时几个嫂子夸他："明桂，你帮了我们，明天到镇上给你找个老婆。"

明桂说："狗婆吧了！我丈母娘还未出世呢！"

嫂子们嘻嘻地笑，翘起屁股担河鲜往圩场那边走。走一截，又交头接耳，还回头看他。明桂的脸又紧紧地发胀。

于是他想起昌水，又想起刚才的竹笋。明桂烦躁得要命。

柳叶还是来了。

柳叶聪明，明桂想，赶不着最早，就最晚。横竖算到没有人的时候。柳叶肯定是有意的。

他看着柳叶，柳叶也看他。

"昌水哥插钓去了？"明桂说。

"他扩网呢。"柳叶说。

柳叶的衣衫总是那么薄，风一吹就贴紧肉了。明桂不敢看。明桂把船撑得飞快。

河岸远了。

"嫂子——"明桂说。

"兄弟，别人笑你。"柳叶用眼角瞄他。

"笑不笑呢，管他。"

"他们讲只有老阿婆和小人家才摆渡。"

"我摆渡不为钱。"

"哦？"柳叶说，"为哪样？"

"你心下清楚。"

"我哪清楚，我不懂。"

"我摆渡为你。"

"乱扯！"

"操他哥我看不上这点钱，我丢给你看！"

明桂停下篙子真的把一抓分币丢到水里去。明桂还要从口袋里掏。

"造孽，"柳叶急了，抓住他的手，"你乱来！"

"我看不上这点钱，我摆渡为你。"

柳叶的脸通红。

"莫讲这个话，你要死，千万讲不得！"

"我死活不忍了！"明桂说，"我忍不下！"

明桂在柳叶身上摸了一把。

柳叶火烫了一样忙退到船中间去。对岸有几个人在等船。

"咿——嗬嗬——"他们叫着。

柳叶眼睛看着水流的上头，手扶着卖鱼的挑子。漓江的水清得像玻璃一样，从上头的天边慢慢悠悠地淌下来。

明桂继续撑船。

"我晚上在洲子边。"明桂说，"我在骨树林外滩边歇船。"

柳叶没听见一样。柳叶的眼光古里古怪，有点冷冰冰的。像江水反上来那种玻璃一样的颜色。

落黑后明桂把船泊住，他喝了点酒，又在滩地上走来走去。星子出来了，月亮也出来了，骨树林子很好看。明桂想着那件薄衣衫，就热得不得了，江上来的风也吹不清爽。

柳叶没有来。明桂捺不住了，就在嘴里自顾自讲话一样念她的名字。他念了好久。

后边终于有了响动，明桂欣喜地回过头。明桂当头挨了一棒，又挨了第二棒。

明桂捧着头倒了下去，血从两腮边流下，像两条黑溪水。

明桂醒来时，看见烟头一红一红地闪光。

"竹笋，我操你哥……"明桂声气软弱地骂。

"醒了？"竹笋把烟头一抛，又抄起木棒。

"醒了……"明桂说。

"我弄死你。"竹笋说，"我等你醒来，就把你弄死。"

"我晓得了，"明桂说，"竹笋，你把我脑浆都打出来了……"

"桂子，"竹笋说，"我话讲完了的，你听清了的。"

"昌水喊你来？……"

竹笋摇头。

"柳叶这个骚货……"

竹笋吐一口，"哪个也没喊我来，桂子，谁都没有。别个讲，我们桃园三结义！"

明桂晃了晃脑壳，又转了转手臂膀。

"没得木棒你也打不赢我，"竹笋说，"我们试过了的，你莫想动，动也没得用。"

"竹笋，我想好了……"明桂说，"我漂江。你塞死我的路了，我哪有脸，我认了，我漂江了，还不得……"

竹笋望了望他，"你不愿死？"他说。

"我漂江。"明桂说，"永不回来。"

"得。"竹笋说。

竹笋丢了木棒，"我扶你进船去，桂子，你还撑得动船，我晓得。"竹笋说。

明桂忍着头痛解船走了。

"竹笋，这船要不得，"明桂临走时说，"那老过江客的船，我拣着他的命了……"

"屁话。"竹笋说，手中拄着那根大木棒。"屁话。"他冷笑说。

再晚点的时候，有人来过江边，但什么都没看见。

明桂失踪了，渔村的人说，他不该要了老沌阿公的船又没把后事办尽力。这是报应，那板太薄，布也扯得少，渔村的人都这么说。

一天，柳叶到磨石湾外边打丝草天黑尽了还没回。昌水和一拨人撑船找了好几里地，才在龙骨嘴看到那架排子，它卡在石礁里，板桨斜放在排上。排头堆着一挑晒得半干的丝草。

几年过去了。渔村的人已都忘了这桩事。突然，有人说在下游很远的圩上看见明桂和柳叶在卖鱼。讲的人活灵活现发誓赌咒。全渔村的人都信，只有竹笋和昌水不信。那时，昌水已重新成家，讨了上游船老人钱广的二女做老婆。

滩　声

漓江边的石滩一个接一个。在石滩跟石滩间，总青青绿绿长片林子。它们就这么间隔着朝下走去。

小狸先是沿着它们往下走的，到了梧州、到了广州。后来又沿着它们返回。小狸回到渔村来了。小狸还带了英子一起回来。

小狸如今是城里人了，读完了书就分在城里做事。小狸出息了。渔村里的人都讲。

小狸吃过晚饭就带英子到洲子西边的滩场上玩耍。这里静得爽神，凉快得爽神，不像城里闹哄哄，热腾腾的。

英子说过她喜欢乡下的清静、凉快。

"那里是磨石山。"小狸说，"它像叠起来的磨刀石。一层一层的，上边光光，下边长青苔。"

"刀要放在石头上磨吗?"英子问。

于是小狸讲了一个好多年前神仙和打鱼郎的故事。

"刀要放在石头上磨过才锋利?"英子说。

"嗨，当然了。"小狸说。

英子家的刀好像从没在石头上磨过。

小狸带英子到江边上打水漂。他选了块薄薄的石头片。

"要打到太阳落水那坨红光里才准数。"小狸告诉英子，"要不然白打。"

小狸打了两片都没到位。小狸第三片沉到水里的日头中去了。他急匆匆地数着水上的圆圈数目。

"你数它干什么呢?"英子总是问来问去。

"二十八个。"小狸告诉她。

"二十八。"其实英子也在跟着数。

"我的寿数不错。"小狸说,"我打过七八回,总是二十八。"

"寿数?"

"看人活得好多年。"小狸说,"水漂圈的三倍是人的寿数。"

"乱讲。"

"真的。"

英子于是也打水漂,先打不起,小狸就教她,英子终于能把薄石片打得平在水面跑了,但总打不到日头那坨光里。

"我没命了。"英子很遗憾。

"你的命比我大多呢。"小狸说。

"你会讲嘴。"

"鲇咕佬鱼最会讲嘴。"小狸说,"它进了转子离了水还一直咕咕地唠唠叨叨。鲇咕佬最会讲嘴了。就是你今天吃的那种黑黑的,带胡须的鱼。"

"鲇咕佬!臭鲇咕佬!"英子指着小狸的鼻子。

他们嘻嘻哈哈地疯了一阵子,在石滩上跑。

"我们歇歇。"英子喘着气说。

他们靠着骨木树坐下来。日头在江水上的红色淡了,江水显得又平又绿。磨石湾离这里不远,湾里的水腥气慢悠悠地浮荡过来。湾子里水腥味总是重一些的。小狸就嗅着那些水腥味了,他把这个告诉英子。英子也皱着翘鼻子使劲地嗅。

"我嗅着了,像水草的味儿。"英子说。

"我的寿数和老沌阿公一样。"小狸说。"老沌阿公七十岁上收水,七十四岁就回河神老子那里去了。"

英子有点莫名其妙地望他。

"老沌阿公是你爷爷?"英子说。

小狸摇摇头。

"他是过江客。"小狸解释,"一辈子漂江打鱼,没有定数。渔村?他们从不归哪个村,总是跑单,他们,喜欢这样子。"

"是老沌阿公亲口说的。好多年了……"小狸说。

"那时我这么一点点。"小狸说，又比画了一下。

小狸把他知道的关于老沌阿公的事全讲给英子听。但他也讲得不清不楚，他那时太小，并不真的晓得多少。

"我隔三天给他送酒去，"小狸说，"他每次给我一角钱，那时娃儿得一角钱，天那么大了。"

"后来呢。"英子说。

"后来他不喝酒了，再过一年，他就死了。"小狸说，"我去看过他，渔村里好多人也去了。他平平地睡在舱里，盖得好好的，村里人讲，他死得好自在，是老死的。"

"后来呢。"英子说。

"他从湾口给放到下游去。村里的人分了他的船和排子，还有鱼鹰。下游的水底有一口深潭，人漂到那里就沉了，而且永远不会浮起来。潭在哪里谁也不知道。只有死的人才知道。漂江客都在那里聚会。"小狸说着，回想小时候的情景，"老人家都这样讲，我从小就听他们这么子讲……"

"真可怜……"英子说。

英子泪水汪汪的。英子的泪水亮晶晶地反射出江水的闪光。小狸觉得英子的眼睛真好看。

"老沌阿公待我很好的。"小狸说，"他的确是个好老爷子……"

英子眨着眼睛。江水在剩余的天光中很像一匹大白布。英子默默地想。

他们没有讲话。四周静得很。于是远处的一溜石山那里，就隐隐约约传来一些声音，很好听的，唱歌一样的声音。

小狸说，那是滩水的声音，他从小就听惯了，现在还觉得好听。英子也说这声音真好听。

"我们漓江上的渔人都很会唱船歌。"小狸说，"各式各样，有的讲一个故事，有的风流得很，野得很。"

英子要小狸唱一个野的歌。

小狸说，那就有点难了，不过野的歌调子也好听，就是里边讲的话有点那个。

英子讲管他那个不那个，你轻点唱。

小狸刚唱了一半两人的脸就红了。

小狸说："嗨，唱不来，唱不来！"

英子说："总是讲那种事？"

小狸说："总是。"

一条舟子在对岸顺水急急往下游撑，水面留下两道斜展开来的纹路。舟子上的人像一个黑点。那个黑点唱：

妹呀妹——

日头催你你不来——

月亮喊你你不来——

若还是哥和你睡

赤着脚板跑起来——

"哎呀，"英子叫道，"哎呀！"

"过去我们这里有个后生家最会唱这种歌了，他叫明桂。喜欢喝酒、赌钱，还打架。老人们讲这个人不安分。但他唱歌的确好听。"

江面很模糊了，临水边轻轻游上一层雾气，水鹭子拉长的鸣叫，从湾子那边悠悠远远地传来。

"那时我也还小，他就不见了，一天早上——"

"你说谁？"

"就是那个明桂。一天早上有人发现他的船不在江边，以后就一直没见过他。"小狸说，"关于他的传说多了，但哪个也讲不清是怎么回事。"

英子望着小狸轻轻地吁了一口气，带着女儿家身体的芳香。

"他大概已经死了，哪个晓得？在江上消失的人，我猜大多都是死了。"

于是小狸跟英子讲了秋菊的事、水妹的事，最后还讲了柳叶的事。

"柳叶很好看，眉毛弯弯的，细细的，像柳叶。她能在水里抓鱼。我们这里很多妹子，水老鼠一样，水中的本事大得很。"

"柳叶也死了么？"

"不知道。"小狸摇头，"就像那些讲故事的船歌里唱的，漂江客死了，而渔家漂亮的妹娃都成了仙女……"

"小狸，"英子说，"我说小狸——"

"你想说什么？"小狸说。

"我想说，我喜欢你——你们这地方……"

"哎呀，看你讲的，看你。"小狸有点慌张，"我再唱点别的歌。"

"不，别唱，你别唱。什么也别唱。"英子说。

漓江流得又缓又平，星子在水上镶着了，月牙在水上印着了。清风一过，它们就晃晃地闪着亮。

淡淡的水腥味在弥漫，雾气铺在靠江岸的地方。小狸觉得英子朝他挨过来。大概我不该和她讲那么多江上的事情，小狸这么想，他为这个有点后悔。后来，小狸就抱着了英子。

他们紧紧搂着，又听到了远处的滩声。

| **作品点评** |

如果说《魔日》有很明显的文化理念的痕迹，那么，《滴水谣》则洗尽了理念的铅华，直接书写漓江渔人的人生，讲述了过江客、摆渡人和大学生三个人物的故事。

……

老过江客、明桂和小狸差不多是渔村的三代人。他们的人生各有不同。老过江客的生活相对原始自然，更接近古老的传说；明桂的生活有了更多社会的内容，世俗化色彩较浓；小狸终结了渔民的生活，渔村的生活成为他城市人生富有异彩的背景。

  ——黄伟林：《以漓江为中心的文学叙事——"广西当代多民族文学研究"

  系列论文之二》，《广西师范大学学报》2016年第2期

伏羲怪猫

李逊

麻妊奶奶说，先祖伏羲兄妹为了使人类重新繁衍生存，只得结为夫妻。妹妹生下孩子，力气用尽咬不断脐带，伏羲就用一块尖利的石头把脐带割断。从此人间又有了烟火，那块石头则变作一只尖牙利爪的猫为人们看家护院，这是在洪荒年代发生的事情。阿健在母亲的背袋上听着麻妊的古迷迷糊糊地长大了。后来有个猎人从山上带回一只幼小的雄山猫给阿健哺养，山猫野性十足，第一天就把阿健的手咬了一口。魔婆麻妊用手在猫身上抚了三遍，猫立刻温驯地蜷伏下来不动。麻妊说就叫它伏羲吧。麻妊因此活了九十九岁。

现在伏羲长得毛色斑斓，硕大强壮，喜欢藏在床脚用琥珀眼睛看人，肚子里滚动着暴躁不安的雷声，粗壮的尾巴轻扫在地上扬起尘嚣，确有一种不凡的威凛。它能从河里叼起鱼，上树吃毛虫和毒蜘蛛，还常把一些血淋淋的动物内脏拖回家，弄得全家人胆战心惊，多次威胁要把它扔出去。阿健就哭就闹。最凶的一次阿健哭了两天两夜，谁也劝不住，伏羲蜷缩在床脚不吭声，家里人唉着声叹着气，悻悻地隐遁在墙上，留下一间空屋，结满红蜘蛛和绿蜘蛛。在墙的另一端，老鼠们忙着搬运罐里的苞米，忙得不可开交。风从一个残洞嘶叫着欢快刮进来，露出许多红色爪子

作品信息

原载《上海文学》1987 年第 11 期。

抓走一切家什。瓦盖被谁掀开看了一眼又盖上。伏羲终于不耐烦地抖抖身体站起,环顾四周打了一个响亮的喷嚏,壁上的墙灰震得噗噗落下,老鼠们惊慌失措没命逃窜,蜘蛛迅速地把网越结越厚蚕茧一样裹住自己。阿健咬着手指惊奇地看着。

这时爷爷说就把伏羲留下吧。爷爷躺在床上抖得厉害。姐姐忙把尿盆子端过去塞进被窝里,满屋子都是爷爷翻动的声音。春雨没完没了地下,柴都湿了,烧起来尽是烟。阿健找来根竹筒使劲往地灶里吹气。墙上吊的几块去冬腊干的牛肉熏得滴下油来。一个汉子背着长长的布袋走进屋里。他挽起裤脚给他们看一只血肉模糊的脚,要求留下来住一宿。阿健看看父亲,父亲看看爷爷,爷爷咳咳说今晚阿健跟姐姐睡,把床让给这个汉子。雨好像小了一点,阿健走到门口看天色,用手接檐上的雨滴。屋里爷爷正在对那个汉子说着影子的事,他总是对自己的影子耿耿于怀放不下心。爷爷说那一天给麻妮出殡的时候,他站得离棺材太近了,棺盖合上时压去了他的半个影子,从那以后他就心绞痛,还整日整夜地咳个不停。爷爷比奶奶小二十岁,所以还不想这么早就跟了她去。爷爷还告诉汉子以后走路千万要小心,别让人家踩了你的影子。汉子大概在一个劲地点头,要不爷爷的话不会那么多。

阿健嗅到一股很浓的霉味,他相信再这么下雨连人也要发臭了。姐姐说饭烧好了。阿健蹑足走回屋里,看见汉子脸上堆满媚态的笑。伏羲不知从哪里钻出来,嘴里叼着一条又肥又大的四脚蛇,走回灶边大嚼大咽。蛇骨在它的利齿下清脆地响着。咯吱吱。咯吱吱。一时满屋子都是这个声音。这只猫总能逮回千奇百怪的东西,真是讨厌极了,姐姐说,但愿它不会把麻妮的白骨也叼回来。阿健入神地看伏羲把蛇的尾巴吞了进去。这期间汉子始终力图笑得可爱一些,终于使父母亲都皱起了眉头。姐姐卖劲地把几块牛肉翻过来翻过去地炒,顿时将屋里的霉味和空气中的古怪搅得泡沫一般浮动起来。他们招待客人总是切下几块四两重的牛肉爆熟了再撒一点辣椒末。阿健走到汉子身边去摸那布袋,汉子很谨慎地推开了阿健的手。

姐姐又说了一遍吃饭了。

他们围着地灶坐下，各自用了很大的力气去对付硬邦邦的牛肉块。汉子冷不丁惨叫了一声，把所有人吓一大跳，一看是伏羲干的。这家伙刚才极险恶地拱过来，用锉子一样的舌头在他的伤口上舔了一下。啧啧，这只猫到底想干什么？汉子咝着冷气说。他不得不把身体转个方向好让自己随时提防伏羲，这样他的吃态就变得粗俗丑陋之至。这种事不是第一次啦，伏羲就是喜欢吃血腥味的东西！父亲高声说。父亲一天难得说上三句话，但一说起来声音就大得震耳。父亲又很坏地看了阿健一眼。阿健低下头不去看所有的人，只管吃。对面山上的浓雾中流进透明的光，把整座山照成条状的巨兽。砍柴的声音清脆地响着。老远就能听见树茬的断裂。两只野兔正在草丛里交媾。一条蜈蚣从石缝里爬出来又往另一处石缝钻进去。大树后面传来解溲的畅快声。忽然有人狂奔出来大喊——蛇蛇蛇！再过一会，大约山歌也要飘进这间带霉味的屋子了。不过阿健更喜欢一个人出去走走，他厌恶屋里这个不速之客。爷爷谈兴正浓，又讲起了关于山魈的事。

他说山魈那种东西呀……有一年姐姐上山打草，被一只雄山魈从背后猛地拦腰抱住，吓得姐姐哇哇大叫。那山魈发出人样的笑声，使劲扯姐姐的裤子，还用长毛爪抓挠姐姐的奶子。姐姐手里的镰刀没命地乱砍一通，山魈恼了，气急败坏地在姐姐背上咬了一口。幸亏两个男人正好经过那里，他们朝天放起鸟铳，山魈做了个鬼脸，扭身就跑了。

这事阿健也听寨子里的人说起过。他们说是姐姐自己先去挑逗那只雄山魈的，还对父亲说该给姐姐搭个"风流屋"了，可姐姐那时连十四岁还没满。父亲脸气得铁青不说话，以后不再让姐姐去打草，阿健就把这活接了过来。阿健一直想碰上一只真正的山魈，却总是运气不好。有时他想要是他碰巧碰上了一只母山魈又会怎样呢？这个问题常常把他的脑子搅得乱糟糟的。姐姐在屋后洗澡的时候，阿健偷看过她背上那块伤疤，又大又圆，长出来的新肉嫩红发亮，看上去很像一面铜鼓。这件丢人的事爷爷也对汉子说了。他还说山魈这东西鬼得很，你在这里说话，它在老远的山里就能听见。它还会穿上人的衣服扮成后生仔守在路边，专门挑那些漂亮女人。你要是看见路边有穿蓝衣衫、竹笠戴得盖住脸的人，就不要与它搭话，赶紧走过去。但是也别伤害它，政府不允许的，是要保护的珍奇动物，条文都贴在寨口呢。爷爷说到这压低了声音，汉子就把头凑过去，两个人的头挨在一起好久也没分开。伏羲又不声不响地蹿上床。阿健咬着手指直想笑。汉子又惨叫一声。他下床四处寻找着什么可以惩罚一下这只恶猫的东西，伏羲却极敏捷地跃到屋梁上，风度翩翩地来回踱着。

姐姐说阿健你把该死的伏羲弄出去，阿健沮丧地往外走，伏羲也跟了出来，脸上有先知圣哲的傲慢。寨里曾经有一只母花猫对伏羲一见钟情，三番五次来勾引它，终于在一个晚上它们双双私奔。几天后伏羲独自回到家里，那只母花猫却音讯杳然。那家夫妻俩婚后多年不孕，并为这事求过麻妊施过几次巫术不灵，却在这之后奇迹般地有了个男孩。男孩长到三岁，见了伏羲就唱一首奇怪的歌：伏羲伏羲，猫精变人。伏羲伏羲，猫精变人。有一天伏羲撒起野，扑上去把男孩抓得全身是伤。那家人把孩子送到公社卫生院就医，医生意外地发现这孩子原是男相女身。医生建议送这孩子到条件好的县医院去做手术，他们听说要把个男孩变成女孩，执意不从，硬把孩子抱回寨子。不久这孩子就在一场暴病中死去。麻妊因此受到全寨的加倍敬畏。那个老魔婆呀，她养的猫都会巫术，人们私下里说。这些话总是令阿健激动不已，他比谁都更要相信伏羲的确不是一只寻常的猫。

晚上阿健和姐姐挤在一个床上睡。汉子在另一个床上包扎他的脚。上药的时候大概疼坏了，光听见汉子哎哟哟地一个劲叫。姐姐说汉子你要是碰上一只山魈就好了，最好是只母的，它会把你带到窝里去下崽，说完自己先笑开来，汉子问这里的山魈是不是很多？姐姐说很多。然后各自倒下就睡。

汉子一合上眼就开始打呼噜，发山洪似的在屋里来回震荡，吵得人睡不安宁。隔壁爷爷也咳起来。阿健轻轻咬着姐姐的耳朵说，这么响怕连山魈也要听见了。姐姐捂住他的嘴让他住口。隔了会姐姐自己又说，阿健说真的我害怕，心跳得厉害，好像有什么不好的事要发生了。阿健用手去摸姐姐滚烫的胸口，被姐姐一把扯开。他说我睡不着。姐姐说那你就数数吧，数到一千准能睡着。阿健开始数数，数到九十九他就数不下去了。九十九是个显灵的数字，阿健知道麻妊就是在九十九岁时自己勒死了自己。据说这么做是因为她相信人活够百岁就不能来生转世。爷爷讲的许多古也总是提到九十九这个数字。阿健因此常常担心自己活到九十九岁时该怎么办？有时他干脆就想只要活到百岁不转世也罢了，他不想像麻妞那样死掉。他把这想法告诉爷爷，爷爷就骂他是小魔头。

想到这阿健更加睡不着，只得又重新数起，照例是数到九十九。姐姐也好像睡熟了。屋子里黑得压住人喘不过气来。阿健用手堵住耳朵不去听汉子的鼾声，耐着性子再数。不知这样挨了多久，阿健恍恍惚惚地想到了一种寨里孩子们常爱玩的游戏。他们各自做好不同的鬼面，戴在头上罩住脸，手拉手围成一圈。一个被蒙住眼睛的人站在圈子中间，大家就开始跳舞。蒙眼人伸出手去触摸他们，待抓住其中一个时大家便停下来，任蒙眼人用手摸着对方的鬼面说：你是谁，不说我也知道。你是一个哑巴，因为你不会说话。你是一个麻脸，因为你不敢摘下鬼脸壳。你是一个瘸子，因为你现在逃不脱。要是你还不是个瞎子，那就看着我，笑呀笑呀笑呀。阿健夹在几个女孩子当中，还没走到蒙眼人面前就忍不住笑出了声。阿健！大家齐声叫道，把他吓了一跳，

屋子里空荡荡的，回音还没有消失。阿健看见汉子的床是空的，姐姐也没睡在身边。他下床推开大门走进院子，这里月光如水，照着六只呆立不动的猫。它们全身长得与伏羲一模一样，用同样的姿势立在墙头、树上和院子的中央，神态布局不胜诡谲。阿健揉揉眼睛细看，发现它们的排列正好与南斗星座的位置相符。这是麻妞教给他的。麻妞生前谙熟步罡踏斗，喜欢踩着天罡步跳神奇绝伦的驱鬼舞。按她的说法，天罡星分东西南北四个星座，其中南斗星座共有六颗，状如朱雀，专门用来预兆吉凶福祸。麻妞临死前吩咐过，要家人按南斗星相的布局在她坟头栽六棵松树。阿健悟出这是麻妞的旨意，就顺伏羲暗指往南走去。

远远听见坟地里有似笑非笑似哭非哭的嚎叫声。六棵树下，姐姐被扒得一丝不挂，同样赤身裸体的汉子手挥一根带棘藜的树枝没头没脑地抽打姐姐。汉子这么看去要比白天结实得多，浑圆的手臂挥起树枝呼呼生风，抽得黑夜划满青色的闪电。他蓬乱的头发里藏着的一对兽眼在月光下露出阴冷的欲火，手每挥动一下，

身体也随即痉挛地抖动。嘴更挤出膻腥的野叫。他完完全全是个疯子。奇怪的是姐姐并不讨饶，在他的鞭挞下翻来滚去，两团丰满凸起的乳房圆月一样光彩夺目，黑发长而乱地散落下来，在她歇斯底里的滚动下优美地蓬松翻卷，缓缓流过那两轮圆月又勃然腾升，带起一团浓重的乌云。姐姐的身体渐渐变得粉红粉红非常好看。

阿健感到一阵恶心，马上就要吐出来，他捂住嘴竭力忍着。血腥味又浓又呛地弥散四下，让人担心连麻妠也要被吵醒了。忽然姐姐飞快地从地上爬起，手里抓着块石头狠狠往汉子脑瓜砸去，汉子嗷地没命一叫，两人都倒在了地上。坟地复归阴界的肃穆。阿健想他们一定是死了，不过他们死在这里麻妠是决不会答应的。但那两团影子相互吭哧一下，又蠕动起来，慢慢往一起重叠。

第二天早上姐姐起了床洗脸，花了很长的时间。汉子还在呼噜噜地睡。阿健走到姐姐身后看见木盆里有几点红色的游丝。你睡好了么？姐姐问道。我数数，数到九十九就数不下去了，阿健吞吞吐吐地说，我大概是数了四遍，也许是五遍，我记不清了。你后来是睡了，像头死猪，姐姐说，然后就做噩梦对不对？阿健垂下眼皮。我做了个很奇怪的梦，梦里我一个人往六棵松走，就看见……

六棵松?!

姐姐怒冲冲把木盆推倒，直起身子瞪着阿健。你说什么？你怎么会梦见六棵松？汉子忽然又在屋里惊叫，声音惨不忍听。他们冲进屋里，见汉子坐在床上直拍胸口，脸上残剩着极度的惊悸。这些伏羲迟早会要了我的命。他哆哆嗦嗦地说，太可怕太可怕太可怕啦，它们像一群地狱里来的魔鬼，撕开我的皮肉吃我的五脏六腑。我没有办法，只好逃出去，一直往南跑。我看见一片坟地，黑乎乎地站着一个女人，要不就是一只母山魈，天哪——

汉子住了嘴不敢往下说。姐姐脸色煞白、目光残酷而又悲戚。一颗汗滴顺着姐姐的额头往下爬，又重重地摔在地上发出碎裂的巨响。有个庞大的东西走到窗外面停住，光亮立刻被遮住，屋子里漆黑一团，三个人六只眼睛鬼火一般飘过来荡过去。那大东西听了一阵动静复又无声地走开，光亮重新照射进来。汉子看看姐姐。姐姐看看阿健。阿健你做的噩梦别跟任何人说。姐姐哭了，很委屈很后怕的样子。汉子低下头查看自己受伤的脚，发现已经肿大而且在流脓，口里就嘟嘟哝哝地抱怨阿健家的草药不灵，看来今天还是走不成。阿健想不通这个野兽一样的男人怎么竟会有女人一样啰啰唆唆的碎嘴。爷爷那边又传来咳嗽声，姐姐忙跑过去。阿健小声地对汉子说，是六只伏羲。六只。汉子也吃惊地小声问，你怎么知道得那么清楚？阿健不再搭理他，扭头走了出去。

天气居然很好。

母亲正跟父亲立在树下鬼鬼祟祟地叨咕汉子的事。父亲的话一出口就吓得母亲去捂他的嘴巴。伏羲趴在门槛上懒懒地晒着太阳，不时甩动沉重的尾巴，弄得母亲头皮一炸。爷爷的咳嗽越来越厉害。突然屋子里一个瓦罐之类的东西被狠狠摔在地上。随即听到那个汉子在破口大骂：别咳了别咳了老不死的！还有完没完？真他妈的受够了！姐姐哇哇大叫着跑出来，把门口的阿健撞得栽出好几米。汉子气势汹汹提着一支崭新烤蓝的双筒猎枪走到门口，厉声说：今天老子一定要结果掉这只猫！他把枪管往下一扳，摸出两颗大得吓人的子弹塞了进去。伏羲似有警觉，腾地一下弹射到泥墙根。汉子举起枪就是砰砰两下，墙根处顿时一团尘土。姐姐披头散发神情麻木，母亲揪紧父亲的肩膀瑟瑟发抖。尘土散尽，泥墙根留下两个大窟窿，伏羲却伏在墙上不动声色地看着汉子。汉子气急败坏地又上了子弹朝墙上砰砰地放，伏羲早已跃上了树。汉子把所有子弹全掏出来，追着伏羲天上地下放了半天，终于打完子弹，扔了枪，倚着门软软倒下。伏羲抖抖身上尘埃从屋顶跳下来，打个响鼻，大模大样擦着汉子身边走回屋里，仍是一脸先知圣哲的傲慢。

院子又寂静下来。五个人泥胎似的呆立着，谁也不吭气。半天，爷爷又在屋里一阵一阵咳起来。汉子垂下的头慢慢抬起，红红的眼眶盈满泪水，依旧用布袋套好猎枪，扛在肩上，一瘸一瘸地往外走，出了大门，姐姐在后面一声尖叫，不顾一切地追出去，抱住他，嘴唇嗫嚅地动，却说不出一句话。汉子回转身很有劲地一拳砸在她身上，姐姐晃了晃倒在地下。汉子头也不回，拖着肿大的伤脚径自出了寨子往山上走去，愈见愈小。砍柴人的山歌也漫着云雾无边无际地传来：

> 天上云雾层贴层，
>
> 地上野草乱纷纷，
>
> 割断白藤捆艾草，
>
> 一捆捆住

突然听到伏羲发出几声绝望的惨叫，是从喉咙里挣扎着挤出来的，很快就中断了。阿健跑进屋里，看见姐姐的手背上有几道伤痕正渗出一小串一小串鲜红的血珠，伏羲倒在一边，后爪还抽搐了几下，便不再动了，只用那非同凡俗的目光盯住人看。晚上阿健感到格外害怕，满屋子都游动着伏羲的眼睛。他怯懦地爬上姐姐的床紧紧挤着她躺下，冰冷的身体抖个不停。姐姐告诉阿健那汉子是个偷猎的，想来打山魈。别的就什么也没说。

| 作品点评 |

李逊不高产，却始终有着自己鲜明的风格，这是他与众不同的想象力所决定的。他早期作品中的某些片段，至今仍然清晰地留在我的记忆里。有的时候，我对广西生活的回忆会和他的那些小说搅在一起。死后不愿回到阴间，继续骑着矮脚马传歌的壮族歌师；嫁给猎人过上性生活之后巫术就不灵，回归为普通女人的巫女；长着犄角靠吃蓝蚂蚁为生的女孩；会放蛊的瑶人；专跳傩舞的老太太；在夜晚布罡踏斗的七只怪猫……从这些小说，你绝不可能获得与他人相似的阅读经验。

——林白：《关于〈在黑暗中狂奔〉》，《南方文坛》2001 年第 4 期

1990 年代

美国

沈东子

我常常拖着了了坐在江边，遥想我生命中一个如梦的夏天。码头上的冬青树依然繁茂如同当年，可是已经见不着击水嬉闹的渔家少年。人们排着长队依次登上驶往下游的白色的船，好像前去瞻仰的是本世纪最后一片田园风光。是的，鹅卵石的河滩上不再有小鸟觅食蜻蜓翻飞。只有瘪瘪的可乐罐和万宝路香烟壳在水面上漂荡。我认识烟壳上的那个男人，认识牛仔帽下面那张男人的脸。他眯缝起眼睛对眼前的世界发出微笑。那是一种居高临下的微笑。所有的人都认识他。他来自西部，来自亚利桑那草原，来自科罗拉多峡谷。

每当了了问我：爸爸，什么时候带我坐船去看妈妈？我就会想起那首《将来会怎样》。我不知道将来会怎样。我知道将来也不会怎么样。我爱了了。因为我爱了了，所以我什么也不想说。因为我想把一切的一切都告诉她，所以我什么也不能告诉她。奎塞拉是个小姑娘。了了也是一个小

作者简介

沈东子(1960—)，祖籍浙江，幼年迁居桂林，现为中国作家协会会员，漓江出版社资深编辑。1988年开始写小说，并从事文学翻译，为广西首批签约作家之一。著有长篇小说《少不更事》《碎陶》，短篇小说集《空心人》《手感》，随笔集《西风瘦马》《西窗剪影》等，译著有《呼啸山庄》《大盗巴拉巴》《乌鸦》等。小说《美国》获《上海文学》小说奖。策划编辑的图书《在路上》《沙丘》《火的女儿》分获第五、六、七届全国外国文学图书三等奖，《赛珍珠作品评论集》获桂版图书一等奖。在新浪、搜狐、凤凰常年开设时评博客。

作品信息

原载《上海文学》1993年第5期，《人民文学》1993年第10期转载，获1994年《上海文学》小说奖。

姑娘。有些话你不能告诉小姑娘。人们曾经告诉我，我将娶到一位富于爱心的女人，结果我的女人果然很爱别人。人们曾经告诉我，我三十岁以后将不再痛苦，结果我三十岁以后果然只有麻木。人们告诉过我许多许多，而真实的事情他们从来就不告诉我。

　　我大概算是最早认识那位西部牛仔的中国人之一吧。他当然不会还记得我。所有的美国人都不会记得谁。我曾经在信中告诉凯伦，中国人在这方面特别容易受到伤害。她回信说中国人的记忆力也太好了，几千年以前的事都恍若昨日，哪能记得住这么多的人和事呢。而美国人就不愿意沉湎于往事，所以总是老不起来。她说除了酒，其他的一切她都喜欢新的。我总觉得她的这种解释包含着某种讥讽的意味。因为多少年过去了，我依然记得这种说法。也许我过于敏感。我生活在一个灰色的年代，心上落满了历史的尘埃，总是习惯于把人往恶的方面猜度，就像兵马俑里的那些武士一样，时时对他人戒备森严。所有二十世纪下半叶的中国人都习惯于对他人戒备森严。忘却当然是美好的事情。当然是一种幸福。可是活着怎么可能什么都忘记呢？总会遇上一些忘不了的事。比如中国人忘不了八国联军，美国兵忘不了南越丛林；又比如了了忘不了唐老鸭，而我则忘不了了了的妈。

　　当然也有一些美国人还记得别人，比如凯伦。

　　凯伦出现在我面前的时候，我只有二十岁。一个在禁欲的国度度过了二十年岁月的年轻人，邂逅一位美丽得如同特洛伊的海伦一般的金发女子，会产生什么样的感情呢？当然唯有爱。何况那时候的我正疯狂迷恋于爱伦·坡的《致海伦》。据说坡写那首诗时也是二十岁。在遇见凯伦之后不久，我碰到一位胡子状如惠特曼的美国老兵。我对他说，我爱上了一位美国姑娘。他立刻现出满脸讶色。我又说，她的名字叫弗丽丹。他马上开怀大笑：哦，哦，这是一种浪漫，一种浪漫。弗丽丹是谁呢，就是自由，就是我那时候认为最最迷人的美利坚特征。凯伦就是我那时候心目中的弗丽丹。是的，我爱美国。虽然人们告诉我不应该爱，可是我无法不爱。我爱杰弗逊，我爱爱默生，我爱梭罗；我爱狄金森，我爱杜利特尔，我爱海尔曼；我爱邓肯和梦露，我爱甲壳虫和好莱坞；我爱林肯，我爱肯尼迪，我爱金，不是黄金，是马丁·路德·金。我还爱许多许多，我以为那才是真正的美国。我爱所有的创新。我爱一切叛逆。任何反对权威的行为我都支持，任何谋求权威的尝试我都反对。如果要问凯伦除了美貌还有什么其他魅力，所有这一切就是她的魅力。至少那时候的我就是这样想的。凯伦是一位美女，一位美国的妇女，一位美丽的妇女。我无法不爱美女。

回想起来，凯伦那年也有二十五六岁吧，可是那时候我以为她比我小。我有时候想，为什么美国的妇女或者美丽的妇女在我的眼里，总要比她们的实际年龄小些呢。这大概是因为我太喜欢她们的缘故。因为喜欢她们，就会觉得她们年轻，何况因为被人喜欢，她们也显得格外年轻。

她戴着一顶白色的宽边太阳帽向我走来，金色的长发和脸上的微笑都如同阳光一般灿烂。那是初夏的南方。河水像阳光一样暖。河水如天空一般蓝。岸上有觅食的红色母马，水中有嬉戏的渔家少年。我手执鱼竿独坐江边，与竿尖的蜻蜓一道体味等待的欢乐。我没有等到小鱼儿，但是等到了她。她摘下墨镜问我这里水深吗，又问我会不会游泳，一边问一边解开了胸前那排闪亮的纽扣。那是一排亮得耀眼的纽扣。我后来告诉她，她的光洁的肉体如何震撼着一位少年的心，因为在此之前这位少年还从来没有见到过女人。她在信中说她可没有想到这一点。她说她当时只是忘情于那条河，根本就没有想到身边有个小色鬼。任何人见到那么清澈的河都会生发出亲近的念头，更何况是在那么温暖的夏天呢。她穿着黑色比基尼走下河滩，浅红的肉体在七月的阳光下闪闪发亮。走到齐臀深的河中时她回眸朝我笑笑，然后一扬胳臂就没入湛蓝的水中。我依然记得那片澄澈的河水。那是我生命中最难忘的河水。就在那片河水里，我吻了她，或者说她吻了我。我依然记得她的手，她的舌，还有胳臂上那些细软的茸毛。

当然，凯伦不是了了的妈。了了的妈是一位黑头发黄皮肤的中国女子，叫了了妈。了了妈不识洋文，但比我更爱美国。她说她第一次到我房间里来，最感到惊奇的就是我桌子上那一大堆来自美国的雪白的信。那些信让她产生无限遐想，聪慧的眼睛闪烁出动人的光泽。是的，我一直认为她很美，现在也还这样认为。美是一种感觉。你喜欢谁，谁就会美。我从不否认我喜欢了了妈。第一次见到她就喜欢。她是那样一种女人，不管怎么任性你都喜欢她。因为她漂亮，因为她任性但没有恶意。没有恶意的任性只能算作淘气。她说她喜欢美国。她喜欢白兰度。喜欢普莱斯利。喜欢福特，不是杰拉尔德·福特，是福特牌轿车。她喜欢带浴池的盥洗室。喜欢带泳池的小别墅。喜欢芳草如茵的花园。喜欢浪花飞溅的海滩。甚至喜欢那些状如游蛇的洋文，说它们简直就像结婚礼服上的花边一样美。

她很惊奇我居然能看懂那些洋文，惊奇到不愿相信的地步，因为有一次她问我里面写的是什么，我踌躇了好久才说是关于飞碟的事。还未等我说完，她就轻蔑地撇了撇小嘴，认定我在蒙她。我何尝不想跟她讲讲凯伦呢。可是这似乎不大可能。她不会理解一个女人为什么要给一个男人写那么多的信，因为她自己就从来不给哪个男人写信。如果一定要她理解的话，那她一定会认为其中隐藏着某种私情。她确实没给谁写过信，也没给我写过。我们相恋多年天天见面，即便不见面也可以按电话键。那么信呢，那种被浪漫文人称之为情书的东西呢，也就不复存在。我每每看见那些挤在电话亭里叽叽喳喳的长发少女，心中就感到空空落落。文字据说是感情的基础，而她们已不再需要文字，因此也就不再会产生普拉斯那些如梦的话。

有一次了了妈问我为什么不到美国去呢。她问得很小声，但是我知道那是她的心声，因为她的温软的胸脯同时压向了我。那是一种驱使男人赴汤蹈火的压迫，许多男人被压迫得不成人形。看见我茫然无措的样子，她指指凯伦的信说："找他帮点忙嘛。"她大概以为给我写信的是一位老牧师。她大概以为凡是老牧师都愿意收谁做养子。我知道她为什么鼓励我去美国。她的女伴的丈夫们已纷纷漂洋而去。他们给她们带来荣耀和梦想。凯伦问我，美国人淘金的梦想在西部，而中国人淘金的梦想在美国，莫非美国是中国的西部？她常常用这种故作天真的语气向我发问，而躲在这份天真背后的却是一双狡黠的眼睛。我问她我为什么要去美国呢，她那张美丽的脸因为震惊而略有变形。她用一种警惕的目光审视我，好像我忽然成了一个冒名顶替者。不过她很快就不再看我，脸上浮起自嘲的微笑。

我知道她很想去美国。我也相信她一定能去成，因为她长着一双让人心跳的大眼睛，一双让中国男人和美国男人都心跳的大眼睛。所有大眼睛的中国女人都可以去美国。我问凯伦她知道这是为什么吗，她说当然知道，因为男人都没有长眼睛，他们需要大眼睛的女人作向导。当初她之所以嫁给我，其中很重要的一点是因为我会说几句美国话。在她的眼里，所有跟美国有关的东西都很美。我会说几句美国话自然也可以称得上跟美国有点儿关系。她说她记不住洋文单词，可是各种洋名商标倒是记得滚瓜烂熟。她可以一口气说出一长串洋名，对美国商品了若指掌，声称自己在生活上崇尚唯美主义。她曾经热情洋溢地为我们的约会内容精心策划，每次约会对于她都是一次美的享受。当然那些都是在她对我感到绝望以前的事情。她想把我打扮成一副美国派头，我一度也有过同样的追求。每逢星期天我们就口嚼胶姆糖，脚踏耐克鞋，腿上套着苹果牌牛仔裤，肩上挎着柯达牌照相机，直奔麦当劳快餐店。我们坐在红白相间的可口可乐太阳伞下面，她要一罐蓝带啤酒，我要一杯雀巢咖啡，耳里灌着杰克逊和麦当娜，嘴里咬着三明治和汉堡包。看见她那种心醉神迷的样子，我很幸福。不。我很绝望。因为我的头发不可能变成金色了，只可能变成白色。我知道我将失去她。我终将失去她。我将无可挽回地失去她。因为我的情敌是美国。

我很感谢她为我留下了了了。我曾经以为这个世界上不会有了了了，因为了了妈不愿把了了生下来。了了妈是位现代女性。现代女性都不愿怀孕。可是为什么现代女性不愿怀孕而人还是越来越多，树还是越来越少呢，这是我七十岁以后要研究的一个谜。她说她很忙，但我知道其实是因为她的心很乱。我跟美国的这点抽象的关系已经让她失望，靠这点关系她无法实现她的梦想。我不知道她后来为什么同意生下了了。在她的小腹日渐隆起的那段岁月里，我每天都为了了祈祷。我祈祷了了妈手下留情。我祈祷了了是一个女孩。我甚至把我的祈祷告诉了凯伦，让她也分担一点我的激动。凯伦说她很担心我会挨板子，因为所有的中国老人都想抱孙子。如果我真的那么想女孩子，还不如上美国去娶她做妻子。起初了了妈想叫女儿美美，声称是美美丽丽的意思，可是我知道她心中的美美是什么意思，我说还是叫了了好吧，嘴上说就是清清爽爽，明明了了，心里却知道有了了了我和了了妈的关系也就一了百了。她顺从了我，改口叫女儿了了。这真是一件少有的事情。我常常用这个例子提醒自己，她依然对我怀有爱情。我希望她依然对我怀有爱情。可是我太了解她。我太了解任性的女子。我知道我的希望只是一个梦。可是我愿意守着这个梦。这是一个美丽的梦，美丽得宛若我的小了了。我愿意守着了了和这个美丽的梦，就好像我守着的是了了和美丽的她。

回想起来，了了妈在怀上了了的时候，就已经迷上了那个跛腿的男人。那时候她的脾气很坏，眼睛里充满了寻衅的神色。我先是以为女人怀孕大抵都是这样，后来又以为是因为她知道了凯伦。因为她凭着女性的敏感，已经开始对我们频繁的通信有所怀疑。有一次拆信她看见了凯伦的照片。那张照片滑出信套，随风飘落到沙发上。当时我以为她会马上质问我，两眼盯住她的伸向照片的纤长手指，可是她并没有那样做。她只是把它捡起来端详了一会儿，淡淡地说了一句：果然是个女的。脸上再次掠过自嘲的笑容。是的，凯伦已经不是当年的凯伦。凯伦已经不再年轻，已经燃不起了了妈的妒火。照片上的凯伦身穿黑色紧身裤，那姿态如同女权分子简·方达。我们通了十年信。十年当中我们什么都说。她跟我讲述她的男人们，又跟我讲述她的小狗们。她像宠小狗一样宠她的男人，结果发现还不如像宠男人一样宠她的小狗，因为小狗比男人更忠诚。她说随着皱纹增多，朋友开始减少啦，有时候居然也不时回想我，回想那条清澈的河。她说她想到我时，总是会想到那条河。我不知道凯伦具体的生活遭遇，但是我能看懂她眼角的皱纹。我像金斯堡怀念月华如水的大海一样，怀念温情如梦的她。那是一个如花的梦。那是一段如梦的情。那是一种跨越大洋的愿望。那是一种超越废墟的思索。了了妈如何能明白这种思索呢。

又有几个中国女人明白这种思索？后来我才明白那是因为她迷上了那个跛腿男人。我对那个男人倒是没有什么恶意，虽然他跛了一条腿。我感到惊奇的是了了妈居然能够接受他。她有时候也显示出某种其他女人无法比拟的洞察力，可以透过外表发现哪个男人最有价值。我第一次见到那个男人是在一个落雨的黄昏。他和她共走在一把伞下，他的瘦长的身影在湿漉漉的地面上一晃一晃。那时候我并不认为他能构成什么威胁，总以为未来的情敌至少也是一个跟我一样魁伟的人。终于有一天，他和了了妈一同出现在客厅里，说是他要把她带去美国，因为她愿意跟他去美国。我看看了了妈，又看看他，你可以把了了妈带走，就因为你可以把了了妈带到美国。可是你留不住了了妈。她爱的不是我，也不是你，她爱的是美国。她爱她心中的那个美国。他当时肯定不知道我在想什么，因为他的目光里充满了怜悯，了了妈则一直没说一句话，像一只倦乏的小鸟孤孤单单。此刻她很可能正挽着一位金发绅士的胳膊，漫步于加利福尼亚超级商场琳琅满目的货架中。她会羞于回想她的第一位丈夫，耻于回想她的第二位丈夫。她会真诚地爱她的美国，但是没有用。不会有人为她理齐耳后的乱发，也不会有人为她披好雪白的头巾。每当秋天来临的时候，她的心都将如同一片凋残的枫叶在风中流浪。我常常会产生这样的冥想，又常常被这样的冥想深深刺痛。

了了刚会说话，了了妈就想让她学讲美国话，一边给她梳小辫，一边告诉她猪叫"皮革"，猴叫"母鸡"，鸡蛋叫"矮个"，爸爸叫"发热"。后来眼见我不愿配合，也就只好作罢，把了了一个人丢在电视机前，整天模仿唐老鸭发出那种粗鄙的笑声。我不喜欢那种笑声。我有时候觉得那不是唐老鸭的笑声而是李扬的笑声。那种笑声让人想起喝得醉醺醺在西贡大街上调戏交趾姑娘的美国兵。我提醒凯伦我爱美国，但是我爱的是《月亮河》里的那个美国，不是唐老鸭，不是三K党，不是扔向小石城黑人的催泪弹，也不是隆隆驶向密苏里大学的坦克车。这就像我爱中国，但是不爱三寸金莲，不爱脑袋后面拖着猪尾巴一样。我固执地认为我所爱的才是真正的美国。我问凯伦她爱美国吗，她说美国人跟中国人不一样。美国人对自己的国家总是抱有批判意识。批判也是一种爱，而且是一种更真实的爱。但她同时又提醒我，她爱美国，但这丝毫也不意味着她爱里根或者布什。她说她才不会爱那么老的男人呢。那是截然不同的两回事情。我又问她那么她爱中国吗，她回信说爱。每每想到中国，她的内心就会有一种复杂的感情，好像中国是一个对外界极不信任的苦孩子，特别容易被人伤害。她可以像比尔斯那样对美国冷嘲热讽，但是对待中国就得务必小心。末了，她又在信封左下角补上一句话，当然中国也不会都是猪尾巴，也有像沈先生这样出色的人。我不相信女人有什么理性思维，因此很怀疑她的观点其实不是她的观点，而是哪位哲学家的观点。这种观点貌似客观，其实深藏着某种傲慢。那种傲慢刺痛了我的由汉唐文明造就的灵魂。当然也许我过于敏感了。也许凯伦丝毫也没有刺痛我的意思。但是那种口吻让我悟懂了我和她的距离。这是一种貌似很近但实际上无法逾越的距离。它向我昭示了我的归属，注定我和她只能隔海相望，遥遥祝福。我和她可以写信，但是绝不会因为写信就能把墨水变成血；我和她可以接吻，但是我更爱让我心碎的了了妈。

我对了了妈了无怨恨。连我都曾一度以为哈德逊河口的那座自由女神是人世间唯一的女神，又何况年轻的她呢。我认识她的时候她只有二十岁。凯伦问我怎么能爱上那么小的小女孩呢。她说那一定是我妈妈的意思。中国儿子最听妈妈的话啦，连皇帝都一样。她要我给她寄去了了妈的相片，说是要看看究竟是一个什么模样的小妞让这个小色鬼神魂颠倒。是的，我对了了妈着迷。那种亲情如梅子一般充满芬芳。她出生的时候，中国是一片废墟。那时候她在吃奶，我在打牌，而凯伦已经在恋爱。我依然记得她偎在我怀里回忆困苦童年的情景，因为那些困苦也是我的困苦。我和她共同拥有过去。我和她也共同拥有未来（了了）。没有哪个女人跟我共同拥有这么宽广的时空。面对这种时空你别无选择。尽管她从不给我写信，只给了了写，可是我认为她给了了写也就是给我写。我固执地相信她很爱我，或者说她曾经很爱我。她曾经像欧·亨利笔下的麦琪一样，用仅有的几个子儿为我买下一支派克金笔。就因为我那些如火的情书让她着迷。她说她喜欢麦琪，喜欢献出真爱的女孩，她毕生向往的就是乡村音乐里那种温情脉脉的浪漫情调。那种音乐让她想起月光下的亲吻和阳光下的拥抱。我相信假如这个世界上没有美国，她将依然属于我。可是假如这个世界上没有美国，她又是否会在茫茫人海中看上我呢，我不知道。

又一艘游船从江中驶来。浪花打在码头上溅起白色的泡沫。一大群游客兴高采烈地走下船舷。我认为他们都是美国人。那种夸张的说话声，那种红红的酒糟鼻，那种松松垮垮的装束，那种西部牛仔的步态，都是典型的美国气派。了了扯着我的手喊：爸爸，爸爸，好红的衣服！一个头戴牛仔帽，身披红外套的美国老头朝了了走过来。他的眼睛蓝得像夏威夷的海水，胳膊结实得如同海明威笔下的渔夫圣地亚哥。我注视着他的眼睛。那是一双朴实无华的牧人的眼睛，里面仿佛游动着内布拉斯加或爱荷华的羊群。他掏出一张明信片递向了了，明信片上是一只大嘴巴的鸭子。了了有点害怕，因为他的手背上长满了金色的茸毛。他说：唐老鸭，迪斯尼乐园的唐老鸭。说着还伸长脖子呱呱呱叫了几下，把了了逗得咯咯直笑。这时走过来一位漂亮的中国姑娘。她穿着一件圆领 T 恤衫，胸前印着请喝可乐几个英文大字。她把老头的话用中文对我重复了一遍。老头挥手对我和了了说拜拜。姑娘也挥手对我和了了说拜拜，挥手的姿势跟老人很像，拜拜两个字也学得很像，活脱一位纯洁的友谊天使。

了了妈走的时候，也对了了这样挥过手。那时也是七月，是一年中女人衣着最艳丽的时节。她的发卡和皮鞋都是红的，连衣长裙像雪一样白。在胸前两条洁白的吊带之间，挂着一串金色的项链。除了那双眼睛，她身上的一切我全都感到陌生，全都是那个跛腿男人送给她的。那件长裙非常合身，恰到好处地衬托出她的凹凸有致的身段。我忽然觉得她距离我非常遥远，遥远得如同少年的一个梦。很难相信我曾经牵着她的手在树林间奔跑，挽着她的腰在舞池里旋转，捧着她的脸在月色下亲吻。那些浓浓的情，那些蜜蜜的意，好像都已不见踪影，只有从她身上不时飘过来的查乃尔香水那种陌生的芬芳。那个男人一手拎一只密码箱，一手撑一柄小花伞，站在她背后那条白色的客轮前，眼睛里并无敌意。我只跟他对视了一秒钟。你可以把了了妈带走，就因为你可以把了了妈带往美国。可是你留不住了了妈。她爱的不是我，也不是你，她爱的是美国，是她心中的那个美国。

不过我什么也没有说，因为我对他也没有怨恨。连我都无法抵抗了了妈那双眼睛，又何况跛腿的他呢。他当然爱她，我毫不怀疑。可是在这个追求唯美主义的时代，爱情常常是一种玩笑。他不应该爱上像了了妈这么漂亮的女人。我也本不应该。我们都不应该。自从这个世界上有了美国，丘比特的小手就一直在发抖。

人们提着皮箱往船上涌，人人心里都揣着一个梦，一个美国梦。那是一个绵延了一个世纪的梦。她摘下墨镜抱过了了，用猩红的嘴往了了脸上蹭，直蹭得了了咯咯笑，直蹭到轮船发出呜呜的响声。了了抱住她的脖颈说："妈妈，妈妈，我也要坐大轮船。"我看见她的眼睛里涌上了一些晶亮的东西。她一直避开我的眼睛，直到把了了交还给我，才睐过来凉凉的一瞥，好像我是她雇来照看她女儿的保姆。我感到某种咸咸的东西从心头漫涌上来，但是脸上却荡漾起微笑。她的白裙在热风中轻轻扬起，红色的发卡在阳光下闪耀出灼目的光芒。她微笑着对了了挥手，不知道是因为她的泪水还是因为我的泪水，我看不清楚她的眼睛。我看着她随那个男人远去，那把伞罩在她头上，宛若一块美丽的丝巾。我承认她很美。跟那个男人走在一起，她显得分外妖娆。我承认我无法让她过上那种美国式的美好的生活，而她最适合于过的就是那种生活。我看见白色的她上了那条白色的船，白色的船化作了一朵白色的云。那是一朵飘向彼岸的云。我告诉过凯伦我和了了妈的爱情。但是我没有告诉她了了妈的出走。我很想跟她也讲讲这件事，可是这似乎不大可能。她不会明白我为什么对了了妈如此一往情深。她不会明白中国男人为什么对中国女人如此一往情深。很少有几个美国女人明白这种深情。我只是对凯伦说，我曾经以为自己已经很了解美国，现在才发现根本不是那么回事。那是一片奇异的土地。我所迷恋的只是那片土地上产生的一些抽象的东西。我想大概错的是我，美国并没有错。美国依然美丽，可是距离我却更加遥遥不可及。我等待着有一天将会有一条白色的船从海面上向我驶来，但这很可能只是一场漫漫无期的等待。我告诉她我这一生唯一盼望的就是那条船。

| 文学史评论 |

　　沈东子的小说对人的精神状态有比较深入的展现，他写出了在这样一个经济至上的时代，人的心灵空间已经完全被商厦占领，或者说，人丧失了内心生活，成了由商厦结构内心的地球上的空心人。他独辟蹊径地营造了一个全球化的文化语境，表现了中国人在全球化语境中面对"文化侵略"和"语言霸权"的心灵反映。在这个文化语境中，有关民族、国家、文化、物质、经济等话语都被成功地纺织进来了。沈东子小说的价值在于，面对全球化格局，他完全不是传统的民族主义立场，他去除了文化和语言的遮蔽，让人们看到这种对强势文化、强势语言的认同和归属并非文化和语言意义的，而是物质利益的。而在面对物质经济思考时，他也不是传统的义利价值立场，轻易地在两者之间做出取舍，而是将其置放于全球化的背景中，让人们看到人性更深处更本质的东西。他让人们看到，强势文化和强势语言霸权地位的确立，恰恰不是文化的胜利，而是文化的失败，是人类共同的文化精华人文主义的失败，进而，是人的失败。

　　——黄伟林：《边缘崛起》，载刘硕良主编《广西现代文化史》(三)，广西师范
　　　大学出版社，2016，第62—63页

| 创作评论 |

　　近年来，沈东子的一系列小说《美国》《郎》《离岛》《有谁比我更爱好 BROKEN ENGLISH》《我与佐藤木木鸟的十年友谊》和《想念阿根廷》形成了他小说创作独特的观察角度和新颖稳定的叙述风格，构建了一个全球化时代的文化语境，应该引起人们广泛的关注。

　　——黄伟林：《全球化时代中国人的心灵反映——解读沈东子的文化体验小
　　　说》，《东方丛刊》2001 年第 3 期

　　与其说沈东子在用精神的力量抵御物质的侵犯，不如说在表达灵魂遭受挫折

的境遇。与其说他在批判一个世俗的世界，不如说他在疑惑人的价值究竟何在。这就是我们为什么从他的小说里看不到愤怒，而四处都是带着无奈发出的疑问。他的小说一直让我们对一个永恒的命题发出追问，这个命题就是：我们的灵魂究竟在何处走失？

——阎晶明：《精神碎片的串结——沈东子小说读解》，《南方文坛》2000 年第 1 期

沈东子的故事，至少是不违背 90 年代公众的阅读习惯的（如果不是暗合的话），故事的框架中常有一种让道德漠然而大众趋之若鹜的那种男人和女人之间，一个男人和多个女人之间的故事。这样的故事被置于商厦、时装店、咖啡厅，还有美国。这些场景让人们在身临其境的恍惚中倍感亲切。辅之以让那些在 90 年代具备阅读能力和兴致的人会心一笑（对此有记忆者）或眼睛一亮（对此无记忆者）的乡姑村野的残垣断片。只是文本中这些情节往往被剪成碎片，然后注入大量情绪、体验、智性的思考。被稀释后的故事，使阅读的目光，在一片茫茫然的文字中找不到一种可以作为参照物和落脚点的情节因子、向度。只能四顾茫然，然后"走神"。（这种情形很让人容易联想起一种现象：雪盲）。后来，随着阅读的深入，渐渐发现，"走神"的阅读状态，恰好与文本特征暗合。"走神"是沈东子小说的叙述方式。

——丁帆、李玫：《"走神"的沈东子："寻找"与"溯游"的感伤行旅》，《南方文坛》2000 年第 1 期

| **作品点评** |

《美国》这篇小说中的美国实际上已经成了一种象征。它具有精神文化、民族国家、物质经济多方面的性质。精神文化方面，它是全球多元文化中的一元；民族国家方面，它是全球多个国家中的一个；物质经济方面，它代表了当今世界的最高成就。而最后这个方面，由于直接与人的基本存在欲望相联系，从而对前二

者造成压力。它可能使地球上的其他精神文化感觉到存在的危机，导致文化一元化的趋势；也可能使其他民族国家感觉到存在的危机，比如，小说中的"我"被激起了国家感情，了了妈则出现了对祖国的认同危机，产生了改变自身的国籍身份的愿望。全球化时代的文化心理体验在这里得到了委婉幽深的传达。

　　——黄伟林：《全球化时代中国人的心灵反映——兼论沈东子的文化体验小
　　　说》，《东方丛刊》2001年第3期

　　在一定意义上，"我"和了了妈都是"唯美主义者"。"我"热爱的是美国的精神文化——自由、平等、博爱，如杰弗逊、爱默生、梭罗、狄金森、林肯、梦露、马丁·路德·金。了了妈崇尚的是美国的物质文化，如耐克鞋、牛仔裤、麦当劳、可口可乐、蓝带啤酒、雀巢咖啡、三明治、汉堡包。作为"漓江叙事"的文本，《美国》陈述了"我"这样一个美国精神文化热爱者所受到的美国物质文化的伤害，从而发出"我的情敌是美国"的怨恨之语。

　　——黄伟林：《以漓江为中心的文学叙事——"广西当代多民族文学研究"
　　　系列论文之二》，《广西师范大学学报》2016年第2期

郎

沈东子

我最害怕别人问起我那年我在干什么，因为那年我什么也没干。那年我整天只关心食物与性，过着跟黄黄并无两样的生活。跟黄黄有所不同的是，黄黄只是到了春天才发情，而我一年四季都痴迷于女人，而且只痴迷于某一个女人。黄黄是我豢养的一只花母猫。本来我完全有可能成为名人，因为那年是中国近现代史上一个极端重要的年份，史书修纂者常常喜欢用里程碑之类的字眼来形容这种年份，也就是说在历史学家的眼中，那年发生的事情要比其他年份重要得多。那种年份给所有成年男人都提供了成为名人的机会，或者成为政客，或者成为演员，或者成为投机分子，或者成为大毒枭，反正总有机会出人头地。人的一生若是能碰上那样的年份，那才叫走运呢，即便成不了英雄，至少也可以成为英雄的见证人。我并不是说那年在我的眼中就不重要，其实那年在我的眼中也很重要，只是那种重要不是因为什么里程碑，而是因为灵魂的苍茫。我本来完全可以先成为名人，然后再去追逐女人，就像众多男人常做的那样。事实证明他们的方法相当奏效，可以免掉诸多曲折和困苦，寻一条捷径直抵女人的内心，因为在女人的眼中，男人的分量往往由衔头或金钱之类比较实在的东西铸成，相形之下

作品信息

原载《花城》1997 年第 3 期。

情感就显得抽象了些。

可是那年我太年轻，内心时常被一种奇异的情绪所牵扯。那是一种叫作伤感的东西，像春天的草一般在青春的心中四处蔓延，总也揪扯不干净。我常常在雨中彷徨，任如泪的水珠在脸颊上流淌，却不知道历史此时也跟我一样迷茫，一样狼狈，像一只慌乱的黑蚁在命运的手掌上逃亡。我只是眼睁睁地看着许多同代人纷纷被铸成铜像，心中却十分不以为然，总以为那不过都是一些浪得虚名的伪英雄。我把自己的这种浅薄，归结为自己太年轻，太容易陶醉于一些表面的形状和色彩，比如树叶的形状和女人的脸，或者花瓣和嘴唇的颜色，等等。这种现象的表层原因可能跟我的谋生手段有关，而往深层去探寻则可以归结为我还不懂得什么叫美，因此画出来的总是女人的形态，描摹出来的无非是溜肩柳腰，丰臀隆乳，而不是内心。表面上看非常窈窕迷人，凑近细看却缺少精气儿，如同一具具化过妆的妖娆女尸。这也就是说，过于单纯的人生阅历，注定我那时候只能成为一名二流画家。

我说过那年在我的眼中也很重要，因为那年我为之痴迷的女子，是一个叫作桃的少女。我常常在雨中彷徨，常常浸淫于那种如春草般揪扯不净的伤感中，就独独为了她。我不关心政治，只关心爱情，这其中有一定的缘由。政治是男人间的事，热衷于政治的男人忽儿会像同性恋者一般接吻拥抱，亲密无间，忽儿又会反目为仇，大打出手，非常缺少绅士风度。而爱情就大不一样啦，爱情只涉及一个男人和一个女人，顶多再加上另一个男人或者另一个女人，人数不会很多，可是其中的奥妙却层出不穷，像洗过的纸牌一样变化莫测，是一种比较适合于我这种人从事的营生，至少我自认为是这样。其实那年我并不衰老，远远还没到哀莫大于心死的年纪，也曾经像蛤蟆一样翘首盼望过远方的彩虹，也许是因为盼望得过于长久，我最终还是发现彩虹不如女人动人：彩虹的艳丽总是让我陷入更为绝望的境地，而女人的眼神却每每能轻易击中我的内心。

我承认这些年来世界发生了很大的变化。本来我已经习惯于日出睡觉、日落作画的生息方式，以为这对于我是一种亘古不变的生活，就像烧饼永远两分钱一只，鸡蛋永远两角钱一枚一样天经地义，期待着永远都会有人给我发放粮票、油票、布票，还有肥皂票、豆腐票、肉票、煤票，等等。若是永远都有人给艺术家发放票据，那生活该会多么美好呢，那我就可以充分享受从魏晋名士那里承继来的闲情逸致：看看书，画画画，再啜一口温热的茶。只要有衣穿，有饭吃，有一位美丽的姑娘端坐于眼前，我还真会一门心思只管画我喜欢的画，哪管它四海扬波，五洲风雷。这就是当年我那点可怜的理想。

可是从那年开始，一切都发生了变化。自一个夏日的早晨我从梦中醒来，一切都变了，世界就像天空中的云彩一样，在我的眼前急速地变幻着形状，让人陡然生出许多欢欣，也生出许多恐惧。变幻的标志之一是没有谁再来发放那些象征着生存意义的票据了，剩下的票据只有钞票。钞票倒是越发越多，可是能买到的东西还是原来那么多，甚至还不如原来那么多呢；变幻的标志之二是来自欧洲、日本和香港的游客蜂拥而入。那些游客无论男女都留着稀奇古怪的长发，说着稀奇古怪的语言，还穿着稀奇古怪的衣服，像一群群羽毛鲜艳的怪鸟不期而至，伴随着一阵阵初夏的雨出没于这座城市的各个公园，与其说是前来观赏风景，不如说是前来被人观赏。可是我因为被爱情迷住了心窍，居然没有意识到一个伟大的时代正在逼近，还以为所有这一切变化的意义都比不上桃。

真正的爱情就是有这样的好处，所有跟情人相关的东西都会随沉甸甸的爱一同沉入记忆的湖底，爱仿佛是飘浮在水面上的一根线索，循着这线索就可以捞出当年的宝藏。如今我时常还会想起桃，想起跟桃相关的许多事情，就好像那些事情并不久远，这都是因为我爱过她的缘故。一个人若是确实爱过另一个人，那么另一个人就会成为这个人生命中的一部分，任多么强烈的心灵风暴都掀她不走。我把这种现象称为精神衍生，无论你喜欢与否，那衍生出来的一部分都会与你相随相伴，有时给予你喜悦和温暖，但更多的时候给予你的却唯有神伤与黯然，就如同因为过于珍爱而捏碎了一只玉环一般。爱有时候就是那么可笑，那么脆弱，至少少年时代的爱常常会是这样。

桃就是我生命中的一部分，也许是沤在心里太久的缘故，带着一股酒味，每每回想起来心中就泛起醉意。我喜欢把爱情喻为酒，对于那些沉迷于爱情不能自拔的人来说，爱情就是一种后劲十足的烈性酒，提起爱情就像酒鬼闻到美酒一样兴奋，而且随着时光的推移，这种嗜好会变得愈发不可收拾，明明知道再谈论逝去的爱情是一件苦涩而可笑的事情，可是依旧忍不住要时时挂在嘴边，就像有些酒徒喜欢自斟自酌一样，表面上是行陶醉之乐，实际上却是浇心头之愁，分明流露出自虐的倾向。

我叙述桃的故事，多少也带有一点自我解嘲的意味，因为我不知道该如何看待我少年时代的那段恋情，我不想说桃辜负了我的如海深情，可是她确实如一片风中的落叶，悠悠然然地飘出了我的视野；我也不想说桃的美丽完全源于她曾经对我怀有过如风如云的纯情，可是在那段沥青般浓黑的岁月里，确实唯有她让我联想起晶亮的雨珠。如今落叶和雨珠都已距离我迢迢遥远，虽然岁月轮回，世事转换，苍茫时空总会掠过无数的落叶与雨珠，可是它们却已不再能让我产生那种狂风呼啸般的激情。风暴过后世界归于宁静，我也正是因为这份心灵的宁静，才能平静地去回想遥远的桃，

大概是因为见过了太多的谎言，我对历史的真实性素来持怀疑态度。历史从来不会因为久远而被人淡忘，有时候被淡忘的恰恰是现实，而不是历史。那么历史是什么东西呢，不过是一团泥，后人手中的一团泥，爱怎么捏就怎么捏。如果有人提出想重写历史，那也不过是想按自己的意愿捏那团泥而已，与公正和客观丝毫也不沾边。我和桃的事自然谈不上久远，不过才过去十几年吧，十几年在历史的河川中算什么呢，一道波纹而已。五十年都过去了，我们都还记得日本人残害中国人的事，而且记得异常清楚，那么十几年前的事情怎么会忘记呢，何况我所谓的这十几年只是我个人划分的定义，既没有开端也没有终结，就像湖面上的一片月光，月光总是那片月光，可是月光中的水却已经不完全是当年的那汪水。

我并不认为桃只是一个梦。桃现在可能在东京的酒吧里卖唱，或者在横滨的唐人街里洗碗，也有可能在深圳的霓虹灯下守望男人，或者在南方的哪个角落里为自己的婴孩缝织毛衣，但是不管她在哪里，她对我都不仅仅是一个梦，而是

一种存在。在我的回忆里，她的头发亮若星光，肌肤滑如粉绸，跟一棵树、一朵花一般真实，又跟一只鸟、一片云一样遥远。我时常会想起她那张娇小的嘴，还有那双乌亮的眼睛，眼睛和嘴构成了她脸上最迷人的风景。我一贯认为眼睛是人身上最重要的部位，这种看法可能源于我的职业习惯。我看人总是由眼睛看起，若是眼睛能够吸引我，我才会去看别的部位，连女人也不例外。一个女人若是没有一双漂亮的眼睛，怎么可以被称为女人呢。桃那时就是以一双流光四溢的漂亮眼睛，迷住了我的年轻的心。

我为桃画过一幅我自认为很传神的肖像。肖像中的她抿着嘴，眼睛里闪烁着游移不定的光。我觉得这幅画准确地表现了她的内心，是我为她画的最好的一幅画，因为我用笔捕捉到了这位南方少女脸上某种稍纵即逝的表情，一种既卑微又自负、既烂漫又贪婪的表情。那种表情在这个时代的年轻女人脸上倒是司空见惯，可是在那个时候却还算稀有。

桃对那幅肖像当然不满意，说是嘴没画好，她的嘴唇才没那么厚呢。她并不明白我看重的并不是她的嘴唇，而是那双乌亮的眼睛。那双眼睛最富于表现力，也最难于描摹，我捕捉到了它们的瞬间风采，这并非出于我的绘画功力，完全是出于偶然，也有可能是长久思念的结果。她说嘴没画好，当然也可能只是一种借口而已，企图掩饰内心的失望。一个人若是过于透彻地了解女人，那么跟不了解也差不多，因为二者都不受女人欢迎。她们比较喜欢那些居于二者之间的男人，这样可以有适度的空间从事感情游戏。当然这是我后来才悟出来的道理。我总是在事后明白许多道理，虽然总是在事后，但总要比事后也不明白要好些吧。

当年我为桃画过的肖像何止一幅，少说也有二三十幅吧，虽然脸上的五官都画得很逼真，但是总觉得整幅画像有些虚浮，缺少某种生命的精气。我也许是过分注意了她的鼻子的形状和嘴唇的颜色，而忽视了她的灵魂，因此画出来的她五官都极像，可是整个人却并不很像。后来我终于画出来这一幅，自认为很传神，可是她却不满意，认为嘴没画好。我承认我把她的唇画得稍厚了些，可是这点局部的不足并不重要，重要的是我通过她那张抿紧的嘴画出了她内心的秘密。更何况我画厚她的唇也有自己的用意，因为她平常坐在我面前时，总喜欢装出若有所思的样子，比如托着腮帮或者噘起小嘴，等等，以此表示自己很清纯，很有理想，我这样画其实正迎合了她的虚荣，只是分寸感没有掌握好，把她的芳唇画成了非洲女子的嘴唇。不管她是否满意，这幅肖像已经存入了我的记忆中。不同的人看见桃会留下不同的印象，这点我相信，有人会认为她娇媚，也有人会觉得她轻佻，但是我印象中的桃，永远都是那个抿紧嘴唇的俏女子，很可恶，也很可爱。

我和桃在一个阳光明媚的日子相识，就像一粒雨和一颗鹅卵石相遇一样偶然。

那年我在兜售我的画，而她在叫卖她的瓷器。这里的景色异常独特，虽说没有华北平原的一马平川，也不见西域古道的大漠孤烟，可是四处都耸立着碧绿的山峰，妖娆的小河上还飘着梦幻的扁舟，难怪外人会说这方土地上连草都风流。我和桃相遇在这片如诗如画的风景里，自然也就会生发出如诗如画的感情。

这种相遇像画一般美丽，又如瓷器一般脆弱，因此从一开始就让我提心吊胆，乃至我现在回想起来，都还只习惯于小心翼翼地进行叙述，生恐稍有不慎玷污她在我心中的丽影。桃其实并不叫桃，只是我每次回想她时，眼前就会出现一只初春的蜜桃，所以我叫她桃。我不知道别人怎么称呼她，也不在乎别人怎么称呼，可能会叫她秀、美、娟，也可能唤作丽、媛、莲，等等，可是我就只叫她桃，在心里默默地叫。桃当然很俊俏，拥有漂亮女孩的脸蛋和身段，但是俊俏绝不是我怀想她的唯一原因。

这种怀想跟一位叫郎的日本友人有关。郎其实也不叫郎，只是我并不知道他的名字，而日本男人又总喜欢叫作什么什么郎，比如山本太郎、渡边一郎、田中次郎等，就是山里的男儿、河边的男儿和田头的小男儿的意思，名字起得简单而实用，因此我也就把那位日本友人称作郎。郎像所有的日本男人一样个头不高，但是戴着金丝架眼镜，一副温文尔雅的派头，没有留日本男人通常都有的那种仁丹胡，也就是说没有中国人记忆中那种粗鄙和残暴的象征，下巴总是刮得干干净净，显得异常精明。

桃和郎是我记忆深处的一个女子和一个男人。我的记忆中有许多女子和许多男人，桃和郎只是他们当中的两个而已。那么我为什么有时候会想起桃呢，起先我也不明白。桃固然很漂亮，而且是那种年轻而妖娆的漂亮，但是我已经说过，漂亮并不是我怀想她的唯一原因。年轻而漂亮的女子满街都是，如漫山遍野的粉色桃花，每逢春雨淅沥的时节，就会长出娇艳的一茬，而且随着生存环境的改善，会长得愈来愈娇艳，愈来愈灿烂。

我的记忆中也不乏漂亮的女子，可是我对她们的记忆与对桃的记忆迥然有别，她们宛若辉映霞光的彩云在地平线上飘飞，总是让人联想起一些春情荡漾的时光，联想起云中的雨滴或是雨中的丁香，而桃却如同一片随风飘零的花瓣，只要尾随这片花瓣，就会重新进入那些苍凉的岁月，那些创痛的时日，那些如沥青一般幽暗而浓稠的离情别愁中。而今我回想桃，更多的并不是因为桃，而是因为每逢桃花盛开的季节，我就会见到许多许多如桃一般亮丽的少女，见到她们一批又一批重演着桃的命运。

我喜欢用现今的眼光去看待以往的事，这样既可以避开现今的禁忌，又可以解开以往的谜。如今我们都已经明白，所谓现在与过去不过是政治家玩弄的一种花招，现在其实并不像报刊所说的那么欢乐，过去也并不如报刊所说的那么痛苦，欢乐与痛苦都是可以超越时空的情感体验，也就是说任何时代的人都有可能体验到欢乐与痛苦，而政治家为了政治的需要，习惯于把痛苦推给过去，把欢乐留于现在，以此证明自己的光荣与正确。任何时代的政治家都谙熟这种把戏，是否谙熟这种把戏似乎已经成了衡量政治技能高下的标准。其实政治家们都活得很轻松，只有我们这些小人物整日像乌龟一样背负着千年文明的重负，还以为自己是国家的脊梁。话说回来吧，我长年生活于这种精神环境中，似乎也多少受到了这种思维形式的影响，以为现今的我要比过去的我欢乐得多，因此喜欢用悲天悯人的口吻谈论过去，这实在是一种极为可恶的习惯，其实我丝毫也不愿否认我的过去，不仅不愿否认，反而觉得过去的一切都令人回味绵长，这也就是我喜欢回忆桃的另一个原因。

我说过其实所谓现今也不过是我个人的概念而已，并不具有什么鲜明的时代特征，并不像历史学家所说的那样总是充满了欢乐，只不过多了一些象征欢乐的彩旗和气球而已，因此我所谓的现今未必就比以往欢乐多少或者高明多少，只是因为时过境迁，当事人对往事不再怀有偏见，不再会因为怀念而泪满双腮，泣涕涟涟，因此我可以选择一种从容的叙述口吻讲述桃的故事，而桃又会因为这种从容的叙述而显得分外迷人，似乎过去的一切都要比现今更欢乐或者更悲哀，这或许就是历史的魅力吧。桃的故事是这样，其他女子的故事又何尝不是这样呢。我现在可以很冷静地谈论桃，好像谈论的是一个与我的少年时代毫不相干的陌生女子，好像她从来也不曾占有过我的内心。可是我很清楚自己花了多少年时光才揩干脸上的泪水，才拥有这份无与伦比的冷静。

桃那时候对于我是一个谜。桃其实很年轻，大概只有十六岁吧，娇小的身躯荡漾着青春的朝气，粉嫩的脸庞总是挂着灿烂的笑容。她喜欢笑。我喜欢她就是因为她喜欢笑。现今的女子多以冷漠为美，习惯于模仿时装模特儿的冰冷表情，好像多笑几笑就让男人占了天大的便宜。当然这也是女人用以捕获男人的一种方式。而桃那时候却是用笑捕获了我。桃与现今的女子不同，她的脸上总是挂着笑容，无论是欢喜还是忧伤，她都可以用笑来表达。她笑得很清爽，很真实，如同澄澈的溪水滋润着听闻者的心田。我最迷恋的就是那种笑，尤其是在春寒料峭的时节，看见那种笑容就如同看见了桃红的云彩。当然我说的是那时候的桃，那时候我只能看见她的脸，看不见她的心。

我一直不明白桃对那个日本郎到底有什么想法。

郎对她当然很好，说起话来用词既准确又文雅，还不时插入一些俏皮的比喻，显示出大和民族深厚的艺术素养。日本人确实很有艺术品位，或许是因为职业的原因，我对这一点深有体会。就说茶道、花道、书道、武士道等等吧，所谓道大概就是艺术的意思，这也就是说日本人无论做什么事都很讲究艺术，喝茶有喝茶的艺术，种花有种花的艺术，经商有经商的艺术，杀人有杀人的艺术，等等。当然那后一种艺术我当时并不明白。这种对于艺术的强烈爱好，充分表现出了大和民族的自恋情结，也正是因为这种情结，日本人才敢于堂而皇之地频繁"进出"邻邦的土地，而且深以为这是理所当然的事情。

我当时就很清楚我不如郎。

郎可以身穿笔挺的西服，双手插在裤兜里，站在暖洋洋的阳光下跟桃讲笑话，笑得桃满面桃红，而我必须守着自己的破烂画架，眼巴巴地望着郎和许许多多像郎一样自在的日本人在大街上来回穿梭，巴望他们当中有谁会坐下来让我仔细画画他的嘴脸。其实我并不喜欢为日本人画像，他们的脑瓜倒是很出色，可是跟高加索人种相比，相貌就逊色多了，都是一样的小眼睛，一样的薄嘴唇，女人则一律描得细眉细眼，脚底套一双屐，头上盘一只髻，画起来总感觉不是很过瘾，缺少触发美感的某种东西。尽管他们也喜欢把自己打扮成一副高加索人的模样，男的把领结系上，女的把头发染黄，可是这只能把他们的眼睛衬托得更小。老实说一幅肖像最闪光的部位就是眼睛，最考画家功夫的也是眼睛，整天画小眼睛怎么能显示画家的才华呢。可是不喜欢归不喜欢，虽然我不喜欢画小眼睛，但是我喜欢那些小眼睛给我带来的钱，而且我知道那都是一些当今世界上最有钱的小眼睛。

关于日本人既有钱又有艺术修养这一点，我并不想花费很多笔墨去描述，就单举一个例子吧。有一次我看见一个日本男人掏出一大沓钞票买了好几幅中国画——是一大沓人民币，不是日元，我知道日元面值小——一边付钱还一边对译员说雅斯伊，雅斯伊，就是说很便宜的意思。我当时感到既吃惊又奇怪，纳闷日本人为什么愿意出一大笔钱买那些中国画呢。我把这种现象归结为日本人酷爱文化，尤其是酷爱中华文化，内心曾经涌出过一阵短暂的感动。我知道日本人确实很欣赏中华文化，欣赏到恨不能据为己有的地步，打从鉴真和尚东渡扶桑，到东山魁夷西出阳关，日本人何时不在吮吸着黄土高原的乳汁呢。后来我又听见译员对旁人说，要是在日本，像这样的古画一张就要卖上好几百万元，他买回去可以大赚一笔呢。于是我笑了，因为那位日本朋友小心翼翼放进皮箱里的那些所谓古画，全是我每天晚上趴在昏黄的灯光下炮制出来的。当然那时候我只是想跟日本朋友开开玩笑而已，并没有其他恶意。不过这件小事还是可以证明日本人确实很有钱，也很有艺术修养。

一个人若是钱和修养都有，那他就会很有绅士派头。

郎就很有绅士派头，尽管我并不喜欢他，习惯于用情敌的目光看待他，可是我还是得承认，郎是一位很有绅士派头的日本人，这不仅仅表现在他的穿戴上——他总是穿得很齐整，衣领上系着一只深色的蝴蝶结，外套的胸兜时时都斜插着一支圆珠笔，同时也表现在他对待桃的方式上。他对桃很友好，完全不像别的一些日本游客，那些男性游客装出对陶器感兴趣的样子凑近桃的摊位，实际上是对桃感兴趣。他们会咿咿呀呀地挑逗桃，脸上挂着色情的微笑，而桃显然也明白他们的用心，总是以微笑逢迎，诱使他们掏钱买些陶制小玩意。可是郎跟那些日本人不一样，他很耐心，也很自信，跟桃讲述日本的种种风情，一边讲一边观察桃的表情。这一招确实很管用，足以打动任何中国少女的芳心。

我也很注意桃的表情。老实说我并不把那些日本游客放在眼里，他们充其量不过是一些出手阔绰的农民，桃对他们笑也是冲着他们出手阔绰。可是对郎我一直保持着警觉。我觉得像郎这样的日本人才是我真正的敌手。

桃那年只有十六岁，扎着一束大辫子，辫梢还系着一条粉色的丝带，跟她的脸蛋一样亮丽。她的脸蛋总是挂着自然而烂漫的微笑，眼睛里闪烁着年轻而明亮的光泽。在那段贫困的岁月，足以抵御贫困的力量唯有青春，青春并不因为贫困而失却其美丽。桃像喜儿一样，仅有的饰物就是辫梢的那条丝带，没有口红与眼影，更没有项链和耳环，可是我总觉得她身上有一种比现代女子更华美的东西。这也许是因为那时候我还太年轻，还没有见识过什么叫作美丽，但也有另外一种可能，那就是她确实比现代女子更美丽，我对现代女子的记忆总是一些闪亮的装饰品，比如耳环、项链、戒指和纽扣，女人不过是这些物件的陪衬，而我对桃的记忆却是一双闪亮的眼睛。我这样说也许是过于诗意化了，可是一个女子是否美丽，并不取决于她自己，而是取决于看待她的人，这一点我至今深信不疑。

在对待女人这一点上，我与日本男人毕竟有所不同。日本人看见任何一个中国女人都可以咿咿呀呀地叫喊：花姑娘，花姑娘！而我似乎就含蓄得多，相思了许久都不敢当面夸对方漂亮，如同面对一盘鲜滑的蘑菇，我总是小心翼翼地试着用筷子去夹，总是夹不住又掉下去，掉下去又去夹，显得极有耐心和涵养，而日本人就不同了，他们总是直接用手去抓，往往手到擒来，比筷子便捷得多。我从来也没有当面夸赞过桃，总觉得那样做含有虚伪的成分。这种涵养导致我许多年以后心中都还感到创痛。

桃跟我不一样，她对日本人并无好感。她说她家里数她外婆最恨日本人，小时候就常常听外婆讲述日本兵如何用中国人的血染红刺刀上的太阳旗。她外婆年轻时为了躲避日本兵，从东海边逃到洞庭湖边，又从洞庭湖边逃到这座南方城市的小河边，一生都在躲避日本人，现在都还时常梦见咿呀叫喊的日本兵。可是郎显然不是一个平常的日本人，他身上那种儒雅的风度常常会让人误以为他不是日本人，至少不是中国人记忆中的那种日本人，而是颇有教养的夏威夷人或是柬埔寨人，因此每每遇见郎，桃总是显得格外迷惘，晶亮的眼睛会闪过飘浮不定的光泽，两手会不由自主地捏住衣角。我不明白桃对郎究竟有些什么想法，虽然我年龄比她大，可是还没有大到懂得女人的地步，根本就不明白女人心中那些如水银一般四处流动的情感，因而总是觉得桃很复杂。现在回想起来其实桃并不复杂，只是因为我自己太单纯而已。桃的内心矛盾得归结于那位日本友人的一些奇怪举动。

郎会说中国话，带着一种古怪的异族腔调，就好像狼学羊叫一样，听起来怪怪的，不能说好听，也不能说不好听，这主要是他分不清四声的缘故。他会把春天说成蠢天，把衣服说成姨父，但是这丝毫也不影响他与桃的交往。他总是在黄昏时分从希尔顿酒店耀眼的灯火中走出来，有时叼着香烟，有时撑着雨伞，踱到桃的手工艺摊前与她闲聊。他从不买桃的东西，准确地说，他从不买桃的手工艺品，像陶壶、瓷碗、烟缸等，他从来就不感兴趣。他踱到桃的摊位前，不是为了买东西，而是为了跟桃说话。

他最喜欢跟桃讲述日本国的事情，也不在乎我在旁边。回想起来那时候的我确实一钱不值，胸无点墨，身无分文，十足一个街头流浪汉，连一只上釉的陶鼠都不如——郎说他属鼠，曾经用胸兜里一支半旧的圆珠笔跟桃换过一只上釉的陶鼠。在富有而浪漫的郎看来，我不过是个贫穷而呆笨的中国小子，当然不是他的敌手。其实在富有而浪漫的郎看来，所有的中国男人都不是他的敌手，尤其是在对付中国女人这件事情上。郎对此显然很清醒，清醒到无须言语的地步，只是不时朝我送来烟圈儿和轻蔑的眼神，那是一种足以把我的心刺得千疮百孔的眼神。

郎跟桃讲述日本国的种种好处，说他特别想念东京的夜晚，想念那些漂亮的霓虹灯和霓虹灯下漂亮的女孩子，哪像这里每到夜晚天空中除了星星，就只剩下孤零零的一只月亮。我从小就习惯于天空中只有星星和月亮，从来也想象不出除了星星和月亮，天空中还会有什么别的东西，可是依照郎的说法，日本国的天空中还真有一些别的东西，这一点也足可表现郎的浪漫气质。他还说像桃这样漂亮的姑娘，在东京会生活得很舒适，每天都可以进出豪华酒店和高级餐馆，哪用成天在酒店门口摆小摊呢，说这话时脸上露出温和的微笑。

我把郎的这些话理解为一种暗示，暗示桃郎想当她的新郎。那时候我被爱情冲昏了头脑，以为天底下的男人都是自己的情敌，都想用花轿抬走桃，殊不知这只是一种幻觉。那时候我还很年轻，还不知道在男人和女人之间，除了爱情之外还有别的东西。如今我已经不相信男人和女人之间除了别的东西，还会有什么爱情了，可是那时候我却以为只有爱情。我自己也不记得我的观念从什么时候开始，由前者变成了后者，一个人的观念产生这么大的变化，其中必然会有深痛的情感原因，可是我如今对往事已经不再会轻易动情，因此叙述起来可能会很平静，平静到如同在叙述一个远古的故事。

郎的话中确实含有某种暗示，那种暗示极为富于诱惑性。我当时并没有听明白，可是桃却听明白了。桃以其少女的敏感听懂了郎的话，但却装出不懂的样子。现在回想起来，桃对郎的心思一直是很明白的，只是我不明白而已。漂亮的女子似乎具有一种天然的悟性，她们可能看不懂书，却能轻易看懂男人的心，有时候分明看得很明白，却还要装出天真烂漫的模样，引诱男人生出怜爱或者犯下错误。郎先说这里的风景很美，美得有点像日本的庭园，继而开始向桃描述日本的景色，从京都的樱花说到奈良的古刹，从富士山的雪说到琵琶湖的云，说得很有诗意。桃听得如痴如醉，眼睛里有一些迷茫，但更多的是神往。至于那霸的美军基地，根室海峡对岸的苏军哨兵，水俣的佝偻腿和洛克希德公司贿赂案等，他当然不愿也不敢告诉桃。

桃所神往的显然不仅仅是一种浪漫情调。

这座小城不可谓不浪漫，相思江，情人河，月亮山，爱情岛，每块石头都留有才子佳人的爱情传说，每面崖壁都凿着文人骚客的千古绝唱。这座小城里的人也不可谓不风流，伊人路，美人巷，佳人井，丽人湖，哪怕在空前禁欲的本世纪中叶，桃花前柳树下也时时可以找见情爱的遗物。可是光有爱是不够的，我常常听见小城的姑娘们这样说。她们显然对文人们深情吟诵无限钟情的几朵花几棵树并不满足，还渴望着一些别的东西。那么桃想从郎身上得到什么呢，这是一个无须我回答的问题。她想得到的东西肯定不会是爱，也不会是艺术，因为我自信这二者我都可以给她。她想得到的是一种我无力满足而郎却乐意加以逢迎的东西，因此一个郎就足以让情人河干涸，让月亮山失色，让中国男人的爱化作风中的长啸，旷野的嗥叫，这是 20 世纪的日本男人最引以为骄傲的事。

郎来了。他总是在黄昏时分从希尔顿酒店耀眼的灯光中走出来。

我记得那是一个寒冷的下午，乌云被北风驱赶着急速地掠过苍天，偶尔飘下来几粒雨珠，劈劈啪啪地打在小摊的塑料顶篷上。南方的春天有时候比冬天更冷，一阵风吹过来，连河面都要起鸡皮疙瘩。郎披了一件浅色的呢大衣，说了一声和语孔巴瓦，大概是问候的意思吧，就钻到了桃的顶篷下边。这一次他对桃说他想吃桃。就是这种啊，他做了一个圆圆的手势。

他并不称桃为桃，而是叫她一个怪怪的日本名字，好像是什么子。那时候正是初春时节，山野上已经开出了几朵粉色的桃花，他看见桃的瓷瓶里插着几束那种花，就说日本有一种叫作萨库拉的花，很像中国的桃，说着就哼起了一首曲子，曲子的开头就叫萨库拉。那天他可能喝了些酒，说话的声音都比平常粗了许多，歌也唱得格外铿锵有力，一边唱还一边跺脚，显示出一种力量美。我总是觉得大和民族是一个崇尚力量的民族，所以日本男人往往可以在许多肢体运动上显示才能，比如摔跤、拳击、柔道、相扑等，又比如擒拿、格斗、刺杀、砍头等，而脑力活动相对就显得薄弱些，哪怕是文人中的勇敢者如三岛由纪夫，至多也只敢剖开自己的肚子，而不敢剖开自己的良心。

我并不是说日本人就只有身体，没有头脑，丝毫也没有这样的意思，这样说显然有失偏颇，我只是想说明这样一种不争的事实：日本人从来也没有产生过思想家和哲学家，至少我本人从来也没有读到过一本打动我内心的日本书，我读过松尾芭蕉，读过谷崎润一郎，还读过夏目漱石和川端康成，但是我从来也不认为他们是思想家。他们至多只有一些女性的感觉，也就是被他们称之为艺术或道的那种东西，但没有思想。一旦深入到与思想相关的领域，他们就会缩进诸如禅之类的神秘主义蜗牛壳里，做出一副无限玄妙的姿态，好像个个都成了闭目养神的一休和尚。

当然认为日本人没有思想，这只是我个人的想法罢了，其他中国人未必也会这样认为，桃就不这样认为，更何况没有思想未必就没有魅力，恰好相反，这个世界上没有思想而魅力十足的人可谓比比皆是。她看见郎居然唱起了歌，感动得脸都涨红了，因为郎平时很少唱歌，总是摆出一副深沉模样，叫人望而却步。桃说你唱得真好听，像演员一样。郎说日本人都会唱歌，每个人都可以手拿麦克风唱自己想唱的歌，还有录音伴奏，很开心呢。桃笑了，显然以为郎是在开玩笑。日本人偶尔也会有一些小幽默。

郎说萨库拉花瓣的形状跟桃很相像，颜色也很像，粉红色的，跟女孩子的脸一样美。看见桃那副专注的神情，他又接着说萨库拉和桃其实属于同一种科目，只是萨库拉不结果，而桃结出许多果，故而中国人也就生出许多小孩子，说着就忍不住哈哈大笑起来。桃问他既然同属一种科目，那萨库拉为什么就不结果呢。他说因为萨库拉高贵，并且援引一句日本古诗加以印证，大意是说做人就要像萨库拉那样，为灿烂而生，为灿烂而死。桃显出不解的样子，显然不明白为什么高贵就只开花不结果，为什么不结果的花才称得上灿烂。她看着郎，而郎只是笑，或者装出笑的样子，并不作更多的解释。郎说话总是很简短，而愈是简短，就愈是表现出一种优越感，桃就愈是感到神秘。

我承认我对郎怀有偏见，对他的一言一行都深怀戒备，有时候甚至戒备到病态的地步，那又有什么办法呢，那都是因为我深爱着桃。

也许有人会说，你又没有目睹过清末民初日本人偷袭大东沟、血洗旅顺港、炮轰济南城的情景，本世纪中叶日本人攻占南京、空袭重庆时你也不在场，为什么就独独对日本人那么不信任呢。我也不知道为什么，我只知道在这一百多年来的中国近现代史上，日本这两个字在中国人的心中，已经不再仅仅是一个地理名词，不再仅仅是指日出方向的那一串岛屿。它已经逐渐演化成了一种象征，这种象征总是跟烧夷弹、指挥刀和长筒军靴息息相关，反复出现于一代乃至几代中国人的噩梦中。尽管中国人当中也不乏诸如邓世昌、霍元甲、杨靖宇之类的铁血男儿，尽管从北平的学生到南京的兵士，从云南的农夫到新加坡的华人，都以不同的方式进行过抗争，可是面对日本人花样翻新的"进出"方式，我们的心中总是充满了苦涩，犹如一个曾经遭受过凌辱的弱女人，不愿再去回想那羞愧难当的岁月和那逍遥法外的凌辱者。反正那么多年都过去了，连血红的太阳旗都在一些中国人的记忆中褪了颜色，可是我对郎的偏见却依然没有消除，只要一想起与桃相关的那段岁月，我就觉得所谓世世代代友好下去的愿望，只是一厢情愿，而那"一衣带水"的友谊，带上来的其实是血。

我对日本人的憎恶是如此强烈，以至"恨"屋及乌，对与日本相关的所有东西都深为蔑视，比如仁丹胡，吊眼梢，宽大的袖筒，细碎的脚步等，还有爱说日本话的中国人。我也知道这种憎恶本身毫无道理，可是憎恶跟喜爱一样，本来就是与道理没有关系的事，更何况我所生活的那个时代只有爱和恨两种感情，不是爱谁，就是恨谁，两种感情都同样强烈，绝不容许在爱和恨之间犹豫。——顺便说一句，其实我爱上桃也毫无道理，甚至更无道理，我承认桃很美丽，但那并不足以让男人产生刻骨铭心的爱情。她那凹凸有致的少女身躯，更多的是化成一根根优美的线条出现在我的脑海里，以至于我有时候会望着她痴痴地想，若是我能够长时间地尽情描摹她的裸体，描摹她那光洁的颈项、滑溜的肩膀、丰腴的乳房，还有那妖娆迷人的大腿、臀部和腰肢，我何尝又不会成为毕加索第二呢，当然这与郎无关。

我只是想说明，我会毫无理由地爱上一个少女，一个吧女，甚至一个妓女，也会毫无理由地厌恶一位教师，一位牧师，甚至一位导师。我不会因为被教导应该喜欢什么就去喜欢什么，或者不应该喜欢什么，就不喜欢什么。我最喜欢做的事情就是去喜欢那些据说不应该喜欢的人和事，或者不喜欢那些据说应该喜欢的东西，喜欢还是不喜欢完全取决于我的内心，而不是外人的教导。也许这其中并非真的毫无道理，若是深究下去，兴许会发现一些深刻的时代原因，但是那时候的我并不具备这种理性的头脑，因而也就不可能说出为什么喜欢或者为什么不喜欢。我只是本能地不喜欢跟日本有关的一切人和一切事，就好像因为我不喜欢醋的味道，就对所有酸性食物感到深恶痛绝一样。

我对郎既然心存偏见，那自然也就难免会影响到对他的描述，因此郎在我的笔下偶尔会显得有些伪善，不像真实的他那么富有魅力。我说过郎其实是一位很有教养的日本人，像许许多多的日本人一样有教养，甚至比他们更有教养，否则也不会让桃感到迷惘。我也说过日本人很有艺术品位，尤其擅长鉴赏艺术品，要不然怎么能养活那么多一贫如洗的中国画家呢。郎那么富有，那么精明，当然会更加富于鉴赏力，懂得花什么价钱买什么货。他说他在中国已经待了近四年，从来也没有挨人宰过。这一点我信。

我无从知晓郎属于哪类日本人。日本人确实富于涵养，尤其是待在自己那串岛上的时候，男人在女人面前衣冠楚楚，举止文雅，女人在男人面前毕恭毕敬，低眉浅笑，从九州到四国，从本州到北海道，满岛都是不停鞠躬的女人和哈伊声连连的男人，连说话都带着无休无止的敬称，可是到了国外就迥然两样了，尤其是男人，长得粗粗壮壮的却总喜欢成群结队在街上游荡，总难免让人联想起倭寇和浪人。当然也可以把这种现象理解为日本民族具有艺术家的浪漫天性，他们就像家教严厉的孩子，在父母面前叩首顿足，哈伊声不断，出了家门就随便撒尿，从汉城撒到马尼拉，又从马尼拉撒到曼谷，而且专找女人撒。

郎似乎不是这种日本男人。我现在也无法断定，那时候郎是一个商人呢还是一个学者，他自然不像乃木希典或东条英机，但也不像夏目漱石或永井荷风。郎是一个很现代的日本人，去过雅典也去过罗马，除了中国话，还会说德语、意大利语和克罗地亚语，对音乐和绘画也相当有研究，显然有别于北海道的农夫和冲绳岛的渔民。有一次他对桃说：你这位朋友的画都是仿古画，这张竹临摹的是郑板桥，这张荷花临摹的是徐渭，说着脸上露出轻蔑的微笑。

他说的"你这位朋友"就是我。

桃当然不知道郑板桥和徐渭是何许人，也转过脸来望着我。

我说是的，我是临摹郑板桥和徐渭，可是照样能蒙日本农民。

我看见郎脸上的肌肉抽动了一下。他取下眼镜架用手绢擦了擦，装出心不在焉的样子，其实我知道他心里难过得很，倒不是为他自己，而是为他那些精壮的同胞。我才不在乎他难过不难过呢。我就是希望造成这种效果，希望他明白其实我内心很鄙视日本人，虽然他们花大价钱买我制作的赝品。他们花的钱越多，我脸上的笑容就越热烈，同时心中的鄙视也越强烈。这也是我唯一能刺痛日本人的地方。郎确实被我刺痛了，虽然他仍然保持着从容的微笑，可是我知道他的心在流血。桃当然看不见郎的心，可是看见友邦客人脸上那种"惊诧"的表情，就足以让她感到惶惑。她赶紧笑盈盈地拉了拉郎的袖口，央求他继续讲述银座的舞姬和伊豆的歌女。郎的脸色这才缓和了一些。

我当然明白桃为什么对郎感到敬畏。敬畏郎的又岂止是桃这样的如花少女，还包括许多衣冠楚楚的中国男人，从穿中山装的到穿西装的，从戴眼镜的到不戴眼镜的,到处都可以见到那种敬畏的眼神,除了敬畏还有卑微,因为郎并不仅仅是一个系着金丝领带的友邦客人,郎的名字可以叫郎,也可以叫索尼、丰田、日立,或是松下、富士、东芝,又有几个中国人听见这样的名字能不肃然起敬呢,更何况可怜的中国女人。我很清楚在桃心中的天平上,我和郎各自拥有怎样的分量。郎必定如地球一般重,而我只拥有一根杠杆,就是手中的这支秃笔。我不知道我用这支笔能否撬走他,若是最终撬走了他,我必定会泪如泉涌,涕泗滂沱。

郎叙述完萨库拉和桃的区别后,掏出一支烟抽了起来,一边抽一边摩挲一只彩釉陶壶,显得格外漫不经心。那是一只青花仿宋茶壶,壶身上有一只噘起的嘴,旁边还配着几只玲珑的小碗。郎抚摩了一会儿光滑的壶身,就用手比画着对桃说他想吃桃,就是圆圆的那种,不知到哪里能买得到。还说只要能买到桃,哪怕三五百块钱一只他都乐意。是三五百块人民币,他特意强调说。我说过我为什么称桃为桃,是因为她总让我联想起一只早春的鲜桃,我联想起来的桃,就是郎提出来要吃的这只。

那时候正是春雨淅沥的时节,桃树连花都还没开几朵,哪里找得到成熟的果实呢。我当时只是觉得有些奇怪,莫非日本人连桃子哪个季节成熟都不知道,居然在初春就想吃桃。我觉得日本人很可笑,可是现在回想起来,很可笑的并不是日本人,而是我。我和黄黄从小生活在中国南方的一座小城市里,像这座小城市里的所有小孩和所有小猫一样,我和黄黄并不知道那块号称太阳国本土的地方是什么模样,那里的人和猫是否也跟我们一样热爱夏天的雨和冬天的阳光。我倒是听说过日本这个名字,这个名字让我联想起来的并不是太阳,而是军刀上的太阳旗。太阳和太阳旗虽然只有一字之差,但是内容却相差很远呢。太阳是天空中的一轮红日,它总给人带来温暖和光明,而太阳旗是什么呢,不过是阳光下的一块布而已。尽管那块布上画着太阳,可那依然只是一块布,而不是太阳。我从来也没有因为看见一面太阳旗而生出温暖和光明的感觉。也许日本人会有这种感觉,但是我没有。那时候我确实很可笑,居然不明白只要有钱,什么都可以办得到,别说是买一只桃，就是全世界所有多汁的鲜桃，日本人都可以用钱买到手，因为日本人虽然什么都缺少，但是独独不缺少钱。

我跟郎的交往其实非常短暂。如果说我与桃的相识像一粒雨与一块石头相遇一样温存，那么我与郎的相识，就像两块石头相撞一般充满了伤害对方的欲望。我想无论是我还是他，都在这种碰撞中感受到了痛苦，而我所感受到的痛苦，显然要深重得多，因为至少我至今还记得我曾经碰上过这样一位日本人，并由此生出了无穷的联想。郎让我明白了金钱的威力，让我这个只知道崇尚凡·高和塞尚的中国男人明白，日本人只要愿意，就可以得到世界上的一切，从凡·高的向日葵到我的黑眼睛黄皮肤的桃，以前是用刀挑，如今是用钱换。

我看见郎递给桃厚厚一沓钞票，说是请她晚上把桃送到酒店去。

那时候还没有一百块钱一张的人民币，三百块人民币叠起来还真是蔚为壮观。我看见桃的眼睛急速地闪过一丝亮泽，然后就低垂了下去，仿佛因为被人猜透了内心而感到有些难为情。她先是略为迟疑，然后就接过了那厚厚的一叠，接钱的时候手都在发抖。三百块人民币对桃意味着什么呢，我当然很清楚，意味着十件崭新的秋装，或是三十件美丽的夏裙，意味着一百只肥鸡，或是一千五百枚鲜蛋，而郎掏出这笔钱却仅仅是为了买一只桃，或是买一次桃。我最后一次见到桃是在半年后一个炎热的黄昏。她披着一头波澜起伏的黄发，那曾经红润如桃的脸蛋已被厚厚的脂粉所掩盖，只能看见嘴唇上很不真实的红色，还有睫毛上同样很不真实的黑色，活像一名未卸妆的艺妓。她身穿一袭浅黑色的露肩薄裙，左肩挎着一个小坤包，右手挽着一个日本男人，从另一家豪华酒店的玻璃旋转门飘然而出，轻盈得如一阵秋天的风。那个日本男人也系着一条金丝领带，但不是郎。

| 文学史评论 |

沈东子类似的小说还有《郎》《青》《空心人》等，在艺术风格上都类似于"意识流"，故事只是一些碎片，故事为表现人物的心理历程服务，再通过心理世界来

反映物质世界和社会人生。

——李建平等：《广西文学五十年》，漓江出版社，2005，第 370 页

| **作品点评** |

晚生代已经置身于全球化的语境乃至生存环境中，所以，晚生代无法虚拟自然乡村这类世外桃源作为精神避难所，他们直面文化压力正如直面现实人生，他们所表达的全球体验就不能不被抹上那种可以称之为痛苦的色彩。如沈东子的《郎》就表达了类似的情感。

——黄伟林：《中国当代小说家群论》，中央编译出版社，2004，第 249 页

与《美国》不同的是，《郎》中的"我"并不是日本文化的崇尚者，甚至因为半个世纪之前的那场战争，他对日本人怀有敌意。小说甚至写到桃的外婆也是那场战争的受害者，"她外婆年轻时为了躲避日本兵，从东海边逃到洞庭湖边，又从洞庭湖边逃到这座南方城市的小河边，一生都在躲避日本人，现在都还时常梦见咿呀叫喊的日本兵"。然而，桃却在郎的金钱引诱下就范，以至于"我"颇不甘心地认为："只要有钱，什么都可以办得到，别说是买一只桃，就是全世界所有多汁的鲜桃，日本人都可以用钱买到手，因为日本人虽然什么都缺少，但是独独不缺少钱。"

——黄伟林：《以漓江为中心的文学叙事——"广西当代多民族文学研究"
系列论文之二》，《广西师范大学学报》2016 年第 2 期

反义词大楼

东
西

我书房的窗口像一台相机的取景框，它正好框住了马路对面的一幢高楼。我在写作或读书劳累的时刻，常常抬起头来看它。我认真地数了一下，这幢楼共有18层，楼身由无数块绿色的玻璃包装，它们就像最时髦的服装，穿在高楼的身上。天气好的日子，我会从玻璃上看到太阳的反光。头脑发昏的时候，我会把书桌前的窗户当作书本，把那幢穿着巴黎服装的高楼当作书本里虚构的景物。

我一直不知道这幢楼是干什么用的，它的外面没挂任何招牌。每天早晨，有许许多多的名牌车，像甲虫一样挤在大楼前的空地上，等候它们的主人。它们的主人大都西装革履油头粉面。他们在进入大楼时，会遇到门卫最严格的检查和盘问。

慢慢地我从进进出出的人流中，发现了一个熟悉的身影，他像某位作家在作品里塑造的人物，渐渐地鲜明起来，仿佛可以触摸。他又像是警察

作者简介

东西（1966—），原名田代琳，广西天峨县人，与鬼子、李冯合称为"广西三剑客"。毕业于河池师专中文系，现为广西民族大学驻校作家、中国作家协会会员、广西作家协会主席。出版有《东西作品集》(4卷本)（深圳报业集团2005年10月出版）、《东西作品系列》(6卷本)（江苏文艺出版社2011年12月出版）、《东西作品系列》(8卷本)（上海文艺出版社2016年7月出版）。中篇小说《没有语言的生活》获首届鲁迅文学奖中篇小说奖，根据该小说改编的电影《天上的恋人》获第十五届东京国际电影节"最佳艺术贡献奖"。多部作品被翻译成法文、韩文，在国外传播。

作品信息

原载《山花》1997年第9期，收入何锐主编《与陌生人相爱》（中国文学出版社2001年出版）、小说集《东西短篇小说自选》（新世界出版社2012年出版）。

眼里的情况。他是谁呢？他是我大学时的老师，语言学教授李果。我掰着指头算了一下，他已经到了退休的年龄，可是现在他的步伐一点也没退休。他挺直身板，包括他的脖子，朝大楼走去。他的头发像纸那么白。他的左手掌里握着讲义。

我站在他每天早晨必须经过的路口等他。我看见他特别白的头发，从无数颗人头中独立出来。他好像也看到了我，嘴角裂出两道很深的皱纹，握着讲义的手指松了一下又紧了一下。讲义仍然紧紧地握在他的手里，但手指们毕竟故意地轻松了一回。他问我怎么站在这里？这些年你都跑到哪里去了？当官了吗？发财了吗？我告诉他每天我都能看到他，我已经观察他有好些时候了。他的双腿立刻像发动机一下摇动起来，说你怎么观察我？你从什么地方观察我？你观察我什么？我用手指了一下我的窗口，他笑了，笑得很放心。

一个星期之后，李果老师为我办了一张大楼的临时出入证。他退休后一直在这幢大楼的一楼上课。他说他现在正在开发语言学的新课题，希望我能抽时间听一听他的课。

出于对大楼的好奇，在接到出入证的第二天早晨，我进入大楼一楼，并且坐进了李果老师的课堂。教室里大约坐了30人，他们大都年轻漂亮。他们都想进入大楼找一份工作。但是找工作没捷径，凡是进入这幢大楼的人员，必须经过一楼的培训合格之后，才能上到二楼，以此类推，一层又一层，当你每一层都合格之后，才能到达18楼。这些规定和细则全部写在大门左边的墙壁上。

讲台上有一台电视机，李果老师先让我们看影碟。那是一部充满激情的故事片。故事的情节并不重要，重要的是片中到处都是接吻的镜头，在接吻的镜头后面，是诗歌一样的音乐。李果指着那些接吻的镜头说，在西方，接吻等于握手。什么时候你们能够把接吻当作握手了，我才开始讲课。故事片仍然继续着故事，李果不时指着画面上的两张血盆大嘴，问这是什么？学员们回答接吻。李果很失望地摇着头，什么也不说，心中有团火。

等下一个接吻的镜头出现时，李果再一次提问这是什么？有三分之一的学员回答握手，三分之二的学员回答接吻，教室像一个硕大的蜂箱，学员们就像辛勤的蜜蜂，他们的声音纠缠在一起。

李果在等待时机，当学员们被故事吸引住的时候，他突然按了暂停。他问学员们这是什么？回答握手的人愈来愈多，他们由三分之一发展到三分之二，发展到近乎三分之三，教室里这时响起了稀稀拉拉的掌声。

有一位女学员突然从座位上站起来，说这明明是接吻，怎么是握手呢？李果用手指敲了敲荧屏，说这是接吻？女学员说接吻。李果说真是接吻？你看仔细了。女学员说真的是接吻。所有的学员都望着这位孤零零地站立着的女学员发笑。李果又用他的指关节敲了敲荧屏，说你敢肯定这是接吻吗？女学员说敢肯定。李果不停地摇头，而且越摇越快，好像车轮正在飞奔。飞奔了一阵，他停下来，说竖子不可教也。他在说竖子不可教也的时候，按了一下讲台上的按钮。两位保安人员像两根电杆一样走进来，每人按住女学员的一只胳膊，准备把她拖出教室。女学员挣扎着，身子一挺一挺地，嘴里喊着不——不——不——这时我才发现这位女学员的嗓音特别动听，乳房特别庞大，身材特别苗条，脸蛋特别好看，头发特别乌黑，牙齿特别雪白，眼睛特别亮和大，也就是说这位学员有歌唱家的嗓门，舞蹈演员的身材，电影演员的相貌，也就是说广大的男人们，只要看她一眼就想跟她结婚。

保安人员把女学员拖了出去，女学员把其他学员的目光拖了出去，教室平静了。李果像整理讲义一样整理了一下他的嗓子，说为了使顾客高兴而来满意而归，为了能够保护自己，又能多拿钱，你们必须学会正话反说。你们将来的工作十分重要，你们任重而道远。

李果开始举例子。什么叫正话反说呢？比如你不爱，你必须说爱；你不喜欢必须说喜欢；你不同意必须说同意；你同意就说不、不、不……李果在黑板上写下了一些关键的词，让学员们反复朗诵，相互测验。学员们一会拍巴掌，一会拍大腿，屁股不时离开坐凳。一些没有学会正话反说的学员，不时发出惋惜声，他们要求测试他们的学员重新测试。这样一遍又一遍，学员们把黑板上的那些词背得像烤红薯那么熟。

不爱——说爱　不喜欢——说喜欢

不同意——说同意　同意——说不不不

不高兴——说好开心　高兴——说高什么兴

痛苦——说愉快　丑陋——说英俊

失败——说成功　钱少——说钱多

粗俗——说高雅　流氓——说英雄

坏人——说你好　好人——说你坏

死亡——说有的人死了他还活着

文盲——说知识分子

黑暗——说灯火通明

没有才华——说才华横溢

衰老——说幼稚　年轻——说成熟

拍马屁——说志向远大

　　下课的铃声响了，学员们全都走出了教室，教室里只剩下我和李果老师。李果老师走下讲台坐到我的身边，说怎么样？对我讲课有兴趣吗？对这幢大楼感兴趣吗？我要求李果老师带我到二楼去看一看。他说到我提出要求的这一刻止，他也没有上过二楼，他也不知道这幢楼是干什么的。他只熟悉一楼的情况。

　　我还惦记着那个被保安从教室里推出去的姑娘。我问李果她叫什么名字？李果说麦艳民。我更想知道她来自何处？年龄多大？什么血型？她的家庭状况以及所受的教育程度如何？我把这些问题提出来。李果摇着头说我只知道她的名字。

　　李果带着我穿过一道狭窄的门，进入这幢大楼的附楼。附楼全是小间的包厢，包厢里有电视机、音响、真皮沙发、地毯。包厢的门板上方装着一小块玻璃，透过玻璃可以看清楚包厢里的全部情况。我们沿着走廊一间一间地往下看，看到12

号包厢的时候，我们发现麦艳民一个人坐在包厢里的沙发上，手里拿着话筒正看着电视机唱歌。李果想带着我往下参观，但我的双腿却怎么也走不动了，好像有几百斤重的砖头，拖住我的脚步，让我停留在12号包厢的门前。

麦艳民眼睛隔着玻璃看了我一眼，并向我送过来一个微笑。我伸手扭了一下门锁，门锁一动不动，已经锁死了。麦艳民一边唱歌一边向我招手，甚至做了几个飞吻。我的额头、鼻尖已经百分之百地贴到玻璃上。我的心思已经变成七八只蚂蚁从门缝爬进了包厢。

李果拍了拍我的肩膀，他要我跟着他往下走。我说我走不动了。他站在我身后等我。他说这是惩罚，麦艳民她还不知道，她高兴得太早了。我说这是什么惩罚？这分明是一种享受。李果说这绝对是惩罚。我说是享受。李果说惩罚。李果像是受不了我的争辩，他的胡须抖动起来，他在走廊上来回走了几步，终于一转身，朝主楼走去。我跟在他的身后，就像秘书跟着领导那样走出大楼。我把脚步放慢一半步，把头低下45°角。但是无论我如何地谦虚谨慎，他始终不回头，不跟我说话。最后他钻进一辆出租车，跑了。

后来我有机会认识了麦艳民，她告诉我那绝对是一种惩罚而不是什么享受。

麦艳民说包厢里有音响、电视机和真皮沙发，还有空调。保安人员告诉我，什么时候愿意把接吻说成握手了，什么时候按铃。保安刚走出包厢，音乐随即响起来。那都是我特别喜欢的音乐，我坐在沙发唱开了。唱了一曲又一曲，我感到口渴，便按一下呼叫铃。保安堆着笑脸走进来，问我改变主意了？我说我要喝水。保安转身退出包厢，他隔着门板上的玻璃，对着我摇手。我不停地按呼叫铃，不停地按，呼叫铃一直呼叫着，却没有人进来。这时我才知道有人给我设了圈套。我闭紧嘴巴停止歌唱。

包厢里的音乐突然变了节奏，变成了摇滚乐，尽管我不停地提醒自己不要受骗上当，但我的身体还是像蛇一样摆动起来，我听到自己摆动的身体，像拍打水一样拍打空气，汗水一点一点地从毛孔冒出来。我感到累。我倒在沙发上想睡上一觉。

睡意像两只虫子爬上我的眼皮，但音乐却像棒子一样敲打我的额头。有一只看不见的手在改变音乐的节奏和强弱，我觉得棍子漫天飞舞，一会儿重一会儿轻，它们有时像狂轰滥炸的飞机，有时像深夜里女人的哭泣或嚎叫，它们存心不让我入睡。我想干吗要把接吻说成握手？干吗要这样说？接吻就是接吻，它怎么可以是握手呢？说一声握手很容易，就像打一个喷嚏那么容易。但是我怎么能乱打喷嚏呢？

从来没有认真想过问题的我，突然有了一种思考的快意。我认为这就是思考。我一思考，他们的目的就达不到。我对着门板上那一小块透明的玻璃咆哮，外面往来的人根本听不到我的声音。门板上的玻璃快被我的吼声震破了，包厢里的音乐像洪水盖住我的声音。我想我要继续思考。我思考的问题是：谁剥夺了我的睡觉？

下半夜，门板上的那块玻璃被音乐声震破，它像解冻的冰块，发出嘎嘎声。我看见四五条裂纹由上而下，把玻璃划开。我蜷缩在沙发上想睡，但音乐声一直在冲击我的耳朵，它们没有睡觉的意思，他们像成堆的垃圾倾倒在我的身上。我开始呕吐了。

擦干嘴巴，我想我还是妥协算了。我刚想妥协，包厢的门便推开了，保安堵在门口问我，你终于想通啦？保安的眼角挂满眼屎，他一边问话一边打哈欠。我对他的问话很反感。我想我还没有说话，你怎么知道我想通了？我说你怎么知道我想通了？保安发出一声冷笑，转身朝走廊招手。音乐消失了，两位女服务员提着拖把和铁皮撮走过来。她们打扫我吐在地毯上的东西。我挥动手臂，像赶苍蝇一样赶那些音乐，直到服务员失手把铁皮撮砸在茶几上，我才停止挥手。我终于听到了铁皮撮砸在茶几上的声音。我终于回到了真实的世界。我说我不会改变我的主意。

两位服务员收拾完东西往包厢外走去，她们对着我做了两个鬼脸，好像在暗示我什么。保安双手抱在胸前，他的手掌轻轻拍打他的手臂。他说既然你不同意，那只好再委屈你一下。保安离开包厢，门再次被锁。我对着保安骂了许多脏话，他好像没有听见。他不笑不哭没有任何表情。

令人作呕的音乐声再次响起，它们现在已不是音乐，而是垃圾是噪音，我感到头皮快裂开了。我决定答应他们的要求。我想不就是说一声握手吗？握手是什么？握手和接吻一样，是皮肤接触皮肤。把接吻说成握手和不能睡觉相比，和眼前的痛苦相比，几乎不算一回事。我伸手去按呼叫开关，按了好长一段时间，没有人理会我，呼叫开关好像失灵了，或者是保安们已经睡熟了。

我用指甲撕破了真皮沙发，从里面掏出两团海绵。我用海绵塞住耳朵。我感觉这样好受一些，于是蜷缩在沙发上。我双手抱住肩膀，双腿弯曲，保持婴儿在母亲子宫的那种姿态。我的膝盖几乎碰到了我的额头。我尽量缩小自己，以减轻噪音对我的大面积伤害。那一刻，我甚至想变成一只蚂蚁，藏到沙发的缝隙。

噪音持续到第二天下午，我突然感到世界安静了，什么声音也没有。我想我是不是死了？我试探性地伸长我的双腿。当我的腿伸到沙发扶手时，我睁开眼睛，看见一名身高一米八几的保安站在包厢门口。我说握手，那绝对是握手。保安说你可以走了。我说不行，你得让我睡上一觉，我已经困得走不动了。也不管保安同不同意，我用舌头舔了舔嘴皮，翻了一个身，伸了一个懒腰，打了一声哈欠，便躺在沙发上睡着了。这一觉我直睡到第二早晨，我醒来时看见包厢的门是敞开的，保安人员都不见了。我从包厢走出来，一直走出大楼，没有谁跟我打招呼，也没有谁盘问我。就这样我再也没走进那幢大楼，就这样我莫名其妙地怀孕了，你看我现在的身材苗不苗条？我说苗条，你现在的身材苗条得像一只提桶。

李果老师说麦艳民没有把她的全部经历告诉你，也许后面发生的事她确实不知道。她倒在沙发上睡去之后，那一名保安，也就是身高一米八几的保安关上了包厢的门，坐在一旁看麦艳民睡觉。他发现麦艳民的耳朵里塞满海绵。他说麦艳民，要睡你到家里去睡。麦艳民哪里听得到他说话，她的每一个细胞仿佛都睡去了。保安掏出她耳朵里的海绵，又说要睡你回家去睡。麦艳民仿佛死了，任凭保安扳动、拍打、咆哮。保安伸手抓麦艳民的胳肢窝，她没有反应。保安拍打她的乳房，她没反应。保安把海绵重新塞进她的耳朵。

保安想现在我即使把她强奸了，她也不会知道。保安关好包厢的门，脱光麦艳民的衣裤。麦艳民苗条的身材，在黑色的沙发衬托下，愈加显得美丽，美得像桂林的山，美得像奥运会发的奖杯，而她身下的沙发就是奖杯的底座。保安扳开她的大腿。她的一条腿架在沙发上，另一条腿滑到了地毯上。她的腿被扳成直角。保安就在沙发上，把麦艳民给干掉了。在干的过程中，麦艳民一直处于睡眠状态，除了发出几声呓语，她始终未发出多余的声音。从包厢外走过的人，透过门上的玻璃，看见保安起伏的脊背。他们知道保安在干什么，保安知道他在干什么，只有麦艳民不知道自己在干什么。她睡得很香。

李果老师坐上出租车跑了之后，我一直没机会见到他。我的出入证在过了那一天后作废，我再也没办法进入那幢大楼。但我始终念念不忘被关在 12 号包厢的麦艳民同志。我想她坐在沙发上唱歌，怎么会是惩罚呢？而且李果老师还为此跟我生气。

这样闷闷不乐了一个星期，我决定到大楼去打听麦艳民的情况。在大楼的门口，我被保安的手臂挡住了去路。我问他们麦艳民还关在包厢里吗？麦艳民现在怎么样？保安扳着脸孔，一句话也不说，他们好像很吝啬语言。他们朝门的右边指了一下。我看见右边有一个小窗口，窗口的上方写着问询处。

我敲了一下问询处的小窗门，窗门打开了，里面坐着一位小姐，她的装扮有一点像银行职员。她说每说一句话，收费 10 元。我说干吗收费？她说干吗不收费？难道要我免费为你服务吗？现在哪里还有不收费的服务？我说 10 元一句话，这太贵了一点。她说贵？10 元还算贵？10 元钱能干什么？10 元钱只买得一小包口香糖。你带钱了吗？我说带了。她说带了多少？我说没带多少？她说我每说一句话，就在纸上画一笔，现在我已经说了 13 句，包括现在正在说的一共 16 句，也就是说你得付我 160 元钱。我说怎么有 16 句？连"贵"也算一句？她说算一句。我说一句话要说到句号才算一句。她说我不管你逗号或句号，我每停顿一下就算一句，并且是从你跟我说话时算起。现在我又说了5句。

我说我不需要你说那么多废话，我只问你一句，麦艳民现在还在不在大楼里？她举起一张纸片，上面写着210元，意思是到目前为止，我必须付210元问讯费，付完210元后，她才往下说。我转身欲走，不想再问她什么麦艳民的情况。她大喝一声，把手伸出窗口，抓住我的衣领说，你怎敢言而无信？你不把钱留下，休想出，门。

一位保安走到窗口边，他把我的头往窗口里推，甚至举起电棒威胁我。我从口袋里掏出210元钱递进去。小姐说现在应该是收260元，因为我又说了5句话。我说你怎么又说5句了？她说呵斥声一句；你怎敢言而无信？两句；你不把钱留下，三句；休想出，四句；门。五句。她每重复一句就掰下一个指头，她一共掰下了五根香肠一样的指头。她动了一下嘴巴，还想往下说。我嘘了一声，说沉默吧，你别再说了。我们大家都沉默吧。你一说话，我就害怕。

我付完钱，举起双手离开了大楼。我的嘴里不停地说着沉默啊沉默……

| 文学史评论 |

东西的小说大多与"痛苦""困难"有关。对于生存的沉重、乖谬，他擅长运用变形、荒诞的方式来讲述，这包括情节、人物性格设计，以及叙述的语言。这为他的作品增加了反讽的力量。

——洪子诚：《中国当代文学史》，北京大学出版社，2007，第360页

东西与鬼子、李冯等是受到较多关注的广西作家。他们在90年代中后期的写作，较好地处理了审美接受与物质欲望之间的张力，与朱文、韩东、刁斗等人一样，体现了90年代汉语写作新的审美追求。广西独特的边陲与民族文化氛围在90年代以来商品经济文化中存在的美学及精神价值，在这些作家的写作中得以体现。

东西的长篇小说《后悔录》和《耳光响亮》是受到较多关注的作品。《耳光响亮》讲述了从"文革"到当下的中国现实生活。小说以牛红梅姐弟与金大印、杨春光、刘小奇等人物在不同时代中的关系变迁和人生遭遇，编织了一幅中国自"文革"以来的社会生活场景和精神文化图景，讲述了在不同力量的挤压下，个体存在不断丧失尊严并且逐渐走向灵魂扭曲的过程。自始至终，人们所服从的生存逻辑不是道德伦理的规范和个人的操守，而是在历史语境中不断变幻的荒谬的权力游戏规则和欲望动机。

东西写得最好的作品，并不是这些长篇小说，他的诸多中短篇小说，如《没有语言的生活》《原始坑洞》等作品在艺术上更加成熟，在小说的隐喻义和美学元素的发掘显得境界更高。东西认为："写内心秘密，写人物和对生活的预测是他写小说的三个兴奋点"（东西：《寻找小说的兴奋点》，载《当代作家评论》2007 年第 5 期），这使他的小说有较多的神秘主义成分。

——丁帆主编《中国新文学史》（下册），高等教育出版社，2013，第 364 页— 365 页

| 创作评论 |

说得通俗一点，能把看起来是假的东西写成真的，这才更像是现代艺术。传统小说是模仿现实，是一种对现实的仿真叙事，按着现实的逻辑、方向来写，这种叙事难度是有限的。而要把假的写成真的，这是新的叙事难度，如何克服这种难度、进而完成对新的真实的确认，是现代小说要解决的首要问题。

通过叙事的强大说服力，把假的证明为真的，这就是现代叙事艺术之一种。东西具有这种自觉的现代意识，而且在自己的写作中一以贯之，这在当代作家中是不多见的。

……

东西的小说除了有"骨架"，他还建立起来了自己的叙事腔调。叙事腔调其

实就是思想方法。东西的这个方法，概括起来说，最核心的就是反讽。反讽是和幽默相联的。有幽默感的作家很多，但能用好反讽这一叙事腔调的作家却很少。东西是其中突出的一位。他对反讽的应用是全面的，这既是他小说叙事的总基调，也贯穿于他小说的细节和语言之中。

——谢有顺：《东西是真正的先锋作家》，《南方文坛》2018 年第 3 期

长期以来，东西小说于我而言有一种难度。一方面，我觉得东西小说具有某种离奇性，不合现实逻辑；另一方面，东西小说的现实性似乎又是有目共睹的事实。这种相悖的感觉使我对自己的审美能力产生怀疑。经过反复研读东西的小说，我发现，我的这种感觉悖论是存在于东西小说中的，是真实的。只是过去我没有找到表述这种感觉悖论的语言。直到在阅读了东西《秘密地带》这部小说之后，我才意识到，东西小说的情节推进和人物感觉遵循的确实不是现实逻辑，而是梦幻逻辑。换言之，东西小说中的人物，眼中所见并非现实之景，而是幻觉之象，简言之：幻象。结合现实主义、现代主义和后现代主义三种小说原理，我认为，东西小说中的人物不是现实主义思维状态中的社会人，甚至也不是现代主义思维状态中的灵魂人，而是后现代主义思维状态中的身体人。

——黄伟林：《人：小说的聚焦——论新时期三种小说形态中的人》，中国社会科学出版社，2010，第 185—186 页

| **作品点评** |

东西作品也让人欲哭无泪，但他用一种喜剧的荒诞手法，他写的《反义词大楼》，凡是进入这个楼的人，都要倒立着走，说话要反着说，这在现实生活中是不可能的。但是我们追问各自的灵魂，追问人性……都知道人有虚伪的一面，我们常常把应该表述的东西，不说出来，正话反说，反话正说，也就是习惯了不说真话。所以，我说他有一种在同情他笔下人物中的疼痛感，深深地体恤他们的难处，体察他们的苦难。他这种体恤是用幽默，无穷无尽的幽默和荒诞，以及他对人物

反讽和含泪的叙事，所以体现出东西的自信而敏锐、独特而成熟的艺术才能。

  ——张燕玲：《文学桂军与当下中国文学》，载广西壮族自治区图书馆编《八

   桂讲坛录：展开智慧的翅膀》，漓江出版社，2007，第 28 页

  短篇小说《反义词大楼》，便是用了寓言的手法，隐喻了黑白颠倒和是非不分
的现实逻辑。在一座充满了权力的强制、关禁、暴力，甚至色情意味的"十八层
大楼"——不免让人联想到"十八层地狱"——之中，一位叫作李果的教师，在
用洗脑的方式，训练数十位年轻人如何将"不爱"说成"爱"，将不喜欢和不同
意说成喜欢和同意，将痛苦、丑陋、失败分别说成愉快、英俊和成功……当一位
叫作麦艳民的女学员不愿意将"接吻"说成"握手"的时候，便被强行拖了出
去，并遭到了保安的强奸。小说中被强奸的女学员在某一刻与"我"在大楼中的
被强迫的境遇与反抗的动作还是重叠的……也就是说，它也隐约意味着作为旁观
者的叙事人，同样遭到了强暴。

  ——张清华：《在命运的万壑千沟之间——论东西——以长篇小说〈篡改的

   命〉为切入点》，《当代作家评论》2016 年第 1 期

满脸是痘

黄佩华

文平被那个他最心爱的女人冷落之后，已经是第三个夜晚到大街上游走了。

第一天晚上他从城市的西边一直走到东郊，返回他所住的城西宿舍区时，妻子和女儿已经起早。

第二个晚上文平改变了方向，行至市中心后他就沿着一条宽阔的大道往南走，越过大桥，越过开发区，后来他在一片稻田的禾草堆上睡着了。在禾草堆上睡觉的感觉妙不可言，整整一个白天他都在回味那种感觉。

此时是一九九七年秋天的一个晚上。大约是九点半钟的光景，文平开始从宿舍区一个隐蔽的侧门走出来，他决定不走正门是不想见到门口旁边那个守公用电话的女孩，因为她的相貌和说话的声音都有些似那个他心爱的女人。

文平穿过一段幽暗的小巷到了大街边上，这座南方城市给人的感觉总是这么喧闹、拥挤、炎热，从早到晚，从春到秋，通宵达旦，没完没了。

作者简介

黄佩华(1957—)，广西西林县人，壮族，曾任《三月三》杂志编辑、主任、副社长兼副总编辑、社长兼总编辑、副编审。1981 年开始发表作品；1995 年加入中国作家协会，曾任广西民族大学驻校作家、文学影视创作研究专业硕士生导师、广西作家协会副主席、壮族作家创作促进会会长。著有长篇传记《瓦氏夫人》，长篇小说《生生长流》《公务员》《杀牛坪》等，出版小说集《南方女族》《远风俗》。获全国第四届、第七届少数民族文学骏马奖；第四届、第五届广西文艺创作铜鼓奖。

作品信息

原载《青年文学》1998 年第 2 期，收入《这方水土：广西签约作家小说精选》(漓江出版社 2002 年 5 月出版)、《新中国成立 60 周年少数民族文学作品选·短篇小说卷》(作家出版社 2009 年 12 月出版)、《同一条河流：中泰当代文学作品选》(广西师范大学出版社 2010 年出版)。

平常，文平是极不愿意到大街上来凑这份热闹的。在他看来，这种挤压得让人出汗的空间只属于那些生计无着的人，或者是那些拎着皮包上蹿下跳的男骗子和那些巧舌如簧故作媚态的女骗子。干正当事情的人不会老到大街上溜达，看别人，看橱窗里的商品，争着呼吸污浊的空气……这些都很无聊甚至是可耻的行为，然而，现在文平不顾一切地离开家室投奔到大街上并没有什么特别明确的目的，他只是想让自己在出走中疲倦，以使自己没有多余的精力去缅想那场令他刻骨铭心的爱情以及那个他迄今为止唯一深爱的女人。

这条东西向的大道横穿整个城市，把城市区分为南北两大板块。而另一条南北向的大道又成了城市的另一条分界线，这样，这座不大不小的城市就被两条大街分割成了四个方块。文平那个心爱的女人也住在西面，只不过她住西南，他住西北。

街灯下文平赶着自己的影子自西向东漫不经心地走。人行道上满是一些出门纳凉的人，一对对的白发老人沉默寡言地相伴而行。挺着大肚子的女人企鹅般地迈着艰难的步子。尖利地呼啸而过的摩托车上是些疯狂的年轻男女，他们的去向不明，此时，文平的脑子里充斥着一些混杂的东西，就如同大街上的景象一样。在这里没有人知道刚过了而立之年的文平是一名电脑操作员，摆弄电脑是他的职业，电脑和他的业余爱好毫不沾边，一离开单位他的思想和行为便是另一个世界的人了，大街上的人自然也没人知道他叫作文平，不知道他要往哪里去。这种感觉简直和躺在禾草堆上睡觉一样美妙无比。在没人认识你你也不认识谁的空间里行走简直是上了天空，任你自由翱翔、爬升或俯冲，随心所欲。文平忽然很满意自己发明这种方式来让自己摆脱烦恼，忘记过去。在大街上的感觉远比待在狭窄的家室好多了。虽然家里开足了冷气，有电视，有 VCD，有可爱的女儿和宽容贤惠的妻子，但文平仍然时刻想要逃离出来。

最令他不能容忍的是近一段时间里电视上流行的鼻音广告。每当打开电视机时，这类咄咄逼人的带鼻音的男声广告便不绝于耳。四岁的女儿说，爸爸，电视上的叔叔感冒了，干吗不吃药啊。女儿说着就做了一个吸鼻子的动作，好像她已被传染上了感冒似的。他很赞赏女儿的悟性。这小丫头智商颇高，说不准将来会是一个天才。只是女孩子过于敏感也不是什么好事，这是文平吃够了苦头的体验。至于国家电视台为什么热衷于重用这类鼻音很重的广告配音，他自然没法知道，也无法解释。他只能附和女儿的看法，说是播音员叔叔确实是感冒了。北京那边风大天冷，叔叔不小心就感冒了。女儿说，快叫妈妈打件毛衣给叔叔。文平也表示同意。只是他不想再听到那种声音了，他感到一种莫名的厌恶，这种反感也使他对电视机产生了怨恨，有人一打开电视他就想离开。

使他对电视机产生厌恶的另一个原因源自足球。这时候街边铺面里的一些电视机正在播放世界杯外围赛中国队的一场生死战，吸引了不少路人。要是以往，几乎是没有什么诱惑和力量能使文平离开足球的。但现在他不得不远离足球而去，甚至不愿意听到别人谈论有关足球的话题。其实文平从一九九○年夏天开始就迷上了足球。文平夫妇在一个午夜里被楼上的一阵阵跺脚声从梦中吵醒。楼上住着两个刚分配来不久的女大学生，从来都很安静的楼顶怎么突然会在深更半夜咚咚作响呢？恼怒和好奇驱使文平不得不去拍了楼上住户的门。当一个只穿文化衫和睡裤的女孩打开门出现在他眼前时，他反而变得局促起来。

屋里的电视正在播放足球赛，文平从那嘈杂的声音就可以判断出来。文平在努力使自己平静下来之后说，你们把我们一家都吵醒了。女孩说对不起，我们还以为别人也看球呢。文平觉得没有什么理由再指责人家了，便下楼回来继续睡觉。然而，他躺下床后脑子里却又开始运转了起来，足球是什么东西，连妞都爱得不睡觉了，还控制不住老跺脚。足球真的值得让女孩子也那么癫狂么？他看看新婚的妻子已经安睡，便蹑手蹑脚地摸下床，掩上门后打开了电视机。从那个夜晚开始文平就对足球有了好感，而那个其貌不扬的阿根廷人马拉多纳的表演更是让人如痴如醉。也是从那时起文平就暗暗攥紧拳头要缔造出一个新的马拉多纳。他想他虽然老了，不能踢球了，但他可以有个儿子，有儿子就可以让他踢球，就可以把他开发培养成马拉多纳第二。文平把这个想法告诉给妻子时，她却对他嗤之以鼻。她说她家三个姐妹都生了男孩，她不想再要男孩，男孩又跳又闹，喜欢惹事，她真真正正地想要个女孩。妻子公然和自己唱反调使文平感到非常不愉快,在她身上找不到共同语言他就再也不愿意和她谈足球和"马拉多纳"的话题了。为了报复妻子的不合作态度,文平在极短的时间内就和楼上的两位女孩混熟了。她们盛情地邀请他到她们那里一起看球,一起谈论马拉多纳、荷兰三剑客和意大利、世界杯。他发现两个女孩不仅热爱足球,还喜欢一边看球一边喝啤酒,而且两个人的酒量出奇地大。她们在地板上摆有几包带壳花生和牛肉干,墙边上搁着一箱蓝带啤酒,几只空酒瓶东歪西倒地躺在地上。一个叫周冰的女孩边高举酒瓶边说:欢迎你的加入,两个女孩自己看球很没味道。另一个叫张然的女孩已经有了些醉意,挑衅地对文平说,你们中国男人像驴一样真没品位,你看人家老外,跑起来整个一群纯种马,多动感啊!文平心里暗想这女孩不是性饥渴就准是个写诗的,往后要离她远一点。

文平在那个酷热的夏天认识到了足球的乐趣。此后的几年中他把那个黑白相间的圆东西当成了至高的宠物倍加珍爱。如果不是女儿的降生,那么足球会继续成为他唯一的寄托。女儿的出现是妻子的胜利,同时也粉碎了他要缔造小马拉多纳的美梦。对此,女球迷周冰认为,一般同样年纪的夫妻生男生女的比率是四比六,如果丈夫比妻子大五岁以上那么就变成了六比四。因为文平和妻子都是同龄人,他只有十分之四的胜数,因此不必为此而哀伤。再说出现足球天才的概率几乎是百万分之零,他们即使生个儿子也未必是会踢球的料,或许不是腿短便是无力型的,哪能和外国那些纯种马比呢!周冰的一番劝导自然使文平的心情轻松不少,但他热爱足球的温度并没有降低,照样是每有转播必看,足球类报刊成了他最亲近的读物。欧洲几大联赛和世界上的大小球星几乎占据了他的整个业余时间的脑袋。

迷恋足球的日子很美好,女儿也在文平美好的心情中渐渐长大。这段时光里文平的整个身心都投注在电脑—足球—家庭这三点一线上。而在这三点当中,足球是使他大喜大悲的唯一根源,他的脾气因球而时好时坏,令人难以捉摸。如果不是妻子通达宽容,内战就会频频发生,说不定已经是家破人散了,聪明的妻子知道丈夫是个性情不太稳定的人，因而想要让他放弃某种爱好并不是什么难事，问题是一旦他不爱好足球了又该让他爱好别的什么呢！这年头世风日下，许多男人都或多或少地沾染上了种种恶习，要是文平染上其中的一种那就完了。因此，妻子一直为了解决他的爱好问题而大费心神。其实，妻子试图不让他爱好足球还有一个不可告人的原因，就是让他尽早远离楼上那两个女球迷。年轻的男球迷和女球迷时常泡在一起即使没发生什么事也让人难以理解。虽然她坚信丈夫爱这个家，也不是那种寻花问柳的花花公子，但共同语言和爱好一致是很容易让人走到一起的。颇有心计的妻子并不完全是个足球盲，文平的偶像马拉多纳什么时候尿检呈阳性，私生子的状况如何，什么时候惹是生非她都一清二楚。她往往会借题发挥，不遗余力地抨击这位多事之星，把他说得一文不值。偶像星光黯淡，加上中国足球的表现每每让球迷伤透了心，在经历了无数次的失望之后，文平终于正式决定与足球断绝一切关系。在宣布这一决定的当晚，他和楼上的两位女球迷边喝着葡萄酒边相对而泣，他们一致同意选择以醉酒的方式来共同埋葬令人伤心的狗日的足球。周冰表示自己将在短期内尽快和一位退役举重冠军结婚，而张然则声称她已喜欢上了钓鱼，准备参加市里的钓鱼协会，为了哀悼那段持续了五年多的足球爱情，那天晚上文平在半醒半醉中独自走了半个城市的街道，直至天明。

　　文平花了大约一个半小时的时间走到了十字街口。他爬上了人行天桥，站在桥上，先是举目向东眺望，又转身向南遥望南天，就在他决定向北方走去的时候，他看见了一个熟悉的身影。那个人是文平在擦肩而过的瞬间认出来的，他朝他迎面走来，步子不是太快，有点悠悠的，他没有认出文平，而文平却认出他来了，文平差一点就要叫出声来，他想呼喊他的大名，但稍作犹豫便把他放过去了。或许那人根本就不是那个大名鼎鼎的蝎子。

　　文平已经有许多年没遇上蝎子了。有传闻说他多次离婚，后来娶了一个大他二十岁的富婆，有的说他下海经商，沉沉浮浮，整天被债主追杀。也有人说他因搞非法出版物被关进了牢狱，正在监狱里编墙报呢，总之，有关蝎子的传闻很多，莫衷一是，事实上文平已经有六年多时间没见到蝎子了，有关蝎子的传闻都很零碎而飘忽、蝎子是一名诗人，而且属于先锋的那一类，曾经和顾城、舒婷以及西川、廖什么武的等人称雄诗坛达数年之久，文平知道并熟悉蝎子是因为文平曾经也是诗人。还在大学读书的时候，数学系学生文平是一个疯狂的诗歌爱好者，他对诗坛的熟知远胜于自己的专业，全国各地有百余名大小诗人都和他保持联系，本城的皇冠诗人蝎子更是他崇拜的偶像。那时候，文平不仅是本城十几所大学的骄傲，也是国内为数不多的校园著名诗人。如今，谁都不会想到文平曾经出版过三本诗集，更不会想到他曾经以眼镜蛇为笔名名噪诗坛，十九岁那年，他的一组歌颂昆虫交配过程的诗歌最先被诗坛看好，京城某大学的一位诗评家亲自撰文评价，称"校园诗人眼镜蛇已经聆听到土层深处软体动物喷射生命的声音，从而把握到了进入诗歌圣殿的钥匙"。省内诗评家更是把他和蝎子相提并论，共称诗坛双毒。第一本诗集《骚蚁》出版时，诗人眼镜蛇还是一个大二生。大三期间，眼镜蛇倾尽一年中的才气全都用来歌颂植物，水稻、玉米、野葛藤、水藻以及果实……无一不是他灵感触及的对象，结果反响更加强烈，多家出版社主动上门献媚，争夺诗集《鸟叮过的果子》的出版权。第三本诗集叫作《双眼皮的金属》，出版之前他就想好了，要请在中文系就读的女友惠子写序。惠子是中文系的头号才女，写散文写出了小名气。系里的青年教师和众多的才子们都把她视若明珠，但她却偏偏喜欢上了数学系的文平，中文系的师生们嫉妒有加，却一时奈何他不得。才女惠子争夺战的最终吃亏者还是没有多少根底的寡不敌众的文平。一个极其普通的周末之夜，校园诗人眼镜蛇和才女惠子毫无顾忌地在足球场宽阔的草地上享受生命的乐趣时，几支属于保卫科的手电便从不同方向合围而来。一场轰轰烈烈的爱情就此戛然而止。

真正使文平远离诗歌是在他毕业两年后的一个夏天，京城一个和他书信往来甚密的年轻诗人在未有任何暗示的情况下，不明不白地就卧轨自杀了，悲痛欲绝的文平还发起一个规模不小的募捐活动，所获的四千三百多元钱全部如数寄给了卧轨者远在农村的父母。从一个天才诗人之死联想到数年前的那场爱情大战，文平幡然醒悟到生命的脆弱和江湖的险恶。于是在一个雷雨交加之夜，他把自己大学时代的心血之作——三本诗集和眼镜蛇这个名字一起扔下波涛汹涌的江中，并指天发下毒誓永远退出诗坛，曾经叱咤诗坛的诗人眼镜蛇从此销声匿迹，脱胎换骨的电脑操作员文平结婚生女直至迷恋足球都是后来的事。

怅然若失的文平目送蝎子的背影消失在人行天桥的另一头儿，然后向北走去。

城市的北方拓展得更远更宽，这点很令文平亢奋。他知道跟前的这条大道更远的地方连接着通往另一座城市的高速公路。再远，文平就不太知道了。这条街道汇集了这个南方城市的精华，耸立两旁的商业区和金融区的高楼大厦组成了这个城市最为瑰丽堂皇的风景。面对绚丽的灯火和宽阔的街道，文平突然因兴奋而呼吸变得急促起来。他又嗅到了和那个他心爱的女人在一起时的那种玄妙的气息。当这种久违的气息在他的思绪中开始弥漫开来之时，蝎子再度出现了。诗人蝎子这次是从文平的身后赶来，然后超越到他的前面去了。蝎子显然不是为文平而来，他在继续迈动和刚才一样的步伐，旁若无人地往前走。若不是那头披肩的长发和戴着一副宽边眼镜，文平是不敢认定跟前的这个人就是蝎子的。蝎子的出现令他感到短暂的纳闷：他不是往另一个方向走了么？现在又为何也往北赶了？不管怎样，蝎子的再度出现使他萌生出了要和他聊聊的念头。他快步赶向前去，冲到蝎子的身边大声喊：蝎子，蝎子！

蝎子停住了脚步，愣怔怔地看他，表情漠然。

蝎子，你不认识我了？

蝎子还是满脸木然。接着习惯地用双手拂开掩了半边脸的长发，又用中指托了一下厚厚的宽边眼镜，疑惑地盯着文平。

蝎子，我是文平。我是眼镜蛇啊！

眼镜？蛇？蝎子沙哑地重复了一句。

对方显然是认不出自己了。文平哀伤地想，这难道是因为自己不再写诗的缘故么！

蝎子散淡的目光通过厚厚的镜片长久地停留在文平的脸上，仍然没有一丝惊喜或异样。这种漫不经心的审视顿时使文平感到懊悔不已。

蝎子并不在意文平的表情，继续沙哑地说，我想到城外去，可是我不知道怎么走才能走得出去。

文平说，蝎子，蝎子你真的不认识我了么？我是眼镜蛇！

蝎子答非所问地说：我想出去，我必须出去！说着他颇费劲地努了努嘴，又用力地将眼球往上翻白，很用力地闭上眼，连眨几下，接着又很夸张地做了一个鬼脸。这一系列动作的整个过程占时六七秒钟。文平知道做这种表情的人多少神经官能有问题，是一种病态，医学上被称为舞蹈性多动性抽动症。蝎子在做完这一系列表情之后，突然对文平鞠了一躬，说，足球比赛开始了，我得走了。

因此，文平终于能够断定蝎子已经疯了。看着长发飘逸的诗人悠悠远去，文平想，他为什么不选择自杀呢！

然而，当文平缓过神来并确认蝎子逝去的方向就是他今晚要去的北方时，他便有些犹豫不决了。这样跟在一个疯子的后面，自己不也是和疯子差不多了么！原来写诗的蝎子也曾经喜爱过足球，这和自己是多么的相似。这种雷同以及结局对于文平而言是一件多么可怕的事。都是出名较早，同是诗人，同是球迷，（或许同样刚经历过失去爱情，同样喜欢李娜的《青藏高原》？）现在又同样没有目标地在大街上乱窜……自己难道不也是一个疯子么！这一发现使文平的身体在顷刻间变得极度虚弱起来，他感觉头脑渐渐地胀大而沉重，心脏的跳动有如声声鼓点，而周身的血液似乎正凝固、变冷，双腿的支撑力也下降，过往的行人似乎没人会注意到文平身体内部的急速变化，他依然站立在街边的人行道上，面朝北方，脸上也没什么痛苦的表情。这时候的文平很像一尊仿真蜡像，和过往的行人没有什么不同，只不过他静止不动罢了。

整个过程持续了半分钟，文平在这半分钟里几乎失去了知觉。半分钟后，他的身体又现出了活力，他努力活动了一下手脚，觉得有些恢复了，才缓慢地往道边的铁栅栏挪去。正当他将整个身体投靠在铁栅栏上时，人行道上猛然奔过来一个打扮入时的女子将他扶住了。平哥哥，你是平哥哥吧？女子疼惜地携住他的手，小坤包在她裸露的臂弯下悠荡。

喘息片刻之后文平迅速地恢复了神智，在这人来车往的大街上被一个年轻女子如此亲切地呼唤和如此亲近令他又惊又恐。他最先的反应是用力将女子藕节一样的手甩开，然后警惕地在对方脸上扫视一会儿，问道：你是谁？你怎么会知道我的名字？女子嘻嘻笑道，这么说你真的是平哥哥了。你记不得我了？我是阿蓉啊，你家对面李家的那个阿蓉啊。

文平终于从大脑里搜索出了以前还是单身汉的时候，对门李家确实有一个叫阿蓉的保姆，可是此阿蓉会是彼阿蓉么？那个面黄肌瘦的小保姆怎么会变成一个如此丰腴性感的女子了呢！他如梦人痴语般地喃喃道，你真是阿蓉么？你怎么会是阿蓉呢？

女子妩媚地笑说，其实我是不是阿蓉并不重要，重要的是你就是平哥哥。都七八年了，人还不会变么？

文平已经没有理由不相信她了。小保姆也是可以长成这样一个成熟女子的，女大十八变嘛。他认识她的时候她只有十六岁的样子，据说是那个姓李的处长的手下下乡扶贫从乡下给带上来的，她的主要任务是负责照料李的一个约两岁的孙子。李家除了那个孙子之外，还有患了中风的女主人。小孙子白天由他父母送过来晚上接回去。晚上她的任务转而照料瘫痪了一条腿的女主人。处长的房子和文平的屋子门对门，对面屋子是三室一厅，他这边是两室一厅，住着两个单身汉。当时处长大约是五十五的年纪，出差多，应酬也多，家里常常只有女主人和小保姆阿蓉。女主人久病缠身，脾气时好时坏。发脾气时骂人的话既脏又毒，偶尔还对阿蓉又扯又拧的，身上到处青一块紫一块。一天夜里，披头散发的阿蓉敲开了文平的门，一把鼻涕一把泪地向他哭诉了女主人的歹毒行径，他才知晓对面人家的真实内幕。那晚上文平和另外的单身汉室友一起把阿蓉送回去，并措辞严厉地把老女人狠吓了一顿。然而，事隔不久阿蓉就随主人搬走了，从此不知去向。

这个城市还是太小。文平心里感叹道。在这条拥挤的街道在这么短的时间内他竟然遇上了两位老熟人，这点很让他感到恐惧甚至绝望。熟人的眼睛如影子般跟随着他，无孔不入，无处不在，就如同他的心里时刻都被那个心爱的女人占据一样。

文平无法清楚自己是怎么被阿蓉带到这个幽暗压抑的场所的。这里的气氛和喧闹明亮的大街反差巨大，他在一张舒适的靠椅上坐了几分钟后才渐渐看见了一些物景。这里显然是一间酒吧，萨克斯的乐声和众多男女的呢喃低语从不同的角落漫溢出来，湿润着整个空间。阿蓉在很短的时间内点好了小食和饮品，身材窈窕的吧女带着一股浓香飘忽而至，并迅速地点着了一支粗短的红烛，如豆的亮点在磨砂的玻璃容器中摇曳。

上来的都是冠以各种洋名的东西，法国 XO，美国开心果以及提子。口干舌燥的文平毫不客气地拿起高脚杯一饮而尽。面带微笑的阿蓉又把自己的杯子递到他眼前。

文平和阿蓉在酒吧待不到一个小时就又回到了大街上。他似乎很难忍受一个几乎是与自己毫不相关的女人滔滔不绝地诉说她自己的拉杂事。若是往常的心境，他可能会饶有兴味地边品着美酒边听她叙说，但是他现在确实没这个心情。不过在将近一个小时的谈话中，他已明白无误地得到了阿蓉的几个关键信息。首先是她现在混得不错，自己买了房子，有了自己的产业，手上没有百把万也有几十万。其次是她已经成长为一个在男人的夹缝中捞取好处的女骗子。再就是她现在仍然独身，情感生活时饱时饿。分别后的这几年她大体从一个小保姆长成了一个自立的女人。当年虐待她的女主人早就死了，男主人李官人在帮助她办理城市户口的同时也使她由少女变成了妇人。离开李家后，她在城市边缘的村庄里租下了一间小屋，接着开始骗钱过日子。这年头有许多寄生于城市各种媒体的男女，他们大都靠一张嘴或一副脸蛋谋生。阿蓉原本打算到某个酒楼打工，但住在她楼上的一个男子及时地盯上了她。男子自称是作家又是记者，发表过一些作品，现在主要靠拉广告和给企事业单位写报告文学捞钱过日子。他没有公司也不挂靠固定的报刊社，却有一沓各式各样的记者证，和各报刊社均保持较为密切的关系。阿蓉只念到初一就因为家里穷而辍学，虽不能写什么作品文章之类，但对作家记者甚是崇拜。因而男子不费吹灰之力就把她招到了手下，成了一名"记者"。在阿蓉之前，男子手下已有多名"记者"，而且以女"记者"居多。她首次出征便旗开得胜，和另一女伴把一家糖厂厂长缠得不耐烦了，厂长终于答应给了一份五千元的广告。这个广告经男子与某文学月刊讨价还价，最终以三千元的价钱脱手。仅几天工夫几百元钱就捏到手了，这种超值的劳动报酬使她认识到从这种门道取钱是多么的容易而便捷。如遇上只愿意做文字宣传的单位，则由男子亲自上阵或另派写手。这些写手又被称作枪手，他们多是些求财无道的可怜的报刊编辑或者业余作家。干不到两年，她的存折不知不觉地就有了五六万，而她得到的只是一个小数目。后来她干脆炒了老板，自己笼络两三个好姐妹出来干。几年时间她们就拉到了几套报告文学丛书，结交了上至省里各部门头头下至各县的县官等许多实权人物。再后来，也即是现在的阿蓉已经不干那种出卖笑容甚至是身体的活了，她现在已是一家美容院的老板，月收入七八千元，整天不是出门旅游就是健身健美，过着优裕的生活。

小保姆成了骗子当了老板，那张过于粉饰的脸孔已经找不到当年的影子。这种变化更令文平伤感，他很想立刻就撇开她远去，但刚买过单的她却毫不理会他的神情，顽固地跟了上来。此时的阿蓉更像一个妖魔，把企图逃脱的文平牢牢地攥住了。

两人沿着街道继续往北走。大约十一点钟了，有一半的店铺仍然开门营业。街边流动的摊贩在热情地向路人兜售T恤文化衫或是盗版影碟。书贩们扯着嗓子吆喝着几本畅销书的名字，其中有《岁月随想》、《日子》和《不得不说的故事》……文平知道这些贩子是为了逃避市场管理人员的监督才出来跑夜市的，他们多是些下岗不久生计无着的工人。极想摆脱阿蓉的文平多次故意停留在书摊跟前磨蹭，装着专心地翻阅记载明星的畸情隐私的文字。

阿蓉大概好长一段时间没来这里了，房间里弥漫着霉湿的气味，家具上覆盖着一层薄薄的灰尘，这里显然是她的一处间歇性住所，房间不大，有三十个平方的样子，里头有卫生间和很小的厨房。一张盖着床罩的大床成了这个房间的主体，其他的家具一目了然，小衣柜、冰箱、梳妆台和一套皮沙发几乎占据了剩余的空间。床的跟前顺墙根卧着一只矮柜，柜上搁有二十九寸大彩电、音响和影碟机。很显然，这是一个真正的安乐窝。阿蓉一进屋就忙着打开空调，打开前后门窗，然后掀开一角床罩叫正不知所措的文平坐下。

阿蓉在文平不注意的时候换了一件很大很长的印有红色紫荆花的迎回归文化衫，露出两截健美的腿，贴身的内裤和乳罩隐约可见。她毫不理会文平的反应，迅速而小心地用鸡毛帚掸去家具上的灰尘，又用拖把把地板拖了一遍，最后才小心翼翼地启开了床罩。做完了这一切之后，阿蓉才娇喘吁吁地问他喜欢什么味道的空气清新剂，他愣了一下才反问她：什么是清新剂？她听了就忍俊不禁扑卧在床上咯咯地笑，抽搐的臀部裸露的大腿令他陷入了窘迫不安之中。这时候他担心的是她的笑声会引来邻居的注意，另外就是这种笑多少有点神经质。

然而，阿蓉似乎不太在意文平的举动和表情。她从床上爬起来之后就把门窗关上了，嘴里边哼着歌边打开衣柜找出几件衣物，对一直心神不定的文平说，身上都发臭了，我先洗个澡，你还是开电视看吧。文平坚持说不想看电视，他随手拿起一份旧早报，一目十行地浏览起来。

洗澡间的门虚掩着，从门缝里透出一线指头般粗细的灯光，哗哗的水响很容易让外边的人判断出里边的沐浴在此刻的进程。这种洋溢着身体气息的响动使文平更加烦躁不安，他的目光在一篇有关歌星李娜出家削发为尼的报道文章上停顿了一下，但随即又移开了。活得好好的唱红《青藏高原》的李娜居然出家了，真是不可思议。若是不喜欢这首歌，文平是不太在意李娜是不是真的会去当尼姑的。

洗澡间的水响已经停止，转而传出的是一阵令人心跳的响动，文平能想象这肯定是阿蓉正在穿戴的响声。一股沁人肺腑的香气也从这响动中溢出，弥漫整个房间。至此，文平便可以认定这个阔别多年且生活奢侈的阿蓉大概是个风尘女子了。这个判断让他忽然生起了一种要即刻离去的念头，他意识到再待下去可能会有某种危险。

正当文平扔掉旧早报站立起来欲朝门口走去之时，阿蓉边搓着一头湿润的短发边启门而出。她说平哥哥你是不是也要洗一下？洗一洗就凉爽了。该死的热天！

听到她的话音他只好停住了脚步，一种不便说明因由的尴尬使他瞬时变得木然。换了一身睡衣睡裤的阿蓉似乎并未察觉到他的神态，继续催促道：去洗一洗吧。

女人的话有时候是不可违抗的，文平稍微犹豫了一会儿就不声不响地钻进了洗澡间，并很响地拴住了门。在赤身裸体接受喷头的冲刷之时，他紧闭双目，表情异常痛苦地想：今晚完了。

接下来事情的发展很程序化，阿蓉装模作样地和他坐在床上边看电视边闲聊。他什么也不想问，也不想说什么，只是默默地听她说话。

她告诉他，她刚去了一趟张家界回来，没想到没进家就遇上他了。她去张家界不是去游玩，而是去找李娜。她很喜欢李娜的歌，她要劝她别出家，生活那么美好，干吗要出家呢。找个好男人过日子不是比出家好么。但是她没找着李娜，有人说她到少林寺去了。等她找到少林寺，又听说她去了峨眉山。她找到峨眉山，人家又说她去了西藏。她追不着就只好回来了。

她并不是怕花钱，而是追得太累了，想回来休息一下。她说她不会存钱，赚了钱就去旅游，她要游遍全国的风景名胜。说着她竟止不住唏嘘起来，她说，那个李老头子也挺可怜的，说不定我会嫁给他的，但不是现在。

文平最是见不得别人流泪，尤其是女人。见她这么伤心，他的心头也跟着一热，就赶忙搂住她的肩轻轻地拥吻起来。

一阵局促和忙乱之后，电视机和大灯在不知不觉间关掉了，唯有呼呼的空调和暗黄的床头灯在工作。这时候文平才发现两个人已经没有什么戴挂，也没有什么距离了。阿蓉的身体灼热而激荡，一切都似乎在按预定的程序发展。正当他由不安和惶惑转而自然从容的时候，意识到自己的生命之根是那么孱弱那么毫无生气，他的身体在刹那间又陷入了凝固状态。在阿蓉起身去翻找东西的同时，他的意识陡然间格外地清醒起来。他快速地穿上衣服，立在床前，等泪眼汪汪的阿蓉扑过来时，他再次轻轻地拥吻了她，他平静地说，阿蓉我谢谢你，现在不行，我要走了。说着用力将她推开，执拗地朝门口走去。

阿蓉见留不下他，急忙扑过去从身后搂住他，说平哥哥你是大好人，你答应我再来啊！直到他点了头，她才松开手让他出门。

出到街口，文平真的拿不定哪个方向是北了。

｜ 文学史评论 ｜

黄佩华的作品，以质朴而隽永的风格，浸透着他对文明与野蛮交织的人性意蕴、人生哲理的反思，浸透着他对红土地上乡土生活的深情厚谊。

——特·赛音巴雅尔主编《中国少数民族当代文学史》，漓江出版社，1993，
第 789 页

｜ 创作评论 ｜

黄佩华是一位"文革"后登上文坛的壮族作家，他与岑隆业、凡一平等共同将壮族现代主义小说推向了成热。与其他作家相比，黄佩华小说的反现代性品格尤为突出。他一方面向内深挖人性中的非理性因素，一方面向外展现丰富多彩的民间生活，同时，揭示被工具理性扭曲的现代人的精神世界，从而实现了对现代性的颠覆。另外，在艺术手法上也表现出反现代性品格。

——刘纪新：《论黄佩华小说的反现代性品格》，《理论月刊》2009 年第 6 期

综言之，在文学地理学视野下，文学地理由对黄佩华小说创作的影响因素而递变为构成性、表征性因素的生命有机体。它在影响和构成作家地理审美经验、审美信息及其叙事话语之时，也直接主导了其美学风格的呈现。它以复合性的地理实况、文化因子、想象属性和理性思维塑造了黄佩华艺术创作的典型性范式，同时也确定了读者基于具象思维的接受维度。而其人性中心论、大生态观和文化意境化又导致了文本接受维度的结构性与解构性的统一。在此基础上，读者能从接受的文学地理单一性中演变出艺术还原、生命还原和文化还原的多重性，从而在"接上地气"（杨义）的实践本体论中体验出黄佩华小说艺术的圆融性的诗化

之美。

——李志艳：《缘地诗学：文学地理学视野下的黄佩华小说创作研究》，《世界文学评论》（高教版），2014 年第 3 期

| 作品点评 |

小说《满脸是痘》是黄佩华表现现代都市人精神困惑的代表之作。文平在城市中过着衣食无忧的生活，但是精神极度空虚。一次偶然的机会，他迷上了足球，达到几乎疯狂的地步。贤惠的妻子想帮助他戒掉球瘾，但又有所顾虑，一旦他不喜欢足球了，又让他爱好什么？现在许多男人都或多或少染上种种恶习，文平染上其中一种就完了。后来，由于种种原因文平终于戒掉了球瘾，可是一下子就变得无所事事、百无聊赖了。他在大街上闲逛，遇到了诗人蝎子，但蝎子已经发疯了。遇到过去邻居家的保姆阿蓉，文平差点与她上了床。

小说中文平的精神状态是具有代表性的，在今天的城市中，这样的人很多，他们的精神无所依傍，靠一些嗜好打发时间，甚至染上种种恶习。在这个被工具理性统治的世界上，阿蓉通过经商发达了，以蝎子为代表的诗人却在绝望中疯狂。

——刘纪新：《论黄佩华小说的反现代性品格》，《理论月刊》2009 年第 6 期

药片的精神

海力洪

1 起因

五年前某个夏天的夜晚，我和吴童步行来到梁市街。我们在街边连成一线的露天冷饮店前走过，最后我们在其中一家的凉棚下坐定。喝着冰啤酒，过了大约半小时，我看见两个姑娘从马路对面走来。我是个近视眼，平时不喜欢戴眼镜，我这时看不清她们长的模样，但银白的街灯落在她们的大腿和鼻梁上，泛起一层细腻的反光，十分好看。她们短裙下的腿，十分瘦削，显得精致。正是我喜欢的南方女人的类型。我看了一眼吴童，他痛楚而焦渴地观望她们。他正处在一个要命的时节，热衷年轻的女人，朝思暮想的一种折磨，却没办法让任何一个来跟他亲近。我理解他的难处，同情他愿帮他一把。

就像我们心中默默念叨的，姑娘走向我们这边的冷饮店，要了两份加冰的流泉，并很快坐到

作者简介

海力洪(1968—)，出生于柳州市，本科毕业于南京大学中文系新闻专业。大学期间开始写作，发表大量诗歌散文和小说。1997 年成为广西区党委宣传部和广西文学院的首届签约作家，从事专业创作。曾任广西柳州市文联编辑、作协副主席，上海文艺出版社编辑、外国文学部主任、总编助理，现执教于同济大学设计与艺术学院。出版作品有《夜泳》《南国回风》《药片的精神》等。曾获《小说月报》第十二届百花奖编辑奖。

作品信息

原载《上海文学》1998 年第 8 期，收入小说集《药片的精神》(海天出版社 1999 年 4 月出版)、《左和右》(广西民族出版社 1999 年 5 月出版)和《广西当代作家丛书·海力洪卷》(漓江出版社 2004 年 5 月出版)。

离我们十米开外的另一张更宽阔的凉棚下。一如既往，遇见让我们动心的女人我就鼓励吴童行动，还提供了一个相互配合的勾搭方案。这本来是件快乐的事，不管我们是否真的上了。这一次却出了问题让我陷入了窘境：吴童在女人方面非常自卑，为了激励吴童我当时昏了头，说了一些过分的话，也许损害了他的自尊心；用本地方言里的词汇谈论男女关系还特别显得粗鄙，如果他真心喜欢那两个姑娘，觉得她们是美好的，我的话玷污了她们，也玷污了他的感情。这是种双重的伤害。由于天气、心境和别的一些内在的原因，眼下是一个敏感的夜晚，情绪易变得冲动和偏激。我意识到我的错误时，已经无法挽回了。吴童收敛了他的笑容，陷入了深深的沉默。当我想找一些亲热的话题唤回某种消逝的东西时，吴童已经开始了对我的报复。

在此之前，吴童是我亲密的朋友，但首先是妇幼保健院的医生。他接着讲起另一位医生的故事……

2　故事

吴童讲到——陈医生，他在医学院念书时的同窗，我没有见过这人，日后有机会和他相见，会留下十分深刻的印象。陈医生在许多场合像个疯子，他做的不少事情是根本无法理喻的，但在他行为的后面，隐藏着惊人的力量和不变的法则。

陈医生爱上了一个美貌的中学教师王娟，她在一所重点中学里上数学课，学校里有三名男教师试图勾引她，并给两人的交往设置障碍。陈医生很留心王娟对种种不良刺激的态度和反应，他估计有可能出现不利于己的态势时，大胆地行动起来，强迫王娟和他发生了关系。王娟一点办法也没有，当场十分伤心地痛哭起来。那是一个后来变成了王娟全面回忆一生经历的不眠之夜，王娟和盘托出了她的恋爱史，虽然很丰富，但仍可以说是传统和守规矩的。她的恋爱故事在陈医生的脑海中犹如一盆温水流过，留下较深印象的只是王娟谈到有两个追求者因为得不到回报而自杀。一次发生在她的中学时代，另一次发生在师范大学里。陈医生因而更为确信王娟身上的女人魅力，他对女人这个概念有了更多理性上的认识。

发生了这种关系后，陈医生和王娟的约会由户外的消费场所移到了她在校内的单人宿舍内，两人的活动内容也相对地变得单一和相对地固定了下来——主要局限在床上。陈医生的三位情敌分布在校内离王娟的住处半径不足二十米的三间同样结构的宿舍里，他们躲在暗处窥视，满怀嫉妒，若让他们抓住了把柄不难想象会做出损害王娟名誉的事情来。于是他们加倍小心，行事隐秘。

王娟喜欢小动物，半年前她在北安路的狗市上买了一条花里胡哨的杂种幼犬，取名"花花"，养在宿舍里。说不上精心照料，小狗却成长得很快，又通人性。陈医生和王娟做爱，"花花"不知为什么总在两人兴致勃勃的时候冲他们狂吠不已。有时是在床脚，有时竟然跳到陈医生的大腿上，直到他不满地退下来，或是回首扭身，用力将它甩到床下去。"花花"的吠叫声让两人很紧张，王娟觉得特别扫兴。陈医生扯着狗尾巴生气地说："把它弄走送人吧！"

王娟假戏真做般地说："不，'花花'是我的宝贝。"

他们暂时还找不到另外一处幽会地点，不得不认真处理"花花"的麻烦。陈医生分析了出现这一现象的原因，估计是他们的情感刺激了"花花"敏锐的嗅觉。他将结论告诉王娟，她表示相信，毕竟她的爱人是一名医生嘛，不管他的解释是否合乎情理。既然如此，他们与"花花"双方就只好相互适应了。但这也不过是一厢情愿："花花"后来变成一见陈医生宽衣解带，便狂叫着冲他猛扑过来，一次差点咬了他的小腿。陈医生敏捷地擒住两只前爪，一手托起狗头，这样他第一次与狗眼对视。陈医生从狗眼中看出了些什么，感到十分惊恐。

陈医生严肃地告诉王娟，"花花"身上有鬼魂附体，他看出是当年因王娟而自杀的两人中的一个，阴魂不散。嫉妒他得到了她，借"花花"的身体还魂，跳出来捣乱纠缠他们……

王娟是一个非常现实的女人，她不可能跟上陈医生的思路。认定他是处心积虑地想要将她的宠物弄走，于是便同样严肃地警告了他。陈医生觉得有些害怕，更多的是失望，俗话说"打狗还得看主人"，绝对不能得罪王娟，他只好费心去想出个两全其美的主意。陈医生想到了自己的身份和职业，平日他感到自己最有力量的片刻，是在他为那些被疾病弄得心神游散，意志衰退的人们诊断、治疗的时候，他们全都有种依赖的心理，显露出盼望得救的目光，听任陈医生的处置。陈医生在面对病人的场合发现和感知了自己的力量。虽然"花花"使他害怕和不安，但只要做了"花花"的医生，他就可以将自己推向习惯的优势心理位置，赢得与鬼魂做斗争的力量。

陈医生给"花花"开了镇静剂，规定了常人三倍的服用量，叮嘱王娟在他们每次约会前给"花花"服下。王娟照办。后来陈医生走进王娟的宿舍，见到总是瘫在地上呼呼大睡的"花花"，陈医生很高兴也很傲慢，他一进门，就要朝熟睡的"花花"腹部不轻不重地踢一脚。王娟却很单纯地认为这是陈医生表现他对"花花"喜爱之情的一种方式。她不会阻止他。

他俩基本上克服了做爱的障碍和麻烦。但不久王娟这方面出了新的问题，她背着陈医生偷偷与别的男人约会，陈医生感到他已经不再爱王娟了，但她先于他寻找第三者，对他来说是一种屈辱，陈医生决定以他独特的方式进行报复。在他与王娟最后分手的那一天，他悄悄地将一粒浸过剧毒药水（可能是氰化钾）的镇静剂混进那只药瓶里。"花花"一段时间里用去了半瓶，剩下的一半肯定还是它的——陈医生的逻辑很简单：王娟还会和男人上床，"花花"不吃药肯定还会狂叫，但某天它咽下那颗毒药后，就会全身抽搐七窍流血倒地而死，让王娟吓一大跳。不管她是否对这条狗真的有感情，眼前这样的一种暴死会对她的快乐产生打击……

3　剖析

故事到这里就结束了。故事经过三次转述：陈医生本人讲给吴童，吴童讲给我，我再讲给读者。转述意味着令人惋惜的损耗，特别是最后这一次的以文字记录，更是无法避免地将其华彩的棱角打磨而平。前面我已提到：吴童讲故事是为了对我进行报复。记录这个故事时，我没法重现吴童话音中一种捕捉隐喻的激情。当时，在露天冷饮店的凉棚下面，故事讲过小半，姑娘们离座而去，我望望她们，吴童提高了他的声调。这也是别有用心的。我边听故事边分析它，它强调了医生的尊严，对他人的控制力，人与人的不平等，这是一些混杂在一起模糊不清的东西。因为讲这个故事时有个前背景——我伤害和激怒了吴童；还有个远背景——吴童是医生且正给我治病，两者的重叠让我很好地理解了故事的弦外之音和它报复性的隐喻。

我的身体不好，经常生病。吴童给我治病，那是一个动人的开端。这一年的开春我牙疼得厉害，我爸十分关切地向我推荐一处私人牙科诊所，秃顶的牙医我经常在街上看见，两年内他拔光了我爸一半的牙齿，我爸告诉我："一点儿也不疼，就像在地里拔一只萝卜……"因为这一条，他以为值得向我推荐。夜里睡觉做梦，梦见我的牙齿全变成了胡萝卜，给一只蹦蹦跳跳的兔子咬得稀巴烂。自然，根据做梦的超现实创造规律，兔子长着那位牙医的面孔。我害怕牙医和牙科诊所，宁愿默默地忍受痛苦。但祸不单行，接着我排尿不畅相关部位还出现异样，怀疑惹上了某种不便与人言的脏病。对此肯定无法向我爸咨询而他也没有资格再向我推荐医生。在深深的自我折磨后我想到了吴童医生，他让我打开嘴，掰开我的下唇："只是牙龈发炎，吃点药少熬夜就能对付过去。别看私人牙医，他们只会叫你拔牙。"于是我幸运地保住了我的牙齿。后一种病症的诊断，吴童选择了我们俩上公共厕所，并肩站在槽边撒尿的时机——因为我们是朋友，所以我们是平等的。在这场合亮出来，我便没有难为情的道理了。吴童很给面子。"啊，别担心，只是尿路感染……"于是吴童又让抬头做人的勇气重回到我身上，我的女友卢俊(唯一的怀疑对象，唯一可能的传染源)也同样幸运地还回了一份清白。那时，吴童所做的一切均令我感动。

牙疼和尿路感染转为慢性，反复折腾。痼疾不化，使我更为脆弱。每次发作时，我向吴童医生求治，他开的药写满了处方单，在药房那里换成了一大把实实在在的药片，它们又变作一双温暖有力的大手抚摸着我。我记住了其中一些药片好听的名字，比如安乃近、诺氟沙星，还有乌鸡白凤、古汉养生……这时在情感上我是多么依赖吴童啊！没想到眼下我的弱点会受他的攻击，仿佛是在我心灵中最柔软的部位戳上了一刀子。

我喝了一大口啤酒，继续费劲分析故事的内涵。受情绪的支配脑子显然已不太好使。我没有发现更多对我的伤害，我想将进一步的思考留到明天。这会儿，我也将要给吴童讲个故事，关于某医生利用看病之便污辱女患者的故事。没有太多的隐喻，但攻击的方向明确。

吴童抬腕看表，说今晚就玩到这儿，十点钟前他要到家。

故事没讲成。

吴童养成了一个非常固执的生活习惯，每晚十点半准时就寝，之前的半小时光着膀子锻炼身体。俯卧撑、哑铃、拉力器逐一操演一番，雷打不动，我观赏过几次，他这时是一副模范青年的样子。我清楚在他这个年纪，因为还没有女人，才需要每日仪式般地履行这种体力的发泄和精神的约束，除此之外没有更多的意义。

接着两人散了伙，道别后各自回家。

4　幽思

次日，阳光明丽，中午吃过饭后，女友卢俊来我家看我。我问她吃了吗，她说她吃过了。我们就各自搬了一张竹椅，来到后院的葡萄架下乘凉。

葡萄已熟过一轮，现在架上一粒也不剩，只有茂密的叶子，合适遮阳。这里很凉快，我想睡午觉，没跟她多说话。我盯着地上星星点点的光影发愣，风在头顶吹过叶子，光点便一阵狂舞，然后又全静下来。我继续思考了一会昨晚吴童的故事，在思考中打了个盹。

十分钟后我又醒了过来，这时却好像是换了一副脑筋，我竟然想吴童的故事也许仅仅是一个他感兴趣的医生的故事，没有别的企图和用意。得到这样的认识，我大吃一惊，理智告诉我，最新认识是错误的，我打住了自己的思路。

卢俊探身过来，要我给她挠耳，我说挠就挠吧。卢俊进屋里取了我家那枚银子打的耳勺出来。卢俊坐着我站着，我扳她的脑袋让她把耳朵抬起，又挪位子让透过叶子间隙落下的一束阳光射进耳洞里。她的脑袋和耳朵都很大，大得累赘，真是累赘。卢俊的耳洞里还长了又密又蓬松的茸毛，耳屎一层一层，在阳光下看得特别清楚，我将耳勺伸进去挖干净左耳，扳过她的身子，换到右边挠同一侧的耳朵，两只耳洞都挠过了，耳朵给揪得通红。轮到卢俊给我挠，我让她慢慢地挠，我觉得十分舒服。

这时候脑子里反而静不下来，我想得很多，主要还是吴童的故事。其实我并不愿过多地想它，我觉得若再这样下去我会让它弄得精神不正常，但问题还没弄清楚，就不能停止思考。

又想过一轮，思路豁然开朗。我发现，陈医生留下的剧毒药片给故事的发展埋下了伏笔，引向可能出现的多种结局——其一，"花花"服毒倒毙，陈医生如愿以偿；其二，带毒镇静剂被王娟误服，王娟身亡；其三，带毒镇静剂被王娟新情人或是随便某一个倒霉的家伙误服，当即倒地死了；其四，整瓶药片在陈医生离去之后根本就没再动过，过期失效当垃圾扔了，这就万事大吉。

第一种结局最为乏味。第二和第三种最富戏剧性最匪夷所思。第四种最可能出现。虽然我喜欢第二和第三种结局，希望看到陈医生以过失杀人的罪名被警察捕了，但有限的生活经验告诉我，只有平淡乏味才接近真实，才是可以相信的。

得到上述的认识，陈医生的故事对我来说显然已无继续深入思考下去的必要了。不过，我还要跟讲这故事的人没完。我看见我爸站在后院东头，严肃地向我们这边张望。我提高嗓门大叫道："已经两点钟了，你怎么还不去睡午觉？"我爸很难受地说："我也要挠耳朵。"我说："想挠你就过来吧，挠完了你就去睡午觉。"我爸兴致很高地坐到我让出的位子上，我动手挖他的耳屎，卢俊一旁观看。我爸的两个耳洞里尽是耳油，其色泽和黏稠度都极似熔化了的黄金，这表明他的耳部健康状况不容乐观。过了几分钟，我一抬头，看见我妈正站在刚才我爸待过的地方，她说："我也要挖耳屎！"我说："过来过来。"这样正好把我爸打发走。我看我妈的耳朵里相当干净，纯粹是想挠痒痒舒服舒服。卢俊没事干，我就让她来挠。

后来，我爸我妈都进房睡午觉了，卢俊笑着说："你妈刚才还哼叽哼叽的……"我很不喜欢她这种态度，我说："我妈这么老了，耳屎怎么比你的还少。"

这下真的觉得累了，就回到我的房间里休息。我们都坐在沙发上。

5　沙发

身下的这张沙发让人感到很舒服、上档次，地道的真皮沙发。我在享受它的同时涌起了破坏欲，因为是吴童的东西。比如我幻想到身体无限增重，直至压垮它毁了它。卢俊说："你搞什么呀！你蹦上蹦下的这是干什么呀？"我就停住不动了。卢俊再次将注意力转到了沙发上，问我哪弄来这值钱的东西。"值钱?!"我哼了一声。她向我证明这一屋子的家什加起来还不够买这沙发，"少说也要七千块钱！哪来的钱，你买的还是偷的?"我不想说明它是吴童的东西。但我的自我感觉又变得很坏了，吴童凭什么这样奢侈！我想起来他的音响也比我的好，我是燕舞的他是先锋的。这就不提了。几天前，吴童请人去装修他的那个单间，怕沙发给民工坐了糟蹋，暂时搁在我这儿。全部工程八天完工，就是说，过不了几天他又要来把这混账东西弄走。我也想问吴童他哪来钱装修他的房间?

卢俊说："真皮到底还是真皮，闻上去有股很舒服的味道。"卢俊将鼻子凑到黑皮上，脸上涌动着十分陶醉的表情：她怕我不信，真诚地邀我一道体验体验。我只好学她的样子凑过去。当我坐在上面时，偶尔会闻出皮质表面泛起的淡淡气味，并不像卢俊描述的那般吸引人，现在由于距离几乎等于零，这种气味被放大了，变得清晰了。它实际上是两种气味的混合：皮革味和汗臭味，后者的配比份额更大些。的确主要是汗臭。

我的眼前现出了在吴童那边亲眼所见的一幕，可以解释这汗臭的来源。我也可以解释为什么卢俊会陶醉于此。汗液中包含着一种女人喜欢并且需要的东西，卢俊没有意识到，但因生理的原因也绝不会例外。接下来她这样做：抱住我，将我弄倒在沙发上，在我身上一阵乱摸。我有些吃惊，但还是进行配合。居然就在那张沙发上！如此不规范的举动自我们结识以来还是头一回。卢俊五指张开像要挖进那层皮里，她展开裸体，正面粘在黑皮上。我们就这样起跑了。卢俊气喘吁吁，鼻子一直在吸着吴童的气息，眼下因为以头为主要支撑点，紧贴气味源，吸进的更多，作用十分明显。卢俊竟然首次抢在我的前头通过终点，而且撞线的身姿相当不错，于是我也尾随她撞线。

我们恰似两名分享冠亚军荣誉的运动员那样精疲力竭而又心满意足地对视了一会。

在下午的光线中我看见卢俊的模样愚蠢而又笨拙。我有一些莫名的惆怅。

做爱中紧咬牙关的缘故，我右侧两颗下门牙隐隐作痛。我走到镜子前照照，牙齿白色的牙质内渗出了粉红色，丑陋而恶心的颜色。表明里边小巧的空洞正在流血并透入了牙釉质。我穿上衣服，转移到我的睡床上躺下，并很快睡着了。卢俊这一下午待在我的房里，也许她打算晚上方便的话和我在沙发上再跑上一回。晚饭吃鸡肉和红烧豆腐还有青菜。我先吃鸡肉，那颗坏牙陷进肉疼得我要命。歇了一会，我改吃青菜，还是比较难受，我只好净吃豆腐。饭后看电视休息片刻，我发现卢俊有上面我所提到的那种企图，就早早打发她回家了。

6 造访

一星期后，吴童从医院打电话来，约定好来搬沙发的时间。次日是星期六，上午九点钟的时候，家里就我一人。我和吴童只好两人进房里搬沙发，让拉板车的农民在外照看着。吴童对他不放心，怕他拉起东西就跑掉，我们匆匆忙忙搬东西上车。吴童跳上板车后，才跟我说话，要我找时间去他的新家玩玩。我说："再说吧。"吴童点点头。农民把车拉起来，我目送吴童离去。几张沙发在车上架得很紧凑，留出一张给吴童容身。他正坐在板车托起的精致沙发中，像个老地主一样地招摇过市。

晚上我和卢俊约会，我们什么事都没干。近十点时，我想找点事做，或者开开心。我对卢俊说到吴童的新家玩玩去吧，卢俊说，已经这么晚了，上别人家去不礼貌。然而恰是此刻上吴童家才正得其时，且有可能兴味盎然。

我们到了吴童的住处，刚好是十点二十分。前面我已告诉过读者，吴童每晚在十点至十点三十分之间进行锻炼，铁定不变。我们想看的好戏还没收场，吴童手里攥着一只哑铃来给我们开门。吴童本打算穿上衣服，想想似乎觉得不自然，因为他的锻炼项目还没进行完毕，便仍旧光着一副膀子；又因为卢俊留心看他，就更不自然了。

我说："吴童，房子很漂亮嘛……"

吴童说："花了不少钱呢。"

他说："你们先坐下，我这就完了。"

最后的一组是仰卧起坐。我和卢俊先后在沙发上就座，卢俊屁股一着边就跳了起来。回身摸摸沙发，又盯着我看了一眼。她明白了但也没动声色。房间较为狭窄，仅此一间，吴童就躺在我们的脚边开始动作，渐渐地表情显露出艰难和痛苦，不过他这会儿也正怀藏着一颗接受挑战和克服困难的心。主要困难是：我们这一对不速之客怪里怪气地不说话。吴童硬撑着，同样是一言不发。因为在女人面前的羞怯，更因为他摸不透我此时的做派是何用意。我的用意仅仅是看这家伙光着身子在卢俊的眼皮下到底能挺多久。接着吴童就从地上爬起来，大汗淋漓，草草收场。全没有以往在我跟前炫耀发达肌肉的自豪感了。

他跟着往沙发上顺势一靠，喘了口大气。习惯性动作？接着挺直身子，抓起一件破汗衫揩了汗。他身体汗津津的光裸部分与沙发接触时间在四至六秒之间，假设沙发上原有吴童的激素分子一百万个，此刻已增至一百一十万个，然而吴童今晚向大自然贡献出的激素分子当在五十万个以上。其他在空气中的四十万个因有女人在场而成为害羞的激素分子。它们羞羞答答地要四散躲避开去,向敞开的窗外,向黑暗的没人去的柜子底下蜂拥而逃,然而其中又有十万个行动迟缓不幸被卢俊狠狠地吸入鼻腔。实际逃亡数在三十万个左右。

卢俊双颊已经涨红了,表情保持矜持。

吴童穿起一件黑 T 恤。我说:"吴童,刚才卢俊已经看到了,你的身体的确挺棒。这样她就可以放心地给你介绍女朋友了!"

卢俊抗议道:"我几时说过要做媒人呀!你这人就喜欢胡说八道。"

7 故事

卢俊还真给吴童弄来了一个女朋友。先请我过目。卢俊翻出她的影集,指着一张让我看跟她一起蹲在棵桃花树下的女人。她有鲜明的五官棱角,一双习惯于直视的大眼睛,很瘦却精力旺盛的样子,她也许是一个漂亮的女人。我说:"还行吧。"卢俊说:"我有些担心不好意思出手呢。她人挺好的,就是脾气古怪有时神经质,她也是医生,和吴童在一起应该有共同语言的……"

她叫林红,是第二人民医院的牙医。

很快,在充满了夏日浪漫情调的梁市街,双方约定了一次见面。

我们都有青春的情怀,加上我和卢俊的亲热劲给对方的刺激,林红对吴童显出融洽亲热的样子。我们喝了一个多小时的冰啤酒,提议讲故事。在座有一半是医生,说好讲医生的故事。

卢俊讲不出故事。

吴童讲了龙医生手术中不慎将一把止血钳缝进病人肚子里,然后又通过保守疗法给病人吃某种进口药使其顺利地将止血钳排泄出来的神奇故事。

我讲了某医生利用看病之便污辱女患者的故事。大家都骂某医生太下流了。

林红的故事如下。她说:"我们医院内二科住院部有个护士叫鲁妹。鲁妹人缘还是不错的。住院部的护士每人两周要值一次通宵夜班,零点到清晨六点,第二天全天放假休息。有天晚上，正好鲁妹当班，过了十二点半她就到值班室的小床上睡觉了。午夜两点多的时候，听见窗外一阵狂风刮起，醒了。又见'咚'地跳进一个人来。黑影扑到床上，亮匕首威胁她，把她糟蹋了。鲁妹还是个没结婚的姑娘，肯定不愿让这种事传出去，只得咽下了一肚子的苦水，没对任何人说起。很快又过了两星期，轮到鲁妹当通宵班了，这天从白天起她就有种预感，晚上她值班的时候那人还会再次出现。果然，夜里同样的事件又重演了一遍。后来又有了第三次、第四次、第五次……习惯了之后，鲁妹也就不恨他，不感到自己受侮辱了。

"强奸犯后来给逮住了。内二科分来了一个卫校毕业的新护士，上班的第三天就排了通宵班。这天深夜，强奸犯又摸了进来，她坚决反抗，没让他得逞。坏人要逃跑，她捡起一张板凳追上去从后面把他劈昏倒在地上。然后打电话到保卫科叫人来。强奸犯就是这样给逮住的。

"接着这新护士在我们医院就出了名，大家知道她练过女子举重。到底是不一样的。又传说强奸犯受审的时候供认，曾经用同样的手段在内二科住院部值班室里作案达数十起，害了不少护士。

"到底有多少？到底有哪些人？大家没事就瞎猜。院领导知道内情多，有些内情说是不宜公开的，所以特别瞧不起内二的女护士，开了一次会批评她们。'你们为什么不敢和罪犯做斗争？你们真是丢尽了我们医院的脸！'却又不便点名批评。

"这事过去了半年，鲁妹过生日，开生日派对，请了婷婷和阿娟。两人也都是内二的护士，平时和鲁妹特别要好，喝了葡萄酒，有醉意，说起了一些开心事，鲁妹大着胆子问她们两人，有没给强奸犯'欺负'过？婷婷爽快地答'有'。阿娟先不吭声，后来也承认了。三人就头埋头地抱成一团，像是伤心时互相安慰的样子，但是跟着就'哧哧'地笑起来，满脸通红……

"知道这是怎么一回事？"林红问我们。

卢俊想了想，说她不知道。

吴童愣愣地摇摇头。

我"扑哧"笑出声来。我说我知道的。

林红向着我说,坐这儿的就你一个聪明人。

8 游戏

吴童和林红正式谈恋爱了。这时卢俊也搬来与我同居。

这样的生活十分平静,尤其是在深夜,十分平静,仿佛我要与卢俊一生如此,永远如此。有时我的心思又很杂,预感命运的前头潜藏着变化,是我想象不到的变化。

生活基本上是清淡而愉快的。

有一次,吴童和林红上我家打麻将,我坐东,卢俊坐南,林红和吴童分别坐我们各自的对家。也就是西、北的位子。

我已经听牌了,独钓。这时到林红出牌,我说,林红,我要你的二饼。林红说,我就给你我的二饼。她一打出来,我说,和了!

又打过了两圈,林红抬眼直勾勾地望我说,阿三,我要你的一条。我说,我就给你我的一条。牌打出去,林红叫道:和了!

后来我们不喜欢打麻将,改下飞行棋,也正好是四人玩的游戏。我们的飞行棋和大家玩的一样,没什么特别的。如后来者根据骰子落定的格子已经停着别家先到的飞机,后来者算被"击落",重回起飞点;若先停着自家的飞机,就允许"爬上"叠着一同飞向终点。我们热衷疯狂打掉别人的飞机,自己的即使被更后来者给打掉也不在乎。我盯住吴童的飞机打,兼顾他人。有一个晚上我一共击落吴童的飞机十六架次,卢俊和林红的各四架次,而己方无一伤亡,大家都认为这是一个奇迹。

为了增加游戏的刺激性我们发明了一些新的规则,如"结盟"。当对方的飞机已处在被击落的状态下,你可以选择击落它或是与它"结盟"。所谓的"结盟"带有奴役性质,即可爬上对方的飞机让它带着你飞。当然对方也可拒绝"结盟",

这样它只剩死路一条。"结盟"与否主要依据对形势的判断，也存在个人好恶的问题，例如我坚决拒绝与吴童结盟，对其他人的要求也非一味应允。新规则推行后使空战场面变得十分混乱，乱中取胜极富快感。

有一天晚上下棋，我问林红："让我爬上去好不好。"她起先不答应。我就击落了她的这架飞机。

我的飞机起飞特别慢，于是林红的总飞我前面，我只好反复问她一个同样的问题——

"林红让我爬你上面去好不好？"

后来林红说："想上你就上吧。"

我的飞机于是爬到她的飞机上面，这是一次典型的"结盟"。

跟着卢俊不小心将骰子投到地上，我们要弯腰找，卢俊沉着脸说，别找。我不玩了，你们也别玩啦。

我打开燕舞音响，放杜马兰的个人专辑给大家听。林红说非常动听。这时候杜马兰正用他嘶哑的嗓音歌唱一些逝去的爱情。

卢俊一言不发，她开了房门走出去，穿过我家幽暗的前院，推开两扇大门，抱紧了两肘站在门口。我能看见她。

过了大概十分钟，还不见她回身，我也走了出去。我看见卢俊的左眼角挂着一颗眼泪。她望着空空街道。我说，你怎么啦？

卢俊说，我不懂你的心思，如果你也像别人那样，就好。

说这话之前，有个男人骑自行车后座带着老婆从我们眼前经过。我们看着他俩走远。那男人可能已经有七十岁了，或者更老。他老婆看上去比他更老。

身后响起了脚步声。林红挽着吴童。吴童说："你们俩回屋去吧。"道别之后，吴童和林红也走远了。

我听见三声汽笛鸣叫，和搅动江水的响声。有一个船队定期沿西江下行把货载到广州去，又从广州载一批新的货物回来。他们到家了。拉汽笛一般是在眼下这个时候。

我说，你一定很累，我们早点睡觉吧。

卢俊说，我是很爱你的。我说我知道。卢俊将头枕在我肩膀上，我揽着她往回走。

9　结婚

一年后吴童和林红结婚了，后来卢俊对我说："你也结婚吧。"

我问："和你结婚？"

卢俊就背过身去，非常生气。假如我跪下身去，拉着她的手："我们也结婚吧！"她能得到一个现实的好处——免受人流之苦，把肚里的孩子生下来，做一个妈妈。我做爸爸。但我一直认为，别人叫你爸爸，是要你付出代价的。

恋爱到了这份上，我们看问题尽量简单些。

人流之事悬而未决期间，孩子迅速地成长，我反复权衡，卢俊在心中想了些什么？记得在一天晚上，我们吃过夜宵之后，卢俊一手抚肚，一手持笑话书，要给我讲一个关于"我们孩子"的笑话。

很明显地，卢俊别有用心地对原文的人称进行了篡改。

她这样念道："我们结婚生下孩子后，一天，你在街上闲逛后回家，看见我正在教我们半岁的儿子说话。

"我抱着他摇着他，嘴里还反复念叨'爸——爸。'

"你心里美滋滋的，因为我选择了'爸爸'这个词首先教我们的孩子。"

我晃了晃脑袋，表示听起来还不错。

卢俊继续念道："两个星期后，一天深夜，两点钟的时候，我们正在床上睡大觉，突然被一阵哭声惊醒了：'爸——爸。'

"我推了一把你，说：'儿子在叫你呢，亲爱的。'然后翻过身又继续睡……

"笑话完了。"

我说："这也叫笑话？还是听我这个吧！"

我稍作回忆后，说："我们生下的孩子，非常不同寻常，有特异功能，他叫谁的名字，谁就会被他咒死。

"他三个月大，就会自己开口叫'妈——妈'。话音一落，他妈妈就倒地给咒死了。

"他爸很害怕，心想还是不要教孩子说话，特别是不要教他叫爸爸。但孩子长到了一岁，没人教他自己也会了。

"有一天，他对他爸突然开口叫道：'爸爸'。

"他爸吓得要命，心想这下完了完了。

"谁知过了好一会，他爸一点事儿也没有，高高兴兴出了门。有人告诉他，隔壁的张叔叔刚才莫名其妙地死掉了……

"我的笑话也完了。"

卢俊很生气地说，我一点儿也不觉得好笑。

我说，我的笑话还是相当不错的嘛。

卢俊说，有什么好呀？咒我死还咒自己戴绿帽……

我说，所以这孩子就更不能要了。

但后来，不知为什么，孩子还是留下来了。

卢俊顺理成章地和我结婚，她做了带五个月身孕的新娘。

10 造访

又记得有一天上午，我打的到第二人民医院门诊部找林红。

丁医生告诉我，林红暂时借调去住院部搞病源普查。我下了楼，拐进后面的住院部大楼里找她。但她不在三楼的办公室里。我决定把五层楼病房都找个遍，我从顶层五楼开始搜寻，一间间病房探头进去瞧，没她人影。在四楼和三楼，情况也是如此。我下到二楼来，踱进内二病区，就看见她了。

我看见林红正在病房里跟一个躺在床上的老头说些什么，她背对着我，也挡住了那老头的大半个身子，只见老头搁枕上的脸涌满了激动的表情。我悄悄走进去，站她身后，想听她说了些什么竟把一个老头弄得这般冲动。

但一靠近她，我的脑袋里"嗡"地响了一声，一句话也无法听清楚了。因为我看见林红戴着一顶箍紧脑门的白帽，就像所有医生都戴的那样。然而她的长发没有被完全罩住，还是有几丝鬓发漏下来挂在颊边，在病房里缓缓转动的吊扇荡起的层层微风中飘摇。我的意识就被这几根头发完全控制了。

"阿三!"

"啊!"我回过神，"林红你在治什么病呀?"

林红就指着身下的老头说："他，13床，肝癌;那边的14床，肺癌;这个，12床，胰腺癌。全部都是晚期。"

只见三位病友全都抬起头注意听林医生说话，我上前一步道："大家请放心，得了癌症没关系，有林医生在，她一个个地给你们治好。"有人点头称是，还有的眼睛使劲瞪我。

出了病房，抬眼见对面的门楣上挂着一个小木牌，上面写着"值班室"三字。

在我的一再要求下，林红终于找来钥匙开门，我们走进了内二住院部强奸故事中的发案现场。

现场并不像现场，它包括一个大药柜，墙上的一面镜子，和一张椅子一张床，实际上它确实是一个值班室。只是那张破床给人的联想稍多了些，但我的注意力很快就转变了方向，我走到窗前，推开窗户，俯身观察。我发现，窗沿很宽，足以让一双大脚稳稳站立，窗外侧贴着一条粗大的排水管道，每段半米长水管的接口封了水泥，脚搭在此处上下同样也十分稳当。窗沿距地面高度约六米，直接跳下去亦不至断腿。此楼与医院围墙处相距三十米，直视可见，中间是一块长着少许野草的黄泥地，无人走动的痕迹。可以说，当年的罪犯利用了十分优越的作案条件。

我把这一结论对林红说了，林红表示，情况也不尽然，罪犯作案还是需要一定的勇气的——他上这儿来，就必须经过围墙边上的那两间房子。

"什么房子？"我是个近视眼，不喜戴眼镜，即使那边有房子我也看不清楚。

顺着林红手指的方向望去，模糊见两间外墙发黑的破平房，其中之一的烟囱冒出一股浓烟，直向白云飘去。

"什么房子？""不同一般的房子。想不想知道？""想知道！""想知道就自己看看去。"

我十分激动，当即决定沿着罪犯的足迹走一遍。为求逼真再现，我跃上窗台，爬水管落地，抬头见林红在窗边对我招手，待会儿探查过两间小屋后，我还将攀水管上来。林红得守在原地。我心情愉快地穿过空地，感受到背后的目光。我走近小屋，只见左间敞开大门，里面看不清楚，门上挂一木牌写着"焚化间"；右间房门紧闭，木牌上字为"太平间"。一个穿蓝色工作服的中年工友出来接待我——

11　弃物

他问："你是家属来抬死人的吗？"

答："不是。是来参观的。"

他说："欢迎参观，不明白的地方可以问我。"

我说："这一房间的死人，是在隔壁房烧掉吗？"

"显然不是。一来不合规定——照你这么说火葬场建来干什么？二来，我们医院的焚化炉也太小了。请进来看清楚。"

"的确太小，不过只放进一个人也是装得下的。"

"显然放不下。你再走近些看，我开炉门给你看里边。只放得进一个人的一截，一条腿、一只胳膊……不过，死婴、流产的胎儿是可以整个放下的。死婴算不算人？"

我说："算。"

我又问:"刚才烟囱冒烟是在烧死婴吗?"

"刚才没有,昨天烧过一个。"

"死婴多不多?"

"不多,比死婴小的流产胎儿较多,平均每天有十个左右。其他零碎东西很多。"

"零碎东西?"

"对,你等等,我把门外那大黑塑料袋拿进来给你看。"

"看,这是肠子,肠癌切除的;还有半个胃,看清楚了,显然这人的胃有问题;今天上午烧三个胎儿。这一个,至少有六个月大了。里面这个塑料袋包的全是牙齿,牙科的人一天干下来能取下五六十颗。这些脏东西全得在下午下班前搜集到一块,搁在门外面,第二天上班全烧了。"

"为什么不放进屋子里来呢?留在门外不怕让人捡走?给人无意撞上了吓一大跳影响也不好啊。"

"这些脏东西谁要;撞上就撞上呗。在屋里放一夜第二天满屋腥气,不舒服。现在,我烧啦——先把它们在炉里搁整齐,关上炉门,听见声音吗,是喷汽油。点上火。"

"今天不烧胳膊和大腿吗。"

"胳膊和大腿不是每天都有的。一般掉下来还是可以接上的。"

我说:"难道除了这么费劲地烧了之外,就没有别的简单一点儿的处理办法了?"

"显然没有。丢垃圾堆去?不成,你看见里面混着一条大腿能不报碎尸案?"

我说:"有道理。你的工作环境不错,整个医院就数你这儿最安静。"

工友说:"我的工作需要这样的环境。按有关规定,每所医院的太平间必须设在病人不注意的偏僻角落;焚化间排烟方向,必须处于居民区的下风处。这个位置符合有关规定。"

我说:"我看出来了。"

工友说："如果是别人干的事使我们违反了规定，我们也不用管。烟囱后面现在是一大块空地，下半年说要建居民小区。真盖成房子，住进去的人每早都能闻到我这边送过去的烤肉味。"

我说："给他们一点儿肉感。"

工友问："你打算接着参观太平间吗？"

我说："别别，我这就得走啦。"

12　看病

于是我坐在舒适度适中的牙科治疗椅上，把嘴张开。我怀疑自己患有口臭（仅仅是怀疑），此前特地刷牙。感觉良好。一套闪光的钢钳将我的口腔像只河马一般地分开。盐酸普鲁卡因注入牙床，没有疼痛，不担风险。在等待它发挥麻醉作用的那几分钟里，世界变得遥远了倾斜了。林红认准我比别人少一半承受痛楚的能力，因而她给我注射的麻醉剂是别人用量的两倍。她就是这样的关心我、爱护我。药力过分地强猛，我乘势睡着了片刻，直至她用某种凉爽的硬器在牙床上敲过了我的病牙，一阵好听的声音唤醒了我。我问："开始了？"

在正式开始之前，不妨简要介绍我的病史。

我有三颗病牙：两颗下门牙和一颗臼齿。前者多年前发病，因牙龈发炎而松动。所谓牙龈，俗称牙床，即包住牙齿的肉质，呈粉红色，内有很多血管和神经。涉及神经的问题是很不好解决的，因此两颗下门牙时常由神经故障引起牙龈发炎再引起松动和疼痛，治愈—发作—再治愈—再发作呈永恒循环状，目前正处于再治愈的环节，故深谈此意义不大。下面主要说说臼齿的问题：其位置在口腔后方两侧，上下颌共六个，齿冠上有疣状的突起，适于磨碎食物。臼齿内有齿腔，齿腔内含齿髓，它是齿腔内的髓质，质地疏松而柔软，同样富小血管和神经，问题也较多。我的一颗臼齿数年前遭蛀呈中空状，失去了齿髓的牙外强中干，在啃食一块肉排骨的时候崩裂了小半，因当时没有及时治疗已伤透齿根，引起剧痛，只得尽快拔除(以上陈述中有关病理部分摘自林医生语)。

于是正式开始治疗:林红手中的钳子有力地逮住了我的臼齿,她转动它一再转动它,猛一发力往外带。这时,我们最不愿意看到的情况发生了:那颗残牙像风化的石子一般给钢钳捏碎,牙根仍在。这意味着使用起来显得相对快捷有效少痛苦的钳类工具已无用武之地。换上牙锤!

林红扬起牙锤敲打牙根,最初的疼痛像一枚节日的焰火射进天空,闪光闪光,紧接着又有无数焰火同时飞上天,那是个巨大的场面!但你见了不会喜欢。

我永远不会抱怨林医生治疗不当,她给了我作为病人的最佳待遇:她贴紧我,俯身向下,越来越近,越来越紧。她面对的只是一颗丑陋的牙齿,而我面对的是整个温暖动人的身体。移下眼珠,从白大褂的领口望下去(这天是极热的夏日),我看见了什么?不说你也知道。还有她吹气如兰,几丝鬓发,不断轻擦我的面颊,若是在平时,我一定会好好珍惜的。眼下不成。应该承认美好的视觉、嗅觉还是使我昏昏然挺过了一阵,后来就不行了,在"焰火"全部腾空升起的那一瞬间,我大叫一声,两手直朝前趋,中途考虑到落点不妥,改变方向。正好抱紧了林红的腰。

林红停下手里的工作,说:"阿三,你太脆弱了,居然还掉眼泪?!"

13　分娩

写下这么多无关紧要的事情!我想最好还是返回第9小节,接着说我结婚以后的故事:婚礼举行后,估算卢俊还有五个月就要生孩子,时间所剩不多,我们做了一些必要的准备。如定期到妇幼保健院进行孕期检查、胎教、购买婴儿用品、给孩子取名等。我叫海阿三,是个双名,我想给我儿子取单名,我爸用了很多时间翻字典,孩子快要生时才定名为"瑞","瑞"是个吉利的字眼,卢俊也觉得不错,因而我儿子的名字将叫海瑞。卢俊定期前往的妇幼保健院,是吴童的工作单位,他关心她。他将卢俊领到关医生处做检查,后者是个女医生,很热情,动作得体，手指柔软。检查的时候，吴童就在布帘子外等结果。关医生先出来，吴童问她。关医生说小瑞的胎位不正，脚朝下头朝上，如果不抓紧时间尽快纠正，分娩时会有很大的麻烦。吴童就过来教了卢俊一套动作怪诞的体操，叮嘱她每日早晚在床上做两遍，让小瑞调头。我在家帮助卢俊做体操，她的肚子越大我就越费劲。

十天后是预产期，我妈陪卢俊去保健院做分娩前的最后一次检查，带回坏消息。小瑞在子宫里的姿势根本没变，若是自然分娩，母婴双方都有一定的危险，只能剖宫产。

我想了想，觉得很担心。我出门在外面走了一圈，后来给家里挂电话，说我不回家吃晚饭。放下话筒，又接着拨通了吴童。我问："吴童你说能行吗？"他说："能行。"我说："我把卢俊送到你们那儿去……"吴童说："该来的时候你们就来吧。"

那天接近黄昏的时候，已不能再拖了，他们急忙把卢俊往手术室里送。从这一头到另一头的手术室，中间是一条很长很暗的走廊，我和两个护士一道将卢俊抬到一张活动的床上，边推行边两手紧握。先是她攥紧了我的，后来到了手术室门前，已变成我攥紧了她的。卢俊好像已气力不多。手术室的门关上，我坐在门外长椅上，等待，不知是怎样一个结局。我记得这时接近冬至，是这年冬天里特别冷的一天。我叹了口气，看见吴童从对面走来，并安慰了我。

吴童把我领进隔壁一个房间，正中开了石英取暖器，四壁都是柜子，放满黄褐色封皮的病历。一张四脚方凳上燃着电炉，上边架了药罐子，正熬草药。我很喜欢这地方，温暖又有好闻的气味。我和吴童对坐在暖炉旁，谈了一会心，等着手术做完。

我感到很安全、放松、暖和，吴童还说话，我止不住打盹。那天我非常累。就在半睡半醒的时间，听见又有两个人走进来，其中一个问另一个，隔壁手术室是不是在剖宫产？回答说是的。发问的人说还没见识过，继续向对方打听剖宫产的情况。

知情的人说："要全剃干净。"

对方说："这个我懂，是规矩，否则弄不好会感染。你给人剃过？"

"剃过?! 我还做过。严格说是做助手，有老医生主刀。肚子像大馒头，很难看。平时你兴趣再大的，这时也提不起神。"

我没有睁眼，没有动。知情人继续说："子宫因为膨胀和腹内壁贴得特别近，所以切开腹腔后，子宫看得清清楚楚。"

对方又问："子宫的扩张情况呢？"

答："子宫这时候的样子和一只大皮球差不多。跳！但和心跳又是有区别的，显得比较笨重吃力。可以看见子宫壁上很粗的血管。"

又问："子宫切口的大小你怎么把握？"

答："一般是以略大于婴儿脑袋为宜。"

知情人又说："临床上有两种情况的失血非常可怕，一是股动脉断裂，另一种就是切开子宫，动作一慢，有时血会从手术台直冲到天顶上。做这种手术神经还是相当紧张的。"

问："怎样止血？"

答："直接向子宫注射。第一针是麦角，第二针催产素，针头一插进子宫，子宫马上开始收缩，还像是皮球，越变越小，像漏了气。血和羊水乱射。取出胎儿后，再缝合子宫、腹腔。"

对方："是种小手术。"

说："也不能这样说嘛。总的印象非常脏。尤其切开后羊水喷出来……很脏。第一次经历时我想呕……这一刀切下也不简单，血收不住要死人的，死人的事也不是没有过的……"

听见吴童插进去，他叫："别说！你们出去——出去好不好。明天再来——你们出去。"听见两人离开，我睁了眼睛。吴童问我："说话吵醒你了？"他显得有些不安。我说："醒了。刚才说话的是什么人？"

吴童说是从医学院来实习的学生，在抄病历。我走过去看摊在桌上的两本病历，一本写到针对一只胃的具体治疗情况，另一本写的症状很像是尿路感染。两个本子上的字迹都是十分拙劣的。

14　弃物

林红说："吐。"我上身伏向漱池边，一口浓血滑出口腔。我嘟哝着："别扔进去，把它给我。"我侧伸出手。林红犹豫了一下，一件小巧黏湿的硬物落进我掌心。池子呈圆形，里边的清水从一只细细的导管中流出，顺着池壁不停地旋转旋转。像一条透明的蛇盘卷着它那条没有尽头的长尾。我的血一加入其中，立即就被稀释了，变成了好看的橙黄色。血中的唾沫独立成细微的水珠和周围的橙黄一起飘浮，被水流挟走。我松了一口气，手里的东西已带上了我的体温，在过去的二十多年里它一直带着我的体温。我这样想。我又吐了几口，眩晕感接近了一种无力的虚脱，而清爽的池子边缘闪了几下光，使我恍惚。林红说："你的牙根太硬，如果牙冠也一样，你不会受今天的苦……"她附在我耳边轻声说："为什么你要留下它，你是个怪人，你难道想收集多一些吗？今天我的消毒罐里有十来颗。"她轻轻地一笑，我说："不。""难道因为是我亲手摘下的，你留作纪念？"她又轻轻一笑，很迷人。我摇了摇头，我说："是我不想让它和别人的混在一起。还有……""还有什么？""还有，"我托起我那颗臼齿的根，几丝血和少量肉质还附在上面，甚至肉质还没有枯死。我放它进我的衣袋，"还有……"我无奈地摇摇头。那时我也许想到了，但我无法表达出来：凡出自生命的总是独立的、神圣的。而这是我现在的话。

林红把一团药棉放进了那个空缺处，后来不再流血，我吐掉它。这个位子滑腻，带着失落般的忧伤吸引着我的舌头。这是我第一次永久地失去我身体的某一部分，在五岁，我摔掉了一颗门牙，但不久就有了更新的更坚固的替代物。当时我将那牙放进一只铁罐里当成了玩具。到现在，那颗牙离开我的嘴已经有二十多年了，我拎起成年之后失去的第一颗牙齿，想二十年是多么久远。眼前这颗，实际上只是残破的齿根，也显得太丑怪了。它又令我想，在它之后我的身体还将会失去些什么东西？

也许从某种意义上说，我如今对小瑞、对这牙齿两者，在感情上非常相通。我想起今年春节，吴童来我家，带着一袋子礼物。他独个一人，我也没对他问起林红。卢俊也在家里，几乎是不说话。吴童把小瑞抱起来，逗他："快叫叔叔。"小瑞就叫："爸爸爸爸爸爸。"他不停地这样叫。吴童急忙把小瑞塞还给我。小瑞已经三岁了，自从他学会爸爸这个词的发音，他就把所有看见的男人叫作爸爸。

吴童坐不住，很快告辞。我送他到门外。他说："阿三，小瑞是这个样子，你和卢俊还是早点再要一个吧。来找我开检查证明，我给你们开，没有任何麻烦的。"我说："谢谢。"

我进了家门，看见卢俊将小瑞架在膝盖上，狠狠地打他的屁股。我说："你别打小瑞，他又不会哭。"我把小瑞抱过来。卢俊哭了。

她说："我再也不要看见吴童，我恨他老婆，现在也恨他——是林红毁了我这个家！"

卢俊经常这样愤愤地哭诉。她刚怀孕的时候，曾让林红治感冒，林红开的药里，有一种是孕妇禁用的，因此留下后患。到底是什么药，我已经忘了。还有结婚之后，她一直以为我也同时在和林红上床，她虽没有任何证据，却坚信不疑。我伤透了她的心。当时的情绪，对孩子孕育的影响，也不可小视……

我叹了口气，放下小瑞，一个人出了门。穿过梁市街时，我草草地回顾了一遍几年来的生活，想起了一些人和事，当然也想到了林红——

15　幽思

那是第一次，也是仅有的一次。说不清谁起的头，但他们已经开始了。她和他同时想要把值班室的门关上，她的手先他一步触到了门沿。一个湿漉漉的南方春夜。他的肺部让从三百公里外飘来的北部湾上的暖湿气流撑得满满的，他的心也重得要脱落于安放他的心的那个滑稽的位置。对面墙上挂着一面镜子，在一次白天的造访中，他看见一个平时矜持而粗暴的护士，在这里孤独地顾影自怜。他留下了很深的印象。他看见镜面上蒙着浓重的水雾，临近了某种极限，就要聚成水珠滴挂下来。南方的春季，总是如此。令人窒息的湿气和医院里特有的那种消毒药水的味儿给统统憋闷在屋内。一层楼的病人并非个个垂死，竟也那么安静。他看见黑暗中几星亮点一闪一闪，像一种小心翼翼的快乐，非常有限。那是些药瓶子的反光，仿佛药片要让它们的灵魂从那玻璃的坟墓中拥挤出来。她的前额撞在他的鼻子上，跟着就触到了唇吻，他看不见那些闪光的灵魂了。口腔里冒出一股股甜腻的腥味儿，他将身体从她的双臂里拔出。走向镜子，用衣袖揩去水雾，亮出巴掌大那么一块地方，那些丑陋的先天不良、烟垢斑斑的牙和奇形怪状的牙龈全都映在面前。"我的牙又出血了。我很疼。"他说。她托起他的下颌，掰开他的嘴老练地朝内观察。"没像你想的那么严重。"在他自己，那血腥味儿突然加重了，他又张开嘴让牙医看过一遍。"因为你的舌头……"他像发现了什么，感到一阵轻快，一个体面脱身的理由？"我的牙，流血越来越多了……"女牙医面色发青，一时不知如何是好："你说呢？"他想了想，说要离开。"能顺便给我弄些治牙疼的药带走吗？"她踱到药柜前，往里张望。指尖机械地揉搓着面颊。他从侧面看过去，见她的胸脯很快地膨胀起来了。默默地看了看，她问他："你真的想要一点药片？"后来，他带上药离开了那个地方。

｜ 创作评论 ｜

在这种对存在的思考中，面对种种现实的生存经验，海力洪不愿意屈从于对现实生活的直接表达，也不愿意在纯粹的个体生命内部享受叙事的快乐，他的写作目标几乎不针对个人的记忆，更不触及生存现实中那些表层上的焦点问题。在他的身上，我们很少能看到某种社会使命意识的制约，也无法明确地感受到他对自身知识分子角色的某种担忧。那些在六十年代作家群中共同体现出来的对物质现实的激愤与体恤、对个人欲望的沉迷与狂欢、对现代文明的景仰与缱绻等等复杂心态，在他的身上都没有任何鲜明的体现；面对七十年代作家们所表现出来的那种骄狂与虚妄，那种对世俗生活的投入与肯定，他也没有表现出任何特别的热情。也就是说，他非常清醒地将自己游离于社会群体之外，在叙事中剔除自己作为社会整体的人有可能会做出的带有社会主体价值性的大反应，摆脱小说家与社会学家在角色上可能产生的混淆。在他看来，小说家就是写小说的，只对小说的艺术形式负责，只表达自己对人和人的生活的认知，所以他很少选择大命题的社会叙事，而只专注于讲究人与人之间关系的审美考察。就现实生活而言，他似乎只注重那些能构成某种紧张关系的人与事，他不断地截取那些带有紧张成分的现实片段，然后将之融入故事之中，以此表达自己对待现实的态度。也就是说，他在处理现实与艺术的关系时，不是想从整体上把小说还原到"生活就是这样"，而是通过对生活中某些有意味的东西的开发与改造，表达"生活可能是这样"。

——洪治纲：《飞翔于现实与梦幻之间——海力洪小说论》，《南方文坛》1999年第 1 期

| **作品点评** |

在《药片的精神》里，阿三和卢俊、吴童和林红这两对夫妻就故事表象而言并没有多少新奇的地方，但他们之间的微妙关系却辐射出很多隐秘的生存方式。阿三和卢俊由同居而结婚，不是情感发展的自然结果，而是由朋友吴童和林红所构成的情感胁迫所致。他们彼此之间都是亲朋密友，但在许多细微的言行中又透射出情感上的相互引诱、夫妻间的忠贞性的相互怀疑，而这一切又是非常模糊的、不确定的和极为暧昧的，无论是卢俊怀疑阿三与林红的关系，还是阿三怀疑卢俊与吴童的关系，都没有事实依据，因此这种怀疑就不可能被认定，人物的情感伤害只能处在一种难以言说的隐秘状态，彼此之间的矛盾也就无法转化成外在的冲突，而只能处在心灵内部的紧张状态之中，纤细、繁杂而又无法爆发，像炉膛内炽烈的炭火，虽看不见呼啸的火苗和烈焰，但内部的温度却可以灼穿任何一种物

体，整个小说的叙事张力也就维持在这种状态中。

　　——洪治纲：《飞翔于现实与梦幻之间——海力洪小说论》，《南方文坛》1999
　　年第 1 期

　　在 1996 年，海力洪还完成了另一个同样堪称他个人创作起点的中篇小说：
《药片的精神》。药片勾勒出日常生活的存在与不可捉摸性，它轻盈地渗入了主人
公的生活，同时却把生存的意味无情地改变。在海力洪此后的小说中，我们可以
看到，他的语言开始趋向于自然、简赅、坚实，但另一面，如那些侵入现实生活
会自言自语情绪饱满的鬼魂、或那把无声的闪光的药片，海力洪笔下的人物同情
节都呈现出越来越强烈然而却是不动声色的变形。

　　——李冯：《药片的精神·序言》，载海力洪《药片的精神》，海天出版社，1999

有谁比我更爱好 BROKEN ENGLISH

沈东子

我开这家咖啡馆，与其说是为了挣钱，不如说是为了聊天。咖啡馆位于小镇中心街东段临江的街角，由一幢木楼改建而成。这里原来是一家肉铺，可是这几年游人虽然越来越多，而肉铺的生意却越来越淡，因为那些游人千里迢迢来到这座小镇，显然不是冲着肉而来的，哪怕其中有些人喜欢肉，喜欢的也绝不会是这肉铺里卖的肉。眼见生意每况愈下，而肉铺老板日渐衰老，身边又只有一个娇柔的女儿，根本不可能继承卖肉的行当，老板决定将店铺挂牌出租。我与老板商谈了一个礼拜，这期间也有别人打这家肉铺的主意。他起先不同意我开咖啡馆，说这种场所招徕的无非都是些无赖，后来见我出的价钱比别人高，便同意将这爿门面租给我，不过也只同意仅租一年，一年后是否续约，还要视情况而定。所谓视情况而定也就是视别人出的价而定。毕竟卖了几十年肉，讨价还价比剔骨剥皮还拿手。我将门面重新修缮一番，装上蓝色的滚动玻璃门，在门面临江的一侧竖起几顶红黄相间的太阳伞，摆上圆形酒桌和靠椅，酒桌上还铺雪白的台布，放着精巧的花瓶，花瓶里每天都插上芬芳的红玫瑰。于是我就这样开起了中心街第一家西式咖啡馆。

本来只是想图个清闲，挣点小钱又不至于太

作品信息

原载《上海文学》1998 年第 9 期。

累，不想咖啡馆开张后，生意比我预想的要好得多。那些习惯于闹腾到午夜的西方人，原先是为了清静才躲到这座群山环抱的小镇里，不想小镇比他们想象的要安静得多，不仅月光如水，水流无声，而且山影憧憧，街巷无人，寂静得耳朵发疼，才住上个三五天，那点西方人的缠绵心事就被山风吹得干干净净，心儿也被吹得空空落落，只得借啤酒不断浇灌，才能找回一点踏实的感觉。我也是看见小镇上有那么多空啤酒瓶，才萌生起开咖啡馆的念头。可是一下子拥来那么多客人，我一时还真照管不过来，要知道我虽然也招了两名女招待瑞和琴，可那些客人说的全是英语，她们舞着手指头比画半小时也只能弄清一个客人的要求，而且有时候弄清的还不是真正的要求。比方有个德国人坐下来后要了一杯啤酒，又画了一个图形问琴，琴按图形端来一只香蕉，那德国人却连连摇头。等到我出面才知道，原来他是问哪里可以租到小船，他想自己划船到河对岸晒太阳。

说起来那些客人也很奇怪，无论是意大利人、西班牙人、荷兰人，还是墨西哥人、巴西人、日本人，都喜欢对你说英语，也不管自己的英语说得多么结巴，都照说不误，好像你肯定能听懂。世界最可怕的事情莫过于听日本人说英语了，他们会不厌其烦地重复某一个英语单词，比如 toilet、toilet、toilet，可是因为发音不准，你听出来的却全是八格牙路，八格牙路。尽管我也努力用英语写出了各种说明，贴在咖啡馆的玻璃转门上，可是不知道是因为我的英语写得莫名其妙呢，还是因为写得太漂亮招来了更多的好奇，反正说明贴出去后，反倒惹来了更多的麻烦，不时会有背着背囊的客人前来问讯，问的问题也是千奇百怪，比如我可以在这里一边喝酒一边弹吉他吗？我们三个人只要两杯啤酒可以吗？或者我们可以不喝酒只聊天吗？等等。反正一天下来总有点像是在疯人院里当男护士。有一次一个瑞典姑娘甚至要和我接吻。

就在我穷于招架那些天性浪漫的异国客人，感到有些心力交瘁的时候，月笑盈盈地出现在我的前面。月就是肉店老板的独生女儿。我一直有一种看法，认为既然商人重利不重情，那么商人的女儿因为生来就不缺钱花，所以一定会重情不重利，然而事实证明我的看法既不正确也不错误，因为月既不重利，也不重情，而是重新颖。她像许多毛泽东死后才出生的年轻姑娘一样，对一切新颖的事物兴趣盎然，而且跃跃欲试，既不受传统观念的束缚，也不受革命教条的限制。而眼下最令她兴趣盎然的，显然就是那些千奇百怪的异国游客。

那天琴在跟一个个头高大、头发淡黄的北欧青年手谈，双方都不时做出一些极夸张的比画，琴直瞪着眼睛，恨不能看透对方的骨头，那北欧青年则大张着嘴，好像要把琴一口咽下去，可是彼此都未能明白对方究竟想说什么。在一般的情况下，若是有游客在太阳伞下坐定，多半都由琴出面接待，这不仅仅是因为琴长得漂亮些，更重要的是因为她胆量也比较大，仗着太阳伞的庇护，敢于与陌生人眉来眼去，这样做尽管有卖弄风情的嫌疑，但确实也招徕了不少客人，当然主要是男客人，因此我也默许。相形之下瑞就不及琴那么主动，总是很羞怯地等着客人来跟她打招呼，好像她反倒成了顾客。不过瑞也有瑞的长处，端盘送茶之类的事做得非常及时，常常是琴刚招呼好客人坐好，瑞就把热茶端上来了。两人配合倒是很默契，只可惜都不会说话，不是指她们羞于言谈，而是指都不会说英语，因此就常常会出现手谈的场面。

我正想着要不要去帮帮琴，这时月出现在我的身边，说怎么，你倒挺会看戏呀。

其实我倒不想袖手旁观，只是想锻炼锻炼琴，这咖啡馆整天人来人往，我可是老板，而不是什么翻译官，总不能事无巨细样样操心啊。

我对月说琴在学英语，让她多操练操练。

月笑笑，说我去操练操练可以吗？我又不要你付工钱。

我倒是没想到月也会说几句英语。月应该会说几句英语，她毕竟也是高中毕业嘛，现在的高中跟我们那时可不一样，我们那时候在课堂上只能学到几个充满火药味的英语单词，好像随时准备去揪斗外国地主，而现在中学生还没念完初中，就已经开始懂得用单词 love 造句了，比方男学生用 love 造句，递字条给漂亮的女同学，甚至还有递字条给漂亮的女老师的呢。当然我念中学时也用 love 造句，不过那时候我只知道把这个词献给毛泽东，根本就没想到也可以把这个动人的词或者简称动词献给哪个女孩子。要不是后来又读过几年书，恐怕我现在也不会懂得 love 的确切含义是什么。月说英语肯定行，至少会比琴强，我怎么就没想到这一点呢。

我说那当然好啊，你去吧。

也不知道是对我有好感呢，还是对那高大的北欧青年有好感，我看见她的脸上现出一丝绯红。月过去后不一会儿，一切问题都迎刃而解，那北欧青年和月，还有琴，都发出了欢快的笑声，瑞在旁边一边抿嘴笑，一边就赶紧进厨房泡茶。

月过后走过来对我说，那小伙子是瑞典人，想吃用鸡蛋炒的饭，可是画出来的圆圈太圆了，不像鸡蛋倒像面饼。

我谢过她，并请她喝了一杯可口可乐。

打那以后我跟月就熟起来了，乃至熟到有一天进了她的卧室。我说过咖啡馆开在中心街临江的拐角处，她家就在咖啡馆的楼上，从窗子望出去，远处可以看到青灰色的群山，近处是一只只红黄条纹的太阳伞。她说她从小就喜欢趴在窗户上，晚上看江面上的点点渔火，白天看街坊们来买肉，现在则常常看见许多陌生的面孔来喝咖啡。她承认跟肉相比，她更喜欢太阳伞和咖啡。我开店铺有一个规矩，就是决不跟房东家的年轻女子发生纠葛，主要是害怕影响店铺的正常经营，这方面我曾经有过惨痛的教训，至今想来仍觉不堪回首。可是一个多月后的一天中午，月叫我上楼坐会儿，我实在没有办法拒绝她。回想起来这主要还是因为英语作祟，她当时用英语说了一句上来喝茶好吗，我出于对绅士风度的模仿，也就用英语答道好啊，结果便不由自主地跟着她上了楼。这种行为显然很不妥当，还记得当时琴和瑞都用异样的眼光看着我。

她的房间比我想象的雅致多了，丝毫也没有任何卖肉人家痕迹，毕竟是父亲的掌上明珠。她热切地向我展示房间里的各式摆设，并且不厌其烦地说明每件摆设的来历，比如一张金斯基的照片是一位德国游客送的，照片上的金斯基用油彩在身上涂满了花纹，正赤身跟一条蟒蛇相拥而卧；一个身穿芭蕾舞裙的芭比娃娃是一名荷兰妇人给的，娃娃的眼睛像海水一样蓝，头发像阳光一样灿烂。我看见在芭比娃娃的旁边放着一台录音机，录音机旁摊着几本图画精美、色彩鲜艳的外国画报。那些画报确实非常富于诱惑性，华丽的服饰、晶莹的钻戒、迷人的微笑和旖旎的风光，全都展示出一种华美的生活方式，好像只要能踏上彼岸的土地，就能过上那样的生活。我记起了一位加拿大少女的眼神，当时她一边翻阅一本《纽约人》，一边对我说：看见了吗，这些貂皮大衣和汽车，很漂亮，也很贵，只有很富很富的人才买得起呢。

我注意到在月的那些画报当中，还夹着一本《实用英语口语》，书里划了许多杠杠，有些单词下面还注上了音标，怪不得她的英语进步这么快。月说其实她一直都很喜欢英语，念书时她从来就记不住历史事件，什么英法联军，八国联军，鸦片战争，庚子赔款，南京条约，穿鼻条约，等等。她从来就分不清楚它们的先后顺序，并且也没兴趣去划分，可是对那些英文单词，她只要念过就不会忘记，而且越长的单词记得越清楚，有些长长的名词，她看一眼就能记住，因为随时能派上用场，比如 marriageability（适婚）和 substantiality（实惠），当然学会前缀后缀也是一条捷径，她笑着说。

她嘴巴不停地说了许多，这时候她父亲在隔壁房间问在跟谁说话啊。

月说是沈老板，是我叫沈老板上来的。

她父亲哦哦了两声就没再吱声。

我夸赞月有语言天赋。

月笑了，笑得很腼腆，也很开心。她随即便提出以后如果我要去与游客聊天，就请带上她。她知道我有时候与一些单身游客聊到深夜，因此很想知道都聊些什么。这位小镇的姑娘虽然连省城都还没去过，但是已经通过英语对世界产生了好奇，想象着在青灰色群山以外的地方，一定有着比肉店更丰富的生活。应该说她的感觉是敏锐的，也是准确的。那些来自世界各地的游人，无一不具有浪漫天性和冒险精神，若是不够浪漫或是不敢冒险，也不会跑到云贵高原边缘的这个小镇上来打发时光。这座小镇的风光得益于她家窗前的那条河，那条河蜿蜒曲折，水质清澈，经过这里时忽然变向拐了一个弯，好像专门圈出了一片平缓的空地，好让这里的人们日后繁衍和生息。我就是有感于河流拐弯时的那种突然动作，把自己这家咖啡馆定名为"河湾咖啡馆"。

我曾经很仔细地观察过那些游客的神态，这一方面是出于对人的好奇，另一方面也是一种商业需要。一般来说亚洲游客，比如日本人、韩国人和香港人等，喜欢成群结队地四处游逛，往往呼啸而来，又呼啸而去，热烈关注的无非是些干笋干肉干蛤蚧之类干瘪的东西，尤其受到隔壁土特产店老板顾老二的欢迎。顾老二每每看见蜂拥而入的日本人，苍老的脸上就会露出一丝奇妙的微笑，他特别喜欢把一片片的蛤蚧膏药卖给那些矮壮结实的日本男人，就好像是对五十年前他们扛着膏药旗攻占这座小镇的回赠。只有我知道那些膏药是假药。南美人和阿拉伯人则对丝绸情有独钟，他们只要一看见丝巾绸衣之类轻薄的东西，就会情不自禁地伸出手去抚摸，摸着摸着就会摸向自己的钱袋，这种纯真的天性获得了周围绸织品女摊主们的交口称赞，她们一致认为巴西人和沙特人是世界上最可爱的人。

至于流落到我这家咖啡馆的客人，往往是些欧美人，其中尤以德国人、美国人和北欧人居多，当然偶尔也会有一些南欧人和澳大利亚人。这些人多半形单影只，看上去好像孤家寡人。却不乏特立独行者。我总觉得在那些孤身游走的心灵中，绝非仅仅只有游历和猎奇，其中必定包含有种种人生伤怀、人生求索和人生信念，否则就不会有那么巨大的力量和勇气，背负着简单的生活用品，长年行走在举目无亲的异国土地上，哪怕就是一位女子，也会独自背着行囊，从容自若地穿梭于车站码头，如入无人之境一般。这一点给月留下特别深刻的印象，每当明月当空，晚风拂面，我和一个或几个西方游客秉烛长聊时，月都会悄无声息地挪到我的身边，全神贯注地听我用 Broken English(结巴英语)和对方交谈。她有时候贴得那么近，那么紧，我都可以感觉到耳旁掠过一阵阵温暖的呼吸。

说起这种交谈的习惯，我常常会想起八十年代初与第一批西方旅游者交往的经历。那时候来华的旅人可谓人中佼佼，无论衣着还是谈吐都透露出自由主义者的风采。他们来华一为看看中国人在封闭中究竟过着怎样的生活，毕竟有三十多年与世隔绝，还真不知道竹幕后面的人是变成了神仙呢还是变成了猿猴；二为索求生存与自由这类抽象的人生答案，为了这些答案不但与我这样庸常的中国人交换意见，他们相互之间也常常争论不休，难得有一致看法。记得我曾经与一个墨西哥工人和一个波兰水手在江边的月光下彻夜长聊，旁边还坐着一个英国青年，在爱丁堡大学念生物学。

墨西哥人在一家跨国公司里做机械修理工，认为生存要比自由更重要，一个人若是连基本生存都得不到保障，还奢谈什么自由；波兰人是革但斯克造船厂团结工会的会员，他的看法恰恰相反，认为自由远比生存更可贵，并举出"不自由，毋宁死"的诗句加以佐证。英国学生插话说，要是你们两个调换个位置，也许就各得其所了吧。墨西哥人说那也未必，既然他把自由看得那么重，他尽可以上街去争取啊，自由从来就是争取得来的。我当然上过街，身上现在都还有橡皮子弹的印儿呢，波兰水手答道。英国学生说要是在英国，我们就用鸡蛋和番茄进行回击。墨西哥人说要是有那么多鸡蛋和番茄，我想他也就不会上街了吧。波兰人轻蔑一笑说，你们大概已经习惯于用自家的姑娘去换取美国的番茄，所以总把番茄看得那么重。尽管他们谁也未能说服谁，但那时候我的年轻的心是倾向于那位波兰水手的，或者说是倾向于瓦文萨的团结工会的。他们的英语也非常 broken，却教会了我 survival(生存)和 freedom(自由)这两个词，而这是当时任何一本语音准确、文法严谨的英语教科书都不会教给我的。

如今河边的草滩都已让位于斑斓的太阳伞，姑娘们的黑发也都染成了阳光般的金黄，可是你再也找不回那份曼妙的诗意。在那些堆满了可乐罐和啤酒瓶的咖啡馆里，实用主义明显占据着上风。人们纷纷用蹩脚的英语谈论着蹩脚的话题，诸如需要兑换美元吗？你能做我赴美就读的担保人吗？在美国如何才能拿到绿卡？需要我帮忙介绍几位中国姑娘吗？我可以和你结婚去纽约吗？等等。当然我这家咖啡馆也未能幸免。

随着岁月如河水般逝去，我对诗意的理解也发生了变化。我转向做起了商人，不再对诸如自由与平等之类的字眼发生兴趣，即便仍旧有兴趣，也与少年时代迥然有别，因为我觉得自由与平等是不可能同时得到的，它们就如同两朵同样美丽的鲜花，不可能同时生长于你的内心。你可以说你对它们都给予同样的关怀，然而有理智的人士都知道，这种说法是虚伪的，因为同样的关怀也就意味着同样的不关怀。比方说我现在在这里自由地做着我的咖啡馆老板，我就不可能平等地对待瑞和琴，让她们做上女老板，那种平等只会对我的自由造成莫大的伤害。

我觉得自由是可以用金钱换取的，而且要比用革命的手段去夺取便捷得多，也安全得多。至于平等，只要还有金钱存在，就不可能真正实现，还不如把它改成公平呢。我觉得我对瑞和琴不可能做到很平等，但是可以做到很公平，不但公平而且还尽可能给予关怀，所谓关怀大概多少也有一点博爱的意思吧。我把咖啡馆的英文名字定为 Broken River Cafe，其中就包含了我对社会理想的这层全新理解，字面上看是"河湾咖啡馆"，实际上又含有人生之河陡然变向的意思，更何况 broken 又和我说的英语达成了某种暗合呢。当然月一开始并不知道我的英语是broken 的，反而认为很棒，因此时时都会朝我送来钦羡的目光，有时候我觉得那目光里甚至都含有一些倾慕，只是鉴于以往的惨痛教训，我不愿意往那方面去深想。事实证明我的决定相当英明，因为没过多久我就发现，她那目光不是冲着我来的，而是冲着我那 Broken English。

我很早就发现这年头的女孩子都热烈地喜欢着英语，或者热烈地喜欢着一门外语，比如法语、日语等，热烈的程度近乎痴迷，这点只要注意观察她们面对英语或者英国人、美国人时的眼神，当不难发现。若是不了解她们的生活现状，你有时候还会以为她们堕入了情网呢，当然也不是所有的外语都那么招人喜欢，像越南语、缅甸语，或者阿拉伯语、斯瓦希里语等，就提不起姑娘们的兴致，因为在她们看来，英语代表的是一种高雅的生活，对英语的爱好也就是对文明的爱好，英语总是跟玫瑰、微笑、精巧的领带和小杯的咖啡联系在一起，或者简单地说，总是跟浪漫联系在一起，很难想象如今一个浪漫的年轻人嘴里不会说出几个精妙的英语单词。可以说英语是这个时代中国女孩的公共情人。

仅就这一点而言，我承认我确实占了不少便宜，而且所有略懂些英语的中国男人都多少占了些便宜。我因为会说几句英语，因此在女孩子眼中也就成了文明人，甚至相识不久就愿意以身相许，只是现在回想起来，当她们这样做时，她们心中想念的其实并不是我，而是附身于我的一种异族语言。她们并不知道我的所谓英语，充其量也只是些 Broken English，哄哄女孩子可以，至多也只能应付与游客的泛泛闲谈。我从来就不可能用英语与英国人探讨休谟、乔伊斯和霍金，与美国人谈论爱默生、爱伦·坡和福克纳，我只能跟他们说些今天天气哈哈哈之类，可是哪怕就是用 Broken English 说出来的今天天气哈哈哈，也要比纯正的普通话、上海话或者广东话洋派得多，更何况是在这个远离都市的小镇上呢。我深知生活在这个时代，即便我的 English 是 broken 的，但毕竟也是我的，毕竟也能让我披上一层文明的外衣。这么些年来我就是披着这层外衣，潇洒自如地周旋于漂亮的姑娘们当中。

事情的转变跟吴周妙芳有关。吴周妙芳是一位华人，但自幼生活于加利福尼亚，一句中国话也不会说，因此虽然长着一张华人的脸，心却是白的，无论言谈举止都一副西方人的做派，在我看来更像是一个美国人。吴周妙芳显然对如何界定自己的种族属性感到很迷惑，她说过，在美国时她一直以为自己是中国人，可是到了中国才发现中国人都认为她是美国人。她是我在八十年代初结识的第一批美国人之一，虽然十几年已经过去，但我和她一直保持着联系，其中尤以八十年代末她的来信最为频繁，因为那时候她担心我已经死了。记得她曾经在一封信上这样说：我也经历过许多事情，一切都是上帝的旨意，请相信我吧，因为我毕竟比你年长三十岁。尽管这几行字带有浓浓的基督教意味，可是我在读到它们时，内心有一种创痛，因为我明白她说的"我也经历过许多事情"是什么意思。她生于州府萨克拉门托，从小就被生身父母遗弃，而后被旧金山的一对白人夫妇收养，长成少女后因不堪欺凌出走洛杉矶，与一位在咖啡馆结识的吴姓华人男子结婚，婚后不到五年又被遗弃，丈夫看上了一位白人女子。她带着两个儿子狄克和布朗重又回到旧金山，边洗碗边念书，三年后当上了一名幼稚园教师。

当然这只是她生活的表面现象，内心里她从来也不认为自己是弱者，反而觉得自己有能力帮助别人。这也是她为什么在养大两个儿子后，于八十年代初孤身来到中国的原因，谁都知道八十年代初的中国是怎样的中国。我非常敬佩这位身体瘦弱的老太太，在得知她再次来到这座小镇时，便迫不及待地去见了她。本来去见见她也不是什么坏事，可是坏就坏在我居然带上了月。月和吴周妙芳完全是两类截然不同的女人，就像金甲虫和金枪鱼一样毫不相干。可是我为什么会把月带上呢，这完全是虚荣心在作祟，说得坦率些，也就是因为月年轻漂亮，长着一张俏丽的脸，带在身边觉得挺体面的，更何况月又是那么热烈地爱好着英语，这是我屡屡犯下的低级失误。这个失误彻底改变了月和我的关系，当然主要是改变了月对我的看法，尤其是经历过八十年代末的灵魂动荡，我的心已不再充满勃勃热情。我害怕自己与吴周妙芳见面时不再能妙语连珠，出口成笑，自忖月也许可以调节一下谈话的气氛。这也是我带上她的一个重要原因。

那天我告诉月一块儿去看望吴周妙芳。

月听说是去看一位旧金山来的美国人，丝毫也不敢怠慢，赶紧翻出了她所有最好的衣服。

那是春节过后不久的一天，天气清冷，还不时吹过一阵阵寒风。她头戴一顶扁扁的圆帽，头发上系了一条浅蓝色的丝带，颈脖上围着花格丝巾，说她在画报上见过年轻的英国王妃就是这样打扮的。一路上她的神情非常欢快，老是问我与美国人见面应该怎样问候，应该注意些什么等，还说自己有些紧张。就在邮局钟楼刚刚开始敲响时，我和月踏进喜来登大酒店的电梯间。

我的心情虽然也很好，但并不感到兴奋，因为我和吴周妙芳相识多年，深知她不是那种见面就拥抱，拥抱后就忘却的美国人，因此用不着攒足表情，装出喜极而泣的样子。此时我的注意力集中在夜空里，确切地说是集中在回荡于夜空的那一声声钟声上。我很少去数那些钟声到底会敲响多少次，因为我总觉得那样做会很徒劳，多数或者少数一次都会对生命时光做出错误的估计，从而做出错误的选择。人对时间的判断是非常重要的，时间往往意味着时机，过早或者过晚都直接关系到事情的成败，因此与其去相信遥远的钟声，还不如相信自己的内心。这也是我十几年前认识吴周妙芳时与她聊天达成的共识。吴周妙芳在中国时从来不戴表，她说她很喜欢在中国生活，中国的时间比美国慢，因而人也不像在美国老得那么快，这是一个比较适合于老年人生活的国家。我说那你以后越老就会越怀念中国了。她说是的。眼下她果然又来了，而且不像美国人常见的那样，约好几点几分见，而只是很随意地说晚上见，可见她刚刚抵达，就开始学会享受中国的时间观念了。

我也比较喜欢自己估摸时间，喜欢依照天色、交通情况和行人的表情判断此刻是几点几分。这种判断当然未必都很准确，却给我带来了无穷乐趣，至少可以经常检验自己的脑子是否依然管用。其实人活着还不就是为了证实自我么？像我这种既不能调动千军万马，又不能操纵亿万游资的凡人，也只能通过掐算光阴的分分秒秒来证明自己活着的意义。

当然钟声响起来总归是说明现在是一个整点。一个人在一个整点到达一个地方，总归是一件快乐的事情。

我正在回味聆听钟声的快乐，不想那钟声却让月感到了焦虑。她一跨出电梯就说，从彼岸来的人都特别看重时间，哪怕就是迟到个一两分钟，也有可能被视作没有教养，说着就催促我快些走。

月对于西方礼节显然有过认真研究，她的英语虽然说得还不算太好，但是对于诸如不要轻易询问女士年纪、喝汤时不要发出声响之类的细枝末节，却记得格外清楚，好像随时都有可能摇身一变，坐到我的对面。本来我和月前去造访的人住在喜来登大酒店里，当然也就是我们的客人，可是我和月走到温馨的灯光下和厚软的地毯上，却不由得感到自己才是真正的客人，因为对这一切的感受，我们显然要更为陌生。在这样陌生的环境里，我怎么可能走得太快呢？总要先有个适应过程嘛。况且我是 A 型血的性格，从不喜欢凡事风风火火。

我在楼层服务台给吴周妙芳拨了一个电话，说我带了一位姑娘前来看她。

她听了很高兴，问是女朋友吗？

我说我也不知道。

她马上说哦，我明白，我明白，来吧。

放下电话后我对月说，她很欢迎你呢。

月原先还挺紧张，一听这话立刻变得兴奋起来，忙问我见面的第一句话应该怎么说才显得最亲切。

我说这我哪知道呢，各人有各人的说法。

那你怎么说呢？她问

我说我就说你好。

这么随便呀，我可不能这么说。

我问，那你能怎么说？

她偏头想了一会儿，用英文慢慢地说道，我是多么高兴见你呀，朵拉小姐。

朵拉是吴周妙芳的英文名字，也是她与我通信时常署的名。

我说随你。

走到吴周妙芳的房间门口时，她已经站在门廊的灯光下迎接我们。她还是那种安详的神态，脸上永远挂着温和的笑容，一双眼睛炯炯有神，只是头上多了一些灰白发丝。她热情地向我和月伸出手。

我说了你好，而月却未能说出她那句我多么高兴见到你啊。

月只是木然地握了握手，眼睛里没有欢喜，只有迷惑。她显然没有想到我经常跟她说起的朵拉小姐，却原来是一个个头比她还要矮小的华裔老太太，这样的老太太别说在中国，就是在这座普通的小镇上也多如牛毛。大概在她的想象中，朵拉小姐是一个金发碧眼的年轻女人，哪怕不像王妃戴安娜那样妖娆，至少也跟金斯基差不离吧。可是眼前的这个朵拉小姐却成了一个矮小的华裔老太太，她一时还真无法接受。

整个晚上月都是偶尔笑笑，没说几句话，仿佛患上了失语症一般。后来走出吴周妙芳的房间后，她气呼呼地对我说，我根本就没法开口跟她说英语，跟隔壁的顾二嫂有什么区别嘛？我还以为你真认识哪个美国人呢，原来只是个冒牌货，空欢喜一场！我当然知道她心中真正的美国人是哪种人，在我和吴周妙芳追忆这十几年来的种种往事时，月一直在默默地看电视，起先她的脸上没有表情，后来我发现她的眼睛里闪出了光彩。我很熟悉那种光彩，每当她感到快乐或者激动时，那种光彩就会伴随脸上的红潮涌上她的眼睛。原来这时候电视里出现了一个美国青年，正用 Broken Chinese(结巴汉语)唱着一首自编的歌，大意是他非常喜欢他的中国姑娘。他唱得结结巴巴，如痴如醉，月看得全神贯注，出神入迷。

吴周妙芳问我那个美国人在唱什么，我说他说他爱他的中国姑娘。老太太一笑，问我那你怎么办。我说是啊，谁叫他是个美国人呢？美国人似乎特别钟爱亚洲姑娘，五十年代爱日本姑娘，六十年代爱韩国姑娘，七十年代爱越南姑娘，现在是九十年代了，也应该来爱爱咱们的中国姑娘了。吴周妙芳听我这样说，有点担心地望了望月，而月并没有听见，只是依旧沉浸在那个美国人对中国姑娘的爱情中。

直到吴周妙芳取出一张全家福的照片给我看，月才把目光转过来。照片的背景是客厅一堵光洁的墙，墙上挂着一幅画，画面非常古典，满地黄叶的小路上走着一个穿红衣的女子。五六个人随意坐在画框下的沙发上，中央是吴周妙芳，两个儿子和儿子的太太分坐两旁，但是吴周妙芳的身边并没有出现一个老头子，取而代之的是一个小男孩，也就是她的孙子。

我想正是那个缺席的老头子引起了月的注意。月跟我说过她很小就失去了母亲，而且不知道为什么失去了母亲。她父亲说她母亲死了，说话的口气很冷，也不作更多的解释。可是她并不相信，因为事情非常简单，如果母亲真的死了，而父亲又一直未再婚娶，那么家里肯定会留下母亲的照片或者别的什么信物，可是她从来也没有见到过任何东西，问起父亲，他的态度也很漠然。她承认她父亲很爱她，什么都顺着她，唯有在母亲这件事情上，父女间的谈话时常会陷入冷场，好像中间有一个永远也解不开的结。后来长大了，月似乎也明白了人世间的一些东西，也就不再追问父亲。她虽然从来也没有见过母亲，可是总觉得自己承继了母亲身上的某种秉性，每当月亮从青灰色的群山间升起，她的心就会飞出小镇，飞向远方。

要是三四年前看见吴周妙芳的这张照片，月也许会触景生情，泪水夺眶而出，然而如今的月已经不是往日的那个月，对家庭和亲情已经感到非常淡漠，这一点又有些像她的父亲了。她只是随意瞟了瞟照片，就把它还给了吴周妙芳，指着照片上一个披着一头栗色长发的女子问，她也是你家里的人吗？老太太说是啊，是布朗的太太。布朗就是她的小儿子。见月脸上露出讶色，老太太又接着说，那是个西班牙姑娘，有意大利血统，来布朗的餐馆打工，结果就跟布朗好上了。月没再问下去，但是看得出来有些半信半疑，因为照片上的布朗矮矮胖胖，在月看来并没有多少男人的魅力。

我问吴周妙芳，那以后你的小孙子是中国人、美国人还是西班牙人或意大利人呢？老太太说我也不知道，我原先希望布朗娶个华人姑娘，可是他一直都喜欢白种女子，房间里贴满了好莱坞女影星的照片，对啊，什么莎朗·斯通、珊卓·布拉克、朱迪·福斯特，就是里根还为她吃了一枪子儿的那个，还有老一些的，丽塔·海华丝、索菲亚·罗兰等，全都是些性感美人。好像华人总是会被高加索人种所吸引。老太太这番话说得比较快，月大概没有听明白，也无心去听，她有些不耐烦地看了看表，又看了看窗外的夜色。我对月说你不是一直想找机会说说英语吗？为什么不跟朵拉小姐多说几句呢？月只是笑笑，没有说话。

说是说咖啡馆，来这儿小歇的游人却多半不喝咖啡，而要喝啤酒或茶，似乎认为我的咖啡和我的英语一样都不够地道。一天傍晚咖啡馆里来了一个金发青年。他要了一壶绿茶，独自一人临江小饮，面对着江面上的一钩残月。我见他自我陶醉的样子，就隔着吧台向他致意，得知他叫雅克，是一个法国人。雅克的英文并不好，发音尤其难懂，有时候要说上好几遍才能明白，不过依旧吸引了月。她神情专注地倾听他说出的每一个词，表情非常虔诚。那天从吴周妙芳那里出来，月就表示她宁可听俄国人说英语，也不愿与长着华人面孔的美国人说，光看看她那张脸，就觉得她的英语不会太地道。她这话好像是冲着吴周妙芳说的，其实我知道也是在说我，因为以后她再也没有就英语问题向我讨教过。

当然她一旦发现我的英文不怎么样，也就不会再朝我闪烁晶亮的眼神。她开始自己去寻找与西方游客交往的机会，而且为了避免引起琴和瑞的不快，常常带着客人沿江游玩，从河湾一直走到月亮山，有时候还找来小船顺河漂流。据琴说月后来自个儿认识了一个叫汤姆的美国青年，一个血统纯正的美国人，两人整天形影不离，好得如胶似漆，汤姆离开时月还流了眼泪。琴告诉我月相信汤姆会来娶她，因为汤姆已经送给了她一件爱情的信物。我问琴是什么信物，琴说是一枚星条旗徽章。那位美国青年倒是不时会给月寄来明信片，明信片上一会儿是关岛的邮票，一会儿是巴拿马的邮戳，不过也只寄了两张，以后便杳无音讯。只是月一直都保存着那枚徽章，把它系在自己的衣领上。

尽管月已经认定我的英语非常 broken，但是每当看见我和游客闲聊，她还是会迅速跑下楼来，当然不是冲着我，而是冲着与我交谈的游客。那晚我和雅克聊了很久，尽管我和他的英语都不堪入耳，月却听得津津有味。雅克请我讲述兵马俑、长城和曲阜的孔庙，我则听他细说卢浮宫、圣母院和埃菲尔铁塔。他说着说着忽然问我：既然法兰西文化和中华文化都很古典，我们为什么就只能通过英语这种鄙俗的语言进行交流呢？说完他看看我，又看看月。月显然没有听明白雅克的这句话，忙不迭地问我：他说什么？他说什么？他说法国和中国怎么啦？我要雅克再把刚才那句话对月说一遍，雅克做了个鬼脸，对月说他认为法国姑娘和中国姑娘都很漂亮。月知道他在玩弄诡计，但也不再追问，脸上露出娇美的笑容。一年后月因为英语较好，进喜来登大酒店做了领班。我有些失落，而琴却很高兴。不知不觉中琴的英语也说得相当不错了，正处于热烈地爱好着 Broken English 阶段。

语言无疑是生长话语权的最基本的土壤。《离岛》和《有谁比我更爱好BROKEN ENGLISH》显然充分感觉到了英语作为第一语言的压力，同时，它们还更深入地体验着英语背后的文化精神，体验着与英语合而为一的权力意识。英语文化作为人类文化的一种，自然有其巨大魅力，对主人公有着极大的吸引力。与此同时，英语携带的文化霸权又反弹起主人公对母语的捍卫，这种对母语的捍卫既有对自身传统文化的捍卫，也有对自身国家意识的捍卫。

——黄伟林：《全球化时代中国人的心灵反映——解读沈东子的文化体验小说》，《东方丛刊》2001年第3期

一周半

李冯

我比老吴先到北京。我去到语言学院时，贺奕给学生上课还没有回来。他是我的大学同学。我把旅行包放在他单人寝室门口，看那些青年教师同家眷从盥洗间出出进进。对他们狐疑的目光和楼道里陈腐的知识分子气息，我可以说是再熟悉不过了。仅仅在几天之前，我还是他们的同族，可现在，我却开始用另一种眼光打量起周围。

贺奕回来了。他模样清癯，举止间有一股不招人注意的吸引力。藏匿于高校的异类，身上通常会有这类特征。我们已经有几年没见了。后来，他回顾说我当时给人的感觉就像是一个疯子。他说得没错。自从辞去教职，扔掉了厚厚的备课笔记同粉笔头之后，我的体积就处在迅速的膨胀中。我享受着一个胖子的快乐和无忧无虑，丝毫也没有考虑将面临的生活惶惑。但贺奕却不能不忧虑，因为再过两天，还会有一个比我更胖、疯得也更厉害的家伙接踵而来。那就是老吴。

我给贺奕讲了一个老吴的故事：十天以前，

作者简介

李冯(1968—)，本名李劲松，广西南宁人，新生代作家代表人物，与东西、鬼子被称为"广西三剑客"。1984年考入南京大学化学系，第二年转到中文系就读，加入"他们"文学社团；本科毕业后在南京大学攻读文学硕士研究生，1992年获南京大学文学硕士学位。曾在广西大学任教，讲授明清文学课程。著有长篇小说《孔子》《碎爸爸》，出版小说集《庐隐之死》等，电影《英雄》《十面埋伏》的编剧。

作品信息

原载《山花》1999年第1期，收入《广西当代作家丛书·李冯卷》(漓江出版社2002年出版)、《拯救逍遥老太婆》(中国妇女出版社2004年出版)、《人民文学》杂志社编《短篇小说》(华文出版社2002年出版)。

老吴跑到了我广西的家。老吴辞职，已经有近两年了。这是他比我胖的缘由。辞职以后，只要一有闲钱，他便会像快活的胖鸟一样在全国乱跑。他在我家里住了两天，鼓励我辞职了一块上北京。我得承认，我被他的计划深深打动了。我担心老吴会变卦，便催促他赶紧动身，回南京他的家去收拾行李。不巧的是，这时候广西境内突发大洪水，北上的铁路暂时被冲断了。老吴安慰我说，他可以坐火车绕道走广东。于是，他真的买了一张硬座票。为了省钱，他甚至拒绝我帮他买卧铺。他日夜兼程坐往了广东。对于老吴，这是一连串重要旅行的开始，虽然是绕了道。他心中充满喜悦。可老吴这人不擅言谈，在广州又举目无亲，因此在广州站等待中转的那个中午，他跟疯子似的咬紧牙关，在车站附近不停地转啊转啊。他渴望找着一个人，好表达自己的快活。然后，他竟然奇迹般地摸进了一家白天营业的地下脱衣舞厅。他坐在那个群魔乱舞声响震耳地方的黑暗角落，对着脱衣舞娘闭上眼睛，安静地沉浸在了内心极度纷扰的幸福中。

我和老吴这次到北京来，准备像美国作家一样租房子写作。看得出来，贺奕对我们的计划很不以为然。他暑期不回家，待在学校里，本来是想给留学生短训班授课挣钱，给自己买一部手机。贺奕寝室里没有电话，因此对外联络很不方便。可手机的计划，显然是受到了我和老吴的冲击。他去校银行取出存款，给我买了整条的高级香烟，带我去门口最好的馆子。他每顿饭都领着我下馆子。吃饭的时候老吴从南京打来的传呼就在他腰间嘟嘟叫个不停。餐馆里没法回长途。于是，贺奕便温柔地注视着我对一桌用手机款换来的丰盛菜肴大吃大嚼。他似乎是想以这种方式来使我迷途知返。但一个疯子的心坚如磐石，就算是贺奕的目光再温和或是他把自己变卖了也无法让我动摇分毫。我即将开始崭新的生活。饭后，走在北京语言学院那个由各色种族留学生组成的小世界里，我疑心自己已经来到了美国或巴黎。是二三十年代那个激动人心的巴黎。于是，愉快的错觉中，我停在校内电话亭给老吴回了个电话。老吴告诉我说，他买好了当天的火车票。

八月的北京，闷热难当。第二天，我去西客站接老吴。考虑到租房子需要大笔的支出，我的经济有些紧张，所以我选择了乘公共汽车。当时中关村到魏公村一带道路还没有拓宽，还是狭窄的林荫道，容易塞车。一路上，我从车子里望着人民大学、友谊商场和北京图书馆依次从窗外挪过。这些建筑，我在来的时候已经见过一次。奇怪的是，虽然我只比老吴稍快一步，可是对于北京，我已经没有了客居的感觉。天下之大，走到哪里就我而言都是一样的，所以每到一处新地方，我总是觉得它似曾相识。我设想着老吴等会儿对北京会有什么观感。我到了西客站，出乎意外，那儿竟没有我要接的车。我去问讯台查询，才知道南京发来的车开往旧北京站了。老吴在电话里什么也没跟我说清。我估算时间，老吴也许已经在那头出站了。我担心老吴找不到我，又会像神经病一样四处转悠。我顾不上省钱了，连忙在路边截了辆出租车赶往北京站。转眼之间，我和老吴的北京之旅便又有了一个充满匆忙、偏差与浪费金钱的开始。

我在车站广场的人群中寻找老吴，最后在一个角落的一堆民工中找到了他。老吴出发前新剃了个头，所以发青的脑门在人堆里很显眼。他怀里抱着一只纸箱，看到了我，他端着纸箱站起来，似乎是想把它交给我。我试图接过来，它分量非常沉，但老吴实际上却抱紧它不放。"老吴，你到了多久了？"我问。"三个小时。"他说。"三个小时？你就一直坐在这儿。"我吓了一跳。"火车开得比想象的快。"老吴憨憨地笑笑，显得有些精神恍惚。"你电话里没有跟我说清时间，我又接错了站。"我安慰他。我的出现，似乎使老吴从某种梦境中清醒过来。他抱着大纸箱，开始步履蹒跚地朝广场走去，可实际上，他连怎么坐车去语言学院都不懂。"箱子里是什么？"我问他。"电脑。"老吴说。"那么，你其他的行李呢？"我说。老吴奇怪地看着我，仿佛我提的是一个他不明白的问题。难道，我们来北京不是写作的吗？他这不是已经把电脑抱来了？"可是老吴，你的铺盖呢？我不是一再跟你说，多带着被子毛毯，我们是要来过日子的！"我几乎无法想象，老吴会跟我采取这种不负责任的态度，但老吴憨厚地一笑，就仿佛我是个难缠的不可理喻的精神病人。他不再理我，而是摇摇晃晃地继续朝面前的北京城走。我在后头注视着他肥胖执着然而在人群中却显得那么无助的背影，几天来头一次，对未来产生了隐隐的忧虑。

我们回到语言学院，贺奕照例请我们吃饭。吃饭的时候老吴几乎一言不发，这让我颇有些感到失望。因为贺奕过去没见过老吴，而我在这两天中，正力图把老吴描述成一个伟大狂热与富有献身精神者。在南京，他是个被朋友们称为天才的人。我不知道，在贺奕眼中我和老吴究竟谁更不正常？我跟老吴，一个是喋喋不休的，另一个却像是沉默的石头。我甚至开始同情被折磨的贺奕了。但不可否认，贺奕对我们的事尽心尽力，或者说老吴这人具有某种福性。当天下午，贺奕去电话亭跟朋友通完话回来，说已经为我们联系好了一处房子。

　　贺奕的朋友也叫老吴，只不过彼老吴并不是此老吴。那位老吴是拍纪录片的，在国外被称为中国纪录片之父。这个称谓会让我联想起，身边的老吴仅仅是一个两岁女婴的父亲，而至于我，则更加什么也不是了。第二天，贺奕领我们到一处路口与纪录片老吴会合，大家一同去看房子。纪录片老吴四十出头，人很快活。他告我们，他属于八十年代第一批辞职闯北京者，没想到多年以后，又认识了两个跟他年轻时一样的家伙。谈到这里，他显得更加快活了。我们叫了一辆面的，从城北开往城南。南边的景致灰蒙蒙的，似乎有些脏乱。我们停在一栋六层居民砖楼底下。房东，一位东方歌舞团扎小辫的小伙子已经在等我们了。小伙子跟纪录片老吴打过招呼，带我们上到四楼。是一套空荡荡的两居室，有煤气和电话，另外，就只有客厅角落一盆不知枯萎了多久的花。水泥地面未经打磨，积了厚厚的灰。对这样一套房子，我和老吴既说不出好，可也说不出有什么不好。因为，它毕竟是一套真实的房子，是我们落足的必需品。于是，我们很快就把房子租下了。先付了半年的房租，六千块钱。扎小辫房东跟我们叮嘱了几句注意事项，有事先走了。纪录片老吴也跟我们告辞。他们似乎都很忙。我和老吴没什么忙的。我们在房子里转了几圈，它像是一个陌生、突然属于我们的女人，让我们觉得不知拿它怎么办。贺奕在一旁看我们。然后，贺奕就领我们下楼去吃饭。他仍旧进街面上最好的馆子。我和老吴埋着头，吃掉了服务员端上来的一个个菜。等吃得差不多了，贺奕便从身边拿过一个大包，说里面有茶杯茶叶几套碗筷两条床单还有一个小电饭煲。他已经尽其所能，把他单身寝室里能搜罗的东西都带给我们。

但是，他说，从语言学院到这头来太远，所以今后，他恐怕是不能天天来看我们了。

很难形容两个男人的共同生活，尤其是我和老吴这样的人。当天夜里，我们打开我的行李，各分了一个房间用贺奕的床单打地铺。躺下时，我听到老吴在那边给家里打电话。他似乎在逗他两岁的女儿说话，发出的是一种奇怪的温柔的吼声。接着，他又在重重拍击什么。我一向不愿意在睡觉前同男人搅和，因此就随他去。我勉强入睡，但却醒得很迟。我睁开眼睛，意识到在平时，这是我起床写作的时间了，可说实在的，那空无一物的房间又让我恐惧。刚睡醒觉，总是一个人最软弱无力的时候。我竭力想逃避这种心理。于是我重新闭上眼。我在想老吴。他此刻的存在，对于我来说是安慰。可是，屋子里生活着另一个男人，跟有女人是不同的概念。他没有生理上的意义，我的软弱对他而言也无价值。两个男人在一起，唯一的选择便是联合起来，向外界采取进攻或征服的姿态。顺着昨晚的思路，我正胡乱思索着与老吴的同居关系。老吴那边又传来了拍击声。

我去到老吴房间。老吴已经从地上起来了。和他一块起身的还有他的电脑。主机和显示器都已通上了电。老吴光着个膀子，正蹲在那里像哄孩子一样拍它们。他这里拍拍，那里拍拍。可他平时在家里恐怕不是个合格的父亲，因为他眼中虽然充满爱意，可是下手却极重。不要说孩子，我担心连电脑也受不了。我蹲到老吴旁边。老吴对我说从昨晚上开箱，电脑就是这样子，不拍它们，显示器上就不出字。于是我也动手拍。那是一台旧电脑。机壳上早就布满了许多黑乎乎的手印。我们拍了很长时间，就像是一对早上起来对付不听话孩子的父母，或者说像施虐狂。我终于感到了不耐烦。因为看老吴的架势，似乎可以一整天拍下去。这是我们正式生活的第一天，我们不应把时间都耗费在机器上。我想到了关于两个男人要向外挑战的那些话，于是把它们告诉了老吴。老吴茫然地看着我。家具，我提醒他。我说，我们总不能一直在地上写作同睡觉吧。

我们穿上衣服，去附近的家具城买东西。付过房租，我的手头已经很紧了。

我相信老吴也差不多。因此我向他建议购买从简。可只有进到家具城，我才意识到我们的生存是多么的可悲啊！所有商品的价格几乎都超出我们想象。我和老吴问了几处价钱，然后就勾着头快步在里头冲了一圈。我俩回到门口，才发觉什么也没有买。我们显然不应该这样就回去。再去找别的家具城也不是很现实。现实是，我们对北京不熟悉，可还得想办法在这里生活。于是，我和老吴鼓起勇气重新进去。我们绕开那些昂贵的席梦思床垫，终于找着了一处卖廉价床具的摊位。老吴买了一张绷着薄海绵垫的床板，我买了张折叠行军床。老吴告诉我，他还是情愿打地铺；我则对他说，行军床好，有弹性，也使人略为悬空。讨论完我们各自的趣味，我感到精神放松了许多。我离开老吴，拎着床开始在商场里转悠。我写作用一台二手笔记本电脑，我想为它配一张小方桌。我喜欢小方桌。我看中了一张，刻着漂亮的木纹，可就是太贵。我拿不定主意，走开去寻找老吴，却发现老吴在干一件疯狂的事情：他看中了一张豪华的电脑桌。他站在那儿，脸涨得通红，既不听摊主在一旁的吹嘘，对我也视而不见。我刚想阻止他，可是已经迟了。他已经嘟嘟囔囔着把钱掏出来，交给摊主。用这样一张桌子去配他的旧电脑，显然是太过分了，可是，我理解老吴。对于我们，写作比什么都重要。我们可以睡糟糕的床，可凭什么就不该让电脑享有一张豪华的桌子？于是，在老吴的感召下，我跑回去买下漂亮的小方桌。我们又各自买了与桌子配套的椅子，然后，请了一位工人，把这次经济上可以称之为自杀的采购拉回住处。

我和老吴再度出门，陪他买枕头和毛巾毯。幸好是夏天，需要的东西并不多。当我们拖着疲惫的步子往回走时，天都快黑了，我才记起来没有吃午饭。整整一天，除掉出了两次门，我们便是在打扫卫生和布置房间中度过的，可布置过的房间仍那么简陋，使我一想到便没有马上回去的欲望。再说我们炊具也不够。于是我提议说在街上吃碗面条。老吴看见一家上海菜馆，拉着我要进去。我反对说上海菜一定很贵。对白天的购物行为，我已经有些后悔了。可老吴指着招牌说，餐馆面向工薪阶层。我大声抗议说我们目前不过算无业游民，哪里是什么工薪阶层？老吴不管我。他说他肚子饿了。他不肯朝前走了。他向我许诺说进去后只吃面条，可落座后，我们不仅点了菜，还要了啤酒。都怪贺奕把我们的胃口给宠坏了。每天像这样消费，我们很快就将沦为乞丐。因为即使不吃不喝，我们一天的房租折合也有七十块，相当于天天吃餐馆。我和老吴都意识到了这个问题。外表的肥胖已无法掩饰住我们的焦虑了。于是，喝着啤酒，我和老吴商量起今后的安排来。没有关系，老吴安慰我说，如果实在不行，他就去找一份工作，由他来承担经济压力，让我好好写作。老吴突然表现出来的理性使我十分感动。但是，老吴本人也是一个作家呐，总不能他去工作，我在家里，那我不成了吃闲饭的女子？不，我说的不是这个问题，这个问题还远，我对他说。我想说的是，我们刚刚住下，万事待兴，每天的日常生活怎么安排。这很简单，老吴一本正经地说，他建议我们俩建立一本公账，凡是两个人的公用物品都从公账开支，包括每天的菜钱。老吴还提议说，为了让另一个人有更充裕的时间写作，我们最好轮流值日，每人烧一星期的饭。听上去，没有比这更简明的办法了。毕竟是做了父亲的男人啊！作为对老吴的回报，我答应从明天起，由我值头一周勤。但我很快发现，我揽下的是一份苦差事。在一个哪怕是临时性的家里，有那么多的东西要买：菜锅、拖把、油盐酱醋、台灯、洗碗布、衣架还有洗脸盆。如果我不去买，老吴是不肯动手的。他可以不用盆洗脸。每天上午，我坐在我有漂亮木纹的小桌子前，思绪如笔记本电脑的屏幕一样空空如也，可忽然间，总会有一件需要买可头天却被遗漏的东西跳到我的脑海里，搅得我心神不宁。然后，迫使我跳起来匆匆下楼去跑一趟。我想要使唤使唤老吴。有一回我让他替我买把菜刀。他老大不情愿地出去，过了一会儿给我拿了把水果刀回来。这让我怎么切肉？我叫道。可老吴若无其事地说，他在家里就是用这种刀切的。然后，他就钻回屋里去不出来了。像一个食客或旅游者，老吴心安理得地享受着一周的假期。他房间里拍电脑的声音越来越稀，我不清楚是他把电脑拍好了，还是他压根儿就没有写。我怀疑是后者。因为，才十一点不到，他便坐不住，过来敲我的门，问我中午打算给他烧什么菜了。他这样问，丝毫也没有调侃的意思。他是真的关心。这使我感到我们俩简直是神经病！我们住这么贵的房子，又是两个作家，可在两人之间最重要的事情竟然是一个作家准备给另一个烧什么菜！我们没有冰箱，因此每天的菜都得去菜场买。我非常怕买菜。因为这是要记账的。中午一进门，我头一件事情便是扔开大包小包的塑料袋，扑到房间里抓起账本，趁四块五的猪肉两块三的生姜四块二的莲藕这一连串无意义的数字在被遗忘之前赶紧记下来。有时我走得慢了，进门之后忘掉了一两样。于是，我常常得对着门边的一棵大白菜或两只茄子痛苦地思索：它们的分量？究竟是多少钱一斤？必须承认，我这个人有偏执的倾向。我越是不喜欢一件事情，越要怄气把它做好。因此，虽说我烧菜的手艺很糟糕，但我还是像一个力求完美的主妇，决不给老吴烧一次同样的菜。三天不到，老吴便给我宠出了毛病。吃饭时间一到，我挪开电脑，把我的小桌子贡献到客厅里，老吴听到响动，腆着肚子跟一个臭男人似的凑过来。老吴，今天写了多少字啊？我故意问他。一个字也没有，他沮丧地说。可看到香喷喷的饭菜，他立刻就高兴了。他捧起饭碗，胃口相当之好。不要说他，无所事事了半天，就连我食欲也格外旺盛。中午饱餐一顿，下午到三四点钟，我便又饥肠辘辘了。这肯定是某种潜在的心理恐慌所致。但是，我们恐慌什么呢？看来，我们将越吃越胖，然后在经济崩溃中抑郁而死。这种情形，说出去都不会有人相信。一周对我来说，如同是一次漫漫刑期的开始。是我自己选择了它。我渴望老吴能够帮助我。可老吴在那一周里所做的事情，便是挪用公款去买了一部电话机。

起初老吴的精神还可以。吃饭的时候他尽可能表现出轻松与幽默。他轻松的方式就是一边吃，一边批评我的菜。他吃得很香，可嘴巴里却嘀嘀咕咕。我听明白了他的意思。他认为我烧菜的方式不对。他跟我谈论每一种菜应该怎么烧。看来，他享用的实际上并不是我辛辛苦苦弄出来的菜，而是他想象中更好吃的。有一天，我中午给他做了肉丝芹菜。晚上，我用另一半肉丝炒了蒜苗。不料，老吴拿着筷子，小心翼翼地只挑蒜苗，好像一只啄食的神经质的大公鸡。老吴，怎么了，你生病啦？我问他。老吴摇头说没有。那么你为什么不吃我炒的肉呢？我说。老吴一开始不肯说，在我的逼问下才透露说，他认为我炒的肉是生的。老吴，你怎么有这种想法？我吃惊地说，难道你觉得我会拿生肉来虐待你？不，不是生肉，只是说它们没炒熟。老吴继续说，他中午肚子饿，曾经跑到厨房外窥视我炒菜。他看到我背对他，把锅里的肉铲了一半出来，当时他就怀疑肉没有熟。后来趁我午睡，他又进厨房揭开碗检查了一下，果然不行。老吴啊老吴，你只相信自己的偷窥，为什么就不相信我？难道晚上做饭时，我不会把肉回锅一下吗？我生气地叫道。我无法原谅，他不好好写作，却把精力花费在了这样的小事上。他即使怀疑的话，本来也可以先问问我。但是，我怎么好当面过分指责老吴呢？一天二十四小时，他差不多有二十二个小时独自待在他的屋子里。他需要找一点儿事情。老吴，等下个星期，你就有得忙了，我善意地提醒他。要不，今天你先替我洗碗？老吴很固执。他认为这个星期是我的。他拒绝了我，退回了房间中。但他终于还是憋不住。第二天我买完菜，进到客厅正抓起账本记录。老吴开门进来了，原来他也出去了一趟。他手里拿着一台电话机，要求我把它记到公账上。

这是什么？我奇怪地说。电话，老吴说。我知道它是电话机，可是你买它来做什么？你在挥霍公款吗？知不知道我们的经济快崩溃了？我举起账本说。不，它是我送给你的，我出一半钱，老吴说。你送我电话干吗？屋里不是有电话吗？我说。电话在我屋里，可你也需要一部，老吴说。我为什么还需要另一部电话呢？这下，我被老吴给搞糊涂了。可老吴吭哧吭哧地解释说，他昨晚上想了一夜，觉得两个人这么待着并不是办法，因此我们都要行动起来，各人发展各人的社交圈。他打他的电话，我打我的电话；他去找他的新朋，我去找我的旧友。可是，我们俩哪有什么各自的朋友？我们在北京不就一个共同的朋友贺奕吗？我迷惑地说，可贺奕住得离我们太远。不，不是这个意思，老吴焦躁地说。他认为我们应该为长远考虑。从长远看，两个作家的私生活搅在一起，对写作肯定是不利的。我们有私生活吗？我对老吴说。但是，我忽然醒悟了过来。于是我替他补充说，他是不是想把我们的关系变成跟美国一样，仅仅是房客与另一名房客。我们彼此很冷漠，也不互相关心，更不允许窥视。这样，我们的生活就独立了，相对于对方而独立。也就是说，他可以在那边关起门来，写作，或找一个女人，而我在这边屋里藏不藏女人，他也不知晓。

老吴赞同我的理解。于是，这天晚上，我们俩的电话就并线了。考虑到老吴出了一半钱，我还是把新电话让给了他。房东小伙子给我们留的是一部老式拨盘话机，如果老吴在那屋里用电话，它便会叮叮地发出几下铃声。这就是并线。说实在的，到北京后，我们给一些作家同编辑打过电话。他们记下了我们的号码，表示以后要联系，可就没有下文了。不能责怪他们。人家已经知道了我们的存在，那就行了。九点以后，我坐在屋子里，听到我的老式话机叮叮响了。不是有电话进来，而是老吴在往外拨电话。每个电话都很短，因为我的话机很短又响起来，他又在拨另一个号。电话断断续续一直闹有了一个多小时。老吴大概把他手上所有的号码都拨了一遍。喂，喂！我听到了他在那边吼叫的声音。他在干什么？还是真指望能从这套房子里独立出去？他发出的声音像遇难求援的海员。我觉得他真的是一个妄想狂。临近深夜，我的电话最后叮铃跳动了一下。然后，老吴那边就再没有声息了。

我在北京有一位昔日女友。守着电话不用，使我觉得可惜。我不想像老吴那样无目的地乱打。我希望听听女人的声音。于是到白天，我便试着给她拨了一次。听到我的声音，她很高兴。前几年她一直在跟一个画画的同居，最近吹掉了，她和另一个女孩子住在一起。她告诉了我这些，又说她下午过这一带来办事，可以顺便来看看我。四点多钟，她来了，还领着与她同住的女孩。那女孩个子很小，剃了个光头，有狼一样的目光，而至于我的旧女友，则是位大个子。虽然她们是找我的，但我还是把老吴一块叫进房间来。光头女孩在我们中间很引人注目。她跟我和老吴一样没工作，在酒吧里唱唱歌。谋生不易，这也许便是她目光特别的原因。她们还要去办事情，坐了一会儿就走了。周末要到了。我记起这件事情，是由于老吴的提醒。晚上，老吴敲门到我房间来，他手里拿着一本沃尔夫小说。他这次来北京，随身只带了这一本书。是那个美国作家。他晚上待在他房间里，通常就是读这本沃尔夫小说。我不明白沃尔夫有什么意思，值得他天天晚上看。进来以后，老吴不说话。我问他有什么事？来我这里，总不至于还是读沃尔夫吧。

不，周末快到了，老吴说。经他这么一提，我才记起我们住下来快一周了。哦，是吗？这么说，过完周末，该轮到你烧菜洗碗了？我还快活地说，只要他把家务接过去了，让我吃生肉都没关系。可老吴的心思显然不在这上头。喂，周末你不想找她来约会吗？过好一会儿，他说。谁，我一愣。我反应过来老吴指的是我的大个子女友。为什么要找她约会？我说。周末了，你应该有你的私生活，老吴又对我说。我可以去约会，我告诉他。可是，我要去约会了，你怎么办？老吴说，他也可以想办法约会。找谁？找那个光头女孩吗？我说。我发现，这下我问到了点子上。因为老吴不好意思了。事情的原委是这样：他认为光头女孩是我女友的朋友，他希望我在约会时，也能帮他代约一下。不，我摇头说，第一，周末我并不一定非得约会；第二，光头女孩也不是我的朋友。老吴不是说了，我们要有各自的私生活吗？因此他要约会的话，我可以把电话给他，他得自己来打这个电话。我把女友家的号码给了老吴。老吴犹豫一下，要求在我这里打电话。你屋里有电话，你应该回去打啊？我说。但老吴已经抓起了我的电话。他接通我的女友，哼哧了几句后，对她说我想请她和光头女孩明天来玩。既然李冯请，他为什么不亲自打电话呢？大概我女友在那头这样说。他不好意思，但是他说你们两个一定要都过来！老吴对着电话叫道。然后，他迅速挂上了电话。

电话重新响了。我拿起来，是我的女友。好些年以前，我曾经同她有过一段感情瓜葛，后来不了了之。对不起，刚才请你们的实际上是老吴，我告诉她。到底谁请，她追问说。别管是谁了，你们明天过来就是了，我说。打完电话，我发现这一切实在是有些荒唐。两个同居的女孩，跑来同两个男的搅在一起，会产生什么样的组合效果呢？我头脑中飞快地闪过一种可能：老吴同我前任女友互换了位置，他跑去与光头女孩同居了！这种组合或许会使老吴感兴趣，但对我却没有吸引力。那对老吴可能是毁灭，也不是我同他到北京的目的。然而，我们来北京的目的究竟是什么呢？我察觉这个问题已越来越说不清楚。我们似乎想追逐某种狂欢，但这狂欢其实却是不存在的。我和老吴口口声声说为写作而献身，但明天的情形却是可能被投进奇怪的女人怀抱里。周末到了。白天，老吴下楼去剃了个头。这是他很短的时间里第二次剃头。由于他几乎没什么头发可剃，所以理发师只好在后脑给他剩了点儿发茬。这样看上去，他前面是一个光头，可在后边他头发反而像比原来更多。我的天，今天是一个和尚与尼姑的聚会吗？我对他抱怨说。但老吴对自己的头很满意，他没有抱怨。贺奕留给我们的高级香烟还剩最后两包，我分给老吴一包。然后我就回到房间里抽烟等。下午和头一天差不多的时间，我前任女友同光头女孩来了。我们又一起坐在我的房间里。可是，房间太空荡了。空荡得我不知该干什么。难道，让老吴索性像色情狂一样地直接把光头女孩领到隔壁去？我看看老吴，他坐在那里吸烟，一句话都不说。我前任女友也不说话，大概在揣测着我请她来的意图。光头女孩的目光在我们中间扫来扫去。最后，还是我女友站起来说，不如到底下去逛逛吧。

我们走到了街上，沿着住宅区的四周转悠。这其实是一个很大也相当热闹的小区，卖菜的摆服装的倒旧货的都挤在马路边。我们走了很长时间，我前任女友同光头女孩在我旁边，老吴渐渐地落到了后头。两个女孩发现前头有羊肉串，于是便高兴地过去要掏钱买。我替她俩掏了钱。这时候，暮色降临了。四周穿梭的人流与烤羊肉的烟雾同两个女孩的笑声混合在一起。我心中涌起了一阵强烈的伤感。在北京城里，这不过是每天都在重复的极为普遍的一个场景；它是无法留住的一瞬。可是，我竟然觉得它异常美好，它使我心里有一种温暖。它说明我过得太糟糕了！这正是我觉得伤感的原因。我凝视着我的前任女友，一下子有了股把她带回去的冲动。我们的目光接触到一起，她一阵慌乱。她也许意识到了我目光的危险。"哎呀，我忘了一件事，我阳台晒了被子，今天天气预报可能有雨。"她拉上光头女孩，向我告辞。本来，要是我有所表示，她可能会留下。但是，我只是问了一句："你们还没吃晚饭呢。""这不，我们已经吃过羊肉串了。"她说。

我回到住处，老吴不知道跑到哪里去了。按理说，这是他期盼着的一个周末。他突然从那两个女孩旁边消失，是不是他也意识到了这次聚会中的虚无呢？其实，我们不可能跟两个女孩搞在一起。我做了饭，自己吃了。我把菜给老吴留了一份。天黑透了以后老吴才从外头回来。他又剃了一次头。这回，他剃了个彻底的光头。

他默不作声，吃掉了我留的饭，然后进屋。过了一两个小时，他敲门进来，告诉我他要离开北京了。

老吴手里拿着一盒劣质香烟。估计是他新买的。我们的高级香烟下午已经抽完了。现在，我们在这方面也已回到了真实的消费水平上。我瞥了一眼那拆了封的烟盒，朦朦胧胧地感觉到，我们已经接近了生活的本质。我问老吴要了一根烟，然后不动声色地问他，他说的要走，是怎么回事？就是走了，不住在北京了，老吴说。你疯了，我向他指出，你已经付过房租了，再说，下个礼拜就该你做饭了，你想逃避做饭吗？我开了一个玩笑，试图替老吴缓冲一下气氛。说实话，我当时真是以为这家伙疯了。你受刺激了？是因为这个周末过砸了？我说。我想告诉他，如果他想找女孩子，以后时间还长，机会还有的是。但老吴摇摇头。那么，是我虐待你，饭没做好，对你的关心也不够了？我又说。老吴还是摇头。那好，告诉我，你为什么要走？我说。

想要完整地复述出那天晚上我同老吴的谈话，几乎是不可能的。从一开始，我充当的就是个不合格的劝说者。其实我清楚，假如老吴当真以一种冷静的态度向我质疑的话，我根本没办法回答他提出的任何一个问题。比如说负担着这么重的房租，我们以后怎么生存？可能的解答是找一份工作，可是工作有那么好找吗？再说，工作势必影响写作，假如我们来北京仅仅为了工作，哪儿没有工作？我们为什么还兴冲冲千里迢迢地跑来呢？虽说我相信，老吴每天一个人待在屋里，肯定会想过这些问题，但他以这种方式崩溃以及崩溃得如此迅速，还是出乎我的意料之外。幸好，他没有向我质疑，只是说刚才剃头的时候，他突然想到要走了。他认为自己想来的时候来，想走的时候走，这样子并没有什么错。

好吧，那你当时为什么要到北京来？我问他。话一出口，我自己都觉得荒唐。这个问题，我本来应该问问自己。我记得当时给自己的解释，是想做一个快乐的疯子。在我刚写作的时候，我曾经很羡慕书上读到的那些外国作家，他们不需要公职，住在租来的房子里写作。我觉得这种生活很刺激。因此可以说，我辞职是想实现某种幼稚的理想。当然也可以说我算是个不顾后果的疯子。但是老吴呢，我一向觉得，他身上的疯子基因比我更具有天才性。因为我感到不安，老吴突然说。什么不安？我记起了我的问题。就是因为这种不安，我两年前才从单位辞职的，老吴又没头没脑地说。

既然这样，就谈谈你的不安，讲讲你最早为什么辞职吧，我对老吴说。我这么问，不是没有缘由的。从辞职的角度说，我只是个这方面的新手，仅有不到半个月的辞龄。因此我很乐意听听，老吴在这两年的感受。于是，老吴就给我讲了。他讲到了他原来在一家电力部门工作，那是个收入丰厚人人钦羡的好单位，可是，几乎每年，他都想闹一次辞职。他对人们说辞职的原因是想有时间写作。没有人理解他。单位领导一次次挽留他，他的老母亲也从乡下赶过来。"丢了工作，你可怎么活啊？"他没办法用写作的理由说服人们，甚至都不能说服自己。可是，他怎么能跟别人解释清他内心的那种不安呢！那是一种剧烈、像疾病一样不时的莫名的发作，想使他居无定所，四处漂泊。他不可能战胜它，因此当它发作时便只好由着它。他曾经在单位领过一套漂亮的两居室，又花了许多钱把房子装修得尽量称心如意。可是，当他终于把工作辞掉时，他也不得不把心爱的房子退掉了。他住到了岳父岳母家，后来还时常梦见过去的家。"所以，为辞职我已经丢掉了太多的东西，不在乎这次预交的房租。"老吴跟我总结说。

老吴讲完了，我无言以答。于是我站起身对他说，我建议他先去睡一觉。假如明天早上起床后，他还是想走，证明他的想法不是冲动，我就不拦他。老吴过去了。我独自躺在行军床上。一想到老吴可能真这么离去，我感到也有着某种不安在袭击我了。我睡得很不稳，却醒得很早。我等了一阵子，估摸老吴已经起身了，才过去推开他的门。老吴还在地铺上，但睁着眼睛。地上密密麻麻的全是烟头，似乎是老吴一夜跟自己搏斗的痕迹。我看看除此外几乎是空荡荡的房间。"想好了吗？"我问他。"想好了。"他点头。"还是要走？"我说。老吴再点头。然后，他就起来去火车站买当天票了。

老吴买票回来，我帮他把电脑装进纸箱。老吴试着抱起来，在房间里走了几步。"要晚走一天，明天就该你做饭了。"我说。伤感的气氛弥漫在我们之中。

"你要自己一个人住下去了。"老吴说。老吴这个人哪，他要做什么真是挡也挡不住。我也会走吗？我在心里问自己。接着我就下楼去买菜。我买了吃一天的菜，因为到晚上我还得继续吃呢。做饭的时候我在想，老吴跟我在一起时挑挑拣拣，结果他烧菜的功夫到底如何却成了一个谜。吃完饭，我就送老吴去火车站了。我们仍旧去老北京站。我们叫了一辆出租车。车子开过了广渠门，又开过了东便门。这一周多对我来说，就像是做梦的一周；对老吴大概更是。北京站到了。我陪老吴进候车室。我对他说，我就不买站台票随他进站了。老吴点点头。候车室没法吸烟，我们并排坐着。后来，开始进站了。老吴抱起电脑，随旅客一同往里走。过了检票口，他回过头来，似乎是想跟我招手告别，可是他两只手都搂着电脑，腾不出来。我向他挥挥手，看着他蹒跚地在人群中消失掉。然后我掉头就走。我冲出候车室，一气走到了广场上。这时候，我的速度才慢了下来。这时我才有心思想想自己的事。这一个多礼拜，我在北京站和西客站出出进进的。车站啊车站。或许，我的灵魂跟老吴的一样，也是不太安定的。

| 创作评论 |

　　李冯可能是最典型的 90 年代的小说家。几年前，我曾说过朱文可能是 90 年代最好的小说家，读了李冯的小说，我可能要在某种程度上修改我的意见，我预感到 90 年代会有数名小说家终究要显得不同凡响，这就在于他们写作小说的态度和立场，他们的风格与行文的气质——总之，在看似与传统小说毫无二致的外表下，真正掩盖了天壤之别。

　　……

　　就一般风格而言，李冯与鬼子的坚硬冷峻大相径庭，也与东西的锐利舒畅相去甚远。李冯的小说优雅从容、清新委婉，但其中又总是包含着耐人寻味的情思，看上去古典味十足，其实却又相当执着地捕捉现代人的两难处境和复杂心理。李冯一直在写作两类小说。一种是仿古小说，改写那些古典传奇，或是根据旧时名人轶事重写某段历史。这类小说无疑写出了李冯特别的风格，不管是重现历史还是颠覆历史，都可以说别开生面、独树一帜。但我更感兴趣的在于李冯写当代故事的小说。这类小说看似平淡，却意味隽永。

……

在欲望化话语超量表达的时期，李冯也热衷于写作欲望，但欲望并不扮演主要角色，也不充当高潮的效果。李冯的写作则是细致表现了现代人如何丧失爱情的全部过程。李冯这类小说有时以第一人称为叙述视点。虽然未必可以与作者本人等同，但却使李冯的叙事具有仿真的效果。但即使是以第三人称为视点的小说，也可以感觉到李冯叙述的那种直接经验特征。李冯的主角显得有些与众不同，这并不是说这些人有什么特别之处，而是当代小说很少以这类人为主角。

……

李冯的小说有着一个持续的主题，这就是当代人对情爱的迷惘心态。这也许不是什么新鲜主题，但在李冯的叙事中，却可以最真切体会到当代"新人类"的生存方式和生活态度。

——陈晓明：《直接现实主义：广西三剑客的崛起》，《南方文坛》1998 年第
2 期

| **作品点评** |

相对于李冯从前的小说，《一周半》缺乏表面的文体效果，它的结构看上去是未经规划的，但这篇小说恰恰是一个关于"规划"失败的故事。当选择自由时，人没有想到自由本身是有重量的。生活的逻辑没有改变，人自身的软弱也没有改变，于是"一周半"结束了，自由欣快的飞翔变成了令人沮丧、难以承受的负担。

——李敬泽：《目光的政治》，中国文联出版社，2003，第 240 页

《一周半》描写两个外省青年人进京，试图以自由撰稿人的方式在北京谋求发

展。但他们很快就被生活的现实性所压垮，他们面对经济的困窘和个人的生理欲望无能为力。李冯写出了一部分"藏匿于高校的异类"不安分的生活幻想，一种在商业主义时代的小资产阶级生活幼稚病。

——陈晓明：《又见广西三剑客》，《南方文坛》2000 年第 2 期

在天上

李冯

我从闷热、黏湿的蚊帐中醒来，意识到自己像待在一所疯人院里。我这样讲，是因为想起了一部叫《飞越疯人院》的电影。我想逃离的东西包括年龄、我的同学，还有我所住的寝室。不知道为什么，我异常厌恶寝室里的同学。他们中有一个学生干部，陕西人，是保送进校的。他喜欢吹小号，每天一清早，便拎着号跑到寝室旁过道尽头的窗口哔哔啪啪地吹个不停。我们对他全恨得要命，可又敢怒不敢言。他大概认为，年轻人就该如此勤恳好学。你说这样的人不是有病是什么？

陕西人进校一个礼拜，体检时便给查出了心脏病。是先天性的。这下，我们可高兴坏了。真难以想象，他看上去这么壮实，居然真的有病！也很难想象，我们年纪这么小，便已经如此缺乏同情心。我们渴望着陕西人被遣返回籍。听老生说，这样的事不是没有先例的。可出乎我们意料，陕西人不但没有遵从先例，反而破了一次例。考虑到他又红又专，又会吹小号，这样的人才实在难得，所以系里允许他一边爱护身体，一边继续求学。

陕西人留了下来，可他压根儿就不珍惜身体。也许是感激系里给他的机会，他开始了更狂热的吹号。每天早上六点多，他的号声跟外头的高音

作品信息

原载《作家》1999 年第 2 期。收入小说集《有什么不对头》(南京大学出版社 2008 年出版)、《广西当代作家丛书·李冯卷》(漓江出版社 2002 年出版)。

喇叭一同准时响起。他这是鸵鸟手法，还以为他的吹号能在广播声中蒙混过去。可那声音太难听了。哪里是音乐？分明是一个人憋足了劲想大便，可拉、拉，却总也拉不成条。我们几乎能想象出陕西人脸憋得通红佝偻在窗口的情形。我们缩在被子里，痛不欲生，怀疑长此以往，我们将在陕西人心脏病突发前被他吹死。幸好，几天后一个老生赤条条地从走廊那端跳出来，威胁说要砸了陕西人的家伙。老生就是老生，不买低年级学生干部的账。陕西人只好把练习改成了每星期一次。

寝室里其他人也好不到哪里。我们的洗脚盆都是在学校小卖部统一买的，样子全差不多。有一天晚上，我误用了上海人的盆。上海人临睡前捧起盆来闻了又闻，嘴里还怪叫道："哎呀，是谁用的呀，好臭，好臭！"另一回，我一把心爱的弹簧刀不见了。我在寝室里查询。江阴人觍着脸不好意思地告诉我，他看到刀很好，所以周末坐火车回家时就偷回去给他弟弟了。我非常愤怒，因为他偷了东西，居然还好意思承认；他厚颜无耻地承认，是因为刀已经被火车带走，不可能被送回来。我气得牙痒痒的，可拿他没办法。我还要想办法，但却被江阴人下铺的湖北疯子用一种冷峻的目光阻止住了。

湖北人是真正的疯子，不过他的事迹容我以后再讲。我睁开眼睛，寝室里面静悄悄的。我竖起耳朵，窗户对面的三食堂也没有声息。我们寝室在二楼的最顶头。我的同学们早已跑掉了。他们跑去上一二节的高数课了。不过与我相比，除了随时准备为系尽忠的陕西人和已经发过了疯的湖北人，他们并不见得就更喜欢高数课。

近一段时间，我们寝室里正酝酿着一次公开的逃亡。在系里，我们专业是公认最辛苦日后也最没有前途的。因此近来学校一改革，开始准许学生自由转系，上海人他们就蠢蠢欲动了。我们考进来时，不是由于对专业事先一无所知便是被系里改了志愿。现在，他们一个个欢天喜地，成天嘴里念叨的都是什么外文系或历史系生物系。他们想要改变自己的命运。他们跟我一样彼此憎恶甚至也厌恶自己。可十七岁的我，已经隐隐意识到人生中有一些东西是无法改变的。我陷于某种自艾自怨又略带有自毁的情绪，这样子不愿去上课，已经有几个礼拜了。

我有一个干姐姐，是我们班最丑的女生。她虽然丑，人也矮胖，但是却极热情。在我们学校，男女生之间认干姐弟是很流行的。对正处于青春期的男孩来说，认干姐姐不仅隐含着某种乱伦的原始冲动，而且更意味着需要一位照料的天使。哪怕，这位天使尽管温柔但却是丑的。几个月后，我转去了中文系学习，我发现那儿也流行干姐弟。有时是高年级对低年级，有时候则就在同年级。只不过善于玩弄辞藻的中文系学生给干姐姐这个词加了一个前缀，叫"干干姐姐"。一词多义，既可以理解为干巴巴的姐姐，也可以把形容词转为动词，大意为这是应该干一干的姐姐。在我们班，我的干姐姐一共收了两位干弟弟，另一位是江阴人。

高数课可以旷，但三四节的实验课却是没法逃的。因为做实验一个萝卜一个坑。我们实验室在一栋百年旧楼的地下室，发黑的木桌、肮脏的试管，此外还有昏暗的光线和陈年经久不散的各种化学制剂味儿，使得那一切就像是18世纪的地下作坊或19世纪革命者制造炸药的秘密聚会处。我可以理解我的同学们为什么想要从这个系逃跑，至少实验室就是一个理由。起床以后，我匆匆赶去那里与同学们会合。我的同学们已经到了。他们把书包摞在桌子上，正埋着头洗试管。洗试管的清洗液酸性非常强，稍有不慎沾到手上，就算及时处理的话也会掉一块皮。可试管不可能不洗，否则实验就不准确。我们实验的精度，通常是要求在小数点以后第四位。我也动起手洗试管，但这个时候，站在我旁边的江阴人凑过来说，刚才一二节大课，高数老师点我的名了。

高数课是阶梯教室，全年级六个专业近两百人。老师别人不点，为什么偏偏要点我的名呢？还不是因为你期中考试没及格，发给你卷子重做你又不交。经江阴人这么提醒，我才记起了后一件事：我们的高数老师有些神经质，期中考试后，他让我们把卷子按标准答案重抄了交给他。当时我就认为，这种法子是对付中学生的。期中没考好，我可以等期末考试嘛，此外加上后来我不再想上高数课，我就把卷子的事彻底忘了。高数老师说什么了？于是，我忐忑不安地问江阴人。他当着全年级宣布，你不用再来上课和考试，等着补考和留级得了，江阴人高兴地小声说。除了声音小，他简直是想成为高数老师翻版后的传声筒。

我们这堂实验的主要内容是滴定。实验老师是一个穿白大褂面孔板得像石棉的中年妇女。她把手插在兜里，冷冰冰地在黑屋子中来回转悠。我的同学们如便秘一般，紧张地趴在桌子上。他们两眼死盯着滴定管的刻度，用手小心翼翼地控制阀门，让试剂金贵地一滴滴落到底下盛绿色液体的烧杯中。实验室里的气氛安静得真是连一只苍蝇都不敢飞。但可想而知，由于江阴人幸灾乐祸的恫吓，我的情绪糟糕极了。从一个成年人的角度看，高数老师那番气极的宣言不算什么，当然很容易弥补，可当时，它却使我陷入了一种心绪如麻与自暴自弃的状态。于是，趁着实验老师转身不备，我一把拧开了滴定管阀门，让里面的溶液喷泻如注。哗哗的水声惊骇了我四周的同学，他们纷纷从试管架和滴定管的缝隙中抬起脸。那情形，如同看到世界末日或性爱禁忌突然被人打破了一般。在一群苍白与凝固于日光灯颤动光晕的鼻子嘴巴中，我忽然意识到了我干姐姐的目光。她就在我对面，隔着木架子，不无忧虑地注视着我。

我们的实验要从上午持续到下午，因此第四节课没完，我便收起书包，准备回寝室去涂改拼凑实验报告了。我们上课的惯例是谁先做完了谁先走人。我出了楼，回到地面，呼吸着外头的空气。这时候，我干姐姐从地下室出口冒起并追上来。

我们背着书包，并排往生活区的方向走。看到我俩，谁能说得清我们究竟是普通同学、含义微妙的干姐弟，还是一对日后可能的亲密恋人或夫妻呢？但这位可爱神圣矮小的天使走在我旁边，始终不说话，我只是不时能感受到从她那里瞟来的忧虑的目光。她给我的感觉，已经不再像干姐姐，而是如肩负责任的母亲或情人了。快到宿舍区门口，她忽然对我下了一个结论：

"看来，你并不适合这个专业。"

半天之中，这已经是有人第二次用同一种语气同我讲话了。我被她吓了一跳。我刚想本能地顺着她问，我适合什么？她又说下一句了：

"你们寝室的人都想转系，你为什么不也转一转呢？"

显然，她去上了高数课，也听信了高数课老师的恫吓。她的第三句话是：

"我看中文系对你合适，你要是想去，我帮你问问铁梅吧。"

铁梅是谁？但我的干姐姐很快对我解释说，铁梅是无机专业的女生，住她们隔壁，最近也在闹转系，而且去向就是中文系。转眼之间，她就像主观的母亲，替我把那年的命数给改变了。在某种程度上，这改变对我后来的影响还是深远的。日后我一直纳闷，假如我在那个班里待下去，会不会最终像江阴人一样落入她的怀抱并在毕业时乖乖地卷起铺盖与她携手奔往四川呢？她是四川人。可以肯定的是，她当时关心我一定超过江阴人。那是种真正甚至可以说是冒着自我牺牲风险的关心。一个月后，我走成了，但江阴人却没走成。江阴人只好留在分析班，与她共同突破了干姐弟间的禁忌。他们俩，可真是姐弟也疯狂。我一走，她天使的魅力便对我影响不再。她便从我生活中消失。人啊人，有时候你曾无比珍视的关系，却常常会莫名其妙地化作垃圾一堆。

六月的南京，暑热降临。每天晚上钻到蚊帐里，脊背下微烫的草席都预示着将会有一个不同寻常的盛夏。上海人已经得到了获准转往外文系的通知书，这使他不再像公狗一样每晚上床前捧起脚盆嗅探检查，而是打了一盆凉水，一边装模作样地洗，一边心情愉快地环视我们，就好像一个已要提前出院的病人嘲讽着他的同屋。从头一年九月份进校起，这是我们头一次将在一起共度夏天。寝室里其他人嘴上不说什么，可暗地里都在加紧了转系的行动。这种烈性传染病似的气氛叫我有些受不了。因为我虽已忝列逃亡队伍之中，可对于为什么要逃，以及为什么得逃往中文系，却实在是不清楚。也许，我心里想的是只需要避开这些人吧。可包括上海人在内，我们寝室至少在暑假以前还散不了。一天，四楼的一个老乡跑来对我说，他找着了一个夜里睡觉的好地方。

我有好几位老乡，分布在我们所住四号宿舍楼的各层。对新生来说，同乡是一种刚入学时弥足珍贵、可以抚慰内心惊慌但随着年级增长便将烟消云散的关系。可我们那批同乡中有一支小足球队，我又喜欢踢足球。这便是一年级快结束了我仍跟他们搅在一起的原因。我还记得，某一天晚上，当他从四楼下来接我去他说的地方睡觉时，我被他的装束唬住了：他头戴当时流行的鸭舌帽，身穿长袖夹克衫，下身是一条厚厚的棉绒运动长裤，左手挟着枕头草席，右腋下竟然是一床被子。站在我们寝室上海人江阴人陕西人的一群裤衩背心中，他活像是一个从精神病院溜出来的重症患者，仿佛不是带我去睡觉，而是要进行极地探险。快，穿好长衣长裤，带好盖的东西，他脸上挂着对我们寝室不屑一顾的神情，用高傲、命令式的口吻吩咐说。他的气势震慑了我们所有人。我乖乖地爬下架子床，到屋角开皮箱取薄被子。那情形很像小孩遇上了个怪模怪样的男天使，心中充满好奇，但又不敢多问。

　　我尽量使自己的着装接近老乡，然后跟着他出寝室门。穿过走廊，到了楼梯口，他没有下楼，而是领着我往楼上走。我们爬过三楼四楼。到五楼六楼时，我注意到过道里举哑铃健身与进水房洗脸的学生对我们目不斜视，似乎对每天这个时候、在楼梯中有这样装束奇特的人冒出已习以为常。四号宿舍楼一共就六层，我的老乡继续往上走。再往上，不就出了这栋楼了吗？可他迈完最后一级台阶，推开一扇门，然后对我说，到了。

　　清凉的夜风呼呼吹来，我眼前陡然出现了满天的星斗。有那么一刹那，我极不适合这突然的变化。我站在出口，让刚才乃至一年来对四号宿舍楼闷热拥挤的印象褪去，因为在楼里住了近一年，我还从没意识到我们顶上有一个天台，更别说想上来过了。风非常凉，我爬四层楼时裹在厚衣服里的汗转眼被吹干了。老乡让我带棉被穿长袖衣，不是没道理的。当视觉适合了黑暗，我目光慢慢从天上往下拉。我才又注意到，在被低矮水泥护栏圈住的天台内，简直是另一个热闹的小世界。黑黢黢中，到处是一堆堆人影。烟头的闪亮、细碎的低语，一两把吉他在角落轻鸣，甚至还有女孩子清脆撩人心弦的嗤笑声。这天台给我的感觉非常大。老乡领着我，穿过中间宽敞的无人地带，走向另一端的一簇烟头。那里是我的老乡们。

　　我的老乡们在新生里面，可以说是一群坏孩子。刚进校不久，他们就自觉抱成团，学着抽烟、旷课、考试舞弊与跟老生打群架。我成绩到第二学期直线下滑，不能说与和他们在一起玩没有一点儿外部联系。但在我与他们之间，还是明显有着一道鸿沟的。作为一个团体，他们和任何团体一样也恪守某些莫名其妙的原则。这些原则包括：要会玩，但不能玩火自焚；像陕西人那类同学是狗屎，不过在小团体内部，大家还是应该有所追求；另外是不许同女生黏黏糊糊。因此，他们最难以容忍的便是我竟然认有个干姐姐，而且还丑不忍睹。在他们眼中，我是个娘娘腔兼低能儿的怪人。我考试不懂作弊，不作弊却不能及格；逃课了总是被老师捉住，被捉住了又束手无策不知补救，只会到丑姐姐那里寻找什么所谓的精神慰藉。若不是他们的足球队需要名封堵对方前锋的边后卫，我也许早就被他们像球场上开大脚一样踢出了圈。说到足球，那名老乡领我加入他们中间时，他们捏着烟，兴高采烈聊着的就正是这件事儿。

在我看来，我的老乡们是一些十足的妄想狂。你若不信，坐到他们中间听听便知道了。说起来叫人感到荒唐，对于我们那支破足球队的前途，他们居然是一本正经的。他们在一本正经地讨论给球队取一个名。他们想象，当我们有了正式的名称后，再定做正规的球服，每天下午，我们就将威风凛凛地开到足球场，去扫荡那些穿着杂乱运动服临时拼凑的杂牌军。几个月后，我们睥睨全校，声名大振，并以特邀代表的身份参加了全校运动会。在校运会上，我们再度横扫千军，将各支系队打得落花流水。于是，作为一场呼之欲出的决斗，校队终于不得不硬着头皮站出来，迎接我们的挑战了。在我老乡们的想象中，那场万众瞩目、名垂校史的比赛自然也是以我们获胜告终。结果校队羞愤之余解散，由我们顶而替之进入全市高校联赛。狂想至此，作为已击溃上届联赛冠军即我校足球队的一支民间球队，到联赛中没理由不任意驰骋、杀入对方禁区进球犹如探囊取物。你想想，这么一群小混混，夜深下面寝室都已熄灯了他们不睡觉，却裹着被子像小神仙或巴西国家队员一样坐在了天台上高谈阔论。我承认，天台凌驾于六层平时令人感到压抑的宿舍之上，的确是一个适于狂想的好地方，可他们津津乐道的那番事业，我实在看不出同陕西人早上拎着小号到窗口闷头死吹有什么不同？他们竟然丝毫意识不到当中的虚幻，还一致通过，从明天起，今晚在场的所有人下午五六节课后都必须到球场参加训练。当这项自认为已使他们有别于底下芸芸众生的追求被明确后，他们抱起被子，心满意足地散到各自的席子上睡去。可我却睡不着。一来，我尚未习惯过于空旷、仰躺便得看到满眼星星的天台；另外，我已经开始给我干姐姐挑唆的转系搅得心绪不宁。

转系的事远没有我想象的简单。我提出转系时，风潮已临近尾声。当时这项政策一出，要求转系的人风起云涌，许多像我们这样冷僻或乏味的专业濒于崩溃，老教师们愤怒地向学校提出了抗议，学校惊慌失措，下令重新收紧刚打开的闸门。于是，像我这样赶末班车的学生只好跟小鱼似的拼命甩动尾巴，试图在闸门合拢之前窜过去，我去到系办公室。我们系管教学的副主任是一个脸上挂假笑的中年人。他告诉我说，只要中文系答应接收我，他便可以把档案材料放过去。我转去中文系，中文系的胡副主任一本正经地对我说，中文系历来信奉宁缺毋滥，因此，他们必须先研究了我的档案材料，再对我进行一次考核。

"可是，我们系要你们考试通过后，才放我的材料啊？"我说。

"我们必须看了材料，才能考试，"胡主任说，"否则，我们怎么知道考的是谁？我们宁缺毋滥。"

我几乎立即意识到了，这里面隐藏着一个悖论：化学系要求对方先考试再放材料，中文系坚持先要材料后考试，由于这两者对我都必不可缺，因此我一样都得不到。我非常痛恨这种中国式的学院作风。他们为什么不一下子把我拍死，化学系粗暴地制止，中文系断然地拒绝呢？他们仅仅是给了我某种暗示，这暗示又配合得那么完美无缺好像是事先商量过的。可由于他们没有把我拍死，我从他们的暗示里得到的是另一种错误的信息，似乎经过努力，这件事还是有改变的希望的。从小学到中学，我接受的教育一直是要努力啊努力，于是，我就开始努力了。每天上午，起床后我先赶往化学系，假如我们副主任在开会或外出办事，我便转往中文系。"胡主任，求求你，给我考试吧。"我恳求说。"不行啊，把材料拿来。"胡主任摇着头说。进行完这番对话，我便回寝室睡觉。有时候运气好，我一天中能同时逮住他们俩，可假如他们俩一个也不在，我转了一圈，同样是回寝室去睡觉。

这件事情持续了两个礼拜后，说来奇怪，我竟然体会到某种乐趣了。每天早上，我都和同学们醒得一样早，并且很亢奋。只不过起床以后我的同学们去上课，我则急着去完成另一种功课。"档案啊档案！"我在化学系嚷。"考试啊考试！"我又到中文系求。每天，只要这两句话都喊出来，我就不觉得空虚，不觉得日子虚度了，而且由于今天喊完了明天还得接着喊，第二天仍然要有事情做，我会觉得日子真的还有一个盼头。后来等我转入中文系，在那里偶尔地读到了塞万提斯的《堂吉诃德》后，我才意识到我那时的行为像什么，不过当时我的文学修养差得很，压根儿就不会往世界名著身上联想。

我专心致志做一个喊话人。大约到第三个礼拜，我注意到了一件奇怪的事情。每天，如果我去两个系喊话的时间恰好在一二节下课后，在办公室门外，常会有一个女孩子在晃来晃去。当我完成化学系的功课，匆匆奔往中文系时，她又像一个影子般远远地跟在我后头了。我们俩一前一后，似乎为某种同样的疯狂所蛊惑。我能够察觉到这点。因此有一天走在路上时，我便停下来，问她是不是无机专业的铁梅。

不错，她正是铁梅。当初我干姐姐替我咨询转系的程序，找的便是她。只是出于某种女孩提防同性的狭隘心理，我干姐姐没有把我介绍给她。没想到，我们还是在路上碰到了。铁梅是一个又干又瘦的女孩，人如其名，身上既有铁质的黯淡坚硬，也有梅枝的坚韧枯槁。她横挎着一个大书包。我得承认，当时看见她，我的心理便像一个新兵遇到了已在战场上作战多时的老兵。使我感到不安的是，她投身转系的时间远比我早，可没承想她非但一事无成境遇反而比我都糟糕。我问她，是不是同样和我碰上了考试和材料的难题。她咬着嘴唇，绝望地点点头。她每天是利用三四节课前的二十分钟拼命跑出来办这件事情的，可是，她都已经跑了快一个月了。

我不会安慰女孩，而且，铁梅的出现像一棒敲醒梦中人。看着她，我忽然意识到，也许我再奔波下去，也是会像她这样一无所获的呀！忽然间，我浑身紧绷的神经就跟散了一样，原来的亢奋烟消云散，取而代之的，是一种我自己也说不清楚的迷惘。是啊，我跟铁梅干的这算什么呢？于是，我忍不住把这个问题向她提出来。本来，我不指望能从她那里得到什么答案，可没料想，她却陡然精神了。

"我喜欢文学。"她眼中放出了光。

说着，她就把背在身后的大书包扯到面前，打开来给我看。里面除去高数教材同她无机专业的教科书，便是些厚厚的大部头。她告诉我说，都是世界名著。她说，从小时候起，她就喜欢小说，喜欢写作，想要当作家。你看，为这次转系，我已经写了好几篇小说了，我想把它们交给胡主任，证明我是真的喜欢中文系也是有这个能力的，可是，他竟然看也不看，也不肯让我考试。毕竟是女孩子，说着说着，铁梅差点儿又要哭起来。仿佛是为了向我证实，她扯开书包夹层，抓出几大沓写满的稿纸。她简直是把我当成了胡主任。你知道我创作这些作品，有多么不容易吗？我晚自习时写，上高数课时写，做实验时趁老师不注意，还站在实验桌前写几行，她委屈地倾诉道。

做实验时，实验室里不许有凳子，大伙的确是站着的。可是，这又能说明什么呢？我看着铁梅手中的稿纸，只觉得触目惊心。从中学起，我就怕写作文，要像铁梅这样为转系弄出一大堆东西，我无论如何是做不到的。于是，我只好敬畏地沉默，由着她歇斯底里地发作。

"那么，你为什么要转系，也喜欢文学？"她总算发作完毕，一边把稿纸塞回书包，一边问我，似乎渴望得到知音。

"不，"我说，"因为，我好像是没退路了。"

自从忙起转系，我就开始名正言顺地不上高数课。在我看来，我和高数课或高数老师间，是一种业已死亡的关系。既然高数老师已扬言不让我期末考试，判了我死刑，那么我也可以判决他的课程。长这么大，我头一次发觉，让某种事物慢慢陷于死亡是有着强烈快感的。学习是学生的天职，这一点我相信没有人反对。其中的道理，正好比病人的职责就是被打针，哪怕你苦不堪言，也必须承受下去。

可如同一名园丁不无兴奋地在注视园内的花逐渐枯萎，我却情不自禁地让自己功课死亡的面积一天天扩大了。起初是高数，紧接着是政治、英语，课程表上的空白越来越多。这样几周内，我惊喜地发觉，除去每周一次的实验课，我竟然再没有什么课需要上。我似乎已经不再是一名学生，也就是说在上课这点上，我已经成了和我同学们完全不同的人。当然，在一段时间内，我这样做风险其实是不大的。因为英语政治老师很少点名，考试前也会给出复习提纲，他们的课原本就可上可不上。至于像无机那类全系统一的基础课，我的老乡们向我许诺说，只要我卖力为他们踢球，他们保证考试时我打着瞌睡也能过关。

假如下学期变成了中文系学生，那么这学期在化学系上再多的课也没有用。当时，我在心里的逻辑层面这么想，我估计其他人也这样看。由于每天都要到系办公室找主任磨，因此我在系里老师中变得相当有名。任课教师几乎都知道了在自己班上有这么个小疯子，因此对我不上他们的课，索性也睁一眼闭一眼。有一天，管学生档案的老太太甚至跟我开玩笑，说等我拿到转系通知了，一定得请她吃喜糖。玩笑归玩笑，不过说明在像老太太这样的外人眼中，我转系的事还是蛮乐观的。可惜她只负责档案看管，没有放的权利。然而到了那学期期末，情况忽然变了。转系的闸门似乎已经收拢，在我们系，再没有听说有谁被批准转走，班上原先也闹转系，但没有走成的江阴人等人，在寝室里已经停止谈论这件事情，而是捡回教科书早出晚归地做习题，以防在期末考试中被补考留级。可就在这个时候，我却做出了一个旁人看来不可理喻的举动，我取消了我课程表上最后一门课，连实验也不去了。

"你疯了？"那天我干姐姐做完实验，跑回来在食堂门口截住我。

"如果是其他课，考试前我还可以把笔记借给你，"她说，"可实验课，我是没法帮你做的啊。"

我还记得，当我不听劝告，像一只犟头犟脑的小公牛默不作声想要从她身旁绕过去时，我干姐姐看着我的神情。那是一种惊恐然而无奈的目光。是她亲手把我送进了这桩事情，但忽然之间，在她眼中我变成了个陌生人，她发现她失掉了对我的控制。凭着女性的直觉，她也许意识到了就算使出更多的关心或者爱、包括混淆了干姐弟关系的男女之爱，也再不可能使我回头。她似乎感到了恐惧，就好像一个女孩尚未向恋人吐露恋情之前，便发觉这恋人精神上患有不治之症。因此，再不可能有恋情的吐露了。后来我怀疑，我作为一个潜在恋人的资格，从那一刻起便在我干姐姐心里受到动摇直至很快被取消。一个女孩要是对你没有爱，哪怕是暧昧没有言明的爱，你在她那儿，可就算是彻底地完蛋了。

失掉干姐姐的爱，我在学校里很快变得孤独了。我本来就已十分孤独。原先在转系风潮中，我虽然起劲，但还没有那么显眼。现在风潮一过，我简直成了条孤零零逆流而上想要挣脱众人的绝望的鱼。我发现，我的同学们已经开始用一种特别的眼光来看我。那种眼光，好像是看见一个司机拼命踩大油门，朝山崖那边的拐角冲去，而从他们的角度，已经事先看到了路将中断，车将坠入虚空。其实对这一点，我又何尝不知呢？只是我自己也不晓得，我为什么偏偏还要跟众人的判断或明智做对。这样当每天上午，我重新奔走在通往中文系或化学系的教学区小道时，我真不明白我这么起劲，想奔向的究竟是天堂还是地狱？这种说法，也许有些夸张，因为不管中文系或化学系，似乎都不值得我如此直冲。另外，我可能还不算完全孤零零的，因为铁梅也仍在奔走。她仍旧背着她的大书包，利用着十点钟校喇叭放广播操的二十分钟。只不过，我总是有意识地回避开她的时间段。我害怕看见她风尘仆仆的样子。她那一书包世界名著和满脸委屈会使我想起我转系毫无正当理由，并进而导致我信念崩溃。

实际上，不用我逃避众人，大家都已在躲避我了。也许谁都意识到，这个期末在某种程度上，将会成为我学生生涯的末日，我很快发觉，自己成了个不受欢迎或如幽灵般不存在的人。在我身上，散发着类似于死尸的腐气，就连我那群老乡都不愿再接纳我。说起来，他们是以一个略为离经叛道的小团体自居的，可这时候我才体会到只要是所谓团体，便会伴随着某种荒谬的冷漠无情。仅仅由于在我转系的事情上嗅出了一丝自毁的气味，觉得这逾越了他们团体的信条，他们便将我视为既危险也没出息的人物，索性借口我没有参加球队训练，把我从他们中开除了事。而在寝室里，当上海人捧着脚盆在遐想下学期转去外文系的美妙或江阴人等焦虑地讨论某道期末考试可能面对的习题时，他们显然都把我剔在一旁。我既不是上海人那样的成功者，也不算江阴人一拨的坚守者。他们对我视而不见。于是，最后属于我个人还不至于让我心烦的空间，便只剩下每晚楼顶上的那片天台了。

一个个夜晚来临，我坐在寝室里，往往是不等到十点半熄灯、上自修的同学们陆续回来，便提前卷起了铺盖主动离开。夏天已经到了，虽然说楼顶露水很重，但已用不着被子，只需带一条薄薄的毯子。我的老乡们通常占据着靠近食堂的那一端，所以上去以后，我便自觉到另一端的角落铺开席子，然后悄悄地躺下。幸亏这天台很大，晚上又黑，护栏内走来走去的全是人影，谁都看不清谁，他们也不知道我上来了。仿佛是遵循某种惯例，上天台睡觉的学生只要不是一块来的，总彼此保持着一定距离。这样当你躺下之后，眼中看到的就只有星星，就好像是睡在天上一样。由于期末考试临近，上天台睡觉的人开始一天比一天少。也许是别人害怕感冒，而感冒了便会影响考试。于是几天后，我的老乡们也搬了下去。他们走后，我便往中间挪了个更宽敞的地方。那几天，我的心情是难得的平静。旁边的人越来越少，他们越少我就感觉越好。偶尔一个晚上从角落会传来男女的低笑声和喘息声，不过那声音对年少的我尚没有什么刺激。我当时唯一需要操心的事情只是转系，可躺在那里我连转系的事情也不想。我的同学们对于我同样不存在，因为他们的折腾都只在底下，我总是一觉睡到大天亮，醒来之后，再蒙着头迷糊一会儿，等着升起的太阳把毯子上的露水晒干。这样当我揭开毯子时，天台上往往空空荡荡，走得只剩下我一人。夏日的光线开始发挥威力，刺得我眼睛花花的。我一边收席子，一边想着下去以后又该往两个系跑了。这时对于转系，我已生出了厌倦，可我又不愿意停止。因为相对转系，我更不情愿回到高数课实验课或我的那些同学中间。我真的是很厌倦。说真的，我宁愿一直生活在天台上。

有一回，我们系里开运动会。陕西人不听劝告，执意要带头参加 4×100 米接力赛。他总是这样，随时都做出副要为什么献身的样子。比赛开始了，我跑最后一棒。我站在跑道上，看着田径场那边扬起尘土，七八个如豆点大的人形如旋风一样朝这边卷来，途中不断交接转换。当他们朝我逼近时，我开始起跑。我一边跑，一边回头寻找陕西人。他脸色蜡黄，两只眼睛鼓着，那张脸越变越大简直都变了形。他把接力棒猛地砸到我手中，同时还用失神的眼睛朝我投来了尽量温柔与鼓励的一瞥。从他胸腔里发出的喘息在一刹那，就好像是两只手跳出了他的喉咙口，拎住了我的耳朵并在我耳旁擂鼓。我本能地发足奔逃，可由于手里拿着的接力棒仿佛不是棒，而像是陕西人那颗先天疯狂的心脏，他把它交给了我，这使我感到责任重大。结果才这么一想，我就被身边的其他专业超过了。因此在湖北人发疯之前，我们一直都把陕西人视为是班里面最大的疯子。

湖北人身高一米五，外形像皱巴巴的核桃或一个小老头。他高考入学的成绩，是我们班最高的。当时我们就觉得这个人有些怪，因为他不爱说话，也很少做功课，大多数时间都是独自坐在床上，用骨碌碌的眼光四下看，嘴里有时会嘀咕几句含糊难懂的湖北话。不过看就看呗，比起陕西人上海人和江阴人来，他平时在寝室里已经算是没有进攻性或伤害性的。除了不懂的习题要请他帮忙，我们平时都不太把他放在心上。没想到一学期没读完，他就疯了，是真疯。那几天晚上，如一只半夜烧水的水锅，每当熄灯我们都差不多睡着后，湖北人那里就发出动静了。他嘀嘀咕咕地自言自语，用的是湖北话，好像说梦话。喂，湖北人，你生病了？我们从蚊帐里探出头问他。结果一问，他就平静了，没有声音了。然而到第二天，这一切又重新开始，而且，他呼噜的声音一晚比一晚响。我们对他究竟跟自己说什么感到好奇，可又听不懂。终于，到第四天夜里，湖北人一边自个儿说着话，一边把屋角的脸盆架弄得砰嘭作响。湖北人，你在做什么啊？我下床过去，捉住了他的手问。我要出去，可是门怎么也打不开！湖北人挣脱我，继续把一只只脸盆从架子上抽出来再插回去，他痛苦地说。只有到这时候，我们才意识到湖北人可能真是疯了。

当时对于真疯，我们基本上一点经验都没有。陕西人以学生干部的姿态找我们开了会，叮嘱我们说为了怕出事，夜里头最好不要睡。然而连续几个晚上没有睡好，我们大都坚持不了。因此，尽管下一晚湖北人在蚊帐里念叨得更加凶，大伙还是禁不住地发出了鼾声。不知道几点，我睡得正香，忽然有人在摸我的大腿。我吓了一跳，翻身爬起。揭开帐子后，我发现陕西人已穿戴整齐，正神气活现地立在我的架子床下面。说他神气，是因为黑暗中他一手拿住电筒，另一手持着他那把小号。湖北人跑掉了！他严肃地对我宣布说。啊，跑掉了，谁？其他人也被惊醒了，看陕西人的架势，似乎恨不得马上吹响他苦练多时又压抑已久的铜号，把全楼人从睡梦中唤起，然后投入到一场声势浩大的对湖北人的追剿中。当然经过商议，我们否决了陕西人内心荒谬的动议。我们甚至没有让陕西人把想法说出来，便决定每人拿一个电筒，分头去找。

我头一个找到湖北人。他抱着头，正坐在树丛中的一张石凳上。湖北人，你怎么了？我问他。痛苦啊！他忘了用普通话，而是用含混的湖北话告诉我。不过，我听懂了。你为什么痛苦？于是，我继续问他。问着问着，我不知不觉便在他身旁坐下了。回想起来，湖北人的痛苦完全是没有实质性的，他就是一个疯子。一个一年级的大学新生，能够有什么实质性的痛苦呢？可回头想想，一个人对于人生的痛苦感受，也许未必非得有实质性。当时我傻乎乎的，陪着湖北人，一心想等他说出什么具体的事情来。我都忘了我的同学们还在到处乱找。等他们摸到我和湖北人这儿时，天都快亮了。由于湖北人疯得厉害，又不会吹小号，所以很快被系里勒令病休，给遣回原籍。我们以为湖北人这下完蛋了。不料一年级寒假过后，他又回到了我们中间。他模样有些呆滞，不过似乎很轻松就通过了补考。考试对于他来说，从来就不是一件难事情。他既没有留级，也没有再疯，过去的事像不曾发生过，可一座死火山永远算火山，一个前疯子同样是疯子，我们对于他的看法就是这样。他似乎也知道我们的看法。因此平时坐在那里，他的话就更少了。他眼珠子发直，不再骨碌乱转。寝室里发生的一切，比如我和江阴人上海人吵架，好像都与他无关。他只是偶尔地抬起头来看一眼，如同一头被打扰的沉思的衰弱的老动物。那个学期末，我转系的事情已进入到关键阶段，因为如果再批不下来，期考就要开始，我就将被补考、留级乃至劝退。我感到非常焦虑，可白天顶楼的太阳异常毒，我又没办法躲上去。一天，我坐在寝室里，看着自己的转系申请书一筹莫展。湖北人待在我对面，他像是身体不适，也没有去上课。然后，他突然对我开口讲话了。

"听说，你要转系了。"

我愣了一下，看看他，有些不相信他是同我说话。

"是中文系吗？"他又说。

"对。"

"不错，好地方啊。"他摇摇头，慢慢地肯定说。

我不清楚，湖北人说的好地方是什么意思。不过，湖北人抬着眼睛继续看着我，似乎想跟我谈下去。我不明白他怎么有了如此好的兴致，但在寝室中，不像对其他人，我对于他的反感一直是比较轻的。尤其是当陷入了转系的绝境后，我反而对这个疯子有了一点过去不曾有的好感。我觉得他也许会理解我。因为，不管怎么说，我毕竟还是为一件具体的事情在折腾嘛。于是，我就把我的困境跟他说了。湖北人听得很认真。我不知道我能不能把两个系之间的情形说清。不过对于疯子，也许越复杂的事情，在他们看来就越是简单。我说完了。湖北人从我手里要过转系申请书，默不作声看了一遍，然后问中文系主任叫什么。我把胡副主任的名字告诉他。湖北人点点头，拔出钢笔，在申请书上唰唰签了一行：经考核同意。他又签上胡主任的姓名，把申请书还给我。

"好了。"他说。

"什么好了？"我说。

"中文系已经同意了，"他告诉我，"明天，你就拿着它到我们系取档案吧。"

我得承认，一开始，我是把湖北人的话当疯话的，心里还抱怨，害得我把申请书重新抄一遍。可那天晚上，我睡在天台上，一边看天上的星星，一边就觉得这疯子的话不是没道理。既然两个系都不同意，我为什么就不能先同意呢？事到如今，不是鱼死，便是网破。假如你得了重病要死，那真不如冒着风险上手术台去挨一刀。我尽量用知道的浅显比喻鼓励自己。然后到第二天，我就抱着必死的决心下楼，直奔往我们系了。我的运气还算好，一进办公室就逮住想外出的主任，主任，中文系已经同意了，我拦住他，把申请书往他跟前一塞。同意了吗？主任有些好奇地看着我，接过申请书。读完以后，又不相信地盯着我，似乎像大夫发现一个突破了医学禁忌的病例。但申请书上的签字是有的，他又有事急着出去办。两者叠加，终于分散了他的注意力。于是他把申请书交给旁边办公桌的老太太，让老太太放档案，不过临出门前，他还是记起了要老太太给中文系挂个电话核实一下。主任匆匆地走掉了。老太太对我笑眯眯的，像恭喜我心想事成，等待我掏出许诺过的喜糖，接着，她拿起了桌子上的电话。在那一刻，仿佛在手术台上把自己肚里的恶性肿瘤暴露了出来，我的整个人都要软了。但在我那一段时间里遇到的所有可称之为天使的人中，老太太才真正是一位百分之百的天使。喂，中文系，找你们胡主任啊，什么，他不在？那么请问，这位胡主任是管教学的吗？得到了肯定的答复后，老太太笑眯眯地放下了电话。我的天，简直不敢相信老太太手气会这么坏，而且还是个百分之百不负责任的糊涂蛋！老太太让我填了一张表，把档案拿出来。然后她自己也懒得动了，便嘱咐我自个儿把档案送过去。我抱起档案，一出楼门便像疯子一样地拼命跑。我跑啊跑。我冲进教学楼，又冲进教学楼厕所。我把自己反锁在臭气熏人的格子间，喘着粗气，用颤抖的手从档案中捡出那张申请书，不停地撕，直至撕成了细细的碎片。我把它们放进茅坑，闭上眼睛同样颤抖地朝它们洒了一泡尿。我拉动水绳，看着它们被冲得不剩一点痕迹，这才像一个发作完的疯子，出了厕所，慢慢地走向中文系。一进中文系，我赫然见到端坐在办公室里的胡主任。主任你好，我的材料已经带来了，我对他说。我把档案放到桌上。胡主任同样不相信地看着我，但是，材料是千真万确的，他不相信又能怎么着？好吧，有了材料，你明天就来考试吧，他看完档案，对我说道。对了，还有，他像想起什么，又补充说，你们系那个叫铁什么的女同学，既然考了，也让她一块来参加吧。

中文系的考试陈腐至极：一些文学常识填空、一道作文。作文的题目是《论艰苦朴素》。我很快就把懂得的填空写上去，然后作文的第一句劈头写："列宁教导我们……"我当然不晓得，关于艰苦朴素列宁曾经说过些什么，但我想，借列宁的口先讲讲大道理总没有错。我们在中文系的资料室里考。花了约一小时，我便举手请监考的资料员收卷子。起身的时候，我瞥见桌对面的铁梅咬着笔，正盯着刚写几行的作文苦苦思索呢。显然，这种题目拿来考考我这样的文学低能儿还差不多，要让铁梅把她读过的满书包的世界名著都结合进来，就太勉为其难了。也许，铁梅在另辟蹊径，创作着一个关于艰苦朴素的小故事？我没有多想，回去吃饭。两天后，我得到了中文系接收我的通知书。

我拿到通知书没几天，化学系的期末考试就开始了。考试一门挨一门，所以我的同学们上午考完回来，匆匆扒几口饭，便又赶紧利用下午和晚上去教室突击复习。包括下学期将转走的上海人几个，也装模作样地混在里面。大概他们觉得在化学系学习一场，应站好最后一班岗。我不想去考试，因为我觉得没必要。不过多年以来，我们受到的训练一贯是考试，一旦它没有了，我还真找不出什么别的事情来。于是，我白天在寝室发呆，天一黑，便抱起铺盖跑上了天台。那几夜，天台上尽是四年级的毕业生，他们也不用考试。他们无法无天，在楼顶点起了一堆篝火。整个晚上男生女生在一起笑啊闹啊，还噼啪地摔喝完的啤酒瓶。微红的火光映照着远远缩在另一头角落的我。我非常羡慕他们的快活。对他们来说，生活的一个阶段已经结束了。但对于我，大学生涯才又要开始。因为按转系规定，到中文系后，我必须跟一年级重新学起。也就是说，我此刻待着的是一段虚无的时间，可我却没办法把它尽快打发掉。

一天清早，我从睡梦中醒来，天是阴的，风还挺大。头天夜里狂欢的学生一个也不见了，只剩下了篝火的灰烬同遍地的玻璃碴。废报纸给吹得飘在半空。我爬起了身，愣愣地坐在那里。过了一会儿，我看到一个人影从天台的入口走上来，是一个女生。当她走近时，我认出来是铁梅。

原来，铁梅是来找我告别的。今天考完最后一门课，她已经订好了下午的火车票。她说，她到我们寝室找过我几次了，可是总没有人；她又在公共课的考场上留心过，发现我也不在。今天一大早，她特地来我们寝室堵，才得知我睡在楼顶。她说，她主要是想跟我说一声谢谢，因为如果没有我，她也得不到那次中文系考核的机会，可得到了机会，她却没能把握好，结果，一个多月的努力全白搭了。什么？你的意思是说，你没通过中文系考试？我吃惊地问道。这的确出乎我意料，我无法相信，中文系情愿收下我这样的人，却会把铁梅拒之门外。我去中文系问过了，他们说我作文没写好，铁梅眼圈红红地说。我这才意识到，铁梅的告别，不是没缘由的。可是她非得找到我，难道只是为告别，或者仅仅是说已经于事无补的谢谢吗？我想到了铁梅曾跟我一样不停地在两个系之间奔走，还有她那我压根儿无法比拟的狂热文学梦。莫非，她是想把梦嘱托给我，让我替她把它做下去？这时候，清晨的风猛烈地刮来，我留心到她只穿了件单薄的 T 恤衫。她一大早疯疯癫癫地赶来，里头连胸罩都忘了戴。我盯着她被风裹紧的汗衫内两粒凸起的小小乳头，心中猛然涌起一股欲念，想要一把抱住她。可抱住她以后，还要干什么，我就不知道了。我意识到在天台上，就只有我们俩。两个人孤零零地不说话，那感觉让人有些发毛。可实际上，我们俩根本不可能抱在一起。又过了一会儿，铁梅对我说，她得下楼赶去考试了。她走到那边入口，没有回头便从天台下去。她这一走，等于从我生活中彻底地走掉了。

另一天早上，我还在天台上酣睡，忽然，有只手在轻轻地拍我的脑袋。我睁开眼，发现是一个中年人。等坐起身了，我才想起这就是我们班主任。班主任上我们的专业主课，可那门课要等二年级才开，所以我们平时很少见着他，他只是在开学时与临放假前，才会到我们寝室转一转。班主任五十来岁，模样松松垮垮。他其实是一个大块头，可由于他忙着做学问，忙成了书呆子，给人的印象，才毫无威严可言。唉，我到了你们寝室，听说你睡在这里，你怎么想睡在这种地方呢？班主任一边打量肮脏的天台，一边叹息说。我顺着他的目光望望，并不觉得这有什么奇怪。相反，使我感到奇怪的是，怎么到这个时候，我都已经要转系了，班主任才在我的身旁出现。看来，班主任也觉察到了这一点。这个学期，包括我和上海人在内，我们班一共转走了四个人，还不算那些写申请书的。有这么多人不喜欢他的专业，一定使他心里不好过。唉，你就要走了，也等不到下学期听我的课了，所以我上来看看你，班主任又继续说。可是，天台太空旷了，不是我班主任这种人待的地方，因此接下来，他便不知道说什么了。他不安地咳嗽，在身上乱摸，最后从上衣兜摸下了一支钢笔。他似乎是想把钢笔送给我。但钢笔实在很旧，他有些拿不出手。犹豫了片刻，他还是把它插回兜，拍拍我说，希望我如愿以偿转去中文系后，能够好好学习。然后，他蹒跚地，便也消失在天台的入口。

我一直等我寝室的同学们都走光了，才搬下天台，自己买火车票离校。暑假过后，我随他们一道返回，到系里正式办理了转出的手续。可中文系新生要等九月中旬才报到，我的新寝室还没有，所以这期间差不多半个月，我还是得住在化学系。寝室里同学拿到了二年级的新课本。由于我已不再是他们中的一员，所以我仍旧愿意睡天台。那年南京的天凉得早，睡天台的季节其实已经过去了。每天凌晨，尽管裹着被子，我却被冷风和露水冻得瑟瑟发抖。早上醒了后，得等升起的太阳晒上好一会儿，才能渐渐地缓过劲来。你说，我这样的行为不像疯子像什么？可是，与楼顶下的世界相比，我是多么情愿待在上头啊！在底下，时间常常是会让你感觉虚度的，而你与他人之间的关系不是会对你造成伤害，便是让你和对方的愿望彼此落空；你得去跑这个啊忙那件啊，可究竟哪件事，在你的人生中能够真正称之为有意义呢？你得不断地跟你不喜欢的人打交道，就算你以为喜欢上了谁，那感觉也完全可能靠不住。相比之下，天台上面的日子要宁静得多。你既不会有太多想法，也不会被迫与人相处。那时每晚入睡以前，我都要像一个小小的君王那样在我的领地中散一会儿步。我常常是走到了天台的护栏边，俯视着底下或对面宿舍楼中的灯火。我喜欢这种观望的感觉。当然我也清楚，我不可能永远拒绝下去。因为我情绪虽然尚好，可天气一晚凉似一晚，身体已经有些挨不住了。有天夜里，冷冷的雨点打到我脸上。我惊醒了，想起身卷铺盖，但雨下了几滴，却又停住了。我忧心忡忡，一夜没睡好。第二天早上我想接着睡，可楼底下又传来了震耳的锣鼓声，而且响个不停。我生气地爬起身，跑到护栏处去看个究竟。底下的校道两旁，已布置得彩旗飘飘、花枝招展。那情形，跟我一年前经历过的一样。人们在迎接包括我这个楼顶老生在内的新生。于是，我探出身子，努力想从那花花世界里找出中文系。远远地，我果然发现了中文系的小旗子。我还看到了一些拎着大包小包的小人儿，应该是中文系的新生。突然间，某种战栗般的感觉如电流袭击了我。因为我奇怪地预感到了，在那些将成为我同学的新生中，也许隐藏着更多如铁梅一样的狂热分子或跟湖北人一样的疯子，他们将再度置身于我的四周，并将我的生活轨迹改变。那改变我的东西，有人称之为文学。难道，我将真不得不喜欢上文学，并如湖北人那样，开始为莫名的虚无的苦恼而发狂吗？但我也意识到了，不管我以后如何荒唐，我都不太会轻易相信现实，而把一部分对于生活美好的理解留在了天台上。

| **作品点评** |

如果说韩东的《三人行》和吴晨骏的《逃学去新疆》还局限于现实经验的话——去夫子庙买枪的经验和不知什么原因逃学的经验，是我们很多人都可能体验的一种现实经验。现实经验是重要的，但并不是目的。那么，李冯的《在天上》通过"不断转学"这种校园式的"龊龉"，其"意味"则多少让我们想起塞林格的《麦田里的守望者》。问题并不在于《在天上》中的主人公们逃离的是家庭，而《麦田里的守望者》逃离的是学校，也不在于这种"反叛"一个发生在中国，一个发生在美国，而在于他们在反叛现行教学体制和现实秩序这一点上，是基本一致的，进而造就了他们面对现实的姿态也是基本一致的——一个守望在"天台上"，一个守望在"麦田里"，并以此作为摆脱现实的价值依托。这就导致了两部作品意味的接近或同化，从而《在天上》在对世界的理解上，没有穿越西方的艺术意味。

——吴炫：《穿越中国现当代文学》，江苏教育出版社，2007，第 240 页

小说取名为《在天上》，一则指的是"我"前后睡了好几个星期的楼顶天台，

另一方面，这个天台成为"我"逃避这个充满了疯子的同学世界中"最后属于我个人还不至于让我心烦的空间"。

……

李冯不仅写出了一种充满了不同于常态的另类的现实，更写出了一种接近宿命的冥冥中的"神秘"。应该说，李冯对这冥冥中的"神秘"更为好奇、更加充满热情。"天台上"也就是"天上"的存在，成为一种拉动作品中人物"向上"的神秘力量。

——黄伟林：《挑开人性与社会裂缝的剑客李冯》，《海南师范大学学报》2008
年第 3 期